Tucholsky Wagner Zola Scott Sydow Freud Schlegel
Turgenev Wallace Fonatne
Twain Walther von der Vogelweide Fouqué Friedrich II. von Preußen
Weber Freiligrath Frey
Fechner Weiße Rose von Fallersleben Kant Ernst
Fichte Hölderlin Richthofen Frommel
Engels Fielding Eichendorff Tacitus Dumas
Fehrs Faber Flaubert
Maximilian I. von Habsburg Fock Eliasberg Zweig Ebner Eschenbach
Feuerbach Ewald Eliot Vergil
Goethe Elisabeth von Österreich London
Mendelssohn Balzac Shakespeare Dostojewski Ganghofer
Trackl Lichtenberg Rathenau Doyle Gjellerup
Stevenson Tolstoi Hambruch
Mommsen Thoma Lenz Hanrieder Droste-Hülshoff
Dach Verne von Arnim Hägele Hauff Humboldt
Karrillon Reuter Rousseau Hagen Hauptmann Gautier
Garschin Defoe Hebbel Baudelaire
Damaschke Descartes Hegel Kussmaul Herder
Wolfram von Eschenbach Dickens Schopenhauer Rilke George
Bronner Darwin Melville Grimm Jerome Bebel
Campe Horváth Aristoteles Proust
Bismarck Vigny Barlach Voltaire Federer Herodot
Gengenbach Heine
Storm Casanova Tersteegen Gilm Grillparzer Georgy
Chamberlain Lessing Langbein Gryphius
Brentano Lafontaine
Strachwitz Claudius Schiller Kralik Iffland Sokrates
Katharina II. von Rußland Bellamy Schilling
Gerstäcker Raabe Gibbon Tschechow
Löns Hesse Hoffmann Gogol Wilde Gleim Vulpius
Luther Heym Hofmannsthal Klee Hölty Morgenstern
Roth Heyse Klopstock Kleist Goedicke
Luxemburg La Roche Puschkin Homer Mörike
Machiavelli Horaz Musil
Navarra Aurel Musset Kierkegaard Kraft Kraus
Nestroy Marie de France Lamprecht Kind Kirchhoff Hugo Moltke
Laotse Ipsen Liebknecht
Nietzsche Nansen Ringelnatz
von Ossietzky Marx Lassalle Gorki Klett Leibniz
May vom Stein Lawrence Irving
Petalozzi Knigge
Platon Pückler Michelangelo Kock Kafka
Sachs Poe Liebermann
de Sade Praetorius Mistral

Der Verlag tredition aus Hamburg veröffentlicht in der Reihe **TREDITION CLASSICS** Werke aus mehr als zwei Jahrtausenden. Diese waren zu einem Großteil vergriffen oder nur noch antiquarisch erhältlich.

Symbolfigur für **TREDITION CLASSICS** ist Johannes Gutenberg (1400 — 1468), der Erfinder des Buchdrucks mit Metalllettern und der Druckerpresse.

Mit der Buchreihe **TREDITION CLASSICS** verfolgt tredition das Ziel, tausende Klassiker der Weltliteratur verschiedener Sprachen wieder als gedruckte Bücher aufzulegen – und das weltweit!

Die Buchreihe dient zur Bewahrung der Literatur und Förderung der Kultur. Sie trägt so dazu bei, dass viele tausend Werke nicht in Vergessenheit geraten.

Das Kajütenbuch oder Nationale Charakteristiken

Charles Sealsfield

Impressum

Autor: Charles Sealsfield
Umschlagkonzept: toepferschumann, Berlin

Verlag: tredition GmbH, Hamburg
ISBN: 978-3-8424-2052-6
Printed in Germany

Rechtlicher Hinweis:
Alle Werke sind nach unserem besten Wissen gemeinfrei und unterliegen damit nicht mehr dem Urheberrecht.

Ziel der TREDITION CLASSICS ist es, tausende deutsch- und fremdsprachige Klassiker wieder in Buchform verfügbar zu machen. Die Werke wurden eingescannt und digitalisiert. Dadurch können etwaige Fehler nicht komplett ausgeschlossen werden. Unsere Kooperationspartner und wir von tredition versuchen, die Werke bestmöglich zu bearbeiten. Sollten Sie trotzdem einen Fehler finden, bitten wir diesen zu entschuldigen. Die Rechtschreibung der Originalausgabe wurde unverändert übernommen. Daher können sich hinsichtlich der Schreibweise Widersprüche zu der heutigen Rechtschreibung ergeben.

Text der Originalausgabe

Charles Sealsfield

Das Kajütenbuch

oder

Nationale Charakteristiken

Hon. Joel R. Poinsett
abgetretenem Kriegsminister
der Vereinigten Staaten von Amerika
sind diese Bände achtungsvoll
gewidmet von dem Verfasser.

Vorrede zur ersten Auflage

*Schreiben des Herausgebers
an den Herrn Verleger*

Es würde mir freilich angenehmer gewesen sein, Ihnen, statt dieses neuen Werkes, die Fortsetzung und den Schluß der ›Wahlverwandtschaften‹ zumitteln zu können; da diese jedoch nicht gekommen, so müssen wir uns wohl mit dem, was uns gekommen – und der Hoffnung trösten, daß jene nicht sehr lange auf sich warten lassen werden.

Die Muse des Unbekannten, wie man ihn nun allgemein zu nennen beliebt, scheint überhaupt Abwechselung und Zwanglosigkeit zu lieben; denn wie Sie sich erinnern werden, so wurden auch die ersten zwei Bände der Lebensbilder, die unter dem Titel ›Transatlantische Reiseskizzen‹ erschienen, durch die drei Bände des ›Virey‹ und zwei Bände ›Lebensbilder aus beiden Hemisphären‹ unterbrochen, und erst dann kamen Fortsetzung und Schluß der ›Transatlantischen Reiseskizzen‹ mit dem dritten Bande der ›Lebensbilder‹ (Ralph Dougby), dem vierten und fünften (Pflanzerleben und die Farbigen) und dem sechsten (Nathan). –

Laune oder Caprice ist es jedoch schwerlich, was diese Sprünge veranlaßt, und wenn es eine der beiden wäre, so dürfte es Laune der Muse sein, die aber regeln zu wollen sehr undankbare Mühe wäre. – Sachverständige werden mich leicht begreifen. Im gegenwärtigen Falle scheint mir jedoch weder Laune noch Caprice diese Unterbrechung veranlaßt zu haben, eher die sehr dankenswerte Absicht, das deutsche Publikum auf einen bedeutsam geschichtlichen Moment in dem Entwicklungsgange der nordamerikanischen Staaten aufmerksam zu machen.

Sie erinnern sich, daß der Verfasser es sich – zwar nicht zur Aufgabe gemacht hat – Aufgaben dieser Art lassen sich nicht setzen, und werden sie gesetzt, werden sie in der Regel schlecht gelöst –, aber doch den Beruf in sich zu fühlen scheint, die Zeitgeschichte und ihre wichtigeren Momente in lebendigen plastischen Bildern der Welt darzustellen. Einen solchen Geschichtsmoment hat er auch in vorliegendem ›Kajütenbuche‹ erfaßt, den Moment der Gründung eines neuen anglo-amerikanischen Staates auf mexikanischem Grund und Boden, den Moment, wo die germanische Rasse sich abermals, auf Unkosten der gemischten romanischen, Bahn gebrochen, die Gründung eines neuen anglo-amerikanischen Staates durchgeführt hat.

Dieser neue Durchbruch oder neugegründete Staat mag vielen nicht sehr wichtig erscheinen, aber vielen, und zwar den Tieferblickenden, wird er es. Sie werden es gewiß dem Verfasser danken, sie auf diesen Moment, der für die künftige Gestaltung Amerikas so bedeutsam erscheint, aufmerksam gemacht zu haben.

Wir sagen, aufmerksam gemacht zu haben, obwohl der eigentliche Geschichtsforscher mehr als bloße Andeutungen oder Winke in diesem Buche finden dürfte. Zwar wünschen wir die Erwartung des Lesers keinerdings zu hoch zu spannen; aber soviel dürfen wir doch getrost sagen, daß, obwohl dieses Buch keine Prätention auf eigentlich geschichtlichen Wert erhebt, der Tieferblickende doch bald finden dürfte, wie der dichterischen Hülle etwas sehr wesentlich Geschichtliches zugrunde liege. –

So wie in den früheren Werken, so scheinen auch in diesem dem Verfasser Quellen zu Gebote gestanden zu sein, die weit mehr Aufschlüsse über die Entstehung des neuen Staates geben, als es bisher erschienene geschichtliche Werke taten. Auch bemerkt er ausdrücklich, daß mehrere Fakta, zum Beispiel das Treffen am Salado, die Belagerung von Bexar, die Entscheidungsschlacht bei Louisburg, dem Staatsarchive zu Washington entnommen worden sowie, daß sämtliche Inzidenz sich auf Tatsachen gründen, etwa mit Ausnahme Kishogues, den er als aus einer fremden Feder geflossen erklärt. Ob diese Feder eine freundlich bekannte, ob Phelim ihr nacherzählt oder sie Phelim, wird nicht angegeben. Wahrscheinlich gefiel ihm die wilde Skizze irländischen Lebens und Sterbens, und er nahm sie auf, um die Gegensätze zwischen amerikanischem und wieder englischem und irischem Nationalcharakter mehr hervorzuheben, so den zweiten Titel ›Nationale Charakteristiken‹ zu rechtfertigen.

Was weiter in dem Buche wahr, was Dichtung sei, darüber läßt er uns im dunkeln, und ich glaube, mit Recht. Zu viel Licht schadet, und ein solches gleichsam Auseinanderlegen der innern Maschinerie eines Werkes mag wohl den Künstler, aber schwerlich das Publikum ansprechen; es ist im Gegenteil peinlich, ein Kunstwerk anatomisch zergliedert zu sehen, ehe man noch einen rechten Blick darauf geworfen hat.

Nach diesen Andeutungen, die Sie gefällig dem Werke vorsetzen wollen, müssen wir das Weitere dem gebildeten deutschen Publikum selbst überlassen; ich glaube mich jedoch kaum zu irren, wenn ich voraussage, daß diese beiden Bände ganz dieselbe günstige Aufnahme finden werden, die ihren früheren Vorgängern auf eine so schmeichelhafte Weise zuteil geworden.

Den 1. Mai 1841.

Die Prärie am Jacinto

Über den Madeiras und Sherries und Chambertins und Lafittes und den gewonnenen und verlorenen Wetten und Cottonpreisen und Sklavenpreisen und Banksystemen und Subtreasury-Systemen begannen denn doch allmählich die Köpfe heiß zu werden – noch immer aber herrschte ein heiter zuvorkommender, gentlemanischer Ton. Da ließ sich, gerade wie der bardolphsnasige Mayordomo eine frische Ladung Bouteillen aufstellte, vom untern Ende der Tafel herauf eine entschiedene Stimme hören:

»Wir wollen nicht.«

»Ihr wollt nicht?« donnerte es heftig, beinah rauh entgegen.

»Wir wollen nicht«, war die feste Antwort.

Die zwei Stimmen wirkten wie die erste Windbraut vor dem hereinbrechenden Sturme. Alle schauten in der Richtung, wo der Stoß herkam. Es war jedoch nichts zu sehen, die dichten Rauchwolken der Havannas verhüllten Streiter und Zecher.

»Wer ist der Mann?« wisperte es am obern Ende der Tafel.

»Darf ich so frei sein zu fragen, Gentlemen, um was es sich handelt?« fragte ein zweiter.

»Gewiß,« versetzte die entschiedene Stimme, »mein achtbarer Nachbar ist der Ansicht, Texas müsse sich dem Süden anschließen.«

»Das muß es auch«, fielen mehrere ein.

»Daß ich nicht wüßte«, entgegnete im ironischen Tone der Disunionist.

Die Kühnheit, in diesem Tone zu vierundzwanzig oder mehr Grandees, die zusammen leicht ein Heer von fünf- bis sechstausend rüstigen Negern ins Cottonfeld stellen konnten, zu sprechen, schien nicht geringes Befremden zu erregen; die Frage, wer ist der Mann, ließ sich, und zwar sehr mißbilligend, wiederholt vom oberen Ende der Tafel herab hören.

»Und warum soll es nicht?« fragte wieder eine Stimme.

»Ich gebe die Frage zurück, Sir! Warum soll es?«

»Es ist ein integrierender Teil Louisianas.«

»Um Vergebung! Seht den Bericht der Kommissäre bei Abschluß des Ankaufes Louisianas und der Zession Floridas an, und ihr werdet finden, daß Frankreich nie in den Sinn kam, den Rio del Norte anzusprechen, und daß Spanien, bloß um vor euch Ruhe zu haben, eure Ansprüche durch Florida befriedigte. Ihr seid in jeder Hinsicht vollkommen zufriedengestellt.«

»Er ist kein Bürger«, murmelten wieder die einen.

»Wer ist er?« die anderen.

»Ein kecker Bursche auf alle Fälle«, die dritten.

»Und wer«, schrie wieder die heftige Stimme, »und wer – wer hat Texas bevölkert? Wem hat es seine Unabhängigkeit zu verdanken als uns, den südlichen Staaten, seinen Nachbarn?«

»Ah, das ist eine andere Frage, Oberst Oakley, aber ich glaube, Nachbarschaft und Konvenienz entscheiden hier doch nicht allein.«

»Und was entscheidet, General Burnslow?« fielen nun ein Dutzend Stimmen ein, »wer soll entscheiden? Wer? Der Norden? Sollen wir uns vom Norden vorschreiben lassen?«

»Vom alten Weibe Adams?« schrien die einen.

»Oder dem langweiligen Webster?«

»Oder dem pedantisch schulmeisterlichen Everett?«

»Weder von dem einen noch dem andern, sondern vom südländischen Gerechtigkeitssinne, der da sagt: Wir haben kein Recht auf Texas!« sprach der General.

»Ihr seid auf einmal schrecklich gerecht, General Burnslow«, lachten mehrere.

»Trotz dem alten Adams«, fielen andere ein.

»Und ihr ungerecht«, replizierte der General.

»Trotz dem kleinen fliegenden Holländer«, fiel wieder lachend einer seiner Nachbarn ein.

Dieser letztere Hieb, unserer illustren Exzellenz im Weißen Hause dargebracht, fand so allgemeinen Anklang, daß Unionisten und Nicht-Unionisten in ein lautes Gelächter ausbrachen.

In einem viel gemäßigteren Tone rief wieder eine Stimme: »Aber was wollt ihr denn eigentlich mit Texas, Gentlemen? Euch euren Cottonmarkt ganz verderben? Oder glaubt ihr, nach Texas ebensoleicht wie nach Jackson[1] oder dem Indian Purchase[2] hinauf zu siedeln? Ich für meinen Teil gäbe nicht viel darum, wenn das ganze Texas im Pfefferland wäre – verdirbt uns nur den Markt.«

»Wahr, wahr!« bekräftigten mehrere.

»Oder«, nahm ein anderer das Wort, »wollt ihr euch eine neue Rotte von Exilierten, Spielern, Mördern und heillosem Gesindel auf den Hals laden, nachdem ihr kaum mit der alten fertig geworden? Wieder neue Vixburgh-Auftritte[3] haben?«

»Hist, hist, Oberst Cracker!« mahnten mehrere.

Der Oberst hörte jedoch nicht.

»Käme uns das gerade recht – brauchten das Völkchen, ist ja nichts als Gesindel.«

»Hist, hist!« warnte es abermals, und dann ließ sich ein mißbilligendes Gemurmel hören, worauf eine etwas unheimliche Stille eintrat.

Diese Stille wurde auf einmal durch die sehr artig, aber auch sehr bestimmt und fest ausgesprochenen Worte unterbrochen:

»Oberst Cracker, wollt Ihr so gut sein, Eure Ausdrücke, die Ihr in Verbindung mit Texas zu bringen beliebt, zu qualifizieren?«

Jetzt wurde die ganze Gesellschaft sehr ernst, die Zigarren verschwanden, und beim Lichte der achtzehn Wachskerzen, die auf den silbernen Armleuchtern brannten, wurde ein junger Mann sichtbar, der langsam vor den letzten Sprecher getreten.

---

[1] Jackson: Der Sitz der Regierung des Staates Mississippi.
[2] Indian Purchase: Der nördlich von Natchez gelegene, bekanntlich noch nicht lange den Indianern abgekaufte Teil des Staates Mississippi.
[3] Vixburg-Auftritte: Anspielung auf die Lynch-Exekution, die vor einigen Jahren da stattfand.

Der erste Anblick verriet den Gentleman. Nicht groß, nicht klein, hatten seine Formen jenes Gefällige, Gedrungene, das den Mann verrät, der seine Gemüts- sowohl als körperlichen Bewegungen vollkommen zu beherrschen weiß.

Unwillkürlich richtete sich der lässig im Fauteuil hingestreckte Oberst Cracker auf, den Sprecher vom Kopf zu den Füßen messend.

»Mit wem habe ich die Ehre zu sprechen?«

»Oberst Morse von Texas.«

»Oberst Morse von Texas?« riefen ein Dutzend Stimmen – »Oberst Morse von Texas?«

»Oberst Morse von Texas?« wiederholte, langsam sich erhebend, Oberst Cracker.

»Derselbe, der zuerst bei Fort Velasco?« rief der General.

»Und dann bei San Antonio?« Oberst Oakley.

»Und dann in der letzten Entscheidungsschlacht?«

»Derselbe«, versetzte der junge Mann.

»Ah, das ist etwas ganz anderes«, lachte nun Oberst Cracker. »Mit Vergnügen qualifiziere ich zu Euren Gunsten, Oberst Morse, Ihr seid ein Gentleman, ein geborner Gentleman.«

»Danke«, versetzte dieser trocken, »doch muß ich Euch bitten, Eure Güte auch auf die hundertundzwölf, die bei Fort Velasco, sowie auf die zweihundert, die in der Affäre von San Antonio, und auf die fünfhundert, die vor dem Fort Goliad, sowie auf die fünfhundertundfünfzig, die in der letzten Entscheidungsschlacht gefochten, auszudehnen, mit einem Worte, zu ihren Gunsten eine Ausnahme zu machen.«

»Auch das«, sprach, sich die Lippen beißend, der Oberst.

»Jetzt sind wir zufrieden«, versetzte lächelnd der texanische Oberst, »und als Gegenkompliment will ich Euch das Vergnügen gewähren, Euch zu gestehen, ja auf Ehre zu versichern, daß wir wirklich viel Gesindel in Texas haben.«

»Bravo, bravo, Oberst!« riefen alle.

»Gesindel in Hülle und Fülle«, versicherte der Oberst.

»Aber wißt Ihr, Oberst«, nahm lachend Oberst Oakley das Wort, »daß Ihr für einen Texaner da mehr zugebt, als meines Erachtens nötig ist, gar zu –«

»aufrichtig seid, wollt Ihr sagen, Oberst Oakley«, fiel der junge Mann ein, »und aufrichtig sage ich Euch, daß wir Gesindel in Hülle und Fülle haben, Abenteurer aller Art, Exilierte, Spieler, Mörder, und doch nicht zu viele.«

»Den Teufel auch!« lachten wieder alle.

»Nicht zu viele, versichere Euch auf Ehre! Und daß uns dieses Gesindel sehr gut zustatten kam, vielleicht besser zustatten kam, als uns Eure ruhigen, friedlichen, respektablen Bürger zustatten gekommen wären.«

»Alle Teufel!« lachten wieder alle.

»Eure Worte in Ehren, Oberst Morse«, sprach Oakley, »aber Ihr gefallt Euch, wenn nicht in Paradoxen, doch in Rätseln.«

»Wirklich in Rätseln«, fiel der General in einem Tone ein, der offenbar den Wunsch verriet, der Unterhaltung eine weniger pikante oder, was hier dasselbe war, gefährliche Wendung zu geben. »Aufrichtig gesagt«, fuhr er fort, »sollten wir auf unsern lieben Gastgeber ein bißchen ungehalten sein, daß er uns einen so werten Besuch nicht aufgeführt, aber unser Freund, Kapitän Murky, ist überhaupt so schweigsam.«

»Ich kam, als Ihr bereits bei der Tafel saßet, General, und dies –«

»entschuldigt hinlänglich«, fiel der General ein. »Aber wie kamt Ihr, der Sohn einer unserer besten Maryland-Familien, nach Texas? Ich hörte etwas von einem Morse, aber erst vor kurzer Zeit wurde mir die Gewißheit. – Wie kamt Ihr nach Texas? Sollte doch glauben, der Sohn Judge Morses dürfte auch in den Staaten –«

»ein Plätzchen gefunden haben, um da seinen Herd aufzuschlagen, nicht wahr, General?«

»So sollte ich«, versetzte dieser.

»Ja, wie kamet Ihr nach Texas, Oberst?« riefen alle. Die Frage war, die Wahrheit zu gestehen, eine für Texas nicht sehr schmeichelhafte, aber sie war in einem so freundlich teilnehmenden Tone, so ganz ohne alle second thoughts gestellt, die Fragenden, Männer von so bedeutendem Gewichte – der Oberst, nachdem er den ihm von dem Mayordomo gestellten Sessel genommen, nippte mit einer Rundverbeugung an dem frisch gefüllten Glase:

»Wie ich nach Texas kam?« wiederholte er ernster.

»Ja, wie kamet Ihr nach Texas, Oberst?«

1

»Bah! Kam – oder ging vielmehr, in Gesellschaft eines Freundes, und gewissermaßen endossiert von einer Kompanie unserer aufgeklärten New Yorker item Yankees, die damals gerade ihren unternehmenden Spekulationsgeist auf Texas gerichtet – mit andern Worten, hatte ich das Glück oder Unglück, wie Sie es nennen wollen, einen sogenannten Texas-Land-Scrip zu besitzen, das heißt, ein Zertifikat, ausgestellt von der Galveston-Bai- und Texas-Land-Kompanie, männiglich kund und zu wissen tuend, daß Mister Edward Morse, das ist, unsere werte Person, eine runde Summe von tausend Dollar in die Hände der Cashiers besagter Kompanie niedergelegt, für welche Niederlage er, bemeldter Edward Morse, berechtigt sein sollte, sich innerhalb des Gebietes obbesagter Galveston-Bai- und Texas-Land-Kompanie eine Strecke von nicht mehr noch weniger denn zehntausend Acker Landes herauszulesen, sie eigentümlich in Besitz zu nehmen, sich darauf niederzulassen, kurz, alle und jede Befugnisse eines Eigentümers auszuüben oder ausüben zu lassen, bloß unter der einzigen Bedingung, daß bei der Auswahl seiner zehntausend Acker er nicht frühern Rechten oder Besitztiteln in den Weg trete.«

»Recht gut!« ermunterten ihn ein Dutzend Stimmen.

»Weiter, weiter!«

»Zehntausend Acker im schönsten Lande der Erde und unter einem Himmel«, fuhr der Oberst fort, »gegen den unser maryländischer eine Hölle sein sollte, war allerdings ein viel zu lockender Köder, um nicht zu einer Zeit angebissen zu werden, wo, wie jeder sich zu erinnern wissen wird, das Anbeißen bei uns halb Mode und ganz Epidemie war und unsere freien und erleuchteten Mitbürger ebenso zuversichtlich in den Millionen Acker von Texas als den hunderttausend Städten Ohios, Indianas, Illinois' und Michigans, den zehntausend Eisenbahnen und zwanzigtausend Banken spekulierten; ein Spekulationsfieber, das erst einige Jahre darauf für die nächstkommenden zehn oder fünfzehn, wollen wir hoffen, kuriert wurde. Ich hatte, wie zu erwarten stand, angebissen und infolge dieses Anbeißens mich mit einem Freunde, der eine gleiche Anzahl Acker auf dem Papiere besaß, und einem Teil meiner Garderobe nach dem vielbelobten Lande eingeschifft; jedenfalls willens, meinen Anteil herauszuschneiden, vorläufig davon Besitz zu nehmen; gefiele mir das Land nicht, ihn zu versilbern, gefiele es mir aber, nach Maryland zurückzukehren, meine fahrende Habe und was in solchen Fällen notwendig ist, mitzunehmen und dann allen Ernstes da meinen Herd aufzuschlagen.

Wir gingen in Baltimore an Bord des schnellsegelnden Schoners ›The Catcher‹ und kamen nach einer dreiwöchigen Fahrt glücklich in Galveston-Bai an.

Die Küsten von Galveston-Bai, in die der Rio de Brazos einmündet, sind nicht so grausenerregend zu schauen wie die Louisianas und der Mündungen des Mississippi, aber aus dem ganz einfachen Grunde, weil sie eben nicht zu schauen sind. Man sieht weder Mündung noch Land. Eine Insel dehnt sich etwa sechzig Meilen vor diesem wie eine ungeheure flachgedrückte Eidechse hin – sie wird Galveston-Insel genannt –, hat aber weder Hügel noch Tal, weder Haus noch Hof, nicht einmal einen Baum, mit Ausnahme dreier verkrüppelter Auswüchse am westlichen Ende, die aber bei der gänzlichen Flachheit des Bodens doch weit hinaus sichtbar sind. In der Tat würde ohne diese drei Zwergbäume das Auffinden der Mündung eine schwere Aufgabe sein. Die erfahrensten Seeleute geraten hier in nicht geringe Verlegenheit; denn da das Land nur linienweise aus dem Meere gleichsam herausschwillt, verschwindet es auch wieder hinter jeder noch so leichten Welle, ja das wogende Grün der Gräser ähnelt den Wellen des gleichfalls grünen Küstenwassers so täuschend, daß wirklich ein scharfes Auge dazu gehört, die einen von den anderen zu unterscheiden, und wir, wie gesagt, es bloß den erwähnten Zwergbäumen zu verdanken hatten, daß wir unsern Weg der Mündung zu fanden. Wir hielten uns ganz an sie, etwa zehn Meilen längs der Insel hinfahrend, bis uns ein Pilot entgegenkam, der dann die Leitung des Schoners übernahm. Doch kamen wir nicht so leicht über die Sandbänke, mehrmals streiften wir, zweimal saßen wir ganz fest, und nur mit der vereinigten Hilfe unserer dreißig, oder besser zu sagen, sechzig Hände gelangten wir endlich in die Mündung des Flusses. Ich mit meinem Freunde und zwei Mitpassagieren war, nachdem wir den Schoner über die letzte gefährliche Sandbank bugsieren geholfen, im Boote vorausgegangen, auch bereits dem Lande nahe, als das Boot in der Brandung umschlug und uns sämtlich in den Wellen begrub. Glücklicherweise war das Wasser nicht mehr tief, sonst hätte uns unsere Ungeduld teuer zu stehen kommen können; so kamen wir mit einem tüchtigen Bade und einem Erbsenwasserrausche davon.«

»Feuchtet an, Oberst Morse!« unterbrach ihn hier der rotnasige Mayordomo, »feuchtet an!«

Der Oberst befolgte lächelnd den Rat und fuhr dann fort:

»Ans Land gekrochen, waren wir bereits eine geraume Weile gestanden, aber uns allen war es, als ob wir noch immer auf offener See fuhren. Das Land hatte so gar nichts Landähnliches. In unserm Leben hatten wir keine solche Küste gesehen. Es war aber auch keine Küste, kein Land zu sehen, wenigstens war es uns nicht möglich, die eine und das andere von der See zu unterscheiden. Einzig der Wogenschaum, der, sich an den Gräsern absetzend, in einem endlosen Streifen vor unsern Augen hinzog, deutete auf etwas wie eine Grenzscheide.

Denken Sie sich eine unübersehbare, hundert oder mehr Meilen vor Ihren Augen hinlaufende Ebene, diese Ebene ohne auch nur die mindeste Erhöhung oder Senkung mit den zartesten, feinsten Gräsern überwachsen – von jedem Hauche der Seebrise gefächelt – in Wellen rollend – durch nichts unterbrochen – weder Baum noch Hügel, Haus noch Hof –, und Sie werden sich eine schwache Vorstellung von der seltsamen Erscheinung dieses Landes bilden können.

Etwa zehn bis zwölf Meilen gegen Norden und Nordwesten tauchten freilich einige dunkle Massen auf, die, wie wir später erfuhren, Baumgruppen waren, aber unsern Augen erschienen sie als Inseln. Auch heißen diese Baumgruppen, deren es unzählige in den Präries von Texas gibt, wirklich, charakteristisch genug, Inseln, und sie gleichen ihnen auch auf ein Haar.«

»Seltsames Land das!« bemerkte spöttisch Colonel Cracker.

»Ein rückwärts hinter einer schmalen Landzunge stehendes Blockhaus, von dem die Flagge der mexikanischen Republik stolz herabwehte, überzeugte uns endlich, daß wir denn doch auf festem Lande waren«, fuhr der Erzähler, ohne den Spötter zu beachten, fort.

»Dieses Blockhaus, damals das einzige Gebäude, das den Hafen von Galveston zierte oder verunzierte, hatte, wie Sie leicht denken mögen, der Bestimmungen viele. Es war Hauptzollamt, Sitz des Douanen-Direktors, des Zivil- und Militärintendanten und Kommandanten, Garnison der da stationierten Kompanie mexikanischer Truppen, Hauptquartier ihres Chefs, des Kapitäns, und schließlich Gasthof, Wein- und Rumschenke. Neben dem Zerrbilde, das den mexikanischen Adler vorstellen sollte, prangte eine Rumflasche, und die Flagge der Republik wallte schützend über Brandy, Whisky und ›Accommodation for man and beast‹ herab. Vor dem Blockhause biwakierte die gesamte Garnison, eine Kompanie, aus zwölf zwergartigen, spindelbeinigen Kerlchen bestehend, die ich mir mit meiner Reitpeitsche alle davonzujagen getraut hätte, keiner größer als unsere zwölf- oder vierzehnjährigen Buben und bei weitem nicht so stark, aber alle mit furchtbaren Backen- und Knebel- und Zwickel- und allen Arten von Bärten, auch greulichen Runzeln. Sie hockten um ein altes Brett herum, auf dem sie so eifrig Karte spielten, daß sie sich kaum die Zeit nahmen, uns zu besehen. Doch kam ihr Chef uns freundlich aus dem Hause entgegen.

Kapitän Cotton, früher Herausgeber der Mexican Gazette, jetzt Zivil- und Militärintendant des Hafens von Galveston, Douanen-Direktor, Hafeninspektor, auch Gast- und Schenkwirt und unser Landsmann obendrein, schien sich, zur Ehre seines gesunden Menschenverstandes sei es bemerkt, weit mehr auf seine vortrefflichen spanischen und französischen Weine, die er denn freilich zollfrei einlagerte, als auf seine vielen Ehrenstellen, deren er mehr hatte als Soldaten, einzubilden. Erbärmlichere Soldaten habe ich aber auch alle Tage meines Lebens nicht gesehen als diese ausgedorrten Zwerge; sie kamen mir ordentlich wie Kobolde oder Spukmännchen vor, die irgendein alter Zauberer hieher versetzt. Wir konnten uns an ihnen nicht sattsehen, und je länger wir sie anschauten, desto wunderlicher kamen sie uns vor, ja ordentlich unheimlich wurden sie uns, und mit ihnen das ganze Land, das uns wie eine endlose Billardtafel erschien. Es ist aber auch eine ganz eigentümliche Empfindung, nach einer dreiwöchigen Seefahrt in einen Hafen einzulaufen, der kein Hafen ist, und ein Land, das halb und halb auch kein Land ist. Noch immer schien es uns, als müßte es jeden Augenblick unter unsern Füßen wegschwellen. Unsere Mitpassagiere, deren mehrere nun gleichfalls ausgestiegen, starrten geradeso verblüfft und verwirrt wie wir und eilten mit einer Hast dem Blockhause zu, die offenbar verriet, daß sie von gleicher Angst getrieben wurden. Als wir uns im Blockhaus umschauten, deuchte uns die unermeßliche, unübersehbare Wiesen- und Wasserwelt ein einziges Ganzes, aus dem unser Blockhaus wie eine Felseninsel emporstarrte. Wirklich fühlten wir uns erleichtert, als wir uns wieder an Bord unsers Schoners befanden.

Die dreißig Meilen von der Mündung des Brazos hinauf nach Brazoria zu fahren, nahm uns drei volle Tage. Am ersten dieser drei Tage fuhren wir durch eine immerwährende Wiese, am zweiten rückten wir den Inseln näher; die Wiese wurde zum Parke, rechts und links tauchten in meilenweiter Entfernung die prachtvollsten Baumgruppen auf, aber keine Spur menschlichen Daseins in diesem herrlichen Parke – ein unermeßlicher Ozean von Gräsern und Inseln.

Es ergreift aber ein solcher Ozean von Gräsern und Inseln das Gemüt des Neulings noch weit mehr als der Ozean der Wässer. Wir sahen dies an unsern Reisekompagnons, Landjägern so wie wir, nur daß sie nicht überflüssig mit dem circulating medium gesegnet, auch ohne Scrips kamen; übrigens nichts weniger als empfindsame Yorick-Reisende, im Gegenteil meistens wilde Bursche, die es während der drei Wochen oft toll genug getrieben. Hier wurden sie jedoch alle ohne Ausnahme nüchtern, ja ernst und gesetzt. Die wildesten, und ein paar waren wirklich so wild-rohe Bursche, als je auf Abenteuer ausgingen, wurden stumm, ließen keine der rohen, schmutzigen und selbst gotteslästerlichen Zoten hören, die uns zur See so oft mit Ekel erfüllen. Sie betrugen sich wie Leute, die zur Kirche gehend soeben in den Tempel des Herrn eintreten. Ein feierlich solenner Ausdruck in aller Mienen. Aber wir hatten auch gewissermaßen die Vorhalle des Tempels des Herrn betreten, denn einem wahren Tempel glich die grandiose Natur um uns herum. Alles so still, feierlich und majestätisch! Wald und Flur, Wiesen und Gräser, so rein, so frisch, gerade als wären sie soeben aus der Hand des ewigen Werkmeisters hervorgegangen. Keine Spur der sündigen Menschenhand, die unbefleckte, reine Gotteswelt!

Fünfzehn Meilen oberhalb der Mündung des Rio Brazos fuhren wir in den ersten Wald ein. Sykomores, später Pecans wölbten sich zu beiden Seiten über den Fluß herüber, und den Genuß zu erhöhen, erschienen auch ein Rudel Hirsche und eine starke Flucht von Welschhühnern; beide aber bereits ziemlich scheu, brachen, kaum daß sie uns erblickten, auch aus. Der Boden des Landes war jedoch, wie Sie leicht ermessen können, unser Hauptaugenmerk. An der Küste hatten wir ihn leicht sandig gefunden, mit einer sehr dünnen Kruste fruchtbarer Dammerde, aber ohne alle Anzeichen von Sumpf oder Schlamm; weiter hinauf wurde die Schicht der fruchtbaren Dammerde dicker, sie lagerte von einem bis vier, acht, zwölf, endlich fünfzehn, und bei Brazoria zwanzig Fuß über der Sand- und Lehmunterlage. Noch hatten wir nichts, was einem Hügel oder Steine ähnelte, gesehen, und in der Tat dürfte es schwer werden, hundert Meilen weit und breit einen Stein, auch nur so groß wie ein Taubenei, zu entdecken. Dafür fehlte es jedoch nicht an Holz, um Häuser zu bauen und Einfriedigungen zu stellen, und dies beruhigte uns wieder. Unsere Hoffnungen wuchsen mit jeder Meile.«

»Das muß das Land sein, wo die Hufnägel, zur Erde geworfen, über Nacht zu Hufeisen werden«, bemerkte lachend Oberst Cracker.

Der Oberst fuhr fort:

»In Brazoria angekommen, erlitten sie jedoch wieder einen harten Stoß.

Brazoria, etwa dreißig Meilen oberhalb der Einmündung des Rio Brazos in die Bai, war zur Zeit unserer Ankunft, das heißt im Jahre 1832, eine bedeutende Stadt – für Texas nämlich, indem sie über dreißig Häuser, darunter drei backsteinerne, drei Frame- oder Fach-, die andern Blockhäuser, enthielt, alle zum Sprechen amerikanisch, auch die Gassen ganz in unserer beliebten Manier schnurgerade und in rechten Winkeln sich durchschneidend, das Ganze bloß mit der einzigen Unbequemlichkeit, daß es zur Flut- und Frühlingszeit unter Wasser gesetzt wurde. Dieses Ungemach wurde jedoch von den guten Brazorianern bei der unerschöpflichen Fruchtbarkeit des Bodens nur wenig beachtet. Obwohl noch in den ersten Tagen des Märzmonats, fanden wir doch bereits frische Kartoffeln oder vielmehr Pataten, denn der Boden von Texas hat das Eigentümliche, daß er gepflanzte Kartoffeln bei der ersten Ernte halb, bei der zweiten aber ganz süß, also als Pataten, wiedergibt; ferner grüne Bohnen, Erbsen und die deliziösesten Artischocken, die je einen Feinschmeckergaumen entzückten. Etwas aber fanden wir, das mir und meinem Freunde weniger gefiel, und dies war die Entdeckung, daß unsere Scrips sich nicht ganz als die Sicherheitsanker erwiesen, die unsere Lebensarche im Texashafen festzuhalten versprachen. Wir hörten Zweifel, die nach der Ankunft William Austins, des Sohnes des Obersten Austin, zur fatalen Gewißheit wurden. Er gab uns die Akten des mexikanischen Kongresses zu lesen, die uns nur zu klar überzeugten, daß unsere Scrips nicht mehr wert waren als jedes andere beschriebene Papier.«

Die Zuhörer wurden immer aufmerksamer. Der Oberst fuhr fort:

»Der Kongreß von Mexiko hatte nämlich im Jahre 1824 zur Aufmunterung fremder Einwanderer und als Norm der verschiedenen, von den einzelnen Staaten zu erlassenden Gesetze einen Akt passiert, dessen Tendenz dahin ging, die Einwanderung vorzüglich in Texas zu begünstigen. Dem Kolonisationsplane zufolge waren Kontraktoren oder, wie sie in der Landessprache genannt wurden, Empressarios engagiert worden, die sich verbindlich machen mußten, binnen einer gewissen Zeit eine gewisse Anzahl von Ausländern auf ihre Kosten und ohne dem Staate im geringsten zur Last zu fallen, ins Land zu importieren. Wenn importiert, hatte sich die Regierung anheischig gemacht, diesen Eingewanderten zu je hundert Familien fünf Quadratstunden Landes anzuweisen und hierüber die Besitztitel auszustellen, jedoch unter der ausdrücklichen Bedingung, daß diese Einwanderer Bekenner der sogenannten alleinseligmachenden katholischen Kirche seien, weshalb auch die Ländereien erst angewiesen sowie die Besitztitel ausgestellt werden sollten, nachdem sie sich über dieses ihr alleinseligmachendes Glaubensbekenntnis hinreichend ausgewiesen haben würden. Für ihre Mühe sollten die Empressarios, wie sie genannt wurden, die aber eigentlich Brokers oder Makler waren, mit besondern Ländereischenkungen bedacht werden.

Von dieser sauberen Bedingung nun hatten uns unsere New-Yorker Galveston-Bai- und Texas-Land-Kompagnons und ehrsam wohlgebornen Yankees wohlweislich kein Wort gesagt, uns unsere zehntausend Acker in fee simple verkaufend, als ihnen von der mexikanischen Regierung bloß unter der einzigen Bedingung zur Disposition überlassen, das Land binnen Jahresfrist mit Auswanderern zu besetzen. So lauteten ihre mündlichen und schriftlichen Versicherungen, so lauteten auch die Scrips, und wir, diesen trauend, waren so auf die wilde Länderjagd ausgezogen. Klar war sonach, daß wir mit unseren Scrips geprellt waren, ebenso klar, daß die mexikanische fromm-katholische Regierung mit uns ketzerisch verdammten Yankees nichts zu tun haben wollte. Aber zugleich ging aus dieser doppelten Klarheit eine dritte nicht weniger deutlich hervor, diese nämlich, daß diese fromme katholische mexikanische Regierung uns oder vielmehr unserer Union einen Streich zu spielen gedachte, einen Streich, der langsam, aber gefährlich wirken konnte, den jeder wahre Amerikaner nach Kräften von seinem Lande der Union abzuwenden nicht nur berechtigt, sondern verpflichtet war.«

»Bravo, Oberst!« riefen die einen, »gesprochen wie ein wahrer Amerikaner!« die andern.

»Offenbar«, fuhr dieser fort, »hatte die Regierung von Mexiko bei ihrem Kolonisationsplane von Texas weiter aussehende Pläne, die nicht aus mexikanischen, sondern gefährlichern Köpfen entsprungen waren – es steckten römische Glatzköpfe dahinter. Texas sollte nicht bloß eine Art Außenwerk für das politische Unionsgebäude der Staaten Mexikos, es sollte gegen die ketzerische Union ein Vorwerk, mit seiner Mischlingsbevölkerung für die katholische Religion überhaupt eine Art fliegenden Korps werden, das nötigenfalls offensiv gegen uns auftreten und Verwirrung in unsere friedlich-religiösen Zustände bringen sollte. Die römische Kurie hatte sich damals sehr merkbar viel mit uns und unserer Union zu schaffen gemacht. Die Tätigkeit ihrer Emissäre und Priester war außerordentlich, ihre frommen Machinationen und Intrigen allentshalben zu spüren. Auf mehreren Punkten im Norden, selbst im Staate New York, hatten sich Klöster und Seminare erhoben, und das so schnell und offenbar mit so gewaltigen Mitteln, als Befremden und Staunen erregte. Niemand wußte, woher diese Geldmittel kamen. Das amerikanische Volk, mit dem sichern Takte, der es stets leitet, brannte diese Treibhäuser der krassesten geistigen Knechtschaft zwar weg, aber obwohl das Ungeziefer uns nun im Norden in Ruhe ließ, wurde es dafür im Süden desto lästiger. In Louisiana, in den südwestlichen Staaten war es allenthalben sichtbar, und es blieb kein Zweifel übrig, daß Texas in dem kombinierten Plane eine Rolle zu spielen bestimmt war. Zwar kümmerten uns eigentlich diese schwarzen Kombinationen nur wenig, aber unsere neuen Texasfreunde, worunter einige sehr hellsehende Männer, hatten viel von diesem Priestergeschmeiße auszustehen gehabt, und sie verfehlten nicht, uns die Sache aus einem Gesichtspunkte darzustellen, der bald ebenso unsern Stolz als Patriotismus aufstachelte. Durften wir als Bürger der freiesten, der erleuchtetsten, der größten herrschenden Nation Amerikas zugeben, daß eine nachbarliche Regierung, die uns eigentlich ihre Existenz verdankte und die ein paar unserer Bataillone wieder stürzen konnten, uns Gesetze diktiere, vorschreibe, was wir zu glauben und nicht zu glauben? Mußten wir nicht alles aufbieten, diesen knechtenden Gesetzen, durch eine heimtückisch fremde Politik hervorgerufen, entgegenzuarbeiten, den Streich, der uns gespielt worden, auf die Häupter derer, von denen er ausgegangen, zurückfallen zu machen? Die Frage hatte nur eine Antwort, und diese Antwort gegeben, war auch unser Entschluß gefaßt. Wir wollten bleiben – quand même. Jetzt waren wir ordentlich froh, daß unsere vielerwähnte löbliche Galveston-Bai- und Texas-Land-Kompanie uns den Possen mit den Scrips gespielt, ja wir entschuldigten sie, wohl begreifend, daß sie eben bei dieser ihrer Schelmerei einen uns und unserem Lande wohlgemeinten second thought, eine arrière pensée im Hintergrunde bargen. Hätte sich nämlich die gute Kompanie als Empressarios der mexikanischen Regierung angekündigt mit keiner andern Vollmacht, als die ihnen die oberwähnte Kongreßakte gegeben, kein amerikanischer Neger, viel weniger Bürger hätte sich beifallen lassen, Texas auch nur mit einem Fuße zu betreten; denn welchem vernünftigen Menschen könnte es einfallen, katholisch zu werden, sich unter ein Joch zu beugen, das Geist und Leib gleich fesselt, gleich tötet? Das wohl einsehend, drückten unsere New Yorker just ihr Gewissen, wie wir zu sagen pflegen, ein bißchen flach dahin, daß sie uns auf die texasischen Äcker, auf die sie übrigens ebensoviel Recht hatten als der fromme Papst mit seiner Kardinalskompanie auf die weiland mexikanischen peruvianischen Königreiche – ihre Anweisungen gaben, wohl wissend, daß, einmal im Land, wir nicht so leicht wieder herauszubringen, unsere Besitztitel schon rechtskräftig zu machen wissen würden. Diese echt yankeeische Politik, die uns bloß mit einem leichten Gewissensrucke zu unerschöpflich reichen Äckern, Uncle Sam aber zu ein paar neuen Gliedern seiner sechsundzwanzig-, damals noch vierundzwanziggliedrigen Familie verhelfen sollte, versöhnte uns nicht nur mit unserer einigermaßen spitzbübischen Galveston-Bai- und Texas-Land-Kompanie, sie ließ uns auch in der Aussicht auf kommende Abenteuer unsere tausend Dollar leicht verschmerzen. Wir gaben unsere zweimal zehntausend Acker um so weniger verloren, als unsere neuen Freunde, alle Landsleute, uns lachend versicherten, daß sie ja auch nicht katholisch geworden und, beiläufig gesagt, geradesoviel Lust verspürten, Katholiken als Neger zu werden, sich auch darüber kein graues Haar wachsen ließen und daß Tausende unserer Landsleute auf diese Weise bereits von unsern Boston-, New York-, Philadelphia-, Baltimore- und New-Orleaner Texas-Land-Kompanien ins Land spediert, auch da ihren Herd aufgeschlagen, ohne sich je davon träumen zu lassen, ihre Sünden Ohren, die sie nichts angingen, zuzuraunen. Käme Zeit, käme Rat – wir hätten nichts Besseres zu tun, als Mustangs zu kaufen, deren die schönsten für Spottpreise zu haben wären, uns im Lande umzusehen und das Weitere dem lieben Gott und dem freien, souveränen Volke, die letzteren Worte waren natürlich leise gesprochen, zu überlassen. Es war wohl das klügste, was wir tun konnten; so kauften wir uns also vor allem Mustangs.

Diese Mustangs sind kleine, in der Regel nicht über dreizehn Hand hohe Pferde, die, von den Spaniern eingeführt, sich während ihrer dreihundertjährigen Oberherrschaft ins Unzählbare vermehrt, in Herden von Tausenden durch die Prärien von Texas, vorzüglich aber von Cohahuila streifen. In Texas beginnen sie jedoch bereits weniger zahlreich zu werden. Man fängt sie mit dem sogenannten Lasso, dessen Gebrauch, obwohl bekannt, ich doch näher beschreiben will, da ich, häufig Augenzeuge solcher Jagden, ihn vielleicht deutlicher zu versinnlichen vermag.

Der Lasso ist ein zwanzig bis dreißig Fuß langer und aus fingerbreiten Rindshautschnitten gedrehter, biegsamer Riemen, von dem ein Ende am Sattelknopfe befestigt, das andere aber mit der Schlinge vom Lassojäger in der Hand gehalten wird. Sowie dieser einen Trupp wilder Pferde aufstöbert, sucht er ihm mit seinen Gefährten vor allem den Wind abzugewinnen, dann aber sich ihm möglichst zu nähern. Selten oder nie entwischen die Tiere den geübten Jägern, die, wenn sie dreißig bis zwanzig Fuß nahe gekommen, demjenigen, das sie sich zur Beute ersehen, mit unfehlbarer Hand die Schlinge über den Kopf werfen. Die Schlinge geworfen, wirft der Reiter zugleich sein Pferd herum, die dem Tiere über den Kopf geworfene Schlinge schnürt diesem plötzlich die Kehle zusammen, und der im nächsten Augenblick darauf erfolgende äußerst heftige Riß des in entgegengesetzter Richtung fortschießenden Reiters betäubt das atemlose Pferd so gänzlich, daß es, auch nicht des mindesten Widerstandes fähig, wie ein Klotz rücklings geworfen fällt und regungslos, beinahe leblos daliegt – nicht selten getötet oder hart beschädigt, jedenfalls mit einer Warnung, die es den Lasso sein ganzes Leben hindurch nicht vergessen läßt. Ein auf diese Weise eingefangenes Tier sieht diesen nie, ohne zusammenzuschrecken; es zittert bei seinem Anblicke an allen Gliedern, und die wildesten werden durch das bloße Umlegen schafzahm.

Ist das Tier gefangen, so wird es auf eine nicht minder brutale Weise gezähmt. Es werden ihm die Augen verbunden, das furchtbare, pfundschwere Gebiß in den Mund gelegt, und dann wird es vom Reiter – die nicht minder furchtbaren sechs Zoll langen Sporen an den Füßen – bestiegen und zum stärksten Galopp angetrieben. Versucht es sich zu bäumen, so ist ein einziger, und zwar gar nicht starker Riß dieses Martergebisses hinreichend, dem Tiere den Mund in Fetzen zu zerreißen, das Blut in Strömen fließen zu machen. Ich habe mit diesem barbarischen Gebisse Zähne wie Zündhölzer zerbrechen gesehen. Das Tier wimmert, stöhnt vor Angst und Schmerzen, und so wimmernd, stöhnend wird es ein oder mehrere Male auf das schärfste geritten, bis es auf dem Punkte ist, zusammenzubrechen. Dann erst wird ihm eine Viertelstunde Zeit zum Ausschnaufen gegeben, worauf man es wieder dieselbe Strecke zurücksprengt. Sinkt oder bricht es während des Rittes zusammen, so wird es als untauglich fortgejagt oder niedergestoßen, im entgegengesetzten Falle aber mit einem glühenden Eisen gezeichnet und dann auf die Prärie entlassen. Von nun an hat das Einfangen keine besonderen Schwierigkeiten mehr; die Wildheit des Pferdes ist gänzlich gebrochen, aber dafür eine Heimtücke, eine Bosheit eingekehrt, von der man sich unmöglich eine Vorstellung machen kann. Es sind diese Mustangs gewiß die boshaftesten, falschesten Tiere unter all den Pferderassen, die es auf dem Erdenrunde gibt, stets nur darauf ausgehend, ihrem Herrn einen Streich zu spielen. Gleich nachdem ich das meinige übernommen, war ich nahe daran, ein teures Lehrgeld zu geben. Im Begriff, eine Exkursion nach Bolivar zu unternehmen, sollten wir über den Brazos setzen. Der vorletzte, der das Boot bestieg, zog ich meinen Mustang sorglos am Zügel nach und war soeben im Begriff, in das Boot einzusteigen, als ein plötzlicher Ruck und der Zuruf ›Mind your beast!‹ mich seitwärts springen machte. Ein Glück, daß ich mich nicht erst umsah, sonst hätte es mir leicht das Leben kosten können. Mein Mustang war nämlich plötzlich zurückgesprungen, hatte sich ebenso plötzlich gebäumt und mit einer solchen Wut und Kraft auf mich niedergeworfen, daß seine Hufen die Bretter des Bootes durchbrachen. In meinem Leben hatte ich nichts so Wütendes gesehen wie dieses Tier. Es fletschte die Zähne, die Augen sprühten ein satanisches Feuer, einen wahrhaft tödlichen Haß – sein Gewieher glich dem Lachen des höllischen Feindes, ich stand entsetzt. Der Lasso, den mein Nachfolger ganz ruhig dem Tiere über den Kopf warf, machte es wieder im nächsten Augenblicke so fromm-unschuldig dareinschauen, daß wir alle laut auflachten, obwohl ich – sonst nichts weniger als ein Pferdefeind – starke Versuchung spürte, es auf der Stelle niederzuschießen.

Mit diesem Tiere nun und begleitet von meinem Freunde unternahm ich mehrere Ausflüge nach Bolivar, Marion, Columbia, Anahuac, Städtchen von drei, sechs, zehn bis zwanzig Häusern. Auch Pflanzungen besuchten wir, anfangs solche, an die wir empfohlen waren, später jede, die uns in den Wurf kam. Soeben waren wir auf einer dieser Pflanzungen. Sie lag einige Meilen seitwärts von der Straße, die von Harrisburg nach San Felipe de Austin fährt, und gehörte einem Mister Neal.

Mister Neal war erst drei Jahre im Lande und hatte sich in dieser Zeit ausschließend mit der Viehzucht beschäftigt, in Texas einer der angenehmsten, einträglichsten und bequemsten Berufe, dem der erste Gentleman, ohne sich zu vergeben, folgen darf. Seine Herden mochten zwischen sieben- und achthundert Stück Rinder und fünfzig bis sechzig Pferde zählen, alle Mustangs. Die Pflanzung war wie beinahe alle, die wir bisher gesehen, noch im Werden; das Haus, in jenem Hinterwäldlerstile angelegt, der in unserm Südwesten so gang und gäbe, war geräumig und selbst bequem, von rohen Baumstämmen aufgeführt. Es lag am Saume einer Insel- oder Baumgruppe mitten zwischen zwei kolossalen Sykomores, die es vor Sonne und Wind schützten. Im Vordergrunde floß die endlose Prärie mit ihren wogenden Gräsern und Blumen in die unabsehbare Ferne hin, im Hintergrunde erhob sich die hehre Majestät eines texasischen Urwaldes, über und über mit Weinreben durchwunden, die hundert und mehr Fuß an den Bäumen hinaufrankend ihre Ausläufer so über die ganze Insel hingesendet hatten. Diese Inseln nun sind einer der reizendsten Züge in dem texasischen Landschaftsgemälde und so unendlich mannigfaltig in ihren Formen und der Pracht ihrer Baumschläge, daß man jahrelang im Lande sein und doch immer neue Schönheiten an ihnen auffinden wird.

Sie erscheinen zirkelförmig, in Parallelogrammen, als Sexagone, Oktagone, wieder wie Schlangen aufgerollt; die raffinierteste Parkkunst müßte verzweifeln, diese unendlich mannigfaltig reizenden Formen zu erreichen. Des Morgens oder Abends, wenn umwoben von leichten blauseidenen Dunstsäumen und durchzittert von den ersten oder letzten Strahlen der Sonne, gewähren sie einen Anblick, der auch das unpoetischste Gemüt in Verzückung bringen könnte.

Ein nicht minder idyllischer Zug dieses gesegneten Landes ist auch die bequeme, anspruchslose Gastlichkeit seiner Bewohner. Selbst da, wo wir keine Empfehlungen brachten – und ich verstehe nicht schriftliche, sondern auch bloß mündliche Empfehlungen oder Grüße – traten wir bald ganz unbefangen in die Häuser und wurden ebenso unbefangen, ganz als alte Bekannte, empfangen. Dies fand ich so durchgängig Regel auf allen Pflanzungen, die von Southerners, Südländern, besessen waren, daß mir während meines ganzen mehrjährigen Aufenthaltes und Wirkens auch keine einzige Ausnahme auffiel. Wo sie mir auffiel, das heißt, wo ich für die Bewirtung zahlen mußte, waren die Ansiedler aus den Mittelstaaten oder Neu-England. Merkwürdig ist auch der Umstand, daß alle Gast- und Boarding- oder Kosthäuser ausschließlich von Yankees oder Bürgern aus den Mittelstaaten gehalten werden. Der Abkömmling des ritterlichen Virginiens oder der beiden Carolinas ist auch da zu stolz, sich seine Gastfreundschaft bezahlen zu lassen. Unser Wirt war ein fröhlicher Kentuckier und machte seinem Geburtsstaate in jeder Hinsicht Ehre. Unsere Aufnahme war die herzlichste, die es geben konnte. Wir hatten dafür nichts zu entrichten als die Neuigkeiten, die wir von Hause mitbrachten. Aber Sie können sich auch schwerlich einen Begriff von der Gier, der Ängstlichkeit machen, mit der unsere Landsleute in der Fremde Berichte von Hause anhören. Die Spannung ist wirklich fieberisch, und nicht bloß bei Männern, auch bei Frauen und Kindern. Wer sich von dieser wirklich fieberischen Anhänglichkeit unserer Bürger an ihr Vaterland einen Begriff geben will, sollte in der Tat nach Texas oder irgendeinem fremden Lande auswandern und mit da angesiedelten Landsleuten zusammentreffen. Wir waren nachmittags angekommen, und die Morgensonne des folgenden Tages traf uns noch am Erzählen und Debattieren – die ganze Familie um uns herum. Kaum daß wir einige Stunden geschlafen, wurden wir von unsern lieben Wirtsleuten bereits wieder aufgeweckt. Einige zwanzig bis dreißig Rinder sollten eingefangen und nach New Orleans auf den Markt versandt werden. Die Art Jagd, die bei einem solchen Einfangen stattfindet, ist immer interessant, selten gefährlich. Wir ließen uns die freundliche Einladung, wie Sie wohl denken mögen, nicht zweimal sagen, sprangen auf, kleideten uns an, frühstückten und bestiegen dann unsere Mustangs.«

War es die frisch-lebendige Weise oder der eigentümliche, für amerikanische Ohren so ganz berechnete Zuschnitt der Darstellung; die ganze Gesellschaft hatte sich nun um den Erzähler herum versammelt.

Er hielt einen Augenblick inne und fuhr dann fort:

2

»Wir hatten vier bis fünf Meilen zu reiten, ehe wir zu den Tieren kamen, die in Herden von dreißig bis fünfzig Köpfen teils weideten, teils sich im Grase herumtummelten, die schönsten Rinder, die ich je gesehen, alle hochbeinig, weit höher als die unsrigen, schlanker und besser geformt. Auch die Hörner sind länger und gleichen in der Ferne gesehen mehr den Geweihen der Edelhirsche denn Rinderhörnern. Obwohl Sommer und Winter sich selbst überlassen und in der Prärie, arten sie doch nie aus; nur wenn sie Wölfe oder Bären wittern, werden sie wild und selbst gefährlich. Die ganze Herde tobt dann in wütenden Sätzen dem Verstecke zu, wo das Raubtier lauert, und dann ist es heilsam, aus dem Wege zu gehen. Übrigens sind sie beinahe gar keinen Krankheiten ausgesetzt; von der Leberkrankheit, die unter den Herden in Louisiana so große Verwüstungen anrichtet, weiß man da nichts; selbst die Salzatzung ist überflüssig, da Salzquellen allenthalben im Überflusse vorhanden sind.

Wir waren ein halbes Dutzend Reiter, nämlich Mister Neal, mein Freund, ich und drei Neger. Unsere Aufgabe bestand darin, die Tiere dem Hause zuzutreiben, wo die für den Markt bestimmten mit dem Lasso eingefangen und sofort nach Brazoria abgeführt werden sollten. Ich ritt meinen Mustang. Wir hatten uns der ersten Herde, die aus etwa fünfzig bis sechzig Stück bestand, auf eine Viertelmeile genähert. Die Tiere blieben ganz ruhig. Sie umreitend, suchten wir der zweiten den Wind abzugewinnen. Auch diese blieb ruhig, und so ritten wir weiter und weiter, und die letzte und äußerste Truppe hinter uns, begannen wir uns zu trennen, um sämtliche Herden in einen Halbkreis zu schließen und dem Hause zuzutreiben. Mein Mustang hatte sich bisher recht gut gehalten, munter und lustig fortkapriolend, keine seiner Tücken gezeigt, aber jetzt – wir waren noch keine zweihundert Schritte auseinander – erwachte der alte Spanier. Etwa tausend Schritte von uns weideten nämlich die Mustangs der Pflanzung, und kaum hatte er diese gesehen, als er auch in Kreuz- und Quersprünge ausbrach, die mich, obwohl sonst kein ungeübter Reiter, beinahe aus dem Sattel brachten. Noch hielt ich mich jedoch. Aber unglücklicherweise hatte ich dem Rate Mister Neals entgegen nicht nur statt des mexikanischen Gebisses mein amerikanisches angelegt, ich hatte auch den Lasso, der mir das Tier bisher mehr als selbst das Gebiß regieren geholfen, zurückgelassen, und wo dieser fehlte, war mit einem Mustang in der Prärie nichts anzufangen. Alle meine Reitergeschicklichkeit vermochte hier nichts, wie ein wilder Stier sprang es etwa fünfhundert Schritte der Herde zu, hielt aber, ehe es in ihrer Mitte anlangte, so plötzlich an, warf die Hinterfüße so unerwartet in die Luft, den Kopf zwischen die Vorderfüße, daß ich über denselben hinabgeflogen war, ehe ich mir die Möglichkeit träumen ließ. Auf Zügel und Trense mit beiden Vorderfüßen zugleich springen, den Zaum abstreifen und dann mit wildem Gewieher der Herde zuspringen, das war dem Kobolde das Werk eines Augenblicks.

Wütend erhob ich mich aus dem ellenhohen Grase. Mein nächster Nachbar, einer der Neger, sprengte zu meinem Beistande herbei und bat mich, das Tier einstweilen laufen zu lassen, Anthony der Jäger würde es schon wieder erwischen; aber in meinem Zorne hörte ich nicht. Rasend gebot ich ihm, abzusteigen und mir sein Pferd zu überlassen. Vergebens bat der Schwarze, ja um 's Himmels willen dem Tiere nicht nachzureiten, es lieber zu allen Teufeln laufen zu lassen; ich wollte nicht hören, sprang auf den Rücken seines Mustangs und schoß dem Flüchtling nach. Mister Neal war unterdessen selbst herbeigesprengt und schrie so stark, als er es vermochte, ich möchte ja bleiben, um 's Himmels willen bleiben, ich wisse nicht, was ich unternehme, wenn ich einem ausgerissenen Mustang auf die Prärie nachreite, eine Texas-Prärie sei keine Virginia- oder Carolina-Wiese. Ich hörte nichts mehr, wollte nichts mehr hören; der Streich, den mir die Bestie gespielt, hatte mir alle Besonnenheit geraubt; wie toll galoppierte ich nach.

Das Tier war der Pferdeherde zugesprungen und ließ mich auf etwa dreihundert Schritte herankommen, den Lasso, der glücklicherweise am Sattel befestigt war, zurechtlegen, und dann riß es abermals aus. Ich wieder nach. Wieder hielt es eine Weile an, und dann galoppierte es wieder weiter, ich immer toller nach. In der Entfernung einer halben Meile hielt es wieder an, und als ich bis auf drei- oder zweihundert Schritte herangekommen, brach es wieder mit wildem, schadenfrohem Gewieher auf und davon. Ich ritt langsamer, auch der Mustang fiel in einen langsameren Schritt; ich ritt schneller, auch er wurde schneller. Wohl zehnmal ließ er mich an die zweihundert Schritte herankommen, und ebensooft riß er wieder aus. Jetzt wäre es allerdings hohe Zeit gewesen, von der wilden Jagd abzustehen, sie Erfahrenern zu überlassen; wer aber je in einem solchen Falle gewesen, wird auch wissen, daß ruhige Besonnenheit richtig immer gleichzeitig Reißaus nimmt. Ich ritt wie betrunken dem Tiere nach, es ließ mich näher und näher kommen, und dann brach es mit einem lachenden, schadenfrohen Gewieher richtig wieder aus. Dieses Gewieher war es eigentlich, was mich so erbitterte, blind und taub machte – es war so boshaft, gellte mir so ganz wie wilder Triumph in die Ohren, daß ich immer wilder wurde. Endlich wurde es mir doch zu toll, ich wollte nur noch einen letzten Versuch wagen, dann aber gewiß umkehren. Es hielt vor einer der sogenannten Inseln. Diese wollte ich umreiten, mich durch die Baumgruppe schleichen und ihm, das ganz nahe am Rande grasete, von diesem aus den Lasso über den Kopf werfen oder es wenigstens der Pflanzung zutreiben. Ich glaubte meinen Plan sehr geschickt angelegt zu haben, ritt demnach um die Insel herum, dann durch und kam auf dem Punkte heraus, wo ich meinen Mustang sicher glaubte, Allein, obwohl ich mich so vorsichtig, als ritte ich auf Eiern, dem Rande näherte, keine Spur war mehr von meinem Mustang zu sehen. Ich ritt nun ganz aus der Insel heraus – er war verschwunden. Ich verwünschte ihn in die Hölle, gab meinem Pferde die Sporen und ritt oder glaubte wieder zurück, das heißt der Pflanzung zu, zu reiten.«

Der Oberst holte tiefer Atem und fuhr fort:

»Zwar sah ich diese nicht mehr, selbst die Herde der Mustangs und der Rinder war verschwunden, aber das machte mir noch nicht bange. Glaubte ich doch die Richtung vor Augen, die Insel vom Hause aus gesehen zu haben. Auch fand ich allenthalben der Pferdespuren so viele, daß mir die Möglichkeit, verirrt zu sein, gar nicht beifiel. So ritt ich denn unbekümmert weiter.

Eine Stunde mochte ich so geritten sein. Nach und nach wurde mir die Zeit etwas lang. Meine Uhr wies auf eins – Schlag neun waren wir ausgeritten. Ich war also vier Stunden im Sattel, und wenn ich anderthalb Stunden auf die Rinderumkreisung rechnete, so kamen drittehalb auf meine eigene Wilde-Jagd-Rechnung. Ich konnte mich denn doch weiter von der Pflanzung entfernt haben, als ich dachte. Auch mein Appetit begann sich stark zu regen. Es war gegen Ende März, der Tag heiter und frisch wie einer unserer Maryland-Maitage. Die Sonne stand zwar jetzt golden am Himmel, aber der Morgen war trübe und neblig gewesen, und fatalerweise waren wir erst den Tag zuvor und gerade nachmittags auf der Pflanzung angelangt, hatten uns sogleich zu Tische gesetzt und den ganzen Abend und die Nacht verplaudert, so daß ich keine Gelegenheit wahrgenommen, mich über die Lage des Hauses zu orientieren. Dieses Übersehen begann mich nun einigermaßen zu ängstigen, auch fielen mir die dringenden Bitten des Negers, die Zurufe Mister Neals ein; aber doch tröstete ich mich noch immer. Gewiß war ich jedenfalls nicht mehr als zehn bis fünfzehn Meilen von der Pflanzung, die Herden mußten jeden Augenblick auftauchen, und dann konnte es mir ja gar nicht fehlen. Diese tröstende Stimmung hielt nicht lange an, es kam wieder eine bange, denn abermals war ich eine Stunde geritten, und noch immer keine Spur von etwas wie einer Herde oder Pflanzung. Ich wurde ungeduldig, ja böse gegen den armen Mister Neal. Warum sandte er mir nicht einen oder ein paar seiner faulen Neger oder seinen Jäger nach? Aber der war nach Anahuac gegangen, erinnerte ich mich gehört zu haben, konnte vor ein paar Tagen nicht zurück sein. Aber ein Signal mit einem oder ein paar Flintenschüssen konnte mir der Kentuckier doch geben! Ich hielt an, ich horchte: kein Laut – tiefe Stille ringsumher – selbst die Vögel in den Inseln schwiegen, die ganze Natur hielt Siesta, für mich eine sehr beklemmende Siesta. So weit nur das Auge reichte, ein wallendes, wogendes Meer von Gräsern, hie und da Baumgruppen, aber keine Spur eines menschlichen Daseins. Endlich glaubte ich etwas entdeckt zu haben. Die nächste der Baumgruppen, gewiß war sie dieselbe, die ich bei unserm Ausritte aus dem Hause so sehr bewundert; wie eine Schlange, die sich zum Sprunge aufringelt, lag sie aufgerollt. Ich hatte sie rechts, von der Pflanzung etwa sechs bis sieben Meilen, gesehen – es konnte nicht fehlen, wenn ich die Richtung nun links nahm. Und frisch nahm ich sie, trabte eine Stunde, eine zweite in der Richtung, in der das Haus liegen sollte, trabte unermüdet fort. Mehrere Stunden war ich so fortgeritten, anhaltend, horchend, ob sich denn gar nichts hören ließe – kein Schuß, kein Schrei. Gar nichts ließ sich hören. Dafür aber ließ sich etwas sehen, eine Entdeckung, die mir gar nicht gefallen wollte. In der Richtung, in der wir ausgeritten, waren die Gräser häufiger, die Blumen seltener gewesen; die Prärie, durch die ich jetzt ritt, bot aber mehr einen Blumengarten dar – einen Blumengarten, in dem kaum mehr das Grün zu sehen war. Der bunteste rote, gelbe, violette, blaue Blumenteppich, den ich je geschaut, Millionen der herrlichsten Prärierosen, Tuberosen, Dahlien, Astern, wie sie kein botanischer Garten der Erde so schön, so üppig aufziehen kann. Mein Mustang vermochte sich kaum durch dieses Blumengewirre hindurchzuarbeiten. Eine Weile staunte ich diese außerordentliche Pracht an, die in der Ferne erschien, als ob Regenbogen auf Regenbogen über der Wiese hingebreitet zitterten – aber das Gefühl war kein freudiges, dem peinlicher Angst zu nahe verwandt. Bald sollte diese meiner ganz Meister werden. Ich war nämlich wieder an einer Insel vorbeigeritten, als sich mir in der Entfernung von etwa zwei Meilen ein Anblick darbot, ein Anblick so wunderbar, der alles weit übertraf, was ich je von außerordentlichen Erscheinungen hierzulande oder in den Staaten je gesehen.

Ein Koloß glänzte mir entgegen, eine gediegene, ungeheure Masse – ein Hügel, ein Berg des glänzendsten, reinsten Silbers. Gerade war die Sonne hinter einer Wolke vorgetreten, und wie jetzt ihre schrägen Strahlen das außerordentliche Phänomen aufleuchteten, hielt ich an, in sprachlosem Staunen starrend und starrend, aber, wenn mir alle Schätze der Erde geboten worden wären, nicht imstande, diese außerordentliche, wirklich außerordentliche Erscheinung zu erklären. Bald glänzte es mir wie ein silberner Hügel, bald wie ein Schloß mit Zinnen und Türmen, bald wieder wie ein zauberischer Koloß – aber immer von gediegenem Silber und über alle Beschreibung prachtvoll entgegen. Was war das? In meinem Leben hatte ich nichts dem Ähnliches gesehen. Der Anblick verwirrte mich, es kam mir jetzt vor, als ob es hier nicht geheuer, ich mich auf verzaubertem Grund und Boden befände, irgendein Spukgeist sein Wesen mit mir triebe; denn daß ich mich nun wirklich verirrt, in ganz neue Regionen hineingeraten, daran konnte ich nicht mehr zweifeln. Eine Flut trüber, düsterer Gedanken kam zugleich mit dieser entsetzlichen Gewißheit – alles, was ich von Verirrten, Verlorengegangenen gehört, tauchte mit einem Male und in den grausigsten Bildern vor mir auf; keine Märchen, sondern Tatsachen, die mir von den glaubwürdigsten Personen erzählt worden, bei welchen Gelegenheiten man mich auch immer ernstlich warnte, ja nicht ohne Begleitung oder Kompaß in die Präries hinauszuschweifen;

selbst Pflanzer, die hier zu Hause wären, täten das nie, denn hügel- und berglos, wie das Land ist, habe der Verirrte auch nicht das geringste Wahrzeichen, er könne tage-, ja wochenlang in diesem Wiesenozeane, Labyrinthe von Inseln herumirren, ohne Aussicht, seinen Weg je herauszufinden. Freilich im Sommer oder Herbste wäre eine solche Verirrung aus dem Grunde minder gefährlich, weil dann die Inseln einen Überfluß der deliziösesten Früchte lieferten, die wenigstens vor dem Hungertod schützten. Die herrlichsten Weintrauben, Persimonen, Pflaumen, Pfirsiche sind dann allenthalben im Überflusse zu finden, aber nun war der Frühling erst seit wenigen Tagen angebrochen; ich traf zwar allenthalben auf Weinreben, Pfirsich- und Pflaumenbäume, deren Früchte mir als die köstlichsten geschildert waren und die ich in der Tat später so gefunden, aber für mich hatten sie kaum abgeblüht. Auch Wild sah ich vorbeischießen, aber ohne Gewehr stand ich inmitten des reichsten Landes der Erde, vielleicht, ja wahrscheinlich dem Hungertode preisgegeben. Der entsetzliche Gedanke kam jedoch nicht in folgerechter Ordnung, wie ich ihn hier entwickle, er schoß mir vielmehr verwirrt, versumpfend und doch wieder so blitzartig durch das Gehirn; jedesmal, wenn er mich durchzuckte, fühlte ich einen Stich, der mir Krämpfe und Schmerzen verursachte.«

»Das muß eine entsetzliche Lage sein«, bemerkte halb schaudernd Oberst Oakley.

»Doch kamen auch wieder tröstende Gedanken. Ich war ja bereits vier Wochen im Lande, hatte einen großen Teil desselben in jeder Richtung durchgestreift, diese Streifereien waren alle durch Prärics gegangen. Natürlich, denn das ganze Land war ja eine Prärie, und dann hatte ich meinen Kompaß und war immer in Gesellschaft. Dies hatte mich auch sicher gemacht, so daß ich stupiderweise nun, gegen jede Mahnung und Warnung taub, wie toll der wilden Bestie nachgejagt, uneingedenk, daß vier Wochen kaum hinreichten, mich im Umkreise von zwanzig Meilen, viel weniger in einem Lande, dreimal größer als der Staat New York, zu orientieren. Immerhin tröstete ich mich doch noch; von der eigentlichen Größe der Gefahr hatte ich noch immer keinen deutlichen Begriff; die Blitzfunken eines sanguinischen Temperamentes zuckten denn doch noch häufig, ja oft trotzig hervor. Ich hielt es für unmöglich, mich in den wenigen Stunden so gänzlich verirrt zu haben, daß nicht Mister

Neal oder seine Neger meine Spur einholen sollten. Auch die Sonne, die jetzt hinter den dunstumflorten Inseln im Nordwesten unterging, die Dämmerung hereinbrechen ließ, beruhigte mich wieder wunderbar. Ein seltsamer Beruhigungsgrund! Häuslich erzogen und von Kindesbeinen an Ordnung gewöhnt, war es mir zur Regel geworden, nachts zu Hause oder wenigstens unter Obdach zu sein. So sehr hatte sich diese Gewohnheit mit meinem ganzen Dasein verschwistert, daß es mir absolut unmöglich erschien, die Nacht hindurch ohne Obdach zu bleiben. So fix wurde die Idee, dieses Obdach sei in der Nähe, daß ich meinem Mustang unwillkürlich die Sporen gab, fest überzeugt, das Haus Mister Neals in der Dämmerung auftauchen, die Lichter herüberschimmern zu sehen. Jeden Augenblick glaubte ich das Bellen der Hunde, das Gebrülle der Rinder, das Lachen der Kinder hören zu müssen. Wirklich sah ich auch jetzt das Haus vor mir, meine Phantasie ließ mich deutlich die Lichter im Parlour sehen; ich ritt hastiger, aber als ich endlich dem, was Haus sein sollte, näher kam, wurde es wieder zur Insel. Was ich für Lichter gehalten, waren Feuerkäfer, die mir in Klumpen aus der düstern Nacht der Insel entgegenglänzten, nun in dem auch über der Prärie hereinbrechenden Dunkel auf allen Seiten ihre blauen Flämmchen leuchten ließen, bald so hell leuchten ließen, daß ich wie auf einem bengalischen Feuersee mich umhertreibend wähnte. Etwas die Sinne mehr Verwirrendes läßt sich schwerlich denken als ein solcher Ritt in einer warmen Märznacht durch die endlos einsame Prärie. Über mir das tief dunkelblaue Firmament mit seinem hellfunkelnden Sternenheere, zu den Füßen ein Ozean magischen Lichtes, Millionen von Leuchtkäferchen entstrahlend! Es war mir eine neue, eine verzauberte Welt. Jedes Gras, jede Blume, jeden Baum konnte ich unterscheiden, aber auch jedes Gras, jede Blume erschien in einem magisch-übersinnlichen Lichte. Prärierosen und Tuberosen, Dahlien und Astern, Geranien und Weinranken begannen sich zu regen, zu bewegen, zum Reigen zu ordnen. Die ganze Blumen- und Pflanzenwelt begann um mich herum zu tanzen. Auf einmal schallte ein lauter und langgezogener Ton aus dem Feuermeere zu mir herüber. Ich hielt an, horchte, schaute verwirrt um mich. Nichts war mehr zu hören. Wieder ritt ich weiter. Abermals der langgezogene Ton, diesmal aber melancholisch klagend. Wieder hielt ich an, wieder ritt ich weiter. Jetzt ließen sich die Klagelaute ein drittes Mal hören. Sie kamen aus einer Insel, von einer Whippoorwill, sie sang ihr Nachtlied. Wie sie das viertemal ihr Whippoorwill in die flammende Nacht herausklagte, antwortete ihr eine mutwillige Katydid. O wie ich da aufjauchzte, die Nachtsänger meines teuren Maryland zu hören! In dem Augenblick standen das teure Vaterhaus, die Negerhütten, die heimatliche Pflanzung vor mir. Ich hörte das Gemurmel der Creek, die an den Negerhütten vorbeiplätscherte. So überwältigend war die Täuschung, der ich mich, nicht hingab, nein, die mich hinriß, daß ich meinem Mustang die Sporen gab, fest überzeugt, das Vaterhaus liege vor mir. Auch ähnelte die Insel, aus welcher der Nachtgesang herüberkam, in dem magischen Zauberlichte den Waldsäumen, die meines Vaters Haus umgaben, so täuschend, daß ich wohl eine halbe Stunde ritt, dann aber hielt und abstieg und Charon Tommy rief. Charon Tommy war der Fährmann. Die Creek, die durch die väterliche Pflanzung floß, war tief und nur wenige Monate im Jahre übersetzbar. Charon Tommy hatte von mir seine klassische Taufe erhalten. Ich rief ein – zwei – ein drittes, ein viertes Mal – kein Charon Tommy antwortete. Erst nachdem ich nochmals vergebens gerufen, erwachte ich.

Ein süßer Traum, ein schmerzliches Erwachen! Die Gefühle zu beschreiben, die sich meiner bemächtigten, ist nicht möglich. Alles lag so dumpf, so sinneverwirrend auf mir, das Gehirn schien sich mir im Kopfe, der Kopf auf dem Rumpfe umherzudrehen. Ich war nicht so müde und matt, so hungrig und durstig, daß ich eine Abnahme meiner Kräfte gefühlt hätte; aber die Angst, die Furcht, die wunderbaren Erscheinungen, sie brachten einen Schwindel, einen Taumel über mich, der mich wie einen Nachtwandler umhertrieb. Absolut keines Gedankens mehr fähig, stand und starrte ich in die blaue Flammenwelt hinein, wie lange, weiß ich nicht. Mechanisch tat ich endlich, was ich während meines vierwöchigen Aufenthaltes im Lande andere tun gesehen, grub nämlich mit meinem Taschenmesser, das ich glücklicherweise bei mir hatte, ein Loch in den schwarzen Wiesenboden, legte das Lasso-Ende hinein, stampfte das Loch wieder zu, und nachdem ich die Schlinge dem Tiere über den Kopf geworfen und ihm Sattel und Zaum abgenommen, ließ ich es weiden, mich außerhalb des Kreises, den es beschreiben konnte, niederlegend. Eine etwas seltsame Art, die Pferde zu sichern, werden Sie sagen, aber immerhin die natürlichste und bequemste in einem Lande, wo Sie oft fünfzig Meilen im Umkreise kein Haus und fünfundzwanzig weder Strauch noch Baum sehen.

Schlafen ließ es mich jedoch nicht, denn von mehreren Seiten ließ sich ein Geheul vernehmen, das ich bald als das von Wölfen und Kuguaren erkannte – wahrlich nirgendwo eine sehr angenehme Nachtmusik, hier aber in diesem Feuerozeane, dieser rätselhaften Zauberwelt klang dieses Geheul so entsetzlich, daß es mir durch Mark und Knochen schallte, ich wahnsinnig zu werden befürchtete. Meine Fibern und Nerven waren in Aufruhr, und ich weiß in der Tat nicht, was aus mir geworden wäre, wenn ich mich nicht glücklicherweise besonnen, daß mir ja meine Zigarrenbüchse und ein Röllchen Virginia-Dulcissimus treu geblieben: unbezahlbare Schätze in diesem Augenblicke, die auch nicht verfehlten, meine trübe Phantasie wieder heiterer zu stimmen. Wahrlich, wenn der herrlich-ritterliche Sir Walter Raleigh kein anderes Verdienst um die Menschheit gehabt hätte, dieses allein sollte ihn allen jugendlichen Abenteurern für ewige Zeiten zum Patron heiligen! Ein paar Havannas – ich hatte natürlich, ein ziemlich starker Raucher, das Feuerzeug bei mir – brachten einen wohltätigen Rausch über mich, in dem ich endlich doch entschlummerte.«

Hier holten alle auf eine Weise Atem, die verriet, daß sie sich gleichfalls erleichtert fühlten. Es war aber auch in der Erzählung etwas, das selbst Pflanzer, die so manche rauhe Seite des Menschenlebens kennengelernt, wohl in Spannung, ja Beängstigung versetzen konnte.

Nachdem der Oberst sein Glas geleert, fuhr er fort:

3

»Der Tag war schon angebrochen, als ich erwachte. Mit den Träumen waren auch die trüben Gedanken verschwunden; ich fühlte scharfen Appetit, aber doch noch frisch und munter. Nüchtern, wie ich war, beschloß ich, auch nüchtern die Richtung, die ich zu nehmen hätte, zu überlegen, legte vor allem den Sattel, den Zaum an, grub den Knoten aus dem Loche, brachte den Lasso in Ordnung und bestieg dann meinen Mustang. Ein neckender Geist hatte einen ganzen Tag seine Possen mit mir getrieben, mich meine Unbesonnenheit büßen lassen; dafür, hoffte ich, würde er mir heute gnädiger mitspielen, den Scherz nicht zu sehr Ernst werden zu lassen. Ich hoffte so, und in dieser Hoffnung begann ich meinen Ritt.

Ich kam an mehreren wunderschönen Inseln, den herrlichsten Pecans-, Pflaumen-, Pfirsichbäumen-Inseln vorbei. Es haben aber diese Inseln so wie überhaupt die Wälder in Texas das Eigentümliche, daß ihre Baumarten nicht gemischt, sondern gewöhnlich ganz rein in ihren Baumschlägen sind. Selten treffen Sie eine Insel mit zweierlei Baumschlägen. Wie die verschiedenen Tiere des Waldes sich zueinander halten, so halten sich hier Lebenseichen zu Lebenseichen, Pflaumen zu Pflaumen, Pecans zu Pecans – nur die Rebe ist allen gemeinsam. Sie verwebt, verschlingt sie alle mit ihren zarten und doch kräftigen Banden. Mehrere dieser herrlichen Inseln betrat ich. Da sie nie sehr groß und weder Gesträuch noch Gestrüpp, stets aber das herrlichste Grün zum Fußteppich haben, so erscheinen sie so frisch, so rein, daß ich mich bei jedem solchen Eintritte auch immer verwundert umschaute. Es schien mir unmöglich, daß die sich selbst überlassene Natur so unglaublich rein sich erhalten sollte – unwillkürlich schaute ich mich um nach der Hand des Menschen, des Künstlers, sah aber nichts als Rudel von Hirschen, die mich mit ihren treuen Augen unschuldig-naiv anschauten und erst, wenn ich näher kam, ausbrachen. Was hätte ich jetzt für ein Lot Pulver, eine Unze Blei und eine Kentucky-Rifle gegeben! Immerhin heiterte mich der Anblick der Tiere auf, gab mir wieder eine gewisse Springkraft, eine Körper- und Geistesfrische, die mich ordentlich trieb, den Tieren nachzujagen. Auch mein Mustang schien etwas Ähnliches zu verspüren, er tanzte dann immer mehr mit mir, als er ging, wieherte frisch und munter in den Morgen hinein.

So ritt ich denn getrost weiter, Stunde auf Stunde. Der Morgen verging, Mittag kam heran, die Sonne stand hoch oben am wolkenlosen Himmel; der Appetit begann sich nun stärker zu melden, bald zum wahren Heißhunger zu werden, der schneidend in mir nagte. Ein gewisses Zehren in den Eingeweiden, ein krebsartiges Nagen, das allmählich eine schmerzlich peinigende Empfindung aufregte. Ich spürte die Fühlhörner, die Zangen, wie sie in meinen Eingeweiden herumwühlten, die zartesten Teile meines Lebensprinzipes angriffen. Auch meine Kräfte, am Morgen beim Erwachen so frisch, lebendig, fühlte ich zusehends abnehmen, eine gewisse squeamishness, Geschmacklosigkeit, Ermattung über mich kommen.

Nagte jedoch der Hunger peinigend, so quälte mich der Durst folternd. Dieser Durst war wirklich eine folternde, eine höllische Empfindung, doch hielt er so wie der Hunger nie lange an; auch die Mattigkeit verging wieder, und es kam jedesmal nach einem solchen Anfalle wieder eine Pause, während welcher ich recht leidlich fühlte. Die dreißig oder mehr Stunden, die ich nichts zu mir genommen, hatten meine von Natur starken Nerven mehr an- als abgespannt; aber doch begann mir klarzuwerden, daß dieses wiederholte Anspannen nicht lange mehr währen könne, ohne mich auch abzuspannen, denn bereits meldeten sich die Vorboten. Die Zuversicht und Besonnenheit, die mich im ganzen genommen doch noch immer aufrechterhalten, begannen zu schwinden, eine gewisse Verzagtheit, Geistesabwesenheit sich dafür einzustellen, in der mich so entsetzlich unbestimmte Traumbilder umschwirrten, daß mir die Sinne wirre wurden, ich wie ein Betrunkener von meinem Mustang herabhing. Solche Vorboten, halbe Ohnmachten währten bis jetzt zwar nicht lange, immer kam ich wieder zu mir, gab dann dem Tiere die Sporen und eilte wieder rascher vorwärts. Aber die qualvolle Empfindung, das entsetzliche Bewußtsein der Verlassenheit, die mich bei einem solchen Erwachen jedesmal durchdrang! Wie ich dann so hastig, gierig, halb wahnsinnig herumstierte – schaute, mir beinahe die Augen ausschaute und doch nichts erschaute als den ewigen und ewigen Ozean von Gräsern und Inseln!

Diese Empfindungen zu schildern!

Ich war oft der Verzweiflung nahe, meine Angst so entsetzlich, daß ich wie ein Kind weinte, ja betete. Ja, zu beten begann ich jetzt, und seltsam, wie ich das Gebet des Herrn anfing, war es mir, als ob eine Stimme mir zuriefe, vorwürfe, warum ich mich nicht früher an ihn gewendet, der allein hier helfen könne? Ich betete nun so hastig, flehte so inbrünstig, in meinem Leben habe ich nicht so heiß gefleht. Auch kam, wie ich jetzt nach diesem Gebete meine Augen zu ihm erhob, der in dieser seiner herrlichen Welt so sichtbar thronte, eine Zuversicht über mich, eine unbeschreiblich fromme, kindliche Zuversicht! Es war mir, als müßte ich erhört werden. Ich fühlte so gewiß, daß ich ganz getrost auf- und herumschaute, überzeugt, zu finden, was ich suche. Und wie ich so schaue, denken Sie sich mein unaussprechliches Erstaunen, Entzücken, erschaue ich ganz in der Nähe, keine zehn Schritte, Pferd- und Reiterspuren. Bei dieser Entdeckung entfuhr mir ein Freudenschrei, der mir geradezu in den Himmel als Jubeldank für mein erhörtes Gebet dringen zu müssen schien. Es durchfuhr mich wie ein elektrischer Funke. Meine ganze Kraft und Zuversicht waren auf einmal wiedergekehrt. Es trieb mich, vom Pferde zu springen, die Erde, die diese Spuren trug, zu küssen. Freudentränen rollten mir aus den Augen, über die Wangen, wie ich nun jubelnd meinem Tiere die Zügel schießen ließ und mit einer Hast davonritt, als ob die Geliebte meines Herzens mir vom Ziele herüberwinkte. Nie hatte ich gegen die Vorsehung so dankbar gefühlt als in dieser Stunde. Während ich ritt, betete ich, und während ich betete, trat mir wieder die Größe meines Schöpfers so siegend aus seinen herrlichen Werken vor Augen! Ich öffnete sie jetzt weiter denn je, um mich ganz von ihm und seiner herrlichen Natur durchdringen zu lassen. – Wohl herrlichen Natur! Der Mensch, der auf diesem Boden steht und nicht von der Größe und Allmacht seines Schöpfers durchdrungen wird, der muß Tier, ganz Tier sein. Der Gott Moses', der aus dem glühenden Dornbusche sprach, ist ein Kindergott gegen den Gott, der hier all-ergreifend vor die Augen tritt, klar, greiflich aus dieser unermeßlichen Wiesen-, Insel- und Baumwelt vor Augen tritt. Nie zuvor war er mir so groß vorgekommen. Ich erschaute ihn so klar, ich glaubte, ihn greifen zu können, seine Stimme tönte mir in die Ohren, seine Herrlichkeit durchdrang mich, erfüllte meine Seele mit einem süßen Rausche, der etwas von Verzückung an sich hatte. Nun ich das Ende meiner Pein, meine Rettung mit Gewißheit voraussah, wollte ich mich gleichsam zum Abschiede noch letzen mit ihm und seinem herrlichen Werke. Es lag so grandios vor mir, so ruhig, so ozeanartig mit seinen Hunderte von Meilen in jeder Richtung hin wogenden Gräsern, den schwankend-schwimmenden Inseln, die in den goldenen Strahlen der Nachmittagssonne wirklich schwebend und schwimmend erschienen, während wieder hinten und seitwärts wogende Blumenfelder, in den fernen Äther hinaufschwellend, Himmel und Erde in ein und dieselbe Glorie verschmolzen. So bot sich die Prärie gegen Westen dem Auge dar. Gegen Süden erschien sie womöglich noch zauberischer. Lichte – golden und blau gewirkte Schleier umhingen da die entfernteren Inselgruppen, ihnen zeitweilig ein dunkles Bronzekolorit verleihend, das wieder in der nächsten Minute durch einen leichten Luftzug in die hellste Farbenpracht aufflammte. Wie siegend brachen bei jedem solchen Luftzuge die Strahlen der Sonne diese himmlischen Schleier durch, und die kolossalen Baummassen schienen mit dem Luftstrome heranzuschwimmen, zu tanzen durch die unglaublich transparente Atmosphäre. Ein unbeschreiblich glorioser Anblick! Vor mir der endlose Wiesen- und Blumenteppich mit seinen Myriaden von Prärierosen, Tuberosen und Mimosen, dieser so lieblich, sinnig-zarten Pflanze, die, sowie ihr in ihre Nähe kommt, mit ihren Stengeln und Blättern sich aufrichtet, euch gleichsam anschaut und dann zurückschrickt, so sichtbar zurückschrickt, daß ihr staunend anhaltet und schaut, gerade als ob ihr erwartetet, sie würde euch klagen, diese seltsame Pflanze! Ehe die Hufe meines Mustangs oder seine Füße sie berührten, schrak sie schon zurück; in der Entfernung von fünf Schritten sah ich sie schon aufzucken, mich gleichsam scheu, verschämt, vorwurfsvoll anblicken und dann zusammenschrecken. Der Stoß nämlich, den der Pferde- oder Menschentritt verursacht, wird der Pflanze durch ihre langen, horizontal liegenden Wurzeln mitgeteilt, die, erschüttert, auch Stengel und Blätter zucken machen. Ein wirklich seltsames Zusammenzucken – Schrecken! Erst wenn ihr eine Strecke geritten, erhebt sie sich wieder, aber zitternd und bebend und ganz wie eine holde Jungfrau, die durch eine rohe Hand betastet, auch bestürzt und errötend das Köpfchen, die Arme sinken läßt, sie erst, wenn der Rohe gegangen, wieder erhebt.

In einer Lage, wie die war, in der ich mich befand, ist man eigentümlich weich und empfindsam gestimmt. Unsere Roastbeefs, glauben Sie mir, tragen viel dazu bei, uns mit ihrem Fleische und Safte auch halb und halb die dicke Haut der vierfüßigen Tiere, von denen sie stammen, beizulegen. Aber nun hatte ich die vierzig und mehr Stunden weder Roastbeef noch sonst etwas Genießbares über die Zunge gebracht, und daher denn auch die zarten, frommen Empfindungen. Sie sind wieder großenteils späteren Eindrücken gewichen bis auf eine, die ich eine Offenbarung meines Gottes nennen möchte, und die mich durchdrang, um nimmermehr zu weichen. Ich habe mir, so mag ich wohl sagen, einen neuen, einen lebendigen Gott gewonnen, einen Gott, den ich früher nicht kannte, denn mein früherer Gott war der Gott meines Predigers. Der, den ich in der Prärie kennengelernt, ist aber mein eigener Gott, mein Schöpfer, der sich mir in der Herrlichkeit seiner Werke geoffenbart, der mir von dieser Stunde an vor Augen stand und stehen wird, solange Odem in mir ist.«

Hier drückte der General dem jungen Manne die Hand. Dieser fuhr fort:

»Doch zurückzukehren zu meiner glücklich gefundenen Spur, so ritt ich und ritt wohl eine Stunde, als ich plötzlich mir zur Seite eine zweite Spur erschaute. Sie lief in paralleler Richtung mit der, welcher ich folgte. Wäre es möglich gewesen, meinen Jubel zu erhöhen, so würde diese gefundene zweite Spur es bewirkt haben; so stärkte sie bloß meine Zuversicht. Jetzt schien es mir unmöglich, den Ausweg aus dieser entsetzlichen Prärie nicht zu finden. Zwar fiel es mir als einigermaßen sonderbar auf, daß zwei Reiter in dieser endlosen Wiese zusammengetroffen, ihren Weg fortgesetzt haben sollten; aber die beiden Pferdespuren waren einmal da, liefen traulich nebeneinander, setzten ihr Dagewesensein außer allen Zweifel. Auch zeigte ihre Frische, daß sie nicht vor langer Zeit durchgeritten sein konnten. Vielleicht, daß es noch möglich war, sie einzuholen? Der Gedanke trieb mich zur größtmöglichen Eile. Ich ritt, was mein Mustang nur durch die ellenhohen Gräser und Blumen traben konnte; aber, obwohl ich nun eine, zwei, ja drei Stunden wieder scharf ritt, Reiter bekam ich doch keine zu sehen. Zehn Meilen konnte ich ringsum überschauen, aber nirgends etwas Reiterähnliches! Zwar lagen einige Inseln vor mir, aus einer dieser Inseln glänzte mir ein ähnliches Silberphänomen wie das, welches ich den vergangenen Tag gesehen, entgegen, aber jetzt zog mich kein Phänomenglanz mehr an. Um einen der Reiter hätte ich alle Phänomene, alle Silberwerke der Erde gegeben. Zuletzt mußte ich doch auf sie treffen, denn die Spuren lagen vor mir, mußten zu ihnen führen, wenn – ich sie nur nicht verlor? Daß dieses Unglück mir nicht begegne, war meine größte Sorge. Alle meine Geisteskräfte im Auge konzentriert, ritt ich nun Schritt für Schritt. – So verging wieder eine Stunde – eine zweite: der Nachmittag wandte sich dem Abend zu – die Spuren liefen immer noch fort, das tröstete mich. Zwar begannen jetzt meine Kräfte zusehends abzunehmen, ich merkbar matter zu fühlen, das krebsartige Nagen kam heftiger, der Mund wurde mir faul, geschmacklos, das Innere kalt, der Magen schlaff, die Glieder wurden schwer, das Blut fühlte kalt in den Adern; die Anwandlungen von Ohnmacht meldeten sich häufiger, stärker; aber eigentlichen Hunger und Durst fühlte ich nicht mehr an diesem zweiten Nachmittage, nur, wie bemerkt, eine starke Abnahme der Kräfte, und mit dieser stellte sich eine Schwäche aller Organe, aller Sinne ein, die mich mit neuem Schrecken erfüllte. Es wurde mir trübe vor den Augen, dumpf um die Ohren, der Zaum begann mir kalt und schwer zwischen den Fingern zu liegen, in den Gliedern wurde eine gewisse schmerzhafte Empfindsamkeit fühlbar, es war mir, als ob Nacht über mich, mein Sein hereinbräche. Immer ritt ich jedoch fort und fort. Endlich mußte ich doch auf einen Ausweg stoßen, die Prärie irgendwo ein Ende haben. Freilich war das ganze südliche Texas eine Prärie, aber doch hatte diese Prärie wieder Flüsse, und in der Nähe dieser Flüsse mußte ich auf Ansiedlungen stoßen; ich durfte nur dem Lauf eines dieser Flüsse fünf oder sechs Meilen folgen und war gewiß, auf Häuser und Pflanzungen zu treffen. Wie ich so, mich tröstend, fortritt und schaute und abermals schaute, ob denn noch keiner der Reiter zu sehen, gewahre ich plötzlich eine dritte Pferdespur, in der Tat und Wahrheit eine dritte Pferdespur, die wieder parallel mit den zweien, denen ich nachritt, fortlief Nun waren meine seit einigen Stunden gesunkenen Hoffnungen plötzlich wieder neu belebt. Jetzt konnte es mir doch gewiß nicht mehr fehlen; drei Reiter mußten eine bestimmte, zu irgendeinem Ziele führende Richtung genommen haben, welche war mir gleichviel, wenn sie nur zu Menschen führte. ›Zu Menschen, zu Menschen!‹ rief ich jauchzend, meinen Mustang zu erneuter Eile antreibend.

Die Sonne sank das zweitemal hinter den hohen Baumwipfeln der westlichen Inseln hinab; die in diesen südlichen Breitegraden so schnell einbrechende Nacht brach abermals herein; von den drei Reitern aber – war noch immer nichts zu sehen. Ich fürchtete, in der so schnell überhandnehmenden Dunkelheit die Spuren zu verlieren, hielt daher, als die Dämmerung in Nacht zu verschwimmen begann, vor einer Insel an, schlang das eine Ende des Lassos um einen Baummast, die Schlinge um den Hals des Pferdes und warf mich dann ins Gras.

Rauchen konnte ich nicht mehr, die Zigarren schmeckten mir so wenig als der Dulcissimus; schlafen konnte ich ebensowenig. Kam auch zuweilen der Schlummer, so wurde er jedesmal durch krampfhaftes Auf- und Zusammenschrecken unterbrochen. Es gibt nichts Gräßlicheres, als matt und schwach und von Hunger und Durst gefoltert und zernagt, nach Schlaf zu ringen und doch nicht schlafen zu können! Es war mir, als ob zwanzig Zangen und Marterwerkzeuge in meinem Innern wüteten. Solange die Bewegung zu Pferde angehalten, hatte ich diese Pein weniger gespürt, aber jetzt wurde sie wahrhaft furchtbar. Zugleich spielten so gräßliche Phantome um mich herum! Ich werde diese Nacht alle Tage meines Lebens nicht vergessen.

Kaum war die Morgendämmerung angebrochen, so raffte ich mich wieder auf; aber es dauerte lange, ehe ich den Mustang gerüstet hatte. Der Sattel war mir so schwer geworden, daß ich ihn nur mit Mühe dem Tiere auf den Rücken hob; sonst warf ich ihn mit zwei Fingern auf, jetzt vermochte ich es kaum mit Anstrengung aller meiner Kräfte. Noch größere Mühe kostete es mich, den Gurt zu befestigen; doch kam ich endlich zustande und bestieg abermals mein Tier, die Spur so rasch verfolgend, als es uns beiden nur möglich war. Mein Mustang war, wie Sie leicht denken mögen, von dem achtundvierzigstündigen Ritte gleich stark mitgenommen, ein Glück übrigens für mich, denn frisch und munter hätte er mich bei dem ersten Seitensprunge abgeworfen. Selbst jetzt vermochte ich mich kaum mehr im Sattel zu halten, hing wie ein Automat von dem Rücken des Tieres herab, das weder um Sporen noch Zügel sich mehr viel kümmern zu wollen schien.

So mochte ich wieder eine oder zwei Stunden geritten sein, als ich plötzlich und zu meinem größten Schrecken die drei Pferdespuren verschwunden sah. Ich schaute, ich starrte: mein Schrecken wurde zum Entsetzen, aber sie waren und blieben verschwunden. Noch immer traute ich meinen Augen nicht, ich schaute, prüfte nochmals, ritt zurück, wieder vorwärts, schaute auf allen Seiten, prüfte aufmerksam, nahm, wie wir zu sagen pflegen, alle Geisteskräfte im Sehorgane zusammen – aber sie waren und blieben verschwunden. Sie kamen bis auf den Punkt, wo ich hielt, hier aber hörten sie auf, auch nicht die geringste Spur weiter. Bis hierher waren die Reiter gekommen und keinen Schritt weiter. Sie mußten hier gelagert haben, denn ich fand das Gras in einem Umkreise von fünfzig bis sechzig Fuß zertreten. Wie ich so schaue, gewahre ich etwas Weißes im Grase. Ich steige ab, gehe darauf zu, hebe es auf. Gott im Himmel! Es war das Papier, in das ich meinen Virginia-Dulcissimus gewickelt, das ich die letzte Nacht weggeworfen! Ich war auf derselben Stelle, wo ich übernachtet, war also meiner eigenen Spur nachgeritten, im Zirkel herumgeritten!«

»Das ist wahrhaft furchtbar!« schrien hier ein Dutzend Stimmen.

»Jawohl, entsetzlich!« fuhr langsam und halb schaudernd der Oberst fort. »Ich stand wie vernichtet, keines Gedankens mehr fähig. So hatte mich die gräßliche Entdeckung niedergeschmettert, daß ich wie ein Klotz in dumpfer Verzweiflung neben meinem Mustang niedersank, nichts wünschend, als so schnell wie möglich zu sterben. Ein Schlag vor den Kopf, der mich aus der Welt gefördert, wäre mir jetzt als die größte Wohltat erschienen.

Wie lange ich lag, weiß ich nicht. Lange mußte es gewesen sein, denn als ich mich endlich doch wieder aufraffte, war die Sonne tief am westlichen Himmel herabgesunken. Ich verwünschte sie jetzt samt der Prärie und war so wild! Wäre ich bei Kräften gewesen, ich hätte sehr wild getan, aber ein dreitägiges Fasten in einer Prärie zähmt jede, auch die exorbitanteste Wildheit, versichere Sie. Ich war nicht nur körperlich, auch geistig so reduziert, daß ich weder Flüche noch einen andern Gedanken festzuhalten vermochte, mir absolut nicht erklären konnte, wie es gekommen, daß ich meiner eigenen Spur nachgeritten. Später wurde mir dieses freilich klar. Was ich für fremde Reiterspuren gehalten, waren meine eigenen gewesen. Ohne Landmarke, ohne Wegweiser war ich im Zirkel herum, und während ich vorwärts zu kommen glaubte, rückwärts geritten. Ich war, wie ich später erfuhr, in der Jacinto-Prärie, einer der schönsten von

Texas, an die siebzig Meilen lang und breit, ein wahres Eden, die auch das mit dem Paradiese gemein hat, daß sie so leicht verführt. Selbst erfahrene Jäger wagten sich nicht leicht ohne Kompaß in diese von den Menschen kaum noch betretene Wiesen- und Inselwelt. Wie hätte ich mich also zurechtfinden sollen, ein soeben vom Kollegium gekommener zweiundzwanzigjähriger unerfahrener Frischling! Meine Lage war in der Tat gräßlich. So ganz hatte mir die furchtbare Entdeckung die Kraft geraubt, daß ich mich nur mit vieler Anstrengung auf dem Rücken meines Tieres hielt, mich ihm absolut willen-, ja kraftlos überließ. Was jetzt noch kam, war mir gleichgültig. Den Zaum um die Hand gewunden, klammerte ich mich so stark, als ich es vermochte, an Sattel und Mähne, das Tier in Frieden gehen lassend. Hätte ich es doch früher getan! Wahrscheinlich wäre ich dann nicht in diese äußerste Not geraten, der Instinkt würde das Tier zweifelsohne einer Pflanzung zugeführt haben. Das ist jedoch das Eigentümliche unserer Unbesonnenheiten, daß die erste immer einen ganzen Train anderer nach sich zieht, so unaufhaltsam nach sich zieht, daß man gar nicht mehr zu einer ruhigen, leidenschaftslosen Anschauung kommen kann. Die erste Unbesonnenheit begangen, war ich kopflos wie ein wahrer Tor herumgeritten, und doch! Käme heute ein anderer in meine Lage, hundert wollte ich gegen eins wetten, er zöge sich nicht besser aus der Teufelei.

Nur soviel weiß ich mich von diesen entsetzlichen Stunden her noch zu erinnern, daß mein Mustang einige Male in der Luft herumschnupperte, dann aber eine entgegengesetzte Richtung, und zwar so rasch einschlug, daß ich nur mit größter Mühe mich in dem Sattel zu behaupten vermochte; denn jetzt schmerzten alle meine Glieder so furchtbar, daß jeder Tritt des Tieres mir zur wahren Folter wurde, ich oft in Versuchung kam, Knopf und Mähne fahren und mich hinabsinken zu lassen. Wie lange ich so herumgeschleppt ward, weiß ich nicht, noch, wie ich bei einbrechender Nacht von dem Rücken des Tieres kam. Wahrscheinlich verdankte ich es dem Lasso, daß es so geduldig mit mir umsprang. Wie ich die Nacht zugebracht, das mag der Himmel wissen. Ich war keines Gedankens mehr fähig, ja, wenn ich einen zu fassen versuchte, zuckte es mir so schmerzlich durch das Gehirn, als ob eine Zange darin herumwühlte. Alles tat mir weh, die Glieder, die Organe, mein ganzer Körper.

Ich war wie auf dem Rade zerbrochen. Meine Hände waren abgemagert, meine Wangen eingefallen, meine Augen lagen tief in den Höhlen; – wenn ich mir so im Gesichte herumfühlte, entfuhr mir immer ein idiotisches, halb wahnsinniges Lachen; ich war in der Tat dem Wahnsinn nahe. Des Morgens, als ich aufstand, vermochte ich kaum mich auf den Füßen zu erhalten, so hatten mich der viertägige Ritt, die Anstrengung, Angst und Verzweiflung heruntergebracht. Man behauptet, der gesunde Mann könne neun Tage ohne Nahrung aushalten; vielleicht kann er es in einer Stube oder einem Gefängnisse, aber sicher nicht in einer Texas-Prärie. Ich bin überzeugt, den fünften Tag hätte ich nicht überstanden. Wie ich auf den Rücken meines Mustangs kam, ist mir noch heute ein Rätsel; wahrscheinlich hatte er ermüdet sich gelagert und war so mit mir, der ich mich in den Sattel einsetzte, aufgestanden. Sonst wüßte ich wahrhaftig nicht, wie ich hinaufgekommen; aber hinauf kam ich dank dem Lasso, den ich instinktartig wie der Ertrinkende keinen Augenblick aus der Hand gelassen. Jetzt verschwamm alles so chaotisch vor meinen Augen, daß es Momente gab, wo ich mich nicht mehr auf dieser Erde wähnte. Ich sah die herrlichsten Städte, wie sie die Phantasie des genialsten Malers nicht grandioser hervorzuzaubern vermag, mit Türmen, Kuppeln, Säulenhallen, die bis zu den Sternen hinaufreichten; wieder die schönsten Seen, statt mit Wasser mit flüssigem Golde und Silber gefüllt; Gärten in den Lüften schwebend, mit den lockendsten Blumen und Bäumen, mit den herrlichsten Früchten. Aber ich vermochte es nicht mehr, auch nur die Hand nach diesen lüsternden Früchten auszustrecken, so schwer waren mir alle meine Glieder geworden. Jeder Schritt des Tieres verursachte mir jetzt die gräßlichsten Schmerzen, die geringste Bewegung, Erschütterung, wurde zur wahren Qual, die Eingeweide brannten mir wie glühende Kohlen, es riß darin herum, als wenn Skorpione da wühlten; Gaumen und Zunge waren vertrocknet, die Lungenflügel wie verschrumpft, während die Hände, die Füße zu fühlen waren, als ob sie nicht mehr Teile meines Körpers – fremdartige, mir angesetzte Marterwerkzeuge wären.

Bloß soviel weiß ich mich noch dunkel zu entsinnen, daß es mir plötzlich an den Kopf, um die Ohren schlug – ob wirkliche Schläge, ob Laute oder Töne, kann ich nicht sagen. Es war etwas wie Gestöhne, das ich zu hören glaubte, ein Röcheln, das mir dumpf in die

Ohren drang, vielleicht mein eigenes, vielleicht auch fremdes. Sinne und Bewußtsein hatten mich nun beinahe gänzlich verlassen. Nur sehr dunkel schwebt es mir vor, als wenn ich an Blätter und Zweige gestreift, denn es sauste mir in den Ohren wie Knacken, Brechen der Äste – auch hielt ich mit der letzten Kraft an etwas – was es war, ob Sattel, ob Mähne oder sonst etwas, weiß ich gleichfalls nicht – dieser Halt entfuhr mir – die Kraft verließ mich – ich sank.

Ein Schlag wie der Donner eines losgebrannten Vierundzwanzigpfünders, ein Sausen, Brausen wie das des Niagara-Kataraktes, ein Wirbeln, als ob ich in den Mittelpunkt der Erde hinabgerissen würde, ein Heer der greulichsten Phantome, die von allen Seiten auf mich einstürmten, mich umkreisten, umtobten! Und dann eine Musik wie aus höheren Sphären, glänzende Lichtgestalten, ein sich vor meinen Blicken öffnendes Elysium!

Wieder ein schmerzlicher Stich, der mir siedend, glühend durch die Kehle, die Eingeweide brannte, mich wie in lichterlohen Flammen auflodernd fühlen ließ. Etwas, als ob der entwichene Lebensfunke wieder zurückkehrte, die Lungenflügel sich öffneten, als ob es heiß durch die Glieder und Adern quirle, mir in Kopf und Augen dränge. Sie öffneten sich –«

Der Oberst hielt inne – aller Blicke fielen gespannt auf ihn.

Der General sprang auf

»Oberst Morse! Fehlt Euch etwas? Ihr seid angegriffen.«

»Ein wenig«, versetzte dieser, tiefen Atem holend. »Die Rückerinnerung –.«

»Strengt Euch die Erzählung an?« fragte der General.

»Der Moment, ja – doch es ist vorüber.«

Er nahm das ihm präsentierte Glas und trank.

Es trat eine tiefe Stille ein.

4

Nach einer geraumen Weile nahm er wieder das Wort.

»Ich schaute auf, um mich.

Ich lag auf der Rasenbank eines schmalen, aber tiefen Flusses. Mir zur Seite stand mein Mustang, neben diesem ein Mann, der, die Arme gekreuzt, eine strohgeflochtene Weidmannsflasche in der Hand hielt. Mehr konnte ich nicht ausnehmen, denn ich war zu schwach, mich aufzurichten. In meinen Eingeweiden brannte es wie höllisches Feuer. Die Kleider, die mir naß am Leibe klebten, waren ein wahres Labsal.

›Wo bin ich?‹ röchelte ich.

›Wo Ihr seid, Fremdling? Wo Ihr seid? Am Jacinto, und daß Ihr am – und nicht im Jacinto seid, ist, rechne ich, nicht Eure Schuld –. Damn it! Sie ist's nicht. Seid aber am Jacinto und auf 'm – wenn auch nicht im Trocknen.‹

Des Mannes höhnisches feindselig rohes Lachen hatte etwas so unbeschreiblich widerwärtig Zurückstoßendes, daß es mir Schmerzen in den Ohren verursachte, jedes Wort, das an die Ohrenfelle anschlug, schmerzte. Wenn mir die halbe Welt für einen freundlichen Blick geboten worden wäre – er wäre mir nicht möglich gewesen, mit solchem Grausen und Abscheu erfüllte mich dieses gräßliche Hohnlachen.

War es der äußerst gereizte, im Abschnappen begriffene Zustand meiner Nerven, war es ein sonstiger Umstand, der dieses gräßlich diskordante Lachen so unsäglich widerwärtig auf mich einwirken ließ, soviel kann ich mit Bestimmtheit versichern, daß, als das letzte Wort meine Ohren zerriß, mir auch der gräßliche Charakter des Lachers mit einer Deutlichkeit, einer Klarheit vor den Augen stand, in der ich in meinem ganzen Leben keinen Charakter, selbst die längst bekannten befreundeten durchschaut. Ich wußte, daß er mein Lebensretter, daß er es gewesen, der mich aus dem Flusse gezogen, in den ich köpflings über den Hals meines Mustangs gestürzt, als dieser wütend vor Durst über die Rasenbank in das Wasser hinabsprang; daß ich ohne ihn unfehlbar ertrunken sein mußte, selbst wenn der Fluß nicht so tief gewesen wäre; daß auch er es war, der mich mit seinem Whisky aus der tödlichen Ohnmacht zum Bewußtsein zurückgebracht. Aber wenn er mir zehn Leben gerettet hätte, ich vermochte es nicht, den unsäglichen Widerwillen zu überwinden. Es war mir nicht möglich, ihn anzusehen.

›Scheint nicht, daß Euch meine Gesellschaft zweimal lieb ist‹, grinste er mich höhnisch lauernd an.

›Eure Gesellschaft nicht lieb? Habe seit mehr als hundert Stunden keine menschliche Seele gesehen, keinen Bissen, keinen Tropfen über die Zunge gebracht.‹

›Hallo! da lügt Ihr‹, brüllte er lachend. ›Habt ja einen Mundvoll aus meiner Flasche genommen – zwar nicht eigentlich genommen, aber ihn doch den Rachen hinabgeschüttet. Und wo kommt Ihr her? Das Tier da ist nicht Eures?‹

›Mister Neals!‹ gab ich zur Antwort.

›Wessen ist es?‹ fragte er nochmals lauernd.

›Mister Neals!‹

›Sehe es am Brand. Aber wie kommt Ihr von Mister Neal her an den Jacinto? Sind gute siebzig Meilen quer über die Prärie zu Neals Pflanzung. Habt doch nicht mit seinem Mustang Reißaus genommen?‹

›Verirrt, habe seit vier Tagen keinen Bissen über die Zunge bekommen.‹

Mehr vermochte ich nicht herauszubringen, Schwäche und Abscheu schlossen mir den Mund. Die Sprache des Mannes verriet eine Verwilderung, eine Entmenschtheit, die alles weit überstieg, was ich derart je gesehen und gehört.

›Vier Tage nichts über die Zunge gebracht, und in einer Texas-Prärie, und Inseln auf allen Seiten!‹ lachte der Mann. ›Ah, sehe es, seid ein Gentleman, sehe es wohl – war auch eine Espèce von einem. Dachtet, unsere Texas-Prärien wären Eure Präries in den Niederlassungen drüben oder den Staaten droben. Ha, ha! – Und Ihr wußtet Euch gar nicht zu helfen?‹ lachte er wieder. ›Saht Ihr denn keine Bienen in der Luft, keine Erdbeeren auf der Erde?‹

›Bienen? Erdbeeren?‹ wiederholte ich.

›Ei, Bienen, die in hohlen Bäumen hausen; ist unter zwanzig hohlen Bäumen immer sicher einer, der voll ist, versteht Ihr, voll Honig. Und Ihr habt keine Bienen gesehen? Kennt aber vielleicht die Tiere nicht, denn sind nicht ganz so groß wie Wildgänse oder Truthühner; aber die Erdbeeren kennt Ihr doch, wißt doch auch, daß sie nicht auf den Bäumen wachsen.‹

Alles das sprach der Mann, den Kopf halb über den Rücken zurückgeworfen, höhnisch lachend.

›Und wenn ich auch Bienen gesehen, wie hätte ich ohne Axt zu ihrem Honig kommen können – verirrt, wie ich war?‹

›Wie kam es, daß Ihr Euch verirrtet?‹

›Mein Mustang – ausgebrochen.‹

›Verstehe, verstehe. Seid ihm nachgeritten, die Bestie hat ihren Kopf aufgesetzt, wie sie es immer tun, Euch zum besten gehalten. Verstehe, verstehe; aber was wollt Ihr nun? Was habt Ihr vor?‹

Noch immer sprach der Mann mit halb über den Rücken geworfenem Kopfe, wie als scheue er meinen Blick.

›Ich fühle schwach und matt zum Sterben – dem Tode nahe – zu Menschen will ich, in ein Haus, eine Herberge.‹

›Zu Menschen?‹ sprach der Mann mit einem höhnischen Lächeln. ›Zu Menschen?‹ brummte er, einige Schritte seitwärts tretend.

Ich vermochte es kaum, den Kopf seitwärts zu drehen, aber die Bewegung des Mannes war mir aufgefallen, und ich bezwang mich. Er hatte ein langes Messer aus dem Gürtel gezogen, das er spielend angrinste. Erst jetzt konnte ich ihn näher beschauen. Ein gräßlicheres Menschenantlitz war mir nie vorgekommen. Seine Züge waren die verwildertsten, die ich je gesehen. Die blutunterlaufenen Augen rollten wie glühende Ballen in den Höhlen. Sein Wesen verriet den wütendsten innern Kampf. Er stand keine drei Sekunden still. Bald vorwärts, bald rückwärts, wieder seitwärts schießend, schien es ihm nicht Ruhe zu lassen, spielten seine Finger wie die eines Wahnsinnigen mit dem Messer. In seinem Innern ging zweifelsohne ein Kampf vor, der über mein Sein oder Nichtsein auf dieser Erde entschied. Ich war jedoch vollkommen gefaßt; in meiner Lage hatte der Tod nichts Qualvolles; hing ja mein Leben selbst an einem bloßen

Faden! Die Bilder der Heimat, meiner Mutter, meiner Geschwister, meines Vaters tauchten noch einmal vor meinen Augen auf, und dann wandte sich mein Blick unwillkürlich zu dem droben! Ich betete.

Er war noch mehr zurückgetreten. Ich zwang mich, soviel ich es vermochte, und schaute ihm nach. Wie ihm meine Blicke folgten, trat mir dasselbe grandiose Phänomen, das ich am ersten Tage meiner Verirrung gesehen, abermals vor den Gesichtskreis. Die kolossale Silbermasse stand keine zweihundert Schritte vor mir. Er verschwand dahinter, kam aber nach einer Weile langsam und schwankend wieder hervor. Wie er sich mir jetzt näherte, trat mir allmählich sein Totalbild vor Augen. Er war lang und hager, aber starkknochig gebaut. Sein Gesicht, soviel der seit Wochen nicht geschorene Bart davon sehen ließ, war sonnen- und wettergebräunt wie das eines Indianers, aber der Bart verriet weiße Abstammung. Die Augen waren jedoch und blieben gräßlich, wurden es mehr, je länger man sie sah. Die Furien der Hölle schienen sich in diesen Augen umherzutreiben. Die Haare hingen ihm struppig um Stirn, Schläfe und Nacken herum. Inneres und Äußeres erschienen desperat. Um den Kopf trug er ein halb zerrissenes Sacktuch mit braunschwarzen dunklen Flecken. Sein hirschledernes Wams, seine Beinkleider und Mokassins hatten dieselben Flecken. Ohne Zweifel waren es Blutflecken. Das zwei Fuß lange Jagdmesser mit grobem hölzernem Griffe hatte er wieder in den Gürtel gesteckt, dafür aber hielt er jetzt eine Kentucky-Rifle in der Hand.

Meine Miene, meine Blicke mochten Abscheu verraten, obwohl ich mir alle Mühe gab, ruhig zu scheinen. Nach einem kurzen Seitenblicke grollte er.

›Scheint nicht, als ob Ihr viel Gefallen an meiner Gesellschaft findet. Sehe ich denn gar so desperat aus? Ist mir's denn gar so leserlich auf der Stirn geschrieben?‹

›Was soll Euch denn auf der Stirn geschrieben sein?‹

›Was? Was? So fragt man Narren und Kinder aus.‹

›Ich will Euch ja nichts ausfragen, aber als Christ, als Landsmann, bitte, beschwöre ich Euch –.‹

›Christ!‹ unterbrach er mich hohnlachend, ›Landsmann!‹ – schrie er, den Stutzen heftig zur Erde stoßend.

›Das ist mein Christ!‹ schrie er, diesen emporreißend und Stein und Schloß prüfend, ›der erlöst von allen Leiden, ist ein treuer Freund. Pooh! vielleicht erlöst er auch Euch, bringt Euch zur Ruhe.‹

Die letzten Worte sprach er abgewandt, mehr zu sich.

›Machst ihn ruhig, so wie den – Pooh! – Einer mehr oder weniger. Vielleicht vertreibt der das verdammte Gespenst.‹

Alles das war zur Rifle gesprochen.

›Verrätst mich auf alle Fälle nicht‹, – fuhr er fort. – ›Ein Druck –!‹

Und so sagend warf er das Gewehr vor, die Mündung in gerader Richtung gegen meine Brust.

Ich zitterte nicht, von Furcht konnte keine Rede mehr sein. An der Schwelle des Todes verliert dieser seine Schrecken, und ich war an seiner Schwelle, so sterbensschwach! Es brauchte keinen Schuß, ein leichter Schlag mit dem Kolben löschte den Lebensfunken mit einem Male aus. Ruhig, ja gleichgültig sah ich in die Mündung hinein.

›Wenn Ihr es bei Eurem Gotte, meinem und Eurem Schöpfer und Richter verantworten zu können glaubt – tut, wie Euch gefällt!‹

Meine ersterbende Stimme mußte wohl einen tiefen Eindruck in ihm hervorgebracht haben, denn er setzte erschüttert das Gewehr ab starrte mich mit offenem Munde an.

›Auch der kommt mit seinem Gott!‹ murmelte er. ›Gott! und meinem und Eurem Schöpf-er – und Rich-ter!‹

Er vermochte es kaum, die Worte herauszubringen, und als er sie jetzt wiederholte, schienen sie ihn zu würgen, ihm die Kehle zusammenzuschnüren.

›Sei-nem und – mei-nem Rich-ter!‹ stöhnte er wieder. ›Ob es wohl einen Gott, einen Schöpfer und Richter gibt?‹

Als er so murmelnd stand, wurden ihm die Augen starr.

›Gott!‹ wiederholte er in demselben gedehnt fragenden Tone – ›Schöpfer! Richter!‹

›Tut das nicht!‹ schrie er plötzlich. ›Bringt keinen Segen, was Ihr vorhabt! Bin ein toter Mann! Gott sei mir gnädig und barmherzig! Mein armes Weib, meine armen Kinder!‹

Die letzteren Worte waren so entsetzlich, aus tiefster Brust heraus gestöhnt! Die Rifle entfiel seinen Händen, zugleich schlug er sich so rasend auf Stirn und Brust. Der Mann wurde mir jetzt grausig, wie er, gepeitscht von den Furien seines Gewissens, umherschlug. Er mußte Höllenqualen ausstehen, der böse Feind schien in ihm zu toben.

›Seht Ihr mir nichts an?‹ – fragte er, plötzlich auf mich zuspringend, mit kaum hörbarem Gemurmel.

›Was sollte ich Euch ansehen?‹

Er trat noch näher.

›Schaut mich so recht an, so, wie man sagt, in mein Inneres hinein. – Seht Ihr da nichts?‹

›Ich sehe nichts‹, sprach ich.

›Ah, begreife, könnt nichts sehen. Seid nicht in der Spionierlaune, kalkuliere ich – nein, nein, seid nicht. Wenn man so die vier Nächte und Tage nichts über die Zunge gebracht, vergeht einem wohl's Spionieren. Zwei Tage habe ich's auch probiert. Nein, nein, kein Spaß das, kein Spaß, alter Kumpan!‹ redete er, wieder nach der Rifle langend, diese an. ›Sage dir, laß mich in Ruhe, hast genug, genug getan!‹

Und so sagend wandte er sich, drückte ab, aber das Gewehr versagte.

›Was ist das –?‹ schrie er, Schloß und Zündpfanne untersuchend – ›bist nicht geladen? – My! My! wie ich nur – versagst mir, weil ich dich nicht gefüttert, alter Kumpan! Nicht gefüttert, seit du! – Ah, hätte ich dich damals lieber nicht gefüttert, wäre vielleicht – wohl ist das ein Wink, soll mir eine Warnung sein – eine Stimme. Sollst ruhen. Schweig stille, alter Hund! Sollst mich nicht in Versuchung führen, hörst du?‹

Alles das sprach er eifrig, heftig zum Stutzen, dann wandte er sich wieder zu mir.

›So, seid Ihr matt und schwach, sterbensmatt, schwach? Freilich müßt Ihr's sein, denn Ihr seht ja drein, als ob Ihr alle Tage Eures Lebens am Hungertuche genagt.‹

›Matt zum Sterben –‹ röchelte ich.

›Wohl, so kommt und nehmt noch einen Schluck Whisky. – Wird Euch stärken; aber wart', will ein wenig Wasser eingießen.‹

Und so sagend trat er an den Rand des Flusses, schöpfte mit der hohlen Hand einige Male Wasser, ließ es in den Hals der Flasche, und diese an meine Lippen bringend, goß er mir das Getränk ein.

Selbst der blutdürstigste Indianer wird wieder Mensch, wenn er eine menschliche Handlung geübt. Auch er war auf einmal ein ganz anderer geworden. – Seine Stimme ward weniger rauh, mißtönig, sein Wesen sanfter.

›Ihr wollt also in eine Herberge?‹

›Um Gottes willen, ja. Habe seit vier Tagen nichts über die Lippen gebracht als einen Biß Kautabak.‹

›Könnt Ihr einen Biß sparen?‹

›Alles, was ich habe.‹

Ich holte aus meiner Tasche die Zigarrenbüchse, den Dulcissimus – er schnappte mir letzteren aus der Hand und biß mit der Heißgier eines Wolfes darein.

›Ei, von der rechten Sorte, ganz von der rechten Sorte‹, murmelte er in sich hinein. ›Ei, junger Mann, oder alter Mann – seid ein alter Mann? Wie alt seid Ihr?‹

›Zweiundzwanzig.‹

Er schaute mich kopfschüttelnd an. ›Kann es schier nicht glauben; aber vier Tage in der Prärie und nichts über die Zunge gebracht – wohl, mag sein! Aber sage Euch, Fremdling, hätte ich diesen Rest Kautabak noch vor fünf Tagen gehabt, – so – so. – Oh! einen Biß Kautabak! Nur einen Biß Kautabak! Hätte er nur einen Biß Kautabak gehabt, vielleicht! – ist ein Biß Kautabak oft viel wert. Liegt mir keiner so am Herzen, als – oh! hätte er nur einen Biß Kautabak gehabt, nur einen!‹

Seine Stimme, während er so sprach, hatte einen so kläglich stöhnenden und wieder wild unheimlichen Nachklang.

›Sage Euch, Fremdling‹, brach er wieder drohend aus – ›sage Euch! – Ah, was sage ich? – seht Ihr dort den Lebenseichenbaum? Seht Ihr ihn? Ist der Patriarch, und einen ehrwürdigeren, gewaltigern werdet Ihr nicht bald finden in den Präries, sag es Euch. – Seht Ihr ihn?‹

›Ich sehe ihn.‹

›Seht Ihr ihn? Seht Ihr ihn?‹ schrie er wieder plötzlich wild. ›Was geht Euch der Patriarch und was darunter ist an? Nichts geht es

Euch an. Laßt Eure Neugierde, zähmet sie, rate es Euch. Wagt es nicht, auch nur einen Fuß darunter zu setzen!‹

Und ein Fluch entfuhr ihm, zu schrecklich, um von einer Christenzunge wiederholt zu werden.

›Ist ein Gespenst‹ – schrie er – ›ein Gespenst darunter, das Euch schrecken könnte. – Geht besser weit weg.‹

›Ich will ja nicht hin, gerne weit weg. Es fiel mir ja gar nicht ein. Alles, was ich will, ist der nächste Weg zum nächsten Hause, gleichviel ob Pflanzung oder Wirtshaus.‹

›Ah, so recht, Mann, zum nächsten Wirtshaus. Will ihn Euch zeigen, den Weg zum nächsten Wirtshaus. Will, will.‹

›Ich will‹, murmelte er in sich hinein.

›Und ich will Euch ewig als meinem Lebensretter dankbar sein‹, röchelte ich.

›Lebensretter! Lebensretter!‹ lachte er wild – ›Lebensretter! Pooh! Wüßtet Ihr, was für einem Lebensretter. – Pooh! – Was hilft's, ein Leben zu retten, wenn –. Doch will – will Eures retten, will, dann läßt mich vielleicht das verdammte Gespenst –. So laß mich doch einmal in Ruhe. Willst nicht? Willst nicht?‹

Alles das hatte der Mann zum Lebenseichenbaum gewendet gesprochen, die ersten Sätze wild, drohend, die letzten bittend, schmeichelnd. Wieder wurde er wild, ballte die Fäuste, starrte einen Augenblick, dann sprang er plötzlich auf den Riesenbaum zu und verschwand unter der Draperie der Silberbärte, die von Ästen und Zweigen auf allen Seiten herabhingen; kam aber bald wieder hervor, einen aufgezäumten Mustang am Lasso vor sich hertreibend.

›Setzt Euch auf!‹ rief er mir zu.

›Ich kann nicht einmal aufstehen.‹

›So will ich Euch helfen.‹

Und so sagend trat er an mich heran, hob mich mit der Rechten – so leicht war ich geworden – in den Sattel meines Mustangs, mit der Linken nahm er das Ende meines Lassos, schwang sich auf den Rücken seines Tieres und zog Pferd und mich nach. Sein Benehmen, während wir nun die sanft aufsteigende Uferbank hinanritten, wurde äußerst seltsam. Bald rutschte er in seinem Sattel herum, mir einen wilden Blick zuwerfend, bald hielt er an, bohrte ängstlich zwischen die spanischen Moosbärte des Patriarchen hinein, warf mir wieder einen scharf beobachtenden Blick zu – schien zu überlegen – stöhnte, seufzte – spähte dann im Walde wie nach einem Auswege herum – ritt wieder einen Schritt vorwärts, stöhnte abermals, zuckte schaudernd zusammen. Der Lebenseichenbaum schien ihn furchtbar zu quälen; offenbar näherte er sich ihm mit Entsetzen, und doch zog es ihn wieder mit einer so unwiderstehlichen Gewalt hin, als ob sein Schatz da begraben läge. Auf einmal gab er seinem Tiere wütend die Sporen, so daß es im Galopp ausbrach. Glücklicherweise hatte er in seiner schrecklichen Zerrüttung den Lasso losgelassen, sonst müßte mich der erste Sprung meines Tieres aus dem Sattel geworfen, mir die morschen Glieder gebrochen haben. So schritt dieses langsam nach.

›Warum kommt Ihr nicht? Was habt Ihr den Patriarchen immer anzuschauen? Habt Ihr noch keinen Lebenseichenbaum gesehen?‹ schrie er mir mit einem Fluche zu. Als fürchtete er sich aber vor meiner Antwort, brach er abermals aus, hielt jedoch, nachdem er beiläufig zweihundert Schritte fortgesprengt, wieder an, schaute sich um. Der Patriarch war hinter mehreren kolossalen Sykomores verschwunden.

Erst jetzt atmete er freier.

›Aber wo war nur der Anthony?‹ fragte er, auf einmal sichtbar erleichtert.

›Welcher Anthony?‹

›Der Anthony, der Jäger, der Halfbreed Mister Neals?‹

›Nach Anahuac geritten.‹

›Nach Anahuac geritten?‹ wiederholte er. ›Uh! nach Anahuac!‹ stöhnte er. – ›Bin auch dahin – aber, aber –‹

Er wandte sich schaudernd um.

›Er ist doch nicht mehr da, nicht mehr zu sehen!‹

›Wer sollte da sein?‹

›Ah wer, wer?‹ brummte er. ›Wer?‹

Ich wußte wohl, wer der Wer sei, hütete mich aber ihn zu nennen, abermals sein Mißtrauen durch Fragen aufzustacheln. In dem Zustande, in dem ich war, vergeht Neu- und Wißbegier.

Wir ritten stillschweigend weiter.

Lange waren wir so geritten, ohne daß ein Wort zwischen uns gewechselt worden wäre. Er sprach zwar fortwährend mit sich, da jedoch mein Mustang zehn Schritte hinter dem seinigen am Lasso nachfolgte, hörte ich bloß das Gemurmel. Zuweilen nahm er seinen Stutzen zur Hand, redete ihm bald schmälend, wieder liebkosend zu, brachte ihn in eine schußgerechte Lage, setzte ihn wieder ab, lachte wieder wild. Dann beugte er sich wieder über den Sattel hinaus, wie einen Gegenstand auf der Erde suchend. Zuweilen schaute er sich, während er so suchte, scheu um, und dann fiel sein Blick immer forschend auf mich, ob ich ihn auch beobachte. Wieder tappte, griff er in der Luft herum, und wie er so herumtappte, fühlte, hing er so unheimlich auf seinem Mustang! Und wenn er dann in das unheimliche, hohle, teuflische Lachen ausbrach, dem wieder ein schauderhaftes Gestöhne folgte, bat ich immer zu Gott um ein baldiges Ende meines Rittes.

Wir mochten wohl zwei Stunden geritten sein, mein durch den gewasserten Whisky neu aufgeflammter Lebensfunke war auf dem Punkte, gänzlich zu erlöschen, ich fühlte, als müsse ich jeden Augenblick vom Pferde sinken; da gewahrte ich eine rohe Einfriedigung, die endlich eine menschliche Wohnung verkündete.

Ein schwacher Freudenruf entfuhr mir. Ich versuchte es, obwohl vergebens, meinem Tier die Sporen zu geben.

Mein Begleiter wandte sich, schaute mich mit wild rollenden Augen an und sprach im drohenden Tone:

›Seid ungeduldig, Mann! Ungeduldig, sehe ich – glaubt jetzt vielleicht?‹

›Ich sterbe, wenn nicht augenblicklich Hilfe –‹

Mehr vermochte ich nicht über die Lippen zu bringen.

›Pooh! Sterben, sterben. Man stirbt nicht sogleich. – Und doch – doch – Damn! es könnte wahr werden.‹

Er sprang aus dem Sattel auf meinen Mustang zu. Es war hohe Zeit, denn unfähig, mich im Sattel zu halten, sank ich hinab, ihm in die Arme.

Einige Tropfen Whisky brachten mich abermals zum Bewußtsein. Jetzt setzte er mich vor sich auf seinen Mustang und zog den meinigen am Lasso nach.

Wir umritten noch ein Pataten-, ein Welschkornfeld, eine Insel von Pfirsichbäumen und hatten endlich das Blockhaus vor Augen.«

»Bin nur begierig, wo das Ganze hinauswill«, murmelte Oberst Cracker. »Wird lange, die Geschichte.«

»So lang, daß wir darüber das Trinken vergessen«, lachte Oberst Oakley.

»Und das, glaube ich, ist wohl der beste Beweis, daß sie uns alle in hohem Grade anspricht«, fiel der General ein. »Oberst Morse, dürfen wir so frei sein, Euch zu ersuchen, fortzufahren?«

Der Oberst nickte und fuhr dann fort:

5

»Meine Kräfte waren so gänzlich gewichen, daß der Mann mich auf den Arm nehmen und in die Hütte tragen mußte; selbst da konnte ich nicht mehr stehen, er mußte mich wie ein Windelkind auf die Bank niederlassen. Aber trotz des nun rasch vor sich gehenden Ebbens meiner Lebensgeister weiß ich mich noch sehr deutlich, nicht nur auf die Wirtsleute, sondern auch das Hausgerät, die Stube, kurz alles zu erinnern. War es der Whisky, der den Geist in meinem hinsterbenden Körper so aufgeregt? In keinem Zeitpunkte meines Lebens habe ich so klar wie in diesem äußere Gegenstände wahrgenommen. Alles, was seit meinem Erwachen aus der Todes-Lebenskrise vorging, ist mir noch so deutlich eingeprägt, als ob ich es jetzt vor Augen sähe, der gräßliche Mann, das erbärmliche Blockhaus – eine Doppelhütte, mit einer Art Tenne in der Mitte – auf der einen Seite die Stube, auf der andern die Küche; die Stube ohne Fenster, mit Löchern, die mit geöltem Papier verklebt waren, dem hartgestampften Fußboden, an dessen Rändern fußhohes Gras wuchs; in einem Winkel das Bett, in einem andern eine Art Schenktisch und zwischen diesen beiden Winkeln wie eine Katze, die auf dem Sprunge, einherschleichend eine unaussprechlich widerliche Karikatur, den Wirt vorstellend – rote Haare, rote Schweinsaugen, ein Mund, der grausig scheußlich von einem Ohr zum andern reichte, ein hündisch erdwärts gerichteter Blick, der lauernd giftig ganz dem schleichenden Katzenschritte entsprach! Alles das steht vor meiner Seele so lebendig, daß ich den Mann, lebte er noch, unter Millionen beim ersten Blick herausfände.

Ohne uns nur mit einem Worte, einem Blicke zu bewillkommnen, brachte er eine Bouteille mit zwei Gläsern, stellte sie auf den Tisch, der aus drei Brettern bestand, die auf vier in die Erde eingerammte Pfosten genagelt waren und von irgendeinem Schranke oder einer Truhe herkommen mußten, denn sie waren noch zum Teile bemalt mit drei Anfangsbuchstaben eines Namens und einer Jahreszahl.

Mein Retter hatte den Menschen sein Geschäft schweigend, nur seinen widerwärtigen Bewegungen mit scharfen Blicken folgend, verrichten lassen. Jetzt schenkte er eines der Gläser voll, und es mit einem Zuge leerend sprach er:

›Johnny!‹

Johnny gab keine Antwort.

›Dieser Gentleman da hat vier Tage nichts gegessen.‹

›So?‹ versetzte, ohne aufzublicken, aus einer Ecke in die andere schleichend, Johnny.

›Vier Tage, sage ich, hörst du? Vier Tage. Und hörst du? Gehst, bringst ihm sogleich Tee, guten, starken Tee. Weiß, habt Tee eingehandelt, und Rum und Zucker. Bringst ihm Tee und dann eine gute Rindssuppe, und das in einer Stunde. Muß der Tee sogleich, die Rindssuppe in längstens einer Stunde fix und fertig sein, verstehst du? Den Whisky nehme ich, und ein Beefsteak und Pataten. Sagst deiner Sambo das.‹

Johnny schlich, als ob er nicht gehört hätte, fort und fort aus einer Ecke in die andere – wie bei einer Katze war sein letzter Schritt immer springend.

›Habe Geld, verstehst du, Johnny? Hab es, Mann!‹ nahm mein Führer wieder das Wort, einen ziemlich vollen Beutel aus dem Gürtel ziehend.

Johnny schielte mit einem indefinisablen Blicke nach dem Beutel hin, sprang dann vor, schaute meinen Mann hohnlächelnd an.

Die beiden standen, ohne ein Wort zu sagen. Ein höllisches Grinsen fuhr über Johnnys häßliche Züge. Mein Mann schnappte nach Atem.

›Habe Geld‹, schrie er auf einmal, den Kolben seiner Rifle zur Erde stoßend. ›Verstehst du, Johnny? Geld, und zur Not eine Rifle.‹

Und so sagend schenkte er sein zweites Glas ein, das er abermals mit einem Zuge leerte.

Johnny stahl sich jetzt so leise aus der Stube, daß mein Mann seine Entfernung erst durch das Klappen der Holzklinke gewahr wurde. Kaum war er jedoch dieses gewahr, als er auf mich zutrat, mich, ohne ein Wort zu sagen, auf seinen Arm hob und dem Bett zutrug, auf das er mich sanft niederlegte.

›Ihr macht, als ob Ihr hier zu Hause wäret‹, knurrte der wieder eintretende Johnny.

›Bin das so gewohnt, tue das immer, wenn ich in ein Wirtshaus komme‹, versetzte mein Mann, ruhig ein frisches Glas einschenkend und leerend. ›Für heute soll der Gentleman euer Bett haben. Magst du und deine Sambo meinethalben im Schweinestalle schlafen, habt aber keinen.‹

›Bob!‹ schrie Johnny wütend.

›Das ist mein Name, Bob Rock.‹

›Für jetzt‹, zischte mit schneidendem Hohne Johnny. ›So wie der deinige Johnny Down!‹ lachte wieder Bob.

›Pooh, Johnny, glaube doch, kennen uns, oder kennen wir uns nicht?‹

›Kalkuliere, kennen uns‹, versetzte Johnny zähneknirschend.

›Kennen uns von weit und breit und lang und kurz her‹, lachte wieder Bob.

›Seid ja der berühmte Bob von Sodoma in Georgien.‹

›Sodoma in Alabama, Johnny!‹ verbesserte ihn lachend Bob. ›Sodoma in Alabama. Sodoma liegt in Alabama‹ – sprach er, wieder ein Glas nehmend, ›weißt du das nicht und warst doch ein geschlagenes Jahr in Columbus, und das in allen möglichen schlechten Kapazitäten?‹

›Besser, Ihr schweigt, Bob‹, zischte Johnny mit einem Dolchblicke auf mich.

›Pooh! wird dir kein Haar krümmen, nicht plaudern, bürge dir dafür. Ist ihm die Lust dazu in der Jacinto-Prärie vergangen. Wenn sonst keiner wäre als der. Aber Sodoma‹, hob er wieder an, ›liegt in Alabama, Mann! Columbus in Georgien, sind durch den Chattahoochee voneinander geschieden, den Chattahoochee! Ah, das war ein lustiges Leben auf diesem Chattahoochee! Aber alles auf der Welt vergänglich, sagte immer mein alter Schulmeister. Pooh! haben jetzt dem Fasse den Boden ausgeschlagen, die Indianer ein Haus weiter über den Mississippi gesandt. War aber ein glorioses Leben. War es nicht?‹

Wieder schenkte er ein – wieder trank er aus.

Die Aufschlüsse, die mir die Unterhaltung über den Charakter meiner beiden Gesellschafter gab, dürften für jeden andern wohl wenig Erfreuliches gehabt haben; denn wenn ihre Bekanntschaft von diesem gräßlichen Orte her datierte, mochte sie sich ebensowohl aus der Hölle herleiten. Der ganze Südwesten hatte, Sie wissen es, nichts aufzuweisen, das an Verruchtheit diesem Sodoma, wie es ganz bezeichnend genannt wurde, gleichkam. Es liegt oder lag wenigstens noch vor wenigen Jahren in Alabama, einem Indianergebiet, Freihafen aller Mörder und Geächteten des Westens und Südwestens, die hier unter indianischer Gerichtsbarkeit Schutz und Sicherheit gegen die Ahndung des Gesetzes fanden. Schauderhaft waren die Frevel-, ja Greueltaten, die hier täglich vorfielen. Kein Tag verging ohne Mord und Plünderung, und das nicht heimlich, nein, am hellen Tage setzte die Mörderbande mit Messern, Dolchen, Stutzen bewaffnet über den Chattahoochee, tobte wie die wilde Jagd in Columbus ein, stieß nieder, wer in den Weg kam, brach in die Häuser, raubte, plünderte, mordete, tat Mädchen und Weibern Gewalt an und zog dann jubelnd und triumphierend, mit Beute beladen, über den Fluß in ihre Mordhöhle zurück, der Gesetze nur spottend. An Verfolgung oder Gerechtigkeit war nicht zu denken, denn Sodoma stand unter indianischer Gerichtsbarkeit, ja mehrere der indianischen Häuptlinge waren mit den Mördern einverstanden, ein Grund, der denn auch endlich die Veranlassung zu ihrer Fortschaffung wurde. Diese Fortschaffung hat, wie Sie wissen, die Tränendrüsen aller unserer alten, politischen Weiber in hohem Grade geöffnet, erstaunlich viele Gegner unter unsern guten Yankees gefunden, – Echos unserer ebenso guten Freunde in Großbritannien, denen es freilich nicht angenehm sein konnte, ihre Verbündeten so gleichsam aus unserer Mitte gerissen zu sehen. Ah, die britische Humanität, wie liebreich sie genauer betrachtet erscheint! Gar, gar so liebreich! Gott behüte und bewahre uns nur vor dieser liebreichen englischen Humanität! Glücklicherweise hatte Jacksons Eisenseele auch keinen Funken dieses britischen Liebesreichtums. Die Indianer mußten über den Mississippi, wie Sie wissen, und seit der Zeit sind auch Räuber, Mörder und – Sodoma verschwunden und Columbus blüht und gedeiht, eine so respektable, geachtete Stadt als irgendeine im Westen.«

»Vollkommen wahr!« fielen mehrere ein, »vollkommen wahr!«

»Doch zu meinen beiden Gesellschaftern zurückzukehren«, fuhr der Oberst fort, »so schien die Erinnerung an ihre Großtaten sie merklich zutraulicher zu stimmen. Johnny hatte sich gleichfalls ein volles Glas gebracht, und die beiden wisperten viel und angelegentlich. Doch konnte ich ihre Sprache, eine Art Diebes- und Spielerkauderwelsch, nicht verstehen. Nur hörte ich von meinem Gönner öfters ein wildes: ›Nein, nein – ich will bestimmt nicht!‹ ausstoßen. Dann verschwammen mir Worte und Gegenstände in vagen Klängen und Umrissen.

Eine ziemlich unsanfte Hand rüttelte mich auf. Ich sah aber nicht mehr. Erst als mir einige Löffel Tee eingegossen waren, wurde es mir klarer vor den Augen. Es war eine Mulattin, die mir zur Seite stand und mir Tee mit einem Löffel eingoß. Die Miene, die sie dazu machte, lächelte anfangs nichts weniger als freundlich; erst nachdem sie mir ein halbes Dutzend Löffel eingegossen, begann sich etwas wie weibliches Mitgefühl zu zeigen.

Im Herzen des Weibes, welcher Farbe sie auch sei, trifft ein junger Mann immer wenigstens auf eine Saite, die klingt, wenn auch nicht die zarteste. Mit jedem Löffel, den sie mir eingoß, wurde sie freundlicher. Es war aber ein köstliches Gefühl, das mich bei dieser Atzung durchschauerte. Bei jedem Löffel, den sie mir eingoß, war es mir, als ob ein neuer Lebensstrom durch Mund und Kehle in die Adern rieselte. Jawohl, eine köstliche Empfindung – sie tat mir ja wohl!

Viel sanfter, als sie mich vom Kissen aufgehoben, ließ sie mich nieder.

›Gor, Gor!‹ kreischte sie. ›Was für armer junger Mann das sein! Aber in einer Stunde Massa etwas Suppe nehmen.‹

›Suppe? Wozu Suppe kochen?‹ knurrte Johnny herüber.

›Er Suppe nehmen, ich sie kochen‹, kreischte die Mulattin.

›Und schlimm für dich, Johnny, wenn sie sie nicht kocht; sage dir, schlimm für dich!‹ schrie Bob.

Johnny murmelte etwas, was ich jedoch nicht mehr hörte, da abermals ein leichter Schlummer mich in seine Arme genommen.

Nach, was mir bloß wenige Augenblicke schienen, kam richtig die Mulattin mit der Suppe. Hatte mich ihr Tee erquickt, so kräftigte die Suppe erst eigentlich den schwankenden Lebensfunken. Ich fühlte zusehends, wie sie mir Kraft in Eingeweide, in Adern und Sehnen eingoß. Bereits konnte ich mich im Bette aufrecht sitzend halten.

Während ich von der Mulattin gefüttert wurde, sah ich auch Bob sein Beefsteak verzehren. Es war ein Stück, das wohl für sechs hingereicht haben dürfte; aber der Mann schien auch seit wenigstens drei Tagen nichts gegessen zu haben. Er schnitt Brocken von der Größe einer halben Faust ab, warf sie ohne Brot in den Mund und biß dann in die ungeschälten Pataten ein. Ich hatte nicht bald solchen Heißhunger gesehen. Dazu schüttete er Glas auf Glas ein.

Der Whisky schien ihn zu wecken, sein zerstörtes Wesen in eine gewisse Lustigkeit umzustimmen. Er sprach noch immer mehr mit sich selbst als mit Johnny, aber die Erinnerungen schienen angenehm, denn er lachte öfters laut auf, nickte sich selbstgefällig zu; einige Male verwies er auch Johnny, daß er ein gar so katzenartiger, feiger Geselle – ein gar so feiger, heimtückischer, falscher Galgengeselle sei.

Er sei zwar, lachte er, auch ein Galgengeselle, aber ein mutiger, offener, ehrlicher Galgengeselle – Johnny aber, Johnny –

Johnny sprang auf ihn zu, hielt ihm beide Hände vor den Mund, wofür er aber einen Schlag bekam, der ihn an die Stubentür anwarf, durch die er fluchend abzog. Ich war gerade auf dem Punkte einzuschlummern, als er den Finger auf dem Munde leise der Tür zuschlich, da horchte und sich dann dem Bett näherte.

›Mister!‹ raunte er mir in die Ohren, ›Mister, braucht Euch nicht zu fürchten!‹

›Fürchten? Warum sollte ich mich fürchten?‹

›Warum? Darum!‹ versetzte er lakonisch.

›Warum sollte ich fürchten? Für mein Leben? Seid Ihr nicht da, der es gerettet, den es nur einen Druck seines Daumens gekostet hätte, es wie ein Talglicht auszulöschen?‹

Der Mann schaute auf. ›Das ist wahr, mögt auch recht haben! Aber unsere Pflanzer, wißt Ihr, fangen auch oft Büffel und Rinder, um sie erst zu mästen und dann abzutun.‹

›Aber Ihr seid mein Retter, mein Landsmann und Mitchrist, und ich bin kein Rind, Mann!‹

›Seid's nicht, seid's nicht!‹ fiel er hastig ein. – ›Seid's nicht! – Und doch – doch –.‹ Er wurde düster, schien sich zu besinnen.

›Hört Ihr?‹ wisperte er, ›versteht Ihr Karten oder Würfel?‹

›Ich habe nie gespielt.‹

›Wenn Euch zu raten ist, so spielt auch nicht, hier absolut nicht! Versteht Ihr? Ah, hätte ich das gottverdammte Spiel nicht! Kein Spiel, hört Ihr? Kein Spiel!‹ Er wandte jetzt den Kopf der Tür zu, horchte, schlich wieder zum Tische, sich einzuschenken – die Bouteille war jedoch leer.

›Johnny!‹ schrie er, einen Dollar auf den Tisch werfend – ›sitzen im Trocknen.‹

Johnny steckte den Kopf durch die Tür.

›Bob, Ihr habt genug!‹

›Wirst du mir sagen, daß ich genug habe? Du?‹ schrie Bob, aufspringend und sein Messer ziehend.

Johnny sprang wie eine Katze davon, aber die Mulattin kam und brachte eine volle Bouteille.

Was weiter vorging, hörte ich nicht mehr, denn abermals kam der wohltätige Schlummer über mich.

Während meines Schlummers hörte ich, wie man im Schlummer hört, lauten Wortwechsel, dazwischen Stöße und Schläge; doch weckte mich nicht das Lärmen, sondern der Hunger. Dieser ließ mich nicht mehr schlafen. Wie ich die Augen aufschlug, sah ich die Mulattin, die an meinem Bett saß und die Moskitos abwehrte. Sie brachte mir den Rest der Suppe. Nach zwei Stunden sollte ich ein so köstliches Beefsteak haben, als je aus ihrer Pfanne kam. Nun aber müßte ich wieder schlafen.

Ehe noch die zwei Stunden vergangen, erwachte ich, so rasch ging die Verdauung vor sich. Wie ein Reibeisen arbeitete es in meinem Magen herum, aber nicht mehr schmerzlich, im Gegenteil, es war mehr eine wohltuende Empfindung. Das bereitete Beefsteak genoß ich mit einer Lust, einem Appetit, der wirklich nicht zu beschreiben ist. Eine solche Wollust war mir der Genuß dieses Rindschnittes, daß er mich halb und halb mit den entsetzlichen Qualen meines hundertstündigen Fastens wieder versöhnte. Doch erlaubte mir die Mulattin, die mehrere Fälle dieser Art erlebt und behandelt, nur ein sehr mäßiges Stück. Dafür brachte sie mir ein volles Bierglas, aus dem mir ein herrlicher Punsch entgegendampfte. In meinem Leben hatte ich, oder glaubte ich, nichts Köstlicheres genossen zu haben. Auf meine Frage, wo sie den Rum und Zucker sowie die Zitronen her habe, erklärte sie, daß sie mit diesen Artikeln selbst handle, daß Johnny bloß das Haus aufgeblockt, und zwar schlecht genug aufgeblockt, sie aber das Kapital zum Betrieb der Wirtschaft hergegeben und nebenbei noch einen Zucker-, Kaffee- und Schnittwarenhandel führe. Die Zitronen habe sie vom Squire oder, wie er auch genannt wurde, dem Alkalden, der ganze Säcke voll verschenke.

Allmählich wurde das Weib gesprächiger. Sie begann über Johnny zu klagen, wie er ein wüster Spieler und wohl noch etwas Schlechteres sei; wie er viel Geld bereits gehabt, aber alles wieder verloren, oft flüchtig werden müssen; wie sie ihn im untern Natchez kennengelernt, von wo er gleichfalls bei Nacht und Nebel fort gemußt. Aber der Bob sei nicht besser, im Gegenteile – das Weib machte die Bewegung des Gurgelabschneidens – einer, der es arg getrieben. Jetzt habe er sich betrunken, Johnny zu Boden geschlagen und überhaupt sehr wüst getan. Er läge draußen auf dem Porche, Johnny aber habe sich verborgen; doch brauche ich mich nicht zu fürchten.

›Fürchten, mein gutes Weib? Warum sollte ich mich fürchten?‹

Sie schaute mich eine Weile bedenklich an, dann sprach sie: ›Wenn ich wüßte, was sie wisse, würde ich mich wohl fürchten. Sie wolle jedoch auf keine Weise länger bei dem verruchten Johnny bleiben, so bald als möglich sich um einen andern Partner umsehen. Wenn sie nur einen wüßte.‹

Bei diesen Worten schaute sie mich an.

Ihr Blick sowie ihr ganzes Wesen hatten ein Etwas, das mir gar nicht gefiel. Die alte Sünderin war ihr in jedem Zuge eingedrückt. Ein häßliches, grobsinnliches Gesicht, in dem Laster und Ausschweifungen leserliche Spuren zurückgelassen. Aber jetzt war nicht die Zeit, den zart Empfindsamen zu spielen. Ich versicherte sie so warm, als ich nur vermochte, daß der Dienst, den sie mir erwiesen, meine ganze Dankbarkeit in Anspruch nähme, die ihr auf alle Fälle werden sollte.

Noch sprach sie eine Weile, ich hörte jedoch nicht mehr, denn ich war wieder eingeschlummert.

Diesmal wurde der Schlummer zum festen Schlafe.

6

Ich mochte sechs bis sieben Stunden geschlafen haben, als ich mich am Arme gerüttelt fühlte. Ich erwachte nicht sogleich, aber das Rütteln wurde so heftig, daß ich laut aufschrie. Es war nicht sowohl Schmerz über den eisernen Griff, der mich erfaßt, als Schrecken, der mich aufkreischen machte. Bob stand vor mir. Die nächtliche Ausschweifung hatte seine Züge bis ins Scheußliche verzerrt, die blutunterlaufenen Augen waren geschwollen und rollten wie von Dämonen gepeitscht, der Mund stand ihm weit und entsetzt offen; aus seinem ganzen Wesen leuchtete die Zerstörtheit eines Menschen hervor, der soeben von einer schrecklichen Tat gekommen. Er stand vor mir wie der Mörder über dem Leichnam des gemordeten Bruders. Ich schrak entsetzt zurück.

›Um Gottes willen, Mann! Was fehlt Euch?‹

Er winkte mir, still zu sein.

›Ihr habt das Fieber, Mann!‹ rief ich, ›die Ague!‹

›Ei, das Fieber!‹ stöhnte er, und der kalte Schauder überlief ihn, ›das Fieber, aber nicht das Fieber, das Ihr meint; ein Fieber, junger Mann, ein Fieber, Gott behüte Euch vor einem solchen Fieber!‹

Er zitterte, wie er so sprach, am ganzen Leibe.

›Willst du denn gar nicht mehr ruhen? Mich gar keinen Augenblick mehr in Frieden lassen? Hilft denn gar nichts?‹ stöhnte er, die Faust auf die linke Seite drückend. ›Gar nicht? du Gottverdammte! Sag Euch‹, brüllte er, ›wüßte ich, daß Ihr mit Eurem Gott und Schöpfer und Richter – von dem Ihr gestern schwätztet – bei Gott! ich wollte – ‹

›Flucht nicht so entsetzlich, Mann! Mein und Euer Gott sieht und hört Euch ohne Flüche. Bin kein winselnder Pfaffe, aber dieses gotteslästerliche Fluchen ist sündhaft, ekelhaft.‹

›Habt recht, habt recht! Ist eine häßliche Gewohnheit; aber sage Euch, ja um Gottes willen! was wollte ich sagen?‹

›Ihr wolltet sagen, vom Fieber wolltet Ihr sagen.‹

›Nein, wollte das nicht sagen, weiß jetzt, was ich sagen wollte; bleibt aber ebensogut ungesagt, was ich sagen wollte.‹

›Weiß, daß Ihr es nicht heraufbeschworen. Hatte ja vordem auch nicht Ruhe – die ganzen acht Tage schon keine Ruhe, ließ mich nicht – ruhen, nicht rasten –, trieb mich immer wie den, wie heißt er? der seinen – seinen Bruder – kaltgemacht –, trieb mich unter den Patriarchen – immer und immer unter den Patriarchen.‹

Er hatte die Worte leise abgerissen ausgestoßen oder vielmehr gemurmelt. Offenbar sollte ich sie nicht hören.

›Kurios das!‹ – murmelte er weiter, ›habe doch mehr als einen kaltgemacht, aber war mir nie so. War vergessen in weniger denn keiner Zeit; ließ mir kein graues Haar um sie wachsen. Kommt jetzt alles auf einmal, die ganze Zeche; – kann nicht mehr ruhen, nicht mehr rasten. In der offenen Prärie ist's am ärgsten, da steht er gar so deutlich, der alte Mann mit seinem Silberbarte und seinem glänzenden Gewand, und das Gespenst just hinter ihm. Wird mich das furchtbare Gespenst noch zur Verzweiflung bringen.

Soll mich aber doch nicht zur Verzweiflung bringen, soll nicht!‹ – schrie er wieder wild.

Ich tat, als hörte ich nicht.

›Was sagt Ihr da vom Gespenste?‹ schrie er mich plötzlich an.

›Ich sage nichts, gar nichts‹, versetzte ich beruhigend. Seine Augen rollten, er ballte die Hände, öffnete sie wieder wie der Tiger die Krallen.

›Sagt nichts – nichts, rate es Euch, nichts!‹ murmelte er wieder leise.

›Ich sage nichts, lieber Mann, gar nichts, als daß Ihr Euch Gott und Eurem Schöpfer zuwenden möget.‹

›Gott! – Gott! Ei, das ist der alte Mann, kalkuliere ich, im glänzenden Gewande mit dem langen Barte – der das Gespenst hinter sich hat. Will nichts mit ihm zu tun haben – soll mich in Ruhe lassen. – Will Ruhe haben. Will, will. Will, will!‹ stöhnte er. ›Wißt Ihr? Müßt mir einen Gefallen tun.‹

›Zehn für einen, alles, was in meinen Kräften steht. Sagt an, was ich tun soll, und es soll getan werden. Ich verdanke Euch mein Leben.‹

›Seid ein Gentleman, sehe es, ein Christ. Ihr könnt, Ihr müßt –‹

Er schnappte nach Atem, wurde wieder unruhig.

›Ihr müßt mit mir zum Squire, zum Alkalden.‹

›Zum Squire, zum Alkalden! Mann! Was soll ich mit Euch beim Squire, beim Alkalden?‹

›Werdet sehen, hören, was Ihr sollt, sehen und hören; hab ihm etwas zu sagen, etwas ins Ohr zu raunen.‹

Hier holte er mit einem schweren Seufzer Atem, hielt eine Weile inne, schaute sich auf allen Seiten ängstlich um.

›Etwas‹, wisperte er, ›das niemand sonst zu hören braucht.‹

›Aber Ihr habt ja Johnny. Warum nehmt Ihr nicht lieber Johnny?‹

›Den Johnny!‹ – hohnlachte er – ›den Johnny! der nicht besser ist, als er sein sollte, ja schlechter, zehnmal schlechter als ich, so schlecht ich bin; und bin schlecht, sag Euch, bin ein arger Geselle – ein sehr arger, aber doch ein offener, ehrlicher, der immer offen, ehrlich, Stirn gegen Stirn – bis auf dieses Mal; aber Johnny! – würde seine Mutter zur – ist ein feiger, hündischer, heimtückischer Hund, der Johnny!‹

Es bedurfte das keiner weiteren Bekräftigung, denn es war ihm wahrlich auf der Stirn geschrieben, ich schwieg also.

›Aber wozu braucht Ihr mich beim Squire?‹

›Wozu ich Euch beim Squire brauche? Wozu braucht man die Leute vorm Richter? Ist ein Richter, Mann, ein Richter in Texas, eigentlich ein mexikanischer Richter, aber von uns Amerikanern gewählt, ein Amerikaner wie ich und Ihr. Ist ein Richter der Gerechtigkeit.‹

›Und wie bald soll ich?‹

›Gleich auf der Stelle. Gleich, so bald als möglich. Kann es nicht mehr aushalten. Läßt mich nicht mehr ruhen. Stehe seit den letzten acht Tagen Höllenqual aus, keine ruhige Stunde mehr. Treibt mich unter den Patriarchen, wieder weg, wieder zu. Am ärgsten ist es in der Prärie, da steht der alte Mann im leuchtenden Gewande, und hinter ihm das Gespenst; könnte sie beide mit Händen greifen. Treiben mich schrecklich herum. Keine ruhige Stunde, selbst die Flasche hilft nichts mehr. Weder Rum noch Whisky noch Brandy hilft mehr, bannt sie nicht, beim Tarnel! bannt sie nicht. Kurios das! Habe gestern getrunken, glaubte es zu vertrinken, sie zu bannen; ließen sich nicht bannen – kamen richtig beide, trieben mich auf. Mußte fort, in der Nacht fort. – Ließ mich nicht schlafen, mußte hinüber unter den Patriarchen.‹

›Mußtet hinüber unter den Patriarchen, den Lebenseichenbaum?‹ rief ich entsetzt, ›und Ihr waret in der Nacht drüben unter dem Lebenseichenbaum?‹

›Zog mich hin unter den Patriarchen‹, stöhnte er, ›komme von daher, komme, komme. Bin fest entschlossen –‹

›Armer, armer Mann!‹ rief ich schaudernd.

›Jawohl, armer Mann!‹ stöhnte er in demselben entsetzlich unheimlich zutraulichen Tone. ›Sage Euch, läßt mich nicht mehr ruhen, absolut nicht mehr. Ist jetzt acht Tage, daß ich hinüber nach San Felipe wollte. Glaubte schon San Felipe zu sehen, dicht an San Felipe zu sein; als ich aufschaue, wo meint Ihr, daß ich war? Unter dem Patriarchen.‹

›Armer, armer Mann!‹ rief ich abermals.

›Jawohl, armer Mann!‹ wiederholte er mit durch Mark und Knochen dringendem Gestöhne. ›Armer Mann, wo ich gehe und stehe, bei Nacht und bei Tage. Wollte auch nach Anahuac, ritt hinüber, ritt einen ganzen Tag; am Abend, wo glaubt Ihr wohl, daß ich wieder war? Unterm Patriarchen!‹

Es lag etwas so Gräßliches in der heimlichen und wieder unheimlichen Weise, in der er die Worte herausschnellte; der Wahnsinn des Mörders sprach so laut, so furchtbar deutlich aus seinen wie vom Höllenfeinde gepeitschten Augen. Ich wandte mich bald schaudernd von – wieder mitleidig zu ihm. Bei alledem konnte ich ihm meine Teilnahme nicht versagen.

›Ihr waret also heute schon unter der Lebenseiche?‹

›Ei, so war ich, und das Gespenst drohte mir und sagte mir: Ich will dich nicht ruhen lassen, Bob – Bob ist mein Name –, bis du zum Alkalden gegangen, ihm gesagt – ‹

›Dann will ich mit Euch zu diesem Alkalden‹, sprach ich, mich aus dem Bett erhebend, ›und das sogleich, wenn Ihr es wünscht.‹

›Was wollt Ihr? Wohin wollt Ihr?‹ krächzte jetzt der hereinschleichende Johnny. ›Nicht von der Stelle sollt Ihr, bis Ihr bezahlt.‹

›Johnny!‹ sprach Bob, indem er den um einen Kopf kleineren Gesellen mit beiden Händen an den Schultern erfaßte, ihn wie ein Kind emporhob und wieder niedersetzte, daß ihm die Knie zusammenbrachen, ›Johnny! Dieser Gentleman da ist mein Gast, verstehst du? Und hier ist die Zeche, und sage dir, Johnny, sage dir!‹

›Und Ihr wolltet? – Ihr wolltet?‹ winselte Johnny.

›Was ich will, geht dich nichts an, nichts, gar nichts geht dich das an; darum, kalkuliere ich, schweigst du besser, bleibst mir vom Halse.‹

Johnny schlich sich in den Winkel zurück wie ein Hund, der einen Fußtritt erhalten; aber die Mulattin schien sich nicht abschrecken lassen zu wollen. Die Arme in die Seite gestemmt, watschelte sie herzhaft vor.

›Ihr sollt ihn nicht wegnehmen, den Gentleman‹, schrie sie belfernd, ›Ihr sollt nicht. Er ist noch schwach und kann den Ritt nicht aushalten, kaum auf den Füßen stehen.‹

Das war nun wirklich der Fall. Stark, wie ich mich im Bett gefühlt, konnte ich mich außerhalb dessen wirklich kaum auf den Füßen erhalten.

Bob schien einen Augenblick unschlüssig, aber nur einen Augenblick, im nächsten hob er die Mulattin, dick und wohlgemästet, wie sie war, in derselben Weise, wie er es mit ihrem Partner getan, einen Fuß über den Estrich empor, trug sie schwebend und kreischend der Tür zu, warf diese mit einem Fuße auf, und sie auf die Schwelle niedersetzend sprach er:

›Friede! Und einen starken, guten Tee statt deiner häßlichen Zunge und ein mürbes, frisches Beefsteak statt deines stinkenden, verfaulten Selbst, das ist dein Geschäft, und das wird den Gentleman stark machen, du alter braunlederner Sünden- und Lasterschlauch!‹

Des Mannes Präzision und Bündigkeit in Wort und Tat wäre unter andern Umständen gar nicht uninteressant gewesen, selbst hier flößten sie einen gewissen Respekt ein. Er war wirklich, wie er sagte, ein arger Geselle, aber offen, geradezu.

Ich hatte angekleidet geschlafen, wollte jetzt die Stube verlassen, Gesicht und Hände waschen und nach meinem Mustang zu sehen; Bob ließ es jedoch nicht zu. Johnny mußte Wasser und ein Handtuch bringen, dann befahl er ihm, meinen und seinen Mustang in Bereitschaft zu halten. Seinem Winseln: wenn aber die Mustangs ausgerissen, sich nicht fangen ließen, begegnete er mit den kurzen Worten:

›Müssen in einer Viertelstunde da sein, dürfen nicht ausgebrochen sein; keine Tricks, verstehst du? keine Kniffe, du kennst mich.‹

Johnny mußte ihn wohl kennen, denn ehe noch eine Viertelstunde vergangen, standen die Tiere gesattelt und gezäumt vor der Hütte.

Das Frühstück, aus Tee, Butter, Welschkornbrot und zarten Steaks bestehend, hatte mich auf eine Weise gestärkt, die es mir möglich machte, meinen Mustang zu besteigen. Zwar schmerzten noch alle Glieder, aber wir ritten langsam, der Morgen war heiter, die Luft elastisch, mild erfrischend, und der Weg oder vielmehr Pfad lag wieder durch die Prärie, die auf der einen Seite gegen den Fluß zu mit Urwald eingesäumt, auf der andern wieder ozeanartig hinausfloß in die weite Ferne von zahllosen Inseln beschattet. Wir trafen auf eine Menge Wildes, das unsern Tieren beinahe unter den Füßen weglief; aber obwohl Bob sein Gewehr mithatte, er schien nichts zu sehen, sprach immerfort mit sich. Er schien zu ordnen, was er dem Richter zu sagen habe, denn ich hörte ihn in ziemlichen Zusammenhang Sätze vortragen, die mir Aufschlüsse gaben, die ich in meiner Stimmung wahrlich gern überhört hätte. Aber es ließ sich nicht überhören, denn er schrie wie besessen, und wenn er stockte, schien auch das Gespenst wieder über ihn zu kommen. Er starrte dann wie wahnsinnig auf einen Punkt hin, schrak zusammen, stöhnte, die Fieberschauer, der Wahnsinn des Mörders griffen ihn. Ich war, wie Sie wohl denken mögen, herzlich froh, als wir endlich das Gehege der Pflanzung erblickten.

Sie schien sehr bedeutend. Das Haus, groß und aus Fachwerk zusammengesetzt, verriet Wohlstand und selbst Luxus. Es lag in einer Gruppe von Chinabäumen, die, obwohl offenbar vom Besitzer seit nicht vielen Jahren gepflanzt, doch bereits hoch aufgeschossen, Kühle und Schatten gaben. Ich würde sie für zehnjährig gehalten haben, erfuhr aber später, daß sie kaum vier Jahre gepflanzt waren. Rechts vom Hause stand einer der Könige unserer Pflanzenwelt, ein Lebenseichenbaum, der schönste, edelste, festeste Baum Texas', der Welt, kann man wohl sagen, denn etwas Majestätischeres, Ehrfurchtgebietenderes als ein solcher Riesenbaum mit seinen Silberschuppen und Bärten, die Jahrhunderte ihm angelegt, läßt sich nicht denken! Links dehnten sich etwa zweihundert Acker Cottonfeld gegen den sich hier stark krümmenden Jacinto hin; die Pflanzung lag so ganz in einer Halbinsel, ungemein reizend, eine wahre Idylle. Vor dem Hause die unabsehbare, vielleicht zwanzig, vielleicht fünfzig, ja hundert Meilen gegen Westen hinströmende Prärie, hie und da ein Archipelagus von Inseln, schwankend und schimmernd in der transparenten Atmosphäre – zwischen diesen die grasenden Rinder- und Mustangherden und links und rechts Cottonfelder und Inseln. Hinter dem Hause waren die Wirtschaftsgebäude und das Negerdörfchen zu sehen. Über dem Ganzen ruhte tiefe Stille, die, bloß durch das Anschlagen zweier Hunde unterbrochen, der so sinnig träumerisch gelegenen Pflanzung etwas Feierliches verlieh, das selbst Bob zu ergreifen schien. Er hielt am Gatter an, schaute zweifelnd auf das Haus hinüber wie einer, der an einer gefährlichen Schwelle steht, die zu überschreiten nicht geheuer.

So hielt er wohl einige Minuten.

Ich sprach kein Wort, hätte auch um keinen Preis reden, die innere Stimme, die ihn trieb, unterbrechen können; ich hätte es für einen Frevel gehalten. Aber zentnerschwer lag es mir auf der Brust, wie er so hielt.

Mit einem plötzlichen Rucke, der einen ebenso plötzlichen Entschluß verkündete, riß er das Gattertor auf, und wir ritten durch zwei mit Orangen, Bananen und Zitronen besetzte Hausgärten, die, von der Passage durch eine Staketeinfassung getrennt, an einen Vorhof lehnten, wo ein zweites Gattertor mit einer Glocke zu sehen war. Als diese anschlug, erschien ein Neger, der die Haustür öffnete.

Er schien Bob sehr gut zu kennen, denn er nickte ihm wie einem alten Bekannten zu, sagte ihm auch, daß der Squire ihn gebraucht, einige Male nach ihm gefragt habe. Mich bat er abzusteigen, das Frühstück würde sogleich bereit sein; für die Pferde werde gesorgt werden.

Ich bedeutete dem Neger, wie ich nicht gekommen, die Gastfreundschaft des Squire in Anspruch zu nehmen, sondern als Begleiter Bobs, der mit seinem Herrn zu sprechen wünsche. Im Vorbeigehen sei es bemerkt, paßte auch mein Äußeres nichts weniger als zu Besuchen, meine Kleider waren beschmutzt, zum Teil auch zerrissen – ich ganz und gar nicht in der Verfassung, die Gastfreundschaft eines Texas-Grandee in Anspruch zu nehmen.

Der Neger schüttelte ungeduldig den Wollkopf. ›Massa immerhin absteigen, das Frühstück sogleich auftragen und für die Pferde auch gesorgt werden.‹

Bob fiel ihm in die Rede.

›Brauchen dein Frühstück nicht, sag ich dir, – will mit dem Squire reden.‹

›Squire noch im Bett sein‹, versetzte der Neger.

›So sag ihm, er solle aufstehen, Bob habe ihm etwas Wichtiges zu sagen.‹

Der Neger schaute Bob mit einem Blicke an, der dem Gentleman eines englischen Herzogs Ehre gemacht haben würde.

›Massa noch schlafen, er nicht wegen zehn Bobs aufstehen.‹

›Aber ich habe ihm etwas Wichtiges, etwas sehr Wichtiges zu sagen‹, versicherte Bob dringlich, beinahe ängstlich.

Der Neger schüttelte abermals den Wollkopf.

›Etwas Wichtiges, sage ich dir, Ptoly!‹ fuhr er nun schmeichelnd und heftig zugleich fort, die Hand nach dem Wollkopfe ausstreckend, ›etwas, das Leben und Tod betrifft.‹

Der Neger drückte sich und sprang der Haustür zu.

›Massa nicht aufstehen, bis er ausgeschlafen. Ptoly nicht der Narr sein, ihn wegen Bob zu wecken; Massa nicht für zehn Leben und Tode aufstehen.‹

Der aristokratische Neger des aristokratischen Squire würde zu jeder andern Zeit mein Lachfell gekitzelt haben, hier jedoch hatte der Auftritt etwas Peinigendes; zum Lachen war wirklich nicht der Zeitpunkt.

›Wann steht der Squire auf?‹ fragte ich.

›In einer oder zwei Stunden.‹

Ich sah auf meine Uhr – sie war abgelaufen; aber der Neger sagte, es wäre sieben. Allerdings eine etwas frühe Stunde zu einem Morgenbesuche, der nichts weniger als unterhaltend zu werden versprach, obwohl spät genug, um einen Texas-Squire außer dem Bett zu sehen; doch ging uns sein Langeschlafen nichts an, und ich glaubte vermittelnd eintreten zu müssen. So wandte ich mich also an Bob, ihm bedeutend, daß die Stunde allerdings zu Geschäften zu früh, und wir in Geduld warten oder zurückkehren müßten.

›Warten, warten mit dieser Höllenpein und dem Gespenste?‹ murmelte Bob. ›Kann nicht warten – wollen zurück.‹

›Wollen zurück und in zwei Stunden wiederkommen‹, bedeutete ich dem Neger.

›Wenigstens Massa bleiben, Bob allein reiten lassen, Squire Massa gern sehen‹, bat der Neger mit einem vielsagenden, bedenklichen Blicke auf Bob, der mich wohl zum Bleiben bewogen haben dürfte, wäre meine Verpflichtung gegen den Elenden nicht von der Art gewesen, als ein solches Bleiben zum schwärzesten Undank gestempelt haben müßte. Wir ritten also wieder zu Johnnys Gasthütte zurück.

Der sanft bequeme Ritt hatte mich erfrischt und, obgleich er hin und wieder zurück nicht zwei Stunden gewährt, meinen Appetit auf eine Weise geschärft, die mir ein zweites Frühstück zum Bedürfnis machte. Überhaupt können Sie den Heißhunger, der sich nach einem Ritte in den Präries überhaupt und nach einer solchen Hungerkur begreiflicherweise doppelt einstellt, unmöglich begreifen. Man wird ordentlich zum Nimmersatt, der Magen zu einem wahren Schlunde, der alles in seinen Bereich zieht und verschlingt. Kaum daß ich die Zeit erwarten konnte, bis die Mulattin die Steaks brachte. Bob schien mein Appetit ungemein zu freuen. Ein freundlich wehmütiges Grinsen überflog ihn, wenn sein wirrer Blick auf mich fiel; aber trotz meines ermunternden Zuredens ließ er sich nicht bewegen teilzunehmen. Nüchtern, murmelte er mir zu, müsse das getan werden, was er zu tun habe, und nüchtern wolle er bleiben, bis er abgewälzt habe die Last. So saß er, die Augen stier auf einen Punkt gerichtet, die Gesichtsmuskeln starr. Irgendein Fremder, der eingetreten, müßte ihn für ein Waldgespenst gehalten haben. Die Leiden des Elenden waren zu gräßlich, um ihn länger zu quälen. So bestiegen wir denn, nachdem ich mich restauriert, abermals die Pferde.

Diesmal vermochte ich bereits schneller zu reiten; in weniger denn drei Viertelstunden waren wir wieder vor dem Hause.«

»Scheint also die Hungerkur doch auch ihre angenehme Seite gehabt zu haben«, bemerkte wieder spöttisch Oberst Cracker.

»Wollt Ihr sie vielleicht auch versuchen?« fragte der General.

Der Erzähler schien nicht zu hören; er fuhr fort:

7

»Wir wurden in ein für Texas recht artig möbliertes Parlour eingeführt, wo wir den Squire oder richtiger zu sagen den Alkalden seine Zigarre rauchend trafen. Er hatte soeben gefrühstückt, denn Teller und Schüsseln, darunter mehrere unberührt, standen noch auf dem Tische. Von Komplimenten war er offenbar kein großer Freund, ebensowenig von Kopfbrechen oder unserer Yankee-Neugier, denn kaum daß er, während er unsern Guten Morgen zurückgab, die Begrüßung mit einem Blick erwiderte. Beim ersten Anblick sah man, daß er aus Westvirginien oder Tennessee stammte, denn nur da wachsen diese antediluvianischen Riesengestalten. Selbst sitzend ragte er über den die Teller und Gedecke stellenden Neger hinaus. Dazu hatte er ganz den westvirginischen Herkulesbau, die enorme Brust, die massiven Gesichtszüge und Schultern, die scharfen grauen Augen, überhaupt ein Ensemble, das wohl rohen Hinterwäldlern imponieren konnte.

Bob schaute er mit einem langen, forschenden Blick an, mich dagegen schien er sich für später aufzusparen; denn obwohl der Neger nun alles zum Frühstück zurechtgelegt, ich auch einen Sessel genommen, war ich doch noch nicht der Ehre eines näheren Skrutiniums gewürdigt worden. Es lag aber auch wieder viel Takt und Selbstbewußtsein in seiner Art und Weise, wenigstens verriet sie, daß er einen Alkalden zu repräsentieren verstand. Bob war, den mit dem blutigen Sacktuch verbundenen Kopf auf die Brust gesenkt, stehen geblieben. Er schien Respekt vor dem Squire zu fühlen. Dieser hob endlich an:

›Ah, seid Ihr wieder da, Bob? Haben Euch schon lange nicht gesehen, schier geglaubt, daß Ihr uns vergessen. Sag Euch, haben schier geglaubt, hättet Euch um ein Haus weitergemacht. Wohl, wohl, Bob. Hätten uns auch nicht den Hals abgerissen, denn, sag Euch, sind mir Spieler verhaßt, hasse sie, Mann, ärger als die Skunke. Ist ein liederliches Wesen mit dem Spiele, hat manchen Mann ruiniert, zeitlich und ewig ruiniert – hat Euch auch ruiniert.‹

Bob gab keine Antwort.

›Hätten Euch übrigens letzte Woche gut brauchen können; wäret überhaupt gut zu brauchen. Ließe sich noch ein wertvolles Glied der bürgerlichen Gesellschaft aus Euch machen, wenn Ihr nur das sündige Spielen lassen könntet. Meine Stieftochter letzte Woche angekommen. Mußten um den Joel senden, uns einen Hirschbock und ein paar Dutzend Schnepfen zu schießen.‹

Bob gab noch immer keine Antwort.

›Jetzt geht hinaus in die Küche und laßt Euch zu essen geben.‹

Bob gab weder Antwort, noch ging er.

›Hört Ihr nicht? In die Küche sollt Ihr hinaus und Euch zu essen geben lassen. Und Ptoly‹ – sprach er zum Neger –, ›sag der Veny, sie soll ihm eine Pinte Rum bringen.‹

›Brauche Euren Rum nicht, bin nicht durstig‹, knurrte Bob.

›Scheint so, scheint so!‹ versetzte lakonisch der Richter. ›Scheint, als hättet Ihr bereits mehr genommen als nötig. Seht schier aus, als ob Ihr eine wilde Katze lebendig verschlingen könntet.‹

Bob knirschte mit den Zähnen, was aber der Richter zu überhören schien.

›Und Ihr?‹ wandte er sich jetzt zu mir. ›Was Teufel, Ptoly, was stehst du! Siehst du nicht, daß der Mann frühstücken will? Wo bleibt der Kaffee? Oder trinkt Ihr lieber Tee?‹

›Danke Euch, Alkalde, ich habe soeben gefrühstückt.‹

›Schaut nicht darnach aus. Seid doch nicht krank? Wo kommt Ihr her? Was ist Euch zugestoßen? Habt doch nicht die Ague? Wie kommt Ihr zu Bob?‹

Erst jetzt fiel sein Blick forschender auf mich, dann wieder auf Bob. Offenbar kalkulierte er, was wohl den Besuch veranlaßt, mich in Bobs Gesellschaft gebracht haben könne. Das Resultat seiner physiognomischen Beobachtungen schien weder Bob noch mir sehr günstig.

›Sollt alles hören, Richter!‹ beeilte ich mich ihm zu antworten, ›verdanke Bob sehr viel, ganz eigentlich mein Leben.‹

›Euer Leben? Bob verdankt Ihr Euer Leben?‹ rief der Richter, ungläubig den Kopf schüttelnd.

›Ja, das verdanke ich ihm wirklich, denn ich war auf dem Punkte zu vergehen, als er mich fand. Bin nämlich in der Jacinto-Prärie verirrt – vier Tage herumgeirrt, ohne einen Bissen über die Zunge gebracht zu haben. Gestern fand und zog mich Bob aus dem Jacinto.‹

›Ihr habt Euch doch nicht –‹

›Nein, nein!‹ fiel ich ein, ›mein durstiger Mustang sprang mit mir in den Fluß, und kraftlos, wie ich war, fiel ich hinein.‹

›So?‹ sprach der Richter, ›so hat Euch also Bob gerettet? Ist das wahr, Bob? Wohl, freut mich, Bob, freut mich das wieder. Wenn Ihr nur von Eurem Johnny lassen könntet. Sage Euch, Bob, der Johnny wird Euch noch ins Verderben bringen. Laßt ihn besser.‹

Alles das war bedächtig, mit Nachdruck gesprochen, dazwischen immer ein Trunk genommen und ein paar Rauchwolken aus der Zigarre gezogen und gestoßen.

›Ja, Bob‹, wandte er sich wieder an diesen, ›wenn Ihr von dem Johnny lassen könntet!‹

›Ist zu spät!‹ versetzte Bob.

›Weiß nicht, warum es zu spät sein sollte; ist nie zu spät, ein sündig verdorbenes Lasterleben aufzugeben; nie, Mann!‹

›Kalkuliere, ist's aber doch!‹ versetzte halb trotzig Bob.

›Ihr kalkuliert, es ist?‹ versetzte der Richter, ihn scharf fixierend. ›Und warum kalkuliert Ihr? Nehmt ein Glas – Ptoly, ein Glas! – und sagt an, warum es zu spät sein sollte, Mann?‹

›Habe keinen Durst, Squire‹, versetzte Bob.

›Reden jetzt nicht vom Durst; ist der Rum nicht gegen den Durst; ist der Rum mäßig genossen, das Herz und Nieren zu stärken, die blue devils zu vertreiben; aber mäßig muß er genossen werden.‹

Und so sagend, füllte er sich ein Glas und leerte es zur Hälfte.

›Reden aber nicht vom Durst‹, hob er wieder an, ›reden davon, daß es zu spät sein sollte. Warum sollte es zu spät sein?‹

Und wieder schaute er ihn scharf an.

›Liegt mir nicht, der Rum‹, brummte wieder Bob; ›liegt mir etwas anderes im Magen.‹

›Liegt Euch etwas anderes im Magen?‹ fiel der Richter ein, die Rauchwolken seiner Zigarre von sich blasend. ›Etwas anderes liegt Euch im Magen? Wohl, Bob, was liegt Euch denn so im Magen? Nehmt eine Zigarre, Mann‹ – wandte er sich zu mir. – ›Wollen hören, was ihm im Magen liegt. Oder wollt Ihr unter vier Augen mit mir reden? Ist zwar heute Sonntag, Mann, und am Sonntage sollen die Geschäfte ruhen; aber da Ihr es seid und Magendrücken habt, so wollen wir schauen.‹

›Habe den Gentleman expreß mitgebracht, daß er Zeuge sein, hören solle‹, versetzte Bob, eine Zigarre nehmend. Der Richter, obwohl er ihn zu dieser nicht geladen, hielt ihm ganz ruhig das brennende Licht hin.

Bob rauchte die Zigarre an, tat einige Züge, schaute den Richter bedenklich an und warf dann die Zigarre zum Fenster hinaus.

›Schmeckt mir nicht, Squire, schmeckt mir nichts mehr, wird immer ärger.‹

›Ah, Bob, wenn Ihr nur Euer ewiges Spielen und Trinken lassen könntet! Sind diese Euer Fieber, Eure Aguecakes, Euer Verderben.‹

›Ist nichts, Squire, hilft alles nichts; muß heraus. Kämpfte, stritt lange mit mir. Glaubte es zu verwinden, niederzudrücken, geht aber nicht. Habe manchen unter die fünfte Rippe – aber dieser – ‹

›Was habt Ihr?‹ sprach der Richter, der, nachdem er die Zigarre gleichfalls durch das Fenster geworfen, Bob mit einer etwas richterlichen Miene maß. ›Was gibt es wieder? Was sollen die Reden von fünften Rippen? Einer Eurer Sodoma- und Unter-Natchez-Sprünge, hoffe so; könnten sie hier nicht brauchen; verstehen hier keine solchen Späße.‹

›Pooh! Verstehen sie noch weniger drüben in Natchez. Hätten sie sie verstanden, wäre Bob nicht in Texas.‹

›Aber Eure Knochen bleichten dafür drüben irgendwo an einem Baume oder in einem Graben! Wissen das, wissen das, Bob! Je weniger davon geredet wird, desto besser. Habt aber hier versprochen, den alten sündigen Menschen aus-, einen neuen anzuziehen, und wollen deshalb alte Geschichten nicht aufrühren.‹

›Hab's wollen, hab's wollen‹, stöhnte Bob, ›geht aber nicht, hilft alles nichts; muß heraus, sag es Euch, muß heraus. Wird nicht besser, als bis ich gehängt bin.‹

Ich starrte Bob sprachlos an; der Richter jedoch nahm eine frische Zigarre, zündete sie an, und nachdem er sie in Rauch gesetzt, sprach er ganz gelassen:

›Nicht besser, als bis Ihr gehängt seid? Ja, aber warum wollt Ihr denn gehängt sein? Freilich solltet Ihr das schon lange, denn wenn die Zeitungen in Georgien, Alabama und Mississippi nicht alle lügen, so habt Ihr den Strick wenigstens ein dutzendmal verdient, in den Staaten drüben nämlich; aber hier sind wir in Texas, unter mexikanischer Gerichtsbarkeit. Geht uns hier nichts an, was Ihr drüben verbrochen, so Ihr nur hier nichts angestellt. Wo kein Kläger, da ist auch kein Richter.‹

›Ho! es ist aber doch ein Kläger‹, versetzte trotzig Bob, ›ist einer, sag ich Euch‹, setzte er leiser und schaudernd hinzu.

›Ein Kläger? Und wer sollte der Kläger sein?‹ fragte der Richter mich anschauend.

›Wer der Kläger sein sollte?‹ murmelte Bob. ›Wer der Kläger sein sollte?‹ wiederholte er, wechselweise den Richter, wieder mich anstierend.

›Sendet den Neger hinaus, Squire‹, unterbrach er sich plötzlich und nicht ohne Selbstgefühl. ›Was ein freier weißer Mann, ein Bürger zu sagen hat, soll nicht von schwarzen Ohren gehört werden.‹

›Ptoly, geh hinaus!‹ befahl der Richter, dann wandte er sich wieder zu Bob. ›Sagt, was Ihr zu sagen habt oder sagen wollt; aber merkt's Euch, zwingt Euch niemand dazu. Ist auch nur guter Wille, daß ich Euch überhaupt höre, ist Sonntag.‹

›Weiß es‹, murmelte Bob, ›weiß es, Squire; läßt mich aber nicht ruhen, habe alles versucht. Bin hinüber nach San Felipe de Austin, hinab nach Anahuac, half alles nichts. Wohin ich immer gehe, das Gespenst folgt mir richtig nach, treibt mich zurück unter den verdammten Patriarchen.‹

›Unter den Patriarchen?‹ fragte der Richter.

›Ei, unter den Patriarchen!‹ stöhnte Bob. ›Wißt Ihr den Patriarchen, steht nicht weit von der Furt am Jacinto?‹

›Weiß, weiß!‹ versetzte der Richter. ›Und was treibt Euch unter den Patriarchen?‹

›Was mich treibt?‹ murmelte Bob in sich hinein. ›Was treibt einen – einen, der – ‹

›Einen, der – ?‹ fragte leiser der Richter.

›Einen, der – ‹, fuhr in demselben leisen Tone Bob fort – ›einen, der einem andern – eine Unze Blei in den Leib getan. – Liegt da, der andere – unterm Patriarchen – den ich – ‹

›Den Ihr –?‹ fragte wieder leise der Richter.

›Nun, den ich kaltgemacht‹, schnappte mit einem ungeduldigen Rucke Bob heraus.

›Kaltgemacht –?‹ fragte in stärkerem, beinahe rauhem Tone der Richter. ›Ihr ihn? Wen?‹

›Je nun, wen? Warum laßt Ihr mich nicht ausreden? Habt immer Euren Palaver darein‹, brummte verdrießlich Bob.

›Werdet wieder einmal salzig, Bob‹, fiel ihm der nun gleichfalls ungeduldig werdende Richter in einem Tone ein, so zäh-ledern verdrießlich und doch wieder gleichmütig, daß mir ordentlich unheimlich wurde, ich unwillkürlich an den Hals fühlte, ob das Messer noch nicht an der Kehle, denn dieser Ton ließ doch alles befürchten. In meinem Leben hatte ich so nicht von einem Morde verhandeln gehört. Ich horchte, spitzte die Ohren, meine abgespannten Sinne und Nerven hatten mich vielleicht getäuscht. Vielleicht war die Rede von einem ungeschickt kaltgemachten Bären oder Panther. Einen Augenblick dachte ich auch, es müsse so sein; das Gesicht des Richters verriet so gar keine, auch nicht die leiseste Aufregung, war so handwerksmäßig, metzgerartig, verdrießlich zu schauen; aber dann das Bobs! Diese Angst und Verzweiflung, diese entsetzliche Unheimlichkeit, mit der es ihm sein Geständnis brockenweise und gleichsam wider Willen herauszwängte, als ob er vom bösen Feinde besessen: die furchtbare Qual, die ihn verzerrte, die rollenden, wie von einer Furie gepeitschten und wieder stier und entsetzt wie vor einem Gespenst erstarrenden Augen! Meine Philosophie war hier zu Ende, alle meine Menschenkenntnis überm Haufen. Der Richter rauchte so ruhig fort, als ob, wie gesagt, die Rede von einem ungeschickt geschlachteten Kalbe oder Rinde gewesen wäre. Mir verging Hören und Sehen bei dieser Gefühllosigkeit, die denn doch alles übertraf, was ich je der Art gesehen oder gehört.

Er mochte mir unterdessen die Gedanken so ziemlich im Gesichte ablesen, denn nachdem er mich einen Augenblick fixiert, unterbrach er nicht ohne ein spöttisches Lächeln die Pause.

›Wenn Ihr glaubt, Fremdling, in unserm Lande sogenannte gute Gesellschaft zu finden, werdet Ihr Euch wahrscheinlich früher enttäuscht finden, als Euch angenehm sein dürfte. Haben weder New-Yorker noch Bostoner feine Gentlemen hier, brauchen sie auch nicht, können sie leicht entbehren. Wird noch, Gott sei Dank! einige Zeit dauern, bis Eure New-Yorker und Londoner und Pariser Fashionables zu uns kommen und uns ihre Manieren oder, besser zu sagen, Unmanieren lehren, die, abgerechnet Sie, vielleicht um kein Haar besser sind als der arme Teufel, den Ihr hier vor Euch seht. Ei, sind bei uns die Teufel nicht so schwarz und bei Euch die Engel nicht so weiß, wie sie aussehen. Werdet hier noch 'ne andere Philosophie kennenlernen, als die Ihr aus Euren Büchern habt.

Laßt weiter hören, Mann!‹ wandte er sich wieder ruhig zu Bob. ›Kalkuliere, ist doch weiter nichts als einer Eurer gewöhnlichen Tantarums.‹

Bob schüttelte den Kopf.

Der Richter schaute ihn einen Augenblick scharf an und sprach dann im zutraulich ermunternden Tone:

›Also unterm Patriarchen, und wie kam er untern Patriarchen?‹

›Schleppte ihn darunter, begrub ihn da, vermute ich‹, versetzte Bob.

›Schlepptet ihn darunter? Und wie kam es, daß Ihr ihn darunter schlepptet?‹

›Weil er wohl selbst nicht gehen konnte, mit mehr als einer halben Unze Blei im Leibe.‹

›Und die halbe Unze Blei tatet Ihr ihm in den Leib, Bob? Wohl, wenn es Johnny war, habt Ihr dem Lande einen Dienst erwiesen, uns einen Strick erspart.‹

Bob schüttelte den Kopf.

›War es nicht, obwohl Johnny – doch mögt hören: Ist, wißt Ihr, gerade zehn Tage, daß Ihr mich ausgezahlt, zahltet mir zwanzig fünfzig.‹

›Richtig! zwanzig Dollar fünfzig Cents, Bob! und mahnte Euch, das Geld stehenzulassen, bis Ihr ein paar Hundert Dollar oder soviel beisammen hättet, daß Ihr Euch ein Viertel oder Achtel Sitio Land kaufen könntet; aber hilft bei Euch alles Reden nichts.‹

›Hilft nichts!‹ fiel Bob ein, ›treibt mich immer der Teufel, der mich nun schon einmal haben will; trieb mich und wollte hinab nach San Felipe zu den Mexikanern. Wollte da mein Glück versuchen und auch den Doktor fragen.‹

›Wozu braucht Ihr den Doktor? Konntet Euer Fieber längst los sein, wenn Ihr nur vierzehn Tage mit Eurem Trinken aussetztet, denn sind hier gar nicht so bös, die Fieber. Ist aber mit Euch ein wahres Kreuz, Bob. Seid ein wilder, ungeregelter, gar ungeregelter Bursche, und dann Euer Umgang mit Johnny. Wollen aber jetzt dem Unwesen mit Johnny ein Ende machen. Sind alle Nachbarn einverstanden. Wohl, waret also auf dem Wege nach San Felipe?‹

›Wohl, war auf dem Wege nach San Felipe, und wie ich so meinen Weg ritt, führt mich der Teufel oder mein Unstern – denn der eine oder der andere war' es, kalkuliere ich – an Johnnys Hause vorüber. Verspürte wohl Lust zu einem Glase, aber stieg doch nicht ab.

Stieg nicht ab‹ – fuhr er fort – ›aber wie ich vom Rücken meines Mustangs hineinschaue durch die Fensterläden in die Stube, sehe ich einen Mann am Tische sitzen, der sich's wohlschmecken läßt bei einer Schüssel Steaks und Pataten und einem Glase Steifen. Machte mir das Appetit, stieg aber doch nicht ab.

Wollte nicht, aber wie ich so schaue und ruminiere, kommt der Satan, der Johnny, geschlichen, wispert mir zu, möchte absteigen, es wäre ein Mann im Hause, mit dem etwas anzufangen wäre, wenn wir's gescheit einfädelten; habe eine Geldkatze um den Leib, die schönste, gespickteste Geldkatze, die man nur sehen könnte; und wenn wir just spaßeshalber ein Spielchen machten, würde er wohl anbeißen.

Hatte nicht rechte Lust‹ – fuhr Bob fort – ›und kalkulierte und ruminierte eine ziemliche Weile; aber knurrte Johnny und tat gar so heimlich und schmeichelnd, und wie er gar so tut, steige ich endlich ab, und wie ich absteige und mir die Dollars im Sacke klimpern, bekomme ich auch Lust, und lustig trete ich ein.

Lustig trete ich ein‹ – fuhr der Mann wild lachend fort – ›ein Glas folgt dem andern; Beefsteaks und Pataten waren auch da, ich aß aber nur ein paar Bissen.

Hatte kaum ein paar Bissen drunten und ein, drei, vier Gläser, als Johnny Karten und Würfel brachte. Holla, Johnny! Karten und Würfel, Johnny! Habe zwanzig Dollar fünfzig in der Tasche, Johnny! Wollen ein Spiel machen, Johnny! wollen, aber nüchtern, sag ich, Johnny, denn kenne dich, Johnny!

Johnny aber lacht gar pfiffig und rüttelt Würfel und Karten, und wir heben zu spielen an.

Spielen und dazwischen trinken wir, ich aber mehr als Johnny und mit jedem Glase werde ich hitziger, meiner Dollars aber weniger. Rechnete auf den Fremden, kalkulierte, würde der eintreten, daß wir ihn rupfen könnten, saß aber da und aß und trank, als ob ihn das Ganze gar nichts anginge. Wurde, ihm Lust zu machen, immer toller, half aber nichts: aß und trank ruhig fort. Ehe eine halbe Stunde vergangen, war ich abgetakelt, meine zwanzig fünfzig beim Teufel oder, was dasselbe ist, Johnnys.

Wie ich kahl war, ward es mir vor den Augen, Squire, just wie grün und blau war's mir. Nicht bald war mir's so gewesen. Hatte hundertmal größere Summen verspielt, Hunderte, ja Tausende von Dollars verspielt, aber diese Hunderte, ja Tausende hatten mich auch nicht den hundertsten, tausendsten Teil der Mühe gekostet, die mir diese zwanzig fünfzig nahmen; wißt, habe zwei volle Monate in Wäldern und Präries herumgelegen, mir das Fieber an Hals gezogen. Das Fieber hatte ich noch, aber kein Geld, es zu vertreiben. War Euch so wild, konnte mit einem Kuguar anbinden, sprang auch wild, wie ich war, auf Johnny zu, lachte mir nur höhnisch ins Gesicht, klimperte dazu mit meinen Dollars. Bekam dafür eine Kopfnuß, die, wäre er nicht auf die Seite gesprungen, ihm für acht Tage das Lachen vertrieben hätte.

Hinkt aber doch wieder heran.

Hinkt wieder heran und mir nach und winkt mir und raunt mir heimlich zu: Bob, raunt er mir zu, Bob, seid Ihr denn gar so auf einmal aus der Art geschlagen, ein Hasenherz geworden, daß Ihr nicht seht, nicht die volle Katze seht, sagt er, mit den Augen auf die

Katze hinblinzelnd, die der Mann um den Leib hatte, und die, lachte er, für wenig mehr als eine halbe Unze Blei zu haben wäre.‹

›Sagte er das?‹ fragte der Richter.

›Ei, sagte er's‹, bekräftigte Bob, ›sagte er's, wollte aber nichts davon hören, war wild von wegen der zwanzig Dollars; sagte ihm, wenn er Lust auf die gespickte Katze habe, möge er sie ebensowohl dem Fremden abnehmen, brauche mich nicht dazu, ihm die Kastanien aus der heißen Asche zu ziehen; solle gehen und verdammt sein.

Gab meinem Mustang die Sporen und ritt wild davon. Ritt davon‹ – fuhr Bob fort. ›In meinem Kopfe ging's herum wie in einer Tretmühle. Lagen mir die zwanzig fünfzig bestialisch im Kopfe. Zu Euch wollte ich nicht, durfte auch nicht, wußte, würdet gescholten haben.‹

›Würde nicht gescholten haben, Bob! Würde zwar gescholten haben, aber zu Eurem Besten. Würde den Johnny vor mich zitiert, eine Jury von zwölf Nachbarn zusammenberufen, Euch zu Euren zwanzig fünfzig, Johnny aber aus dem Lande oder besser aus der Welt verholfen haben.‹

Die Worte waren zwar noch immer mit vielem Phlegma, aber auch einer Herzlichkeit, einer Teilnahme gesprochen, die mir eine etwas bessere Meinung von der Gewissenszartheit des guten Richters beibrachten. Auch Bob schienen sie wohltätig berührt zu haben. Er holte einen tiefen Seufzer, schaute den Richter gerührt an.

›Ist zu spät‹, murmelte er, ›zu spät, Squire.‹

›Nicht zu spät‹, versetzte der Richter, ›doch laßt weiter hören.‹

›Wohl‹, hob wieder Bob an, ›wie ich so herumritt – war bereits Abend, ritt gegen das Palmettofeld zu, wißt Ihr? Am andern Ufer des Jacinto?‹

Der Richter nickte.

›Ritt so am Palmetto hinauf. Wie ich so reite, höre ich auf einmal Pferdsgetrampel.

Höre Pferdsgetrampel!‹ – fuhr er fort. ›Wie ich das höre, wird mir so kurios zumute, so kurios, wie mir im Leben nicht gewesen, schauderhaft wird mir zumute, ganz kalt überrieselt es mich. War mir, als ob mir zehntausend böse Geister in den Ohren heulten, verlor die Besinnung, verging mir Sehen und Hören, wußte nicht mehr, wo ich war. Stand mir bloß die gespickte Geldkatze vor Augen und meine zwanzig Dollar fünfzig.

Sah nichts, hörte nichts anderes.

Hörte nichts, hörte aber doch, hörte eine Stimme; ruft mich an, die Stimme ruft: ›Woher des Weges und wohin, Landsmann?‹

›Woher und wohin?‹ murmelte ich, ›woher und wohin? Zum Teufel‹, sage ich, ›und dahin mögt Ihr gehen und ihm Botschaft bringen.‹

›Die mögt Ihr ihm selbst überbringen‹, sagt lachend der Fremde, ›wenn Ihr Lust habt, mein Weg geht nicht zu ihm.‹

Und wie er sagt, schau ich auf und sehe, daß es der Mann ist mit der Geldkatze; wußte es zwar, aber schaute doch auf.

›Seid Ihr nicht der Mann‹ sagte er, ›den ich drüben in der Herberge gesehen?‹

›Und wenn ich's bin, was geht es Euch an?‹ sag ich ihm.

›Nichts, das ich wüßte‹, sagt er, ›geht mich freilich nichts an‹, sagt er.

›Wohl, so zieht Eures Weges und sagt, seid dagewesen‹, sag ich.

›Will, will!‹ sagt er. ›Und nichts für ungut‹, sagt er, ›ein Wort ist kein Pfeil‹, sagt er, ›und kalkuliere, hat Euch Euer Spielverlust eben nicht in kirchgängerische Laune versetzt‹, sagt er. ›Wenn ich Ihr wäre, würde wahrlich meine Dollars nicht auf Karte und Würfel setzen‹, sagt er.

Und macht mich das, daß er mir meinen Verlust in die Zähne warf, so giftig; war Euch giftig wie 'ne wilde Katze.

Halte aber doch meinen Zorn zurück. Stieg mir aber auf, die Galle, spürte es; ward tückisch.

›Seid mir ein sauberer Geselle‹, sag ich, ›da einem seinen Spielverlust in die Zähne zu reiben, ein elender Geselle!‹

Wollte ihn nämlich aufreizen und dann mit ihm anbinden. Hatte aber keine Lust zum Anbinden, sagt ganz demütig:

›Werfe Euch nichts in die Zähne; behüte mich Gott, Euch Euren Verlust in die Zähne zu reiben! Bedaure Euch im Gegenteil. Seht mir nicht aus wie einer, der seine Dollars zu verlieren hat. Seht mir aus wie ein hart schaffender Mann, der sich sein Geld sauer verdienen muß.‹

›Ei, wohl, hart schaffiger Mann!‹ sag ich, ›wohl muß ich mir mein Geld sauer verdienen.‹

Und hatten wir so gehalten und waren schier am obern Ende des Canebrake nahe am Waldsaume, der den Jacinto einsäumt, und hatte mich hart an ihn und der Teufel sich an mich genistet.

›Wohl hart schaffiger Mann‹, sag ich, ›und alles verloren, alles, keinen Cent zu einem Bissen Kautabak.‹

›Wenn sonst nichts ist, als das‹, sagt er, ›da läßt sich wohl abhelfen. Kaue zwar nicht, bin auch kein reicher Mann, habe Weib und Kind und brauche jeden Cent, den ich habe; aber einem Landsmann zu helfen ist Bürgerpflicht. Sollt Geld zu Kautabak und einem Dram haben.‹

Und so sagend, langte er den Beutel aus seiner Tasche, in dem er seine Münze hatte. War ziemlich voll, der Beutel, mochten wohl ein zwanzig Dollar darin sein und war mir, als ob der Teufel mir aus dem Beutel heraus zulache.

›Halbpart!‹ – sag ich.

›Nein, das nicht; hab Weib und Kind, und gehört denen, was ich habe; aber einen halben Dollar.‹

›Halbpart!‹ sag ich, ›oder – ‹

›Oder – ?‹ sagt er, und wie er so sagt, steckt er den Beutel wieder in die Tasche und langt nach der Rifle, die er über der Schulter hat. ›Zwingt mich nicht‹, sagt er, ›Euch Leides anzutun. Tut das nicht‹, sagt er, ›möchte ich, möchtet Ihr es bereuen. Bringt keinen Segen, was Ihr vorhabt.‹

Ich aber höre nicht mehr, sehe nicht mehr; zehn Millionen böse Geister haben mich ergriffen.

›Halbpart!‹ schreie ich – und wie ich so schreie, hopst er auch im Sattel auf, fällt zurück – über den Rücken seines Gauls hinab –

›Bin ein toter Mann!‹ röchelt er noch, ›Gott sei mir gnädig und barmherzig! Mein armes Weib, meine armen Kinder!‹

Bob hielt jetzt inne, der Atem stockte ihm, der Schweiß stand ihm in großen Tropfen auf der Stirn. Grausig starrte er in die Ecke des Zimmers hinein.

Auch der Richter war bleich geworden. Ich hatte es versucht, aufzustehen, taumelte aber wieder zurück, ohne die Tafel wäre ich gesunken.

Eine düstere Pause trat ein. – Endlich murmelte der Richter:

›Ein harter, harter Fall! Vater, Mutter, Kinder mit einem Schlage! Bob, Ihr seid ein gräßlicher Geselle, ein gräßlicher Geselle, geradezu ein Bösewicht!‹

›Ein gräßlicher Geselle!‹ stöhnte Bob, ›die Kugel war ihm mitten durch die Brust gegangen.‹

›Vielleicht war Euch der Hahn abgeschnappt?‹ sprach leise, wie ängstlich, der Richter, ›vielleicht war's seine eigene Kugel?‹

Bob schüttelte den Kopf

›Weiß es wohl, denn steht mir noch so deutlich vor Augen, wie er sagt: Tut das nicht, zwingt mich nicht, Euch Leides anzutun. Möchtet Ihr, möchte ich es bereuen. Drückte aber ab, war der Teufel, der mich's tun hieß. Seine Kugel steckt noch im Rohre.

Wie er jetzt vor mir lag‹ – fuhr er stöhnend fort –, ›wurde mir, kann Euch's gar nicht beschreiben, wie mir wurde. War nicht der erste, den ich kaltgemacht, aber alle Geldkatzen und Beutel der Welt hätte ich jetzt darum gegeben, die Tat ungeschehen zu machen. Nein, soll der letzte sein, soll und muß der letzte sein, denn läßt mich nicht mehr ruhen, nicht mehr rasten. In der Prärie gar, da ist's am ärgsten, sag Euch's geradezu, am allerärgsten. Läßt mich nicht mehr in der Prärie, treibt mich immer unter den Patriarchen.

Muß ihn auch unter den Patriarchen geschleppt, da mit meinem Weidmesser verscharrt haben, denn fand ihn da.‹

›Fandet ihn da –?‹ murmelte der Richter.

›Weiß nicht, wie er dahin kam, muß ihn wohl selbst hingebracht haben, denn fand ihn da. Sah aber nichts mehr, hörte nur die Worte: Gott sei mir gnädig und barmherzig! Bin ein toter Mann! Mein armes Weib, meine armen Kinder!

Bringt wohl keinen Segen, was ich getan!‹ stöhnte er wieder. ›Bringt keinen, habe es erfahren. Gellen mir die Worte immer und ewig in den Ohren.‹

Der Richter war aufgestanden und ging in tiefen Gedanken heftig im Parlour auf und ab. Auf einmal hielt er an.

›Was habt Ihr mit seinem Gelde getan?‹

›Stand mir immerfort vor Augen‹, murmelte Bob. ›Wollte nach San Felipe, hatte seinen Beutel zu mir gesteckt, aber seine Katze mit ihm begraben, auch eine Flasche Rum und Brot und Beefsteaks, die er von Johnny mitgenommen. Ritt den ganzen Tag. Am Abend, wie ich absteige und ins Wirtshaus, das ich vor mir sehe, einzutreten gedenke, wo glaubt Ihr, daß ich war?‹

Der Richter und ich starrten ihn an.

›Unter dem Patriarchen! Hatte, statt mich nach San Felipe zu lassen, der Geist des Gemordeten mich unter den Patriarchen getrieben. Ließ mich da nicht ruhen, bis ich ihn aus- und wieder eingescharrt, aber den Mantelsack nicht.‹

Der Richter schüttelte den Kopf

›Versuchte es den folgenden Tag mit einer andern Richtung; brauchte Kautabak, hatte keinen mehr. Reite nach Anahuac, durch die Prärie. In der Prärie trieb's mir's gar zu toll. Ein großer Mann im glänzenden Bart und Gewande stand vor mir, wo ich mich immer hinwandte. So stelle ich mir den Gott vor, wenn es einen Gott gibt. Ihm zur Seite dräute das Gespenst des Gemordeten. Und so trieben mich die beiden, daß ich meinen Mustang blutig spornte, ihnen zu entgehen. Wollte um jeden Preis nach Anahuac, hoffte da mir's schon aus 'm Sinn zu schlagen. Ritt auf Leben und Tod auf Anahuac zu – den ganzen Tag. Am Abend, wie ich aufschauen die Salzwerke zu sehen glaube, wo glaubt Ihr, daß ich wieder war?

Richtig wieder unterm Patriarchen. Grub ihn wieder aus, schaut' ihn mir wieder von allen Seiten an, vergrub ihn dann wieder.‹

›Queer das –!‹ versetzte der Richter.

›Ei, sehr queer!‹ stimmte Bob bei. ›Hilft alles nichts, sag es Euch – geben mir nicht Ruhe – hilft alles nichts. Wird nicht besser, als bis ich gehängt bin.‹

Bob fühlte sichtbar erleichtert, nachdem er dies gesprochen. Aber, so seltsam es klingen mag, auch ich. Unwillkürlich nickte ich beistimmend. Der Richter allein verzog keine Miene.

›So‹, sprach er, ›so! So glaubt Ihr, es wird nicht besser, als bis Ihr gehängt seid?‹

›Ja‹, versetzte mit eifriger Hast Bob. ›Gehängt an demselben Patriarchen, unter dem er begraben liegt.‹

Jetzt nahm der Richter eine Zigarre, zündete sie an und sprach dann:

›Wohl, wenn Ihr es so haben wollt, wollen wir sehen, was sich für Euch tun läßt. Will die Nachbarn morgen zur Jury zusammenrufen lassen.‹

›Dank Euch, Squire‹, brummte Bob, sichtbar erleichtert.

›Will sie zu einer Jury zusammenrufen lassen‹, wiederholte der Alkalde, ›und dann schauen, was sich für Euch tun läßt. Werdet vielleicht andern Sinnes.‹

Ich schaute ihn wieder an wie aus den Wolken gefallen.

Er schien es jedoch nicht zu bemerken.

›Gibt vielleicht noch einen andern Weg, Euer Leben loszuwerden, wenn Ihr es müde seid‹, fuhr er, die Zigarre aus dem Munde nehmend, fort, ›könnt vielleicht den einschlagen, ohne daß Euer Gewissen Hühneraugen bekommt.‹

Bob schüttelte den Kopf, ich unwillkürlich gleichfalls.

›Wollen auf alle Fälle hören, was die Nachbarn sagen‹, sprach wieder der Richter.

Bob stand jetzt auf, trat auf den Richter zu, ihm die Hand zum Abschied zu reichen. Dieser versagte sie. Sich zu mir wendend, sprach er:

›Glaube, Ihr bleibt besser hier.‹

Bob wandte sich ungestüm.

›Der Gentleman muß mit!‹

›Warum muß er mit?‹ fragte der Richter.

›Fragt ihn selbst!‹

Ich erklärte nochmals die Verbindlichkeit, die ich Bob schuldete, die Art und Weise, wie wir miteinander zusammengetroffen, wie er bei Johnny für mich gesorgt. Er nickte beifällig, sprach aber dann bestimmt:

›Ihr bleibt nichtsdestoweniger hier, gerade jetzt um so mehr hier, und Bob, Ihr geht allein. Ihr seid in der Stimmung, Bob, die am besten allein bleibt, in einer gereizten Stimmung, versteht Ihr? Und deshalb laßt Ihr den jungen Mann hier. Könnte noch ein Unglück geben. Ist auf alle Fälle besser hier als bei Euch oder Johnny aufgehoben. Morgen kommt Ihr wieder, und da wollen wir sehen, was sich für Euch tun läßt.‹

Die Worte des Mannes waren mit jenem Gewicht gesprochen, dem Leute von Bobs Charakter selten zu widerstehen vermögen. Er nickte beifällig und ging.

Ich wieder saß noch immer, wie betäubt den seltsamen Mann anstarrend – er kam mir gar so unmenschlich, beinahe ogreartig vor!«

8

»Nahm es, bei meiner Seele, kühle, der!« lachte hier der Oberst Cracker.

»Und Ihr scheint es albern nehmen zu wollen, Cracker!« lächelte wieder Oberst Oakley.

Der Erzähler schien nicht zu hören. Er fuhr fort:

»Als Bob gegangen, blies der Alkalde in ein Muschelhorn, das die Stelle der Klingelschnur vertrat, nahm dann das Zigarrenkästchen zur Hand, prüfte eine Zigarre nach der andern, brach sie verdrießlich und warf die Stücke zum Fenster hinaus. Der Neger, der auf den Muschelstoß eingetreten, stand bereits eine geraume Weile, während sein Herr noch immer Zigarren brach und zum Fenster hinauswarf. Endlich schien ihm die Geduld zu vergehen.

›Höre, Ptoly!‹ grollte er den zusammenschreckenden Schwarzen an, ›wenn du mir wieder solche Zigarren ins Haus bringst, die weder ziehen noch rauchen, will ich dir deinen Rücken rauchen machen. Bürg dir dafür. Ist ja schier keine einen Fiedelbogen wert! Sag der alten kastanienbraunen Hexe des Johnny, brauche ihre Zigarren nicht. Nimmst keine mehr von ihr. Reitest hinüber zu Mister Ducie und holst da ein Kistchen. Lasse ihm sagen, soll mir gute schicken. Und, hörst du, magst ihm gleich sagen, hätte ein paar Worte mit ihm und den Nachbarn zu reden. Soll sie mitbringen, die Nachbarn. Und, verstehst du, kehrst sogleich wieder um, mußt um zwei Uhr zu Hause sein. Nimmst den Mustang, den wir vorletzte Woche eingefangen. Will sehen, wie er den Ritt aushält.‹

Der Wollkopf horchte auf die zehnerlei Weisungen und Aufträge mit offenem Munde und aufgerissenen Augen, starrte den Herrn perplex an und schoß dann der Tür zu.

›Wo willst du hin, Ptoly?‹ rief ihm der Alkalde nach.

›Zu Massa Ducie.‹

›Ohne Paß, Ptoly? Und was willst du mit Mister Ducie?‹

›Er nicht so schlechte Zigarren schicken, er kastanienbraune Hexe sein. Massa mit Johnny und den Nachbarn reden. Sie mitbringen, Johnny, die Nachbarn.‹

›Hab mir's wohl gedacht‹, versetzte, ohne eine Miene zu verziehen, der Richter. ›Warte einen Augenblick, will den Paß schreiben und ein paar Zeilen an Mister Ducie.‹ Und so sagend, schrieb er Paß und Note und gab beide dem Neger.

Als dieser gegangen, griff er wieder nach dem Zigarrenkästchen, brannte die erste, die ihm in die Finger kam, an; auch ich nahm eine, die trefflich rauchte. Es waren vorzügliche Principes.

Wir saßen rauchend, bis das Pferdegetrampel des abgerittenen Negers verhallt, dann blies er wieder ins Muschelhorn.

Ein anderer Neger trat ein.

›Xeni‹, bedeutete er diesem, ›du reitest hinüber zu Mister Stones, Abraham Enoch Stones, verstehst du? Lass' ihn ersuchen, morgen früh herüberzukommen von wegen der Aufnahme der Grenzen an der Pfirsichinsel. Möchte auch die Nachbarn mitbringen. Doch wart, will dir ein paar Zeilen mitgeben, machst sonst Konfusion. Bis zwei Uhr mußt du zurück sein, verstehst du?‹ bedeutete er dem Neger, ihm Paß und Note einhändigend und dann weiterrauchend.

Auf einmal wandte er sich zu mir.

›Nördlich oder südlich von Mason-und-Dixons-Linie zu Hause[4]?‹

Die Frage klang so abrupt peremtorisch, daß ich mich besann, ob ich sie auch beantworten sollte.

›In der Mitte von Maryland‹, versetzte ich endlich.

›Also ein Nachbar der Alten Dominion[5] ? Ah, die Alte Dominion – ist und bleibt die Alte Dominion.‹

›Ein großer Staat!‹ bemerkte ich.

›Ein großer?‹ rief er unwillig, ›der größte, den es gibt, gegeben hat, geben wird. Welcher Eurer vierundzwanzig Staaten kann eine

---

[4] Mason-und-Dixons-Linie zu Hause: Wird eine imaginäre Linie zwischen den Sklaven und nicht Sklaven haltenden Staaten, das heißt, zwischen dem Süden und Norden genannt.

[5] Dominion: Virginia, früher der mächtigste Staat, wurde emphatisch das alte Dominion, die Herrschaft, genannt.

Galaxy von Männer aufweisen wie die Alte Dominion, die Washingtons, Henry Patricks, Jeffersons und so viele andere?‹

›Jefferson?‹ sprach ich kopfschüttelnd.

›Ei, Jefferson, Jefferson!‹

›Würde aber doch schwerlich, lebte er noch, an seinen demokratischen Früchten viel Freude haben.‹

›Würde die Freude haben‹, sprach er bestimmt, ›die ein Mann haben kann, der sein Prinzip mit eiserner Konsequenz durchgeführt, es üppig, vielleicht ein bißchen zu üppig gedeihen sieht. Bedarf jetzt, so wie ein üppig aufgeschossener Baum, des Beschneidens, unser Volkssouveränitätsprinzip, versteht Ihr? Aber gebührt ihm die Ehre und der Ruhm, es zum herrschenden erhoben zu haben. Wird freilich dafür von Euren Would-be-Aristokraten und Bankmännern in den Abgrund der Hölle verwünscht, kein Wunder! Brach ihre Apostel, die Hamiltons und Adams, ging the whole hog mit ihnen. War aber nötig, höchst nötig mit Leuten, die so borniert selbstsüchtig wie die damaligen Federals da glaubten, die Revolution sei nur für sie gefochten und die Millionen hätten Gut und Blut eingesetzt, um das englische Joch für das ihrige zu vertauschen. Waren gar zu fix und fertig, dem Volke die Hemmschuhe, die Bruchbänder anzulegen. Und sag Euch, wäre ihnen gelungen, wäre kein Jefferson dagewesen. War aber Jefferson da und hatte Jefferson seine Fehler als Mensch, war aber als Staatsmann einer der größten, die je die Hand an den Pflug gelegt. Hat nie einer das Wesen der Demokratie, ihre Natur, ihre ungeheuer befruchtende Kraft so ganz begriffen, diesen Triumphwagen der Menschheit so rasch in Lauf gebracht. Verdanken ihm die Vereinten Staaten, daß sie in weniger denn fünfzig Jahren die größte Nation der Erde sein werden, verdanken ihm, daß sie bereits über einen halben Weltteil hingebreitet, festgewurzelt sind. War er es, der seinem Volke die Schleusen und Dämme öffnete, in die die Hamiltons, die Adams es einzupferchen gesucht. War just der Mann, wie er uns damals not tat, sein Prinzip das wahre! Werden Völker so wie Menschen geboren; denn sind Völker bloß Vereine von vielen Menschen, wachsen auf, kommen zu Mannskraft, sterben wieder ab, und könnt Ihr ein junges Volk ebensowohl wie einen jungen Menschen verkrüppeln, wenn Ihr ihm die Bruchbänder, die Lasten an- und auflegt, die nur alte oder kräftige zu ertragen imstande sind. Sind aber diese Bruchbänder eine starke Regierung und ihre Zwillingshebel eine mächtige Aristokratie und Hierarchie. Passen diese Bruchbänder und Zwillingshebel wohl für eine alte, gereifte, aber nicht für eine junge Nation, die, wenn sie arbeiten, schaffen, zum Gebrauch ihrer Glieder, ihres gesunden Menschenverstandes kommen soll, sich frei bewegen muß. Hat darum auch nur wenige Nationen gegeben, die zum Gebrauch ihrer Glieder, ihres gesunden Menschenverstandes gekommen, majorenn geworden. In alten Zeiten die Griechen und Römer, in neuern die Briten und wir. Versuchen es jetzt auch die Franzosen. Wünsche ihnen Glück, haben in den letzten Jahren viel getan, den alten Schutt wegzuräumen. Sind ein tüchtiges, ja herrliches Volk, die Franzosen. Sind wir es und sie und die Briten, die jetzt die Welt regieren, die Zivilisation, die Freiheit dieser Welt in unserer Obhut haben. Sind die übrigen alle minorenn, von uns dreien abhängig, ihre Geschichte kaum der Mühe wert, daß sie ein freier Mann liest; ärgert sich nur, wenn er diese Millionen wie verstand- und willenlose Schafherden ihren Leithammeln folgen sieht.‹

›Aber gerade diese Nationen, die Ihr da für majorenn erklärt, hatten und haben doch eine starke Aristokratie‹, bemerkte ich.

›Hatten sie aber doch nicht in ihrer Jugend, werdet Ihr zugeben?‹

›In ihrer Jugend, lieber Richter, in ihrer frühesten Jugend‹ – versicherte ich.

›Wohl, wohl! Will mich mit Euch nicht um Worte streiten, mögt meinethalben die normännischen Barone Aristokraten, Lords of the bedchamber oder meinetwegen grooms of the stole[6] heißen; kalkuliere aber, wenn sie es waren, hatten sie mehr demokratischen Spunk, als ihren Souveränen lieb war, und wenn sie ja einmal das Waschbecken hielten, warfen sie es ihnen das andere Mal gewiß an den Kopf. Waren das Männer! – Eure heutigen Aristokraten aber, pooh! – weichliche, selbstische Zwitter, Gift- und Sumpfpflanzen, die ausgeartet, den nationalen Boden versäuert, vergiftet, verdorben, wie unsere Tabakspflanze Eure Maryland- und unsere Virginia-Böden.‹

---

[6] Lords of the bedchamber, grooms of the stole: Englische Hofämter, den deutschen Oberst-Kämmerern und so weiter entsprechend.

Das Simile war mir neu.

›So haltet Ihr die heutige Aristokratie für Gift- und Sumpfpflanzen?‹

›Leider artet das Beste aus; das herrlichste, frischeste Wasser gerät in Fäulnis, wenn es lange in träger Ruhe stagniert. Haben auch wir bereits diese Fäulnis – unsere gloriosen Washingtons, Caroltons, ihre Sumpf- und Giftsprößlinge: Would-be-Aristokraten, Gentlemen durch ihrer Schneider Gnade, Söhne hergelaufener Schuh- und Kesselflicker und Ladenbursche und Krämer, die in der ganzen Welt herumvagiert, endlich ihr Schelmengenie zu uns gebracht, es da zu Geld gebracht und nun ihre Brut die Lords spielen sehen möchten. Bin auch Aristokrat, ein demokratischer Aristokrat, könnte aber solche Would-be-Aristokraten –!‹

›So seid Ihr ein Aristokrat? – ‹ entfuhr mir unwillkürlich.

Der Ton meiner Stimme mochte etwas Ironisches haben, denn er warf die Zigarre einigermaßen verächtlich weg, setzte das Glas fest an und ab, schaute mich dann einen Augenblick scharf an und sprach mit entschiedener, beinahe strenger Stimme:

›Bin ein Mann – ein Mann, versteht Ihr? Und ist der erste Herzog und Lord und Pair auch nicht mehr und der russische Kaiser auch nicht mehr; – und ist er alles, was er sein kann, wenn er ein Mann ist. Bin ein Mann, und wenn Ihr mehr wissen wollt, ein Mann der Bewegung, ein Prinzipmann. Und war Napoleon, solange er ein Mann, ein Prinzipmann blieb, Herr der halben Welt, und hörte auf, Herr zu sein, wie er aufhörte, ein Mann zu sein, ein grundsatzloser Schwächling, ein falsches Weib wurde.‹

›Napoleon‹, rief ich nicht wenig amüsiert, ›ein grundsatzloser Schwächling, ein falsches Weib?‹

›Nenne‹, war die Antwort, ›einen grundsatzlosen Schwächling, ein falsches Weib denjenigen, der seinem Prinzip ungetreu es verkennt, es verrät. Und war es Napoleon, der seinem Prinzipe, seinem Elemente, dem Volke, das ihn erhoben, gehalten, ungetreu, es an die Aristokraten, Dynasten verriet.

Sag Euch‹, fuhr er nach einer kurzen Pause fort, ›hat das den Napoleon gestürzt, und mit Recht gestürzt, daß er sich selbst, seinem

Prinzipe, seinem Elemente ungetreu worden. Alle seine Torheiten, seine tollen Feldzüge, sein Sich-zum-Kaiser-Aufwerfen, alles, alles hätte man ihm verziehen, nur diese miserable, ich möchte sagen stupide Grundsatzlosigkeit nicht, mit der er dasselbe demokratische Prinzip, das ihn gehoben, dasselbe Volk, dem er alles verdankt, seinen ärgsten Feinden, den Aristokraten und Dynasten, in die Hände lieferte. Das hat sein Volk von ihm abgewendet, die Bande zwischen ihm und den Franzosen zerrissen.‹

›Aber ich habe doch immer gehört, ganz Frankreich hänge noch immer wie berauscht an ihm und seinem magischen Namen?‹

›Wohl möglich, aber merkt es Euch, ist in Völkern so wie Menschen, obwohl ihnen oft unbewußt, immer Grundsatz. Wer diesen Grundsatz, diesen Ariadnefaden erfaßt, dem ist kein Labyrinth zu verwickelt, das Volk hilft ihm heraus – wer ihn fahrenläßt, den läßt es auch fahren. War der Grundsatz, der Ariadnefaden der Franzosen Demokratie, hatte den Napoleon erfaßt, hätte den auch halten sollen; und daß er ihn nicht hielt, das hat seine Zauberkraft über die Franzosen nicht nur gebrochen, dieselben Franzosen werden ihm einst, wenn sie es nicht jetzt schon tun – fluchen. Er hat sie und ihre Erwartungen bitter getäuscht, denn seit die Welt steht, hat kein Volk für einen Menschen je soviel getan, so viele Opfer gebracht, soviel vertrauende Hingebung bewiesen als dieses französische Volk. Er war der unumschränkte Repräsentant der Demokratie, wie keiner es je gewesen, hatte ganz freie Hände, denn die faule Aristokratie war beinahe ganz beseitigt. Was hätte dieser Mann für sein Volk, sein Prinzip nicht alles tun können! Er hatte es in seiner Gewalt, dem halben Menschengeschlecht eine neue bürgerliche Gestaltung zu geben, das morsche Gebäude der gesellschaftlichen Einrichtungen vom Grunde aus zu erneuern. Was tut er? Zieht denselben Adel, den sein Volk von sich gestoßen, wieder an sich, läßt sich von – Dummköpfen, im Vergleich mit ihm, überlisten, tritt mit den alten Dynastien – Österreich in Bund, verrät sich – Prinzip – Volk. Ei, der Mann wird noch nach Jahrtausenden leuchten, aber nicht bloß wegen seiner kolossalen Größe, sondern auch wegen seiner kolossalen Borniertheit, Grundsatzlosigkeit leuchten, allen Demokraten zur Warnung.‹

›Aber sind die Ausdrücke, die Ihr da auf Napoleon anwendet, nicht ein wenig zu stark?‹ bemerkte ich.

›Hat die Nemesis bereits gerichtet‹, fuhr er ernst und ohne auf meine Worte zu hören fort. ›Waren es nicht die Liverpools, Castlereaghs, Bathursts, Wellingtons, war es die ewig richtende Nemesis, die ihn auf den Felsen von St. Helena mit dem häßlichen Geier Hudson Lowe geschmiedet, tat die es.

Ah, was hätte der Mann für sein Volk, die Menschheit, ihre Geistesentjochung nicht alles tun können! Welche Götterblitze – Funken! Zum Beispiel der, den geistlichen Popanz, der nun seit sechzehnhundert Jahren die Welt am Narrenseile herumgegängelt, von seinem siebenhügeligen Throne herabzustoßen, ihn in seine gebührenden geistlichen Schranken zurückzuweisen! Ah, diese einzige Krafttat, konsequent durchgeführt, würde der zivilisierten Welt eine neue Gestaltung gegeben, ihre Geister schließlich entfesselt, ein Denkmal geworden sein, ein Denkmal! Es hätte der großen Entjochung, durch die Luthers, Harrys, Kalvins, Knoxs begonnen, erst die Krone aufgesetzt! Pshaw! jetzt trödeln und flicken und dahlen und salbadern sie wieder mit ihren kanonischen Rechten und gallikanischen Rechten, die armen Tröpfe! – Pooh! Kalkuliere, wollen ein wenig in die Cottonfelder und Prärie hinaus.‹

Die letzten Worte waren wieder so ruhig, gleichmütig gesprochen – ich schaute den Mann erstaunt an.

›Habt Ihr nicht Lust?‹ fragte er aufstehend.

›Ich hätte wohl, fühle aber so schwach.‹

›Wollen Euch stärken‹, sprach er, auf den Tisch klopfend.

Eine Negerin trat ein.

›Den Topf, der in dem linken Fache des Sideboard steht, mit einer Bouteille vom Dachboden und frischen Gläsern!‹

Die Negerin brachte das Verlangte, und er holte aus dem Topfe eine Substanz hervor, die ich für Walnußschalen hielt, bis ich eine versucht. Es waren in Madeira präservierte Bärentatzen, die ersten, die ich gegessen.

Er ließ mich etwa ein halbes Dutzend nehmen, schob aber dann doch den Topf mit der Bemerkung weg, es sei eine gar zu aristokratische Speise, für einen Junggesellen einigermaßen gefährlich.

Der Mann begann mir allmählich interessant zu werden. Er hatte in der Tat etwas Demokratisch-Aristokratisches; das Äußere, die Manieren, die des derben und doch wieder schlauen Demokraten, Kopf und Herz wieder ganz die des eingefleischten Aristokraten, kühl und kalt; dabei eine hinlängliche Dosis texasischen Phlegmas, das bei einer gewissen Lauersamkeit wieder einen durchdringend scharfen Blick, einen eisern konsequenten Willen verriet. Offenbar wußte er, was er wollte.

Wir hatten die Pferde bestiegen und ritten durch die Cottonfelder. Solange noch eine Baumwollstaude zu sehen, war er Cottonpflanzer und nichts als Cottonpflanzer; Primes, Fairs, Cottonfelder und Preise, Gins und Pressen an der Tagesordnung. Als wir in die Prärie einritten, wurde er wieder ganz Viehzüchter: Stiere, Kälber und Rinder und wieder Rinder, Kälber und Stiere. Auch keine Silbe mehr von Cottonen; die Jeffersons und Napoleons, Aristokraten und Demokraten schienen ganz aus seinem Gedächtnisse geschwunden, Bob wurde auch mit keiner Silbe mehr erwähnt. Dieselbe sich stets gleichbleibende Gelassenheit; nur als er auf die Briten zu sprechen kam, wurde er etwas heftiger. Diese haßte er, um mich seines eigenen Ausdruckes zu bedienen, von ganzem Herzen, ganzer Seele, ganzem Gemüte, und aus allen Kräften, aber nicht, weil sie unsere Nationalfeinde, sondern weil sie noch selbstsüchtiger waren als wir – ein eigentümlich charakteristischer, echt amerikanischer Haß, der mir erst die Natur unseres Britenhasses erschloß. Es lag etwas wie Neid in diesem Hasse.

Gern wäre ich noch eine Stunde länger geritten, denn die sechs Bärentatzen hatten mich auf eine Weise aufgeregt, die ich kaum für möglich gehalten; allein die Glocke rief uns nach Hause, Ptoly und Xeni waren von ihrer Sendung zurückgekehrt.

Er las, ohne eine Miene zu verziehen, die Antworten, setzte sich ans Pult, schrieb zwei frische Noten und übergab sie abermals den Negern mit der Weisung, zuvor ihr Mittagsmahl zu nehmen.

Darauf setzten wir uns gleichfalls zu Tische.

Wir aßen sehr gut, aber ganz allein, denn seine Frau und Stieftochter waren auf Besuch bei Colonel St. F. Austin in San Felipe und wurden erst in einigen Tagen zurückerwartet. Wir sprachen von heimatlichen Angelegenheiten, von Abolitionisten-, Lynch-, Pöbel-, Nullifikationsunwesen. Er schien sehr gut unterrichtet, besonders aber tiefe Blicke in unsern Staatshaushalt, unsere Surplus-Revenue-Diffikultäten, unsere Handels- und Tarifverhältnisse geworfen zu haben. Vor unsern Seestädten und ihrer Politik schien er keinen großen Respekt zu hegen, desto größeren vor der Zukunft des Westens. Ich konnte meine Verwunderung nicht bergen, wie er, ein Mann, der doch gewiß in den Staaten eine Rolle gespielt haben müßte, sich in die texasische Wildnis verlieren konnte.

›Liebe es, im eigenen, selbst aufgeführten Hause zu wohnen‹, versetzte er hingeworfen und mehr zu sich selbst.

›Ich verstehe Euch nicht.‹

›Glaubt Ihr, daß Texas nicht auch tüchtige Leute brauchen, der Schauplatz großer Taten werden wird?‹

Das versteckte, sich selbst gezollte Kompliment machte mich lächeln. ›Texas, dieses Fagend, dieses fünfte Rad an dem elenden mexikanischen Staatswagen?‹ entfuhr mir.

›Glaubt Ihr, daß es immer Fagend, fünftes Rad am elenden mexikanischen Staatswagen bleiben wird?‹ erwiderte er gelassen, ja artig.

Die gentlemanisch gelassene Antwort auf meine ungentlemanische Bemerkung verwirrte mich einigermaßen. Ich schlug die Augen nieder.

Ohne ein Wort weiter zu sagen, rief er nach Punsch, zog, als die Negerin die Ingredienzien gebracht, diese mit der Bowle näher an sich, drückte bedächtig die Ananasse aus, warf ebenso bedächtig Zucker ein, goß dann Rum nach, und nachdem er die Masse gehörig gemischt und mit Tee verdünnt, schöpfte er in die Gläser ein.

›Sag Euch, Mister – wie ist Euer Name?‹

›Edward Nathanael Morse.‹

›Morse? Seid Ihr verwandt mit Judge Morse zu Washington?‹

›Sein Sohn.‹

Er hob sein Glas zum Anstoßen, ich das meinige, und wir tranken.

Eine geraume Weile saßen wir an unseren Gläsern nippend, ohne daß ein Wort gewechselt wurde. Der Punsch war so deliziös!

Endlich brach er das Stillschweigen.

›Sag Euch, Mister Morse, gäbe zehn meiner besten Rinder, wenn das mit Bob nicht geschehen wäre.‹

In Texas wird nämlich alles nach Rindern gerechnet. Sie sind der Stapelartikel, das allgemeine Tauschmittel, die zirkulierende Münze. Der Doktor wird für seine ärztliche Behandlung mit einem Rinde bezahlt, der Schullehrer für seinen Unterricht, der Rechtsanwalt für seine Vertretung vor den Gerichten.

›Glaub es Euch gern‹, versetzte ich, ›aber nun ist es einmal geschehen.‹

›So gewiß, als Moses ein Hebräer war. – Wie schmeckt Euch dieser Ananaspunsch? – Er verdient gehängt zu werden wie ein toter Hirschbock, und doch – ‹

Das ›doch‹ machte mich wieder stutzen, das Glas, das ich an den Lippen hatte, absetzen.

›Läßt sich's wieder nicht tun, auch wenn wir wollten. Hätten viel zu tun, wenn wir alle hängen wollten, die –‹

›Viel zu tun, wenn Ihr alle hängen wolltet, die – gemordet?‹ fiel ich einigermaßen heftig ein. ›Mein Gott! was muß das für ein gesellschaftlicher – ‹

›Zustand sein?‹ ergänzte er ganz ruhig, sich eine Zigarre anbrennend. ›Je nun‹, fuhr er, nachdem er diese in Rauch gebracht, fort, ›gerade so ein gesellschaftlicher Zustand, wie er es in einem Lande sein kann, das dreimal größer als der Staat New York[7] oder vielleicht selbst Virginien, noch kaum fünfunddreißigtausend Seelen zählt, eine Wildnis ist, eine prachtvolle Wildnis zwar, aber doch nur

---

[7] der Staat New York: New York hat beiläufig 50 000 englische Quadratmeilen, Texas 150 000, also ungefähr dreiviertel des Flächeninhalts von Frankreich.

eine Wildnis. Glaubt Ihr denn, es werden Euch die Caroltons, Patersons, Rensselaers oder Livingstons herüberkommen und sich da mit unserm indianischen und mexikanischen Gezüchte herumschlagen und Schlangen und Moskitos und Millepieds und Skorpionen und giftig faustgroßen Spinnen – Euren Louisiana-Samum zu geschweigen, wenn sie zu Hause alles vollauf haben und nur an der Klingelschnur zu ziehen brauchen, um zehn Hände und Füße in Bewegung zu setzen? Nehmt nur Euren gesunden Menschenverstand zusammen, Mann! Ist ein Land, wie es alle herrenlosen Länder – denn die Herrschaft Mexikos ist so gut wie keine – einst waren, als sie noch mit dem vorliebnehmen mußten, was eben kam, selbst Unrat und Auswurf. Und, sage Euch, sind Unrat und Auswurf für ein solches Land auch vonnöten. Wäre uns hier in Texas nicht einmal gedient mit lauter solchen Leuten wie die Livingstons, Rensselaers, Caroltons oder Euren an Zucht und Ordnung gewöhnten Philadelphia- und New-Jersey-Quäkern; sehr respektable Leute, ohne Zweifel!

Aber für uns zu respektabel‹, fuhr er nach einigen Zügen an der Zigarre fort, ›zuviel Pietät, Respekt vor Autorität. Würden sich schmiegen, biegen, sich eher alles gefallen lassen, als daß sie sich wehrten oder aufständen und dreinschlügen. Sind viel zu ordentlich, lieben die Ruhe, die Ordnung zu sehr.‹

Er hielt inne.

›Brauchen aber in diesem unserm Texas, für jetzt wenigstens, nicht so sehr ruhig ordentliche Leute als vielmehr unruhige Köpfe, Köpfe, die einen Strick um den Hals, Spunk im Leibe haben, die ihr Leben nicht höher als eine taube Nußschale achten, nicht lange fragen, mit ihrem Stutzen sogleich zur Hand sind.‹

›Sollte aber meinen, mit solchen Leuten würdet Ihr nicht weit kommen‹, entgegnete ich.

›Nicht weit in den Staaten, wo die bürgerliche Gesellschaft bereits geordnet, aber auf alle Fälle weiter hier als mit Euren friedlich ruhigen Bürgern, kalkuliere ich. Wären die Normannen zum Beispiel – ‹

Ich erschrak, als ich die ewigen Normannen nennen hörte. Wenn wir von den Normannen anfangen, wird der Faden unsers Gespinstes richtig immer lang genug, um einen Kongreßredner während seiner sechsstündigen Rede auszuhalten.

Er war jedoch einmal im Zuge, an ein Aufhalten nicht zu denken.

›Wären die Normannen zum Beispiel ruhig achtbare Leute gewesen, sie wären hübsch bei ihren Rentieren und Baumrindenbroten zu Hause, das heißt in Norwegen geblieben; aber so waren es unruhige Köpfe, desperate Bursche, denen es selbst zwischen ihren Eisbergen zu heiß geworden, See- und Landräuber, stark an Faust und Knochen, schwach im Beutel, desperat an Geist, der Schrecken der damaligen Welt, die ihnen noch zu enge. Aber eroberten diese desperaten Bursche nicht nur nacheinander die Normandie, Sizilien, England, gründeten auch ein Reich, ein wahrhaft glorioses, herrliches Reich, gegen das eure übrigen Reiche arme Teufel sind. Wäre England unter den phlegmatisch dickköpfigen Angelsachsen geblieben, nie wäre etwas Rechtes aus ihm geworden, aber mit diesem normännischen Seeräuberblute gekreuzt gab es eine gloriose Mischlingsrasse.‹

›Die Briten würden sich bei Euch bedanken für den sauberen Stammbaum, den Ihr ihnen da aufpflanzt‹, bemerkte ich lachend.

›Kümmere mich nicht um diese verdammten Briten‹, war seine Antwort, ›will sie nicht, mag sie nicht; hasse sie mit ganzem Leibe, ganzer Seele, ganzem Gemüte und aus allen Kräften; hasse sie, weil sie immer nur darauf kalkulieren, die Volksfreiheit, sie mag sich zeigen, wo sie will, im Keime zu knicken, zu ersticken. Ist ein fluchwürdiges Volk, dieses britische, mit seinem unter aller Kritik knechtischen Pöbel – und alles ist da Pöbel, was nicht Gentry ist – und seiner über alle Begriffe arroganten, hab- und herrschsüchtigen Gentry. Hält diese Gentry das Volk wie Sklaven und möchte die ganze Welt zu Sklaven haben, um sie desto besser ausbeuten und tyrannisieren zu können. Könnt in der britischen Nation die beiden Rassen, die normännische sowohl als angelsächsische, noch immer haarscharf in ihrer Gentry und ihrem Volke erkennen. Ist diese Gentry die übermütigste, aber auch unabhängigste, freieste, erste – so wie das Volk das brutalste, dümmste, knechtischste der Welt.‹

›Bei meiner Treue! Ihr stellt da den Briten eine Nativität‹, bemerkte ich laut lachend, ›die wahrlich das Pikante der Neuheit hat. Was mich wenigstens betrifft, so glaubte ich immer, es sei da kein Mangel an Freiheitssinn.‹

›So glaubten alle, die es nicht besser verstehen und nachsagen, was sie andere vorsagen gehört. Merkt Euch, daß ein unabhängig freiheitsstolzes Volk nie eine Aristokratie wie die englische aufkommen läßt. Dazu gehört ein knechtisches Element, ein echt deutsches Bauernelement, und das hat England in seinen Angelsachsen. Hat aber Großes geleistet mit diesem Bauernelemente.‹

Diese Bemerkung frappierte mich wieder. Ich schaute ihn überrascht an.

›Sehr Großes‹, fuhr er fort, ›denn hat auch dieses Element das mächtigste Reich der modernen Welt, ja mehr, alle moderne Freiheit, alle politischen Rechte gepflanzt, hat so eine Grundlage gegeben dieser Freiheit; – bei uns hat sie keine, ist hohl, ohne Fundament.‹

›Das ist eine zwar aristokratische, aber, fürchte ich, nur zu wahre Ansicht‹, bemerkte ich.

›Fürchte es auch‹, erwiderte er die Gläser füllend.

›Ist's aber nicht seltsam‹, hob er wieder an, ›daß die mächtigsten Reiche, die die Erde je gesehen, von Leuten herstammen, die keine Freiheit, keine Rechte achtend, alles vor sich niedertraten?‹

›Wie versteht Ihr das? Was wollt Ihr damit sagen?‹

›War nicht, wenn die Geschichte wahr spricht, Rom durch Abenteurer, ja Räuber, Großbritannien ganz bestimmt durch Seeräuber gegründet?‹

›Ihr malt in zu grellen Farben, Richter! Die Normannen, die England eroberten, waren so wenig mehr Seeräuber als unsere heutigen Yankees fromme Pilgrime von Plymouth sind. Es waren Barone und Ritter, die von ihren Schlössern, ihren Sitzen in der Normandie auszogen, Abenteurer, wenn Ihr wollt, aber Abenteurer hohen Sinnes, ihren Feinden schrecklich, aber großmütig gegen Fremde, ritterlich gegen das zarte Geschlecht.‹

›Sehr großmütig, ritterlich mußten sie gewesen sein!‹ meinte er, am Glase nippend, ›sehr ritterlich, wenn königliche Prinzessinnen am Hoflager der Souveräne nicht mehr Schutz vor der ritterlich freiherrlichen Brutalität fanden, in Klöster flüchten mußten; wenn das ganze Land ein und derselbe Schauplatz von Notzucht, Blutschande, Mord, Raub und Plünderung war. Saubere Großmut, Ritterlichkeit! Nein, Mann, gereicht die gute Meinung, die Ihr da von den alten Normannen habt, Eurer jugendlich poetischen Phantasie, aber nicht Eurem gesunden Menschenverstande oder geschichtlichem Forscherblick zur Ehre. Seid irrig, wenn Ihr glaubt, die gewaltigen Gesellen, die bei Hastings schlugen oder John ohne Land die Magna Charta abdrangen, waren ritterlich feine Gentlemen. Blast den Dunst und Duft weg, den sieben Jahrhunderte und Dichter und dichtende Geschichtsschreiber um Eure Helden gezogen, und Ihr werdet finden, daß sie so desperat gewalttätige Bluthunde waren.‹

Ich wandte mich unwillig, ja empört über diese rohe Sprache murmelnd:

›Unser amerikanischer Fluch, daß wir alles, was in unser Bereich kommt, zu unserm roh demokratischen Niveau herabziehen.‹

In meinem Unwillen hatte ich lauter gesprochen, als ich es gewollt. Einige Zeit gab er jedoch keine Antwort; den Rauch seiner Zigarre von sich blasend, hielt er eine Weile inne, dann versetzte er:

›So! So ziehen wir also alles, was in unser Bereich kommt, zu unserm roh demokratischen Niveau herab? Haltet das für gemein, prosaisch, unpoetisch, nicht wahr? Sollten, meint Ihr, die alten Normannen wie Halbgötter anstaunen, wie unerreichbare Heroen der Fabelwelt? Lieder auf sie dichten? Pshaw! Wollen das Euren New-Yorker, Londoner, Pariser Schöngeistern überlassen. Wollen statt dessen Euren Liederdichtern Stoffe liefern, faktische Poesie liefern. Wollen, wollen. Wollen tun, was die Normannen taten, wollen, sag ich Euch, nicht gerade auf dieselbe Weise, aber doch etwas Ähnliches. Fühlen geradesoviel Spunk, Geist und Kraft in unserm Blute, als die Normannen je fühlen konnten. Mögt vielleicht in ein paar hundert Jahren, wenn Texas ein mächtiges Reich sein wird, auch so eine Art Glorie, einen derlei Nimbus um unsere Häupter glänzen, uns als eine Art Halbgötter dargestellt sehen.‹

Ich schaute den Mann an. War er im Ernste oder hatte der Ananaspunsch seine Lebensgeister in Siedehitze aufgekocht? Der Gedankenflug würde unserm heißblütigsten Kentuckier Ehre gemacht haben.

›Mögt!‹ versicherte er nochmals. ›Haben die Normannen die dickköpfig phlegmatischen Angelsachsen bei Hastings gedroschen, haben wir mit den dünnköpfigen Mexikanern – obwohl ihrer Tausende auf einen von uns kommen – ein gleiches im Sinne. Werden freilich unsere Taten nicht gleich so poetisch erscheinen, vielmehr prosaisch, Eure Tories und ihre Kreaturen uns nicht übel zurichten, bürg Euch dafür, als Landräuber, Diebe, zusammengelaufenes Gesindel und weiß der Himmel was alles darstellen; aber mögen wir uns mit dem Gedanken trösten, daß es den Normannen zu ihrer Zeit auch nicht besser ergangen, über sie gewiß auch Zeter und Weh geschrien worden, als sie die Normandie als Seeräuber und England als Landräuber überfielen. Legte sich erst, als sie beide hatten, mit der Zeit der Nimbus, die Glorie um ihre Häupter, fanden dann erst Mittel und Gelegenheit, ihre Dichter und dichtenden Geschichtsschreiber zu bezahlen, fromme Pfaffen zu mästen, die dem guten Volke ihr Tun als von Gott eingegeben und gesegnet darstellen mußten. Zieht diesen Nimbus weg von Euren Helden, und Ihr werdet finden, daß ihr Blut weder reiner noch röter war als das unsrige – nicht einmal so rot und rein.‹

Auf eine solche Rede ließ sich keine Antwort geben, ich schwieg also.

›Pooh, pooh, Mann! Seid verdrießlich. – Müßt das nicht sein, hört sonst alle Unterhaltung auf. Wollte Euch nicht verdrießlich machen, Euch bloß sagen, daß die Welt mit jedem Jahrzehnte anders und doch immer und ewig dieselbe bleibt, der Stärkere den Schwächern, der Schlaue den Einfältigen überwältigt und überlistet, der Überwältiger aber, besonders wenn er so gescheit ist, die hochpriesterlichen Samuele auf seine Seite zu bringen, immer im Rechte ist, wenn er auch zehnmal unrecht hätte, der ärgste Tyrann, Schelm wäre. War von alten Zeiten her so, ist noch so.

Ist noch so‹, fuhr er, sein Glas absetzend, fort, ›wird auch heutzutage trotz Aufklärung das Ruchloseste, Gottloseste, Schmutzigste als fromm, gerecht, rein, staatsklug, und wer weiß was alles, dargestellt. Denkt nur an die Griechen vor einigen Jahren und die Polen! Wie da die Metzelei von Scios als Heldentat, als zur Ordnung, zur Ruhe gehörig – und die armen Polen als der undankbarste, nichtswürdigste Abschaum von euren im Despotensolde stehenden englischen, französischen und deutschen Schreibern dargestellt wurden. Pooh! ein paar Pensionen tun heutzutage, was in alten Zeiten ein paar gestiftete Klöster und Abteien taten. Hab die Geschichte unsers gemeinschaftlichen Stammlandes auch gelesen und muß Euch zu Eurem Troste gestehen, so gläubig geglaubt wie der frommste Katholik sein Credo. Verging mir aber wieder dieser Glaube, als ich mich im Buche der Welt umsah, wurde mir da eine ganz neue Version klar, ohne Nimbus, Dunst oder Duft. Umglitzern dieser Nimbus, Dunst und Duft alle Geschichte von Moses herab bis auf die neuesten Zeitungsartikel. Verstand schon der alte Moses den Gebrauch der Elektrisiermaschine, wußte Blitze und Glorien und Donner hervorzubringen, den lieben Gott an allen Ecken und Enden leuchten zu lassen, und richtig immer am stärksten, wenn er irgendeine Schelmerei im Schilde führte; von wo er dem albernen Pharao mit seinen noch albernern Ägyptern ihr Silbergeschirr mit- und Reißaus nahm, bis wo er die Philister und Moabiter und

Amalekiter und wie sie alle hießen, im Namen desselben Gottes wie schädliches Gewürm von der Erde vertilgte.‹

›Das waren seine Nachfolger, der kriegerische Josua und der fromme Aaron‹, schaltete ich wieder, nicht wenig amüsiert über des Mannes naiv ungläubige Bibelparaphrase, ein.

›Denen zulieb die Sonne geschlagene vierundzwanzig oder mehr Stunden Schildwache stand?‹ lachte er. ›Wohl, wohl! Hebräer beide, kalkuliere ich, und doppelt destillierte, trotz dem Besten unserer Yankees. Bin aber, muß Euch gestehen, doch der Notion, daß die alte Jungfrau Europa, das heißt die alten Griechen und Römer, trotz ihrer Jupiters und Venusse, die gescheiteren waren, als sie sich mit diesen pretiosen Hebräern nicht in nähere Bekanntschaft einließen, und das neue Europa, die junge Jungfrau, wie eine ziemlich törichte Jungfer handelte, als sie mit diesen Hebräern gar so intim wurde. Hat für ihre gloriosen, geheiligten Königssalbungen und Legitimitäten und Katholizismus wahrlich teuer bezahlt, wird noch teurer bezahlen müssen. Wohl bekomme es ihr aber, je ärger für sie, desto besser für uns!‹

Die maliziöse, aber geistreiche Anspielung machte mich wieder laut lachen.

›Haben auch wir in unserer Geschichte, – die doch im Vergleich zu den andern Ländern und Völkern ein wahrer Tugendspiegel ist, mehr denn nötig von diesem Hebräismus, kalkuliere ich‹, fuhr er wieder, sein Glas hebend, fort. ›War der liebe Gott unsern frommen Plymouth-Vätern auch richtig immer zur Hand, wenn sie unsern roten Philistern, Amalekitern, Moabitern, unsern Indianern einen Hieb versetzen, einen freisinnig aufgeklärten Mann in irgendeine Teufelei oder die Klauen ihrer blue laws zu bringen gedachten. Geht sie nur durch, unsere Geschichte, werdet es finden. Pooh! alle sind wir arme Sünder, die da glauben, dem lieben Gott just so wie der dummen Welt einen blauen Dunst vor die Augen zu machen.

Geht Euch aber‹, fuhr er ernster fort, ›in der Prärie wieder ein ganz anderes Licht als in Euren Städten auf; denn sind Eure Städte von Menschenhänden gemacht, von Menschenodem verpestet, die Prärie aber von Gottes Hand geschaffen, seinem reinen Odem belebt. Und klärt dieser reine Odem Euren in den Städtedünsten trübe gewordenen Blick wunderbar auf! Ist eine schöne Sache, dieses

Aufklären, wenn so die verdorbenen, verpesteten Dünste schwinden, Ihr der Wahrheit bis auf den Grund schaut, schaut, wie der große Staatsmann droben hantiert, zu seinen schönsten, herrlichsten Werken just die desperatesten Elemente nimmt, ja eingefleischte Teufel, die da hausen, als wären sie just aus der Hölle heraufgestiegen!‹

Ich schaute ihn an, wo wollte er wieder hinaus?

›Jawohl, eingefleischte Teufel, und hausten schier, als wären sie just aus der Hölle herausgeborsten.‹

›Wen meint Ihr, Richter?‹

›Wen? Wen? Wen anders als die Normannen?‹

Ich fuhr auf, als wäre ich von einem Skorpion gestochen. Die bullenbeißerische Hartnäckigkeit, mit der er an seinen Normannen hing, schien mir an Monomanie zu grenzen.

›Ihr scheint diese Normannen wirklich stark auf dem Korne zu haben, Richter‹, bemerkte ich kopfschüttelnd, ›was Teufel haben die Euch nur getan?‹

›Nichts, Mann, gar nichts als Gutes. Waren, obwohl gegen die Franzosen und Angelsachsen eingefleischte Teufel, wieder die gloriosest mächtigst gewaltigsten Bursche für uns. Wären ohne diese Normannen kein Großbritannien – keine Vereinigten Staaten – kein Virginien; wäre eine miserable Spießbürgerwelt, die ganze Welt.‹

›Wohl! Und warum immer und ewig auf diesen Normannen, als wären sie der Abschaum der Menschheit, herumhämmern? Glaube doch, haben alle Ursache, stolz auf diese Normannen zu sein.‹

›So glaube ich auch, kalkuliere aber, müßt, um von einem Gegenstande eine klare Notion zu haben, ihn nicht nur von der Licht- oder Sonnen-, müßt ihn auch von der Schatten-, der Winterseite betrachten. Haben die Normannen uns sicherlich ein glorioses Erbe hinterlassen, kalkuliere aber, waren nichts weniger als Engel, als sie dieses Erbe erwarben, vielmehr eingefleischte Teufel.

Eingefleischte Teufel‹, fuhr er fort, ›die sich keinen Strohhalm um Recht, Gottesfurcht, Religion, Sitte oder die Meinung der Welt kümmerten.‹

›Woraus schließt Ihr das?‹

›Will Euch sagen, woraus ich das schließe. Schließe es erstlich aus dem Umstande, daß sie einem Bastarde, William, dem Sohne der Gerberstochter von Falaise, folgten. Waren, seht Ihr, gar nicht so heikelig, wie es sonst wohlerzogene Barone zu sein pflegen. Sahen auf den Mann, obwohl dieser Mann ohne priesterlichen Konsens in die Welt gekommen. Und ein tüchtig gewaltiger Mann mußte er gewesen sein, ein glorioser, obwohl ungläubig wie ein Heide! Will Euch sagen, woraus ich das wieder schließe. Stürmte, als er sich zu Fecamp mit seinen Normannen einschiffte, als ob die Hölle los wäre, stürmte grausig, sagen die alten Chroniken, und schüttelten männiglich darob die Köpfe. Kümmerte sich aber weder um Sturm noch Kopfschütteln. Schifft sich ein, landet trotz böser Vorzeichen glücklich an der englischen Küste, landet, versteht Ihr? Setzt aber kaum den Fuß auf die englische Küste, als er stolpert und der Länge nach hinschlägt. Schlägt hin, so daß selbst seine Normannen stutzen, denen war das ja ein schlimmes Omen, und würde dieses Omen jeden gläubigen Christen wohl zum Umkehren bewogen haben, nicht aber ihn. War er der Mann nicht, sich schrecken zu lassen! Springt auf, zieht vorwärts, treibt alles vor sich her, bis er endlich auf das Heer der Angelsachsen vor Hastings stößt, das er ohne weiteres angreift und aufs Haupt schlägt.‹

›Wißt Ihr, daß Ihr eine ganz eigene Schlußmanier habt, Richter?‹ schaltete ich lachend ein.

›Handelt sich darum, die Charaktere Williams und seiner Normannen zu entwickeln, festzustellen‹, versetzte er, ›und kalkuliere, sind es just diese Züge, diese Pinselstriche, die uns seine und seiner Gefährten Physiognomien richtig geben. Merkt wohl, war er erstens Bastard, der als Bastard auf seines Vaters Erbe keinen Anspruch hatte, sich also mit seiner Faust etwas erwerben mußte. War aber diese Faust kräftig und zog natürlich alle kräftigen Fäuste, die gleichfalls zu Hause nichts zu verlieren, in der Fremde alles zu gewinnen hatten, an. Glaubt Ihr, daß, wäre er der legitime Erbe der Normandie, seine Normannen begüterte Barone gewesen, sie auf Länderraub nach England ausgezogen wären?‹

›Es ist viel Richtiges, Scharfsinniges in Euren Bemerkungen, aber was wollt Ihr eigentlich damit? Ihr müßt das Kind ja nicht wieder mit dem Bade ausschütten.‹

›Will's nicht, will's nicht, will nur sagen, nur sagen, daß weder dem Bastarde noch seinen Normannen mit dem bloßen Ruhme, die Angelsachsen überwunden zu haben, gedient war und daß ich von jener Großmut, Generosität, Hochherzigkeit, von der Eure Dichter und Geschichtsschreiber den Mund so voll nehmen, wenige oder gar keine Spuren mehr von dem Tage von Hastings an finde.‹

›Weil Ihr durch ein zu schwarzes Medium seht.‹

›Sehe ich? Kalkuliere, sehe aber doch nicht! Kalkuliere, seht Ihr vielmehr durch ein romantisches, ich durch ein klares, gesundes, welterfahrenes Medium. Zeigten wohl diese Plantagenets und ihre Helfershelfer und Spießgesellen Großmut oder chevaleresken Sinn, als sie die armen Angelsachsen aus ihren Hütten und Häusern trieben, ihnen den Rock vom Leibe stahlen, sie nackt ins Elend stießen, zur härtesten Sklaverei verdammten? Pooh! zeigten nur, wes Geistes Kinder sie waren. Waren und blieben Tyrannen.

Waren und blieben Tyrannen, die härtesten, blutdürstigsten Tyrannen, die je die Völkergeißel geschwungen; waren's selbst Eure Besten, Eure gepriesenen Harrys, Edwards. Denkt nur, auf welche Weise sie Richard dem Zweiten mitgespielt, was Richard der Dritte alles trieb.‹

›Aber die herrlich ritterlichen Taten eines Schwarzen Prinzen, eines Edward und so vieler anderer, die kommen bei Euch in keinen Anbetracht?‹

›Ei doch!‹ versetzte er ganz ruhig, sein Glas ansetzend. ›Doch, doch! Glaubt Ihr denn, es läge mir daran, meine und der meinigen Vorfahren herunterzumachen? Behüte! Nur im gehörigen Lichte wollte ich sie Euch zeigen. Sage Euch, findet immer neben den tiefsten Tälern die höchsten Berge, neben den schauderhaftesten Gewalt die herrlichsten Großtaten. Sind die einen die notwendigen Bedingungen der andern, entsprießt aus einem flachen, sandigen, gemeinen Alltagsboden nie etwas wahrhaft Großes. Wollt Ihr ein großes Gebäude aufführen, müßt Ihr vielerlei Steine, wollt Ihr Reiche und Staaten gründen, vielerlei Menschen nehmen.

Werden Länder und Reiche nicht wie Bräute gewonnen durch Sanftmut, Geduld, Artigkeit, Bescheidenheit, sondern durch Gewalt, Übermacht und Dreinschlagen. Wären die Normannen feine, artige, Zucht, Ordnung und Recht liebende Gesellen gewesen, würden sie weder die Normandie, noch England je gesehen haben. So aber waren es rauhe, gewaltige, rohe Gesellen, die sich keinen Fiedelbogen um die Welt und ihre Meinung kümmerten, ihre Pfaffen für sich beten, den Segen des Himmels herabflehen ließen, aber wie eingefleischte Teufel hausten. Wie eingefleischte Teufel hausten‹, fuhr er, sein Glas absetzend, fort. ›Und das nicht bloß ein, zwanzig oder dreißig Jahre, ein oder zwei Jahrhunderte, nein, fort und fort, die ganzen sechs, ja sieben Jahrhunderte bis auf den heutigen Tag. War von dem Tage an, wo der Bastard in England gelandet, gerade als ob eingefleischte Teufel da eingekehrt, keine Ruhe mehr, kein Frieden, nichts als Gewalttaten, Krieg und Blutvergießen. Ging zuerst über die armen Angelsachsen her; als sie mit diesen fertig, über Wales, dann Schottland, dann über Irland, dann wieder über Frankreich, das sie in Stücke zerrissen; dann fielen sie zur Abwechselung übereinander her, die Yorks über die Lancaster. Als sie sich so ein fünfzig, sechzig Jahre zerzaust, sollte man doch geglaubt haben, sie würden des ewigen Raufens und Würgens müde sein? Nichts dergleichen. Mußten die Spanier jetzt her, wieder die Irländer, wieder die Franzosen. Hatten schier keinen Augenblick Ruhe, selbst wenn sie auf ein paar Jahre Frieden schlossen; mußten hinaus nach Westindien, von Westindien nach unserm Amerika, da auf Abenteuer aus mit unsern Indianerprinzessinnen in Virginien, sich mit Bären, Wölfen und heulenden Indianern herumzubalgen.‹

Ich lachte herzlich über diese Geschichtsparaphrase.

›Aber um's Himmels willen! Was wollt Ihr nur mit Euren ewigen Normannen?‹

›Nichts weiter, lieber Mann, als Euch zeigen, daß diese Normannen die absolutest gewaltigst mächtigst heillosesten Gesellen waren, die je existierten.‹

›Das haben wir ja aber alles schon gehört und wieder gehört.‹

›Geradezu ruchlose Gesellen, die alle zusammen nicht mehr Pietät, Frömmigkeit, Gottesfurcht, Bescheidenheit aufweisen konnten, als in die Rocktasche eines unserer Quäker hineinginge; so arrogante Gesellen, daß sie sich alles zutrauten, und weil sie sich alles zutrauten, auch alles ausführten, das größte, mächtigste Reich der Erde nicht nur gründeten, sondern sich auch als die Herren, als die

Lords dieses Reiches bis auf den heutigen Tag erhielten, mit einem Worte, Männer waren.

Männer waren‹, wiederholte er, das Glas wieder ansetzend, ›Männer, die wußten, was sie wollten, die ihren Souveränen, den Plantagenets, nicht die Kastanien aus der glühenden Asche herausholten, sondern sie für sich selbst behielten, die sich um ihre Rechte nicht wie die Barone anderer Völker prellen ließen, dafür die Leiblakaien machten, sondern sie schwarz auf weiß verlangten, und was mehr, dieses Schwarz-auf-Weiß keinen toten Buchstaben sein ließen. Seht Ihr, Mann, liegt darin der Unterschied zwischen den Nor- und den Germanen, waren beide anfangs Mannen, aber blieben die Normannen Mannen, die Germanen aber wurden – Bedientenseelen. Hatten die letzteren dieselben politischen Rechte, wie sie die Normannen dem John ohne Land abtrotzten; denn war die Magna Charta nichts Neues, ist bloß die geschriebene Urkunde der Rechte und Privilegien, die die Germanen in ganz Europa genossen; aber ließen sich diese Germanen – gute Tröpfe, wie sie immer waren – um ihre Rechte prellen, die Normannen aber wiesen die Zähne.

Wiesen die Zähne, wie die Stuarte zu ihrem Schaden erfuhren, statuierten ein Exempel, das, kalkuliere ich noch manchem Stuart die Zähne klappern machen wird. Heißt zwar in der Schrift, daß Frömmigkeit, Gottesfurcht, Demut und so weiter zu allem nützlich ist, sage aber meinesteils: der Spruch ist auf der einen, aber nicht auf der andern Seite wahr. Wären die Normannen fromme, gottesfürchtige, demütige Leute gewesen, sie hätten sich wie die Deutschen eines ihrer Rechte nach dem andern abstrahieren – das Fell über die Ohren ziehen lassen. Wäre Hugo Capet ein frommer, gottesfürchtig demütiger Mayordomo oder Graf von Paris gewesen, er wäre ein demütiger Graf von Paris geblieben, kein Hahn hätte über ihn weiter gekräht, die Karolinger säßen noch auf dem Throne. Sind es nicht die guten, frommen demütigen Fürsten so wenig als Völker, die es weit bringen. Waren die besten Fürsten für England, Frankreich just die gewissenlosesten, am wenigsten skrupulösen. Tat Ludwig der Elfte, der größte Schelm, den Ihr unter diesen Capets findet, mehr für die Größe Frankreichs als zwanzig heilige Ludwige. Tat es durch so schwarze Bösewichte, als je die Erde trug, Bösewichte, in Vergleich zu denen Bob ein Tugendspiegel ist. Wußte aber, was er mit seinen Oliviers, seinen Gevattern, wollte. Sind auch die Oliviers, die Gevattern, *die Bobs* einem Staatsmanne notwendig.‹

›Die Bobs‹ betonte er in einer Weise, die mich aufprallen machte.

›Die Bobs?‹ rief ich.

›Ei, die Bobs!‹ wiederholte er.

›Die Bobs?‹ rief ich nochmals. ›Was mit Bob? Was wollt Ihr mit ihm?‹

›Was wir mit Bob wollen?‹ meinte er, eine frische Zigarre nehmend. ›Was die Plantagenets, die Capets mit Leuten seinesgleichen wollten, das wollen wir auch.‹

›Aber Ihr seid kein Plantagenet, kein Capet!‹

›Just so gut wie jeder von ihnen, just so gut wie der Beste von ihnen‹, meinte er wieder, ganz ruhig die Zigarre anbrennend.

›Just so gut‹, wiederholte er, nachdem er sie angeraucht, ›und kein Jota geringer. Sind just so gut und just so frei, aus uns zu machen, was wir können, als irgendeiner der Plantagenets oder Capets, so wenig einem untertan als sie. Sind freie amerikanische Bürger, Mann, niemandem als Gott und dem Gesetze untertan.‹

›Dem Gesetze – Ihr sagt recht. Und dieses Gesetz, erlaubt Euch dieses Gesetz –?‹

›Texas den Mexikanern wegzunehmen, meint Ihr?‹ lächelte er. ›Just so gut, als das Gesetz William dem Eroberer erlaubte, England den Angelsachsen abzunehmen, ja besser. Und wenn Leute wie die Bobs dabei förderlich sein können, so sehe ich gar nicht ein – ‹

Und der Mann sagte das alles so ruhig, gleichmütig! Seine Sprache übertraf alles, was ich je der Art gehört, by a long chalk, wie wir zu sagen pflegen.«

»Aber die Wahrheit zu gestehen, sehe auch ich nicht ein, Oberst, was Ihr an dieser Sache so Außerordentliches findet?« fiel hier der Oberst Bentley ein. »Glaube doch, er sprach wie ein Bürger dieser unserer Vereinten Staaten zu sprechen das Recht hat?«

»Allerdings«, lachte Oberst Oakley, »nur drückte er sich denn doch ein bißchen queer aus. Man sieht, daß er auf neuem, auf texasischem Boden stand.«

»Weites Feld und keine Gunst wollte«, lachte ein zweiter.

»Ebenso!« meinte Oakley.

»Ganz gewiß!« fiel hier der General ein. »Dieser Alkalde, Oberst Morse, war er derselbe, der gegen den General Cos und Oberst Mexia so entschieden auftrat, die Gärung zum Ausbruche brachte?«

»Derselbe!« versetzte der Oberst.

»Dachte es wohl! Ein gewaltiger Charakter, obwohl ein wenig verschroben!«

»Ein wenig nennt Ihr das?« rief ungeduldig Oberst Cracker. »Ein wenig, General? Sagt vielmehr absolut verschroben! Empörend! Gegen alle gesellschaftliche Ordnung! Der Geselle gehört ins Toll- oder Besserungshaus!«

»Meint Ihr so?« fragte spöttisch der texasische Oberst. »Dann muß ich ordentlich bedauern, Euren moralischen Zartsinn so unangenehm berührt, vielleicht gar erschüttert zu haben.«

»Wollen ihn vorerst aushören«, fiel begütigend Oberst Oakley ein.

»Wollt Ihr so gefällig sein, Oberst, ihn uns weiter hören zu lassen?« bat der General.

»Sehr gern!« war die Antwort.

9

»Eine geraume Weile war mein Richter gesessen, ohne ein Wort zu sagen. Auf einmal schaute er auf – mich scharf an.

›Nicht wahr, seid ein Jurist, ein Lawyer?‹

Die Frage kam mir unerwartet – ich stockte.

›Woraus schließt Ihr das?‹ versetzte ich endlich.

›Weil Ihr Bob mit aller Gewalt gehängt haben wollt. Ist ganz dem Gesetze gemäß, und sehe, daß Ihr ein Mann des Gesetzes seid. Schaut bei Euch das Gesetz überall heraus, glaubt, es fordere Genugtuung, sei in der Ordnung, obwohl ich, die Wahrheit zu sagen, nicht erwartete, daß er gerade in Euch seinen öffentlichen Ankläger finden würde.‹

Er blies, während er so sprach, den Rauch etwas ungeduldig von sich.

Ich schwieg, denn ich fühlte mich in der Tat am wunden Flecke getroffen. Was immer Bobs Vergehen – mir stand gewiß seine Verdammung nicht zu.

›Nehme Euch das aber nicht übel‹, fuhr er sehr gelassen fort, ›ist Natur das, liegt in unserer Natur oder vielmehr der geistigen Form, die uns die bürgerliche Gesellschaft aufgedrückt. Guckt diese Form überall hindurch. Seid auch nachgerade aus den Staaten gekommen, wo Menschenleben nicht so hoch im Preise stehen. Ist aber bei uns hier in der Prärie ein anderes. Hat hier das Menschenleben noch einmal soviel Wert als droben in den Staaten und zwanzigmal soviel als im alten England, wo es beinahe gar keinen Wert mehr hat und sie einen wegen eines gestohlenen Schafes hängen. Könnte bei uns eine ganze Rinderherde stehlen, würde höchstens ausgepeitscht.‹

Er hielt inne.

›Aber wird ja auch in den Staaten droben der Mord nicht mehr mit dem Tode bestraft, wenigstens nicht sehr häufig?‹

Diese Frage war wieder von einem seiner lauersamsten Blicke begleitet.

›Seit die Livingstonschen Ansichten Grund gewonnen. Ihr wißt, der Code Livingston wurde von mehreren Staaten bei ihrem Kriminalkodex zugrunde gelegt.‹

›Ist ein großer Philosoph‹, bemerkte er sinnend, ›ein wahrhaft philosophischer Kriminalist! Sein Grundsatz, daß keiner bürgerlichen Gesellschaft das Recht zustehe, einem Individuum das Leben zu nehmen, vollkommen richtig, ganz demokratisch; obwohl ich wieder der Notion bin, daß keine bürgerliche Gesellschaft in die Länge dabei bestehen könnte.‹

›Der Meinung bin ich auch, wenigstens keine zahlreiche, in großen Städten eng zusammengedrängte. Der Grundsatz, daß der Verbrecher, selbst der Mörder für die bürgerliche Gesellschaft zwar unschädlich gemacht, aber nicht geopfert werden dürfe, ist philosophisch, aber nicht staatsmännisch.‹

›Weil von allen Bestien die zivilisierte ganz bestimmt die gefährlichste ist‹, schaltete er ein.

›Und man‹, bemerkte ich, ›mit dem Absperren, der Wiedererziehung, Gewinnung des Verbrechers für die bürgerliche Gesellschaft nicht diesen, sondern die bürgerliche Gesellschaft selbst bestraft. Diese Wiedererziehung, Gewinnung ist nun wirklich für unsere Staaten eine sehr empfindliche Buße geworden. Denkt nur an die ungeheuren Summen, die unsere Staatsgefängnisse von Auburn, Sing-Sing, Philadelphia, Pittsburg kosten.‹

›Aber auf der andern Seite werden die Verbrechen nicht wieder in der Regel durch die Gebrechen der bürgerlichen Gesellschaft hervorgerufen, und ist es nicht billig, daß – ‹

›Wir kommen da in eine Disquisition, Richter‹, fiel ich halb gähnend ein, ›die uns in ein wahres Labyrinth von Argumentation führen müßte.‹

›Habt recht, habt recht!‹ versetzte er, sein Glas leerend, ›aber so viel seht Ihr doch jetzt ein, daß, was Ihr oben nicht mit dem Tode bestraft, wir auch hier füglich nicht hängen können. Hätten wahrlich alle Hände voll zu tun.‹

›Aber Ihr seid in Mexiko, mexikanischer Richter!‹

›Und deshalb, glaubt Ihr, sollen wir uns zu euren Scharfrichtern hergeben, schickt uns deshalb eure Mörder und Totschläger herab? Kaum, daß oben in den Staaten mehr eine Jury zu finden, die ein Schuldig über die todeswürdigen Verbrecher auszusprechen den Mut hätte, wird er so sicher und gewiß freigesprochen, ihm dann der Laufpaß zu uns gegeben, als – Moses ein Hebräer war.‹

Ich mußte ihm leider recht geben, denn so allgemein verbreitet ist nun, wie Sie wissen, der Livingstonsche Grundsatz, ich möchte es lieber Vorurteil nennen, daß der bürgerlichen Gesellschaft nicht das Recht zustehe, einem Mitbürger das Leben zu nehmen, daß wirklich kaum mehr eine Jury zu finden, die selbst über anerkannt todeswürdige Verbrecher das Schuldig ausspräche. Man spricht ihn ebenso sicher und gewiß frei, als man ihn den Tag darauf lynchen würde, ließe er sich noch irgendwo blicken.

›Die Mexikaner‹, fuhr er fort, ›schicken uns wieder ihre Missetäter auf den Hals. Sind da unter den vierhundert Soldaten, die auf den verschiedenen Posten von San Antonio, Nacogdoches, Fort Goliad, Alama garnisonieren, keine Dutzend, die sich nicht todeswürdiger Verbrechen schuldig gemacht hätten, alle durch die Bank zum Tode verurteilte Räuber und Mörder, die hierher in eine Art Strafgarnison verwiesen worden. Haben die saubere Politik, daß, wenn einer der Ihrigen ein todeswürdiges Verbrechen begeht, man ihn in die Soldatenjacke eintut, dann nach Texas sendet, um gegen die sogenannten Hereges, das sind wir, zu dienen – seine Sünden so abzubüßen. Wäre unser Texas im besten Zuge, ein anderes Botanybai zu werden.‹

›Eine nicht sehr erfreuliche Aussicht!‹ bemerkte ich.

›Doch auch wieder nicht so gar unerfreulich, wie Ihr meint‹, versetzte er wieder sehr kühl. ›Hat auch wieder sein Gutes, sowohl für Mexiko als für uns. Säubert sich Mexiko von seinem Ungeziefer und gibt uns wieder Gelegenheit, uns von Mexiko zu säubern.‹

›Wieso?‹

›Wird einer der vielen Stiele zum großen Haken, der uns von Mexiko losreißen soll, und haben dann das Gegengift, das uns dieses mexikanische Gift ausrotten wird, in den Galgenvögeln, die Ihr uns aus den Staaten sendet. Sind diese das Gegengift gegen das mexikanische Gesindel.‹

›Die Mörder, die Spieler, die Verbrecher aus den Staaten das Gegengift?‹ rief ich erstaunt.

›Ei, so ist's! Frißt der Dünger das Moos, paralysiert das Gegengift das Gift, wißt Ihr. Kam mir oft wunderbar vor, wenn ich so in die Prärie hineinreitend auf einen solchen wüsten Aasvogel stieß. Erkennt sie auf tausend Schritte, sind gezeichnet. Wußte lange nicht, was die hier sollten, dachte oft darüber nach. Wurde mir endlich klar, wozu sie gekommen, wie ich ihrer mehr und mehr sah. Ist erstaunenswürdig, Mister Morse, wie zweckmäßig der große Ökonom alles in seinem Haushalte zu verwenden weiß.‹

›Ich verstehe Euch wirklich nicht‹, entgegnete ich.

›Solltet nun glauben‹, fuhr er mich überhörend fort ›das Land müßte ein wahres Botanybai, eine große Penitentiary, die Leute in Grund und Boden verdorben werden. Ist aber nicht so. Ist dieser doppelte Unrat bloß der Dünger, der den Boden unseres Landes für eine bessere gesellschaftliche Ordnung zubereiten soll.‹

Ich schüttelte den Kopf.

›Aber bis diese bessere gesellschaftliche Saat aufkeimt, mag dieser doppelte Unrat, wie Ihr ihn nennt, nicht auch die guten Elemente verpestet, vergiftet haben?‹

›In Euren dichtbewohnten Staaten ja, da würde freilich eine solche Rotte, losgelassen, entsetzliche Verheerungen anrichten, müßte sie durch und durch verderben; denn ist schon die Atmosphäre des Lasters ansteckend, ja gerade die Atmosphäre am meisten. Ist aber hier nicht zu besorgen.‹

Er legte die Zigarre weg, schob das Glas auf die Seite und sprach in einem sehr ernsten Tone.

›Gott sei Dank! Nicht zu besorgen. Schadet hier nicht Missetäter, nicht Mörder durch böses Beispiel – steckt niemanden an, denn gibt sich hier keiner mit ihm ab, weicht ihm jeder aus. Sage Euch, ist der Missetäter, der Mörder hier so frei wie Ihr und ich, tritt ihm keiner zu nahe, und würde er doch, weiß es aus Erfahrung, diese Freiheit oft und gerne darum geben, wieder unter seinesgleichen in einem

Staatsgefängnisse zu sein; denn ist diese Freiheit für ihn eine gräßliche Freiheit. Gibt nichts Gräßlicheres für den Missetäter, den Mörder als diese Freiheit in der Prärie. Würde sie, versichere Euch, mit tausend Freuden mit dem Staatsgefängnisse vertauschen, denn ist da unter seinesgleichen, nicht geächtet, nicht ausgestoßen; fühlt sich selbst in seiner einsamen Zelle erleichtert, denn weiß, daß er unter einem Dache mit seinesgleichen ist. Ist aber hier nicht unter seinesgleichen, meidet ihn hier jedermann, selbst der Mörder; flieht ihn, der Mörder, bleibt immer für sich, treffen nicht einmal gerne bei der Rumflasche zusammen. Sind immer in ihrer eigenen Gesellschaft, und muß das ja eine schreckliche Gesellschaft sein, diese eigene Gesellschaft, die da ist das böse Gewissen, das ihn wie in einer Tretmühle herumtreibt ohne Ruhe, ohne Rast, immer und ewig in ihm herumhämmert; denn merkt wohl, steht da in der reinen, fleckenlosen Gottesschöpfung, in der lichten, hellen Prärie, mit Gottes Finger vor ihm aufgehoben, ihm entgegendrohend aus Himmel und Erde, allen seinen gewaltigen Werken; steht da mit seinem verpesteten Mordgeruche, den ihm der reine Gottesodem immer wieder in die Nase zurückdrängt. Sage Euch, ist ein Missetäter und Mörder bei uns wahrlich nicht um seine Freiheit zu beneiden!‹

›Das ist er nicht!‹ murmelte ich schaudernd, denn Bob trat mir bei den Worten des Richters in seiner ganzen gräßlichen Verzweiflung vor die Augen.

›Ei, sind unsere Präries für solche Menschen wohl ein so gräßliches Staatsgefängnis, als je von einem Baumeister gebaut wurde, brauchen bis jetzt ja keines zu bauen. Entläuft uns gewiß keiner. Ließ deshalb auch Bob frei ziehen. Würde ihn frei ziehen haben lassen, auch wenn wir ein Gefängnis zur Hand gehabt hätten.‹

›Würdet ihn frei haben ziehen lassen?‹

›Würde, denn können, dürfen ihn nicht festsetzen.‹

›Könntet ihn nicht, dürftet ihn nicht festsetzen? Warum könnt, dürft Ihr ihn nicht festsetzen? Ihr seid doch Alkalde?‹

›Der bin ich, hat aber doch ein Item, und will Euch sagen, was das für ein Item ist. Wären wir bereits unabhängig, frei von Mexiko, würden wir dem Haken bald einen Stiel finden, aber sind noch unter Mexiko. Ist unsere Regierung mexikanisch, sind unsere Militärbehörden mexikanisch, unsere Gerichtshöfe aus Mexikanern zusammengesetzt. Und, frage Euch, ließe es sich wohl, ich will nicht sagen mit amerikanischem Stolze, nein, nur Schamgefühle vereinen, einen unseres Landes, Blutes ihren Gerichten überliefern, unsere Scham so aufzudecken? Denn müßte er, sowie in erster Instanz das Urteil gefällt ist, vor die zweite Instanz, die District Court gebracht werden. Sind nun aber die Beisitzer dieses Gerichtshofes, obwohl ich nicht so sagen sollte, da ich selbst einer derselben bin, die erbärmlichsten Wichte, die je in zerrissenen Schuhen staken – gewesene Bediente von Bischöfen, Erzbischöfen, Präsidenten, Generalen, die weder lesen noch schreiben können, sich in der Regel nicht zum besten aufgeführt, dafür hierher in eine Art Gnadenexil gesandt worden, mit der nicht bloß geheimen, sondern ausdrücklichen Weisung, alles in ihren Kräften zu tun, um uns hier das Leben zu verleiden, uns wieder aus dem Lande zu treiben. Riefen uns anfangs herein, um durch uns das Land von den Cumanchees und andern Marodeurs, deren sie nicht Meister werden konnten, zu säubern. Wollen nun, nachdem wir es von den Wilden gesäubert, es wieder von uns säubern, sich in die warmen Nester, die Häuser, die Pflanzungen, die wir errichtet, hineinsetzen. Ist das der Schlüssel zu ihrer Politik.‹

›Eine saubere Politik das!‹ bemerkte ich.

›Jawohl, eine saubere, und die Mittel, die sie anwenden, sind es noch mehr so. Geht all ihr Dichten und Trachten nur dahin, uns gegeneinander zu hetzen, lassen kein Mittel unversucht, sparen weder Mühe noch Geld, unsere Bürger in ihre Schlingen zu ziehen, selbst Flüchtlinge.‹

›Was beabsichtigen sie aber mit diesen?‹

›Was Ihr von einer Pfaffenregierung erwarten könnt, Giftpfeile zu sammeln, für unsere Flanken bestimmt. Sowie einer unserer todeswürdigen Verbrecher vom Alkalde – der ersten Instanz – vor die Schranken der District Court gebracht wird, ist er für uns und unsere Interessen nicht nur verloren, er wird notwendig unser Todfeind. Von Gerechtigkeit kann da gar nicht die Rede sein. Zwar wird er pro forma zum Tode verurteilt, kaum ist jedoch das Urteil ausgesprochen, so treten der Padre des Ortes und der Hauptmann der im Distrikt stationierten Kompanie zu ihm und bieten ihm Leben und

Freiheit unter der Bedingung an, daß er katholisch werde oder in mexikanische Dienste trete. Eines oder das andere nimmt er natürlich immer an, jedenfalls aber ist er für uns verloren, aus einem amerikanischen Bürger ein Renegat, ein Feind seines Landes geworden. Nun mag ein Renegat Deutschlands, Frankreichs, selbst Englands, ein sehr rechtlich ehrenwerter Charakter sein, der gesellschaftliche Druck in seinem Geburtslande mag ihm unerträglich geworden sein, er eine freiere, reinere Atmosphäre gesucht haben; aber ein Abtrünniger, ein Feind unseres Landes ist und muß nicht nur ein Verworfener, er muß ein Feind der Menschheit – zu allem fähig sein.

Zwei Beispiele haben wir, und traurige Beispiele waren es. Sie werden uns zur Warnung dienen für alle Zeiten.‹

›Das ist denn aber in der Tat eine sehr traurige Alternative, eine abschreckende Kehrseite!‹

›Das ist es‹, versetzte er, seine Zigarre wieder aufnehmend. ›Und deshalb, seht Ihr, nützt es nichts, gegen Bob zu erkennen, auch wenn er uns nicht so notwendig wäre. Müßten ihn an die District Court nach San Antonio abliefern, und ginge da so frei aus, könnte mich eine Stunde nach der Gerichtssitzung bei hellem lichtem Tage, auf offener Straße kraft seiner mexikanischen Muskete niederschießen, würde von seinem Pfaffen die Absolution, von seinem Generale aber Beförderung und Belohnung erhalten; denn hätte ja die Welt von einem Herege, einem Feinde der alleinseligmachenden Kirche befreit.‹

›Das ist ja aber entsetzlich!‹

›Nicht so gar‹, meinte wieder ganz kühl, sein Glas leerend, der Richter. ›Ist auch der Teufel nicht so schwarz, als er aussieht, und nichts so schlimm, daß es nicht auch wieder zum Guten gewendet werden könnte. Haben uns die paar Fälle sehr gut getan, haben mehr getan, unsern Bürgern die Augen zu öffnen, sie von der Notwendigkeit eines Bruches mit Mexiko zu überzeugen, als die gründlichsten Raisonnements und Debatten es vermocht haben würden. Sind zu trefflichen Zündstoffen geworden, die aufgehäuften Brennmaterialien in Flammen zu setzen.

Haben‹ – fuhr er das Glas füllend mit vieler Behaglichkeit fort – ›dieser Brennstoffe nun erklecklich viele, so daß wir einen ziemlich tüchtigen Brand anzurichten hoffen können. Frägt sich nur noch, von wem und wann angezündet werden soll? Ist das der passende Moment, die große Frage. Hängt alles vom passenden Moment bei solchen Dingen ab.

Wollen die Söhne des großen Squatters mit den Austins noch zuwarten‹, fuhr er, bedenklich den Kopf schüttelnd, fort, ›andere aber nicht länger zuwarten. Werden auch, kalkuliere ich, nicht mehr lange zuwarten können.‹

›Die Söhne des großen Squatters? Also ist er heimgegangen?‹

›Ist heimgegangen, leider heimgegangen der große Mann mit der großen Seele, in der leicht eine Million gewöhnlicher Seelchen Platz gefunden hätten; der Riesengeist mit dem Stolze des freigebornen Mannes, der Demut des neugeborenen Kindes. Habe ihn noch gesehen, ihm meine Ehrfurcht bezeugt, bin gewallfahrtet zu ihm, und sag Euch, hat kein Katholik das Bild seines Heiligen gläubiger angeschaut als ich das seinige. War ein Mann im vollen Sinne des Wortes.‹

›Ja, das war er! Habe vieles von ihm gehört, gewünscht – ‹

›War ein Mann!‹ wiederholte er. ›Will nicht sagen, daß seine Söhne nicht auch Männer sind; sind es, kalkuliere ich, weiß nichts anders von ihnen, sind aber nicht der alte Nathan; sind zu reich geworden, es zu sein, sind zu Aristokraten geboren. Geht immer so mit reichgewordenen Demokratensöhnen.‹

›Ihr sagt ja aber, Ihr seid selbst ein Aristokrat?‹ bemerkte ich lächelnd.

›Der bin ich auch, bin ein demokratischer Aristokrat, bin einer der Vermögenden im Lande, die das Beste dieses ihres Landes, eine Staatsform wollen, in der jeder, auch der Ärmste, seine Chance findet. War Washington auch ein solcher Aristokrat, und war das der Unterschied zwischen ihm und den Hamiltons und Adams, die reine Aristokraten waren. Lassen die letzteren dem armen Manne keine Chance, außer der, welche der Tyrann dem Sklaven, der Herr dem Bedienten läßt – den Brosamen, der von seinem Tische fällt, aufzulegen.‹

›Mir etwas Neues!‹ bemerkte ich.

›Läßt aber‹, fuhr er wieder mich überhörend fort, ›der demokratische Aristokrat dem Volke eine Chance, und ist das billig. Ist der Arbeiter seines Lohnes wert, soll die Hand, die den Pflug führt, auch teil an der Ernte haben.

Wollen aber noch nicht die Hand an den Pflug legen, die Söhne Nathans sowohl als Austins. Meinen, es habe noch Zeit. Mögen recht haben. Ist vieles dafür und dawider. Kann man oft nicht schnell genug seinen Haushalt anfangen und oft nicht spät genug. Ist das Losreißen vom Vaterhause, vom Mutterstaate, die Mündigkeitserklärung, ein leichtes und doch wieder ein sehr heikliges Ding. Können junge Leute, die sich dabei beeilen, gut fahren, aber auch schlimm fahren, wenn sie nicht die Kräfte, die Mittel besitzen auszuharren. Ist töricht, einen Haushalt anzufangen, wenn keine Kräfte, keine Mittel, ihn auch aufrechtzuerhalten, da sind. Man gerät nur in Schulden und Abhängigkeit, und ist eine solche Abhängigkeit für Staaten ebenso verderblich wie für Individuen. Aber ist auf der andern Seite auch die Rüstigkeit, Jugend, Tätigkeit der Anfänger wohl in Anschlag zu bringen, der Zeitpunkt ja nicht zu versäumen. Fangen Tausende, Millionen bei uns an, die, ihre gesunden Arme und Köpfe ausgenommen, gar keine Mittel haben und doch vorwärtskommen. Kommt alles auf den Mann und dann auf den Zeitpunkt an. Kommt dieser Zeitpunkt Menschen sowie Völkern nur einmal, und zwar, wenn sie jung sind. Sind sie alt geworden, ist es zu spät. Wer nicht jung heiratet, seine Wirtschaft an- und aufrichtet, tut es besser gar nicht.

Ist‹ – fuhr er am Glase nippend fort – ›eine sehr wichtige Frage, ob wir nun losbrechen oder zuwarten sollen. Sind freilich im Vergleiche zu Mexiko nur eine Handvoll, kommt kaum einer von uns auf tausend von ihnen, aber sind tüchtige, werte, entschlossene, rechtliche Männer unter uns, herrliche Männer! Fürchte, daß, wenn wir zuwarten, der Geist, jener unabhängige Geist, der dem Amerikaner mit der Muttermilch angeboren wird, in der sklavischen mexikanischen Atmosphäre verfliegt, verdampft, wir zuletzt nicht besser werden als diese Mexikaner selbst, deren Freiheit nur eine schamlose Lüge ist.‹

›Wieso?‹

›Ist in Mexiko eine starke Aristokratie und Hierarchie, und mögt Ihr sicher sein, daß, wo diese stark sind, es mit der Freiheit des Volkes seinen Haken hat. Wo Tausende Millionen besitzen, können die Millionen nicht Tausende eignen. Sind die untern Klassen in England noch heutzutage trotz ihrer Magna Charta, ihrer Habeas-Corpus-Akte reine Sklaven, sind und bleiben Sklaven – der Reichen, obwohl sie mit ihrer Freiheit das Maul voll genug nehmen. Ist das eine legale Fiktion und findet dieselbe legale Fiktion in Mexiko. Sagen auch, sie haben die Sklaverei aboliert, der Neger, der den mexikanischen Boden betritt, ist ipso facto frei. So ist er – bis er einen Dollar schuldet. Schuldet er diesen Dollar, so ist er so gut und mehr Sklave als unsere am New-Orleanser Markte verkauften Schwarzen. Haben nämlich das Indentur-Gesetz, vermöge welchem jeder Gläubiger seinen Schuldner auch für die geringste Summe in Dienstpflichtigkeit bringen kann. Und macht in Mexiko einen Dollar Schulden, und Ihr seid sicher, alle Tage Eures Lebens dienstpflichtig zu bleiben. Könnet verkauft werden als Dienstpflichtiger. Ist dieses Dienstpflichtigkeitsgesetz durch alle Staaten Mexikos in Anwendung. Wenden es auch auf unsere Neger an. Nehmen, ehe wir nach Texas gehen, diese unsere Neger vor einem mexikanischen Konsul zu New Orleans oder irgendeiner Seestadt und lassen sie da die Indentur unterfertigen, das heißt, einen Kreuz- oder Querstrich daruntersetzen, der in Mexiko so gut gilt als bei uns eine Unterschrift; denn können in Mexiko unter Millionen nicht Hunderte lesen, ja selbst Generale nicht; setzen Hieber unter ihre Proklamationen, die tapfer genug dreinschauen. Bedeuten aber diese Hieber unserer Sklaven, daß sie uns soundso viel schuldig sind, sich dafür verbinden neunundneunzig Jahre zu dienen, nach welcher Zeit sie wieder frei sein sollen. Gibt Hunderte und Hunderttausende, die derlei neunzigjährige Freiheitswechsel ausgestellt haben.‹

›Kein übler Ausweg!‹ bemerkte ich lachend.

›Gefällt auch unsern Aristokraten, die zartsinnig genug das grobe Wort Sklaverei nicht hören wollen, obgleich ihnen die Sache wohl genug ansteht. Wünschen auch deshalb die Dinge gehenzulassen, wie sie eben gehen. Sagen, unsere Lage ist eine so gute Lage, als sie nur sein kann, eine herrliche Lage, eine treffliche Lage, haben beinahe gar keine Abgaben. Haben sie auch nicht, haben viel weniger Abgaben als in den Staaten, schier gar keine. Ist das viel wert, aber auf der andern Seite ist's auch wieder ebenso gewiß, daß, wo keine Abgaben, auch keine Kultur, keine Aufklärung, keine Fortschritte sein können. Die wilde Rothaut hat gar keine Abgaben, aber wer wird deshalb Rothaut werden wollen? Sind so, seht Ihr, eine Menge Items, pro und contra. Aber das Haupt-Item bleibt immer die moralische Entwürdigung, der religiöse Druck, der einem Amerikaner ein Greuel sein muß. Ist zu empörend für den freien Mann, diese Bevogtung! Ist wahrlich nicht auszuhalten. Mengt sich in alles das schwarze Pfaffengezücht. Sagen, gilt keine Ehe als die von einem Glatzkopfe eingesegnete. Sollen ihnen unsere Kinder zur Taufe bringen, ihre Messe hören, unsere Ohrenbeichte hören lassen. Wißt Ihr, was das ist? Eure geheimsten Gedanken, Pläne, Entwürfe, ja Vergehungen, Fehltritte bekennen, ihnen in die Ohren raunen. Hat je einer so etwas in seinem Leben gehört? Keine Narren, diese Römlinge! Würden uns queer anschauen, wenn wir ihnen unsere Pläne in die Ohren raunten. Ist das‹ – rief er, das Glas leerend – ›nicht die spitzbübischste Erfindung, die je von einem Tyrannen ausgeheckt wurde, den Völkern Kappzäume um die Ohren zu legen? Dann sind wir in einer ewigen Quandary mit unserm Generalkongresse, liegen immer und ewig mit der Assembly zu Cohahuila, von der wir los wollen, müssen, wenn wir gedeihen wollen, in den Haaren.‹

›Und was sagen die Bürger zu alledem?‹

›Eine seltsame Frage von einem, der an Masons- und Dixons-Linie zu Hause ist! Was sagen sie? Sie sagen, was Bürger, in der Wiege der Freiheit geboren, von ihr großgesäugt, sagen können. Kein Irrtum da, kein Zweifel. Würden heute lieber losschlagen als morgen; der Hoshier von Indiana und der Sucker von Illinois, die Puckes von Missouri und die Redhorses von Kentucky, die Buckeyes von Ohio, die Wolverins von Michigan, die Eels von Neuengland, die Mudheads von Tennessee sowie die Corncrackers von Virginien. Alle sind sie fix und fertig, ganz parat. Sind unser fünfzig Kernmänner in den Gemeinden und ziehen diese fünfzig alle andern nach. Schwanken nur noch die Söhne und Enkel Nathans und Austins, die Aristokraten, aber müssen zuletzt doch auch dem Strome folgen – oder untergehen. Wird kein Jahr mehr dauern, ehe es losbricht.‹

Ich schüttelte den Kopf. Das Unternehmen war mehr denn kühn, es war geradezu desperat; kaum dreitausend waffenfähige Männer gegen eine Republik, die neuen Millionen Seelen zählte!

›Ist allerdings‹, bemerkte er, mein Kopfschütteln richtig deutend, ›ein gewagtes Unternehmen, aber sind Männer, die wohl wissen, was sie tun, wissen, daß sie, wenn sie den Haken beim rechten Ende fassen, ihn auch dem Feinde in den Leib treiben. Und kalkuliere, fassen den Haken beim rechten Ende. Muß selbst den bessern Mexikanern an unserem Siege gelegen sein; haben die Wünsche selbst der edleren Mexikaner für uns, und sind wir fest entschlossen, die Priesterherrschaft Bustamentes nicht länger zu dulden, nicht länger ihren Unwürdigkeiten, demoralisierenden Plackereien uns zu fügen. Wollen nicht, dürfen nicht – unserer Selbstachtung so nahetreten lassen.

Seht Ihr, würden sich die Söhne Nathans, Austins lieber allem fügen, würden alles ertragen, nur um Ruhe zu haben, befinden sich wohl bei der Ruhe, wünschen nichts Besseres. Sind das unsere Livingstons, Patersons, Caroltons – sehr respektable Leute zweifelsohne! Denn besitzen Ländereien, die jetzt schon Hunderttausende, in wenigen Jahren Millionen wert sein müssen. Wünschen diese Millionen nicht aufs Spiel zu setzen und würden sich lieber dem Fürsten der Finsternis selbst fügen. Sagen: es ist gegen Religion und Gewissen.

Gegen Religion und Gewissen! Gegen Religion und Gewissen! Da habt Ihr's! Ihre Religion besteht in Zucht, Unterwerfung. Von jenem hohen, hehren Drange, der Gute und Böse zu dem großen Zwecke verbindet, verknöcherte Formen zu brechen, mit frischem, freiem Geiste zu beseelen, von dem wissen sie nichts. Ei, sag es Euch, sind mir die Bobs in diesem Punkte wahrlich lieber, trotz ihrer Verbrechen, ihrer Schlechtigkeit lieber, können sie besser gebrauchen. Sind freilich schlechte Leute, aber, versteht Ihr, wenn Ihr mauret und keinen Kalk habt, nehmt Ihr Lehm, wenn die Marmorblöcke fehlen, tun es Granitblöcke. Waren es solche Blöcke, die Großbritannien gegründet, rohe, grobe Blöcke! Sind das die besten in der Hand eines tüchtigen Baumeisters, ein festes, dauerhaftes Gebäude zu gründen.

Sind die besten, wenigstens in unserer gegenwärtigen Krisis. Eure Nathans, Austins Söhne, schaden mehr, als sie nützen, wogegen die Bobs auf den ersten Ruf bereit sind, Gut und Blut, ihr ganzes wertloses Dasein für die Freiheit des Leibes und der Seele ihrer Mitbürger, für die gute Sache einzusetzen. Sind Eure Bobs nicht schlechter, nicht einmal so schlecht als die Kreaturen, die Eure Napoleone, Eure Louis-Philippe gebrauchten und noch gebrauchen, teuer bezahlen.‹

›Möglich!‹ bemerkte ich, ›aber – ‹

›Können Bob nicht freisprechen, können ihn auch nicht verurteilen; denn würden da ein Wespennest aufregen, das uns nur zu blutig stechen könnte; aber wird sich schon Gelegenheit finden, dieses Wespennestes loszuwerden, und wollen wir es auf eine dem Lande, dem Bürgertume, der Freiheit, der Religion nützliche Weise loswerden, bürg Euch dafür. Brauchen just Leute seines Schlages gegen die mexikanischen Banditen, die sie zuerst auf uns loslassen werden. Wäre jammerschade um jeden tugendhaften Bürger, wenn er sein Leben durch solche Banditen verlöre.

Kam mir oft queer vor, muß Euch aufrichtig gestehen, wenn ich so in meinem Bette, meiner Stube, der Prärie oder einer Insel nachdachte, recht queer, Leute wie diese Bobs bei uns herumvagieren zu sehen, wo sie doch so gar nichts finden, keine Spieltische, keine liederliche Gesellschaft, wo jeder schaffen, hart schaffen, mit Entbehrungen aller Art kämpfen muß, ehe er sich ruhig in seinen vier Pfählen niederlassen kann. Kam mir oft recht queer vor, wozu sie wohl da zu uns kämen, wurde mir aber endlich klar, wozu sie herabgekommen sein mögen. Werden ihrem Schöpfer, werden der Welt noch dienen. Haben viel dieses Gesindels, dieses Auswurfes, das die Staaten oben ausgestoßen. Solltet nun glauben, würde das ganze Land vergiften, verpesten; tut es aber nicht. Verdunsten, verfliegen diese Fäulnisse Eurer debauchierten Zivilisation in unseren reinen Präries nicht nur, dient ihr Lasterhauch auch dazu, die reine Atmosphäre der Tugend in desto lieblicheren Gegensatz zu bringen, der mexikanischen Fäulnis entgegenzuwirken. Soll auch entgegenwirken, und das bald, ehe ein Jahr vergeht! Zählt das ganze Land zwar kaum noch fünfunddreißigtausend Seelen alles zusammengerechnet, Bürger, Neger und Mexikaner, die nicht viel besser sind als unsere Neger, kaum dreitausend waffenfähige Männer, wollen aber doch mit diesen dreitausend waffenfähigen Männern –

Sagen Euch, stiften die Franzosen eben jetzt einen Staat in der Barbarei zu Algier, das sie dem Großtürken abgejagt, mit der Blüte, dem Kerne ihrer Armee abgejagt. Eroberten es mit einem Aufwande von Geld und Gut und Blut dem wir nichts als Armut entgegensetzen können. Haben nicht den hundertsten Teil ihrer Kriegserfahrung, ihrer Schätze, ihrer Mittel, sind eine bloße Handvoll Bürger. Aber sind diese Bürger freie Männer, Männer, die es mit einer Welt aufzunehmen die Kraft in sich fühlen. Wollen der Welt zeigen, was freie Männer vermögen! Wollen uns in aller Stille einen politischen Haushalt gründen, der, so klein und armselig er für jetzt erscheinen mag, in ein fünfzig oder hundert Jahren eine ganz andere Rolle spielen soll als Euer mit so vielem Pompe dem Großtürken abgejagtes Algier!‹

Ich war müde und schläfrig, aber die letzten Worte elektrisierten mich. Müdigkeit und Schlaf vergessend, sprang ich auf.

›Bei meiner Seele, Richter! Das war keck und recht und amerikanisch gesprochen. So Ihr losschlagt, ich will nicht fehlen!‹

›Kein Versprechen, kein Binden, junger Mann!‹ versetzte er, gleichfalls aufstehend. ›Freies Feld und keine Gunst! ist mein Wahlspruch. Prüfet alles, und das Beste behaltet! Ist ein trefflicher Spruch unserer Bibel. Prüfet, und wenn Ihr geprüft, dann wählet. Und wählt Ihr unsere Seite, sollt Ihr willkommen sein, denn sage Euch unverhohlen, haben keinen Überfluß an jungen wissenschaftlich gebildeten Männern, und mag ein solcher wohl Großes bei uns leisten, Großes erringen. Aber prüfet, und wenn Ihr geprüft, wählet.‹

›Ich will!‹

›Wollen nichts Schlechtes, Mister Morse, obwohl die Welt Euch anders sagen wird. Wollen kein Reich des Unglaubens, sind keine Voltairisten, keine Bayleisten, ebensowenig als Anhänger der Finsternis. Wollen Licht und Gerechtigkeit, wollen den Anhängern der Ungerechtigkeit, der Finsternis abnehmen, was ihnen überflüssig, da ein Reich der Freiheit, des Friedens, der Aufklärung, des Fortschrittes, der Erkenntnis gründen, das wollen wir, und nun gute Nacht!‹

›Gute Nacht!‹ sprach ich, dem seltsamen aristokratischen Demokraten nachschauend.

Schlafen ließ es mich jedoch, trotz Müdig- und Schläfrigkeit, noch lange nicht. Nicht als ob mir das Medium, durch das er die Welt und ihre Geschichte schaute, neu gewesen wäre, es war dem Stoff und der Form nach ganz das unserer Mitsouveräne, ich hatte es oft belächelt; aber wenn ich es bei uns belächelte, fehlte der Hintergrund, dieser Hintergrund, der hier in so starkem Relief vortrat, allem, was er sprach, einen so großartigen Charakter verlieh. Die Gegensätze des Unglaubens und wieder hohen Glaubens, der einseitigen und wieder großartigen Geschichtsauffassung hatten hier ein bestimmtes Ziel, einen Zweck, der einen wahrhaft kolossalen Geist, einen eisernen Willen verriet. Ein solcher Wille aber erzeugt Achtung.

Ich entschlief mit Achtung vor dem Manne.«

»Achtung vor dieser Gemeinheit, ja Ruchlosigkeit!« brach hier Oberst Cracker aus.

»Cracker, Cracker!« rief lachend ein junger Mann, der, nach seiner schwarzen Kleidung, einer der obersten Richter des Staates sein mußte. »Seid doch ein so vollendeter Cockney, als je Broadway hinabtänzelte. Merkt Ihr denn gar nicht, daß es eben diese Ruchlosigkeit, diese Gemeinheit ist, die so Großes in der Welt bewirkt, daß gerade diese Gemeinheit, ja Ruchlosigkeit, die das Höchste, Erhabenste zu unserm Niveau herabzieht, uns auch wieder zu diesem Höchsten, Erhabensten emporschwingt? Um nur auf das Beispiel der Normannen zurückzukommen, glaubt Ihr, sie würden je den Thron Frankreichs erschüttert, den Englands umgestoßen haben, wenn sie in ehrfurchtsvoller Ferne deren Erhabenheit angestaunt, sie von Gott eingesetzt geglaubt, nicht vielmehr diese Throne mit gemeinen, ja ruchlosen Blicken betrachtet hätten? Ist ja hier nicht von einer Moralpredigt – ist von einem weltgeschichtlichen Problem die Rede.«

»Ganz richtig!« bemerkten mehrere.

»Fahret fort, wenn wir bitten dürfen«, bat der Supreme Judge. »Jedes Eurer Worte ist kostbar.«

10

Der Oberst besann sich einen Augenblick und fuhr dann fort:

»Pferdegetrampel weckte mich am folgenden Morgen. Es war Bob, der angekommen, soeben abstieg. Aber welches Absteigen! Die Glieder schienen ihm den Dienst zu versagen, auseinanderstreben, reißen zu wollen, so verrenkt, schwankend, taumelnd waren seine Bewegungen. Anfangs glaubte ich, er sei betrunken, aber er war es nicht. Es war die Todesmüdigkeit des unter der Seelenqual erliegenden Körpers, er gerade zu schauen, als ob er von der Folter käme. Die vierundzwanzig Stunden mußten ihm gräßlich mitgespielt haben.

Schaudernd warf ich mich in die Kleider, sprang die Treppe hinab und öffnete die Haustür.

Den Kopf auf dem Nacken seines Mustangs ruhend, die Hände darüber gekreuzt, stand er, wechselweise zusammenschaudernd und wieder aus tiefster Brust herauf stöhnend.

›Bob, seid Ihr es?‹

Keine Antwort.

›Bob, wollt Ihr nicht ins Haus?‹ sprach ich, bemüht, eine seiner Hände zu erfassen.

Er schaute auf, stierte mich an, schien mich aber nicht zu erkennen.

Ich zog ihn vom Mustang weg, band diesen an einen der Pfosten und führte ihn dann ins Haus. Er ließ mit sich geschehen, folgte willen-, beinahe kraftlos. Wie ich ihm einen Sessel stellte, fiel er in diesen hinein, daß der Sessel zusammenkrachte, das ganze Haus erschütterte. Aber kein Wort war aus ihm herauszubringen. Eben wollte ich mich in meine Schlafkammer zurückziehen, um meine Toilette so viel als möglich zu ordnen, als sich aber- und abermals Pferdegetrampel hören ließ. Es waren zwei Reiter, denen in einiger Entfernung mehrere folgten, alle in Jagdblusen, hirschledernen Beinkleidern und Wämsern, mit Rifles und Bowie-Knives bewaffnet, feste, trotzige Gesellen, offenbar aus den südwestlichen Staaten, mit dem echten Kentucky-, halb Roß-, halb Alligator-Profile, auch der gehörigen Beigabe von Donner, Blitz und Erdbeben. Ein dreitausend solcher Männer konnten es freilich mit einer Armee Mexikaner, wenn alle den Spindelbeinen gleichen, die ich gesehen, aufnehmen, denn jede Hand dieser Kolosse wog füglich einen ganzen Mexikaner auf. Übrigens eine sehr behagliche Empfindung, als ich sie mit echt kentuckyscher Care-the-devil-Miene absteigen, ihrer Pferde Zügel dem Neger in die Hände werfen und dann in das Haus eintreten sah, ganz wie Leute, die überall zu Hause, sich auch in Texas als die Herren zeigten, mehr so zeigten als die Mexikaner selbst. Das waren allerdings die Männer, die Texas zur Unabhängigkeit erheben konnten! Beim Eintritte in das Parlour nickten sie mir zwar einen guten, aber etwas kalten Morgen zu, ihre Falkenaugen hatten mit mir zugleich Bob erschaut, ein Zusammentreffen, das ihnen aufzufallen schien, obwohl sie dies unter der Maske gleichgültigen Nichtbeachtens verbargen; doch warfen sie mehrere Male, ohne sich übrigens in ihrer Unterhaltung stören zu lassen, sehr scharfe Blicke auf mich. Diese Unterhaltung bezog sich auf Rinder und Cottonpreise, auf die Verhandlungen des Cohahuila- und Texas- und wieder Generalkongresses, auf die Demonstrationen, die von Metamora aus gegen Texas, wie es hieß, im Anzuge waren und die auch, wie Sie wissen, kurz darauf wirklich stattfanden, die sie aber bis jetzt nicht im mindesten zu beunruhigen schienen. Man hätte schwören sollen, daß die drohenden Demonstrationen sie ganz und gar nichts angingen. Nach und nach kamen ihrer mehrere, so daß ihre Anzahl auf vierzehn stieg, alle fest entschieden auftretende Gesellen bis auf zwei, die mir weniger gefielen. Auch den übrigen schienen sie nicht sehr zu gefallen, denn keiner reichte ihnen die Hand, kaum daß sie ihrem ›good morning‹ ein stummes Nicken entgegengaben. Sie allein traten auf Bob zu, es versuchend, ihn zum Reden zu bringen, allein vergebens.

Der Richter war mittlerweile, nach dem Geräusche im anstoßenden Kabinette zu schließen, aufgestanden und mit seiner Toilette beschäftigt, die ihm aber nur wenig Zeit nehmen mochte, denn kaum waren drei Minuten seit dem Krachen des Bettes verflossen, als auch bereits die Tür aufging und er eintrat.

Zwölf von den Männern traten ihm freundlich, ja herzlich entgegen, die zwei blieben im Hintergrunde, auch schüttelte er nur den ersteren die Hand.

Als er den zwölfen die Hand geschüttelt, den zweien kalt zugenickt, trat er zu mir, nahm mich bei der Hand und stellte mich seinen Gästen vor. Erst jetzt erfuhr ich, daß ich vor keinen geringeren Personen als dem Ayuntamiento von San Felipe de Austin stand, daß zwei meiner derben Landsleute Korregidoren, einer Prokurator, die übrigen aber buenos hombres, das heißt soviel als Freisassen, Mannen, waren, Ehrenbenennungen, die sie übrigens nicht sehr hoch anzuschlagen schienen, denn sie begrüßten und nannten sich bloß bei ihren Familiennamen.

Jetzt brachte der Neger ein Licht, rückte die Zigarrenkistchen, die Armsessel zurecht, der Richter deutete auf den Schenktisch, die Zigarren, und dann ließ er sich nieder.

Einige nahmen einen Schluck, andere Zigarren. Über dem Einschenken, Trinken, dem Anbrennen, In-Rauch-Versetzen verging eine geraume Weile.

Bob krümmte sich währenddem wie ein Wurm.

Jetzt endlich, dachte ich, würde er ans Geschäft gehen, aber ich schoß fehl.

›Mister Morse!‹ redete er mich an, ›seid so gut, helft Euch.‹

Ich schenkte ein; er winkte mir anzustoßen. Ich trat zu ihm, stieß mit ihm, allen übrigen bis auf die zwei an. Noch mußte ich eine Zigarre nehmen, sie anbrennen, und erst als dies in Ordnung, nickte er zufrieden, die Arme auf die beiden Lehnen des Sessels stützend.

Es war etwas pedantisch Langweiliges, aber auch patriarchalisch Würdevolles und wieder Berechnetes in dieser langsamen Prozedur, die wirklich charakteristisch amerikanisch genannt werden kann. Wie wir aller äußeren Formen entbehrend, hat unser ernster Nationalcharakter in dieser würde- und bedachtvoll einleitenden Langsamkeit sehr glücklich, wie mir scheint, die Formalitäten, den Pomp und die Repräsentation anderer Völker bei ihren Gerichts- und öffentlichen Verhandlungen ersetzt.

Nachdem denn endlich alle getrunken, alle ihre Zigarren angeraucht, sprach der Richter, die Zigarre absetzend und sein Glas ergreifend:

›Männer!‹

›Squire!‹ sprachen die Männer.

›Haben ein Geschäft vor uns, ein Geschäft, das, kalkuliere ich, besser der expliziert, den es betrifft.‹

Die Männer schauten den Squire, dann Bob, dann mich an.

›Bob Rock oder was sonst Euer Name, so Ihr etwas zu sagen habt, so sagt es‹, sprach der Alkalde.

›Hab's Euch ja schon gestern gesagt‹, brummte Bob, den Kopf noch immer zwischen den Händen, die Ellbogen auf den Knien.

›Ja, aber müßt es heute wieder sagen. War gestern Sonntag, und ist der Sonntag, wißt Ihr, der Tag der Ruhe, der Feier und nicht der Geschäfte. Sehe das, was Ihr an einem Sonntage sagt, als nicht gesagt an. Will Euch nicht nach Eurem gestrigen Sagen richten oder richten lassen. Habt es dann auch bloß unter vier Augen gesagt, denn Mister Morse rechne ich nicht, betrachte ihn noch als Fremdling.‹

›Aber wozu denn das ewige Palaver, wenn die Sache klar!‹ brummte Bob, den Kopf mürrisch erhebend. Wie jetzt die Männer auf- und ihn anschauten, legte sich ein düsterer, finsterer Ernst um ihre eisernen Gesichter. Er war wirklich schauderhaft zu schauen, das Gesicht schwarzblau, die Wangen hohl, der gräßliche Bart, die blutunterlaufenen Augen tief in den Höhlen rollend! Es war nichts Menschliches mehr in diesen Zügen.

›Wie Mississippiwasser‹, versetzte bedächtig der Richter. ›Klar wie Mississippiwasser, wenn es vierundzwanzig Stunden gestanden. Sag Euch, will weder Euch noch irgend jemanden auf sein Wort verdammen, um so weniger Euch, als Ihr in meinem Hause – zwar nicht in meinem Hause, aber doch in meinem Dienste gestanden, von meinem Brot gegessen. Will Euch nicht verdammen, Mann!‹

Bob holte tief Atem.

›Habt Euch gestern selbst angeklagt; hat aber Eure Selbstanklage einen Haken, habt das Fieber.‹

›Hilft alles nichts‹, stöhnt, wie gerührt, Bob. ›Hilft alles nichts! Sehe, meint es gut. Aber, obwohl Ihr mich retten könnt von Menschenhänden, könnt Ihr mich doch nicht retten vor mir selbst. Hilft nichts, muß gehängt sein, an demselben Patriarchen gehängt sein, unter dem er liegt, den ich kaltgemacht.‹

Abermals schauten die Männer auf, sprachen aber kein Wort.

›Hilft alles nichts‹, fuhr Bob fort. ›Ja, wenn er mir gedroht, wenn er Streit angefangen, mir nur verweigert hätte, tat das aber nicht. Sagte, gellt mir noch in den Ohren, höre ihn noch, wie er sagt: 'Tut das nicht, zwingt mich nicht, etwas zu tun, was Ihr, was ich bereuen könnte. Tut das nicht, Mann! Habe Weib und Kind, und bringt keinen Segen, was Ihr vorhabt.' Hörte aber nicht‹ – stöhnte er aus tiefster Brust herauf – ›hörte nichts als die Stimme des Teufels, warf die Rifle vor – schlug an – drückte ab.‹

Sein entsetzliches Stöhnen, das wie das unterdrückte Gebrüll eines Rindes tönte, schien selbst die eisernen zwölf zu erschüttern. Sie betrachteten ihn mit scharfen, aber wie verstohlenen Blicken.

›So habt Ihr einen Mann totgemacht?‹ fragte endlich eine tiefe Baßstimme.

›Ei, so hab ich!‹ schnappte Bob heraus.

Und wie ihm die Worte entschnappten, schaute er den Fragenden stier an, der Mund blieb ihm weit offen.

›Und wie kam das?‹ fragte der Mann weiter.

›Wie es kam? Wie es kam? Müßt den Teufel fragen oder auch Johnny. Nein, nicht Johnny, kann es Euch doch nicht sagen, der Johnny. War nicht dabei, der Johnny. Kann nur ich es sagen, und doch, kann es kaum sagen, weiß selbst nicht, wie es kam. Traf den Mann bei Johnny, weckte Johnny den Bösen in mir, zeigte mir seine Geldkatze.‹

›Johnny?‹ fragten mehrere.

›Ei, Johnny! Kalkulierte auf seine Geldkatze, war aber zu pfiffig, zu gescheit für ihn, und als er mir meine Federn, meine zwanzig fünfzig, ausgerupft – ‹

›Zwanzig Dollar fünfzig Cents‹, erläuterte der Richter, ›die er von mir für erlegtes Wild und eingegangene Mustangs erhalten.‹

Die Männer nickten.

›Und machtet den Mann, weil er nicht spielen wollte, kalt?‹ fragte wieder die Baßstimme.

›Nein, erst einige Stunden darauf am Jacinto, unweit dem Patriarchen. Begegnete ihm unterhalb und machte ihn kalt da.‹

›Dachte mir wohl, daß da etwas Apartes sein müsse‹, nahm ein anderer das Wort, ›denn war Euch doch eine ganze Nation von Aasvögeln und Geiern und Turkeybuzzards und derlei Gezüchte auf und ab, als wir vorüberritten. Nicht wahr, Mister Heart?‹

Mister Heart nickte.

›Traf ihn nicht weit vom Patriarchen und forderte halbpart von dem Gelde‹, hob wieder instinktartig Bob an. ›Wollte mir etwas geben‹, fuhr er fort, ›einen Quid zu kaufen und mehr als das, aber nicht halbpart. Sagte, habe Weib und Kind.‹

›Und Ihr?‹ fragte wieder der mit der Baßstimme, die aber jetzt hohl klang.

›Schoß ihn nieder‹, versetzte mit einem heisern, entsetzlichen Lachen Bob.

Eine Weile saßen alle mit zu Boden gerichteten Blicken. Dann fuhr der mit der Baßstimme in dem Verhör weiter.

›Und wer war der Mann?‹

›Ei, wer war er? Fragte ihn nicht, wer er war, stand ihm auch nicht auf der Stirn geschrieben. War ein Bürger, ob aber ein Hoshier, oder Buckeye, oder Mudhead, ist mehr, als ich sagen kann.‹

›Die Sache muß denn doch untersucht werden, Alkalde‹, nahm nach einer langen Pause ein anderer das Wort.

›Das muß sie‹, versetzte der Alkalde.

›Wozu da erst lange untersuchen?‹ brummte unwillig Bob.

›Wozu?‹ entgegnete der Richter. ›Weil wir das uns, dem Kaltgemachten und Euch schuldig sind, Euch nicht verurteilen können, ohne das Corpus delicti gesehen zu haben.

Ist auch ein anderes Item‹, fuhr er zu den Männern gewandt fort, ›auf das ich euch aufmerksam machen muß. Ist der Mann halb und halb außer sich, nicht compos mentis, wie wir sagen. Hat das Fieber

– hatte es, als er die Tat beging, war ferner da von Johnny aufgereizt – in desperater Stimmung über seinen Verlust; aber trotz dieser gereizten Stimmung hat er diesem Gentleman da, Mister Edward Nathanael Morse – das Leben gerettet.‹

›Hat er das?‹ fragte der mit der tiefen Baßstimme.

›In jeder Beziehung‹, versetzte ich, ›nicht nur dadurch, daß er mich aus dem tiefen Flusse zog, in dem ich, sterbend von meinem Mustang geworfen, sicher ertrunken wäre, sondern auch durch die sorgfältigste Pflege, die er dem sogenannten Johnny und seiner Mulattin zu meinen Gunsten abdrang. Ohne ihn wäre ich nicht mehr am Leben, das kann ich beschwören.‹

Bob warf mir jetzt einen Blick zu, der mir durch die Nerven drang. Es war so erschütternd, Tränen in diesen Augen zu treffen!

Die Männer hörten in tiefem Schweigen.

›Es scheint, daß Ihr durch Johnny aufgereizt worden, Bob?‹ nahm wieder der mit der Baßstimme das Wort.

›Sagte das nicht. Sagte nur, daß er auf die Geldkatze hinblinzelte, mir sagte: – ‹

›Was sagte er?‹

›Was geht Euch aber das, was Johnny gesagt, an?‹ knurrte wieder verdrießlich Bob. ›Geht Euch nichts an, kalkuliere ich.‹

›Geht uns aber an‹, versetzte einer der Männer, ›geht uns an.‹

›Wohl, wenn es Euch angeht, mögt Ihr es ebensowohl wissen‹, brummte wieder Bob. ›Sagte, wie ich so wild aus dem Hause stürze, – sagt er: 'Seid Ihr denn gar so Hühnerherz geworden, Bob', sagt er, 'daß Ihr da Fersengeld gebt, wenn nicht zehn Schritte von Euch eine so vollgespickte Katze für wenig mehr denn ein Lot Blei zu haben?'‹

›Hat er das gesagt?‹ fragte wieder die Baßstimme.

›Fragt ihn selbst!‹

›Wir fragen aber Euch.‹

›Je nun, er hat es gesagt.‹

›Hat er es gewiß gesagt?‹

›Sag Euch schon, wozu das ewige Palavern? Hat's gesagt, aber müßt ihn fragen. Will weder seinem noch irgendeines andern Gewissen auf die Hühneraugen treten, sind mir die meinigen dick genug, bürg Euch dafür. Will nur die meinigen ausgeschnitten haben, und müssen ausgeschnitten sein. Wollt Ihr sie ihm ausschneiden, müßt Ihr Euch an ihn wenden. Kalkuliere, will bloß für mich reden, für mich gehängt sein.‹

›Alles recht, alles recht, Bob!‹ nahm wieder der Alkalde das Wort. ›Aber wir können Euch doch nicht hängen, ohne uns zuvor zu überzeugen, daß Ihr es auch verdient. Was sagt Ihr dazu, Mister Wythe? Seid Prokurator, und Ihr, Mister Heart und Stone? Helft Euch zu Rum oder Brandy, und Mister Bright und Irwin, eine frische Zigarre! Sind considerabel tolerabel, die Zigarren. Sind sie's nicht? Wohl, Mister Wythe, das in der Diamantflasche ist Brandy, – was sagt Ihr dazu?‹

Mein aristokratischer Demokrat war so ganz Demokrat geworden, als mir unter andern Umständen wohl ein Lächeln abgenötigt hätte, hier aber verging es mir. Mister Wythe, der Prokurator, hatte sich erhoben, wie ich glaubte, sein Urteil abzugeben, aber an dem war es noch nicht. Er trat zum Schenktische, stellte sich gemächlich vor diesen hin, und die Diamantflasche mit der einen Hand ergreifend, mit der andern das Glas, sprach er:

›Je nun, Squire oder vielmehr Alkalde!‹

Nach dem Alkalde schenkte er das Glas halb mit Rum voll.

›Wenn's so ist‹, meinte er weiter, einen Viertelzoll Wasser hinzugießend.

›Und‹, fuhr er fort, einige Brocken Zucker nachsendend › - Bob den Mann kaltgemacht hat –

meuchlings kaltgemacht hat‹, setzte er hinzu, den Zucker mit dem hölzernen Stempel zerstoßend und umrührend –

›so kalkuliere ich‹ – argumentierte er, das Glas hebend:

›daß Bob, wenn's ihm so recht ist, gehängt werden sollte‹ – schloß er, das Glas zum Munde bringend und leerend.

Bob schien eine schwere Last von der Brust genommen. Er holte tief und erleichtert Atem. Die übrigen nickten stumm.

›Wohl!‹ sprach, aber nicht ohne Kopfschütteln, der Richter. ›Wenn Ihr so meint und Bob einverstanden ist, so kalkuliere ich, müssen wir ihm schon seinen Willen tun. Freilich sollte eigentlich das Ganze noch vor die District Court nach San Antonio hinüber; aber da er einer der Unsrigen ist, müssen wir schon ein Auge zudrücken, ihm Gnade für Recht widerfahren lassen, den Gefallen tun. Sag Euch aber, tue es nicht gerne. Tue es zwar, aber muß auf alle Fälle der kaltgemachte Mann noch zuvor untersucht, auch Johnny verhört werden. Sind das uns, sind es Bob als unserm Mitbürger schuldig.‹

›Auf alle Fälle!‹ bekräftigten die sämtlichen zwölf.

›Was hat aber der Johnny dabei zu tun?‹ fiel mürrisch Bob ein. ›Hab Euch schon ein dutzendmal gesagt, war nicht dabei und geht ihn nichts an.‹

›Geht ihn aber doch an‹, entgegnete der Richter. ›Geht ihn an, Mann. War zwar nicht dabei, aber sandte Euch dafür, zwar nicht mit ausdrücklichen Worten, aber mit einem geheimen Sporne. Wäre Johnny nicht gewesen, hättet Ihr weder Mann noch Geldkatze gesehen pro primo, pro secundo hättet Ihr Eure zwanzig fünfzig nicht verspielt und pro tertio wäre Euch nicht die Notion ins Gehirn gekommen, Euch durch seine gespickte Katze entgegen einem Lot Blei zu entschädigen.‹

›Ist ein Fact das!‹ bekräftigten alle.

›Seid ein greulicher Mörder, Bob! Und ein considerabler dazu‹, nahm wieder der Richter das Wort, ›aber sage Euch doch, und gilt mir gleich, wer's hört, sag es Euch ins Gesicht, will Euch nicht schmeicheln, aber seid mir doch lieber in Eurer Nagelspitze als der Johnny mit Haut und Haaren. Und tut mir leid um Euch, denn weiß, seid im Grunde kein Bösewicht, seid aber durch böses Beispiel, böse Gesellschaft verführt worden. Könntet aber, kalkuliere ich, noch zurechtgebracht, noch zu manchem gebraucht werden, vielleicht besser gebraucht werden, als Ihr meint. Ist Eure Rifle eine kapitale Rifle.‹

Die letzten Worte machten alle aufschauen. Bob scharf und fragend fixierend, hielten sie in gespannter Erwartung.

›Könntet‹, fuhr der Richter ermutigend fort, ›vielleicht der Welt, Euren beleidigten Mitbürgern, dem verletzten Gesetze noch bessere Dienste leisten als durch Euer Gehängtwerden da. Seid immer noch ein Dutzend Mexikaner wert.‹

Bob war während der Rede des Richters der Kopf auf die Brust gefallen. Jetzt hob er ihn, zugleich tiefen Atem holend.

›Verstehe, Squire! Weiß, worauf Ihr zielt. Kann aber nicht, darf nicht; kann nicht so lange warten, mag nicht. Ist mir das Leben zur Last, quält mich, foltert mich gar grausam. Läßt mir keine Ruhe, bei Tag und Nacht, wo ich gehe, stehe.‹

›Wohl, so legt Euch!‹ meinte der Richter.

›Steht auch da vor mir, treibt mich zurück unter den Patriarchen.‹

Hier schauten mehrere den Sprecher an, dann fielen ihre Blicke wieder zu Boden. Eine Weile saßen sie so in tiefer Stille, endlich hoben sie die Köpfe, schauten einander forschend an, und der Richter nahm abermals das Wort:

›Es bleibt also dabei, Bob. Wollen heute zum Patriarchen, und morgen kommt Ihr. Seid Ihr's so zufrieden?‹

›Um welche Zeit?‹

›Um die zehn Uhr herum.‹

›Könnte es nicht früher sein?‹ murmelte ungeduldig den Kopf schüttelnd Bob.

›Warum früher? Seid Ihr denn gar so lüstern nach der Hanfbraut?‹ meinte Mister Heart.

›Was hilft das Schwätzen und Palavern?‹ brummte mürrisch Bob. ›Sag es Euch ja, läßt mich nicht ruhen. Muß aus der Welt, treibt mich daraus; darum, je eher, desto besser! Bin satt des Lebens, und wenn ich erst um zehn Uhr komme und Ihr da noch ein paar Stunden oder mehr Euer Palaver habt und wir dann wieder eine Stunde oder zwei zum Patriarchen reiten, kommt das Fieber.‹

›Aber wir können doch wegen Eurem Fieber da nicht wie die wilden Gänse zusammen- und auseinanderschießen‹, rief ungeduldig der Prokurator. ›Habt doch nur ein Einsehen, Mann!‹

›Freilich, freilich!‹ meinte wieder beinahe demütig Bob.

›Ist aber ein schlimmer Gast, das Fieber, Mister Wythe!‹ bemerkte Mister Trace, ein frisches Glas nehmend. ›Und kalkuliere‹, fuhr er fort, es leerend, ›sollten ihm den Gefallen tun.‹

›Wohl, Squire, was meint Ihr dazu?‹ fragte der Prokurator. ›Meint Ihr, daß wir ihm zu Willen sein sollen?‹

›Kalkuliere, ist wirklich ein wenig gar zu importun, unbescheiden da in seinen Forderungen, der Bob‹, meinte, sehr verdrießlich den Kopf schüttelnd, der Richter.

Alle schwiegen.

›Aber wenn Ihr dafürhaltet und es zufrieden seid‹, fuhr er zu dem Ayuntamiento gewendet fort, ›und weil es Bob ist, weil Ihr es seid, Bob!‹ – wandte er sich an diesen – ›so kalkuliere ich, müssen wir Euch wohl schon zu Willen sein.‹

›Dank Euch!‹ sprach sichtlich erleichtert Bob.

›Nichts zu danken!‹ brummte, während Bob der Tür zuging, mürrisch der Richter. ›Nichts zu danken! Aber jetzt geht in die Küche, versteht Ihr, und laßt Euch da ein tüchtiges Stück Roastbeef mit Zubehör geben, versteht Ihr?‹

Auf den Tisch klopfend, hielt er inne.

›Ein tüchtiges Roastbeef und Zubehör dem Bob‹, befahl er der eintretenden Diana, ›und das sogleich, und Ihr seht darauf, daß er es verzehrt. Und zieht Euch anders an, Bob, versteht Ihr? Wie ein Bürger, nicht wie eine wilde Rothaut, versteht Ihr?‹

Er winkte der Negerin abzutreten und fuhr dann zu Bob gewendet fort:

›Keine Einrede, Bob! Den Rum wollen wir Euch senden, sollt essen und trinken, Mann, wie ein vernünftiges Geschöpf, Eurem Geschick als Mann und nicht als ein hirnverbrannter Narr entgegentreten. Brauchen da keine Sprünge, keine Hungerkuren, die Euch noch verrückter machen. Sage Euch, tun keinen Schritt, so Ihr nicht vernünftig eßt und trinkt von den Gaben Eures Gottes, die er für Hohe und Niedrige, für Böse und Gute wachsen läßt, Euch wie ein vernunftbegabtes Wesen betragt und kleidet.‹

›Dank Euch!‹ sprach demütig Bob.

›Nichts zu danken, sagt' Euch's schon!‹ grollte der Richter.

Bob ging. Die Männer blieben sitzen, so ruhig wie immer. Einer oder der andere stand wohl auf, sein Glas zu füllen oder eine Zigarre zu nehmen, aber ein Eintretender würde schwerlich erraten haben, daß hier ein Ayuntamiento auf Leben und Tod saß. Zuweilen ließ sich ein Gebrumme hören, aus dem zu entnehmen war, daß sie mit der eilfertigen Zudringlichkeit noch immer nicht einverstanden waren, besonders der Alkalde; allmählich jedoch schien auch er nachzugeben. Es dauerte jedoch noch eine geraume Weile, wohl eine Stunde, ehe sie alle ihre Notionen vorgebracht, entwickelt und wieder entwickelt hatten, alles in dem allerruhigsten, phlegmatischsten Tone. Kein Wort, keine Silbe war zu hören, lauter als der gewöhnliche Konversationston. Man hätte schwören sollen, irgendeine Kirchstuhl- oder Predigersmietung werde verhandelt; selbst

Johnny, der nach aller einstimmigem Urteile ein sehr gefährliches Subjekt sein mußte, war nicht imstande, sie aus der Fassung zu bringen. Sie wurden so ruhig einig, ihn zu lynchen, wie die Hinterwäldlerphrase lautet, als ob die Rede vom Einfangen eines Mustangs gewesen wäre. Als sie diesen Beschluß endlich gefaßt, erhoben sie sich, traten alle nochmals zum Schenktisch, tranken auf des Richters, meine Gesundheit, schüttelten uns die Hände und verließen Parlour und Haus.

Mir war während dieser grenzenlos zähen Verhandlung so unwohl geworden, daß ich mich nur mit Mühe auf den Füßen zu erhalten vermochte. Das hausbacken Derbe, Gefühllose und wieder Gefühlvolle dieser Menschen widerstand meinen Nerven. Mir schmeckte weder Frühstück, Mittag-, noch Abendessen. Aber der Richter war sehr übelgelaunt, obwohl der Grund seiner üblen Laune wieder, wie Sie leicht ermessen können, ganz anders lautete. Sein Verdruß war wieder, daß das Ayuntamiento auf seine Notion, Bob dem Gemeinbesten, wie er es nannte, zu erhalten, nicht eingegangen, daß ihm das Gehängtwerden gar so leicht gemacht worden, der doch seinem Lande, der bürgerlichen Gesellschaft noch recht gute Dienste hätte leisten mögen. Daß Johnny, der elende, niederträchtige, feig-verräterische Johnny, aus der Welt geschafft würde, war vollkommen recht, aber daß Bob es gleichfalls würde, erschien ihm stupid, stolid, absurd. Es war vergeblich, ihn an die Versündigung an der bürgerlichen Gesellschaft, dem Gesetze Gottes, der Menschen – den Finger Gottes, das rächende Gewissen zu erinnern. Bob hatte sich an der bürgerlichen Gesellschaft, an seinem Schöpfer versündigt – diesen stand es zu, Genugtuung zu fordern, sie zu bestimmen, nicht aber ihm; sich da feige aus der Welt, an der er sich versündigt, hinauszuschleichen, damit sei weder Gott noch den Menschen gedient. Unter den vierzehn Männern seien auch zwei gewesen, die wegen Mordes aus den Staaten geflüchtet, aber sie trügen ihre Schuld und Last als Männer, willens, sie als Männer zu büßen, an den Mexikanern gutzumachen.

Wir gerieten beinahe hart aneinander, sprachen auch den ganzen Tag nur wenig mehr und trennten uns am Abend frühzeitig.

11

Wir saßen am folgenden Morgen beim Frühstück, als ein ziemlich gut in Schwarz gekleideter Mann angeritten kam, abstieg und vom Richter als Bob angeredet wurde. Es war wirklich Bob, obwohl kaum mehr zu erkennen. Statt des häßlich blutigen Sacktuches, das ihm zuletzt in Fetzen um den Kopf gehangen, hatte er einen Hut auf, statt des Lederwamses und so weiter anständig schwarze Tuchkleider. Der Bart war gleichfalls verschwunden. Der Mann stellte einen Gentleman vor. Mit der Kleidung war auch ein anderer Mensch angezogen. Er schien ruhig gefaßt, sein Wesen resigniert, ja mild. Mit einer gewissen Wehmut im Blicke streckte er dem Richter die Hand dar, die dieser auch herzlich ergriff und in der seinigen hielt.

›Ah, Bob!‹ sprach er, ›ah, Bob! Wenn Ihr Euch doch hättet sagen lassen, was Euch so oft gesagt worden! Ließ Euch da die Kleider eigens von New Orleans bringen, um wenigstens an Sonntagen einen respektabel und dezent aussehenden Mann aus Euch zu machen. Wie oft habe ich nicht mit Euch gegrollt, sie anzuziehen und mit uns zum Meeting zu gehen, wenn Mister Bliß drüben predigte! War das nicht ohne Ursache, Mann, daß ich Euch Kleider machen ließ! Hat das Sprichwort 'Macht das Kleid den Mann' viel Wahres, zieht der Mensch mit dem neuen Kleide wirklich auch neue Gesinnungen an. Hättet Ihr diese neuen Gesinnungen nur zweiundfünfzig Male im Jahre angezogen – ei, hätten einen heilsamen Bruch zwischen Johnny und Euch hervorgebracht. War meine Absicht eine gute.‹

Bob gab keine Antwort.

›Brachte Euch just dreimal in sie und in die Meeting; ah, Bob!‹

Bob nickte stumm.

›Wohl, wohl! Bob! Haben alles getan, Euch zu einem Menschen, wie er sein soll, zu bekehren, alles, was in unsern Kräften stand.‹

›Das habt Ihr‹ – sprach erschüttert Bob, ›Gott dank es Euch!‹

Jetzt bekam ich Respekt vor dem Richter, ich versichere Sie, sehr großen Respekt. Ich drückte ihm die Hand. Eine Träne trat ihm ins Auge, die er aber auf das Frühstück deutend unterdrückte.

Bob dankte demütig, versichernd, daß er nüchtern zu bleiben, nüchtern vor seinen beleidigten Schöpfer und Richter zu treten wünsche.

›Unserm beleidigten Schöpfer und Richter‹, versetzte der Alkalde ernst, ›werden wir nicht dadurch gefällig, daß wir seine Gaben, die er für uns, seine Kreaturen, geschaffen, zurückweisen, sondern daß wir sie vernünftig genießen. Eßt, Mann, trinkt, Mann, und folgt einmal in Eurem Leben Leuten, die es besser mit Euch meinen als Ihr selbst!‹

Jetzt setzte sich Bob.

Wir waren gerade mit unserm Frühstück fertig, als die erste Abteilung der Männer ankam, abstieg und eintrat. Auf ihren Gesichtern war nichts als das unerschütterliche texasische Phlegma zu lesen. Sie begrüßten den Richter, mich und Bob gleichmütig, ohne eine Miene, zu verändern, setzten sich, als frische Schüsseln und Teller aufgetragen waren, an dem Tische nieder, langten zu und aßen und tranken mit einem Appetit, den sie wenigstens vierundzwanzig Stunden geschärft zu haben schienen.

Während sie aßen, kamen die übrigen. Dieselben Grüße, dieselbe stumme Bewillkommnung und Einladung, derselbe Appetit. Während des halbstündigen Mahles wurden, ich bin ganz gewiß, nicht hundert Worte von allen zusammen gesprochen, und diese waren die gewöhnlichen: Will you help me, yourself –.

Endlich waren alle gesättigt, und der Alkalde befahl den Negern, die Tafel zu räumen und dann das Zimmer zu verlassen.

Als die Neger beides getan, nahm der Alkalde am obern Ende des Tisches Platz, zu beiden Seiten das Ayuntamiento, vor diesem Bob. Ich hatte mich natürlich zurückgezogen, so die zwei Männer, die sich Mordes halber aus den Staaten geflüchtet.

Allmählich nahmen auch die Gesichter einen Ausdruck an, der, weniger phlegmatisch, dem Ernste der Stunde entsprach. ›Mister Wythe!‹ hob der Richter an, ›habt Ihr als Prokurator etwas vorzubringen?‹

›Ja, Alkalde!‹ versetzte der Prokurator. ›Habe vorzubringen, daß kraft meines Auftrags und Amtes ich mich an den von Bob Rock, wie er genannt wird, angedeuteten Ort begeben, da einen getöteten Mann gefunden, und zwar durch eine Schußwunde getötet, ihm beigebracht durch die Rifle Bob Rocks, oder wie er sonst heißt. Ferner einen Geldgürtel und mehrere Briefe und Empfehlungsschreiben an verschiedene Pflanzer.‹

›Habt Ihr ausgefunden, wer er ist?‹

›Haben es‹, versetzte der Prokurator. ›Haben aus den verschiedenen Briefen und Schreiben ersehen, daß der Mann ein Bürger, aus Illinois gekommen, nach San Felipe de Austin gewollt, um vom Oberst Austin Land zu kaufen und sich anzusiedeln.‹

So sagend, holte der Prokurator aus dem Sattelfelleisen, das ihm zur Seite lag, einen schweren Geldgürtel heraus, den er mit den Briefschaften auf den Tisch legte. Die Briefe waren offen, der Gürtel versiegelt.

Der Richter öffnete den Gürtel, zählte das Geld, das etwas über fünfhundert Dollars in Gold und Silber betrug, dann die kleinere Summe, die sich im Beutel, den Bob zu sich genommen, befand. Dann las der Prokurator die Briefe und Schreiben.

Darauf berichtete einer der Korregidoren betreffend Johnny, daß er sowohl als seine Mulattin entwichen wären. Er, der Korregidor, habe mit seiner Abteilung ihre Spur verfolgt; da diese sich jedoch geteilt, so hätten sich auch die Männer geteilt, aber, obgleich sie fünfzig, ja siebzig Meilen nachgeritten, hätten sie doch nichts von ihnen entdecken können.

Der Richter hörte den Bericht sehr unzufrieden an.

›Bob Rock!‹ rief er dann, ›tretet vor!‹

Bob trat vor.

›Bob Rock oder wie Ihr sonst heißen möget, erkennt Ihr Euch schuldig, den Mann, an dem diese Briefschaften und Gelder gefunden worden, durch einen Schuß getötet zu haben?‹

›Schuldig!‹ murmelte Bob.

›Gentlemen von der Jury!‹ sprach wieder der Richter, ›wollet ihr abtreten, euer Verdikt zu geben?‹

Die zwölf erhoben sich und verließen das Parlour, bloß der Richter, ich, Bob und die zwei Flüchtlinge blieben zurück. Nach etwa zehn Minuten trat die Jury mit unbedeckten Häuptern ein. Der Richter nahm seine Kappe gleichfalls ab.

›Schuldig!‹ sprach der Vordermann.

›Bob!‹ redete diesen nun der Richter mit erhobener Stimme an, ›Bob Rock oder wie Ihr heißen möget! Eure Mitbürger und Pairs haben Euch für schuldig erkannt, und ich spreche das Urteil aus, daß Ihr beim Halse aufgehängt werdet, bis Ihr tot seid. Gott sei Eurer Seele gnädig!‹

›Amen!‹ sprachen alle.

›Dank Euch!‹ murmelte Bob.

›Wollen noch die Verlassenschaft des Gemordeten gehörig versiegeln, ehe wir unsere traurige Pflicht erfüllen!‹ sprach der Richter.

Er rief die Negerin, der er Licht zu bringen befahl, versiegelte zuerst selbst Gürtel und Papiere, dann der Prokurator, zuletzt die Korregidores.

›Hat noch einer etwas einzuwenden, warum das ausgesprochene Urteil nicht vollzogen werde?‹ hob nochmals der Richter mit einem scharfen Blicke auf mich an.

›Er hat mir das Leben gerettet, Richter und Mitbürger!‹ sprach ich tief erschüttert, ›das Leben auf eine Weise gerettet –!‹

Bobs Augen wurden, während ich so sprach, starr, ein tiefer Seufzer hob seine Brust, aber zugleich schüttelte er den Kopf.

›Laßt uns in Gottes Namen gehen!‹ sprach der Richter.

Ohne ein Wort weiter zu sagen, verließen wir alle Parlour und Haus und bestiegen die Pferde. Der Richter hatte eine Bibel mitgenommen, aus der er Bob für die Ewigkeit vorbereitete. Auch hörte ihn dieser eine Weile aufmerksam, ja andächtig an. Bald schien er jedoch wieder ungeduldig zu werden; er setzte seinen Mustang in rascheren, bald in so raschen Trab, daß wir zu argwöhnen begannen, er suche auszureißen. Aber es war nichts als die Furcht, das Fieber möchte ihn vor seinem Ende übereilen.

Nach Verlauf etwa einer Stunde hatten wir den sogenannten Patriarchen vor uns.

Wohl ein Patriarch, ein wahrer Patriarch der Pflanzenwelt! War es die feierliche Stimmung, der Ernst des Todes, der uns im Innersten durchdrungen, aber alle hielten wir bei seinem Anblicke wie vor einer Erscheinung aus einer höhern, einer überirdischen Welt! Mir war's, als ob die Geister einer unsichtbaren Welt aus diesem Riesenwerke heraussäuselten – rauschten, diesem kolossalen Naturwunder, das so gar nichts Baumähnliches hatte! Eine ungeheure Masse von Vegetation, die, mehrere hundert Fuß im Diameter, wohl hundertunddreißig Fuß emporstarrte, aber so emporstarrte, daß man weder Stamm noch Äste noch Zweige, nicht einmal Blätter, nur Millionen weiß-grünlicher Schuppen mit unzähligen Silberbärten sah. Diese Millionen grünliche Silberschuppen glänzten euch mit den zahllosen Silberbärten – die oben kürzer, unten länger – in so seltsam phantastischen Gebilden entgegen, daß ihr beim ersten Anblicke geschworen hättet, Hunderte, ja Tausende von Patriarchen schauten euch aus ihren Nischen an! Erst tiefer hingen die Bärte – das bekannte spanische, aber hier nicht schmutzig-, sondern silbergraue Moos – länger und wohl an die vierzig Fuß zur Erde herab, so vollkommen den Stamm verhüllend, daß mehrere Männer absteigen, die Moosbärte auseinanderreißen und uns erst freien Durchgang erzwingen mußten. Innerhalb des ungeheuren Domes angekommen, nahm es noch eine geraume Weile, ehe wir, geblendet, wie wir ins Halbdunkel eintraten, das Innere zu schauen vermochten. Die Strahlen der Sonne, durch Silbermoos und Schuppen und Blätter und Bärte gebrochen, drangen grün und rot und gelb und blau wie durch die gemalten Glasfenster eines Domes ein, ganz das Halbdunkel eines Domes verbreitend! Der Stamm war wieder ein eigenes Naturwunder. Wohl vierzig Fuß emporstarrend, ehe er in die Äste auslief, hatte er der Auswüchse und Buckel so viele und ungeheure, daß er vollkommen einem unregelmäßigen Felsenkegel glich, von dem wieder Felsenzacken in jeder Richtung ausliefen, an die erst sich Massen von Silbermoos und Bärten und Gestrüppe und Zweige angesetzt. So überwältigt fühlte ich durch dieses Riesenwerk der Schöpfung, daß ich mehrere Minuten stand, staunend und starrend – erst durch das hohle Gemurmel meiner Gefährten zum Bewußtsein gebracht wurde.

Sie hielten innerhalb der Krone des Baumes in einem Kreise, Bob in der Mitte. Er zitterte wie Espenlaub, die Augen starr auf einen frischen Erdaufwurf geheftet, der etwa dreißig Schritte vom Stamme zu sehen war.

Darunter ruhte der Gemordete.

Aber eine herrliche Grabesstätte! Kein Dichter könnte sie sich schöner wünschen oder träumen. Der zarteste Rasen, die hehrste Naturgruft, mit einem ewigen Halbdunkel, so wundersam durchwoben mit Regenbogenstrahlen!

Bob, der Richter und seine Amtsgenossen waren sitzengeblieben, etwa die Hälfte der Männer aber abgestiegen. Einer der letzteren schnitt nun den Lasso vom Sattel Bobs, warf das eine Ende über einen tiefer sich herabneigenden Ast, und es mit dem andern zu einer Schlinge verknüpfend ließ er diese vom Aste herabfallen.

Nach dieser einfachen Vorkehrung nahm der Richter seinen Hut ab und faltete die Hände; die übrigen folgten seinem Beispiele.

›Bob!‹ sprach er zu dem stier über den Nacken seines Mustangs Herabgebeugten, ›Bob! Wir wollen beten für Eure arme Seele, die jetzt scheiden soll von Eurem sündigen Leibe.‹

Bob hörte nicht.

›Bob!‹ sprach abermals der Richter.

Bob fuhr auf – ›Wollte etwas sagen!‹ entfuhr ihm wie im wahnsinnigen Tone. – ›Wollte etwas sagen!‹

›Was habt Ihr zu sagen?‹

Bob stierte um sich, die Lippen zuckten, aber der Geist war offenbar nicht mehr auf dieser Erde.

›Bob!‹ sprach abermals der Richter, ›wir wollen für Eure Seele beten.‹

›Betet, betet!‹ stöhnte er, ›werde es brauchen.‹

Der Richter betete langsam und laut mit erschütterter und erschütternder Stimme:

›Unser Vater, der du bist in dem Himmel!‹

Bob sprach ihm jedes Wort nach. Bei der Bitte: ›Vergib uns unsere Schuld!‹ stöhnte seine Stimme aus tiefster Brust herauf.

›Gott sei seiner Seele gnädig!‹ schloß der Richter.

›Amen!‹ sprachen ihm alle nach.

Einer der Korregidoren legte ihm nun die Lassoschlinge um den Hals, ein anderer verband die Augen, ein dritter zog die Füße aus den Steigbügeln, während ein vierter, die Peitsche hebend, hinter seinen Mustang trat. All das geschah so unheimlich – still – schauerlich!

Jetzt fiel die Peitsche. Das Tier machte einen Sprung vorwärts. In demselben Augenblicke schnappte Bob in verzweifelter Angst nach dem Zügel, stieß ein gellendes ›Halt‹ aus –.

Es war zu spät, er hing bereits.

Das nun in rasender Verzweiflung herausgeheulte ›Halt‹ des Richters klingt mir noch in den Ohren, ich sehe ihn noch, wie er wie wahnsinnig, den Peitschenführer überreitend, an die Seite des Gehängten schoß, ihn in seine Arme riß, auf sein Pferd hob.

Mit der einen Hand den Gehängten haltend, mit der andern die Schlinge zu öffnen bemüht, zitterte die ganze Riesengestalt des Mannes in unbeschreiblicher Angst. Es war etwas Furchtbares in diesem Anblicke. Der Prokurator, die Korregidoren, alle standen wie erstarrt.

›Whisky, Whisky! Hat keiner Whisky?‹ kreischte er.

Einer der Männer sprang mit einer Whiskyflasche herbei, ein anderer hielt dem Gehängten den Leib, ein dritter die Füße. Der Richter goß ihm einige Tropfen in den Mund.

Er stierte ihn dazu an, als ob von seinem Erwachen sein eigenes Leben abhinge. Lange war alle Mühe vergebens; aber das Halstuch, das man abzunehmen vergessen, hatte den Bruch des Genickes verhindert; er schlug endlich die gräßlich verdrehten Augen auf

›Bob!‹ murmelte der Richter mit hohler Stimme.

Bob stierte ihn mit seinen verdrehten Augen an.

›Bob!‹ murmelte abermals der Richter. ›Ihr wolltet etwas sagen, nicht wahr, von Johnny?‹

›Johnny!‹ röchelte Bob. ›Johnny!‹

›Was mit Johnny?‹

›Ist nach San Antonio, der John-ny!‹

›Nach San Antonio?‹ murmelte der Richter.

Seine gewaltige Brust hob sich, als wollte sie zerspringen, seine Züge wurden starr.

›Nach San Antonio zum Padre José!‹ röchelte wieder Bob.

›Katholisch – hütet Euch!‹

›Ein Verräter also!‹ murmelten alle wie erstarrt.

›Katholisch!‹ murmelte der Richter.

Die Worte schienen ihm alle Kraft zu rauben, der Gehängte entsank seinem Arme, hing abermals am Lasso. Einen Augenblick starrte er ihn an – die Männer.

›Katholisch! Ein Verräter!‹

›Ein Bürger und ein Verräter! Katholisch!‹ murmelten sie ihm nach.

›So ist's, Männer!‹ murmelte der Richter. ›Haben aber keine Zeit zu verlieren‹, zischte er in demselben unheimlichen Tone sie anstarrend, ›keine Zeit zu verlieren – müssen ihn haben!‹

›Keine Zeit zu verlieren, müssen ihn haben!‹ murmelten sie alle.

›Müssen sogleich nach San Antonio!‹ zischte wieder der Richter.

›Nach San Antonio!‹ murmelten sie alle wie Gespenster, der in die spanischen Moose gerissenen Öffnung zuschreitend und reitend. Im Freien angekommen schauten sie den Richter – einander noch einmal fragend an, die Abgestiegenen schwangen sich in ihre Sättel, und alle sprengten in der Richtung von San Antonio davon.

Der Richter war allein zurückgeblieben – in tiefen Gedanken, leichenblaß, seine Züge eisig eisern, seine Augen starr auf die Davonreitenden gerichtet.

Plötzlich schien er aus seinen Träumen zu erwachen, erfaßte mich am Arme.

›Eilt nach meinem Hause, reitet, schont nicht Pferdefleisch! Nehmt zu Hause Ptoly und ein frisches Pferd, jagt nach San Felipe und sagt Stephan Austin, was geschehen, was Ihr gesehen, gehört!‹

›Aber Richter!‹

›Eilt, reitet, schont nicht Pferdefleisch, wenn Ihr Texas einen Dienst erweisen wollt. Bringt meine Frau und Tochter nach Hause.‹

So sagend, trieb er mich mit Händen und Füßen, dem ganzen Körper fort – in der Ungeduld nahmen seine Züge etwas so Furchtbares an, daß ich, ganz außer mir, meinem Mustang die Sporen gab.

Er flog davon. – Wie ich um die vorspringende Waldesecke herumbog, zurückschaute, war der Richter verschwunden.

Ich ritt, was mein Tier zu laufen vermochte, kam am Hause an, nahm Ptoly – ein frisches Pferd – jagte nach Felipe de Austin – meldete mich bei Oberst Austin. Stephan Austin hörte mich an, wurde bleich, befahl Pferde zu satteln, sandte zu seinen Nachbarn.

Ehe ich noch mit der Frau und Stieftochter des Alkalden nach ihrem Hause aufbrach, sprengte er mit fünfzig bewaffneten Männern in der Richtung nach San Antonio hin.

Ich kehrte mit den beiden meinem Schutze anbefohlenen Damen nach ihrer Pflanzung zurück, war aber da kaum angekommen, als ich ohnmächtig zusammensank.

Wilde Phantasien, ein heftiges hitziges Fieber ergriffen mich, brachten mich an den Rand des Grabes.

Mehrere Tage schwebte ich so zwischen Leben und Tod; endlich siegte meine jugendliche Natur. Ich erstand, aber – obwohl ich der liebevollsten, aufheiterndsten Pflege genoß – die schrecklichen Bilder wollten mich nicht verlassen, standen immer und allenthalben vor mir. Erst als ich meinen Mustang bestiegen, um mit Anthony, dem Jäger Mister Neals, der mich endlich aufgefunden, nach des letzteren Pflanzung zurückzureiten, begannen heitere Gestalten aufzutauchen.

Unser Heimweg führte am Patriarchen vorbei. Zahllose Raub- und Aasvögel umkreischten ihn. Ich wandte die Augen ab, hielt mir die Ohren zu – alles vergebens; es zog mich wie mit unsichtbarer Gewalt hin. Anthony war bereits durch die in die Moose gerissenen Öffnungen eingedrungen. Sein wildes Triumphgeschrei schallte aus dem Innern heraus.

In unbeschreiblicher Hast stieg ich ab, zog meinen Mustang durch die Öffnung, eilte dem Riesenstamme zu.

Eine Leiche hing etwa vierzig Schritte davon am Lasso von einem Aste herab, demselben Aste, an dem Bob gehangen, aber er war es nicht. Der Hängende war um vieles kleiner.

Ich trat näher, schaute.

›Ei, ein Caitiff, wie die Welt nicht zwei aufweisen konnte!‹ brummte Anthony auf die Leiche deutend.

›Johnny!‹ rief ich schaudernd, ›das ist Johnny!‹

›War es, dem Himmel sei Dank, ist's nicht mehr.‹

Ich schauderte.

›Aber wo ist Bob?‹

›Bob?‹ rief Anthony, ›ah Bob! ja Bob!‹

Ich schaute, da war noch der Grabeshügel, wie ich ihn zuletzt gesehen. Er schien mir größer, höher, und doch wieder nicht. Lag er darunter – bei seinem Opfer?

›Wollen wir dem Elenden nicht den letzten Dienst erweisen, Anthony?‹ fragte ich.

›Dem Caitiff!‹ versetzte er. ›Will meine Hand nicht vergiften, die Aasvögel mag er vergiften. Laßt uns gehen!‹

Und wir gingen.

Als wir bei Mister Neals ankamen, fand ich ihn bereits von den grauenhaften Vorfällen unterrichtet, Vorkehrungen zum bevorstehenden Kampfe treffend – so seine Nachbarn.

Acht Wochen darauf brach dieser, wie Sie wissen, auch wirklich aus, obwohl vorerst nur gegen die Militärbehörden gerichtet, die infolge höherer Weisungen sich arge Bedrückungen gegen die Kolonisten zu erlauben angefangen. Die Wegnahme der Forts Velasco und Nacogdoches, deren Besatzungen mit Oberstleutnant Ugartechia und Oberst Piedras gefangen wurden, waren die Ergebnisse dieses Kampfes.

Noch wurde jedoch auch Oberst Stephan F. Austin texasischer- und Oberst Mexia mexikanischerseits der Frieden zwischen unsern Bürgern, an deren Spitze der Alkalde stand, und den Militärbehörden vermittelt.

Aber im Jahre 1833 darauf erfolgte die Einkerkerung unseres texasischen Repräsentanten im mexikanischen Kongresse, Oberst Stephan F. Austin, durch den Vizepräsidenten Gomez Farias.

Darauf der Abfall Santa Annas zur Priesterpartei.

Diesem die Erklärung Texas' für die Konstitution von 1824.

Und dieser die Losreißung von Cohahuila sowohl als Mexiko, die Unabhängigkeitserklärung, mit einem Worte, die Revolution selbst.«

Der Erzähler brach hier auf eine Weise ab, die ungewiß ließ, ob er den Faden seiner Erzählung wieder anknüpfen würde. Eine Zigarre nehmend, war er im Begriffe, diese anzurauchen, legte sie aber wieder weg.

Eine tiefe Stille, während welcher aller Blicke erwartend an ihm hingen.

Der Supreme Judge unterbrach endlich das Schweigen: »Und wollen Sie damit sagen, daß der Ausbruch der Feindseligkeiten gegen Mexiko mit dieser gräßlichen Geschichte zusammenhing?«

Der Oberst versetzte:

»Ja und nein! Wo der Zündstoffe zum allgemeinen Brande so viele aufgehäuft liegen, wie es in Texas der Fall war, bedarf es, wie Sie wissen, um zu zünden, nur eines Funkens. Dieser Funken fiel, und er zündete.«

»Dürfen wir Sie ersuchen fortzufahren?«

Der Oberst schwieg

12

Nach einer Weile fuhr er wieder fort:

»Von allen diesen für Texas, Mexiko, ja die Union selbst so verhängnisvollen Phasen – war unser Alkalde die eigentliche Seele. Nicht als ob es neben ihm nicht noch bedeutende Männer im Lande gegeben hätte – die Austins, Nollings, Houstons, Burnets waren ihm in gewissen Beziehungen, besonders was Besitztum betraf, weit überlegen; aber mitteninne stehend zwischen diesen unsern eigentlichen Aristokraten, die siebzig und mehr Quadratmeilen an Ländereien eigneten, und wieder den Demokraten, die kaum ein Viertel Sitio[8] ansprechen durften, war seine Stellung ganz eigentlich die des demokratischen Aristokraten oder, wie man will, des aristokratischen Demokraten – ein wahres Juste-Milieu, das, genau die richtige Mitte haltend, allerdings den Kern des werdenden Staates: das solid amerikanische Bürgertum, repräsentierte.

Nicht rein Jeffersonscher – nicht modern Jacksonscher Demokrat, hatte er ebensowenig mit unserer neuern Exkreszenz, den Locofocos, und noch weniger mit unserer heutigen halb britischen, halb monarchischen Geldaristokratie gemein. Am meisten neigte sich sein politisches Glaubensbekenntnis zu Washingtons gemäßigtem Federalism hin, und so wie der Vater unsers Vaterlandes war er durch und durch Amerikaner – Americanism der Brennpunkt, der alle seine Geistesstrahlen aufsog. Man konnte ihn dem Golfstrom vergleichen, der an der gegenüberliegenden mexikanischen Küste aufschwellend gegen Norden rollt, alles unwiderstehlich mit sich reißt. Keiner vermochte ihm zu widerstehen. Keiner verstand es aber auch so wie er, eine beratende, gesetzgebende oder Volksversammlung zu lenken, zu leiten, zu bestimmen; denn keiner besaß wieder das so eigentümlich demokratische Rednertalent, die abstraktesten Prinzipien, die verwickeltsten politischen und historischen Probleme so gleichsam in Holzschnitten der gemeinsten Fassungskraft darzulegen, seinen eigenen Ansichten und Zwecken

---

[8] Sitio: Eine mexikanische Quadratstunde. Sie enthält fünfundzwanzig Millionen mexikanische Quadratvaras, die Vara zu drei geometrischen Fuß oder 33½ Zoll, das Ganze gleich 442840/1000 amerikanische Acres.

unterzubreiten. Vor diesem seinem Rednertalente mußte alles weichen, Überzeugung, Hartnäckigkeit, Parteisucht.

Ich war in der Sitzung, in der über das Schreiben Stephan F. Austins, unsers damaligen Repräsentanten im Kongresse zu Mexiko, debattiert wurde. Es enthielt Raisonnements über die Zustände Texas' sowohl als Mexikos, die, höchst vertraulich mitgeteilt, nur für die intimsten politischen Freunde berechnet, mit keinem Gedanken an Veröffentlichung geschrieben waren. Auch sah jeder klar, daß eine solche Veröffentlichung den Schreiber nicht nur bei den mexikanischen Gewalthabern kompromittieren, sondern auch in Gefahr bringen, als Verräter stempeln mußte. Die erste Motion daher, die auf Veröffentlichung antrug, wurde mit entschiedenem Unwillen, ja Erröten von unsern sonst in dieser Beziehung doch eben nicht sehr zartfühlenden Mitbürgern zurückgewiesen. Austin stand begreiflicherweise in der öffentlichen Meinung sehr hoch; er war einer der bedeutendsten Männer im Lande, sein Vater einer der Hauptgründer der Kolonie gewesen; aber unser Alkalde, sein bester Freund, nahm das Wort, und die Veröffentlichung wurde beinahe einmütig beschlossen.

Sie hatte, wie vorauszusehen war, die Einkerkerung des berühmten Obersten, aber diese auch wieder die allgemeine Entrüstung, Erbitterung der Gemüter in Texas zur Folge, und das war es, was der Mann wollte.

Tadeln wir jedoch weder Mann noch Männer voreilig, denn ich versichere, sie, die die Schicksale von Texas leiteten und zum Ziele führten, waren keine gewöhnlichen Seelen. Lange dürften Sie die Bände der Weltgeschichte zu durchblättern haben, ehe Sie eine Revolution richtiger durchdacht, konsequenter durchgeführt finden dürften. Es hatte sich da eine Schar zusammengefunden, die unter den groben Filzhüten die feinsten Köpfe, unter den rauhen Hirschwämsern die wärmsten Herzen, die eisernsten Willen bargen! Männer, die genau wußten, was sie wollten, die Großes wollten, die aber dieses Große mit den allergeringsten Mitteln durchführen, mit kaum einer Handvoll Leute es gegen die zweitgrößte Republik der Welt aufnehmen, die also ihrem Völkchen notwendig auch die stärkstmöglichen Impulse geben mußten. Denn nun handelte es sich nicht mehr bloß um Äcker und Neger, um einige bürgerliche Rechte mehr oder weniger oder den Fortbestand einiger tausend Farmers und Pflanzer: es handelte sich um die Lebensfrage, um die höchsten Güter freier Männer, die durch die ruchlose Apostasie Santa Annas, die Vernichtung der Konstitution von 1824 bereits in ihrer Lebenswurzel getroffen, nun in der schmählichsten aller Herrschaften, der Priesterherrschaft, ganz und gar hingeopfert werden sollten.

Gegen diese nichtswürdigste aller Herrschaften den Schild zu erheben, war nicht nur Pflicht für den Mexikaner, sie war es auch für den Texaser, den Amerikaner.«

»Pflicht für den Amerikaner?« unterbrach hier den etwas oratorisch pompös gewordenen Oberst eine ironische Stimme. »Da scheint Ihr mir denn doch in Eurem Texas einen etwas zu weiten Pflichtbegriff aufstellen zu wollen, Oberst! Was, im Namen des gesunden Menschenverstandes, ging Euch als Bürger der Vereinigten Staaten die Revolution in Mexiko, was die Priesterherrschaft da an?«

»Was Bürger der Vereinigten Staaten, was Amerikaner die Revolution in Mexiko anging?« riefen ein Dutzend Stimmen.

»Was die Priesterherrschaft?« ein anderes Dutzend.

Die ganze Gesellschaft war auf einmal in Aufruhr.

»Erlaubt mir, Oberst Meadow, Euch eine andere Frage zu stellen. Was gingen die Monarchen Englands, Rußlands, Frankreichs – Griechenland, was ihre und Österreichs Kabinette – Belgien, Portugal, Spanien an, in welch letzteres sie den Don Carlos einschmuggelten, da den Bürgerkrieg anmachten, allen Verträgen zum Trotze? Sollte doch glauben, was im alten Europa das monarchische oder Legitimitätsprinzip erlaube, bei uns das republikanische oder Volkssouveränitätsprinzip nicht verbieten werde?«

»Sollte das in dem einen sowie dem andern Falle sehr bezweifeln, Oberst Morse!« ließ sich hier die helle, klare Stimme des Supreme Judge hören. »Sollte zum Beispiel sehr bezweifeln, ob unser Kabinett mit seiner Demonstration und Besetzung von Nacogdoches im Rechte war?«

»Wer behauptet aber das, Judge?« fiel hier der General ein. »Aber daß diese Besetzung ein wackerer Staatsstreich war, ein wahrhaft tüchtiger Jacksonstreich, das werdet Ihr doch nicht leugnen?«

»Der uns Texasern sehr wohl bekam, versichere Euch!« lachte der texasische Oberst. »Unterdessen«, fuhr er ernster fort, »dürfte uns denn doch auch selbst von Oberst Meadow einiges Recht, in die Angelegenheiten Texas' einzugreifen, zugestanden werden; Texas war von unsern Bürgern unter den Provisionen und Garantien der Konstitution von 1824 angesiedelt worden. Es war unter dieser Konstitution, daß sie sich von Mexiko adoptieren ließen. Es war auch für diese Konstitution, daß sie zuerst den Schild erhoben.«

»Mußtet es tun als Amerikaner!« riefen die einen.

»War Eure Schuldigkeit!« die andern.

»Auch kann ich zu Ihrem Troste, Oberst Meadow, noch hinzufügen«, bemerkte ironisch der Texaser, »daß die wackersten, und was nach Ihren Begriffen wahrscheinlich noch weit mehr sagen will, auch bedeutendsten Männer Mexikos dieser unserer Schild-Erhebung nicht nur nicht feindselig entgegen, sondern freundlich, brüderlich beitraten; denn kaum, daß wir die Konstitution von 1824 proklamierten, so schlossen sich auch mehrere der allerersten Mexikaner – an dem Heile und der Zukunft ihres Landes verzweifelnd – an uns an. Ich will Ihnen von den vielen nur einen nennen: Lorenzo Zavala, früher Finanzminister, Vizepräsident, zuletzt Gesandter der Republik am Hofe der Tuilerien, welchen Posten er jedoch sogleich nach Santa Annas Abfall resignierte, um in unserem armen Texas Vizepräsident und Leiter der auswärtigen Angelegenheiten zu werden.

Und verdanken wir auch«, fuhr der Texaser fort, »dieser seiner Leitung der auswärtigen Angelegenheiten viel, sehr viel. Verdanken ihm wohl vorzüglich die so überraschend, ja möchte ich sagen, unerhört schnell erfolgte Anerkennung der Unabhängigkeit unseres armen neugeborenen Texas nicht nur von Seite der Union, sondern auch Frankreichs, ein Resultat, das Ihnen freilich, Oberst Meadow, nicht sehr glänzend vorkommen dürfte, vielleicht auch Oberst Cracker nicht«, bemerkte er mit einem Seitenblick auf diesen, »das aber derjenige doch einigermaßen schätzen wird, der so wie wir ein wenig die insidiös und nichts weniger als kurzweiligen Schlangenpfade der modernen Diplomatie etwas näher zu kennen und zu durchschauen Gelegenheit gehabt.«

»Sollte das meinen«, unterbrach hier den heftig auffahrenden Oberst Cracker ein anderer unserer zahllosen Obersten, »sollte das meinen, denn wer erinnert sich nicht, wie so tödlich lang und langsam für unsere Väter und Vorväter sich damals in den Achtziger Jahren die Friedensunterhandlungen zu Paris hinzogen?«

»Die doch von einem Franklin geleitet wurden!« machte sich hier Oberst Cracker Luft.

»Der sich aber bei dieser Gelegenheit ganz und gar nicht als Staatsmann bewies!« fiel wieder der General ein. »Es unterliegt gar keinem Zweifel, daß er, überlistet vom schlauen Vergennes, bereits auf die Basis eines zwanzigjährigen Waffenstillstandes zwischen uns und England zu unterhandeln angefangen, als Jay noch zu rechter Zeit sich direkt an die englischen Minister wandte und statt des Waffenstillstandes den Frieden und somit die Unabhängigkeitsanerkennung erhielt. Das war dem Franzosen ein Donnerschlag, und er zeigte sich außerordentlich ungebärdig, denn nach seinem perfiden Plänchen sollten wir die englische Botmäßigkeit nur abgeschüttelt haben, um in die französische überzugehen; aber Jay blieb fest, und Franklin, obwohl von den Lockungen des französischen Hofes umsponnen, gewahrte endlich doch seinen Fehler.«

Es trat eine Pause ein, die der Erzähler erst nach einer geraumen Weile unterbrach.

»Vergleichen Sie dagegen die wie durch einen Zauberschlag erfolgte Unabhängigkeitsanerkennung unseres vergleichsweise so unbedeutenden Texas' nicht nur von seiten der Union, sondern auch Frankreichs, und Sie werden eingestehen, daß wir unsere Karriere in der Reihe der Staaten und Völker nicht ganz so unglorios angefangen. Auch unsere Stellung – voll hoher Bedeutsamkeit für die Zukunft der amerikanischen Welt – darf wohl ein Meisterstück politischer Kombination genannt werden. Mitten eingekeilt zwischen die zwei großen Republiken, ist unser Texas gleichsam der Sporn, der in die Flanken Mexikos gesetzt, endlich doch noch den obtusen Freiheitssinn seiner durch Aristokratie und Hierarchie gleich geknechteten Stämme aufstacheln muß, während es wieder für die Union ein Bollwerk bildet, ein freilich bisher bloß aus rohen

Stämmen und Erde aufgeworfenes Bollwerk, das aber doch bald ein imponierendes Äußere annehmen dürfte.«

»Schön und wahr gesprochen!« riefen alle.

»Bis jetzt«, fuhr der Oberst fort, »ist es aber, wie gesagt, bloß noch rohes Bollwerk – Blockfeste, mit einem unserer gegen die Indianer aufgerichteten Forts zu vergleichen oder auch, wie mein Freund, der Alkalde, meint, einem rüstig jungen Ehepaare, das einige Zeit unter stiefmütterlichem Dache geschmachtet, endlich sich von diesem lossagt, seinen eigenen Herd gründet; zwar noch immer mit den bösen Stiefeltern zu kämpfen hat, aber doch allmählich zu Kräften gelangt, da ihm anderwärtige Freunde unter die Arme greifen und, was die Hauptsache ist, eine frühe, gesund republikanische Erziehung seine physischen sowohl als moralischen Kräfte auch kräftig entwickelt.

Diese frühe, gesund republikanische – uns so eigentümliche Erziehung – die uns ebensowohl zum Regieren als Gehorchen eignet, lernen wir erst gehörig schätzen, wenn wir, unter die unerzogenen – oder verzogenen Völker und Nationen sowohl unseres Amerika als Europas geworfen, ihre Kindheit, Hilflosigkeit und wieder Widerspenstigkeit, Unerfahrenheit mit Händen zu greifen Gelegenheit erhalten. In unserem Land wissen wir Amerikaner gar nicht, welchen unschätzbaren Vorteil wir vor den Franzosen, Spaniern oder andern Völkern voraushaben. Wir sind uns desselben kaum bewußt, denn wir leben mit ihm von frühester Jugend auf; er legt sich um uns wie das Wasser um den Fisch; er ist das Element, in dem wir schwimmen und gedeihen, das uns zur Natur geworden, ohne das – ich bin vollkommen überzeugt – wir gar nicht existieren könnten! Von uns gilt, was in anderer Beziehung Napoleon von Talleyrand so treffend bemerkt: Er mag fallen, wie er will, er wird wie die Katze richtig immer auf die Füße fallen. Wir dürfen in Timbuktu, in China, in Rußland vom Himmel fallen, wir würden richtig immer zuerst auf unser Selfgovernment, auf unsere Selbstregierung, Selbstbeherrschung fallen.

Es ist aber diese Selbstbeherrschung, dieses Selbstordnen geselliger Verhältnisse, bürgerlicher Zustände, sowie nur ein Dutzend Amerikaner zusammentreffen, der wahre Nerv, die Lebenswurzel eines gegründet werden sollenden Staates. Wo sie fehlen, fehlt alles, wo sie vorhanden, ist die Hauptschwierigkeit bereits überwunden.

Welche nimmer endenden Verwirrungen, Reibungen, Kämpfe, Blutvergießen, wenn Spanier oder Franzosen die Oberherrlichkeit Mexikos abgeschüttelt, Texas für souverän erklärt hätten! Eine ewige Anarchie, bis endlich irgendein gewaltsamer Tyrann die Streitenden zur Räson gebracht, die Zügel der Regierung mit starker Hand erfaßt hätte! Bei uns hingegen auch nicht ein aufrührischer Gedanke. Jeder fiel von selbst in die ihm angewiesene Bahn, wählte in seinem Bezirke Kongreßmänner, Senatoren, Präsidenten, Vizepräsidenten, diese wieder die höheren richterlichen und Militärbeamten, wie sie es in den Staaten getan; die Regierung stand so von selbst – zwar nicht ganz Pallas – aber doch ebenso fertig gerüstet da. Debatten freilich genug, mehr als genug, aber, Ströme Rums und Weines ausgenommen, flossen, ich bin gewiß, keine zwei Tropfen Blutes. In der Tat war Texas, sowie nur die Unsrigen zur Mehrzahl anwuchsen, bereits ipso facto von Mexiko losgerissen, die Unabhängigkeitserklärung eine bloße Formalität, die von selbst mit dem erwachenden Bewußtsein – ihrer Aufrechterhaltung auch gewachsen zu sein – kommen mußte.

Freilich konnte uns dieses Bewußtsein auch getäuscht, wir unsere Kräfte überschätzt haben. Bruder Jonathan hat einen gewissen Hang zur Überschätzung, wie schon seine Sprichwörter bezeugen, zum Beispiel: daß fünf Mexikaner auf einen Franzosen, drei Franzosen auf einen Briten, drei Briten auf einen Amerikaner kommen. Hier kamen aber mehr als zwanzig Mexikaner auf einen Amerikaner, mehr als hundert, und bei meiner Ehre, es war denn doch keine Kleinigkeit für ein Völkchen, das wie Texas, das damals kaum fünfunddreißigtausend Seelen zählte, es mit einer Republik aufzunehmen, deren Bevölkerung volle neun Millionen betrug, und die trotz Anarchie und innerer Zwistigkeiten uns leicht doppelt so viele Streiter, als wir Seelen zählten, über den Hals senden konnte. Aber dann waren wir Amerikaner, hatten unsern Willen, frei zu sein, ausgesprochen, und Sie wissen, wenn der Amerikaner seinen Willen fest ausspricht, dann gibt es keine Macht auf Erden, die ihn an dessen Ausführung zu hindern imstande wäre.«

»Bravo!« riefen wieder alle.

»By the by wußten wir denn auch, daß Uncle Sam [9] seinen durch einen leichten Seitensprung zur Welt gekommenen Sprößling denn doch auch schon ehrenhalber nicht gleich in den Windeln ersticken lassen durfte, besonders wenn sich besagter Sprößling auch nur einigermaßen der Abstammung würdig zeigte. Und daß er sich seiner Abstammung würdig zeigen würde, ließen wir uns keine Sorge erwachsen. Wir ordneten, was zu ordnen war, Regierung, Verwaltung, Gesetzgebung, Gerichtsordnung, Verteidigung, Finanzen – im Vorbeigehen bemerkt, keine so leichte Sache in einem Lande, wo es mehr Rinder als Dollars gab; vergaßen nebstbei auch die kleine Seemacht nicht – kurz, richteten, um mich eines hausbackenen Ausdruckes zu bedienen, unsere Siebensachen, so gut als es gehen wollte, ein. Es dürfte Sie interessieren«, unterbrach sich hier der recht heiter gewordene Oberst, »die primitive Weise, in der wir zum Beispiel unsere Kriegsoperationen begannen, näher kennenzulernen.«

»Ja, gewiß!« riefen alle.

»Aber wollen wir nicht zuvor auf die Gesundheit dieses unsers neugebornen Bruders Texas trinken?« bemerkte Oberst Oakley.

»Das wollen wir!« riefen alle, sich rasch erhebend und die Gläser anstoßend.

---

[9] Uncle Sam: Der Ursprung dieses Sobriquets liegt nahe genug. Die Buchstaben US, mit denen alle der Zentral-Regierung angehörigen Gegenstände bezeichnet werden, sind nämlich ebensowohl die Anfangsbuchstaben von United States als Uncle Sam.
Unter Bruder Jonathan wird einzig das Volk der Vereinigten Staaten verstanden.

Der Krieg

13

Nachdem die Gesellschaft sich gesetzt, hob der Oberst in demselben leicht gefälligen Ton wieder an:

»Die Unabhängigkeit oder, was dasselbe sagen will, Souveränität des Landes proklamiert, mußte natürlich unsere erste Sorge sein, die Verbindung mit dem Mutter- und Auslande zu sichern, die Seehäfen in unsere Hände zu bekommen.

General Cos hatte von Metamora aus den Hafen von Galveston militärisch besetzt, da eine Blockfeste errichtet, angeblich, um den Zollgesetzen Nachdruck zu verschaffen, eigentlich aber, uns die Verbindung mit New Orleans und dem Norden abzuschneiden. Diese Verbindung mußte wieder, und zwar so schleunig als möglich, hergestellt werden. Mein Freund und ich erhielten dazu den Auftrag.

Unsere ganze Ausrüstung bestand in der versiegelten Depesche, die wir in Columbia eröffnen sollten, und einem Führer, dem Halfblood und Jäger Agostino. In Columbia angekommen, riefen wir die angesehenem Einwohner sowie die des benachbarten Marions und Bolivars zusammen, entsiegelten die Depesche, und sechs Stunden darauf war die darin aufgebotene Mannschaft beisammen, mit der wir noch denselben Tag gegen Galveston hinabzogen, den folgenden Tag vor der Blockfeste anlangten, sie überrumpelten, die Mexikaner gefangennahmen, ohne daß wir einen Mann verloren.

Noch waren wir nicht ganz mit den Arbeiten zur Sicherung unserer Eroberung fertig, als am neunten Tage abermals unser Halfblood Agostino eintraf. Wir hatten ihn mit dem Berichte von der Einnahme des Forts an die Regierung nach San Felipe zurückgesandt. Er brachte uns nun von dieser neue Verhaltungsbefehle. Diesen zufolge sollten wir die Blockfeste einem tüchtigen Kommandanten übergeben, dann aber unverzüglich an den Trinity River hinauf und von da mit so viel Mannschaft, als wir aufzubringen imstande wären, nach San Antonio de Bexar vorrücken. Derselbe Bote brachte uns zugleich die Versicherung der vollkommenen Zufriedenheit des Kongresses, der auch bei dieser sowie bei vielen andern Gelegenheiten bewies, daß er die Kunst zu regieren, zu belohnen, anzuspornen ebensowohl wie die ältesten Parlamente oder Staatsminister verstünde. Auf Antrag unseres Freundes, des Alkalden, war uns beiden jedem eine Hacienda Landes[10] am Trinity River als Schenkung angewiesen und so mit dem Auftrage zugleich die Delikatesse verbunden, uns in die Nähe unserer neuen Besitzungen zu bringen.

Ohne Verzug ließen wir die kleine Besatzung des Forts ihre Offiziere wählen, übergaben diesen den Oberbefehl und eilten über die Salzwerke und Liberty nach Trinity River.

An den Salzwerken angekommen, fanden wir alles in der größten Aufregung, die jungen Leute von dem gegenüberliegenden Anahuac bereits da versammelt und im Aufbruche nach San Antonio de Bexar begriffen – dasselbe in Liberty. In beiden Städtchen hatte sich die Mannschaft, etwa vierzig Mann, ihre Offiziere selbst gewählt und zog rüstig und voller Hoffnung dem fernen Sammelplatz zu.

Am Trinity River waren damals noch keine bedeutenden Niederlassungen, bloß zerstreute Pflanzungen, an deren einer wir abends spät anlangten. Noch war der Aufruf nicht bis hierher gedrungen, aber an demselben Abende, an dem wir anlangten, ging er an die Nachbarn herum – an die vierzig Meilen weit und breit herum. Am folgenden Morgen wimmelte es bereits vor der Pflanzung von Pack- und Reitmustangs. Auf einen derselben hatte immer der Mann seine Lebensmittel gepackt, den andern bestieg er selbst, die Rifle, das wohlgefüllte Pulverhorn samt Kugelbeutel mit dem Bowie-Knife um die Schulter geschlungen. So ausgerüstet brachen wir den Abend darauf mit dreiundvierzig Mann auf.

Wir hatten einen ziemlich weiten Marsch vor uns. San Antonio de Bexar, die Hauptstadt des Landes, liegt gute zweihundertfünfzig Meilen Südwest bei West vom Trinityflusse – mitten durch Präries ohne Weg und Steg, über Flüsse und Ströme, die zwar keine Mississippis oder Potomacs, aber doch tief und breit genug sind, Armeen mehrere Tage aufzuhalten. Für unsere an Besiegung von Hindernissen aller Art gewöhnten Farmers und Hinterwäldler waren diese

---

[10] Hacienda: Fünf Sitios oder Quadratstunden Landes – ist der größte Flächeninhalt, den nach dem mexikanischen Gesetz vom 4. Januar, das auch in Texas angenommen worden, ein einzelnes Landgut haben darf.

weglosen Präries und brückenlosen Ströme nur Kleinigkeiten. Was sich nicht durchreiten ließ, wurde durchschwommen. Selbst wir, die wir auf Akademien und Universitäten erzogen, vergleichsweise in Luxus aufgewachsen, in den Staaten oben gewiß an viel unbedeutenderen Flüßchen stundenlang nach Brücken und Fähren gesucht hätten, fühlten hier ihr Bedürfnis gar nicht.

Sie glauben aber auch gar nicht, wie selbst der Gebildete, Wohlerzogene – wenn in natürliche Zustände versetzt, vorzüglich aber in aufgeregter Stimmung, die ihm von Jugend auf zur Gewohnheit, ja gleichsam zur Natur gewordenen Bequemlichkeiten und Bedürfnisse so leicht entbehrt, vergißt! Ein paar Jahre früher, und acht Tage ohne Obdach, ohne warme Nahrung, ganz im Freien, öfters im Regen zugebracht, würden uns ganz gewiß auf das Krankenbett geworfen, vielleicht ein langes Siechtum zugezogen haben. Hier brachte uns jeder Tag frische Entbehrungen, aber auch frische Kräfte, fröhlichere Lebensgeister. Und doch schliefen wir Nacht für Nacht unter freiem Himmel, auf feuchter Erde, einmal im stärksten Regen, mehrere Male bis auf die Haut durchnäßt, mit keiner weiteren Nahrung als Panolas – Maisbrote, stark mit Zucker versetzt, die anfangs etwas süßlich-fade schmecken, bald aber sehr gut behagen. Sie sind auf weiten Reisen in Texas, Cohahuila, Santa Fé die allgemeine Nahrung und haben bei forcierten Märschen den großen Vorteil, daß sie leicht verpackt werden und doch nicht leicht verderben, den Mann nicht nur gesund und kräftig, sondern auch in einer heitern – ja süßen, gewissermaßen verzuckerten – Stimmung erhalten. Diese süße wie verzuckerte Stimmung unserer Leute, wenn sie nichts als Panolas hatten, sowie wieder die leidenschaftlich gierige selbstische, ja gehässige, wenn sie animalische Nahrung genossen, nahm ich oft die Gelegenheit wahr auf unsern Hin- und Hermärschen zu beobachten. Dieselben Menschen waren ganz andere, wenn sie um die Fleischtöpfe und Rum-Bouteillen herumsaßen, und wieder, wenn sie nüchtern ihre Panolas aus dem Sattelfelleisen hervorzogen. In dem einen Falle eine Gier, ein Heißhunger, der selbst da, wo er nicht in laute Äußerungen ausbrach, ekelhaft tierisch in den Gesichtern zu lesen war, im andern wieder eine Gelassenheit, eine Ruhe, ja Sanftmut, Urbanität, die ordentlich überraschten, die Majestät unsers vielköpfigen Souveräns ganz leidlich finden ließen.

Dieses Rätsel löst sich jedoch, wenn wir bedenken, daß selbst der Roheste, Gefräßigste da zurückhält, wo nichts mehr seinen tierischen Begierden Befriedigung verspricht, der Selbstsüchtigste mitteilend wird, wo seiner Selbstsucht kein weiterer Spielraum offensteht. Auf diesem Marsche nun gab es nichts als diese Panolas. Viele hatten sich nicht einmal die Zeit genommen, auf diese zu warten, ihre Sattelfelleisen einzig mit gebackenem Mais gefüllt. Da wir jedoch alle zu derselben Table d'hote niedersaßen, so hatten auch alle Panolas, solange Panolas währten, nahmen dazu einen oder ein paar Schlucke aus der Rumflasche, solange diese etwas enthielt, und griffen, als Rum und Panolas gar, zum gerösteten Welschkorn, das wir mit einem Trunke frischen Wassers hinabschwemmten. Keiner dachte an mehr, denn keiner sah mehr, und das erhielt wohl auch vorzüglich zufrieden, munter und kräftig. Ja, so vergnügt waren wir alle bei unserer spartanischen Speisung, daß, obwohl wir an Häusern und Pflanzungen in nicht sehr großer Entfernung vorbeikamen, doch keiner nach ihrer bonne chère verlangte, jeder nur so schnell als möglich den Bestimmungsort zu erreichen trachtete. Es war der erste größere Waffentanz, dem wir entgegengingen, die Aufregung also ganz begreiflich. Sie herrschte allgemein – im ganzen Lande. Von allen Seiten strömten Abteilungen von Bewaffneten herbei. Wir trafen oft mit ihnen zusammen, aber – ganz amerikanisch das – keine der zehn oder mehr kleinen Scharen, denen wir begegneten, schloß sich an eine andere an; entweder waren ihre Pferde frischer als die der Waffenbrüder, und so trabten sie vor, oder müder, und dann hinkten sie nach kurzem Gruße, fröhlichem Händedruck nach.

So waren wir dreiundvierzig Mann vom Trinityflusse ausgerückt, und dreiundvierzig Mann rückten wir am Salado River, dem Sammelplatz unserer Truppen, ein. Von da hatten wir noch etwa fünfzehn Meilen bis zur Hauptstadt, gegen die nun der erste große Schlag ausgeführt werden sollte. Es war aber diese Hauptstadt – wie noch gegenwärtig – durch ein starkes Fort beschützt, mit einer Garnison von beinahe dreitausend Mann versehen, einer Truppenmasse, bedeutend größer als die sämtliche disponible Militärmacht unseres Texas, nebst dieser mit hinlänglichem grobem Geschütz; das Ganze von erfahrenen, ja berühmten Revolutionsoffizieren befehligt.

Wir machten uns jedenfalls auf einen harten Strauß gefaßt, denn die ganze Armee, die wir am Salado unter dem Oberbefehl General Austins vorfanden, überstieg nicht achthundert Mann!

Noch an demselben Tage, an dem wir mit unsern dreiundvierzig Volontärs im Hauptquartier eintrafen, wurde Kriegsrat gehalten und in diesem beschlossen, nach der Mission San Espado vorzurücken. Die Avantgarde sollte sogleich dahin aufbrechen; das Kommando über dieselbe wurde mir und meinem Freunde zuteil, unsere jugendliche Hitze jedoch zu mäßigen, uns Mister Wharton, ein angesehener Pflanzer, der eine bedeutende Anzahl Nachbarn aus seinem Bezirke mitgebracht, beigegeben.

Wir nahmen mit unsern Waffenbrüdern ein hastiges Mahl, hoben unter den achthundert Volontärs – die alle mitwollten – zweiundneunzig aus und brachen mit diesen wohlgemut nach dem Orte unserer Bestimmung auf

Unser Weg führte durch eine offene, hie und da mit Inseln beschattete Prärie, die aber doch bereits die Nähe der Hauptstadt verriet; denn mehrere Missionen lagen in der Umgebung. Diese Missionen können füglich Außen- oder Vorwerke der katholischen Kirche und der mit ihr enge verbündeten spanischen Regierung genannt werden, da ihre Bestimmung ebensowohl die geistliche Bekehrung als weltliche Unterjochung der Indianer ist. Man findet sie in allen Teilen des spanisch gewesenen Festlandes, besonders aber den Grenzprovinzen Texas', Santa Fe und Cohahuila. Sie bestehen in der Regel aus Kirche, Wohn- und Wirtschaftsgebäuden für die Priester und zu bekehrenden oder bekehrten Indianer, sind immer solid aufgeführt und zum Schutze gegen feindselige Stämme mit starken Mauern umgeben. Sie haben jedoch ihrer Bestimmung im ganzen nur sehr wenig entsprochen und sind daher in der neuern Zeit großenteils eingegangen. So fanden wir in der ersten – Conzepcion genannt – bloß noch etwa zehn alte, bresthafte Mexikaner, die Gebäude jedoch noch ziemlich gut erhalten, und, was merkwürdiger, nicht bloß die Tauf- und Meßbücher, auch die priesterlichen Gewänder und die Gold- und Silberzieraten, mit denen die Heiligen an ihren Festtagen angetan werden – in den Schränken. Diese Verlassenheit, Schutzlosigkeit aber verriet wieder ein rührend schönes Vertrauen in gläubige, obwohl irregeleitete Pietät, das an uns wenigstens nicht getäuscht werden sollte. Auch später blieb der Ort unverletzt, obwohl die Hin- und Hermärsche häufig und, wie Sie leicht vermuten mögen, unter unsern Abenteurern der armen Teufel, die diese Kostbarkeiten besser benutzen konnten als die Heiligen, nicht wenige waren.

In der Mission Espado angekommen, entspann sich in unserm dreiköpfigen Kriegsrate eine warme Debatte.

Die uns erteilte Order lautete ausdrücklich, den Posten zu besetzen und bis zur Ankunft des General en chef zu halten. Es war auch das klügste, was wir tun konnten; die Mission war sehr fest, mit einer hohen Mauer umfangen, konnte mit geringer Anstrengung gegen einen überlegenen Feind verteidigt werden und gewährte so vollkommene Sicherheit gegen einen etwaigen feindlichen Überfall. Fanning jedoch –«

»Fanning?« riefen überrascht mehrere.

»Fanning, der zu Westpoint –?«

»Fanning, der zu gleicher Zeit Westpoint verließ, als ich von Yale College Abschied nahm!« sprach mit sichtbar bewegter Stimme der Oberst.

»Fanning«, fuhr er mit unterdrückter Bewegung fort, »waren aber die Ufer des Salado sehr teuer. Sie waren Zeugen seiner süßesten Stunden gewesen. An ihnen hatte sich sein schönes junges Leben zur Blüte entfaltet, er sich da dem ersten Rausche beglückter Liebe überlassen. Auf einem Ausfluge von San Antonio auf seine Ufer hatte er seine Elvira zum ersten Male gesehen! Der glückliche Unglückliche! Acht Wochen darauf führte er die Holde als seine Braut heim! Noch waren die Honigmonate nicht vorüber. Der Kriegsruf hatte ihn von der Seite der süßen Gattin gerissen! Begreiflicherweise zog es ihn nun mit unwiderstehlicher Gewalt an diese liebeatmenden Ufer hin! Ich gab wohl, obwohl nicht gerne, dem Drängen des Freundes nach, aber Mister Wharton, der nichts von dem Verhältnisse wußte, schüttelte nicht wenig den Kopf; doch überstimmt, mußte auch er sich endlich fügen. Wir ließen unsere Pferde und Mustangs samt einer Besatzung von acht Mann in der Mission und rückten dann an den Fluß vor.

Dieser strömte eine Viertelmeile im Westen der Mission von Nordost gegen Südost hinab; dazwischen lag noch eine kleine Musqueetinsel oder Baumgruppe, alles übrige war offene Prärie, die bis ans Ufer hinlief, das ziemlich schroff, mit einem dichten Gewinde von Weinreben überwachsen, etwa acht oder zehn Fuß zum Wasserrande hinabfiel. Der Salado bildete an dieser Stelle eine starke, bogenartige Krümmung. An beiden Enden des Bogens befindet sich eine Furt, durch die der Fluß allein passiert werden kann, da das Wasser zwar nicht breit, aber ziemlich reißend und tief ist. Wenn wir daher unsere Position innerhalb dieses Bogens nahmen, konnte es nicht schwerfallen, die beiden Furten, die etwa eine Viertelmeile voneinander lagen, zu verteidigen, da uns der Feind vom jenseitigen Ufer, das stark bewaldet und bedeutend höher, nicht leicht beikommen konnte.

Doch entging uns auch das Gefährliche dieser Stellung nicht. Sie bot keinen sogenannten point d'appui dar, wir konnten von zwei Seiten zugleich umgangen, in der Fronte, ja auch im Rücken – vom jenseitigen Ufer her – angegriffen, eingeschlossen und gefangen werden, ohne Möglichkeit, zu entrinnen, wenn der Feind, der ohne Zweifel mit Übermacht anrückte, seine Schuldigkeit auch nur einigermaßen tat. Aber dieses Wenn – das wußten wir – würde fehlen. Wir hatten mit diesem Feinde bereits mehrere Male angebunden, ihn jedesmal mit leichter Mühe besiegt. Zwar waren unsere Erfolge einstweilen nur gegen die Blockfesten und Forts von Velasco, Nacogdoches und Galveston, deren Garnisonen weder zahlreich noch kriegsgeübt, errungen, aber auch wir waren damals nichts weniger als kriegserfahren – glaubten es jetzt viel mehr zu sein, waren zudem jung, voll Mut, Selbstvertrauen – fühlten uns Tausenden von Mexikanern gewachsen, wünschten nur, sie möchten kommen, ehe das Hauptquartier anlangte. Uns bangte ordentlich, dieses möchte zu früh eintreffen, uns so die Lorbeeren entreißen. Und so war es denn ausgemacht, zu bleiben; wir besahen das Terrain, untersuchten das Ufer, besetzten die Insel mit zwölf Mann, stellten an den beiden Furten zwölf andere auf und lagerten uns mit dem Reste wohlgemut in den duftenden Rebengrotten, die leider – keine Trauben hatten.

Nachdem wir alle diese Vorkehrungen getroffen, hungerte uns.

Wir hatten keine Provisionen mitgenommen, aus dem ganz einfachen Grunde, weil eben nichts mitzunehmen – jeder der achthundert Mann bisher so ziemlich auch sein eigener Generalquartier- und Proviantmeister gewesen. Wahre Tyronen in der edlen Kriegskunst, waren die verschiedenen Abteilungen der Expedition auch von verschiedenen, mitunter sehr entlegenen Punkten des Landes angelangt, nur mit dem unumgänglich Notwendigsten versehen, und so blieben denn eine Anzahl Bushels Mais, Pataten und einige Rinder so ziemlich alles, was sich im Hauptquartier vorfand. In den beiden Missionen hatten wir ebenfalls nichts gefunden; so mußte denn – komme es, woher es wolle – etwas zu beißen aufgetrieben werden.

In der Nachbarschaft, und zwar im jenseitigen Tale, befanden sich mehrere Ranchos, zwar ganz in der Nähe der Hauptstadt, deren Garnison unsere Requisition notwendig alarmieren, sie uns ganz gewiß auf den Hals bringen mußte; aber das war es ja eben, was wir wünschten. Wir durften um so weniger anstehen, als unsere Bedenklichkeit wie Zaghaftigkeit erschienen, den Mut unserer Leute niedergeschlagen haben würde; wir beschlossen demnach, unverzüglich aufs Fouragieren auszusenden, beorderten zwölf Mann dazu, die auch ohne weiteres nach einem der Ranchos aufbrachen.

Nach etwa einer Stunde kamen sie lustig mit drei Schafen herangaloppiert. Sie hatten sie aus dem Rancho genommen, jedoch nicht ohne heftigen Wortwechsel mit dem Padre, der sich gerade da vorfand und der sich wie ein guter Hirt denn auch für seine Schafe aus allen Kräften wehrte, mit dem Zorne des Himmels, der Hölle und nebstbei auch General Cos' drohte. Da dies alles jedoch unsere Ketzer nicht rührte und sie, nachdem sie ihn mit echt texasischem Phlegma eine Zeitlang angehört, endlich die Geduld verloren, drei Dollars auf die Bank – dafür aber die drei Schafe auf ihre Mustangs warfen – verlor endlich auch er patientia, riß seinen Mulo aus dem Stalle und ritt vor ihren Augen der etwa eine Meile taleinwärts gelegenen Hauptstadt zu, da General Cos seine Not mit den Hereges und Aufrührern zu klagen. Daß wir nun die werten Dons nächstens zu sehen das Vergnügen haben würden, war außer allem Zweifel, doch kümmerte uns das nicht im mindesten. Der Vorfall hatte uns alle sehr amüsiert; unter lautem Lachen wurden die Schafe abgeschlachtet, zu deren Fleisch bloß noch das Brot fehlte. Doch wurde uns auch für dieses einiger Ersatz in einem Karren voll Polonces, den ein mexikanischer Bauer unsern Vorposten zutrieb. Er kam über den Fluß von einem der der Hauptstadt zunächst gelegenen Ranchos, also ohne Zweifel vom Feinde gesandt – nebstbei noch einen und den andern Seitenblick auf uns Hereges – unsere Stärke und so weiter zu werfen. Wirklich ließ sich der dämische Bursche auch keine Mühe verdrießen, eine nähere Bekanntschaft mit uns anzuknüpfen, bis wir endlich, der Worte müde, ihm auf eine Weise den Weg wiesen, der keine andere Deutung mehr zuließ.

Unbekümmert um General Cos und seine Mexikaner hielten wir unser Mahl, wechselten die Posten und Vorposten und ließen dann die Leute sich zur Ruhe niederlegen.«

14

»Der Abend – die Nacht verging, ohne daß ein Feind sich gezeigt hätte. Der Morgen brach an, noch immer kein Mexikaner. Wir trauten jedoch dem verräterischen Landfrieden nicht, ließen die Leute ihr Morgenmahl nehmen und waren eben damit fertig, als das an der obern Furt aufgestellte Pikett mit der Nachricht kam, eine starke Kavallerieabteilung sei im Anzuge, ihre Vorhut bereits im Hohlwege, der zur Furt herabführe. Einige Minuten später hörten wir das Schmettern ihrer Trompeten, und gleich darauf sahen wir auch die Offiziere den Uferrand herauf- und in die Prärie einsprengen, ihnen nach ihre Eskadrons, deren wir sechs zählten. Es waren die Durango-Dragoner, sehr gut uniformiert, trefflich beritten und vollkommen mit Karabinern und Schwertern ausgerüstet. Ihre Anzahl mochte um die dreihundert herum betragen.

Wahrscheinlich hatten sie vom jenseitigen Ufer aus rekognosziert und so unsere Stellung, obgleich nicht unsere Stärke ausgefunden, da wir etwas dergleichen vermutend unsere Leute so ziemlich in Bewegung erhalten, sie bald auf die Prärie aufspringen, wieder unter derselben verschwinden gelassen. Das war nun alles recht wohl getan, aber andererseits hatten wir uns einen groben Verstoß gegen alle militärische Regel zuschulden kommen lassen, kein Pikett auf das jenseitige Ufer vorgeschoben, das uns von der Annäherung des Feindes, der Richtung, die er nahm, in Kenntnis setzte. Ohne Zweifel würden ein dreißig bis vierzig gute Schützen – und alle die Unsrigen waren es – den Feind nicht nur aufgehalten, sondern ihm höchstwahrscheinlich auch den Übergang ganz verleidet haben. Der Hohlweg, der vom jenseitigen Ufer zur Furt herabließ, war eng, ziemlich abschüssig, das Ufer wenigstens sechsmal höher als das diesseitige – und vollkommen im Bereiche unserer Stutzen; Pferd und Mann konnten so paarweise, wie sie aus den Windungen des Passes herauskamen, aufs Korn genommen und niedergeschossen werden. Das wurde uns freilich jetzt, wie die Dragoner in die Prärie hinaussprengten, auf einmal klar, allein der Fehler war begangen, und wir hatten uns mit dem Gedanken zu trösten, daß der Feind unser Übersehen sicherlich nicht der wahren Ursache – unserer Unerfahrenheit im Militärwesen – sondern überströmendem Mute zurechnen würde. Allenfalls beschlossen wir, der guten Meinung, die wir bei ihm supponierten, zu entsprechen, ihn warm zu empfangen.

Die Prärie hinauf- und in diese eingeritten, war er eine bedeutende Strecke in westlicher Richtung vorgesprengt, hatte sich dann gegen Süden zugewendet und herüberschwenkend in der Entfernung von etwa fünfhundert Schritten Front gegen uns gemacht. In dieser seiner Stellung nahm er gerade die Sehne des Bogens ein, den der von uns okkupierte Salado hier bildet.

Kaum hatte er sich aufgestellt, so eröffnete er auch sein Feuer, obwohl wir ihm gänzlich unsichtbar in der Wölbung der Flußbank standen, vollkommen geschützt nicht nur gegen Karabiner-, sondern Kartätschen-, ja Kanonenkugeln, die höchstens über unsere Köpfe wegfliegen konnten.

Nach dem ersten Abfeuern sprengte er beiläufig hundert Schritte im Galopp gegen uns vor, hielt dann, zu laden, an, schoß ab und sprengte dann abermals hundert Schritte vor, hielt wieder, lud, schoß ab, sprengte wieder vor und wiederholte die seltsame Herausforderung, bis er etwa hundertundfünfzig Schritte vor uns stand.

Da schien er sich denn doch eine Weile besinnen zu wollen. Wir hielten uns ganz ruhig. Offenbar trauten die Dragoner nicht, wenigstens schien ihr kriegerischer Mut sehr geschwunden, obgleich die Offiziere sich alle mögliche Mühe gaben, ihn anzumachen endlich aber brachten sie doch zwei Eskadronen vorwärts, denen langsamer die andern folgten.

Auf dies hatten wir gewartet.

Sechs unserer Leute wurden angewiesen aufzuspringen, die Offiziere aufs Korn zu nehmen und, sowie sie abgefeuert, wieder den Prärierand hinabzuspringen.

Mit bewundernswürdiger Kaltblütigkeit führten unsere sechs braven Riflemänner das einigermaßen gefährliche Manöver im Angesichte des nun kaum fünfzig Schritte von ihnen wütend feuernden Feindes aus, sprangen auf, legten ruhig an, schossen ab und sprangen dann den Prärierand hinab.

Wie wir vermutet, so brachte ihre geringe Anzahl den Feind in unsere gewünschte Nähe. Er stutzte zwar anfangs, besonders da ein drei bis vier Offiziere fielen, aber kaum waren die Unsrigen den Prärierand hinab, als auch die Eskadronen wie toll ihnen nachgaloppierten. Aber jetzt sprang Fanning mit dreißig unserer Leute auf, warfen ihre Stutzen vor, legten an, und nacheinander losdrückend brachten sie auch nacheinander Dragoner auf Dragoner von ihren Pferden herab, immer, wie wir sie angewiesen, die vordersten nehmend. Wharton und ich, die mit der Reserve und sechsunddreißig Mann nachsprangen, sowie Fanning abgeschossen, kamen kaum zu zehn Schüssen, als auch die Dragoner wie aufs Kommandowort rechtsum kehrteuch schwenkten – und sämtlich Reißaus nahmen. Unsere Rifles hatten zu grob gewirtschaftet! Wie Schafe, unter die der Wolf gefahren, brachen sie auf allen Seiten aus. Vergebens, daß die Offiziere die Flüchtigen aufzuhalten suchten. Bitten, Drohungen, selbst gezückte Degen und Hiebe vermochten nicht, sie zum Halten zu bringen, da denn dieses Halten, die Wahrheit zu gestehen, sich in der Regel fatal erwies, denn auf hundert Schritte waren die meisten unserer Scharfschützen eines Eichhörnchens, um wieviel mehr nicht eines Durango-Dragoners sicher. Wir aber hatten langsam abfeuern und nach jedem Schusse den Mann unter die Uferbank springen lassen, um schnell wieder zu laden, so daß von unserer kleinen Truppe immer ein dreißig bis vierzig für den Fall bereitstanden, daß der Feind einen Angriff in Masse unternehme.

Der erste Gruß jedoch hatte ihm die Lust für eine geraume Weile verleidet, einige Zeit blieb es selbst zweifelhaft, ob er überhaupt einen zweiten Angriff wagen würde, obwohl die Offiziere sich alle nur erdenkliche Mühe gaben, ihre Leute zum Vorrücken zu bringen; aber lange waren Bitten, Drohungen und Scheltworte gleich vergeblich. Aus der Ferne gesehen, erschienen ihre Gestikulationen, die furchtbaren Hiebe, die sie gegen uns führten, die Kapers, die sie ihre feurigen Rosse springen ließen, drollig genug, eine wahre Theaterszene, aber doch muß ich zur Steuer der Wahrheit auch wieder gestehen, daß die Offiziere in der Tat mehr Mut und Entschlossenheit, ja Ehrgefühl bewiesen, als ich ihnen bisher zugetraut hatte. Sie allein hatten unsere Rifles nicht gescheut, auch waren von den zwei Eskadronen beinahe alle gefallen, und die wenigen, die noch übrig, weit entfernt, abgeschreckt zu sein, bemühten sich nur um so mehr, ihre Leute wieder zum Vorrücken zu bringen.

Endlich schien es ihnen doch gelingen zu wollen. Die Art, wie sie dieses zustande brachten, war seltsam, recht eigentlich mexikanisch! An die Spitze ihrer Eskadronen postiert, waren sie immer ein hundert Schritte oder mehr vor- und dann wieder zurückgaloppiert, so gewissermaßen ihren Leuten zeigend, daß keine Gefahr vorhanden. Jedes solche Vorgaloppieren hatte nun die Dragoner gleichsam unwillkürlich mechanisch ebenfalls ein dreißig bis vierzig Schritte vorwärtsgezogen, worauf sie wieder wie aufs Kommandowort hielten, sich vorsichtig auf allen Seiten umschauten, ob noch keiner der gefürchteten Stutzen zu sehen; dann galoppierten die Offiziere wieder vor, und wieder rückten ihnen ihre Dragoner nach, und so galoppierten und rückten sie wohl zehnmal vor, hielten, schauten, rückten wieder vor, bis sie denn abermals an die hundert Schritte herangekommen waren. Es versteht sich von selbst, daß sie bei einem jeden solchen Vorrücken auch ihre Karabiner abschossen.

So allmählich mit dem Pulverdampf und unserer Nähe vertraut, begannen sich drei der noch nicht im Feuer gewesenen Eskadronen in Angriffskolonnen zu formieren und sprengten dann etwa fünfzig Schritte vor. Auf einmal kommandierten sämtliche Offiziere mit einer Donnerstimme Vorwärts, setzten ihre Pferde in Galopp, und dem kräftigen Impulse folgend, stürmten auch richtig alle drei Eskadronen mit verhängten Zügeln an uns heran.

Diesmal aber ließen wir statt sechs dreißig unserer Leute aufspringen, mit dem gemessenen Befehle, ja langsam zu feuern, keinen Schuß zu verlieren. Der Schock des ansprengenden Feindes raubte jedoch der Mehrzahl die Besonnenheit. Eilfertig schossen sie in die Masse hinein und sprangen dann den Prärierand hinab. Bei einem Haar hätte uns diese Eilfertigkeit in die Klemme gebracht. Der Feind schwankte zwar, aber er wich nicht zurück. In diesem kritischen Momente nun sprangen Wharton und ich mit der Reserve nach. ›Zielt und schießt langsam und sicher, nehmt Mann für Mann!‹ schrien wir beide, Wharton rechts, ich links. Selbst hielten wir unser Feuer zurück. Das wirkte endlich. Schuß fiel auf Schuß; immer die vordersten zu nehmen, mahnte ich nochmals, langsam zu schießen, um Fanning Zeit zum Laden zu geben. Ehe wir noch alle abgeschossen, war Fanning wieder mit einem Dutzend seiner fertigsten Schützen an unserer Seite. Wohl drei Minuten hielt der Feind wie betäubt unser wahrhaft mörderisches Feuer aus, aber da wir, wie gesagt, immer nur die vordersten Dragoner nahmen, die Vorsprengenden auch richtig fielen, wollte endlich keiner mehr vorwärts, die Eskadronen gerieten in Unordnung, die bald zur wildesten Flucht wurde. Wir gaben ihnen einen Denkzettel mit auf den Weg, der noch manches Pferd reiterlos in die Prärie hinaustrieb, luden dann wieder unsere Rifles und zogen in unsere Weinlauben und Grotten zurück, der Dinge, die ferner kommen würden, harrend.

Jetzt war aber dem Feinde die Lust, einen nochmaligen Angriff zu wagen, ganz vergangen. Bis auf etwa dreihundert Schritte wagte er sich zwar heran, das Erscheinen eines Dutzends unserer Leute war aber immer hinreichend, ihn samt und sonders das Weite suchen zu machen. Jedoch drei- oder fünfhundert Schritte – er schoß seine Karabiner nur um so eifriger auf uns ab, was er um so ungestrafter tun durfte, als wir sein Feuer auch mit keinem Schusse mehr erwiderten.

Das Gefecht mochte so eine halbe oder drei Viertelstunden gewährt haben. Noch war unsererseits kein Mann gefallen, nicht einmal verwundet, obwohl wir während der feindlichen Angriffe einen wahren Kugelregen ausgehalten. Wir konnten uns dieses seltsame Phänomen nicht erklären; die Kugeln fielen links und rechts, viele trafen, aber kaum, daß sie die Haut ritzten, einen wunden Fleck zurückließen. Wir waren auf gutem Wege, uns für unverwundbar, den Kampf bereits für entschieden zu halten, als das zweite an der untern Furt aufgestellte Pikett gerannt kam und die einigermaßen beunruhigende Nachricht brachte, bedeutende Infanteriemassen seien gegen die Furt im Anzuge, müßten in wenigen Augenblicken sichtbar werden.

Wirklich ließ sich auch in demselben Augenblick das Wirbeln der Trommeln, das Quieken der Pfeifen hören, im nächsten defilierten bereits die ersten Kolonnen auf die Uferbänke hinauf, in die Prärie hinein, gegen die Musqueetinsel zu.

Wie sich Kompanie auf Kompanie nun in der Prärie aufrollte, konnten wir auch leicht ihre Stärke ermessen. Es waren zwei Bataillone – beiläufig tausend Bajonette. Zum Überfluß hatten sie noch ein Feldstück mit. Das war denn nun freilich mehr als genug für zweiundsiebzig – mit Einschluß von uns drei Offizieren fünfundsiebzig Mann; denn zwanzig hatten wir, wie gesagt, in der Mission und der Musqueetinsel gelassen, so daß füglich zwanzig Mexikaner auf einen Amerikaner kamen. Kein Scherz, wenn Sie bedenken, daß der Feind vollkommen gut gerüstet, aus zwei Bataillonen Linieninfanterie und sechs Schwadronen Dragonern bestand, letztere freilich um wenigstens fünfzig gelichtet, aber mit dem frischen Soutien doch auch nicht minder gefährlich.

Zwar waren alle unsere Leute vortreffliche Scharfschützen, nebst ihren Stutzen hatten die meisten auch noch Pistolen in ihren Gürteln; aber was waren fünfundsiebzig Stutzen und auch hundert Pistolen gegen tausend Musketen und Bajonette, zweihundertundfünfzig Dragoner und ein Feldstück, mit Kartätschen geladen? Wenn der Feind auch nur einigermaßen militärisch zu agieren verstand, entschlossen vorging, waren wir wie Füchse im Bau gefangen.

Jedoch dieses auch nur einigermaßen militärisch agieren, entschlossen vorgehen – würde fehlen, des waren wir halb und halb gewiß. Wir kannten unsere Gegner so ziemlich, denn sonst würden wir uns doch nicht so weit vorgewagt haben. Alles, was jetzt vonnöten, war prompte Entschlossenheit, unerschütterliche Kaltblütigkeit, die sich durch nichts irremachen, unsern Feind nie zu Atem kommen ließ. Kam er zu Atem, so waren wir verloren.

Mir und Fanning war es indes doch nicht ganz leicht ums Herz. Mit unserer Empfindsamkeit und Sympathie hatten wir die Leute in diese schutz- und haltlose Prärie, gleichsam auf die Schlachtbank, herausgeführt, und das in einer so unüberlegt tollkühnen Weise, daß wir mit einiger Ängstlichkeit nun einander – wieder die Männer anschauten. Aber wie wir sie so schauten, stieg uns auch wieder der Mut, das Vertrauen!

Bei keiner Gelegenheit habe ich diesen – nicht britischbullenbeißerisch rauflustigen Stieresmut – nein, den stets gefaßten, entschlossenen, ruhig festen, unerschütterlichen amerikanischen

Mannesmut so anschaulich, so deutlich, so handgreiflich kennen und schätzen gelernt. Jetzt begreife ich, wie es kam, daß die Briten, selbst wenn sie in ihren Kriegen gegen uns anfangs mit Erfolg kämpften, am Ende richtig auf allen Punkten geschlagen, zu Lande und zur See besiegt wurden.

Was nun diese Mexikaner betraf, so glaube ich fest und sicher, daß, wenn die ganze mexikanische Armee aufmarschiert wäre, sie ebenso ruhig, wohlgemut ihre Rifles geputzt haben würden. Das einzige, was zu hören, war: ›Schont nun euer Pulver und Blei – verschleudert, verliert ja keinen Schuß.‹

Mit solchen Männern aber ist es eine Freude zu kämpfen und, wenn nötig – zu sterben; denn man kämpft und stirbt mit Ehre. Da wir aber letzteres doch lieber nicht wollten, so mußten wir prompt sein. Prompt beschlossen wir demnach unsere Maßregeln zu nehmen. Fanning und Wharton sollten die Infanterie und Dragoner beschäftigen; mir fiel die Aufgabe zu, die Kanone – einen Achtpfünder – zu nehmen. Das Geschütz war am äußersten linken Flügel, dicht am Rande der Prärie aufgepflanzt, da, wo diese steil zum Flusse sich herabsenkt, den es in seiner ganzen Krümmung vollkommen beherrschte. Dieses Ufer war, wie gesagt, mit einem ziemlich dichten Gewinde von Weinranken überwachsen, die uns nur zur Not dem Feinde verbargen; bereits der erste Kartätschenschuß belehrte uns, daß wir auf dieses Versteck nicht sehr zählen durften.

Es war kein Augenblick zu verlieren, denn ein einziger wohlgerichteter Schuß – und der Kampf war so gut als am Ende. Ein Dutzend Leute zusammengerafft, arbeitete ich mich so schnell, als ich es vermochte, durch das Gewirre der Weinranken und war bereits etwa fünfzig Schritte von der Kanone, als der zweite Schuß ganz in unserer Nähe einschlug; das Schwanken der Ranken hatte uns dem Feinde verraten. Auf diesem Wege durften wir nicht vordringen; so bedeutete ich denn den zunächst dem Prärierand Vordringenden, diesen hinaufzuspringen und vor allem die Artilleristen niederzuschießen. Ich selbst sprang, der dritte oder vierte, nach. Wie ich aufsprang, die Rifle hob, um anzulegen, sank mir diese, als ob ein Zentnergewicht sich an die Mündung gelegt, eine unsichtbare Gewalt sie niedergedrückt. Eine lange, hagere Figur mit verwilderten, unkenntlichen Zügen, mehrere Zoll langem Barte, in einer Lederkappe – Wamse und Mokassins, stand keine drei Schritte vor mir. Wie der Mann hierher gekommen, war mir sowie meinen Leuten ein Rätsel, ihre Blicke hingen nicht weniger scheu an ihm. Aber er mußte bereits geschossen haben, denn einer der Artilleristen lag neben der Kanone hingestreckt, und einen zweiten der den Ladestock eintrieb, schoß er jetzt nieder und lud dann wieder so ruhig handwerksmäßig, als ob er diese Art Schießübung alle Tage seines Lebens getrieben hätte.

Man ist auf dem Schlachtfelde, wie Sie leicht denken mögen, eben nicht sehr wählerisch oder skrupulös gestimmt; der angenehmste Nachbar ist immer der, welcher am meisten Feinde niederwirft – das Totschlagen am erfolgreichsten betreibt; das rohe Bluthandwerk, in dem man begriffen, erstickt für den Augenblick jede zartere Empfindung; aber doch hatte das Wesen des Mannes, seine ganze Art und Weise etwas so Schlächterisches, sein Treiben verriet eine so gefühllose, ich möchte sagen ruchlose Wegwerfung seines eigenen und anderer Menschen Leben, daß ich, so seltsam dieses klingen mag, den Mann empört, ja schaudernd, wie betäubt anstarrte. Und nicht nur ich, auch meine Leute waren nicht weniger ergriffen von seinem wie gespenstischen Wesen. Wohl zwanzig Sekunden standen sie bereits oben auf dem Prärierande, aber noch immer hielten sie wie betäubt die Rifles; statt aber den Feind ins Auge zu fassen, fielen ihre stieren Blicke wieder auf ihn, bis er ihnen mit rauher Stimme zurief. ›Damn your eyes ye staring fools, don't ye see them Art'lery men, why don't ye knock them on their heads?‹[11]

Erst da schossen sie – fehlten und sprangen dann so eilfertig, als ob sie getrieben würden, den Prärierand hinab.

Ich vermochte weder ihnen zu folgen noch den Stutzen zu heben, und wenn der Feind statt siebzig Schritten sieben von mir gewesen wäre, ich hätte es nicht vermocht. Die Stimme des Mannes hatte mich so entsetzlich durchschauert! Die Augen auf das Gespenst geheftet, stand ich gerade, als ob das Grab eines von mir Gemordeten sich geöffnet, das Opfer meiner Bluttat aus diesem sich erhöbe, mit klaffender Wunde mir entgegenschritte. Das Blut war mir halb erstarrt! Noch immer wußte ich nicht, wer er war; seine Züge schwebten mir zwar dunkel vor der Phantasie, aber zu erkennen vermochte ich ihn nicht. Irgendwo hatte ich sie gesehen, diese Züge, diese Stimme gehört, und zwar unter Umständen, die mir, wie jetzt, das Blut in den Adern erstarrt hatten. Deutlich bewußt war ich mir, dieselben Schauer, die ich jetzt empfand, bereits früher empfunden zu haben, und zwar in seinem Beisein empfunden zu haben, ja, daß er es gewesen, der mir das Herzblut erfroren, mich bis in den innersten Lebensnerv erschüttert; aber wo und wann, konnte ich mich

---

[11] Damn your eyes ... on their heads: V-t seien eure Augen, ihr gaffenden Toren! Seht ihr nicht die Artilleristen, warum schießt ihr sie nicht vorn Kopf?

nicht besinnen. Die feindlichen Kugeln fielen wie Hagelkörner vor mir, um mich herum; ich stand wie versteinert, bis endlich einer meiner Leute aufsprang und mich am Arm den Prärierand hinabriß.

Erst da – befreit von dieser schrecklichen Nachbarschaft – kam ich wieder zu mir, konnte mich aber doch nicht enthalten, scheue Blicke hinauf nach der Erscheinung zu werfen, und seltsam! Bei jedem solchen Blicke durchzuckte mich ein Etwas wie ein Verlangen – Wunsch – den Mann fallen zu sehen.

Die Artilleristen hatten, als wir noch auf der Prärie standen, das Stück gegen uns gerichtet; ehe sie es aber loszubrennen imstande gewesen – waren wir bereits wieder unter dem Prärierande, und er schoß den dritten weg. Sich ihres furchtbaren Gegners auf alle Weise zu entledigen, brannten nun die beiden noch übrigen das Geschütz auf ihn allein los, aber weder Kartätschen- noch Musketenkugeln des nun auf weniger denn fünfzig Schritte herangerückten Feindes vermochten etwas über ihn. Mit eiserner Ruhe lud er fort, schoß den vierten – und endlich den letzten nieder und schrie uns dann mit rauher Stimme zu:

›Damn ye for lagging fellows, why don't ye take that 'ere big gun?‹[12]

Um alle Welt aber wäre jetzt keiner von uns aufgesprungen. Wir hatten alle geladen, standen aber wie Salzsäulen, ihn – wieder einander anstierend – und gleichsam fragend, ob die seltsame Erscheinung denn auch wirklich einer unseresgleichen – ein Erdenbewohner – und nicht vielmehr ein Präriegespenst vor unsern Augen Spuk treibe?

Aber wie er so ganz allein in der Prärie oben stand – mit den verwitterten Zügen – dem mehrere Zolle langen Barte – der wie spanische Moosflocken um Hals und Nacken herumhing – die Zielscheibe von Hunderten feindlicher Kugeln – glich er so ganz und gar einem der unzähligen Kobolde, mit denen der spanisch-katholische Aberglaube eben diese Prärie so reichlich ausgestattet, daß mir noch zu gegenwärtiger Stunde, wenn ich ihn mir so recht vor die Augen rufe, unwillkürlich Zweifel aufsteigen, ob es denn

---

[12] Damn ye ... big gun: V-te Schlafhauben, die ihr seid! Warum nehmt ihr nicht das große Stück?

doch auch mit ihm geheuer gewesen. Er glich in der Tat weniger einem Erdenbewohner als einem wüsten Wald- oder Präriegespenste, und wie ein solches hätte er bei einem Haare eine arge Teufelei über uns gebracht.

Unsere geringe Anzahl, die im Entsetzen verfehlten Schüsse, vor allem aber die augenscheinliche Furcht, mit der wir unsere Flucht den Prärierand hinab bewerkstelligten, hatte den Feind so über alle Erwartung ermutigt, daß er die hinter der Kanone aufgestellte Kompanie im Doppelschritt vorrücken und unser Versteck mit einem heftigen Feuer bestreichen ließ. Bereits schwenkte eine Rotte vor, um uns, die wir noch immer wie gelähmt standen, von den Unsrigen abzuschneiden, als – es war die höchste Zeit – Fanning mit dreißig unserer Riflemänner erschien. Dieser Anblick brachte uns mit einem Male wieder zur Besinnung. Ein freudiges Hurra! Und dann waren meine Leute auf der Bank oben; ohne sich jedoch an Fanning anzuschließen – war es Gefühl von Scham, war es der neu erwachende Mut, weiß ich nicht –, rückten sie im Sturmschritt bis auf zwanzig Schritte an den Feind heran, legten auf diesen an und schossen ein Dutzend Infanteristen mit einer, möchte ich sagen, so verzweifelten Ruhe und Kaltblütigkeit nieder, daß die Kompanie entsetzt einen Augenblick schwankte, dann aber im äußersten Schrecken die Musketen wegwarf und mit einem gellenden ›Diablos! Diablos!‹ über Hals und Kopf Reißaus nahm.

Fanning hatte trotz des kritischen Momentes mit wahrhaft bewundernswürdigem Gleichmut seine Leute langsam feuern lassen, so daß, als wir nun von unserm Angriffe zurückkehrten, etwa noch ein halbes Dutzend nicht zum Schusse gekommen war, von Whartons Reserve, die jetzt gleichfalls vorgerückt, gar keiner. Die Kompanie war vollkommen gesprengt und lief bereits dreihundert Schritte vor uns, aber statt dieser zeigte sich der Achtpfünder, der mittlerweile mit frischer Bemannung versehen und soeben zum Losbrennen gegen uns gerichtet ward. Wäre die Bemannung aus Artilleristen bestanden, sie würden uns wahrscheinlich auf eine Weise begrüßt haben, die dem Kampfe bald ein Ende gemacht haben dürfte; aber so waren es Infanteristen, die mit ihrer Unbeholfenheit nicht eher fertig wurden, als bis wieder die Hälfte weggeschossen, wir unter den Prärierand hinabgesprungen waren.

Der Schuß ging los, wir sprangen wieder auf.

Ein wahrer Waffentanz, bei dem uns denn aber doch allmählich heiß zu werden begann! Es war keine Minute zwischen unserm Hinab- und wieder Aufspringen verstrichen, aber der kurze Zwischenraum hatte doch die der zerstreuten Kompanie zunächst aufgestellten, weiter in die Prärie hinausstehenden Kolonnen um ein Beträchtliches gegen uns vorgebracht. Wir sahen jetzt, daß das zweite en échelon aufgestellte Bataillon gleichfalls im Vorrücken gegen uns begriffen, daß es seine schiefe Stellung so genommen, daß die hinteren Kolonnen die vorderen soutenierten, so daß wir leicht mit einem Dutzend Kompanien nacheinander anzubinden haben dürften, eine Aussicht, die uns denn doch bedenklich erschien: nicht, als ob wir im mindesten besorgt gewesen wären, mit den zunächst avancierten Kompanien nicht ebenso leicht fertig zu werden; aber es stand auch – und das nicht ohne Grund – zu befürchten, daß der Feind, wenn sich der Kampf in die Länge ziehe, allmählich auch den panischen Schrecken, den ihm bisher unsere Rifles eingeflößt, überwinde, sich ermutige, vom sinnlosen Pelotonfeuer, das er der ganzen Linie entlang gegen uns unterhielt, zum Angriff mit dem Bajonett übergehe. Wenn nur eine einzige Kompanie zu einem solchen Angriff gebracht wurde, mußte unsere Lage schon deshalb gefährlich werden, weil unsere Kräfte dann geteilt waren. Wir bemerkten ferner nicht ohne Unruhe, daß die Kavallerie, die sich bisher ruhig in heilsamer Ferne gehalten, nun gleichfalls in Bewegung geraten, stark gegen die Musqueetinsel hinabgedrückt, und daß der äußerste rechte Flügel der Infanterie sich ihr bereits auf Schußweite genähert, zweifelsohne, um ihr die Hand zu reichen und dann vereint gegen uns vorzudringen. Wo waren aber unsere zwölf Mann, die wir in der Insel gelassen? Was war aus ihnen geworden? Waren sie noch da oder hatten sie sich im Schrecken vor der Übermacht zur Mission zurückgezogen? Das wäre nun ein böser Streich gewesen! Es waren treffliche Schützen, alle mit Pistolen versehen, die uns jetzt sehr gut zustatten gekommen, in der Mission aber absolut verloren waren. Wir hatten sie sowohl als die acht Mann der Mission mehr in der Ahnung, daß sie uns da nützlich sein konnten, als mit klarer strategischer An- oder Einsicht zurückgelassen. Aber was vermochten zwölf Mann – wenn auch noch so treffliche Scharfschützen – gegen zweihundertfünfzig Dragoner und eine oder ein paar Kompanien? Wir bedauerten nun, diese zwölf Scharfschützen, die uns gerade jetzt so treffliche Dienste leisten konnten, gleichsam auf den Würfel gesetzt zu haben – denn was das Allerbedenklichste, so begann unsere Ammunition stark zu schwinden – nur wenige hatten mehr als sechzehn Ladungen Pulver und Blei mitgenommen, die bis auf sechs verschossen waren; Items, die, ich versichere Sie, keine sehr angenehme Musik zu diesem unserm Waffentanze gaben. But a faint heart never won fair bride[13]. Einen Augenblick überlegten wir, und im nächsten waren wir entschlossen. Die Tat rasch dem Entschlusse folgen lassend, übernahm ich es mit zwanzig Mann, in die Lücke, die die zerstreute Kompanie in der feindlichen Linie gelassen, vorzudringen, den Feind so in die Flanke, die Kanone aber endlich in unsere Gewalt zu bringen; Fanning und Wharton sollten ihn in der Fronte angreifen.

Die Bemannung dieser Kanone – mittlerweile wieder niedergeschossen – bestand jetzt bloß noch aus einem Offizier, der allein es gewagt, bei ihr auszuharren und sie zu laden. Er fiel gerade, als ich mich zu unsern Leuten wandte, um die zwanzig aufzufordern, mir zu folgen. In demselben Augenblicke aber taumelt etwas an meine Seite – ich wende mich: der gespenstisch wilde Mann, den ich während des oberwähnten kritischen Momentes glücklich aus den Augen verloren, fällt mit einem gellenden Schrei an mich an, die losgebrannte Rifle krampfhaft mit beiden Händen erfaßt, die Augen verdreht – wild in den Höhlen rollend – der ganze Mann wie ein mit der Axt vor den Kopf getroffenes Rind vor mir niederschmetternd.

In dem furchtbaren Rollen der Augen, den gräßlichen Blicken erkenne ich ihn.

›Bob!‹ – kreischte ich.

›Bob‹ – röchelte er, einen entsetzten und entsetzlichen Blick auf mich werfend – ›Bob! Und wer seid – Ihr?‹ Einen wilden Strahl warfen mir die brechenden Augen noch zu, und dann schlossen sie sich.

---

[13] But a faint heart never won fair bride: Ein zaghaftes Herz gewann nimmer die reizende Braut.

Mich aber trieb es fort, als ob wirklich ein Gespenst hinter mir her gewesen wäre. Der Kopf drehte sich mir auf den Schultern, entsetzliche Bilder stürmten auf mich ein. In diesem Augenblicke wußte ich nicht, ob ich über – auf – oder unter der Erde war.

Es ist aber ein Schlachtfeld mit dreizehnhundert Feinden zu Gesellschaftern ein gar sehr ersprießliches Ding, einem den Kopf wieder teilweise zurechtzusetzen, das Gedankenchaos zu lichten; bei mir wenigstens war dies der Fall.

Einige meiner Leute waren auf die Kanone zugesprungen, hatten sich an diese, den Ammunitionswagen gespannt, beide vorwärtsgezogen, erstere geladen, während die anderen als Bedeckung sie links und rechts umgaben. Noch waren sie mit dem Laden des Geschützes beschäftigt, als ein verwundertes: ›Seht, schaut doch einmal!‹ mich aufschauen machte.

Der Feind schien in einem dem meinigen ähnlichen Zustande zu sein. Auch er schwankte, als ob er Geister sähe, die ganze feindliche Linie, Kolonnen und Eskadrons. Noch hatte keiner meiner Leute einen Schuß getan, wohl aber Fanning und Wharton, die etwa zwanzig Schüsse abgefeuert, als sowohl die nächsten Kolonnen sowie die entfernteren in die seltsamste Bewegung gerieten!

Es war ein ordentliches Erzittern, Erbeben, das über sie kam und das geradeso aussah, als wenn es von einem Erdbeben herrührte, einem unterirdischen Stoße, einer Erschütterung, die alles durcheinanderwürfe. Wir hielten unsere Rifles zur Deckung der Kanone in Reserve; diese selbst, doppelt geladen, ließ ich soeben mit Zündkraut versehen, als das Schwanken des Feindes so heftig wurde, daß ich den Schützen zu beiden Seiten der Kanone anzureihen befahl. Die Kolonnen der Infanterie erschienen gerade wie ungeheure Felsmassen, und in ihren braunen Uniformen glichen sie auch solchen – wie sie am hohen Berggipfel aus ihren Lagern gerissen einen Augenblick schwanken, ungewiß, auf welche Seite sie gerissen werden.

Ich hatte in Eile die Lunte angeblasen, ließ feuern und brannte dann den Kartätschenschuß ab.

Den letzteren erwartete jedoch der Feind nicht mehr. Gleich den erwähnten Felsenmassen sich plötzlich loßreißend, barst die ganze lange Linie auseinander, aber nicht die Kolonnen, die gegen uns standen, zuerst, die des äußersten linken Flügels hatten den Anfang gemacht, dann folgte das Zentrum, der links gegen uns stehende Flügel war der letzte; aber eines hatte das andere mitgerissen. Es war die wildeste, regelloseste Flucht, die ich je gesehen. Infanterie, Kavallerie, alle jagten sich gerade, ich kann es Ihnen nicht besser versinnlichen, als wie Felsmassen, die vom höchsten Berggipfel losgerissen auch alles mit sich fort in den Abgrund reißen.

Wir standen, wir schauten, wir starrten; lange vermochten wir es nicht, den Feind und seine seltsame Flucht zu begreifen. Endlich begannen uns beide klar zu werden.

Die Infanterie nämlich, ihren linken Flügel an den Salado gelehnt, hatte ihren rechten in die Prärie hinaus gegen die Musqueetinsel vorgeschoben, um sich an die vis-à-vis von uns haltenden Dragoner anzuschließen und dann vereint gegen uns vorzudringen, ein Manöver, das, wie gesagt, unsere Aufmerksamkeit und Kräfte teilen, uns so in Verwirrung bringen sollte. Der Plan war nicht übel, bereits hatte sich sowohl Infanterie als Kavallerie gegen die Insel herab- und hinangezogen, natürlich ohne auch nur im geringsten zu argwöhnen, daß diese von uns besetzt sein könnte. Auch zeigte sich da nichts Verdächtiges. Unsere zwölf trefflichen Riflemänner, hinter den Bäumen verborgen, ließen sowohl Eskadrons als Kompanien bis auf zwanzig Schritte an die Insel herankommen, aber als sie so weit herangekommen, öffneten sie plötzlich ihr Feuer, wohlbedacht zuerst die Pistolen und dann die Rifles gebrauchend.

Eine Überraschung aber von einigen dreißig Schüssen, plötzlich aus einem solchen Hinterhalte kommend, dürfte nun wohl die besten Truppen außer Fassung gebracht haben, um wieviel mehr unsere mexikanischen Dons, die kaum von ihrem ersten Schrecken erholt, sich von den eingefleischten Diablos, wie sie uns nannten, auf allen Seiten umzingelt hielten. Ihnen so schnell als möglich zu entgehen, brachen sie daher auch auf allen Seiten aus, die Infanterie unwiderstehlich mit sich fortreißend – Kolonne auf Kolonne, bis sich endlich die ganze Linie in ein endloses Gewimmel Flüchtiger auflöste.

Der Sieg war so gekommen, wir wußten selbst nicht, wie. Fannings und Whartons Leute hatten zweimal, die meinigen nur einmal abgeschossen, als auch bereits die feindlichen Massen sich auflösten, wie wilde Mustangherden von den Lassojägern verfolgt in die Prärie hinausbrachen.«

15

»Unser erster Gedanke war natürlich, die Flüchtigen zu verfolgen – von der Furt abzuschneiden; auch waren wir im Begriff, die Order dazu zu geben, als mehrere der Unsrigen, die die Patrontaschen der gefallenen Infanteristen sowie ihre Musketen untersucht, uns von diesem Beschlusse abzustehen vermochten. Unsere Ammunition war nämlich, wie gesagt, großenteils aufgebraucht und die erbeutete so schlecht, daß sie, wie wir später erprobten, keine Kugel fünfzig Schritte weit trug. Das Pulver, wenig besser als Kohlenstaub, gab uns nicht nur vollkommenen Aufschluß über unsere Unverletzlichkeit, sondern auch einen neuen Beleg – wenn es eines solchen noch bedurft hätte – über John Bulls Rechtlichkeit in seinem Handel und Wandel mit fremden Völkern. Musketen und Patronen trugen die Etiketten von Birmingham und einer ihrer Pulverfabriken, aber mit dem naiven Beisatze: Für Exportation ins Ausland.«

»Seien Sie aber versichert, John Bull würde etwas mehr Schwefel und Salpeter seinem Kohlenstaube beigefügt haben«, bemerkte lächelnd Oberst Oakley, »hätte er sich auch nur im entferntesten einbilden können, er werde auf seinen Bruder Jonathan in Anwendung gebracht werden.«

»Zweifelsohne!« fielen die andern lachend bei.

»Bei alledem aber doch erbärmliche Hasenfüße, diese Mexikaner«, bemerkte mit etwas wie Naserümpfen Oberst Cracker. »Mit zwei Bataillonen und sechs Eskadronen Dragoner keinen Bajonettangriff zu wagen!«

Es war wohl etwas unzeitig Unzartes, Verletzendes in dieser Bemerkung, der Texaser schien sie jedoch ganz und gar nicht übelzunehmen; im heiter-artigen Tone versetzte er:

»Dasselbe dachten auch wir, und, die Wahrheit zu gestehen, Oberst Cracker, wunderten wir uns selbst, daß er dieses nicht getan. Auf alle Fälle würde ein Bajonettangriff dem Feinde nicht mehr – wahrscheinlich nicht einmal soviel Leute gekostet, unsere Verteidigung aber um vieles kritischer gestellt haben. Den Mut jedoch hätten wir deshalb so wenig als die Hoffnung auf endlichen Sieg sinken lassen. Einige achtzig tüchtiger, entschlossener und, was die Hauptsache ist, kaltblütiger Scharfschützen bleiben auch selbst für

Bataillone und Eskadrons ein nicht zu verachtender Gegner, wie unsere Kriegsgeschichte mehr denn einmal erwiesen. Die Schlacht von Lexington, wo einige hundert Landleute es nicht nur kühn mit mehreren britischen Regimentern aufgenommen, sondern diese mit Extrapost nach Boston zurückgesandt, die Schlacht von Niagara, mit manchen andern, sind dafür Belege. An den Furten aufgestellt, würden wir es ohne Bedenken mit zweien der besten englischen Bataillone aufgenommen haben. Und selbst in der Stellung, die wir innehatten, würde ich nicht anstehen, mit denselben Truppen es gegen denselben Feind zu jeder Stunde wieder zu versuchen.

Ich sage, mit denselben Truppen« – fuhr der Texaser im freundlichst heitersten, aber etwas mutwilligen Tone fort – »denn Ihr, Oberst Cracker, scheint unsere Leute mehr vom Exerzierplatz als vom Schlachtfelde her zu kennen, ich aber habe die Ehre, sie von diesem letzteren her zu kennen, und kann Euch deshalb auch versichern, daß ich sie für die besten, besonnensten, kaltblütigsten Truppen der Welt halte, so wie sie gewiß bei weitem die verständigsten, gescheitesten sind. Dieses Verständig-, Gescheitsein aber tut viel, sehr viel; es entscheidet selbst heutzutage noch mehr, als Ihr glaubt, ja so gut, als es zu den Zeiten der Griechen und Römer und den mittelalterlichen der Schweizer entschied. Die Bauern der Schweiz besiegten, ohne gerade besondere Feldherrngenies zu besitzen, die besten Herzöge, Grafen und Ritter ihrer Zeit, und so taten unsere Farmers mit den Briten, ehe noch der große Washington den Oberbefehl über unsere Heere übernahm. Was nun unsere Texaser Generale, Obersten und Stabsoffiziere betrifft, so glaube ich ihrer Selbstliebe auch nicht im geringsten vorzugreifen, wenn ich Euch versichere, daß sich keiner von uns für einen zweiten Friedrich oder ersten Napoleon hielt, ebensowenig für einen Hexenmeister; ja ich gebe Euch noch mehr zu, ich gestehe Euch sogar, daß unsere Leute besser als ihre Offiziere waren, eine Eigenheit übrigens, die, wie Ihr wissen werdet, Oberst Cracker, auch unser Verwandter John Bull mit uns gemein hat, dessen Soldaten auch häufig in Spanien und den Niederlanden die Scharten seiner Generale und Offiziere auswetzen mußten. Ja, Oberst Cracker, was wäre zum Beispiel aus dem ohne Zweifel von Euch über alles gestellten Wellington – by the by! ich bin in diesem Punkte so frei, von Eurer Meinung in betreff dieses gerühmten Herzogs abzuweichen, den ich zwar für einen sehr preiswürdigen Tory, aber sehr mittelmäßigen Feldherrn halte, was wäre aus ihm ohne seine Briten geworden! Wenn Ihr das Terrain von Waterloo mit etwas wie Kenneraugen anschautet, würdet Ihr zugeben, daß nur der britische Stieresmut, geschwängert, wie er war, mit Nationalhaß und souveräner Verachtung der französischen Suppen- und Froschesser – die er schon in den Tagen von Azincourt, Crequi, Poitiers und Blenheim so kapital durchgedroschen –, daß nur dieser britische Stieresmut, sage ich, auszuhalten vermochte, bis – die Preußen kamen. Es tat aber not, höchst not, daß sie kamen, bürg Euch dafür; eine Stunde später, und es wäre zu spät gewesen. Glaubt mir, Oberst Cracker, die Preußen haben ein ganz so gutes Recht, den Mund ebenso voll von ihrem Belle-Alliance zu nehmen, als es die Briten bis zum Ekel mit ihrem Waterloo tun.«

Es war aber wieder etwas so fein ironisch Mutwilliges und zugleich Liebenswürdiges in der Weise, wie der Oberst die schnöde Bemerkung – nicht zurückwies, sondern parierte, daß alle ohne Ausnahme in die lautesten Bravos ausbrachen.

Oberst Cracker allein biß sich in die Lippen.

»So wie die Dinge standen«, fuhr der Erzähler fort, »blieb uns, wie gesagt, nichts weiter übrig, als den Feind laufen zu lassen. Wir ließen ihn sonach auch laufen. Das einzige, was wir taten, war, daß wir eine kleine Abteilung nach der Musqueetinsel sandten, die von da aus mit den zwölf Mann nach der Furt hinabrückte, gegen die wir uns nun auch selbst mit dem Gros unsers kleinen Korps wandten.

Die Demonstration hatte den beabsichtigten Erfolg, daß sie nämlich die Flüchtlinge, die im ersten panischen Schrecken ihr Ziel, die Furt, weit überschossen, dieser wieder zubrachte und so die Prärie mit dem diesseitigen Ufer von ihrer Gegenwart befreite. Roß und Mann stürzten zugleich der Furt und dem Wasser zu, und ehe wir noch bis auf hundert Schritte herangekommen, waren drei Vierteile des Feindes am jenseitigen Ufer in Sicherheit.

Ein paar hundert waren aber noch zurück und unser, wenn wir wollten; allein jetzt ergab sich einer jener Auftritte, die in unserm politischen sowie Kriegerleben die Geduld der armen Diener des lieben souveränen Volkes denn so häufig aufs äußerste spannen; wo das souveräne Volk sehr zur Unzeit seinen allmächtigen Willen zu erkennen zu geben, Einspruch in den seiner sogenannten Diener zu tun pflegt.

Wharton war nämlich mit dreißig Mann voran und gab Befehl zu feuern, aber keiner seiner Leute leistete Folge. Er befahl ein zweites Mal – dieselbe Widerspenstigkeit. Wie er jetzt ungeduldig ein drittes Mal kommandierte, trat ein alter wetter- und sonnenverbrannter Bärenjäger kopfschüttelnd an ihn heran, sich mit aller Muße folgendermaßen expektorierend:

›Wollen Euch sagen, Capting!‹ Bei den Worten schob er den Tabaksquid aus seiner linken Backenhöhle in die rechte über. ›Wollen Euch sagen, Capting! Kalkulieren, lassen für jetzt die armen Teufel, die Dons, in Ruhe!‹

›Die armen Teufel, die Dons, in Ruhe!‹ schrie Wharton in höchster Ungeduld. ›Seid Ihr toll, Mann?‹

Fanning und ich mit unsern Leuten waren jetzt gleichfalls herangekommen, begreiflicherweise nicht weniger ungeduldig, als wir hörten, um was es sich handle. Der Mann ließ sich jedoch nicht beirren – perorierte weiter. ›Haben ein Sprichwort, Gentlemen‹, wandte er sich nun an uns, ›haben ein Sprichwort, das da sagt, müsse man dem geschlagenen Feinde eine goldene Brücke bauen, und kalkuliere, ist ein gutes Sprichwort das, ein considerabel probates Sprichwort das immerhin, dem Feinde eine goldene Brücke zu bauen.‹

›Was wollt Ihr aber, Mann, mit Eurem goldenen Sprichwort? Wißt Ihr, daß Ihr eine unpassende Zeit gewählt habt zu Eurem Sprichwort?‹ schrie Fanning.

›Was Ihr tut, ist insubordinations-, strafwürdig; Eure Schuldigkeit ist zu feuern, dem Feinde den größtmöglichen Abbruch zu tun, nicht aber zu sprichwörtern!‹ wieder ich.

›Kalkuliere, es ist‹, versetzte der Mann mit empörender Kälte, ›kalkuliere, könnten ihn auch jetzt ohne Gefahr und Mühe niederschießen; kalkuliere aber, wäre das spanisch-mexikanisch, nicht amerikanisch, nicht klug.‹

›Nicht klug?‹ schrie ich.

›Spanisch-mexikanisch, nicht amerikanisch, den Feind laufen zu lassen, wenn wir ihn in unserer Gewalt haben?‹ Fanning und Wharton.

›Kalkuliere, wäre es. Kalkuliere, würden uns selbst mehr schaden als ihm, wenn wir ihm seine Leute nur niederschössen, sie nicht laufen ließen‹, fuhr der Mann ganz ruhig fort. ›Kalkuliere, würdet Euch selbst den größten Schaden tun, und zwar aus demselben Grunde, vermöge welchem Ihr kommandiert habt, von den angreifenden Schwadronen und Kompanien ja nur die vordersten Reihen und Glieder wegzuschießen. War das ein considerabel vernünftiges Commandement, bürg Euch dafür von wegen, weil Ihr so dem Feinde handgreiflich dartatet, daß Ihr nur die Übermütigen, Kecken, Verwegenen bestrafen, die Sanftmütigen aber, die Zaghaften, Furchtsamen, die hinten standen und nicht vor wollten, verschonen wolltet. War das eine gute Kalkulation, wißt Ihr, von wegen, weil Ihr einen Unterschied zwischen Feinden und Feinden, gleichsam eine Prämie für die Feigheit aufstelltet. Hättet Ihr alle ohne Unterschied nehmen lassen, die hinteren so wie die vorderen, hättet Ihr die Feigen tapfer zu sein genötigt, und wäre das ein großer Fehler gewesen.‹

Wir konnten, wie Sie leicht denken mögen, vor Zorn bersten, aber unsere Leute nickten beistimmend, links und rechts.

Der Mann fuhr fort: ›Kalkuliere, ist eine große Kurzsichtigkeit, den Feind ohne Unterschied niederzumachen, den Zaghaften ebensowohl als den Herzhaften; heißt das ein Prämium auf die Tapferkeit setzen, und ist das zwar klug, wenn man es bei seinen, aber nicht klug, wenn man es bei des Feindes Leuten tut. Sind die Zaghaften immer die besten Alliierten, sind es diese, die, wenn Ihr sie verschont, bei der nächsten Gelegenheit zuerst Reißaus nehmen, die andern mit sich fortreißen. Und sind die – er wies hier mit der Hand auf die flüchtigen Mexikaner – wohl die Allerzaghaftesten, denn sind im panischen Schrecken am weitesten in die Prärie hinausgesprengt, zuerst ausgebrochen, haben in ihrer Angst die Furt ganz und gar vergessen. Und wenn Ihr jetzt in sie hineinschießt und sie so merken, daß, gleichviel, ob zaghaft oder tapfer, sie doch von uns niedergeschossen werden, je nun, so könnt Ihr sicher sein, daß sie bei der nächsten Gelegenheit ihren Balg teuer verkaufen.‹

So unzeitig das ganze Palaver, um mich eines volkstümlichen Ausdrucks zu bedienen, auch war, so hatte es doch auch wieder viel Beachtenswertes; dann sprach der Mann so simpel-naiv-schlau, ich mußte lächeln.

›Sage Euch, Captings!‹ - schloß er - ›kalkuliere, laßt die armen Teufel, die Dons, laufen. Werden uns so bessere Früchte tragen, die Hasenfüße, wenn wir sie laufen lassen, als wenn wir ihrer fünfhundert niederschössen. Kalkuliere, werden das nächste Mal dafür zuerst Reißaus nehmen, uns so den Dank für die bewiesene Großmut abstatten.‹

Und jetzt trat der Mann in die Reihen zurück, und alle nickten und stimmten bei, und kalkulierten, der Zebediah habe ein wahres Wort gesprochen, und mittlerweile war auch der Feind am jenseitigen Ufer und wir - hatten das Nachsehen.

Da haben Sie nun eine unserer volkssouveränen Capers, die, die Wahrheit zu gestehen, einen wohl oft um Sinne und Verstand bringen könnten, wenn man, wie jener Irländer meinte, weder die einen noch den andern je hatte; sonst aber auch wieder zeigen, daß unsere Leute selbst in der größten Aufregung noch spitzfindig zu räsonieren, jeden möglichen Umstand zu ihrem Vorteil zu benutzen wissen. Freilich erfordern solche Leute wieder eine ganz eigentümliche Behandlung. Unser amerikanischer Geist äußert sich zuweilen so queer, beinahe verschroben, tritt so eigentümlich hervor, aber immer finden Sie zuletzt, daß er doch den Nagel auf den Kopf trifft, das Auge des Volkes richtig, ja richtiger, als das seiner Vorgesetzten oder vielmehr Diener sieht. Später hatte ich oft Gelegenheit, dies zu bemerken, und jedesmal, wenn ich mich diesem Geiste fügte, drang ich auch glücklich mit meinem Unternehmen durch, so wie andererseits das Überhören der Volksstimme von seiten meines unvergeßlichen Freundes nicht nur seinen Untergang, sondern auch beinahe den unseres neugeborenen Staates nachgezogen hätte.

Lästig bleiben aber solche Zwischenspiele in hohem Grade, da sie eine Dosis von Selbstverleugnung bedingen, die man oft bei aller Philosophie nicht immer aufzubringen vermag. Das beste ist jedoch, daß Bruder Jonathan trotz der queeren Notions, die ihm zuweilen das Gehirn durchkreuzen, doch das letzte Ziel - seinen Vorteil - nicht leicht aus den Augen verliert, wie wir auch hier erfuhren. Zu schießen weigerten sich zwar unsere Leute, aber nicht, auf das jenseitige Ufer vorzurücken, um den Feind und die Richtung, die er nahm, im Auge zu behalten.

Wir beorderten den alten Bärenjäger mit zwanzig Mann hinüber und zogen uns dann in unsere alte Position zurück.

Ich aber eilte dieser mit einer Hast zu, die wohl das Befremden der Meinigen erregen konnte, denn schon während der letzten Vorgänge war mein Benehmen seltsam genug gewesen! Wie ein Betrunkener hatte ich mich umhergetrieben – als ob ich Gespenster gesehen. Aber ich sah sie auch! Wie ein wahres Gespenst war mir das Bild Bobs während des Angriffs – der Flucht des Feindes die ganze Zeit hindurch vorgeschwebt, ein wirrer Geist in mich gefahren, der mich hinzog und trieb – zu seiner Leiche. Es war mir, als müßte ich seinen Leichnam sehen, als ob davon meine Ruhe, mein Frieden abhinge. Eine fixe Idee, die mich so heftig ergriff, daß ich wie wahnsinnig der Stelle zulief, wo er niedergeschmettert, da angelangt, mit wild rollenden Augen herumsuchte – sprang. Seltsam muß ich zu schauen gewesen sein, denn die Meinigen waren erschrocken herbeigeeilt, zu sehen, was es mit mir und dem wilden Präriemanne gäbe; nirgends aber war eine Spur von ihm zu finden. Ringsum die Stelle, wo er gefallen, suchend, war ich von dieser aufwärts, dem Rande der Prärie, dem Rebengestrüpp entlang – wieder abwärts gelaufen, hatte jeden Infanteristen, Artilleristen, Kavalleristen besehen, aber ihn nicht gefunden. Ein Gefühl der Verzweiflung kam über mich, als ich so herumschauend ihn nicht fand! So drückend war es mir, gerade als ob der Würgengel losgelassen, mich umschwebte, seine Krallen nach mir streckte.

Wharton redete mich an, fragte, ob ich den wilden Präriemann suche. Ich sprang auf ihn zu, forderte ihn auf, mir zu sagen wo er sei. Er schüttelte den Kopf. Er wisse nicht, was aus ihm geworden, noch wohin er gekommen. Nur so viel könnte er mir versichern, daß ihn nicht bald jemand so außer alle Fassung gebracht.

Dasselbe bestätigten die Männer, die Wharton umgaben. Sie waren in der Weinrebengrotte etwa fünfzig Schritte hinter Fannings Leuten gestanden, als – gerade wie die Infanterie von der Furt in die Prärie hinaufgerückt – ein Mann von Norden her auf einem Mustang getrottet kam, etwa zweihundert Schritte oberhalb am Prärierande hielt, abstieg, den Mustang an die Weinranken band und dann, seine Rifle im Arme, hastig dem Prärierande entlang auf den Feind zuschritt. An Whartons Abteilung herangekommen, befahl ihm dieser zu halten, Rede zu stehen, wer er sei, woher er komme, wohin er wolle. Die Antwort des Mannes war: Wer er sei, gehe den Frager nichts an, noch woher er komme. Wohin er gehe, werde er sehen. Er gehe gegen den Feind.

Dann solle er sich anschließen, schrie ihm Wharton zu. Dieses Ansinnen wies der Mann trotzig zurück: Er wolle für sich und seine Rechnung fechten.

Das dürfe er nicht, rief ihm wieder Wharton zu.

Er wolle sehen, wer es ihm verbieten würde. Und mit diesen Worten ging er. Eine Minute darauf schoß er bereits den ersten Artilleristen nieder.

Natürlich ließ man ihn nun auf seine Rechnung fechten. Was weiter – nach seinem Falle aus ihm geworden, das wußte keiner zu sagen. Zuletzt wollte einer den Bärenjäger um ihn gesehen haben.

Zum Bärenjäger eilte ich sonach.

Der Aufschluß, den ich von ihm erhielt, lautete folgendermaßen: Kalkulierend – um mich seiner Worte zu bedienen –, daß die Rifle des wilden Präriemannes wohl eine so kapitale Rifle, als je Bären kaltgemacht, leicht in unrechte Hände fallen dürfte, habe er es für seine Bürgerpflicht gehalten, einer solchen Gefahr vorzubeugen und die Rifle in seine Verwahrung zu nehmen; weswegen er sich an den toten Präriemann angemacht, obwohl ihn das Frontispiece desselben nichts weniger als einladend gedünkt. Aber wie er sich so an ihn angemacht, willens, die Rifle seinen Händen zu entwinden, habe er für seine Bemühung einen Ruck erhalten, der ihn bei einem Haare neben den wilden Toten hingestreckt hätte, worüber er schier perplex geworden und geschaut, und wie er so geschaut, habe er gesehen, daß der wilde Mann an seinem Hirschfellwamse herumkrabble, auch dieses auftat, wo sich dann eine Wunde an der Brust zeigte. Die Wunde sei aber weder tief noch gefährlich gewesen, und obwohl die Kugel den Mann niedergeworfen und betäubt, sei sie doch nicht in die Brust eingedrungen, vielmehr an das Brustbein angeprallt, so daß er sie selbst herausgezogen. Darauf habe der Präriemann seine Rifle erfaßt, sich, gestützt auf diese, erhoben, und ohne weder ›thank ye‹ noch ›damn ye‹ zu sagen, seinen Weg der Weinrebengrotte zu genommen, da seinen Mustang den Prärierand heraufgezogen, diesen bestiegen, worauf er dann langsam in nördlicher Richtung fortgeritten.

Das sei alles, was er von dem Manne wisse, und wolle er auch nichts mehr von ihm wissen noch sehen, denn was er gesehen, sei wahrlich nicht geeignet, ihm Lust zur Erneuerung der Bekanntschaft einzuflößen. Sei das ein Gesicht, das einen wahrlich nicht auf kirchengängerische Gedanken bringe, ein wahres Brudermördergesicht, nicht menschlich anzuschauen, und das ihm vorgekommen, als ob der Mann, dem es gehörte, wenigstens ein dutzendmal vom Galgen gefallen.

Während der Mann so sprach, hatte sich ein unsäglich widerwärtiges Gefühl, ein wahres Grausen meiner bemächtigt. Von meiner katholischen Amme hatte ich in meiner Kindheit ein Märchen gehört: Ein zwölffacher Mörder, der zwölfmal in den verschiedenen Grafschaften Irlands geköpft, gehängt, geviertteilt worden – in der Mitternachtsstunde aber nach der Hinrichtung wieder von einem bösen Zauberer, der in der Gestalt einer ungeheuren schwarzen Katze die zerrissenen und getrennten Körperteile zusammensetzte, wieder belebt wurde, mußte endlich im dreizehnten Mal mit einem von St. Patrick geweihten Schwerte gerichtet, über das begreiflicherweise der arge Zauberer keine Gewalt mehr hatte, so daß er nur noch die vom Schwerte nicht berührten Gliedmaßen zusammenfügen konnte, die denn auch noch immer in einem gewissen Teile Irlands ihr Wesen zur Mitternachtsstunde trieben. Das Bild dieses zwölffachen Mörders, werden Sie es glauben, stand jetzt nicht nur in seiner ganzen grausigen Gestalt vor mir, es hatte auch, so absurd Ihnen dieses klingen mag, ganz und gar die Züge Bobs angenommen.

Der Mensch ist ein wahres Rätsel, und noch heute ist mir unbegreiflich, was damals mit mir vorging. So wie nach den Auftritten in der Prärie am Jacinto, fühlte ich mich auch jetzt wieder so stark angegriffen: die Wirkung der Phantasie auf den Körper äußerte sich so heftig, daß mir der Schweiß aus allen Poren drang, das Bewußtsein schwand, ich in einem fieberähnlichen Zustande am Rande der Prärie hinsank.

Fanning, der erschrocken zu meinem Beistande herbeieilte, gelang es endlich nicht ohne Mühe, mich zur Besinnung zu bringen.

Mit ihm kam ein Mann, den der Sergeant, den wir mit dem kleinen Pikett in der Mission Espado zurückgelassen, gesandt hatte, um Erkundigungen über den Stand der Dinge einzuziehen, uns zugleich zu benachrichtigen, daß General Austin mit unserer kleinen Armee im Anzuge sei. Auch er hatte den wilden Präriemann gesehen; das erstemal, als er auf dem Kirchturme postiert die Bewegungen des Feindes beobachtete. Da sah er einen Reiter, von Conzepcion kommend, etwa zweihundert Schritte von der Mission vorbeijagen, der es ganz toll auf seinem Mustang trieb, mit Händen und Füßen, der Rifle, dem Bowie-Knife focht und sich wie ein Rasender gebärdete. Er ritt gerade auf die obere Furt zu. Etwa eine Stunde nachher sah er ihn das zweitemal langsam in nördlicher Richtung fortreiten und kaum imstande, sich im Sattel zu erhalten. Nach seiner Meinung mußte er von der Mission Conzepcion gekommen und dahin wieder zurückgekehrt sein.

Ohne Verzug ließ ich mir eines der erbeuteten Dragonerpferde bringen, bestieg es und jagte der Mission Conzepcion zu.

Von den da befindlichen alten Mexikanern hörte ich nun die seltsame Märe, daß der Herege Inglese y Americano, der seit Jahren Jäger der Mission gewesen, nie ein Wort mit irgendjemandem gesprochen, selbst nicht mit den frommen Padres, die öfters – ihn in den Schoß der alleinseligmachenden Religion zurückzuführen – von der Hauptstadt herübergekommen wären, daß dieser Herege nach einem mehrwöchigen Krankenlager vor etwa drei Stunden plötzlich erstanden, seinen Mustang gesattelt, seine Rifle um die

Schulter geworfen und in der Richtung, die wir genommen, fortgeritten – aber nicht wiedergekehrt sei.

Ihrer Beschreibung nach blieb nicht der mindeste Zweifel übrig, daß Bob und der Herege Americano eine und dieselbe Person waren.

Aber wie kam er hierher – wie ward er gerettet? Denn wenigstens waren zwölf bis fünfzehn Minuten verstrichen, ehe der Alkalde ihn vom Lasso geschnitten haben konnte. Er hatte ihn also doch gerettet, ihn vielleicht selbst in die Mission gesandt? Aber derselbe Alkalde hatte ja Johnny vorzüglich deshalb richten lassen, weil er zu Padre José geflüchtet? – Und Bob? War er katholisch geworden? Wie kam es, daß er gegen seine Glaubensgenossen focht? Wenn nicht, warum ließ man ihn so lange in der Mission? Alles Rätsel, die mir den Kopf so verwirrten, daß er sich mir wie im Kreisel herumzudrehen – ich verrückt zu werden zu befürchten begann. In einem unbeschreiblichen Taumel kehrte ich zu den Meinigen zurück.

Erst als ich mich an der Seite Fannings befand, schwanden Irrlichter und Nebel. Fanning, als ich ihm das Gehörte mitgeteilt, dachte einen Augenblick nach, und dann schien ihm Licht aufzugehen. Ich schüttelte zwar den Kopf, aber er bewies mir aus mehreren Umständen die Richtigkeit seiner Vermutung, die mir zwar nicht ganz so klar einleuchten wollte, aber doch das Gute hatte, daß sie einen Halt darbot, an den meine Gedanken sich gewissermaßen lehnen, so wieder in ein vernünftiges Geleise zurückkehren konnten.

Worin diese Vermutung bestand, kann ich jetzt nicht sagen, aber sie erwies sich als richtig. Das Seltsamste jedoch ist und bleibt der Umstand, daß mit dem Fingerzeige, den mir der unbefangene Freund gab, alle die phantastischen, die grausigen Bilder auch mit einem Male schwanden, Bob mir wieder wie jeder andere erschien. Das Chaos von wüsten, wilden Phantasiebildern war gewichen. Es begann zu tagen.

Die Stimmung, in der ich unsere Leute fand, die Szenen, die sich meinen Augen darboten, vollendeten meine Genesung.

Es bringt ein Sieg immer ganz eigentümliche Wirkungen an den Siegern hervor. Der Umschwung der Empfindungen ist so gewaltsam, daß ich nun wohl begreifen kann, wie Verwundete, die bereits die Todesnacht umfangen, sich nochmals auf- und ins Leben zurückraffen, um inmitten ihrer Todesqualen noch ein letztes Mal aufzujauchzen. Es ist in der Tat ein berauschendes Gefühl, das wie ein stark berauschendes Getränk auf den Ungewohnten wirkt. Auf unsere Leute wenigstens wirkte es so – beinahe kannte ich sie nicht mehr.

Ein ungeheures Selbstbewußtsein hatte sich eines guten Teiles derselben bemächtigt, sie sprachen jetzt in einem hohen Tone, wie man es mit den Bustamentes, den Santa Annas und so weiter halten müsse; ihr Wesen, ihre Sprache hatten etwas Protegierendes, Hochtrabendes angenommen, eine beinahe spanische Grandezza, die ihnen zu ihren Hirschfellwämsern, ihren Zwillichjacken und -röcken drollig genug ließ! Sie debattierten von Mexiko, als wenn sie bereits vor den Toren seiner Hauptstadt, die Bustamentes, Santa Annas mit den Schlüsseln derselben vor ihnen ständen. Andere, und gerade wieder die am mutigsten, hitzigsten gefochten, boten wieder ein ganz entgegengesetztes Schauspiel dar. Bei ihnen hatte die Reaktion der Gefühle gerade die umgekehrte Richtung angenommen. Sie waren ganz Demut, Menschenliebe, ja Zerknirschung, eine beinahe lächerliche Wehmut war an die Stelle der Erbitterung, der Wut, des Blutdurstes getreten, die sich auf eine nicht minder auffallende Weise äußerte. Wie arme Sünder betrachteten sie die gefallenen Mexikaner mit gefalteten Händen, betrübt, das Ebenbild Gottes zerstört zu haben. Dieselben Leute, die eine Stunde zuvor wie Tiger auf ihre Beute losgesprungen, standen jetzt und starrten die gefallenen Infanteristen und Dragoner mit Blicken an, so wehmütig und zerknirscht! Hätten sie die Feinde in diesem Augenblick ins Leben zurückrufen können, ich bin überzeugt, sie würden es getan, sie wie Brüder begrüßt haben.

Diese seltsamen Sprünge, so mag ich sie wohl nennen, mögen Ihnen absurd und gesetzter vernünftiger Bürger unwürdig erscheinen, aber sie waren wieder ganz natürlich nach einem Sukzesse, wie der es war, den sie soeben errungen. Sie dürfen nämlich nie vergessen, daß wir noch Neulinge im Waffenhandwerke, noch nie einen Kampf im offenen Felde bestanden hatten, denn unsere früheren Unternehmungen waren, wie gesagt, mit Ausnahme des Gefechtes von Nacogdoches mehr Überfälle gewesen. Erst an diesem Tage hatten wir uns von Angesicht zu Angesicht mit dem Feinde gemessen, und so unbedeutend Ihnen der Sieg erscheinen mag, uns war er denn natürlich im höchsten Grade wichtig. Wir hatten es in diesem Zusammentreffen mit Linientruppen der mexikanischen Regierung aufgenommen, namentlich eines ihrer berühmtesten Bataillone, das von Morales, beinahe ganz aufgerieben – ein Glücksfall, der denn allerdings geeignet war, nüchternen Farmers, die bisher höchstens mit Bären, Wölfen und Kuguaren angebunden, die Köpfe um so mehr zu verrücken, als es denn doch einiger Unterschied ist, ein paar Bären und wieder ein paar mexikanische Bataillone, selbst wenn ihr Pulver nichts taugt, niederzuwerfen. Noch ein Umstand trug bei, das Selbstgefühl der Unsrigen möglichst in die Höhe zu schrauben. Unser Verlust betrug nicht mehr als einen Mann, und der war durch seine Schuld geblieben. Er hatte sich wie toll mitten in die Feinde, als diese bereits ausgerissen, gestürzt, so eine Kugel in den Unterleib erhalten, an der er eine halbe Stunde darauf verschied.

Sie sehen« – fuhr lächelnd der Oberst fort –, »daß unsere Texaser, weit entfernt, geborene Eisenfresser gleich vom Anfange her gewesen zu sein, im Gegenteile reichlich mit allen den törichten und wieder menschlichen Gefühlen, Erwartungen, Hoffnungen gesegnet waren; aber nur dieses Mal; später zeigte sich auch keine Spur mehr von solchen sentimentalen Gemütserhebungen, Regungen. Jetzt bin ich überzeugt, werden Sie unter unsern Farmern und Pflanzern Tausende finden, die ebenso kühl den besten europäischen Bataillonen ins Auge schauen, als sie ungerührt über ihre Leichen schreiten würden. Es ist diese Gemütshärte wohl zuletzt die einzige Beute, die der Krieger aus seinen Schlachten mit nach Hause bringt, die wir aber damals noch nicht gewonnen, denn wie Sie gesehen, benahm sich Bruder Jonathan – um mich eines sehr gelinden Ausdruckes zu bedienen – einigermaßen queer.

Auch der General en chef – derselbe treffliche Stephan F. Austin, der als Repräsentant zu Mexiko im Kerker geschmachtet, bewies seine Zufriedenheit mit der glücklichen Eröffnung des Feldzuges auf eine Weise, die vielleicht Oberst Cracker« – er wandte sich mit einem feinen Lächeln an diesen – »unpassend gefunden haben dürfte. Er schüttelte nämlich allen den wackern Bären-, Wolfs- und Kuguarjägern die Hände, trank mit ihnen, stieß auf ihre Gesundheit an. Sehr queer, diese etikettewidrige Herablassung! Finden Sie das nicht, Oberst Cracker?

Wir mußten uns jedoch«, fuhr der Erzähler wieder ernster fort, »manches gefallen lassen, unser kleines Heer, das während unserer Trennung mit dreihundert frischen Ankömmlingen verstärkt worden, fröhlich und wohlgemut zu erhalten.

Gerade statteten wir dem Kommandierenden Generale Tagesbericht ab, als ein mexikanischer Priester mit mehreren Wagen und einer weißen Fahne kam, die Verabfolgung der Toten zu erbitten.

Es wurde ihm ohne Widerrede bewilligt.

Was wir von dem schlauen Padre herausbrachten, bewog uns aber, noch denselben Abend gegen die Hauptstadt vorzurücken. Es zeigte sich einige Hoffnung, sie im ersten panischen Schrecken in unsere Gewalt zu bekommen. Zwar war dies nicht der Fall; wir fanden die Tore verrammelt, den Feind auf seiner Hut, aber doch hatte ihn unser Sukzeß so sehr eingeschüchtert, daß er uns ohne den mindesten Widerstand eine feste Position nehmen ließ.

Wir nahmen diese an den sogenannten Mühlen, etwa einen Kanonenschuß von der großen feindlichen Redoute, von wo aus wir auch die übrigen Ausgänge der Stadt besetzten. Vor Mitternacht hatten wir sie von allen Seiten eingeschlossen.«

16

»Der folgende Tag stimmte unsere sanguinischen Hoffnungen wieder stark herab.

San Antonio de Bexar liegt in einem fruchtbar bewässerten Tale, das sich westlich vom Salado hinabsenkt. In der Mitte der Stadt erhebt sich – nach den Regeln der Kriegsbaukunst angelegt – der Alamo. Er hatte achtundvierzig Kanonen leichten und schweren Kalibers und mit der Stadt eine Garnison von beinahe dreitausend Mann. Ehe wir zu ihm gelangen konnten, mußte natürlich die letztere, die gleichfalls stark befestigt war, genommen sein.

Unsere ganze Artillerie bestand in zwei Batterien von vier Sechsund fünf Achtpfündern, unser Belagerungsheer aus elfhundert Mann, mit denen wir nicht bloß Tete gegen Stadt und Festung zu machen hatten, sondern auch den Feind, der von Cohahuila, ja von allen Seiten drohte. Eine etwas schwirige Aufgabe für elfhundert Mann, werden Sie gestehen! Die Belagerung konnte sich in die Länge ziehen, denn die Belagerten waren für ein Jahr mit allem reichlich versehen, hinter ihren Wällen vor uns sicher; Monate mochten vergehen, ehe es mit unsern neun Kanonen etwas wie eine Bresche zu schießen gelang. Das war jedoch nicht alles; Bedenklichkeiten ganz anderer Art drängten sich uns unangenehmer auf! Würden sich unsere Leute auch willig den Mühseligkeiten und Beschwerden einer langwierigen Belagerung unterziehen? Sie hatten zwar rasch und freudig dem Aufrufe Folge geleistet, auch bei den verschiedenen coups de main, die wir gegen den Feind ausführten, Mut und Ausdauer bewiesen; aber es war doch etwas ganz anderes, coups de main und wieder eine langwierige Belagerung durchzuführen. Eine solche bedingte nicht bloß Mut und Ausdauer, sie bedingte in unserem Falle einen wahren Sklavendienst, vor allem aber den striktesten militärischen Gehorsam. Würden sich unsere Leute den erschöpfenden Tag- und Nachtwachen, den zur Eröffnung der Laufgräben nötigen Arbeiten, vor allem aber dem militärischen Gehorsam wohl unterziehen? Eine sehr zweifelhafte Frage! Die Mehrzahl waren heißblütige Southrons, kühne, verwegene, rasch entschlossene – aber auch trotzige Gäste, deren größte Tugenden eben nicht Geduld und Unterwürfigkeit hießen. Die Farmers aus den Mittelstaaten, die auch in bedeutender Anzahl vorhanden, waren zwar bedächtiger, kühler, auch vollkommen von der Wichtigkeit des Unternehmens durchdrungen, aber wir taten ihnen doch gewiß auch kein Unrecht wenn wir voraussetzten, daß sie lieber bei ihren Weibern und Kindern, Äckern und Rindern als vor den Wällen von Bexar gelegen wären; der Überrest waren Handwerker aus den nördlichen Staaten, Maurer, Bäcker, Schreiner, die die Kelle, den Backtrog oder Hobel mit der Muskete vertauscht. Auch an Abenteurern besserer und schlimmerer Art fehlte es nicht, die gekommen, lustig liederliche Tage zu leben; ja selbst Verbrecher gab es, die vor den Gesetzen geflohen. Sie wissen, man ist bei solchen Gelegenheiten nicht sehr ekel in der Auswahl, bei unsern geringen Ressourcen durften wir es schon gar nicht sein.

Aber eine solche Weitherzigkeit hat denn doch auch wieder ihre Übelstände, besonders da, wo gerade das, was das schlechte Element zähmt und in Schranken hält, die Macht, zu belohnen, zu bestrafen, so sehr prekär, die Autorität der Behörden noch neu und folglich schwankend, der Kitt, der den soeben erst aufgeführten gesellschaftlichen Bau verband, nicht gehärtet, wo das Gewicht, der Nachdruck, den nur eine länger bestandene bürgerliche Ordnung geben kann, fehlt. Wir mußten den schlechtesten Subjekten gerade am meisten durch die Finger sehen, Dingen durch die Finger sehen, die den regelrechten Militär empört, am ersten Tage zur Verzweiflung gebracht haben müßten. Das fühlten wir jüngeren Stabsoffiziere – Fanning und ich waren noch am Schlachtfelde zu Obersten ernannt worden – gerade am drückendsten, schüttelten im Kriegsrate die Köpfe am besorgtesten. Eben über diese Belagerung ward in diesem Kriegsrate debattiert. Wir äußerten unverhohlene Zweifel, ob es möglich sein würde, die Belagerung mit so heterogenen Kriegselementen zu einem glücklichen Ausgange zu bringen. Jedenfalls schien es uns klar, daß sie das Schicksal Texas' entscheiden, gleichsam der Prüfstein unseres Kampfes werden müsse. Waren wir imstande, unsere Leute in etwas wie Ordnung, militärische Disziplin zu bringen, dann war Hoffnung, wo nicht, so mochten wir ebensowohl das Feld und Texas zur Stelle räumen. Fanning, Wharton und mir – spukte das Zwischenspiel mit dem Bärenjäger noch sehr widerwärtig in den Köpfen.

Ganz anders räsonierten wieder unsere Alten, mit ihnen General Austin. Sie kannten freilich den Geist unseres Volkes – wir noch nicht.

Es ist aber dieser unser Volksgeist ein ganz eigener Geist. Unser Sprichwort sagt: Wenn es bei uns kalt ist, so friert es, ist es heiß, so glüht es, regnet es, so schüttet es; und damit ist unser Klima sowie Nationalcharakter bezeichnet. Halbheit liebt unser Volk nicht. Will es etwas, so will es dieses ganz. Schwierigkeiten, Gefahren schrecken es nicht ab, spornen es nur um so mehr an. Die Hälfte mag über dem Kampfe zugrunde gehen, die andere dringt gewiß durch. Kein Volk der Erde – die alten Römer vielleicht ausgenommen – hat diese intense Energie, diese nachhaltende, gewissermaßen furchtbare Willenskraft. Auch vor Bexar bewies es diese.

Den Tagesbefehl, der nach dem Kriegsrate verlesen ward, hörten die Leute ernst, finster an, so daß uns trübe vor den Augen zu werden begann, allein im nächsten Moment waren alle düsteren Ahnungen verschwunden. Alle elfhundert, wie sie waren, traten sie vor, gaben zuerst dem General, dann uns gesetzt und ruhig Hand und Wort, Texas frei zu machen, sollten sie auch alle ihr Leben darüber opfern.

Keine Hurras, kein Enthusiasmus, aber ernste Männerschwüre.

Und wie Männer lösten sie ihre Schwüre auf eine Weise, die nur derjenige zu würdigen wissen wird, der da aus Erfahrung kennt, was es sagen will, eine feste Stadt zu belagern und zugleich einem Feinde, der mit den Ressourcen einer vergleichsweis mächtigen Republik im Rücken hängt, die Spitze zu bieten. Unsere elfhundert Männer lösten Aufgaben, vor denen, ich sage nicht zuviel, fünftausend der abgehärtetsten Napoleonschen Kaisergardisten zurückgeschreckt wären. In den ersten Wochen verging kein Tag ohne Ausfälle oder Scharmützel. General Cos stand an der Grenze von Texas und Cohahuila mit fünftausend Mann, seine Dragoner umschwärmten uns in allen Richtungen – wahre Parther, die wie die Heuschrecken kamen. Gegen diese aber waren gerade wieder unsere quecksilbrigen Abenteurer am besten zu gebrauchen. Sie hatten Nasen trotz der besten Spürhunde. Auf zwanzig Meilen im Umkreis witterten sie den Feind, und Reiterscharen und Detachements wurden so spielend aufgehoben und eingebracht, daß wir oft unseren eigenen Augen nicht trauten. Tag und Nacht waren sie auf der Lauer; der Mexikaner, der zehn Sekunden lang den Kopf über die Wälle herausstreckte, ward sicher niedergeschossen. Ich kann nicht sagen, daß die militärische Disziplin vollkommen regelrecht gewesen wäre, aber dafür herrschte ein Geist, ein Zusammenwirken, ein Unverrücktes-Ziel-im-Auge-Behalten, das die Kraft unserer elfhundert Männer in der Tat verzehnfachte. Unsere respektablen Farmers und Pflanzer waren anfangs die lässigsten, bald aber sahen auch sie sich mit fortgerissen, vergaßen Weiber und Kinder, Äcker und Rinder. Unsere heißblütigen Kentuckier, Tennesseer, Georgier arbeiteten trotz Negern in den Laufgräben; freilich waren der General und wir Stabsoffiziere ihnen mit gutem Beispiel vorangegangen. In allen schlug ein Herz, ein Sinn, allen schwebte nur eine und dieselbe Idee vor – die Einnahme der Stadt, die Unabhängigkeit, Befreiung von Texas. Was eine große Idee zu bewirken imstande, das sah ich bei dieser Gelegenheit.

Übrigens ist der Mexikaner gleich dem Spanier hinter Wällen und Mauern ein weit bedeutenderer Gegner als im offenen Felde; aber auch hier kam uns das herzlich schlechte Pulver wieder zustatten. Die Kugeln der Belagerten, obwohl wir den Wällen nahe genug standen, erreichten uns nie, fielen so harmlos vor uns nieder, daß wir jede Woche ein paar tausend einsammeln, sie mit unserem doppelten Dupont-Pulver wirksam zurückgeben konnten. Auch an interessanten Zwischenspielen fehlte es nicht. Fanning hatte einen starken Konvoi von Lebensmitteln mit zwanzigtausend Silberdollars, Travers einen zweiten von vierhundert Pferden eingebracht. Mir gelang ein ähnlicher Fang. Die Belagerung ward uns so zur wahren Schule, die uns erst eigentlich zu Soldaten, zu Kriegern heranbildete.

Nach acht Wochen – wir hatten Bresche geschossen – ergab sich die Stadt, vier Wochen darauf das Fort. Im Besitze eines bedeutenden Artillerieparks zogen wir nun vor Goliad, die bedeutendste Festung in Texas. Sie kapitulierte nach wenigen Wochen. Wir waren sonach Herren des ganzen Landes, der Krieg schien beendet. Daß er es aber noch nicht war, leuchtete jedem heller Sehenden nur zu deutlich ein. Die Mexikaner sind nicht das Volk, sich eines ihrer schönsten Länder so leicht entreißen zu lassen. Der mexikanische Charakter ist ebenso zäh wie der spanische, von dem er auch anzuziehen in den dreihundert Jahren seiner mexikanischen Herrschaft hinlänglich Gelegenheit hatte. Dann hegt dieses Volk auch eine sehr gute Idee von sich: Hat es doch die Spanier, die es noch immer für die tapferste Nation der Welt hält, aus dem Lande getrieben, wie sollte es nicht uns, eine Handvoll Abenteurer, die es gewagt, sich nicht nur gegen die Dekrete der großen Republik aufzulehnen, sondern sogar ihre Städte und Festungen wegzunehmen – ein Frevel, der auf das schärfste geahndet werden mußte! Die Ehre der Republik, vor den Augen der Welt kompromittiert, mußte gerächt, so schnell als möglich gerächt werden! Der Präsident und General en chef ihrer Armeen selbst erhob sich, den Oberbefehl über das Exekutionsheer zu übernehmen, ein abschreckendes Beispiel für alle Zeiten zu statuieren. Die Empörer sollten vom Erdboden vertilgt, mit Weib und Kind ausgerottet werden. Das war der Refrain ihrer Debatten, ihrer Reden im Kongresse, in den Staaten-Assembleen, ihrer Kanzelpredigten, ihrer Zeitungsartikel. Die Staaten boten ihre Staats-, der Erzbischof, die Bischöfe ihre bischöflichen Schätze, die Städte, Klöster ihre Stadt- und Klostersäckel an. Zehntausend Mann der besten Truppen wurden sogleich an die Grenzen beordert, zehntausend mehr folgten. Diesen schloß sich der Präsident Santa Anna selbst mit seinem zahlreichen Generalstabe an.

Donnernde Proklamationen gingen vor ihm her. Das Kabinett von Washington, das nicht nur heimlich, sondern sogar öffentlich durch die Besetzung von Nacogdoches die Aufrührer begünstigt, die südlichen Staaten, die es gewagt, sie durch Geld und Freiwillige zu unterstützen, die gesamte Union sollte auf das härteste gezüchtigt werden. Zuerst sollte Texas von den Aufrührern gereinigt, dann aber in die Union vorgedrungen, alles mit Feuer und Schwert verheert, Washington selbst in einen Steinhaufen verwandelt werden.«

»Wir hörten von diesen tollen Fanfaronaden!« bemerkten hier mitleidig lächelnd mehrere.

»Uns gellten sie etwas stark in den Ohren«, versicherte der Texaser, »obwohl ich eben nicht sagen kann, daß sie besonderen Eindruck hervorgebracht hätten. Im Gegenteil, man achtete nur zu wenig auf sie, bereitete sich nicht einmal gehörig vor, den Feind mit aller der Macht zu empfangen, die das Land, ungeachtet seiner äußerst beschränkten Ressourcen, aufzustellen fähig gewesen wäre.

Die Wahrheit zu gestehen, waren unsere Leute durch die bisherigen Sukzesse verblendet, dachten es sich nicht möglich, daß die Mexikaner abermals wagen würden, sie anzugreifen. Sie vergaßen, daß die Truppen, gegen die sie bisher gekämpft, mit Ausnahme einiger weniger Bataillone, größtenteils Ausschuß, daß mehrere der mexikanischen Staaten vortreffliche Soldaten, besonders Kavalleristen, lieferten, auch daß sie dieses Mal wohl besseres Pulver mitbringen dürften. Viele waffenfähige Männer folgten nicht einmal dem dringenden Aufrufe Burnets, des damaligen Präsidenten von Texas, es vorziehend, ihre Mais- und Cottonfelder zu bestellen. Wir brachten gegen die zwanzigtausend Mann, die gegen uns im Anzuge, nicht viel mehr als zweitausend zusammen, und von diesen mußten wir noch beinahe zwei Dritteile an die beiden Festungen Goliad und Alamo abgeben.

In der ersteren ließen wir achthundertsechzig Mann unter dem Oberbefehl unseres unvergeßlichen Fanning, in letzterer etwas über fünfhundert, so daß uns nicht viel über siebenhundert übrigblieben.

Der Feind ging entschlossener vor, als wir erwartet; in der Tat drang er so rasch vor, daß wir, ehe wir es uns versahen, von Goliad zurückgedrängt, dieses sowie Bexar seinem Schicksale überlassen mußten.

Ein trauriges Schicksal! Schon von vornherein hatten wir den argen Mißgriff begangen, daß wir bei unserer geringen Macht diese noch durch Besetzung zweier Forts zersplitterten, gerade unsere besten, unternehmendsten Leute in sie einsperrten.

Der Amerikaner taugt in Festungen nicht viel. Schon die eingeschlossene Luft sagt ihm nicht zu, der Zwang, die Unfreiheit ertöten seinen Geist und Körper. Er ist der vorige nicht mehr, die Beweglichkeit, Tatkraft, Frische, der Lebensmut verlassen ihn, er wird wie blind und taub. Im Freien bleibt der Amerikaner, zehnmal geschlagen, unüberwindlich; denn ehe man sich's versieht, versetzt er das elftemal seinem Gegner eine Klappe, die die zehn Unfälle ausgleicht, ihn zuletzt als Sieger bewährt. Unsere Kriegsgeschichte bietet Dutzende solcher Fälle dar, wo die Unsrigen, bereits umringt, von allen Seiten eingefangen, sich noch Auswege zu bahnen, dem Feinde die errungenen Vorteile zu entreißen wußten – im Freien nämlich; in Festungen ist, ich wiederhole es nochmals, der tüchtigste Amerikaner halb blind und ganz taub.

So vernimmt Fanning in Goliad, daß eine Anzahl vertriebener Landsleute, Weiber, Mädchen und Kinder, vom Feinde verfolgt, der Festung zufliehen. Gefühlvoll, wie er ist, läßt er sich von seiner Sympathie hinreißen, beschließt, den Hilflosen Sukkurs zu senden. Er beordert Major Ward, mit dem Georgier Bataillon auszurücken, die Flüchtigen aufzunehmen, in die Festung zu geleiten. Der Major, die Offiziere stellen vor, bitten, beschwören – Fanning sieht nur die hilflosen Landsmänninnen, er beharrt auf seiner Order. Der Major zieht mit seinem Bataillon, fünfhundert Mann, aus, den Flüchtigen entgegen. Wie er diesen nahe kommt, sind es statt Landsmänninnen mexikanische Dragoner, die auf ihre in der nächsten Insel verborgenen Pferde springen, sogleich den Kampf beginnen.

Mehr und mehr Feinde kommen von allen Seiten heran; es waren Reiter von Louis Potosi und Santa Fé, vielleicht die beste Kavallerie der Welt, denn die Leute werden gewissermaßen zu Pferde geboren. Zwei Tage lang dauert der Kampf. Die fünfhundert Mann fallen bis auf zwei.

Wir im Hauptquartier, auch nicht träumend von dem furchtbaren Schlage, lassen Fanning die Order zukommen, das Fort zu räumen, sich mit sechs Stück Geschütz an uns anzuschließen. Fanning erhält den Befehl und leistet ihm Folge. Aber was sich wohl mit achthundertsechzig Mann und sechs Geschützen tun ließ, sich nämlich durch einen zahlreichen Feind durchzuschlagen, war nicht mehr mit dreihundertsechzig möglich. Nichtsdestoweniger unternimmt er den Rückzug durch die Prärien, wird jedoch auf diesen von dem zehnfach überlegenen Feinde angegriffen, umzingelt, wehrt sich, so umzingelt, volle zwölf Stunden, gewinnt auch, immer vordrängend, eine Insel; aber kaum hat er diese erreicht, so ergibt sich, daß alle Munition verschossen. Er nimmt nun die vom Feinde angebotene Kapitulation an, in der ihm zugestanden wird, mit seinen Leuten nach Ablieferung der Waffen heimzukehren. Kaum sind aber die Stutzen abgeliefert, so fällt die wütende Rotte über die Wehrlosen her, und alle werden niedergemetzelt. Bloß einem Vorposten und dreien gelingt es zu entkommen.

Die fünfhundert, die wir in Bexar und Fort Alamo gelassen, erfahren kein besseres Schicksal. Zu schwach, um eine Stadt von vier- bis sechstausend Einwohnern samt einem Fort gehörig zu besetzen, dringt der Feind bald in die erstere ein, die Unsrigen ziehen sich in letzteres zurück. Mit seiner zahlreichen Artillerie gelingt es dem Feinde, einen Teil des Forts in Trümmer zu schießen. Ein furchtbarer Kampf entspannt sich auf diesen – acht Tage dauert er. Tausende von Mexikanern fallen, von unseren fünfhundert Landsleuten blieb kein einziger übrig.

Das waren nun harte Schläge, zwei Dritteile unserer besten Männer gefallen, die Festungen in der Gewalt der Feinde, unsere ganze Macht kaum mehr siebenhundert Mann – gegen zahlreiche siegreiche Heere, die immerfort noch Verstärkungen an sich zogen! Wohl ein Moment, die stärksten Männerseelen zu prüfen!

Allenthalben Flüchtlinge zu Tausenden; in ganzen Zügen kamen sie; schwangere, todesmüde Weiber, hilflose Mütter mit saugenden Kindern, Scharen von Mädchen und Knaben auf Mustangs und Wagen gepackt, hinter ihnen her Rotten von Dragonern, die Präries durchschweifend, alles mit Feuer und Schwert verheerend.

Der General en chef, der Präsident von Mexiko, Santa Anna, dringt mit seiner Armee in zwei Divisionen heran, die eine längs der Küste auf Velasco zu, die andere gegen San Felipe de Austin; er selbst bildet das Zentrum.

Bei Fort Bend, zwanzig Meilen unter San Felipe, setzt er über den Brazos, rückt gegen Louisburg vor, zieht da sechshundert Mann an sich, verschanzt sich in seinem Lager; seine Stärke beträgt beiläufig fünfzehnhundert Mann.

Unser Hauptquartier unter dem Oberbefehl General Houstons stand vor Harrisburg, wohin sich der Kongreß zurückgezogen.

Es war in der Nacht des zwanzigsten April. Wir lagerten etwa sechshundert Mann – die ganze disponible Macht, die wir noch hatten – vor einer Insel von Sykomores. Trübe, stürmisch hingen die Wolken über die Baumwipfel herein, deren Ächzen und Stöhnen nur zu sehr mit unserer wilden Stimmung harmonierte. Wir saßen um den General und den Alkalden – beide sehr trübe und gespannt. Sie waren öfters aufgestanden, in die Insel hinein, wieder zurückgekehrt. Sie schienen etwas, und zwar höchst ungeduldig, zu erwarten. Totenstille herrschte im ganzen kleinen Lager.

Auf einmal erschallten laut Werdas! Eine Ordonnanz kam eilig, wisperte dem Alkalden etwas in die Ohren. Er sprang auf, rannte in die Insel hinein, kam nach einigen Minuten zurück und flüsterte dem General ein paar Worte in die Ohren, dieser uns; im nächsten Augenblicke waren wir auf den Beinen.

Alle unsere Leute waren trefflich beritten, mit Stutzen, doppelten Pistolen und Bowie-Messern gerüstet. Ehe zehn Minuten vergingen, waren wir auf dem Marsche. Von den sechs Kanonen, die wir mit uns hatten, nahmen wir bloß vier, aber mit doppeltem Gespanne, mit. Die ganze Nacht ging der Zug im raschen Trabe vorwärts, ein riesig hagerer Mann sprengte als Wegweiser voran. Mehrere Male fragte ich den Alkalden, wer er wäre? ›Werdet es erfahren, wer er ist!‹ war seine Antwort.

Ehe der Morgen angebrochen, hatten wir fünfundzwanzig Meilen zurückgelegt, aber von den vier Kanonen zwei zurücklassen müssen. Noch wußten wir nicht unsere Bestimmung. Der General befahl den Leuten, sich mit Speise und Trank zu stärken. Wir sammelten uns um ihn zum Kriegsrate. Jetzt erfuhren wir den Grund unseres Nachtmarsches. Der Präsident und General en chef der Mexikaner stand keine Meile von uns in einem verschanzten Lager; zwanzig Meilen zurück General Parza mit zweitausend Mann, achtzehn unten am Brazos, General Filasola mit tausend, fünfundzwan- zog oben Viesca mit fünfzehnhundert. Nur ein rascher, entschlossener Angriff konnte Texas retten.

Kein Augenblick war zu verlieren, keiner ward verloren. Der General trat unter die essenden und trinkenden Männer und sprach:

›Brüder, Freunde, Bürger! General Santa Anna steht in einem verschanzten Lager, fünfzehnhundert Mann stark. Der Augenblick, der über Texas' Unabhängigkeit entscheidet, ist gekommen. Ist der Feind unser?‹

›Er ist unser!‹ riefen jubelnd die Männer, und mit dem Rufe rückten sie vor.

Zweihundert Schritte vom mexikanischen Lager angekommen, ließen wir unsere zwei Kanonen ihr Kartätschenfeuer eröffnen, hielten aber das unserer Stutzen zurück, bis wir auf fünfundzwanzig Schritte angedrungen; da gaben wir dem Feinde eine Salve, warfen dann Stutzen weg, und Pistole in der Rechten und Linken, Bowie-Messer zwischen den Zähnen, sprangen wir die Brustwehr hinan, schossen die wie betäubt erstarrten Mexikaner mit der einen Pistole vor die Köpfe, griffen dann zu den Bowie-Messern, und mit einem Hurra, dessen grausig-wilde Tonleiter mir noch heute durch die Ohren und Nerven gellt, brachen wir in das Lager ein.

Ganz wie beim Entern eines feindlichen Schiffes – das Schlachtmesser in der Rechten, die Pistole in der Linken – drangen die Leute vor. Was nicht niedergestochen, ward niedergeschossen, mit wildem Jubel, dämonischem Lachen, ganz dem desperaten Ungestüm tollkühner Seeleute, die das feindliche Schiff bereits als das ihrige betrachten.

Ich kommandierte am rechten Flügel, wo die Brustwehr in einer Redoute endigend steiler auflief. Hinangesprungen, war ich abgeglitten; ein zweiter Versuch fiel nicht glücklicher aus. Mit Hilfe eines meiner Hintermänner war ich zum dritten Male emporgeklimmt, aber durch meine eigene Schwere zurückgezogen auf dem Punkte, in den Graben hinabzufallen, als eine Hand von oben mich beim Kragen ergriff und die Brustwehr hinaufzog.

In der Verwirrung, dem Tumulte sah ich den Mann nicht, wohl aber das Bajonett, das ihm in dem Augenblicke, wo er mir half, in die Schulter drang. Er zuckte nicht, ließ nicht fahren, bis ich oben war, erst dann wandte er sich mit einem schmerzhaften Rucke zur Seite und hob langsam die Pistole gegen den Mexikaner, als dieser von dem herangesprungenen Alkalden niedergestochen ward. Da kreischte er ein ›no thanks to ye, Squire!‹, das mich selbst in dieser grausigen Szene noch grausig wild durchzuckte. Ich schaute mich um nach ihm, aber bereits war er wieder an der Seite des Alkalden im Kampfe mit einer Rotte desperat sich wehrender Mexikaner begriffen. Er focht nicht wie ein Mensch, der tötet, sondern wie einer, der selbst getötet sein will. Wie ein blinder angeschossener Eber drang er mitten unter die Feinde hinein, hieb links und rechts um sich, der Alkalde ihm zur Seite, wieder Hiebe und Stiche von ihm abwehrend.

Um mich hatten sich jetzt ein Hundert meiner Leute gesammelt; einen Augenblick überschaute ich das Schlachtfeld, wo wohl meine Hilfe am nötigsten sein dürfte, dann wandte ich mich, um vorzudringen.

In diesem Momente drang die Stimme des Alkalden in mein Ohr.

›Seid Ihr stark verwundet, teurer Bob?‹

Das ›teurer Bob‹, die kreischend ängstliche, beinahe verzweifelte Stimme des Alkalden durchzuckten, hielten mich zurück.

Ich schaute mich um.

Bob, wie er leibte und lebte, lag blutig, ohnmächtig in den Armen des Alkalden.

Noch einen Blick warf ich auf ihn, und dann rissen mich die Meinigen vorwärts, mitten in das Getümmel hinein dem Zentrum des Lagers zu, wo der Kampf am heißesten. Etwa fünfhundert Mann, der Kern der feindlichen Armee, hatte sich da um Generale und Generalstab wie ein Bollwerk gesammelt. Ein furchtbarer Knäuel, der sich verzweifelt wehrte! General Houston hatte sie mit dreihundert Mann angegriffen, war aber nicht imstande gewesen, ihre Reihen zu durchbrechen.

Was das erstemal nicht gelungen, gelang beim zweiten Angriff. Ein wildes Hurra gaben meine Leute, schossen jeder eine Pistole ab, und dann sprangen sie zugleich über die Leichen der Gefallenen und Fallenden in die zerrissenen Reihen ein.

Ein gräßliches Metzeln erfolgte. Nicht Menschen mehr waren diese sonst so friedlich ruhigen Bürger – eingefleischte Teufel! Ganze Reihen von Feinden fielen unter ihren Messern. Sie mögen sich eine Idee von der Gräßlichkeit dieser Metzelei geben, wenn ich Ihnen sage, daß die ganze Schlacht vom Angriffe bis zur Gefangennehmung der sämtlichen Mexikaner innerhalb zehn Minuten entschieden war, binnen dieser weniger denn zehn Minuten aber beinahe achthundert Feinde niedergeschossen, -geschmettert und -gestochen waren. Alle wären sie ohne Ausnahme niedergemetzelt worden – das Rachegeschrei: ›Keinen Pardon, denkt an Alamo, an Goliad, an den braven Fanning, Ward!‹ brüllte von allen Seiten –, aber General und Stabsoffiziere warfen wir uns vor die auf den Knien liegenden und ›Misericordia! quartel por el amor de Dios!‹ heulenden Mexikaner, drohten, unsere eigenen Leute niederzustechen, wenn sie nicht dem Blutbade ein Ende machten.

Das wirkte. Es gelang, den Rasenden Einhalt zu tun und so einen Sieg, der in der Geschichte Texas' gewiß als einer der schönsten glänzen wird, vor dem Makel unmännlicher Grausamkeit zu bewahren.

Aber erschöpft taumelte ich von der gräßlichen Schlachtbank zur Stelle hin, wo ich den Alkalden mit Bob gelassen.

Dieser lag, wohl aus sechs Wunden blutend, nur wenige Schritte von der Stelle, wo er mich heraufgezogen. Zu Kissen dienten ihm zwei übereinandergeschichtete Leichname. Das Haupt hielt ihm der zur Seite kniende Alkalde – so schmerzerfüllt, den Blick so wehmutsvoll düster auf die brechenden Augen, die erstarrenden Züge des Sterbenden geheftet! Wunderbar ergriff mich diese Szene. Ich trat mit etwas wie frommem Schauder näher. Bob war im Sterben begriffen. Aber es war nicht das Sterben eines Mörders, nicht mehr die gräßlich wilden Züge, der stiere, verzweifelnde Blick des Totschlägers – eine heitere Ruhe, ein frommes, besseres Bewußtsein verklärte das Antlitz, die Augen waren hoffend, flehend gen Himmel gerichtet.

Wie ich mich über ihn beugte, ihn mit bewegter Stimme fragte, wie er fühle, schien er seine Geisteskräfte nochmals sammeln zu wollen, aber erkannte mich nicht mehr. Nach einer Weile stöhnte er: ›Wie steht es um die Schlacht?‹

›Wir haben gesiegt, Bob! Der Feind ist tot oder gefangen, kein einziger entronnen.‹

›Sagt mir‹, röchelte er wieder nach einer Weile – ›habe ich meine Schuldigkeit getan? Darf ich zu Gott hoffen?‹

Mit erschütterter Stimme versetzte der Alkalde:

›Der Gottessohn, der dem Schächer am Kreuze verziehen, er wird auch Euch gnädig sein. Seine Heilige Schrift sagt: Die Engel im Himmel haben größere Freude über einen bekehrten Sünder als über neunundneunzig Gerechte. Hoffet, Bob! Der Allbarmherzige wird Euch gnädig sein!‹

›Dank Euch, Squire!‹ röchelte Bob – ›seid ein wahrer Freund, ein Freund bis in den Tod, im Tode. Wollt Ihr nicht für meine arme Seele beten? Ich fühle, sie ist am Scheiden. Mir wird so wohl!‹

Der kniende Alkalde betete:

›Unser Vater, der du bist in dem Himmel!‹

Unwillkürlich kniete ich neben ihm nieder.

Bei den ersten Bitten bewegten sich noch die Lippen des Sterbenden, dann verzog sie der Todeskrampf. Bei den Schlußworten –

denn dein ist das Reich und die Herrlichkeit – war das Auge bereits gebrochen, das Leben entwichen.

Mit schmerzvollen Blicken starrte der Richter den Leichnam eine Weile an, dann stand er auf und sprach leise: ›Der Gott droben will nicht den Tod des Sünders, sondern daß er lebe und sich bekehre. So dachte ich damals, als ich ihn heute vor vier Jahren vom Aste des Patriarchen schnitt.‹

›Heute vor vier Jahren –?‹ sprach ich erschüttert. ›Und Ihr habt ihn also abgeschnitten, auf daß er sich bekehre? Und hat er sich bekehrt? War er es, der uns gestern ins Lager vor Harrisburg die Nachricht vom Feinde brachte?‹

›Er hat mehr als das getan‹, versetzte der Alkalde, und eine Träne brach nach der andern hervor, ›er hat todesmüde und lebenssatt vier Jahre sein elendes, verachtetes, geachtetes Dasein fortgeschleppt. Vier Jahre hat er uns gedient, für uns gelebt, gekämpft, den Spion gemacht, ohne Hoffnung, Aussicht, Ehre, Trost, ohne eine einzige ruhige Stunde, ohne einen anderen Wunsch als den Tod. Die erhabenste Tugend, der höchste Patriotismus würde zurückschaudern vor den Opfern, die dieser Mann uns – Texas gebracht. Und er war ein sechsfacher Mörder! Gott wird seiner Seele gnädig sein! Wird er nicht?‹ fragte er wieder leise.

›Er wird es!‹ versetzte ich erschüttert.

Eine Weile stand er in tiefem Sinnen verloren; dann rief er plötzlich: ›Er muß es sein, Oberst! Er muß; denn glühte nicht in diesem Bob bis zu seinem letzten Atemzuge ein gewaltig göttlicher Funke? Loderte er nicht mächtig in ihm für Bürgerglück und Nächstenwohl? Lebte, litt er nicht für seine Mitbürger, Mitmenschen? Ah! wüßtet Ihr, Oberst!‹

Er zuckte, hielt inne, wie einer, der befürchtet, zuviel zu sagen.

Ich schaute ihn erstaunt an. Der Mann war auf einmal so außer sich geraten. Es fehlte nicht viel, daß er es unkonstitutionell an Gott gefunden hätte, Bob nicht zu begnadigen.«

»Ganz amerikanisch das!« unterbrach den Oberst hier der Supreme Judge.

»Doch merkte ich auch«, fuhr dieser fort, ohne auf die Unterbrechung zu achten, »daß hier denn noch etwas mehr als gewöhnliche Sympathie – daß ein wichtiges Geheimnis im Spiele sei. Der Alkalde war so gar außer sich, er, der sonst so kühl, ruhig, durch nichts aus dem Gleichgewicht gebracht werden konnte, sprach, gebärdete sich wie ein Wahnsinniger. Ich suchte ihn dem Walplatze, auf dem es wieder sehr laut werden zu wollen schien, zuzuziehen. Er, stieß mich beinahe rauh zurück.

›Ah! wüßtet Ihr! Dieser Bob –!‹

›Was ist mit diesem Bob, teurer Alkalde?‹

Er sah mich mit einem scheuen Blicke an, murmelte: ›Geht, geht, überlaßt mich meinem Schmerze!‹

Noch zauderte ich, aber mehrere meiner Leute kamen gerannt, zogen mich mit Gewalt dem Walplatze zu.

Alles war da in der größten Verwirrung, Santa Anna war nicht unter den Gefangenen – er war entwischt. Die Entdeckung, soeben gemacht, brachte die Gemüter in die furchtbarste Gärung. Begreiflich! An ihm war selbst mehr als an der gewonnenen Schlacht gelegen; denn Urheber der Invasion, allgewaltiger Präsident Mexikos, General en chef seiner sämtlichen Armeen, mußte seine Gefangennehmung das Schicksal des Krieges entscheiden. Der Sieg, so glänzend er auch ausgefallen, war verhältnismäßig nichts ohne ihn, denn eben die Gewißheit, ihn in unsere Gewalt zu bekommen, dem Kriege so mit einem Schlage ein Ende zu machen, hatte mehr als alles zur verzweifelten Tapferkeit angespornt. Und nun war er entwischt!

Ein sehr kritischer Moment! Wir hatten unter unseren Leuten ein paar Dutzend unglaublich desperate Gesellen, mit denen wir immer, die Pistole in der einen, den Degen in der anderen Hand, unterhandeln mußten. In einem Knäuel zusammengedrängt standen sie, Blicke auf die Gefangenen schießend, die uns in gar keinem Zweifel ließen.

Kein Augenblick war da zu verlieren. An der Spitze unserer bewährtesten Männer drangen wir rasch vor, nahmen die Gefangenen in unserer Mitte, und nachdem wir sie gesichert, begannen wir unser Verhör mit ihnen.

Es ergab sich, daß Santa Anna noch zu Anfang der Schlacht, ängstlich unseren Angriff beobachtend, in seinem Reisewagen gesehen worden. Er mußte also während unseres Eindringens in das Lager geflüchtet, konnte nicht sehr weit sein. Wir ließen diese frohe Botschaft sogleich durch Tagesbefehl verkündigen und trafen dann schleunig Anstalten zur Verfolgung des Flüchtlings. Hundert unserer Leute wurden mit den Gefangenen nach Harrisburg, hundert andere dem Flüchtlinge nachgesandt. Mir ward die letztere Aufgabe zuteil.

Es gab da trefflich ausgerastete Pferde; wir bestiegen sie und jagten in die Prärie hinaus. Eine heiße Jagd, wie Sie sich leicht vorstellen mögen, aber hing doch das Schicksal Texas' von ihrem glücklichen Erfolge ab! Den möglichst größten Umkreis beschreibend, drangen wir auf der einen Seite bis in die Nähe der Division Filasolas, auf der anderen in die Parzas vor; dann rückten wir einander näher und wieder unserem Lager zu. Lange war all unser Spüren vergebens; über vierzehn Stunden waren wir bereits im Sattel, mehr als hundert Meilen geritten, noch keine Spur von dem für uns so köstlichen Wilde!

Bereits waren wir dem Lager wieder sieben Meilen nahe gekommen, als endlich einer unserer tüchtigsten Jäger die Spur eines zarten Mannesfußes entdeckte, die in der Richtung nach einem Sumpfe sich hinzog. Wir folgten dieser Spur, gerieten in den Sumpf und fanden in diesem bis auf den Gürtel im Schlamme steckend einen Mann, etwa vierzig Jahre alt, aber ganz unkenntlich vor Schlamm und Kot. Halbtot zogen wir ihn heraus, wuschen ihn, erkannten ihn an den milden, aber tückischen blauen Augen, der hohen schmalen Stirn, der langen, dünn anfangenden, fleischig endigenden Nase, der herabhängenden Oberlippe und dem langen Kinn. Der Beschreibung nach konnte es kein anderer als Präsident Santa Anna sein. Er war es auch, obwohl mich seine unglaubliche Feigheit lange in Zweifel ließ, denn auf die Knie warf er sich vor uns, um Gottes, aller Heiligen willen bat er, ihm nichts am Leben zu tun. Keine Versicherung, Beruhigung, selbst mein Ehrenwort und Schwur vermochten nicht, ihn zum Gefühl dessen, was er sich selbst schuldete, zu bringen.

Ich war sehr froh, als wir mit ihm im Lager ankamen. Gerade wie wir einritten, wurde Bob mit militärischen Ehren begraben. Alle Offiziere waren bei dem Leichenbegängnisse. Das wunderte mich nicht so sehr, als daß der Alkalde als Leidtragender erschien. Ich fragte, forschte, aber er gab keine Antwort. Nie sprach er mehr ein Wort über Bob, und wenn ich die Rede auf ihn lenkte, verzog sich immer sein Gesicht in düstere Falten. Was weiter folgte« – fuhr der Oberst fort – »wissen Sie aus den öffentlichen offiziellen und nichtoffiziellen Berichten.

Mit Santa Annas Gefangennehmung war der Krieg in der Tat am Ende. Noch an demselben Abende ward zwischen uns und dem Chef der Armeen von Mexiko Waffenstillstand abgeschlossen. Er selbst sandte dem ihm zunächst kommandierenden General Filasola Order, sich mit seiner Division sowie der General Parzas nach Bexar zurückzuziehen. General Viesca erhielt den Befehl, nach Guadaloupe Vittoria aufzubrechen. So waren zwei Drittel Texas' geräumt, wir einen Monat später wieder im Besitze des ganzen Landes. Zugleich hatte sich der Ruf von unserem Siege unglaublich schnell verbreitet. Von allen Seiten kamen Volontärs; nach drei Wochen hatten wir wieder eine Armee von mehreren tausend Mann, mit denen wir den Feind nacheinander aus seinen Positionen manövrierten. Zum Gefechte kam es nicht mehr, denn er hielt nicht mehr Stich; hundert der Unsrigen waren hinlänglich, Tausende von Mexikanern zu verjagen. Ehe noch Santa Anna an die Zentralregierung von Washington abgeliefert wurde, war Texas ganz frei.

Er hatte jedoch manche Unannehmlichkeiten, ja Mißhandlungen zu erdulden, dieser Santa Anna, doch war es seine Schuld; denn obwohl es rohe Leute unter den Unsrigen gab, würde sich doch keiner so tief erniedrigt haben, einen gefangenen Feind zu kränken. Auch war es nicht so sehr die unmenschliche Grausamkeit, mit der er gegen schuld- und schutzlose Weiber und Kinder gewütet, als die wahrhaft ekelhafte Niederträchtigkeit und Feigheit, die alle empörten, ihm so Mißhandlungen zuzogen. Später, als Gesetz und Disziplin wieder in Kraft getreten, hörten sie freilich auf – er wurde ganz seinem hohen Range gemäß behandelt; es ist dieses jedoch eine Saite, deren Berührung einigermaßen unangenehme Empfindungen heraufruft!

Doch genug und mehr als genug von ihm. Er wird schwerlich mehr je wagen, seinen Fuß auf texasischen Grund und Boden zu setzen, so wenig als ein anderer, und wagt er es, so wird sein Los nicht glücklicher ausfallen. Texas ist jetzt in der Verfassung, in der es wohl Mexiko, Mexiko aber nicht ihm mehr furchtbar sein kann. Es besitzt ein Heer, dem es ein leichtes wäre, bis zum alten Tenochtitlan vorzudringen – die ganze Republik über den Haufen zu werfen.

Das wollen wir jedoch nicht. Auf Texas hatten wir volles Anrecht; dieses Anrecht haben wir auch behauptet. Von der mexikanischen Regierung eingeladen, waren unsere Bürger mit Hab und Gut, mit Weibern und Kindern gekommen, hatten sich unter unsäglichen Mühseligkeiten und Drangsalen Häuser und Pflanzungen, Dörfer und Städte gebaut und gegründet. Nachdem sie diese gebaut und gegründet, kamen die heimtückischen Machthaber und wollten sie wieder aus dem Lande hinaus, die Städte und Pflanzungen für sich haben. Europäische Sklaven würden gehorcht, freie amerikanische Männer haben – empört widerstanden. Da haben Sie die kurzgefaßte Geschichte der Gründung, Entstehung, Empörung und – Freiheit Texas'.

Recht gerne gebe ich übrigens Ihnen zu, daß bei dieser Gründung, Entstehung und Empörung manches mit untergelaufen, das ebensowenig die strenge Prüfung der Moralphilosophie als der völkerrechtlichen Kritik aushalten dürfte; aber Staaten und Reiche werden weder auf der Kanzel noch auf dem Katheder – sie werden auf dem Schlachtfelde durch offene brutale Gewalt gegründet.

Jede Gewalttätigkeit, Eroberung aber ist schon an und für sich ungerecht, Verbrechen. Bei jeder Eroberung sind Ungerechtigkeit, ja Verbrechen mit im Spiele; auch bei der unsrigen waren sie es, nur mit dem Unterschiede, daß wir sie zwar benutzten, aber nicht selbst Verbrecher, nicht die Gebote der Natur, nicht die der Offenbarung je verletzten. Hatte Mexiko ein Recht auf Texas, so hat es dieses durch Unrecht, das es an uns begangen, nicht nur längst eingebüßt, die hohen Interessen der Freiheit, politischer sowohl als religiöser, forderten dringend die Losreißung von dem verdorbenen Mutterlande.

So räsonierten unsere großen Revolutionsmänner. Ich gestehe zwar, daß diese Räsonnements nichts weniger als stichhaltig von den Hugo Grotius' und Puffendorfs gefunden werden dürften; allein was wäre aus England, was aus der Welt geworden, wenn Professoren des Völkerrechtes das Rad der Weltgeschichte gerollt hätten! Wer gab den britischen Handelsleuten Rechte auf Ostindien, wer ihren Königen auf Massachusetts, Rhode Island, Virginien?

Das Recht des Stärkeren, nicht wahr? Es hat aber dieses Recht des Stärkeren wieder bei allem Unrechte, das es in seinem Gefolge mit sich bringt, sehr viel Gutes, ja so viel Gutes, daß es das Schlimme bei weitem überwiegt. Die gewaltsame Besitzergreifung der Wildnisse von Massachusetts und Virginien hat eines der größten Reiche der neueren Zeiten gegründet, die Faktoreien in Ostindien werden einst ein in tausendjährigem Schlafe gelähmtes Volk zu gleichem Ziele führen! Das Weltrad wird in seinem raschen Laufe nicht von Zwerg-, sondern von Riesenhänden getrieben. In seinen gewaltigen Revolutionen zermalmt es die Schwachen, die Stärkeren bewältigen – leiten es. Solche starken Riesenhände waren auch – lächeln Sie, soviel Sie wollen – in Texas tätig; wahre Riesenseelen, Männer, ich wiederhole es, die unter den groben Filzhüten die feinsten Köpfe, unter den rauhen Hirschwämsern die wärmsten Herzen, die eisernsten Willen bargen, die Großes wollten, die dieses Große auch mit den geringsten Mitteln durchgeführt, religiöse und politische Freiheit errungen, einen neuen Staat gegründet haben, der, so unbedeutend er Ihnen gegenwärtig erscheinen mag, sicher zu großen Dingen bestimmt ist.

Auf alle Fälle gereicht die Gründung dieses Texas-Staates unserer Handvoll von Bürgern zur Ehre. Sie hat bewiesen, diese Handvoll, wie sie die größten Dinge mit den geringsten Mitteln durchzuführen wisse.

Wir haben der Fehler viele, sehr viele, aber wir besitzen auch wieder Tugenden, die siegend über diese Fehler und Gebrechen hervortreten, uns Großes verbürgen. Die Tugenden sind aber eine unerschütterliche Willensfestigkeit und ein – alles aufopfernder Patriotismus, ein Patriotismus, der selbst in der tiefsten moralischen Verworfenheit noch glänzend sich bewährt. Nicht betrauern, nicht bemitleiden dürfen wir Bob, aber seinem aufopfernden Patriotismus

Gerechtigkeit widerfahren lassen, das dürfen wir. Und wo ein solcher Patriotismus herrscht, läßt sich Großes erwarten.«

Der Oberst schwieg und erhob sich.

Seine Zuhörer blieben jedoch sitzen, schauten Bilder und Armleuchter, Fußteppiche und Bouteillen an – keiner sprach ein Wort. Mehrere Minuten herrschte eine tiefe Stille.

Endlich stand der General auf

»Oberst!« sprach er, »Ihr habt uns da etwas erzählt, auf das ich, so wahr ich lebe, nichts zu sagen weiß. Ich kann nicht, auf Ehre! Ich kann nicht. Wunderbare Gedanken durchkreuzen mir das Gehirn. Die Skizze des Krieges, die Aufschlüsse, die Ihr uns über den Ursprung desselben, den Fortgang gabet, sind sehr dankenswert. Ihr gabt uns in der Tat einen Leitfaden, mit Hilfe dessen wir die Zustände Texas' erst jetzt richtig zu beurteilen imstande sind. Das ist, wie gesagt, höchst dankenswert. Auch stimmt, was Ihr von dem Treffen am Salado, der Belagerung von Bexar, der Schlacht bei Louisburg sagtet, vollkommen mit dem überein, was wir bereits aus offiziellen und nichtoffiziellen Berichten wissen. Wir danken Euch verbindlichst dafür. Nur Eure Geschichte mit Bob – verzeiht mir, diese Eure Geschichte mit Bob, Oberst, diese Geschichte, so wahr ich lebe! – ich weiß nicht, was ich dazu sagen soll! Je länger ich darüber nachdenke, desto seltsamere Gedanken kommen mir. Wenn ich nicht wüßte, daß Ihr von einem guten, einem unserer besten Häuser, fürwahr, Oberst –!«

»Es läßt sich, meiner Seele, nichts darauf sagen«, fiel Oberst Oakley ein, »ganz bizarre Gedanken kommen einem.«

Der Texaser versetzte ruhig, doch ein bißchen spöttisch: »Es sollte mir leid tun, Gentlemen, euren zarten Gewissen einen Stachel zurückgelassen zu haben. Erinnert euch jedoch, daß ihr es waret, die mich aufgefordert zu erzählen, wie ich nach Texas kam. Das tat ich nun, und da mich mein Geschick mit Bob und dem Alkalden verflochten, ja ich recht eigentlich durch die beiden in das von Texas hineingezogen worden, so mußte ich ihrer wohl erwähnen. Doch, wie gesagt, sollte es mir unendlich leid tun, euch auch nur den leisesten Skrupel verursacht zu haben. Tröstet euch jedoch, denn auch ich hatte diese Skrupel, und lange hatte ich sie; jetzt aber sind sie mir vergangen; denn allmählich sah ich ein, daß mein Freund, der Alkalde, der, ich versichere euch, gleichfalls aus sehr gutem Hause ist, ganz recht hatte, wenn er sagte, daß es uns wahrlich nicht zukomme, über Menschenwert und Unwert das Endurteil abzugeben oder gar uns über arme Teufel zu schockieren, durch die der große Staatsmann droben weit wichtigere Endzwecke erreicht als wir mit einem ganzen Dutzend kleiner – reicher Teufel.«

Er verbeugte sich und verließ dann den Saal.

Es entstand wieder eine Pause.

»Wollen darüber ausschlafen«, riefen endlich mehrere Stimmen.

»Ausschlafen?« schrie der rotnasige Steward, scherzweise der Mayordomo genannt, »ausschlafen! Ohne Punsch ausschlafen – ohne Punsch, der erst Skrupel löset!«

»Freund Phelim!« gab ihm der Supreme Judge zur Antwort, »es ist Zeit zu gehen und zu schlafen, die Uhr weiset auf Mitternacht.«

»Hohe Zeit!« bekräftigten alle.

»Ausschlafen! Mitternacht!« schrie Phelim. »Honies! hochachtbare, ehrenhafte, tapfere, großmächtige Honies! Ausschlafen, ohne euren Rum, euren Punsch getrunken zu haben, Honies!«

»Phelim! Phelim!« rief lachend der General, »ich glaube, du hast statt unser getrunken. Halte dafür, wollen den Punsch und Rum auf das nächste Mal lassen.«

»Aufs nächste Mal lassen!« schrie wieder mit gellender Stimme Phelim. »Um Jasus, ja Sankt Patricks willen! Hochachtbare Herren! Das nächste Mal, bedenkt, Herren! Das nächste Mal seid ihr alle, wo Kishogue ist. Erbarme dich ihrer, St. Patrick! Sie wissen nicht, was sie tun!«

Und so schreiend, heulend hopste, sprang der Irländer so toll im Saale herum!

»Den Punsch aufs nächste Mal!« schrie er außer sich, »den Johannistrunk verschmähen! – Wollt ihr? Wißt ihr, was ihr tut? St. Patrick!« heulte er wieder, »sie wissen nicht, was sie tun, wissen nicht, daß sie sich Kishogues Fluch zuziehen.«

»Kishogues Fluch!« rief lachend Oberst Oakley.

»Lacht nicht Oberst! Lacht nicht! Bitte, beschwöre Euch, lacht nicht, sonst weint Ihr, ehe vierundzwanzig Stunden vergangen.«

»Was will nur der närrische Bursche?« fragte, der Tür zutretend, der General.

»Kishogues Fluch!« schrie abwehrend Phelim.

»Was habt Ihr aber mit Eurem Kishogue?« rief wieder der General. »Ihr habt des Kishogue zuviel, sehe ich.«

»Zuviel?« schrie der Irländer. »Zuviel?« heulte er, mit Händen und Füßen um sich schlagend.

»Was ist Euch, Phelim? Was habt Ihr mit Eurem Kishogue?«

»Was ich mit Kishogue habe? Wollt ihr's wissen, was ich habe? Ganz Irland weiß es. Wollt ihr? Wollt ihr? – O tut's doch, fürtrefflichste, hochachtbarste, gewaltigste Herren! Tut, hört doch, geht nicht eurem Untergange entgegen!«

»Wohl, so sag an!« sprach ernster der General.

»Ei, will, will!« sprudelte der Irländer heraus. »Will, wenn Ihr hören wollt. Wer Ohren hat, zu hören, der höre!«

Mit rollenden Augen hob er an:

Der Fluch Kishogues
oder
Der verschmähte Johannistrunk

»Seht! 's war 'nmal ein gewaltig glorioser Bursche, Kishogue genannt, und einen mächtiger gloriosern Jungen gab es gar nicht in den sieben Pfarrgemeinden, was nur Trinken, Froliken, Balgen, Spielen oder Karessieren betraf, und dieses letztere schon gar, war euch geradezu der Hahn im Korbe aller schmucken muntern Dirnen weit und breit, auch ein wahrer Kampfhahn in der Fertigkeit, eine gute, heilsame Prügelsuppe einzubrocken auf Jahrmärkten oder Leichenwachten, der seinesgleichen weit und breit nicht hatte, mit einem Worte, die Blume und Zierde der irischen Burschenschaft ganz und gar.

Zwar hielten wieder die alten Gentlemen und Herren nicht ganz und gar soviel auf ihn, versteht ihr, die alten, gesetzten Herren; denn was wieder die jungen Squires betraf, bei Jasus! so hatten die den Narren doppelt an ihm gefressen, so daß sie ihn schier wie einen ihresgleichen ästimierten, und kein Wunder! Wußten wohl, daß Kishogue der Bursche war, irgendeinen Schabernack an- und eine Teufelei auszurichten, und war das just, was sie wollten; aber dann die Vernünftigen, Gesetzten, die Gewichtigen, wißt ihr, die den Beutel und das Regiment in der Grafschaft führten, die eigentlichen Herrschaften, versteht ihr, was man so eigentlich die Gentlemen nennt, die waren wieder mit seinem Hantieren nicht so ganz zufrieden und schüttelten oft die Köpfe, sagten auch öfters, sagten sie, daß, wenn Kishogue aus dem Lande, Haut und Haar und Knochen dazu, das Land um keinen Flederwisch schlimmer daran wäre, und die Hasen und Rebhühner und Rehe sich den Hals auch nicht abreißen, und die Forellen und Lachse sich die Augen auch nicht ausweinen würden. Aber konnten ihm bei alledem eigentlich nichts anhaben oder ihn in die Klemme bringen, denn war euch ein so gewichster Bursche, schlauer als euer dreimal gepürschter Fuchs schier nicht in die Falle zu bringen, schlief auch wie ein Wiesel mit offenen Augen.

Wohl! war das denn so lange die Art und Weise, in der er es trieb, und eine froliksame Weise für ihn war es, bei Jasus! und keiner glücklicher als Kishogue: denn war er nicht bloß glücklich wie viele bei Tage, sondern auch wie wenige bei Nacht. Bis endlich der Teufel es haben wollte und er in einer Nacht, wo er gerade recht glücklich gewesen – kehrte von Peter Flanegans, der, wißt ihr, den besten Potsheen und die schmuckste Tochter weit und breit hatte, heim –, in ein Mißverständnis hineintappte, und wie er in dieses Mißverständnis hineintappte, ist, bei Jasus! noch heutigentages nicht klar in Anbetracht, daß die Nacht stockfinster und er einen Sparren zuviel hatte. Aber ein Mißverständnis war es, und war das das Mißverständnis, wißt ihr, daß er meinte, es sei seine eigene Mähre, die eingebrochen in des Squire Wiesengrund, und daß, so meinend, er sie fing, die Mähre, in der Meinung, wißt ihr, es sei seine eigene. Aber war es nicht seine eigene, sondern des Squire Rotschimmel, den er für seine Mähre hielt; alles aus purem Mißverständnis, wißt ihr, und weil er glaubte, sie sei hinübergesprungen über den Wiesenzaun. Und da er das nicht haben wollte, trieb er sie in seinen eigenen Stall, und daß sie ihm ja nicht wieder hinüberspringen möchte, weiter nach Clanmarthen, wo er, um nicht wieder mit ihrem Entspringen geplagt zu sein, sie für ein Dutzend ganz funkelnagelneuer Goldfüchse versilberte. Und wie er das tun und in das ganze lange Mißverständnis hineinplumpen konnte, ist bis dato noch nicht recht klargeworden, maßen es zwar Nacht, aber denn doch auch wieder Tag gewesen; aber hatte er einen Tropfen zuviel, und ein Tropfen zuviel bringt oft, wißt ihr, böses Spiel.

Und es war ein böses Spiel, in das dieses Mißverständnis unseren Kishogue brachte, ein trauriges Spiel, um so trauriger, als er es nicht eher gewahr wurde, als bis es zu spät war und der Constable eintrat und ihm sagte, er sollte mit ihm gehen.

Schaut aber der Kishogue den Constable gar groß an und reißt die Augen weit auf, wie er ihn so sagen hört, daß er mit ihm gehen soll, und kratzt sich hinter den Ohren und wollte lange nicht mit der Sprache heraus, sagt aber endlich:

›Und warum soll ich mit Euch gehen?‹ sagt er.

›Oh!‹ – sagt der Constable – ›du weißt's nicht 'nmal? Haha! Du weißt's nicht 'nmal? Tust ja gar gewaltig unschuldig!‹

›Und warum sollt ich nicht unschuldig tun, der ich so unschuldig bin wie das neugetaufte Kind? Und wahr ist's auch noch. Und wohin wollt Ihr, daß ich mit Euch gehen soll, wenn ich so frei sein darf zu fragen?‹

Und schrie Kishogue die ersten Worte schier trotzig, aber bei den letzteren fiel ihm die Stimme gar kläglich, heulte schier.

Und sagt darauf der Constable ganz kurz: ›Zum Jack sollst du mit.‹

›Zum Jack soll ich?‹ heulte der Kishogue mehr und mehr.

›Und warum soll ich zum Jack?‹

›Just wegen dem Squire seinem Rotschimmel, den du ihm vor drei Tagen aus seiner Wiese gestohlen‹, sagt der Constable.

›Das ist das erste, was ich höre‹, sagt der Kishogue.

›Und bei meiner Treue! Es wird nicht das letzte sein, das du hörst‹, sagt der Constable.

›Aber, bei Jasus!‹ sagt der Kishogue, ›es ist doch nicht Mord oder Totschlag, weder Raub noch Plünderung für einen Mann, sein eigenes Stück Vieh heimzuführen?‹

›Nein‹, sagte der Constable, ›aber es ist Einbruch, eines anderen Roß aus seinem Gelände wegzukapern. Burglary, weißt du!‹

›Aber wenn ich nun sage, es war ein Mißverständnis.‹

›Bei St. Patrick!‹ sagt der Greifauf, ›wird dich teuer zu stehen kommen, das Mißverständnis!‹

›Herr Jasus!‹ schrie Kishogue, ›das ist eine trostlose Aussicht, aber es hilft nun 'nmal alles Flennen nicht, und so hol's der Teufel! Will mit Euch gehen.‹

Und wohl half alles Reden nicht, und hätte er ebensowohl den Mühlsteinen von Macmurdoch Jigs aufpfeifen können, würde sie ebensoleicht zum Tanzen als den Greifauf zur Vernunft gebracht haben, und war, bei St. Patrick! das Ende vom Liede, daß er zum Jack oder, was dasselbe sagen will, ins Loch mußte.

Und lag er sonach im Loche und in der Soße, wie Paddy Wards Spanferkel im Pfeffer und Essig, bis die Assisen kamen, was Kishogue gar nicht lieb war, denn war immer ein rühriger Bursche, dem 's Blut wie Quecksilber in den Adern tanzte und 's Herz am rechten

Flecke saß; war auch viel zu stolz, dem Könige da Verbindlichkeiten schuldig sein zu wollen für Kost und Quartier und Transportunkosten nach wer weiß in welch queeres Land; zu geschweigen, daß für einen Jungen wie er, gewohnt, Tag und Nacht auf den Beinen zu sein und im Lande herumzujagen und zu froliken und zu karessieren, das Strecken und Recken auf dem hölzernen Sofa mit dem Strohkissen schon gar widerwärtig; obwohl, zur Ehre seiner Kameraden sei es gesagt, sie wieder ihr äußerstes taten, sich's aus Leibeskräften angelegen sein ließen, ihm sein Logement angenehm zu machen; denn war gar mächtig gewaltig beliebt im Lande, und kamen des Morgens, Mittags und Abends, so daß der Schließer alle Hände voll zu tun hatte mit Aus- und Einlassen und Auf- und Zuriegeln. Kamen und gingen in einem fort, wie Peggy Millagans Bettlaken.

Wohl kamen zuletzt auch die Assisen heran, und mit ihnen der Sheriff und die Richter und die Zeugen, alle auf das Heilige Buch geschworen, nichts als die Wahrheit zu sagen, reine, pure, lautere Wahrheit. Und war denn der arme Kishogue der allererste, der in die Pfanne kam von wegen des Squire seinem Rotschimmel, den er für seine Mähre genommen. Und sollte es schier eine zu heiße Pfanne für ihn werden, denn hatten sich hoch und teuer verschworen, einmal ein Exempel zu statuieren, und sagten ihm, wie er vor die Gerichtsschranken kam, er solle seine Hand aufheben. Und hob er unerschrocken seine Hand auch auf, und eine schönere, tüchtigere Hand gab's euch nicht, noch eine kräftigere Faust, eine wahre Staatsfaust, die auffallen und dreinschlagen konnte, trotz 'nem Schmiedehammer. Ganz unerschrocken hebt er sie auf, aber wie er sie so aufhebt, bemerkten die Leute, daß sie zitterte, und nahmen das für ein böses Zeichen, die Leute, das Zittern, sahen ihm auch alle an, daß ihm der Spaß nicht so ganz gefiel. Wem, der Teufel! sollte er auch gefallen?

Wohl, war euch ein Männlein da in einem schwarzen Rockelor und einer gepuderten Perücke und Brille, das hin und her schnellte und aufschnellte und seine Brille putzte und dann einen Pack Geschriebenes vor sich tat und daraus las und las, so daß ihr geschworen hättet, er würde alle Tage seines Lebens nicht fertig. Ging ihm vom Maule wie einer Klappermühle, und alles, was er las, ging über den armen Kishogue her, wie wir später hörten, aber damals nicht verstanden, was der schäbige kleine Wicht von Advokat alles über ihn las, und die Lügen, die er herausklapperte, worüber der arme Kishogue, der nicht die Hälfte davon getan, schier in Angst geriet und die Courage verlor, aber nach einer Weile wieder Mut faßte. Und wie der schäbige Knirps gar nicht aufhören will, so schreit er: ›Und, bei Jasus! alles, was das kleine Perückenmännlein da sagt, ist erstunken und erlogen, und wenn ich nur die Hälfte davon getan habe, so will ich – ‹

›Stille im Gerichtshofe!‹ schreit der Weibel.

Wollt ihn so zum Schweigen bringen.

›Bei Jasus! da ist keine Gerechtigkeit für einen armen Jungen!‹ schreit Kishogue, ›Zeter, Mord und Totschlag!‹ schreit er, ›soll eines Mannes Leben weggeschworen und –geplärrt und –gekrächzt werden auf diese Manier und Art und Weise, und darf er kein Wort dazu sagen?‹

›Halt's Maul!‹ schreit der Lordrichter.

Und mußte Kishogue richtig das Maul halten, bis das Perückenmännlein alles ausgelesen, und als er endlich alles ausgelesen, wirft er das Geschreibe alles auf den Tisch und fragt Kishogue:

›Schuldig oder nicht schuldig?‹

›Ich hab's nicht getan‹, schreit und heult Kishogue.

›Antworte, wie du geheißen wirst‹, sagt der Brillenmann, ›schuldig oder nicht schuldig?‹

›Aber es war ein Mißverständnis!‹ heult wieder Kishogue.

›Hol dich der Henker! Kannst du nicht Antwort geben, wie du geheißen wirst?‹ sagt der Lordrichter, ›schuldig oder nicht schuldig?‹

›Nicht schuldig!‹ sagt endlich Kishogue.

›Glaub dir's nicht!‹ sagt der Lordrichter.

›Weiß es wohl, daß Ihr's nicht glaubt‹, schreit Kishogue, ›seid ja dafür bezahlt, die Leute zu hängen, und ist Euer tägliches Brot, und je mehr Ihr hängt, desto größer Euer Lohn.‹

›Hast ein bewegliches Züngelchen, Bursche!‹ sagt der Lordrichter.

›Ah! bei Jasus!‹ sagt Kishogue, ›werdet es bald unbeweglich machen, mein Züngelchen, Ihr und der Galgenmann.‹

Und war, bei St. Patrick, nicht weit vom Ziele, der arme Kishogue; denn brachten ihn euch doch so in die Klemme, daß er nicht mehr schwitzte, sondern dampfte und zuletzt das Maul gar nicht mehr aufzutun wagte, einen solchen Schwarm von Zeugen ließen sie auf ihn los, und schworen die euch Stein und Bein auf ihn und sein Leben, so daß er zuletzt ordentlich konfus wurde und schier nicht mehr wußte, ob er noch am Leben oder schon am Galgen, so setzten sie ihm zu mit Fragen und Gegenfragen und Kreuzundquerfragen und Examinationen und Gegenexaminationen. Und, bei Jasus! waren die queersten Examinationen, die je gehört worden, und die Zeugen, sie schworen euch, hätten euch, bei meiner armen Seele! faustdicke Löcher in den funkelnagelneuesten Eisentopf hineingeschworen. Nicht, daß Kishogues Freunde und Kameraden nicht auch ihre Schuldigkeit getan – ei, standen wie Männer und schworen aus Leibeskräften und Stein und Bein, daß es eine wahre Freude zu hören, vermeinten auch, es dahin zu bringen, daß sie ein Alibi ausmachen könnten, wißt ihr, ein Alibi, was sagen will, daß Kishogue, wie das Mißverständnis vor sich gegangen in der Nacht, ein Dutzend Meilen oder ein paar weiter weg gewesen und nicht in des Squire und seines Rotschimmels Nachbarschaft. Aber wollte alles nichts helfen und Richter und Geschworene nichts davon hören, und wurde der arme Kishogue verurteilt, gehangen zu werden, und setzte der Lordrichter seine schwarze Kappe auf und sprach gar viele und schöne und erbauliche Worte und gab ihm gar heilsame Ermahnungen und gute Räte. Und war nur schade, daß der arme Kishogue die guten Räte und heilsamen Ermahnungen nicht früher erhalten, sondern erst, als es zu spät war. Und waren die letzten Worte des Richters:

›Der Herr sei deiner Seele gnädig! Amen.‹

›Dank Euch, Mylord!‹ sagte Kishogue, ›obwohl es selten ist, daß Glück und Segen nachkommt, wo Euer Gebet und Amen vorangegangen.‹

Und sicher und gewiß war der arme Kishogue verurteilt, den nächsten Samstag darauf ausgeführt und gehangen zu werden. Und den nächsten Samstag ward er auch ausgeführt, um gehangen zu werden.

Waren aber die Straßen, durch die er mußte, so voll Menschen, wie ihr alle Tage eures Lebens nicht geschaut; hatten ihn gar so gern, alle Menschen. War es aber damals die Mode, vor der Stadt gehangen zu werden, ganz und gar nicht wie heutzutage, wo die Leute es viel bequemer haben und geradezu vorm Fenster ihres Armensünderstübchens aufgehangen werden; aber wußte man halt in jener Zeit nichts von verfeinerten und humanen Gefühlen und die Galgen komfortabel und bequem zu stellen und einzurichten, sondern steckte die Leute in einen Karren, just wie euer Pächter die Mastschweine, die er zu Markte fährt, und ging es so fort, holterdipolterdi durch die ganze Stadt, dem Galgen zu, der immer eine gestreckte halbe Meile vom Tore weg lag.

Wohl, wie nun der Karren mit dem armen Kishogue um die Ecke der Kreuzstraße herumkommt, wo Wittib Hullagan ihre Pintenschenke hatte – ehe die schäbig räudigen Plärrer, die Methodisten, sie niedergerissen und dafür ein geistliches Versammlungshaus hinstellten – hole sie der Henker, die schäbigen, winselnden Hunde, die allen Zeitvertreib verderben, wo sie sich nur immer einnisten! – Ja, das darf ich auch nicht vergessen, wenn immer der Karren mit der ganzen Prozession an die Ecke zu kommen pflegte, was geschah anders, als die Prozession hielt an und heraus kam ein Fiedler, auf seiner Geige aufspielend und die Prozession anführend, und die Wittib Hullagan mit einem tüchtigen Kruge Würzwein oder Punsch zur Stärkung des armen Sünders und dem, was ihm bevorstand; denn ist so eine Spazierfahrt zum dreibeinigen Roß, wißt ihr, eben nicht die pläsierlichste, selbst wenn man für eine gerechte Sache stirbt, wie Uncle Meigs sagte, als er gehangen wurde, weil er den Akzisemann von Londonderry kaltgemacht.

Wohl denn, wißt ihr, hielten also richtig immer an der Wittib Hullagans Pintenschenke an, und das eine gute Weile, denn wollte man nicht dem in der Equipage die letzte Gottesgabe verkümmern durch allzugroße Eile, auch ihm eine gute Gelegenheit geben, ein Wort oder so mit trauten Freunden oder Freundinnen im Vorbeigehen zu schwätzen; zu geschweigen, daß es gar erbaulich und trostreich fürs Volk zu schauen, wie einer der Seinigen sich letzt und gebärdet und ein armes Sündergesicht schneidet.

Wohl, wie es nun schon zu gehen pflegt und der Böse zuweilen sein Spiel treibt, so war an diesem Samstag, wie der Karren mit dem Kishogue vor der Pintenschenke ankommt, kein Fiedler weder zu sehen noch zu hören. Kam euch aber aufgezogen, der Kishogue, so mutig und tapfer, als säße er in Mylord Leutnants Staatswagen, und gar nicht bleich und niedergeschlagen. Aber in der Sekunde, wo der Karren anhält, springt er auf wie ein Bock und brüllt euch wie ein Stier, brüllt er: ›Schickt mir den Tom Riley heraus; alsogleich schickt mir den Tom Riley heraus, daß er mir aufgeige und das Herz kräftige mit dem Stücke von den Buben von Mallow!‹

Denn war ein Mallowbursche, sicher und gewiß, und gar stolz auf seinen Geburtsort.

Wohl, wie es nun der Teufel schon haben will und er so nacheinander wohl ein dutzendmal aufbrüllt und wie rasend im Karren heraufspringt, war alles still, kein Tom Riley zu sehen, kein Tom Riley zu hören, und war die Ursache davon, daß er nicht da war, weil er toll und voll in einem Graben nicht weit von Blarneys lag.

War auf dem Heimwege von der Beicht, wißt ihr, und hatte aus lauter Freude, daß ihm der Pfaffe seinen Sündenpack abgenommen, sich etwas zugut getan und war darüber in den Graben gefallen und eingeschlafen, wißt ihr.

Und wie nun Kishogue hört, daß er sein Leibstück und Lied nicht haben kann, wird er euch doch so totenblaß und bleich, sah euch geradezu aus, als ob er schon am hölzernen Rosse hinge, und ging es ihm so zu Herzen, daß er absolut von gar nichts mehr hören, keinen Trost mehr annehmen wollte und geradezu nach dem Galgen verlangte, seiner Lebensqual mit einem Male ein Ende zu machen.

›Oh! bringt mich fort, bringt mich fort!‹ schreit und heult er. ›Will von nichts mehr wissen, will nichts mehr hören! Oh, bringt mich weg‹, schreit er in Verzweiflung, ›denn Tom Riley hat mich betrogen, hat versprochen, mir aufzufiedeln die Buben von Mallow, auf daß ich stürbe wie ein wackerer Bube von Mallow. Oh, bringt mich weg – weg – kann nicht sterben wie ein wackerer Mallowbube!‹

›O Herzensbübchen! Kishoeguechen! Perlchen! Schätzchen!‹ schreit wieder die Wittib Hullagan, ›o Schätzchen, Täubchen!‹

kreischt sie, ›nimm das Nasse gleichwohl, o nimm es und trink und letze dich und laß dir Zeit, Püppchen, Schätzchen! O Perlchen, Kishoguechen! Trink um der gloriosen Jungfrau Ursula und aller ihrer dreiunddreißigtausend Jungfrauen willen!‹

War euch nämlich eine gar fromme und gottesfürchtige Frau, die alte Wittib Hullagan, und in der katholischen Kirchengeschichte schier so gut wie der Pfaffe bewandert, auch mächtig empfindsam, so daß sie richtig immer mit dem armen Sünder zum Galgen ging und das Trinken umsonst hergab, und wäre er wildfremd gewesen. War es aber ein besonderer Freund, dann mußte sie immer zunächst dem Galgen sein und seine Abfahrt mit ansehen. Ach, war euch eine köstliche Frau, die alte Hullagan, und hättet sie hören sollen, wie sie jetzt schrie: ›Kishogue, mein Schätzchen, mein Perlchen! o nimm doch das Nasse!‹ – und wie sie ihm den vollen Krug zum Karren hinaufhielt.

Und war euch ein so rundbauchig gewaltiger Krug, voll des köstlichst gewürzten Weines und Branntweines, ein Lord hätte ihn trinken mögen!

Wollt ihn aber nicht anrühren, der arme Kishogue. ›Fort aus meinen Augen‹, schreit er, ›fort! Mein Herz ist betrübt bis in den Tod, denn Tom Riley hat mich betrogen, hat mir versprochen aufzufiedeln, auf daß ich fröhlich und tapfer stürbe wie ein wahrer Mallowbube – und kann nicht wie ein Mallowbube sterben!‹ heult er gar kläglich, ›und ist mein Herz betrübt, schier zum Brechen, und will sterben! Und sei verflucht der Tropfen, der über meine Zunge kommt, will keinen Johannistrunk, will sterben!‹

Und war's sicher und gewiß zum ersten Male in seinem Leben, daß Kishogue das Nasse zurückstieß und verfluchte, worüber sich alle Leute schier entsetzten, schüttelten auch die Köpfe darüber und sagten, daß es nun mit ihm gewiß Matthäi am letzten; soll so immer der Fall sein.

Wohl, fort rollt und poltert der Karren mit Kishogue – dem Galgen zu, und alle die Leute nach, aber still und verstimmt, wißt ihr, weil Kishogue gar so wild und verzweifelt tat und von nichts mehr hören wollte und nur antrieb, daß seinen Leiden ein Ende gemacht würde. Und kamen sie auch nur zu bald am Galgen an, wo, wißt ihr, sie eben nicht mehr viel Federlesens mit 'nem armen Teufel zu machen pflegen.

Aber winkt doch noch der Sheriff dem Hängemanne, seinem Gehilfen, und fragt den Kishogue, ob er nicht ein Wort oder so verlieren wollte zur Erbauung der Leute und ihrem Komfort und seinem eigenen.

Schüttelt aber Kishogue abermals den Kopf und heult: ›Fort, fort! Will nichts mehr sehen, nichts mehr hören, denn Tom Riley hat mich betrogen; habe gehofft, wie ein fröhlicher Bube von Mallow zu sterben, und ist mein Herz betrübt bis in den Tod!‹

Und so sagend und heulend ward er euch so ungeduldig nach der Hanfbraut!

War aber, die Wahrheit zu gestehen, gar nicht schön von ihm, daß er sich noch zu guter Letzt so unfreundlich zeigte, seine Freunde um die Galgenpredigt brachte. Hielten es auch viele für recht schäbig von ihm, denn hatten sich darauf gefreut, wißt ihr, weil er just der Bursche, seine Worte zu stellen trotz einem, und kapital dazu. Und die Pfennigsblättleindrucker und die Balladensänger und Verkäufer, die schon die Finger gespitzt und die Federn eingetunkt, die schimpften euch geradezu und laut, sagten es auch frei heraus, es sei gemein und schlecht von ihm, sie um ihren ehrlich verdienten Pfennig zu bringen.

Aber meinten es doch wieder im Grunde nicht so böse, denn wußten wohl, daß sein Herz betrübt von wegen des Streiches, den ihm Tom Riley gespielt, und sah er euch auch jetzt so bleich aus, wie sie die Siebensachen für ihn zurechtmachten. Waren seine letzten Worte: ›Schafft mich aus der Welt – alsogleich schafft mich aus der Welt, denn mein Herz ist betrübt, weil Tom Riley mich betrogen in meiner letzten und liebsten Hoffnung, als fröhlicher Bube von Mallow zu sterben!‹ Und kurz und gut, und eine lange Geschichte nicht länger zu machen, so legten sie denn die Dinge zurecht und taten ihm, wie er es haben wollte, und als sie ihm die Hanfbraut um den Hals gelegt, wartet er gar nicht lange, sondern stößt die Leiter, auf der er steht, selbst weg und schnellt sich hinüber in das jenseitige Land. – Und hörtet einen Knack, saht einen Hops, ein kurzes Baumeln, Zucken, und aus, Maus war's mit ihm – und er im Himmel, oder sonstwo.

War aber mit dem rechten Fuße vorwärtsgeschnellt, was, wie die Leute sagen, immer ein Zeichen ist, daß er in die ewige Glorie eingegangen. Und mag er wohl dahin eingegangen sein, denn war euch sicherlich ein gar fröhlich munterer Bursche, voll Teufelei, aber im Grunde herzensgut, wißt ihr, nur ein bißchen unbequem unseren alten Herren, und die, wißt ihr, wenn sie einen auf die Muck nehmen, er entgeht ihren Krallen nicht. Ist nun schon so einmal der Welt Lauf.

Wohl, wie er nun so hängt und die Leute ihn alle anschauen und betrachten, was für ein tüchtig gestreckter Leichnam er geworden ist, was geschieht? Was glaubt ihr wohl, daß geschieht?

Just wie alles aus, Maus mit ihm, läßt sich draußen außer dem Ringe ein Schrei hören, und ein Reiter auf einem weißen Pferde kommt herangesprengt, der, ihr würdet geschworen haben, die Lüfte spalten wollte, so flog er – gerade dem Galgen zu. Und wie er so an den Galgen zugeflogen kommt, sehen die Leute, daß das Roß schwarz ist, aber ganz weiß vor lauter Schaum. War geritten, daß Mann und Pferd keinen Atem mehr im Leibe hatten, auch kein Sterbenswörtchen hervorbringen konnten; so reißt denn der Mann statt aller Worte ein Papier aus seiner Rocktasche heraus und wirft es dem Sheriff zu.

Und wurde euch der Sheriff doch so blaß, als er einen Blick aufs Papier warf, totenblaß wurde er, konnte anfangs nicht reden, endlich aber schreit er: ›Haut ihn entzwei, haut ihn entzwei, sag ich, bei Jasus! haut ihn entzwei, augenblicklich!‹

Und hieben die Dragoner auch sogleich drein, und hätten ihn auch bei einem Haar entzweigehauen – den Reiter nämlich, wenn er sich nicht geduckt und vom Pferde gesprungen und hinter den Sheriff geflüchtet. Waren unsere echt irländischen Londonderry-Dragoner. Schreit aber der Sheriff wie toll: ›Nein, den Galgenmann, den Gehängten, den Strick haut entzwei, ihr verdammten Schlingel, die ihr seid, den sollt ihr entzweihauen und nicht den Pardonbringer!‹

Und hauten sie ihn nun entzwei, den Strick nämlich, war aber Senf nach dem Essen mit Kishogue, und alles vorbei mit ihm, und er bei dieser Zeit so mausetot und steif, hätte den besten Türpfosten abgeben können, war tot wie ein gesalzener Hering.

›O Unglück, Malefiz und Pestilenz!‹ schreit der Sheriff, ›auch Pest und Hungersnot!‹ schreit er und reißt sich die Haare aus der Perücke und die Perücke vom Kopfe, ›o Malefiz, Pestilenz! Wollte lieber Biersuppe kochen, als das erfahren haben, den armen Kishogue da zu hängen, wenn ein Pardon für ihn da ist. O Unglück, Pestilenz! auch Pest und Hungersnot über dich, Kishogue, der du so mit Extrapost gehangen werden wolltest!‹

›O Zeter, Mord und Totschlag! – Millionen Zeter, Mord und Totschlag!‹ schreit die Wittib Hullagan, ›o Kishogue! Unglückseliger Kishogue! Was hast du getan, Unglückseliger, der du meinen Punsch und Würzwein verschmäht, den Johannistrunk verflucht! O Jammer, Elend, Mord und Totschlag!‹ schreit sie, ›Millionen Mord und Totschlag! Hättest du nur einen Tropfen gekostet, nur einen Tropfen, hättest gewiß keinen Tropfen übriggelassen, wärest selbst übriggeblieben, am Leben geblieben! O unglückseliger Kishogue! Unglückseliger Bube!‹

›Unglückseliger Kishogue!‹ schrien nun die einen.

›Unglückseliger Kishogue, der du deinen Johannistrunk verflucht und zurückgelassen!‹ die anderen.

›Und ist der Fluch über dich gekommen!‹ die dritten.

›Weil du den Johannistrunk verschmäht und verflucht!‹ die vierten.

Und heulten und klagten sie alle, die Tausende, so jämmerlich! Zum Gotterbarmen heulten sie; denn war das erste Mal seit Menschengedenken, daß ein Ire den Johannistrunk oder irgendeinen Trunk verschmäht, und stand allen vor Augen die furchtbare Strafe, welche auf ein solches Verschmähen folgt.«

»Aber ist auch ein furchtbares Ding«, versicherte der Irländer, »die Gottesgabe zu verfluchen; aber ganz und gar sie zu verschmähen und zurückzulassen schier heidnisch und unchristlich ganz und gar! Und ist's das erstemal, letztemal, daß 's geschehen ist, und tut's keiner mehr.

Und ist seit dieser Zeit in Mallow und Londonderry und in Cork und in Munster und in ganz Irland der Fluch Kishogues, des verschmähten Johannistrunkes, ein grausamer Fluch, und hütet sich ein Irländer, ihm zu verfallen. Amen.«

Und wie nun der Ire geendet, greifen alle so unwillkürlich mechanisch, wie um den Fluch Kishogues abzuwehren, nach den mittlerweile gefüllten Punschgläsern! Es war aber auch in dem Bruchstücke etwas so eigentümlich irisch Wildes, die Phantasie heißblütiger Southrons Ergreifendes!

Der Kapitän

Das Interregnum
oder
Money is Power

»Bei meiner Seele! ein Meisterstück irischer Schilderung!« brach endlich der Oberste Richter aus. »Nicht bald habe ich etwas gehört, das das wild Launige, desperat Humoröse des irischen Nationalcharakters, eine lustige Verzweiflung inmitten des härtesten Druckes so springfedrig drollig, tragikomisch gezeichnet hätte. Phelim, wo hast du die Geschichte her? Sie ist köstlich!«

»Die kapitalste Hanfbraut-Trauungsgeschichte, die ich je gehört, Phelim!«

»Kapital! Wirklich kapital!« fiel der General ein.

»Und dann so vollkommen das Gegenstück zu der des Texasers!« meinte Oberst Cracker.

»Cracker! Cracker!« mahnte Oakley, »Ihr springt mit dem Texaser auf eine Weise um, die, besorge ich, Euch ein Naserupfen zuziehen wird. Was hat er Euch nur getan?«

»Pooh! Getan? Wollte den sehen, der Cracker etwas tun würde! Ist mir verdächtig, sein Gesicht mir fatal.«

»Sein Gesicht fatal?« lachte Bentley kopfschüttelnd. »Es ist das edelste, heiterste, männlichste Gesicht, das Ihr sehen möget, ein wahres Apollogesicht!«

»Der Himmel segne Eure Augen!« lachte Cracker, »Phelims Gesicht ist mir zehnmal lieber.«

»Und seine Geschichte«, fiel Meadow ein, »zwanzigmal.«

»Jedenfalls hat er den Sieg davongetragen!« rief ein dritter.

»Er hat, er hat!« fielen mehrere ein.

»Auch im wichtigen Punkte der Moral«, bekräftigte ein kleines Männchen mit gehäbigem Bauche, dicken österreichischen Lippen und salbungsreichen Blicken, »auch im Punkte der Moral«, versicherte er eifrig. »Finde sie sehr exzeptionabel, die Moral des jungen Mannes, unmoralisch diese Texaser Tendenzen!«

»Und was sagt *Ihr* zu all den Geschichten, Direktor?« fragte, die unmoralischen Tendenzen überhörend, der General seinen Nebenmann, dessen schwimmende Augen kopfschüttelnd das Punschglas betrachteten.

»Hol der Henker Irland und der Teufel Texas! Das sag ich, General! Wird uns unsern Cottonmarkt ganz verderben, dieses Texas. Sag Euch, furchtbarer Cotton, dieser Texaser, ominöser Cotton – wahrer Sea-Islands!«

Und wie der Mann mit dem scharf spekulierenden, aber jetzt etwas schwimmenden Auge blinzelt und den Zeigefinger an die spitze Bostoner Handelsnase legt, werden alle auf einmal so aufmerksam. Offenbar wirkten die Worte.

»Bankdirektor!« riefen sie.

»Furchtbarer Cotton! ominöser!« wiederholte wie schaudernd der Bankdirektor. »Überbietet, sag ich, den Sea-Islands by a long chalk.«

»Bankdirektor!« riefen sie halb entsetzt.

»Und dann keinen Tarif! Denkt nur, keinen Tarif, Allianz mit Frankreich, nächstens mit England. – Schaut euch zu, wo ihr mit eurer Baumwolle bleibt; sag's euch, schaut euch zu!«

»Bankdirektor!« schrien sie nun ganz entsetzt.

»Hol der Henker das ganze Texas!« stöhnte der Bankdirektor.

»Keinen Tarif!« schrien die einen.

»Alianz mit Frankreich!« kreischten die andern.

»Unser Cottonmarkt beim Henker!« stöhnten die dritten.

»Hol der Henker das ganze Texas!« fielen sie im Chorus ein.

Zugleich schaute sich doch wieder einer um den anderen nach dem Texaser um. Er war aber seit einer halben Stunde verschwunden.

»Aber wo ist nur unser pretiöser Texaser?« rief, leichter Atem holend, Oberst Cracker.

»Gegangen, um seinem Bob die zweite Leichenpredigt zu halten!« versetzte lachend Meadow.

»Oder für ihn zu beten!« lachte wieder Cracker.

»Queerer Bursche auf alle Fälle!« hob wieder der vorige an.

»Sehr queer!« versicherte der kleine Mann, »scheint den Bobs sehr gewogen.«

»Fand das selbst einigermaßen queer!« bemerkte der General, ohne jedoch den kleinen Mann eines Blickes zu würdigen; er war nämlich bloß noch Anfänger mit kaum zwanzig Schwarzen, hatte erst seit kurzem die Kanzel mit der Pflanzers-Cabotte vertauscht. »Fand das auch sehr queer«, bemerkte er, einen Quid nehmend. »Sagt' es ihm auch – wißt Ihr, sagt' ich ihm, daß ich ganz und gar nichts gegen Eure Geschichte, was den Krieg und so weiter betrifft, einzuwenden habe, aber mit Eurem Bob laßt mich in Ruhe.«

»Nun, was das wieder betrifft«, lachte Oakley, »so habt Ihr, mit Erlaubnis zu sagen, das nicht gerade in so plain English gesagt, General! Auch zweifle ich, daß er es Euch so gutwillig hingenommen hätte, denn versichere Euch, scheint mir nicht der Mann, eine Derbheit geduldig in den Sack zu stecken. Ist auf alle Fälle ein Gentleman!«

»Gentleman! Gentleman!« spottete Cracker. »Weiß nicht, Oakley, was Ihr an dem Burschen so Genteeles findet, ist ein queerer Bursche, sage ich Euch.«

»Sehr queer!« versicherte trocken Oberst Bentley, »hat Euch tüchtige Querhiebe versetzt.«

»Dafür will ich ihn bei der Nase zupfen, was gilt die Wette, ich zupfe ihn bei der Nase?« schrie Cracker.

»Kapitaler Bursche, der Cracker!« schrien die einen.

»Hat Spunk! Gibt eine gloriose Frolic!« die anderen.

»Was gilt's?« schrie Cracker. »Tausend gegen hundert!«

»Angenommen, die Wette!« riefen wieder ein halbes Dutzend Stimmen. »Angenommen!«

»Keine Sottise, Gentlemen!« sprachen die Obersten Oakley und Bentley, »keine Sottise! Vergesset nicht, was ihr euch, was ihr einem fremden Gentleman schuldig seid!«

»Fremden Gentleman! Fremden Gentleman!« schrien wieder Cracker und Meadow. »Behaupte, er ist kein Gentleman. Kein Gentleman wird sich mit Leuten wie Bob abgeben.«

»Solche abominable, antisoziale, antimoralische Grundsätze hegen und proklamieren!« fiel die geistliche Kleinigkeit ein.

»Verrät auf alle Fälle eine schlechte Schule!« schrie ein dritter.

»Schlechtere Gesellschaft«, fiel ein vierter ein. »Wundere nur, wer ihn gebracht hat!«

»Wer hat ihn gebracht?« schrie Meadow.

»Wer?« überschrie ihn Cracker. Und alle schauten sich fragend an.

»Wer hat ihn auf- und eingeführt?« schrie abermals Meadow.

»Weiß nicht!« war die allgemeine Antwort.

»Das ist doch seltsam!« bemerkte mit einigem Kopfschütteln der General. »Weiß keiner, Gentlemen, wer ihn auf- und eingeführt? Er muß doch eingeführt worden sein?«

»Keiner weiß es!« kicherte Meadow.

»Wirklich seltsam!« bemerkte, den Kopf mehr und mehr schüttelnd, der General. »Fällt da mitten unter uns herein, nimmt das Wort, führt es den ganzen Abend hindurch auf eine Weise!«

»Eine recht impertinente Weise!« versicherte Cracker.

»Aber ihr habt ihn ja aufgefordert, Gentlemen, ihn dringend wiederholt aufgefordert!« rief Oakley dazwischen.

»Gewiß!« fielen mehrere bei.

»Aber keiner weiß, wer ihn gebracht hat?« bemerkte wieder der General.

»Vielleicht ist er bei Kap'tän Murky eingeführt?«

»So frage man Kap'tän Murky!« rief sehr positiv der General. »Konveniert uns ganz und gar nicht, in seinem Dings von Hause da mit Subjekten zusammenzutreffen, von denen man nicht weiß –«

»woher sie kommen«, fiel wieder Cracker ein.

»Oder wohin sie gehen«, fügte Meadow hinzu.

»Und die solch abominable, antisoziale, antimoralische Grundsätze zutage fördern!« seufzte salbungsvoll der kleine Prediger-Pflanzer.

»Gentlemen!« nahm Oakley das Wort, »ich bin der Meinung, daß ihr zu rasch vorgeht, daß ihr besser einem Komitee das Ganze zur Untersuchung überlaßt. Ich schlage ein Komitee vor. Vergeßt nicht, daß wir im Hause eines unserer geachtesten, wackersten Nachbarn, Kap'tän Murkys, sind, daß ihr, die ihr seine Gastfreundschaft genießet, nicht das Recht habt –«

»Der Meinung bin ich auch, wir haben nicht das Recht, Gäste, die wir in seinem Hause vorfinden, nach Coventry zu senden«, bemerkte Bentley.

»Selbst dann nicht, Oberst Bentley«, schrie Cracker, »wenn mehr als Wahrscheinlichkeit vorhanden, daß wir einen sogenannten Sporting-Gentleman unter uns haben?«

»Was meint Ihr damit?« riefen alle.

»Nichts weiter«, versetzte Cracker, »als daß der Mann, der sich hier für den Obersten Morse ausgibt, weder auf- noch eingeführt ist, daß er am St. Catharine zu uns stieß, auf eine Weise zu uns stieß, die wohl Verdacht erregen kann, daß er auf einem Pacer Parkers – in der größten Verwirrung kam, sich auf allen Seiten umschaute, bald vorwärts, bald rückwärts ritt, wie etwas suchend, offenbar in Angst.«

»Sehr verdächtig das!« versicherte der General. »Auf einem Mietpferde!« fügte er kopfschüttelnd hinzu.

»Sehr verdächtig!« fiel Meadow ein. »Der Mann kam mir gleich verdächtig vor und ganz wie einer, mit dem es nicht ganz richtig, denn er schloß sich im Pell Mell uns an; – ich weiß bestimmt, daß er Kap'tän Murky nicht aufgeführt worden.«

»Und ich sage es euch nochmals, er ist ein Gentleman; nur ein Gentleman, ein Mann von hoher Bildung kann sprechen, wie er spricht!« rief wieder Bentley.

»Pooh! ein Mann von Bildung!« spottete Cracker. »Unsere Sporting-Gentlemen sind auch Männer von Bildung. Findet auf jedem unsrer Dampfschiffe ein paar Gentlemen solcher Bildung. Gefällt mir der Gentleman nicht, der mit einem Bob sympathisieren kann.«

»Horribel das!« stöhnte der kleine Prediger-Pflanzer.

»Gefällt mir auch nicht«, versicherte mit portenteuser Stimme der General. »Gefällt mir auf alle Fälle nicht. Glaube, wir sind uns sowohl als unserem Freunde Murky schuldig, der Sache auf den Grund zu kommen.«

»Bin derselben Meinung!« fiel Oberst Cracker bei.

»Auch ich stimme bei!« schrie Meadow.

»Und ich gleichfalls!« krächzte der Prediger-Pflanzer. »Kam, wißt ihr, vorgestern von Louisville herab, sag euch, waren da auf unserem Dampfer vier Bursche, hättet sie vom ersten Buck und Beau Broadways nicht unterscheiden können, so artig, galant, zuvorkommend taten sie, wußten sie euch ihre Worte zu setzen. Wer waren sie? Sporting-Gentlemen!«

»Aber daß nur die Kapitäne der Dampfschiffe diese heillosen Wüstlinge zulassen!«

»Das zu verhüten ist unmöglich, General!« versicherte der Prediger-Pflanzer, »denn nie findet sich dieselbe Sporting-Gentry ein zweites Mal auf demselben Dampfschiffe ein – sie wechseln immer, was sie leicht können, da sie der Dampfschiffe drei- bis vierhundert auf dem Mississippi haben. Und viele der Kapitäne sind auch einverstanden mit ihnen.«

»Eine furchtbare Bande!« riefen alle.

»Gentlemen! Es muß ausgemittelt werden!« entschied in letzter Instanz und mit wahrhaft diktatorischer Würde der General.

»Es ist von höchster Wichtigkeit, daß ausgemittelt werde – wir sind es uns, wir sind es Kap'tän Murky schuldig, obwohl der gute Kap'tän Murky –«

»es mit dem gentlemanischen Kode eben nicht so genau zu nehmen scheint«, fügte er etwas weniger laut und mehr herablassend hinzu, »aber wo ist er?«

»Wo ist er?« riefen alle.

»Wo ist er?« schrien sie, als keine Antwort kam.

»Im Paradiese!« jubelte Phelim vom Ende des Saales herüber, »im Paradiese, hinnies[14] !«

»Was sagt der tolle Irländer?«

»Der tolle Irländer? Der tolle Irländer«, gellte Phelim, »sagt, daß Kap'tän Murky im Paradiese ist.«

»Phelim, bist du toll?«

»Sag euch, onnurs[15] und hinnies! ist im Paradiese, jedes Bein von seiner Mutter Sohn!«

»Im Paradiese!« rief entrüstet der General, »im Paradiese, und läßt uns hier allein mit dem toll benebelten Irländer, und ist im Paradiese?«

»Wer wird nicht ins Paradies, wenn es bloß fünf Meilen weit ist, hinnie?« grinste wieder der tolle Irländer.

»Gentlemen!« rief entschieden der General, »bin der Meinung, daß unseres Bleibens hier nicht länger, daß Selbstachtung gebiete. Finde es im höchsten Grade geringschätzig, beleidigend.«

»Unverzeihlich!« fielen die einen ein.

»Strafwürdig!« die anderen.

»Pshaw!« gähnte der Bankdirektor dazwischen, »was findet ihr unverzeihlich, strafwürdig: Daß er euch ein Diner gab, zu dem ihr euch selbst eingeladen – ein fürstliches Diner, Schildkrötenpasteten, Champagner, Lafitte und einen Madeira!«

»Kapitaler Madeira, 'pon my word!« meinte doch wieder der General, »kapitaler! Governor Kirkbys braun gesiegelter löst ihm nicht

---

[14] hinnies: Hinnies – statt honnies – Zuckersüße! Honige!
[15] onnurs: Your onnur – your honour – Euer Ehren! Wohllehren!

die Schuhriemen auf, sicher und gewiß nicht! Wißt Ihr, Bankdirektor, ob er ein fünf oder sechs Dutzende ablassen würde?«

»Keinen Korkstöpsel für Geld, General, aber zwanzig für Freunde. Ist nicht der Mann, abzulassen. Queerer Kauz, einsilbig, finster, sparsamer mit seinen Worten als seinem Madeira. Habe noch nicht hundert Worte von ihm gehört, wohl aber hundert Bouteillen bei ihm getrunken. Auch sein Lafitte –«

»Sehr queer!« versicherte der General.

»Seid ein Barbar, General, wenn Ihr den queer findet!« versetzte ärgerlich der Bankdirektor, »ein wahrer Barbar! Der beste Lafitte, den Ihr am Mississippi trinkt, kein besserer in la belle France, reell!« beteuerte er mit der Zunge schnalzend.

»Köstlich«, bekräftigte unwillkürlich nachschnalzend der General. »Aber sagt mir nur, wie steht es eigentlich mit ihm, ist er auch respektabel? Habe mich da ein vier- oder fünfmal bei ihm dinieren lassen, wollte aber doch nicht, wißt Ihr? Sieht gar so queer in seinem Dings hier aus; wahres Ungeheuer von Balken und Brettern, dieses Haus, wie ein alter Vierundsiebziger zusammengezimmert.«

»Nennt es deshalb auch seine Kajüte, wißt Ihr?« warf, an seinem Punschkelche nippend, der Bankdirektor hin.

»Ja, aber wie steht es mit ihm? Soll, hörte ich immer, ein armer Schlucker von Seekapitän gewesen sein. Auf einmal kommt er, entriert Geschäfte, übernimmt eine Pflanzung, die zweimalhunderttausend –«

»Bezahlt vierzigtausend bar, in den darauffolgenden drei Jahren hundertundsechzigtausend«, fügte der Bankdirektor trocken hinzu.

»Aber warum dies alte Ungeheuer von Brettern und Balken, dem bloß die Kanonen und Segel fehlen, um in die See zu stechen?«

»Warum?« meinte gemütlich der Bankdirektor, »kann nicht sagen, warum; wahrscheinlich darum, weil er ein queeres Seeungetüm ist, vielleicht auch, weil die Affäre nicht viel kostete, er das Holz in seinen Wäldern hatte, Baumeister selbst war. Legte aber dafür sein Geld in soliden New Yorker und Ohioer Sixpercents an. Sehr respektabel das wieder!« versicherte der Bankdirektor.

»Ah!« seufzte der General, »war gescheiter als wir in diesem Punkte, die Paläste bauten.«

»Um die nun statt der Edelhirsche – Schweine und Rinder wandeln«, lachte naiv der Bankdirektor. »Hat seine zwei- bis dreimalhunderttausend Dollar in guten, soliden New Yorker und Ohioer Aktien. Groß das!« beteuerte er.

»Sehr groß«, fiel andächtig der General ein. »Aber glaubt Ihr, daß er so viel?«

»Glaube ich? glaube ich? Ei, glaube ich, weil ich's weiß. Gingen ein paarmal hunderttausend durch meine Hand, ehe der verdammte Duncan. – Fing aber noch zur rechten Zeit an, Anno fünfundzwanzig im November. Weiß es, als ob es heute wäre, hatte dann statt sieben – zehn fette Kühe.«

»Jawohl, fette Kühe! – Sind nun mager geworden!« seufzte der General. »Je nun, ich bleibe.«

»Ich auch!« meinte naiv der Bankdirektor.

»Gentlemen!« hob wieder der vortretende General in recht begütigendem Tone an, »ist ein Mißverständnis, wie mir der Bankdirektor hier soeben erklärt, keine Beleidigung von Seite Kap'tän Murkys. Ist zu erhaben über Beleidigung, zu groß, ein zu großer Mann, Kap'tän Murky!«

»Zu erhaben! zu groß! großer Mann! Mißverständnis!« rief bitter lachend der Oberst Oakley.

»Zu erhaben über Beleidigung, Bentley! Wir halten es aber für eine Beleidigung, Gäste zu verlassen, ihnen den Rücken zu kehren. Dafür soll er zur Rechenschaft gezogen werden. Wir erklären es für ungentlemanisch.«

»Wir nicht!« versicherte ebenso stolz der General.

»Dann erfreut Ihr Euch eines obtusern Ehrgefühls, als wir in Euch vermuteten, General«, entgegnete wieder gereizt Oakley.

»Sir!« rief drohend der General.

»Sir!« riefen noch drohender die Obersten Oakley und Bentley. Der ganze Saal war jetzt in Aufruhr.

»Sirs! Sirs! Hotheads! Hotspurs!« schrie plötzlich, halb lachend, halb ärgerlich, eine Stimme, die einem Manne angehörte, der soeben und, wie es schien, in großer Aufregung eingerannt. »Was gibt es wieder mit euch, ihr heillosen Beelzebubs? Was treibt ihr nun schon wieder? Ist denn gar keine Ruhe mit euch, immer nur Hagel und Donner, Blitze und zehntausend Erdbeben? Seid ihr denn gerade des Teufels? Einander schon wieder in den Haaren?«

Der Mann wagte viel, aber seine Popularität war offenbar größer als das Wagnis, denn wie er nun schreiend, zankend, zugleich beweglich zwischen die gegeneinander anrückenden militärischen Würdenträger einsprang, mit ungemeiner Bonhomie eine Hand links, die andere rechts erfaßte und drückte, hatte sein Wesen bei aller guten Laune wieder etwas so Imponierendes – der General rechts und die Obersten links nahmen so freundlich herzlich die dargebotene Rechte und Linke! Der Sturm war mit einem Male vorüber.

»Präsidentchen!« rief der erstere.

»Bankpräsident!« die letzteren.

»Hol der Henker euer Präsidentchen, euren Bankpräsidenten, wenn ihr ihm und euch die Gurgeln abschneidet! Was ist's, Burnslow? Was, Bentley, Oakley?«

»Pshaw! was ist's?« versetzte spröde Oakley, »Kap'tän Murky läßt sich herab, uns bei sich dinieren zu lassen, und findet es dann genehm, uns den Rücken zu kehren, und General Burnslow –«

»Wohl, und General Burnslow findet es genehm, es als keine Beleidigung anzusehen«, fügte stolz der General hinzu.

»General Burnslow ist für dieses Mal der Gescheitere, und ihr«, lachte der Präsident, »Querköpfe, ihr würdet es, meiner Seele! für genehm finden, unserem Freunde Murky für sein Diner eine Kugel durch den Kopf zu jagen. Würdet ihr nicht?«

»Er soll auf alle Fälle Rechenschaft geben!« rief Bentley. »Pshaw! Pshaw! Bentley, spannt die Saite nicht zu hoch, denn, gebe Euch mein Wort, Kap'tän Murky ist nicht der Mann, Eure Musik geduldig anzuhören, Euch dazu zu tanzen.«

»Er soll es nicht! Er soll es nicht«, riefen Bentley und Oakley zugleich, »wir hielten ihn immer für einen Ehrenmann – er hat Ehre im Leibe, wird als Gentleman handeln.«

»Nennt das Ehre«, rief lachend der Präsident, »einem Ehrenmanne, den ihr hochachtet, eine Kugel durch den Kopf zu schießen, um von ein paar Narren, die ihr verachtet, Lob einzuernten? Geht zum Henker mit eurem Ehrenkode!«

»Aber Bankpräsidentchen«, schrie bereits zum vierten Male der Bankdirektor und mit ihm ein paar Dutzend andere, »was bringt Euch nur so spät herab? Warum kamt Ihr nicht früher?«

»Ah!« jubelte wieder das Bankpräsidentchen, »ah, was mich herabbringt? Bald hätte ich es vergessen. Was mich herabbringt? – Überraschungen, Boys, bringen mich herab, köstliche Überraschungen.«

»Überraschungen?« riefen alle.

»Die gloriosesten Überraschungen, Boys«, jubelte wieder der Bankpräsident. »Grüß euch alle, Supreme Judge, Ihr auch da? auch Ihr, geistreicher oder vielmehr geistlicher Sweety?«

Alle lachten wieder laut.

»Aber was bringt Euch?« riefen sie wieder ungeduldig.

»Was mich bringt? Etwas, das ich euch bringe, eine gloriose Neuigkeit, eine herrliche, erquickende. Dachte schon um drei bei euch am St. Catharine zu sein, aber Überraschungen, Boys, gloriose Überraschungen!«

»Überraschungen?« riefen die einen.

»Präsidentchen!« die anderen.

»Überraschungen, die mich überraschten«, frohlockte das Präsidentchen, »gerade wie ich meinen Pacer besteigen wollte. Zwei der herrlichsten Magnolias grandifloras, die je auf Mississippiboden gewurzelt.«

»Präsidentchen! Präsidentchen!« riefen jubelnd alle.

»Die mich überraschten«, schaltete der Präsident ein, sich den Schweiß von der Stirn wischend, »gerade als ich herab zum Wettrennen und dann mit euch zu unserem Freunde Murky wollte.

Auf Ehre!« versicherte er, »zwei köstliche Blumen, die einem wohl das Herz hüpfen machen können. Freut euch, Jungens, die ihr nämlich noch Jungens seid, freut euch, zwei Helenen statt einer sind im Paradiese eingekehrt.«

»Im Paradiese?«

»Nun ja, im Paradiese, meiner Villa, wißt ihr, Kap'tän Murkys Tochter, Miß Alexandrine, mit ihrer Freundin.«

»Miß Alexandrine!« seufzte eine Stimme aus dem Hintergrunde des Saales hervor.

»Da habt ihr bereits einen Liebesseufzer, andere werden wohl nachkommen, bürg euch dafür!« lachte er wieder.

»Miß Alexandrine«, fuhr er in ernstem, achtungsvollem Tone fort, »mit ihrer Freundin, der Tochter des innigsten Freundes unseres Kap'tän Murkys, Generals – wie heißt er nur? – berühmten Generals und Generalgouverneurs von einhalb Dutzend südamerikanischen Staaten und vormaligen spanischen Vizekönigreichen. Sind beide aus Frankreich, wo sie erzogen wurden, angekommen.«

»Miß Alexandrine angekommen?« riefen alle.

Und alle verstummten sie und schauten sich mit so seltsamen Blicken an. Sie schienen einander in der Seele lesen zu wollen! Es war etwas wie Eifersucht, das sich bereits verriet.

»Schaut euch doch nicht so an, Jungens, als ob ihr einander schon wieder an die Krägen wolltet; brachte sie euch deshalb nicht, die köstliche Botschaft. Nur keine Kämpfe, haben deren ohnedem genug. Take it cooly!« rief lachend der Präsident.

»Sind vorgestern zu New Orleans gelandet«, fuhr er frohlockend fort, »gestern von da abgegangen, heute Schlag drei Uhr im Paradiese angekommen. Ist nun ein wahres Paradies.«

»Im Paradiese!« seufzte es wieder aus dem Hintergrunde des Saales hervor.

»Bin nur froh, daß das verdammte gelbe Fieber nicht mehr zu fürchten – hat sie wegen des heillosen Fiebers, das ihm, ihr wißt, Frau und vier Kinder gekostet, in Frankreich erziehen lassen, sie sechs Jahre nicht gesehen. War aber rührend zu schauen, wie sich die beiden in die Arme flogen. Komme jetzt, ihn zu entschuldigen, wenn es da noch einer Entschuldigung bedarf.« Der gute Präsident war ganz weich geworden.

»Bedarf keiner, ist entschuldigt!« riefen alle.

»Vollkommen entschuldigt!« versicherten zuvorkommend Oakley und Bentley, »und bitten Euch, Präsident, einstweilen statt seiner unsere Apologie anzunehmen.«

»Seid nicht entschuldigt!« gellte es wie rasend aus dem Hintergrunde des Saales hervor.

»Verbieten es Euch, zu seufzen, wenn der Name einer Dame erwähnt wird, die so unendlich über Euch erhaben.«

»Was zum Henker haben wir denn da schon wieder? Ist denn der Teufel abermals los?« schrie das Präsidentchen, den Kreis der Freunde durchbrechend und mit einer Hast unter die Streitenden hineinsprengend, die eine vollkommene Kenntnis unseres Mississippicharakters verriet. Auch standen sie sich bereits gegenüber, gerüstet wie Kampfhähne, Dolche und Kugeln aus den Augen sprühend.

»Ah! Cracker, Meadow, seid ihr's? Dachte ich's doch! Wo irgendeine Teufelei im Zuge, seid ihr sicher nicht weit!«

»Keine Eurer Familiaritäten!« sprach Cracker vornehm. »Seid so gut, mischt Euch nicht in Dinge, die Euch nichts angehen.«

»Betrifft gentlemanische Affären, nicht Geldsäcke«, fügte mit ebensoviel Würde als souveräner Verachtung Meadow hinzu.

»Dann sind wir freilich nicht die Person, die da Sitz und Stimme hat«, versetzte lachend der Bankpräsident, »da wir uns jedoch einstweilen als den Herrn des Hauses betrachten, müssen wir schon so unbescheiden sein, uns in eure gentlemanischen Affären zu mengen.«

»Betrachtet Euch als Herrn von was Ihr wollt, nur nicht als den unserer Affären, oder es dürfte Euch schlimm gehen!« rief stolz Cracker.

»Auf die Gefahr hin, tapferer Oberst, wollen wir es wagen, uns in Eure Affäre zu mischen. Vorerst erlaubt die Frage, um was sich der Streit handelt?«

Es war aber jetzt etwas in dem Blicke des Mannes, das bei aller scherzhaften Laune doch wieder den tapferen Obersten zu imponieren schien.

»Wollen den Burschen da für seine Vermessenheit züchtigen«, ließ sich Cracker herab zu antworten.

Der Bursche, wie er genannt wurde, unser Texaser, spielte ganz ruhig mit seiner Reitpeitsche, die er von Zeit zu Zeit hob.

»Zweifle, daß der – Bursche Lust dazu hat«, versetzte mit ironischem Lächeln der Präsident, »scheint mir fremd hier, deshalb den hohen Schwung, den unser Mississippi-Ehrenreglement genommen, noch nicht zu kennen. Hat er denn gar so Schlimmes getan?«

»Hat sich in einer Gesellschaft eingedrängt, in die er nicht gehört!« schrie Meadow.

»Bei der Erwähnung einer Dame geseufzt, die unendlich über ihn erhaben ist!« Cracker.

»Was sagt Ihr dazu, Fremdling? Bekennt Ihr Euch schuldig dieser schweren Vergehungen?« fragte mit komischem Schauder der Präsident.

»Schuldig!« versetzte lächelnd der Fremde.

»Da habt Ihr aber entsetzlich gesündigt«, versicherte ihn wieder der Präsident, »furchtbar! Wißt Ihr das nicht? Ja, wie gesagt, Ihr kennt den sublimen Schwung, den unser gentlemanischer Point d'honneur genommen, noch nicht. Leben zwar in einem freien Lande, aber möchte Euch nicht raten zu seufzen, 'pon honour nicht!«

»Sir!« schrien ungeduldig ein Dutzend Stimmen.

»Wollen Euch ersuchen, Eure Hausherrschaft nicht zu weit auszudehnen!« rief Cracker.

»Die Parteien hier, insofern sie auf den Namen und Charakter eines Gentleman Anspruch machen dürfen, ihre Affäre ausgleichen zu lassen!« wieder Bentley.

»Das heißt sie Kugeln wechseln machen!« meinte ruhig der Präsident. »Habt Ihr Lust?« wandte er sich an den Fremden.

»Wenn es sein muß, warum nicht? obwohl, aufrichtig gesagt, ich eben keinen Grund sehe, mich mit jedem Tollkopfe da herumzuschlagen.«

»Sir!« schrie wütend Cracker.

»So Ihr ein Gentleman seid, werdet Ihr wissen!« Meadow.

»Stille, Cracker! Meadow! Verbitte mir diese Sprache hier, lege mein Veto ein.«

»Ihr legt Euer Veto ein?« schrien entrüstet Cracker und Meadow und Bentley und Oakley.

»Lege es ein!« versetzte der Bankpräsident, ruhig die Goldbüchse aus der Tasche ziehend und den beliebten Dulcissimus twiste herausnehmend.

»Wer gibt Euch das Recht?« schrien nun alle.

»My money, Gentlemen!« versetzte der Bankpräsident trocken; »my money – money is power.«

»Euer Geld?« schrien sie verächtlich.

»Ei, mein Geld, Cracker und Meadow!« wiederholte der Präsident, ruhig ein Stück vom Dulcissimus lösend. »Bin so frei, euch ins Gedächtnis zurückzurufen, daß Euch, Oberst Cracker, unser Kassier vor sechs Monaten, gerade drei Tage nach Eurem letzten Duelle – eine sehr häßliche Geschichte, wißt Ihr – zehntausend Dollars und Euch, Oberst Meadow, fünfzehntausend unter der Bedingung ausbezahlt, daß ihr euch in kein Duell, was immer der Grund, Veranlassung, Vorwand – einlasset oder darin assistiert, sekundiert, bis die ganze Summe auf Cent und Dollar abbezahlt.«

»Präsident!« schrie Oakley, »finde das ungenerös, ungentlemanisch, einen Vertrag, zwischen vier oder sechs Augen abgeschlossen, hier zu veröffentlichen.«

»Sehr ungenerös!« versicherte Bentley.

»Auf alle Fälle nicht schön!« ein Dutzend Obersten mehr.

»Nehmt Euch zu viel mit Eurem Gelde heraus, Präsident, will mich bedünken«, meinte der General, »Mississippi-Gentlemen in einer Ehrensache durch schnöde Geldrücksichten behindern zu wollen«, fügte er sehr mißbilligend hinzu.

»Unverzeihlich das, General!« meinte der Bankpräsident selbst.

»Wollen dem aber ein Ende machen; bürge für Cracker!« rief Oakley.

»Und ich für Meadow!« schrie Bentley.

»Bravo, Bentley! Oakley!« riefen hochherzig die einen. »Gloriose Bursche!« beteuerten die andern.

»Gloriose!« apostrophierte sie der Bankpräsident. »Splendide«, versicherte er, den Quid in den Mund schiebend, »herrliche Bursche! Hätte meiner Seele den Glauben nicht in Israel erwartet! Superbe Bursche, wahre Virginier!«

Und so rufend, reichte er den beiden entzückt die Hand.

»Nehmt Ihr unsere Bürgschaft an?« fragten sie zaudernd.

»Stop, my men! – Sachte, sachte!« meinte wieder kühl der Bankpräsident, »seid edle Bursche, wahrhaft gloriose Bursche, echtes Virginier Kavalierblut, auch gute Bürgen, der eine dreimalhundert, der andere dreimalhundert und etwa fünfzigtausend wert – Dollars natürlich.«

»Wozu diese Klassifikation?« riefen wieder ungeduldig die beiden.

»Will euch gleich sagen, warum«, versetzte trocken der Präsident. »Seid Ehrenmänner, vollkommen respektable Bürgen, kann aber – eure Bürgschaft nicht annehmen.«

»Ihr könnt nicht? Ihr könnt nicht?« schrien sie nun wieder alle so entrüstet!

»Und warum könnt Ihr nicht?« überschrie sie zornig der General.

»Das ist reiner Despotismus!« hoben wieder die einen an.

»Furchtbare Tyrannei!« die andern.

»Entsetzliche Tyrannei! Unerträglich!« fielen sie alle im Chorus ein.

»Aber«, rief Oakley, »er muß – wir bezahlen ihm seine fünfundzwanzigtausend Dollars.«

»Und senden ihn dann nach Coventry«, lachte Bentley.

»Könnt nicht, könnt nicht«, versetzte der Bankpräsident, ganz gemütlich die tobenden Aufrührer überschauend, »könnt nicht«, meinte er sehr zufrieden, »ist sehr rar jetzt, bar Geld; haben bar Geld gegeben – Dollars. Seid nicht imstande sie aufzubringen, wenn wir unser Veto einlegen.«

»Ihr seid ein Despot!« schrie wieder Oakley.

»Ein Tyrann!« Bentley und der General.

»Ganz richtig«, versetzte lächelnd der Bankpräsident, »ein furchtbarer Tyrann! Wußtet ihr das nicht? Bin ein Tyrann, ein Unmensch, und ihr seid so human, liebenswürdig, glaubt gar nicht, wie liebenswürdig!«

»Unausstehlich!« riefen sie wieder, »glauben, er treibt Scherz mit uns.«

»Behüte es! Ohne Komplimente!« lachte wieder der Bankpräsident, »will euch nur sagen, kommt mir just die Laune.«

»Wollen nichts von Euren Launen hören!« rief wieder stolz Bentley.

»Kann nicht helfen, hab sie nun, diese Laune, weiß wohl, daß es eine üble Laune ist; aber laßt mich, nun nicht anders, meine Laune. Wißt ihr aber, daß das vorletzte Jahr über hundert Duelle, das letzte beinahe gleichviel vorgefallen?«

»Wohl, und was weiter? Was geht das Euch an?«

»Nichts weiter, als daß durch diese zweihundert Duelle – zweihundert Hoffnungen, Erwartungen, Existenzen, Freuden – von gerade zweihundert Vätern und Müttern, Geliebten geknickt, zweihundert Verzweiflungen, Trostlosigkeiten dafür eingekehrt.«

Er hielt inne. Alle schwiegen.

»Unsere ganze bürgerliche Gesellschaft aber vierhundert Jahre – in die Zeiten des einstmaligen Faustrechtes zurückgerückt worden.«

Wieder schwiegen sie.

»Gesetze halfen nichts, Prediger halfen nichts, die Tränen der Geliebten, der Mütter – halfen nichts. Nichts half.

Da taten wir uns, einige Tyrannen, Despoten, zusammen«, fuhr der Bankpräsident im Stakkato-Tone fort, »beschlossen, dem hochritterlichen Mississippitreiben Einhalt zu tun.

Sehr tyrannisch fingen wir unser Komplott an, bildeten nämlich einen despotischen Verein, der sich verbindlich machte, keinem mehr Geld zu kreditieren, der nicht sein Ehrenwort gäbe, der ritterlichen Unterhaltung, Duellieren genannt, für die Zeit hindurch zu entsagen, wo er uns schuldete.

War freilich sehr tyrannisch von uns«, fuhr im spielenden Tone der Präsident fort, »sehr tyrannisch, einen so edlen Zeitvertreib behindern zu wollen, aber ließen uns leider nicht in unserer Tyrannei beirren. Und hatte diese Tyrannei die entsetzliche Folge, daß dieses Jahr nicht mehr als fünfzig Duelle gefochten wurden, und zwar vierzig in den ersten sechs Monaten, zehn in den letzten.

Brauchten aber in diesen letzten sechs Monaten mehrere unserer chevalereskesten, hochherzigsten Gentlemen wie zum Beispiel unsere tapferen Obersten Cracker und Meadow – Geld und wieder Geld.

Kreditierten ihnen, aber unter der Bedingung und nach mündlich und schriftlich gegebenem Ehrenworte, binnen der Zeit, wo sie uns schuldeten, kein Duell, was immer die Veranlassung, anzunehmen oder zu befördern.

Bin nun leider Präsident dieses despotischen, hartherzigen, tyrannischen Vereins, Gentlemen!« schloß mit einem recht fatalen Lächeln der Mann, »und kann daher, so leid es mir tut, eurem generösen Drange nicht nachgeben.

Seid sehr brave, generöse Bursche!« hob er wieder an.

»Und Ihr ein sehr queerer Kauz!« fiel ihm lachend der General ein, seine Hand erfassend. »Hol Euch der Teufel, Präsidentchen!«

»Verdammt queer!« riefen die Lippen beißend Oakley und Bentley. »Hol Euch der Teufel, Präsidentchen!«

»Hol ihn der Henker!« riefen lachend alle, »er macht durch sein Geld mit uns, was er will.«

»Money is power – wißt ihr das nicht? Jefferson meinte: Knowledge is power – heutzutage ist's money!« meinte lachend das Präsidentchen.

»Aber jetzt laßt uns doch auch den sogenannten Burschen näher besichtigen«, raunte kopfschüttelnd das Präsidentchen dem General zu, »hätte uns da beinahe in eine Quandary mit unseren besten Freunden gebracht. Wollen ihm denn doch auch auf den Zahn fühlen. Auf alle Fälle ein queerer Bursche. Steht euch da, beschaut uns vierundzwanzig Mississippi-Gentlemen, die« – er blickte scharf und flüchtig über sie hin – »ihre sieben Millionen Dollarchen wiegen – gerade als ob wir neu geworbene Rekruten wären. Queeres Chevalierchen!«

»Sehr queer!« versicherte der General.

Und sehr queer war er zu schauen, unser Texaser Chevalierchen, bald mit der Reitgerte spielend, dann so verzückt lächelnd, seufzend, wieder mit weit aufgerissenen Augen dem kaustischen Geldmanne horchend.

»Dürfen wir so frei sein zu fragen, wen die sogenannte Kajüte unseres Freundes Murky zu besitzen das Glück hat?« fragte mit zweideutigem Lächeln das Präsidentchen.

»Glaube, habe es doch schon gesagt, mehr als einmal gesagt«, versetzte wie aus einem Traume erwachend das Chevalierchen, »nenne mich Oberst Morse von Texas.«

»Oberst Morse von Texas?« lächelte das Präsidentchen, »vermute, dann kennt Ihr einen gewissen Edward Morse, der auch so etwas in Texas sein soll?«

»Vermute«, versetzte wieder der Texaser, »da ich das Glück oder Unglück habe, es selbst zu sein.«

»Habt Ihr?« lachte der Geldmann, »dann habt Ihr ja auch ein Onkelchen – und was sagte das Onkelchen«, fragte er weiter, »als Ihr es zuletzt sahet?«

Der junge Mann schaute den Fragenden einen Augenblick erstaunt an. Die Frage war so queer!

»Sir!« stotterte er.

»Was sagte er, als Ihr ihn zuletzt sahet? Wo saht Ihr ihn zuletzt, das Unclechen?«

»Das Unclechen?« rief der junge Mann, den Alten anstarrend.

Dieser veränderte keine Miene.

»Was sagte er, als er Euch eine Note, glaube, es war eine Hundertdollarnote –«

»Eine Hundertdollarnote!« rief der junge Mann. – »Meiner Seele! Ihr –«

»Nun, ich?«

»Ihr seid Uncle Duncan, oder der –«

»Stop, Sir!« rief abwehrend Uncle Duncan, »was sagte er?«

»Er sagte, er sagte: Ned, take care of thy money; money is power, sagte er.«

»Ah, Ned!« rief jetzt der Uncle, »bist Ned, bist Ned. Gentlemen! ist Ned. Was meine Judith – wie die sich freuen wird! Willkommen, Ned!«

»Uncle Dan!« rief überrascht Ned.

»Uncle Dan! Uncle Daniel in der Löwengrube!« lachte dieser, »und du wußtest nicht, daß ich da bin?«

»Kein Wort, Unclechen!«

»Und kamst doch her?« fragte kopfschüttelnd das Unclechen.

Ned stockte verwirrt einen Augenblick, dann fiel er wie außer sich dem Onkel in die Arme. »Unclechen!«

»Stop, man!« schrie das Unclechen, »halt, Mann! da steckt etwas dahinter, bringt mir meine Tour in Unordnung. Bist unter den Texaser Freibeutern gewesen, sehe es wohl, hast da das Ungestüme gelernt.«

»Gentlemen!« wandte er sich an die zweifelhaft den Kopf Schüttelnden.

»Gentlemen! habe das Vergnügen, euch meines Schwagers – Supreme Judge Morses zu Washington Sohn – Oberst Morse aufzuführen.«

»Euren Neffen?« riefen sie verwundert.

Die Ankündigung schien den Sturm weniger stillen als eine neue Richtung geben zu wollen; denn es erhob sich ein zweifelhaftes Gemurmel, dem wieder ein stürmischer Wortwechsel folgte.

Oakleys Stimme ließ sich über alle hören.

»Ihr seid es Euch, uns, dem Gentleman schuldig, Abbitte zu tun, Cracker!«

»Die wir nicht zu leisten gedenken«, rief wieder Cracker, »der Zweifel in bezug auf Oberst Morse ist nicht gehoben.«

»Er ist's; Ihr habt es mit mir zu tun, wenn Ihr nicht Genugtuung gebt!« schrie wieder Oakley.

»Und mit mir!« Bentley.

»Hang ye!« schrie der Bankpräsident ärgerlich, »ist denn der Satan gar nicht zu bändigen? Geht er noch immer umher, brüllend wie ein Löwe, suchend zu verschlingen? Sage euch, wer noch ein Wort von Genugtuung hören läßt, muß es mit mir aufnehmen auf Lanze oder Pistolen, Kanonen oder Kartätschen.«

»Mit Euch auf Lanze oder Pistolen, Kanonen oder Kartätschen?« riefen lachend alle.

»By Jove! mit mir«, lachte der Bankpräsident, »oder glaubt ihr's nicht? Fürchtet euch nicht einmal vor mir? Sag euch, habe auch Pulver gerochen.«

»Ihr, Bankpräsidentchen?«

»Ei, habe, auf Ehre! Habe, kein Scherz, Irrtum oder Zweifel. Habe Pulver, ganze Tonnen Pulver gerochen. Kartaunen-, Kartätschen- und Kanonen-, Bomben- und Haubitzenhagel ausgehalten, selbst gefeuert.«

»Aber nicht scharf geladen?«

»Scharf geladen, Boys!« jubelte der Bankpräsident, »scharf geladen, so scharf, daß die Leute links und rechts wie Kornähren sanken.«

»Das müßt Ihr erzählen!«

»Muß ich? Muß ich? Wohl, wenn ich muß, so will ich; zuvor muß aber Friede und Eintracht sein. Cracker und Meadow! Die Hand zur Versöhnung gereicht!«

»Oberst Cracker! Oberst Meadow!« rief es von allen Seiten.

»Wir können unsere Zweifel nicht zurücknehmen«, versetzte Meadow, »dieser Gentleman kann nicht Oberst Morse aus Texas sein.«

»Was zum Teufel soll er denn sein?« rief der Bankpräsident.

»Er kann General, aber nicht Oberst sein. Es gibt keinen Oberst Morse.«

»Das ist wahr«, versetzte lächelnd der Texaser, »denn der Oberst Morse ist General geworden.«

»Seid Ihr's wirklich?« rief überrascht der General.

»Bah! seit einem halben Jahre, hoffe jedoch, es wird in meinem halben Inkognito keine Beleidigung liegen.«

»Aber Oberst Cracker und Meadow hatten recht, wenn sie dich für verdächtig hielten, Ned!« schrie der Präsident, »du warst verdächtig, bist es, der Abbitte zu leisten hat.«

»Die ich auch zu leisten willig bin«, versetzte lächelnd der General, die Hand den beiden entgegenstreckend.

»Kuriose Leute ihr, punctiliose Leute, meiner Seele!« rief wieder der Präsident, »seid ärger als die –«

»Nicht ärger als unser Bankpräsident!« riefen Cracker und Meadow.

»Meiner Seele nicht!« lachten alle.

»Ja, aber Eure Bomben und Kartätschen!« riefen wieder die einen.

»Und Kanonen und Kartaunen!« die andern.

»Die erlassen wir Euch nicht!« lachten alle.

»Wohl, so müssen wir uns denn fügen«, versetzte mitlachend der Präsident. »Phelim!« wandte er sich an diesen, »bist wieder einmal so benebelt, daß du gar nicht siehst, wie wir im Trockenen sitzen; vermute auch, hast den Auftrag deines Herrn ganz vergessen, ihn bei den Gentlemen zu entschuldigen.«

»Bei Jasus! nicht vergessen«, platzte der Irländer heraus, »nicht vergessen, bei St. Patrick! Ihnen gesagt, hinny, daß Kap'tän Murky im Paradiese.«

»Wohl, jetzt geh und sei ein guter Bursche und lasse die Punschbowle füllen. Wollen sie bis an den Rand voll haben und dann sagen, wie es kam, daß wir Pulver gerochen. Schickt sich gerade recht, die schönste Gelegenheit –«

»Bravo!« riefen alle.

»Ja, wollen euch sagen, wie es kam, daß der Kap'tän oder vielmehr ein Kap'tän und ich, Pulver gerochen, sobald Phelim das Nasse gebracht.«

Phelim und einige seiner schwarzen Helfershelfer brachten nun das Nasse; die Gläser wurden gefüllt, angestoßen.

Alle setzten sich in gespannt fröhlicher Erwartung.

Callao 1825

Der Präsident begann:

»Es war im Märzmonat 1825, daß wir – mehrere Amerikaner und Briten, meistens Schiffskapitäne, vor dem französischen Kaffehause in Lima standen, in einer Unterhaltung begriffen, die für mich wenigstens – wahrlich eben nicht sehr viel Unterhaltendes hatte.

Wenn ich euch sage, daß gerade zu dieser Zeit Callao von den Patrioten zu Wasser und zu Lande blockiert und wir mit spanischen Gütern nach dieser Festung bestimmt waren, werdet ihr euch vorläufig eine Idee von der Kurzweiligkeit dieser unserer Unterhaltung bilden können.

Wir waren nämlich im November des Jahres 1824 von Hause, das heißt Baltimore, nach Havanna abgegangen, hatten da unsere Ladung gelöscht, dafür eine andere, teils auf eigene, teils auf Rechnung der dasigen Regierung eingenommen und Havanna gerade am ersten Dezember, also acht Tage vor der berühmten Schlacht von Ayacucho, verlassen, deren Fama uns nun auch regelmäßig auf dem Fuße folgte, so daß wir ihr während unserer Fahrt um den südamerikanischen Kontinent herum richtig immer nur einige Tage den Vorsprung abgewannen, bis wir, auf der Höhe von Callao angekommen, von ihr und ihren erschütternden Folgen erreicht wurden, als es umzulenken bereits zu spät war.

Wir konnten gar keinen Hehl daraus machen, daß wir nach Callao wollten; unsere Kargos, darunter Zigarren, zwanzigtausend Dollar am Werte, für die Festung bestimmt, sprachen zu laut; aber ich zweifle auch, daß, selbst wenn wir es gekonnt hätten, mein Kapitän vom Versuche, das Blockadegeschwader zu durchbrechen, abzubringen gewesen wäre. Er hatte das Wagestück vier Jahre früher, als die Flotte der Patrioten von Cochrane, berüchtigten Andenkens, kommandiert wurde, versucht, und es war ihm gelungen, was etwas sagen will, wenn man Cochrane kennt; und dann hatte er auch seine eigenen Yankee-Notionen – Notionen, die, wie ihr wisset, einmal in einem Yankeeschädel fixiert, absolut nicht mehr herauszubringen sind. Diese Notionen kalkulierten, den Fall Callaos auf alle Art und Weise, und es koste, was es wolle, aufzuhalten, ein Kalkulieren, das, so seltsam dieses auch klingen mag, nicht bloß meinem Kapitän, sondern auch übrigen Landsleuten gar gewaltig zusetzte. Wirklich schien ihnen der Fall dieser Festung mehr als selbst die Kondemnation ihrer Schiffe und Kargos am Herzen zu liegen. Aber diese an Republikanern – und was mehr sagen will, Amerikanern so seltsam erscheinende Sympathie zugunsten der Fortdauer einer despotischen Herrschaft wird wieder sehr begreiflich, wenn wir bedenken, daß mit dem Falle Callaos – des letzten festen Haltes Spaniens in Südamerika – der Kampf auf diesem Kontinente so gut als beendigt, unser Handel durch die Pazifikation nicht nur einen seiner einträglichsten, sondern auch interessantesten Zweige verlor. Ich sage interessantesten, denn es war gewiß bei vielen weniger der Gewinn – obwohl dieser einem Amerikaner nie gleichgültig ist – als vielmehr der Reiz der tausend mit diesem Handel verbundenen Gefahren und Abenteuer, die ihn unseren Bürgern und Seeleuten so teuer gemacht. Auch hatten wir ihn bisher ausschließend innegehabt, diesen gewinn- und abenteuerreichen Handel, zuerst, weil wir die nächsten, und dann, weil wir gerade im Besitze der Artikel waren, die die Patrioten sowohl als Spanier am meisten bedurften. Wie es von gescheiten Leuten zu erwarten stand, hatten wir diese Art Monopols auch auf eine Weise ausgebeutet, die eine Verlängerung des interessanten Status quo recht sehr wünschenswert erscheinen ließ. Wir hatten den Spaniern Mehl und Fleisch zugeführt, wenn die Spanier am hungrigsten und die Zufuhren mit größtem Risiko und folglich Gewinn verbunden waren, und wieder den Patrioten, wenn diese nichts mehr zu nagen hatten. Während der Blockade waren natürlich die Spanier des Sukkurses am meisten bedürftig, und es schien um so billiger, ihnen diesen zu bringen, als sie sehr gut bezahlten und die Ladungen noch vor dem Torschlusse an Mann zu bringen waren.

So war denn die Brigg Perseverance, Kapitän Ready, Superkargo meine werte Person, von den Patrioten – etwa vier bis fünf Meilen vor dem Eingange des Hafens lavierend oder vielmehr die Gelegenheit zum Einschlüpfen ablauernd – angehalten, aufgebracht und sogleich auf eine Weise behandelt worden, die uns mehr als einen Fingerzeig gab, daß wir aus dieser Falle wohl schwerlich entschlüpfen dürften. Unsere persönliche Habe ward uns zwar gelassen, wir aber sogleich ans Land und so weiter nach Lima gebracht worden. Von der Brigg sowohl als dem Kargo hatten wir, seit wir sie verlassen, nichts mehr gehört. In letzterem war ich einigermaßen stark interessiert, insofern darin mein ganzes Betriebskapital, die Früchte zehnjähriger Kontordienste, staken; auch der Kapitän war zu einem Fünfteile beteiligt, an der Brigg zur Hälfte.

Für einen angehenden Kaufmann aber ist es wahrlich keine sehr angenehme Empfindung, seine Hoffnungsbarke und mit dieser sein ganzes in langjährigem Dienste zusammengescharrtes, mühsam errafftes und so gleichsam in seine Existenz verwachsenes oder doch diese begründen sollendes Anfangskapital gleich beim ersten Auslaufen – es war meine erste Unternehmungsreise – scheitern und sich so auf der Sandbank zu sehen, um ihn herum eine Rotte Haifische, die nach ihm und seinem zweiten Selbst schnappen. In der Tat kamen mir die Patrioten damals so ziemlich wie diese häßlichen Vielfraße vor, und oft fühlte ich, als ob ich im Schlunde eines dieser Schnapphähne stäke. Ich haßte sie so herzlich, daß ich sie alle erwürgen, ihnen mit Lust hätte den Hals umdrehen können.

Nicht so wieder mein guter Kapitän. Er trug sein Schicksal mit leichter Achsel, schnitzelte, die Gleichmut selbst, an seinem Stocke oder Stöckchen, und wenn ein solches gerade nicht vorhanden, an Tischen, Bänken, Sofas oder was sich gerade vorfand, knirschte allenfalls, wenn die Rede auf die Brigg kam, mit den Zähnen, fuhr aber dann um so eifriger zu schneiden und zu schnitzeln fort. Er war überhaupt ein nichts weniger als redseliger Mann. Während unserer langen Seereise waren oft Wochen vergangen, während welcher er, die nötigsten Befehle ausgenommen, keine Silbe von sich hören gelassen. Auch sprach man ihn nicht gerne an, wenn man es vermeiden konnte. Die essigsauren Züge, die dunkeln, in einer trüben Wolke schwimmenden, wie trunkenen Augen, die fest zusammengekniffenen Lippen, die gerunzelte Stirn luden wenigstens nicht ein. Er hatte beim ersten Anblicke etwas so zurückstoßend Düsteres, als einem beinahe Bedenken einflößte, ihn anzureden. Bei dem ersten Laute jedoch, den man von ihm hörte, schwanden Bedenken und Scheu. Ein unbeschreiblicher Zauber lag in jedem seiner Worte, wie Musik klang es von seinen Lippen, und selbst wenn sich seine Stimme während eines heftigen Sturmes zum Gebrülle erhob, hatte sie doch noch Wohllaut. Es war, als ob sie beruhigend, schmeichelnd den Orkan besänftigen, einlullen wolle. Jedesmal wenn er sprach, nahmen seine düstern gekniffenen Züge diesen sanft wohlwollenden Ausdruck an; auch wenn er irgendeine Gefälligkeit erwies, dann wurde der Ausdruck dieser Züge so klar, heiter, mit sich und aller Welt zufrieden! Es lächelte ordentlich aus dem sonst so finstern Gesichte, man konnte dem Manne nicht mehr gram sein, fühlte sich unwiderstehlich zu ihm hingezogen. Darum liebten ihn aber auch alle, die ihn näher kannten, wie einen Bruder, und trotz Schweigsamkeit drängten sich alle in seine Gesellschaft. Oft beschwichtigte sein bloßer Eintritt die heftigsten Streitigkeiten. Rauh, wie natürlich Kapitäne zuweilen zu sein pflegen, weiß ich mich doch nie zu entsinnen, daß ihm einer je ein rauhes oder rohes Wort gesagt hätte. In der Tat hatte er keinen Feind unter seinen Mitkapitänen, wohl aber viele, die für ihn ihren letzten Dollar geopfert hätten.

Wir waren seit acht Jahren miteinander bekannt und insofern Freunde, als ein erster Kommis und ein Schiffskapitän, die in Diensten eines und desselben Hauses stehen, Freunde sein können. Immer hatte ich ihn während dieser Zeit als die Loyalität und Treue selbst gekannt; doch haftete von früher her etwas wie ein dunkler Fleck auf seinem Seemannscharakter. Er war nämlich von dem Philadelphier Hause, dem er früher als Kapitän gedient und das ihn sehr jung und in wenigen Jahren vom Schiffsjungen zum Kapitän befördert, plötzlich entlassen worden. Die Ursache seiner Ungnade war nicht genau bekannt geworden. Er sollte sich auf einer Rückfahrt von Havanna ein Vergehen zuschulden haben kommen lassen, das nicht bloß das Schiff, das er kommandierte, sondern auch die Konsignees sehr stark kompromittierte, ja ihm selbst den Zutritt nach Havanna verschloß. In der Tat durfte er sechs oder sieben Jahre nicht dahin.

So unbestimmt auch diese Anklagen, so brauche ich Ihnen doch kaum zu sagen, daß sie in Philadelphia hinreichend waren, ihm alle bedeutenden Häuser um so mehr zu verschließen, als er bei seinem zurückhaltenden Wesen sich wieder um keinen Preis herabließ, irgendeine Aufklärung zu geben. Längere Zeit blieben auch alle seine Versuche, eine neue Anstellung zu erlangen, fruchtlos; würden es auch, trotz seiner anerkannten Tüchtigkeit, wohl noch lange geblieben sein, wenn nicht der durch die unermüdlichen Anstrengungen Bolivars frisch angefachte Krieg dem südamerikanischen Handel auch einen frischen Aufschwung gegeben und so die in diesem Handel beteiligten Häuser gezwungen hätte, bei der Auswahl ihrer Kapitäne ein Auge zuzudrücken. So wurde er, obgleich nicht ohne einiges Widerstreben, von unserer Firma als Kapitän angestellt. Und wohl mochten wir uns zu dieser Anstellung Glück wünschen, denn wir verdankten ihr großenteils den Aufschwung, den unsere Geschäfte vor allen übrigen südamerikanischen Häusern Baltimores von dieser Stunde an nahmen. Seine früheren Prinzipale, als sie dies sahen, beeilten sich zwar, ihm wieder Vorschläge, und das sehr annehmbare, zu machen, aber er lehnte sie mit Unwillen ab. Auch war er nie dahin zu bringen, von dem Vorfalle oder Vergehen, der seinem Charakter als Kapitän einen so starken Flecken angehängt, auch nur eine Silbe zu erwähnen. Man bemerkte, wenn die Rede auf das erwähnte Haus kam, ein bitteres Hohnlächeln um seinen Mund spielen, zugleich aber wurde seine Miene so zurückschreckend finster, daß auch dem Neugierigsten die Lust zu weiteren Fragen verging.

Dieses dunkle Blatt in der Geschichte des Mannes, verbunden mit seiner Schweigsamkeit und seinem düstern, brütenden Wesen, verursachten mir, ich muß aufrichtig gestehen, während der Seereise oft seltsam unheimliche Gedanken.

Doch war er wieder das Muster eines Seemannes, ruhig, fest, entschieden, seine Matrosen mehr durch Winke als Worte leitend. Auf der Brigg herrschte die Stille einer Quäkerversammlung, selbst im höchsten Zorne entfuhren ihm keine Flüche oder Scheltworte; aber die zusammengekniffenen Lippen, die gerunzelte Stirn waren dann entsetzlich zu schauen! Der desperateste Matrose kroch wie ein Hund vor diesem Blicke weg. Jedoch hielten diese Gewitterwolken nie lange an, immer schwanden sie wieder in die gewöhnliche düstere Ruhe. Diese Ruhe habe ich selten an einem Manne so unerschütterlich gefunden. Während meiner achtjährigen Bekanntschaft hatte ich ihn auch kein einziges Mal von Leidenschaft hingerissen gesehen, die Gewitterwolke auf Stirn und Lippen ausgenommen, blieb er immer die personifizierte Gelassenheit, und selbst jetzt, wo sein ganzes mühsam erworbenes Haben auf dem Spiele stand, war auch nicht das leiseste Anzeichen von Ungeduld an ihm zu verspüren. Wahr ist's, er schnitt und schnitzelte zuweilen heftiger denn gewöhnlich, aber das ist ein Zeitvertreib, der, wie Sie wissen, national ist und in dem ihm meine übrigen Landsleute nichts nachgaben.

Wahrlich! Wir Amerikaner sind nicht die Leute, uns durch irgendeine Quandary – eine Teufelei den Kopf verrücken zu lassen, und wenn ihn ja einer verliert, so setzen ihn die anderen durch ihren imperturbablen Gleichmut gewiß wieder zurecht, vorausgesetzt, daß hinlänglich Dulcissimus twisted, Zigarren, Federmesser und eine Fülle von Stöcken, Bänken, Tischen oder sonstigem schneidbaren Materiale vorhanden. Ihr hättet nur sehen sollen, mit welcher Lust, welchem Eifer unsere Landsleute nicht nur Stöcke und Stöckchen zu Dutzenden, sondern auch Tische, Sessel, Sofalehnen, kurz, alle nur erreichbaren Möbel im Kaffeehause zur Verzweiflung des Wirtes beschnitten; je härter das Holz, desto eifriger ihre Federmesser. Auch hatte jeder fürsorglich sein Schleifsteinchen, einen Zoll lang und breit, an dem er das stumpf gewordene Federmesser wieder schärfte; während wieder die vier Briten immer und ewig entweder brummten, sich und die Patrioten in die Hölle verwünschten oder – besoffen. Widerwärtig rohere, brutalere und doch wieder knechtischer gesinnte Menschen als diese Briten waren mir selten vorgekommen. Nach ihrem Treiben hätte man glauben sollen, das ganze pretiöse alte England müsse zugrunde gehen, so ihren lumpigen Kargos auch nur ein Haar gekrümmt würde. Ich hatte hier Gelegenheit, Vergleichungen anzustellen, und wahrlich, sie fielen nicht zum Vorteile John Bulls aus! Pshaw! John Bull spottet über Bruder Jonathans Dollarsucht, und allerdings suchen wir die Dollars. Es ist ein starker Splitter in unseren Augen, dieses immerwährende Dollarsuchen; nur steht John Bull mit dem Balken in den seinigen der Spott schlecht an. Gewiß suchen wir die Dollars und sind auch eifrig bemüht, sie zu finden; aber wenn wir sie wieder verlieren, reißen wir uns deshalb doch nicht den Hals ab wie John Bull. Ich kenne wenigstens noch keinen respektablen Amerikaner, der sich wegen Dollarverlustes gehängt oder ertränkt hätte, wie es die Briten tagtäglich tun. Bei uns ist aber auch, John Bull mag dagegen sagen, was er will, der Mann noch etwas wert, apart von seinen Dollars, aber nicht bei ihm, wo er keinen Strohhalm mehr gilt als seine Guineen. Darum ist auch der echt englische Ausdruck, ›er ist soundsoviel wert‹, bei uns in den Seestädten steckengeblieben, im Lande hat er kein Glück gemacht. Gewiß hat der britische Charakter brillante Züge von Gerechtigkeit, Männlichkeit, Seelengröße und Stärke, aber auch häßliche, und darunter eine Gier nach Geld und Gut, die ihm diese Dinge nicht mehr als Mittel, nein, als höchste Lebenszwecke, ja als eine Art höherer Wesen betrachen läßt, die zu erlangen er auch das Desperateste nicht scheut. Der Brite dient des Goldes wegen Türken und Juden, Karlisten und Christinos, dem Himmel und der Hölle; wir nicht, wir nur – der Freiheit! Er würde euch das Goldstück erbarmunglos und mit eisernen Krallen aus den Eingeweiden herausreißen! Gott gnade dem armen Wichte, der pennylos das großmütige Großbritannien betritt! Bei uns finden Hunderttausende von europäischer Tyrannei Ausgestoßener noch immer einen Bissen Brotes! Sagt, was ihr wollt, im Charakter des Briten ist ein Zug von gefühlloser Härte, der noch immer an den norwegischen und normannischen Seeräuber mahnt; und so sehr er sich auch in den acht- oder neunhundert Jahren seines Auftretens auf der Weltbühne abpoliert, ganz verleugnet hat er sich nie, dieser Seeräubercharakter, wo er immer auftrat, sei es in Europa oder in Asien, in Ost- oder Westindien.«

»Bravo!« riefen alle.

»Doch wir wollen«, fuhr der Präsident fort, »keine Physiognomie der britischen Geschichte, wir wollen bloß ein simples Bruchstück aus unserm und unsers Freundes Leben zum besten geben und kehren daher wieder zu unserm Kaffeehause und unsern quidkauenden, zigarrenrauchenden – vor allem aber Stöcke und Stöckchen schnitzelnden Kapitänen zurück. Der Wirt hatte endlich glücklich das Auskunftsmittel entdeckt, das, wie ihr wißt, auch in unsern Gerichts- und sonstigen Versammlungssälen mit ersprießlichem Erfolge in Anwendung gebracht worden: Er hatte nämlich eine ganze Fuhre von Stöcken herbeischaffen lassen, mit denen er Tische und Sessel, Sofas und alles, was nur Federmesser fürchten mußte, belegte, so daß meine guten Landsleute bloß zuzugreifen brauchten, was sie denn auch mit so vielem gutem Willen taten, daß Kaffee- und Billardsaal und der Vorhof mehr Schreiner- oder Drechslerwerkstätten als einem Kaffehause glichen.

Als geistige Würze zu diesem interessanten Zeitvertreibe dienten allenfalls die sogenannten Patrioten, die auf allen Plätzen, in allen Gassen umherstanden und lagen, und uns vielen Spaß verursachten. Es waren die zerlumptesten Bursche, die sich je senores soldados titulieren ließen – wahre Karikaturen, wie sie in ihrer funkelnagelneuen Freiheit umherstolperten und wieder sultansartig lagerten. Der eine hatte eine spanische Jacke, die er zu Ayacucho erbeutet, der andere eine amerikanische, die er von irgendeinem Matrosen erhandelt, ein dritter hatte keine Jacke, aber dafür eine gekürzte Mönchskutte, ein vierter einen Tschako, an dem der Deckel fehlte, ein fünfter parodierte barfuß in einer Mantille, ein sechster stak in einem galonierten Sammetrocke aus den Zeiten Philipps des Fünften her. Nur die sogenannten Volontärs waren besser uniformiert; die Offiziere jedoch hatten sich seit der erwähnten Entscheidungsschlacht auf das Pompöseste herausgeputzt, ihre Uniformen strotzten von Golde, und es gab Leutnants, die statt zweier Epauletten deren sechs und acht trugen, vorne, hinten, auf den Schultern, dem Rücken, und das keine kleinen, sondern Generals-Epauletten.

Wie wir also saßen und standen – es war nach der Siesta – schnitzelnd, rauchend, Quids kauend und unserem Witz oder vielmehr Mißmut auf Kosten der Patrioten Luft machend – ging eine der Seitentüren des Kaffeehauses auf und ein Offizier trat heraus, der uns denn doch eine etwas bessere Idee von den guten Patrioten beibringen zu wollen schien. Es war ein Mann in den Dreißigen, sehr einfach, aber geschmackvoll uniformiert und von jenem anspruchslos einnehmenden Wesen, das dezidierte Naturen so gerne zur Schau tragen und das gegen die kriegerische Haltung seines jüngeren, viel reicher uniformierten Begleiters scharf abstach, obwohl dieser im Range unter ihm stehen mußte, denn er ging einen Schritt hinter ihm her. Wie er an uns vorbeikam, erwiderte er unsere Verbeugungen mit einem kurzen, aber sehr verbindlichen Rucke an seinem dreieckigen Federhute und war auf dem Punkte, an uns vorüberzueilen.

Mein guter Kapitän stand einige Schritte seitwärts, unverdrossen an seinem zehnten oder zwölften Stocke schnitzelnd, als unsere Bewegungen ihn in dem Augenblicke aufschauen machten, wo der Offizier an ihm vorüberging. Dieser stutzte, zuckte, fixierte unseren Kapitän einige Sekunden, dann öffnete er die Arme und, mit freudeleuchtender Miene auf ihn zuspringend, drückte er ihn stürmisch an die Brust.

»Kapitän Ready!«

»Das ist mein Name!« versetzte ruhig der Kapitän.

»Kapitän Ready!« rief abermals der Offizier.

Der gute Kapitän stutzte, fixierte seinerseits den Offizier, aber sein zweifelhafter Blick verriet noch immer kein Erkennen.

»Kapitän Ready!« ruft der Offizier heftig, »kennt Ihr mich wirklich nicht mehr?«

»Nein!« versetzte der ihn noch immer zweifelhaft anstarrende Kapitän.

»Ihr kennt mich nicht? – Ihr kennt mich nicht?« rief beinahe vorwurfsvoll der Offizier, ihm etwas in die Ohren wispernd.

Jetzt schaut ihn der Kapitän einen Augenblick starr an, im nächsten werden seine Züge leuchtend vor Freude und Freundlichkeit, er erfaßt überrascht die Hand des Patrioten.

Wir standen unterdessen, mannigfaltigen Vermutungen Raum gebend. Nach etwa einer Viertelstunde traten die beiden wieder heraus; der Offizier mit seinem reich uniformierten Begleiter gingen dem Regierungspalaste zu, der Kapitän schloß sich an uns an, dieselbe imperturbable Ruhe, die er immer war, auch sogleich wieder zu Stock und Federmesser greifend. Auf unsere Fragen, wer der Offizier sei, erfuhren wir bloß, daß er zum Belagerungsheere von Callao gehöre und einstmaliger Passagier des Kapitäns gewesen.

Dieser Bescheid wollte mir denn doch nicht ganz genügen, denn ich hatte die sämtlichen Patriotenhaufen in einen beinahe panischen Schrecken bei seiner Annäherung geraten sehen; auch schienen unsere englischen Kapitäne etwas Näheres von ihm zu wissen; sie kamen trotz des dicken Nebels, in dem sie schwebten, gar so kriechend heran, spitzten Augen und Ohren gar so scharf, wurden auf einmal so freundlich, selbst zu ihrem Grog, den sie vor dem Hause tranken, luden sie den guten Kapitän. Euer Brite ist nie widerwärtiger, als wenn er freundlich, zutraulich wird; die Selbstsucht, der krasseste Eigennutz grinst dann so ekelhaft aus seinen harten, brutalen Roastbeefzügen heraus! Mein Kapitän wandte ihnen, wie sie es verdienten, ohne ein Wort zu sagen, den Rücken.

Was wieder meine Landsleute betrifft, so kennt ihr unsere – nennt es, wie ihr wollt: Delikatesse, Insouciance oder Apathie. Sie schienen mit der erhaltenen Auskunft vollkommen zufrieden. Schiffskapitäne, und zwar amerikanische mehr als die jeder anderen Nation, sie sind gebildeter, besser unterrichtet, auch unsere Schiffe in der Regel besser gebaut und eingerichtet, verkehren nicht nur häufig mit den verschiedensten Personen und Charakteren, sie haben auch vielfältige Gelegenheit, interessante Bekanntschaften zu knüpfen, diesen Bekanntschaften – die nicht selten hoch über ihnen stehen – Dienste und Gefälligkeiten zu erweisen, die sie in wahre Protektorbeziehungen bringen. In gewisser Hinsicht können unsere Schiffskapitäne ganz füglich mit Schauspielern verglichen werden, die auch in der einen ihrer Lebenshälften Rollen spielen, die es ihnen schwer werden dürfte, in der anderen fortzuführen. Der Kapitän zur See ist vom Kapitän zu Lande eine in der Regel himmelweit verschiedene Person. Zur See ein halber oder vielmehr ein ganzer König, der unumschränkt herrscht, dessen leisester Wink Befehl wird, der es ganz in seiner Gewalt hat, seinen Untergebenen nicht nur, sondern Schiffsgenossen überhaupt den Aufenthalt zum Himmel oder zur Hölle umzuschaffen, ist er zu Lande wieder häufig eine ziemlich unbedeutende Person, die es nicht einmal mit dem Kommis seines Konsignee verderben darf. Andererseits wird wieder dem Passagier seine Seereise nicht selten zur epochemachenden Begebenheit, die ihm die Hauptperson – den Kapitän, oft das ganze Leben hindurch nicht vergessen läßt, während diesem wieder der einzelne Kajütenpassagier längst über den Hunderten, die nach ihm seinen Platz eingenommen, aus dem Gedächtnisse geschwunden. Unseren Seekapitänen war daher aus eigener Erfahrung sowohl die überströmende Freude des Patrioten im Momente des Wiedersehens als die verhältnismäßig kühle Erwiderung von seiten des Kapitäns so ziemlich erklärlich. Es wurden einige Bemerkungen über südamerikanischen Enthusiasmus gewechselt, mehrere analoge Fälle erzählt und dann – fielen sie alle wieder in ihr früheres Geleise zurück.

Am folgenden Morgen saßen wir gerade über unserer Schokolade, als eine Ordonnanz, sehr nett uniformiert, in die Veranda kam und nach Kapitän Ready fragte. Der Kapitän stand ganz gelassen auf, trat einige Schritte seitwärts, hörte, nicht verdrossen, nicht unverdrossen, die Ordonnanz an und setzte sich dann wieder ruhig zu seiner Schokolade, die er ganz behaglich ausschlürfte oder vielmehr ausaß; denn in Südamerika wird die Schokolade bekanntlich dick wie Brei aufgetragen. Erst nach einer geraumen Weile fragte er mich, wie gelegentlich, ob ich nicht zu einem Ausfluge mit ihm Lust hätte, der vielleicht ein paar Tage währen könnte.

Ich ließ mir das natürlich nicht zweimal sagen, denn die Stunden hingen mir wie Blei an den Füßen; und so packten wir uns denn einen Anzug in unsere Sattelfelleisen, nahmen unsere Fänger und Pistolen und verließen das Kaffeehaus, vor dem wir zu meiner nicht geringen Überraschung die berittene Ordonnanz mit zwei prachtvollen superb aufgezäumten Spaniern fanden.

Meine Neugierde war wieder stark erwacht, denn die Pferde waren die schönsten, die ich in Peru gesehen; aber mit allen meinen Fragen vermochte ich nicht mehr aus meinem schweigsamen Freunde herauszubringen, als daß unser Ausflug zum Offizier von gestern ginge, daß dieser im Belagerungsheere angestellt und einst sein Passagier gewesen – wer er aber und was er sei, wisse er nicht. Damit mußte ich mich nun einstweilen begnügen, obwohl die verlegen gewordene Miene des guten Kapitäns ein Mehreres hinter dem Busche vermuten ließ.

Als wir Lima etwa eine Meile im Rücken hatten, kam ein starker Kanonendonner in der Richtung, die wir nahmen, herüber; etwa eine Meile weiter ein Zug von Wagen und Karren, auf denen Verwundete nach Lima transportiert wurden. Der Kanonendonner wurde stärker. Auch Haufen von Marodeurs, die durch Felder, Hecken und Gärten schwärmten, ließen sich blicken, zogen sich aber zurück, sowie sie die Ordonnanz erkannten. Die Begierde, den Kriegsschauplatz recht bald zu sehen, erwachte nun sehr lebhaft in mir.

Nicht, daß gerade ein besonders kriegerisch eisenfresserischer Appetit in mich gefahren wäre! Nein, von jenem sogenannten chevaleresken, oder besser zu sagen, tollen Geiste, der so manche plagt und treibt, sich wie Narren in anderer Leute Streit zu mengen und Fell und Knochen zu Markte zu bringen, habe ich, dem Himmel sei Dank, auch nicht das Leiseste je in mir verspürt. Ich war immer ein Mann des Friedens und Handels, der sich weder um Patrioten noch Spanier kümmerte, vorausgesetzt, daß sie ihm sein Mehl und Salzfleisch, vor allem aber die Zigarrenkisten unangefochten ließen; aber in der Quandary, in der wir staken,- und immer und ewig von demselben horriblen Gedanken, ein Bettler zu sein, gemartert, würden mir Seeräuber selbst nicht unwillkommen gewesen sein, wenn ich meine Galle und Verzweiflung an ihnen hätte auslassen können. Auch schien es mir wohl möglich, daß die Spanier aus der Festung ausfallen und ihre und unsere Freunde in den Stillen Ozean treiben könnten, ein Gedanke, der trotz seiner Absurdität mir sehr wahrscheinlich wurde, obwohl ich mich hütete, ihn dem Kapitän mitzuteilen.

Was nun diesen betraf, so war er von Hause aus mit einer Stoa gesegnet, die ihn Pulver und Blei als ganz gleichgültige Dinge betrachten ließ. Er hatte während seines vierzehnjährigen Seelebens und seiner Ein- und Ausfahrten aus den blockierten südamerikanischen Häfen der Zwölf- und Sechzehnpfünder so viele um die Ohren sausen gehört, auch der Strauße mit Piraten so tüchtige bestanden, daß bei ihm von Furcht gar nicht mehr die Rede sein konnte, und wenn er ja eine hatte, so war es die, von seinem feurigen Spanier geworfen zu werden, auf dem er, wie alle unsere Seemänner ein herzlich schlechter Reiter, herumbaumelte, nicht unähnlich einem überladenen Schoner im Troge einer schweren und konträren See. Doch kamen wir noch so ziemlich glücklich davon.

Nachdem wir eine mäßige Anhöhe erreicht, erblickten wir auch links die braunen düstern Bastionen der Forts, rechts Bella Vista und darüber hinaus den sogenannten Stillen, aber in der Tat verdammt stürmischen Ozean. Bella Vista ist eigentlich nur ein Dorf, aber die Gebäude sind mehrenteils Villas, in denen die Großen Perus die Sommermonate zubringen, da der kühlenden Seeluft zu genießen. Obwohl ganz von den Kanonen der Festung beherrscht, sind Häuser und Villen wieder so solid aufgeführt, daß der General en chef selbst mit dem größten Teile des Belagerungsheeres da sein Hauptquartier aufgeschlagen.

Die Ordonnanz wies uns oder vielmehr dem Kapitän, der das Spanische geläufig sprach, soeben die verschiedenen Punkte, wo Batterien errichtet waren. Die letzte, die fertig geworden, aber ihr Feuer noch nicht eröffnet, lag keine dreihundert Schritte von der Festung, wurde aber noch durch vorstehende Häuser gedeckt, die jedoch, bereits unterminiert, nächstens fallen sollten.

Während die Ordonnanz die Batterien und den Gang der Belagerung, soviel sie davon verstand, beschrieb, wurden unsere Pferde, und besonders das des Kapitäns, das von einem Offizier hohen Ranges geritten worden sein mußte – denn es wollte immer nur vorwärts –, sehr unruhig, und da, wie bemerkt, mein guter Kapitän wohl ein Schiff, aber kein Pferd zu regieren verstand, verlor es endlich die Geduld und brach mit ihm so wütend aus, daß die unsrigen, wir mochten zurückhalten und bändigen, soviel wir wollten, nachstürmten, wohin, wußte der Himmel, wir nicht.

Wir kamen in einem Ozeane von Staub und Rauchwolken zur Erde und umbrüllt von einem Kanonendonner, der diese aus ihren Grundfesten reißen zu müssen schien.

Unsere wild gewordenen Spanier hatten uns nämlich im Sturme dem Dorfe, und zwar gerade den der Festung zunächst gelegenen Häusern, in dem Augenblicke zugerissen, wo diese mit einer dumpfen erderschütternden Explosion zusammensanken und den die Batterie just abgewartet hatte, um ihr Feuer auf die Festung zu eröffnen. Daß diese nicht zauderte, den Gruß mit Prozenten zurückzugeben, brauche ich euch wohl nicht zu sagen; und da auch die übrigen Batterien einfielen, so war das ein Gedonner, ein Gehagel von Kanonen, Kartätschen, Bomben und Haubitzen, als ob die Welt ganz und gar in Trümmer gehen sollte.

Die Pferde, mit uns zusammengesunken, hatten uns wie Mehlsäcke abgeworfen; die Ordonnanz war betäubt, ich halbtot, nur unser Kapitän schien die Sache ganz in der Ordnung zu finden, arbeitete sich ruhig unter seinem Spanier hervor, half mir und der der Sprache ganz beraubten Ordonnanz auf die Füße und fragte dann ganz gelassen, wo nur der Offizier zu treffen wäre.

Die Ruhe des Mannes war, um mich eines unserer Lieblingsausdrücke zu bedienen, in der Tat considerabel. Wohl an die dreißig Kugeln waren in die Mauer, hinter der uns unsere Tiere glücklicherweise abgeworfen, eingeschlagen, Steine kollerten auf allen Seiten herab – im Vorbeigehen sei es bemerkt, das Bruchstück war nicht mit Geld zu bezahlen, ohne dasselbe wären wir hier wohl all unserer Sorge und Verzweiflung wegen Kargo und Brigg ledig geworden – aber meinen guten Kapitän schien das alles nichts anzugehen. Er war nur ungeduldig über die Rauch- und Staubwolken, die aus den Batterien und den zusammengestürzten Häusern emporqualmten und uns in eine wahre ägyptische Finsternis versetzten, fragte wohl ein Dutzend der hin- und hereilenden Soldaten, keiner aber nahm sich die Zeit, ihn anzuhören, wenn sie auch hätten hören können.

Endlich hatten sich wenigstens die größten Staubwolken verzogen, auch die perplexe Ordonnanz sich einigermaßen orientiert, so deutete sie denn auf la batteria hin, der mich mein Freund auch ohne weiteres zuzog. Wir hatten noch keine zwanzig Schritte getan, als wir auch bereits auf eine Kanone stießen.

Alles war da, wie Sie sich leicht vorstellen mögen, lebendig. Die Batterie zählte dreißig Vierundzwanzig- und Sechsunddreißigpfünder, die mit einem Eifer, einem Mute bedient wurden, der meine Erwartungen von Patriotenbravour weit übertraf. In der Tat gab sich zu viel Bravour unter den Leutchen kund. Sie tanzten mehr um die Kanonen herum, als sie sich bewegten, und das mit einer Todesverachtung in Miene und Gebärden, die wie Trotz und Hohn aussahen. Sie hielten es nicht einmal der Mühe wert, die Kanonen von den Embouchuren während des Ladens zurückzuziehen, im Gegenteile, schoben diese noch immer hinaus und luden lachend die Spanier ein, doch besser zu treffen.

Es war, wir dürfen dies nicht vergessen, wenig über drei Monate nach dem glänzenden Siege von Ayacucho, einer der herrlichsten Waffentaten, die wohl je gefochten wurden und die denn begreiflicherweise auch die Truppen des Belagerungsheeres auf eine Weise elektrisierte, daß sie ordentlich dem Tode zutanzten, ja die Glücklichen zu beneiden schienen, die eine Kugel vor ihren Augen wegnahm.

So war von der Kanone, auf die wir zuerst stießen, bereits die Hälfte der Mannschaft weggeschossen; und wir waren kaum ein- und auf die Seite getreten – der Kapitän mir winkend, mich zu ducken –, als eine Kugel dem nächsten, der mir zur Seite stand, den Kopf mitnahm. Ich fühlte einen plötzlichen Luftstoß, der mich erstickt hätte, wäre ich glücklicherweise nicht seitwärts gestanden; zugleich schlug mir eine warme Masse ins Genick, Gesicht und auf den Kopf, die mich beinahe blind machte. Wie ich sie von mir wische, sehe ich den Mann kopflos zu meinen Füßen liegen. Das Grausen, das mich überfiel, könnt ihr euch unmöglich vorstellen! Es war zwar nicht das erstemal, daß ich ein Mitgeschöpf fallen gesehen, aber wohl das erstemal, daß mir sein Gehirn und Blut ins Gesicht spritzte. Mir wurde sterbensübel, die Knie schlotterten, das Blut schoß mir zum Herzen, der Kopf drehte sich mir im Kreisel, ich taumelte ohnmächtig an die Wand nieder.

Seltsam aber, der nächste, der fiel, brachte mich wieder zu mir. Er wirkte bei weitem nicht mehr so erschütternd auf mich ein; ein starkes Herzklopfen überfiel mich zwar auch bei diesem noch, einiger Schwindel, aber bereits um vieles schwächer – der dritte, der bei der nächsten Kanone weggeschossen wurde, noch schwächer, so daß mit jedem Falle meine Furcht ab-, mein passiver Mut zunahm, bis er endlich zu einer Art Zuversicht wuchs, der, seltsam genug, etwas wie Schadenfreude beigemischt war. Wirklich fühlte ich bei jedem Falle ein Etwas, das mir wie eine Anwandlung von Schadenfreude vorkam, eine Art fixer Idee, die zugleich in mir auftauchte, ein gewisser Fatalismus, der mir zuflüsterte, daß das Schicksal soundso viele als Opfer erkoren und daß mit jedem, der fiele, auch meine Sicherheit zunähme, ich bald ganz gesichert sein würde.

Der Mensch ist doch ein seltsames Geschöpf, ob von Natur gut oder böse, will ich nicht entscheiden, aber ich glaube, die beiden Prinzipe halten sich so ziemlich die Waage, wenn nicht das letztere überwiegt.

Wunderbar jedoch, wie schnell selbst der nichts weniger als geborene Eisenfresser – denn der war ich, wie gesagt, nie – mutig werden kann. Die erste Kugel, die den Nachbar trifft, raubt Sinne und Bewußtsein, aber die zweite schon nicht mehr in dem Grade, oft bringt sie uns wieder zu Sinnen. Die dritte macht gleichgültig und die vierte ermutigt, bis wir endlich eine Stunde darauf dem Tode so kühl in das Auge sehen, als ob wir dazu geboren wären, was wir denn auch in Tat und Wahrheit sind. Eine halbe Stunde nach meinem Eintappen in die Batterie arbeitete ich an der Seite meines Kapitäns, zwar gebückt und geduckt, aber doch so ruhig, daß ich das Pfeifen der mir über den Kopf wegfliegenden Kugeln kaum mehr beachtete.

Wie ich jedoch – ein so ruhig friedliebender Bürger, als je Hauptbuch führte – zu diesem Artilleriedienste gebracht wurde, muß ich euch doch noch eines Ausführlicheren berichten.

Mein guter Kapitän hatte mich nämlich kaum in die Ecke der Batterie geschoben, mir bedeutend, den Kopf geduckt zu halten, als er sich auch aufmachte, um in echter Yankeeweise das Terrain zu rekognoszieren, was er denn in so unvergleichlich kühl ruhiger Fashion tat, hier einen Ruck gebend, dort einen nehmend, gerade als ob er da zu Hause wäre. Es war etwas ganz Charakteristisches in diesem seltsamen neugierigen Herumschlendern, Spekulieren. Erst nachdem noch ein paar Artilleristen ins Gras gebissen, ging er determinierter zu Werke, nahm dem nächsten den Ladestock ab und befahl oder winkte vielmehr kurz gebietend einem anderen, die Kanone zurückschieben zu helfen. Die Leute gehorchten, ohne eine Miene zu verziehen. Das Stück wurde zurückgeschoben, von ihm geladen, wieder vorgeschoben, gerichtet und abgeschossen. So bestimmt dezidiert war seine Art und Weise, daß keiner ein Wort einzuwenden wagte; ohne daß er den Mund auftat, alle gehorchten. Hier hatte ich wirklich Gelegenheit, mit Händen zu greifen, was Zuversicht und Selbstbewußtsein zu bewirken imstande sind. Als wäre die Batterie seit Jahren unter seinem Befehle gestanden, trat der gute Mann auf; keiner schien auch nur den leisesten Zweifel in seine Autorität zu setzen. Auch die nächsten Kanonen fügten sich bald unter seine Befehle. Es lag wirklich etwas unabweisbar Unwiderstehliches in dieser seiner ruhigen Keckheit, Zuversicht, das offenbar die schwächeren Geister allesamt beugte. Er kam mir wie einer jener Hinterwäldler vor, die auch ganz sans façon sich auf anderer Leute Land niederlassen und da zu Hause machen, unbekümmert, ob es gefalle oder nicht.

Diese von meinem Freunde gespielte Kommandantenrolle war es nun auch eigentlich, die mich allmählich ermutigte, kräftigte und endlich trieb, gleichfalls tätig zu werden. Man kann denn gewissermaßen in einer solchen Lage nicht untätig bleiben, ja der bloße Entschluß schon verursacht, daß einem die Courage wächst, so daß ich endlich selbst das Herz faßte, eine der Patronen aus dem Kasten herauszulangen, mich dabei freilich vorsichtiglich duckend, aber allmählich doch mehr und mehr den Kopf erhebend, bis ich ihn denn endlich so hoch trug als einer.«

»Bravo!« riefen wieder alle.

»Seht ihr, so habe ich mir im letzten Patriotenkampfe gewissermaßen Lorbeeren erworben.

Etwa eine Stunde hatten wir wie Rosse gearbeitet« – fuhr er fort –, »als das Feuer allmählich schwächer zu werden schien. Die meisten Kanonen waren unbrauchbar geworden, bloß noch ein halbes Dutzend, und zwar die unter unserem Kapitän stehenden, spielten noch fort, dank seinem unerschütterlichen Phlegma, das nach jedem Schusse immer erst das Geschützstück abkühlen ließ, wozu sich die anderen in ihrem Eifer nur wenig oder gar nicht die Zeit nahmen. Überhaupt, muß ich bemerken, waren die Patrioten trotz ihres fünfzehnjährigen harten Kämpfens mit den Spaniern immer nur noch sehr mittelmäßige Artilleristen, so wie denn die Artillerie überhaupt während dieses verhängnisvollen Kampfes bei weitem nicht die Rolle gespielt, die ihr in den Kriegen zivilisierter Nationen sonst zugewiesen ist. Natürlich! Die Schlachten waren mehrenteils bloß durch die Infanterie oder Kavallerie geschlagen worden, und selbst in der von Ayacucho, die das Schicksal des ganzen spanischen Kontinentes entschied, waren auf beiden Seiten kaum ein halbes Dutzend leichter Geschütze im Feuer. Die Beschaffenheit des Landes, die ungeheuren Gebirge, Ströme, die Unfahrbarkeit selbst der Ebenen, der Pampas, ließen bei dem Mangel an Verbindungsstraßen und den häufig forcierten Märschen, die notwendig waren, den Feind durch einen unvorhergesehenen Schlag zu überraschen, die Anwendung dieser schwer zu transportierenden Zerstörungswaffe nur selten, und zwar viel seltener als in unserem Revolutionskampfe, zu. Auch bedingt bekanntlich der Artilleriedienst, soll er sich wirksam erweisen, einen Grad von mathematischem Wissen, den die Südamerikaner unter der elenden spanischen Regierung – die ihre ohnehin bornierten Geisteskräfte noch dazu mißbrauchte, ihre Völker ganz und gar zu verdummen – unmöglich erlangen konnten. Unterdessen verringert dieser Um- oder vielmehr Übelstand keineswegs das Verdienst der Patrioten noch benimmt er dem Revolutionskampfe selbst etwas von seiner ungeheuren Wichtigkeit; im Gegenteile: so wie unsere Revolution, ohne Zweifel, das wichtigste Ereignis des letztverflossenen Jahrhunderts, erst eigentlich die Massen der Nationen, die Mittelklassen, zum Bewußtsein ihrer Rechte, zur Mündigkeit brachte, ja die Hauptquelle ward, aus der die Französische sowie alle übrigen Revolutionen flossen und viele trotz aller Gegenbemühungen noch immer fließen müssen – so muß auch der spanische Freiheitskampf, obwohl bloßes Korollarium des unsrigen, doch noch sehr bedeutende Rückwirkungen sowohl auf das Mutterland als Europa überhaupt erzeugen, obwohl diese wieder bei weitem nicht von so universellem Einflusse sein dürften wie die unserer Revolution. Der spanisch-südamerikanische Charakter und Kontinent sind um vieles unzugänglicher, abgeschlossener, zurückstoßender; darum war auch in ihrem Revolutionskampfe von jenen Sympathien, die für uns in der ganzen zivilisierten Welt und selbst unter unsern Todfeinden, den Briten, erwachten, nur sehr wenig zu spüren; vorzüglich wohl auch deshalb, weil ihre Schilderhebung denn doch durch keine jener gloriosen Humanitätssonnen verherrlicht wurde, die wie unsere Washingtons, Franklins, Jeffersons, gleich groß als Menschen und Helden, Staatsmänner und Feldherren, Philosophen und Bürger, die Guten und Edlen aller Nationen elektrisierten und wohl elektrisieren werden, solange es Gute und Edle auf dieser Erde gibt!

Doch, revenons à nos moutons, kehren wir zu unserem Kapitän, der gerade geladen und gerichtet, um noch einmal abzufeuern, als – der Offizier von gestern, von mehreren Adjutanten und Stabsoffizieren begleitet, an uns herantrat. Er war öfters in der Batterie gewesen, hatte sich bei jeder Kanone aufgehalten, bei der einen ermuntert, der anderen getadelt, einer dritten selbst Hand angelegt, bei der unsrigen war er immer vergnügt die Hände reibend stehengeblieben. Auch jetzt tat er es, und wie er die Hände so reibend jeder Bewegung des Kapitäns aufmerksam und bewundernd folgte, sah ich wohl, daß er einer der Generale der Patriotenarmee sein müsse.

Der Kapitän schoß jetzt los, und wie der Rauch verflog, sah man die gegenüberliegende Bastion wanken und dann in den Festungsgraben sinken. Der Fall wurde durch ein freudiges Hurra begrüßt, zwanzig Offiziere sprangen auf einmal vor, der unsrige der erste.

Die Szene hättet ihr nun sehen sollen!

Dem Kapitän an den Hals fliegen, ihn im Sturme umarmen, ihn ebenso stürmisch und im Fluge dem nächsten der Offiziere in die Arme werfen, dieser einem dritten, einem vierten: das war das Werk eines Augenblicks. Wie ein Ball flog mein imperturbabler Kapitano und selbst ich durch ihre Hände, wie ein Lauffeuer gingen wir herum. Sie waren wie toll, närrisch geworden, geradezu liebetoll, rasend. Die Kugeln schlugen noch immer links und rechts in die Batterie ein, eine riß auch einen armen Teufel von Ordonnanz mitten entzwei, aber das genierte sie nicht, ihr Enthusiasmus wurde immer wilder. Es war etwas so Exotisches, so südlich Tropisches, wahrhaft Südamerikanisches in diesem Impromptu! Über uns die pfeifenden Kugeln, unter uns der blutschlüpfrige Boden, um uns Tote und Verwundete und Trümmer und Zerstörung aller Art, und wir aus den Armen eines Schwarzbartes in die eines anderen fliegend! Mir verging Sehen und Hören, nur das lebendige Gefühl blieb mir, daß wir in Südamerika, in einem Patriotenlager waren. Diese Patrioten lieben so entsetzlich, überströmen so augenblicklich! – sie kamen mir ordentlich furchtbar vor. Ich glaubte mich in irgendeinem Moslemlager, in einer der Tausendundeine-Nacht-Szenen, die ich während meiner Fahrt gelesen. Wie ich zur Besinnung kam, waren alle verschwunden. ›Kapitän, was war das? Ich begreife nicht!‹ redete ich den Freund an.

›Ah, haben die Bastion herabgeschossen! – haben, haben –‹, meinte mein Kapitän.

›Ja, aber was wollten sie nur? Ich glaube, die Leute hat der Sonnenstich verrückt. Wo sind sie alle hin?‹

›Wahrscheinlich auf ihre Posten!‹ versetzte wieder mein unerschütterlicher Kapitän, den Schweiß von der Stirn wischend und sich zugleich anschickend, die Batterie eines Näheren zu besehen. Unsererseits hatte nämlich das Feuer gänzlich aufgehört; auch das feindliche hatte nachgelassen und ließ sich nur noch in langen Zwischenräumen hören. Wir warteten einige Minuten, bis es gänzlich schwieg, und begannen dann, durch die Batterie zu streifen. Sie bot, wie ihr euch leicht denken könnt, gerade keinen sehr erquicklichen Anblick dar, es gehörten starke Nerven dazu, hier Fassung zu behalten. Wir schritten über zerschossene Munitionskasten, in denen statt der Kugeln Hände, Füße, Rümpfe, zerschmetterte Hirnschädel lagen; auch die Erdwälle waren hie und da mit solchen grausigen Arabesken garniert. Es konnte einem übel werden. Und doch waren in der ganzen Batterie nicht über hundert gefallen; aber Zwölf- und Vierundzwanzigpfünder, mit Bomben und Haubitzen versetzt, machen grausig Werk, und die Batterie war auch nicht zum besten angelegt. Die Patrioten standen im Fortifikationswesen natürlich noch weiter als selbst im Artilleriedienste zurück, und das feindliche Feuer hatte deshalb bedeutenden Schaden getan. Mehr denn die Hälfte der Kanonen waren unbrauchbar geworden, einige zersprungen, anderen die Lafetten weggeschossen. Andererseits hatte unser Feuer der Festung, soviel sich jetzt abnehmen ließ, eben nicht sehr großen Schaden zugefügt; die Bastion war allerdings in Trümmern und bot eine Bresche dar, die ein tüchtiges Regiment, von einer gut bedienten Artillerie gehörig unterstützt, wohl in die Festung bringen konnte; aber daran schien man – obwohl mit den brauchbaren Kanonen noch immer etwas zu machen gewesen wäre – nicht mehr zu denken. Der größte Teil der Offiziere hatte, offenbar mit dem Resultate höchlich zufrieden, bereits die Batterie verlassen; die zurückgebliebenen waren bloß noch damit beschäftigt, die Toten und Verwundeten wegschaffen zu lassen, ohne sich weiter um Kanonen, Lafetten oder Batterie zu bekümmern. Selbst mir, dem nichts weniger als Kriegsmanne, kam dies denn doch ein bißchen sonderbar vor! So gewaltige Anstrengungen, so bedeutende Aufopferungen von Arbeit, Menschenleben, und gleich darauf eine Unbekümmertheit, ja Leichtsinn, der nichts weniger als klug oder militärisch ließ! Auch mein guter Kapitän schüttelte auf eine Weise den Kopf, die einige Unzufriedenheit – wenn nicht mit der Bravour unserer neuen Alliierten, diese konnte unmöglich größer sein – doch mit ihrer Kriegsklugheit verriet. Es war geradezu Leichtsinn, ja Indolenz, was hier zum Vorschein kam! Aber so sind sie nun schon einmal, diese Südamerikaner, im Kriege sowie im Frieden heißblütig, stürmisch, der verzweifeltsten, der unerhörtesten Kämpfe, Anstrengungen fähig! In ewigen Extremen überfliegen sie euch die Anden, ertragen Hunger und Durst, Hitze und Kälte, überwinden Gefahren, gegen die Napoleons Zug nach Italien bloßes Kinderspiel; überraschen den Feind, besiegen, vernichten ihn; aber legen sich dann, statt ihren Sieg zu verfolgen, ruhig zu ihrer Siesta und lassen sich vom ersten besten Nachzüglerhaufen wieder die Früchte ihres Sieges entreißen! Ein wahres Glück für sie, daß ihre Feinde, die Spanier, mit denselben liebenswürdigen Schwachheiten gesegnet waren. Wären ihre Gegner Amerikaner oder Briten gewesen, ihr Kampf dürfte wohl einen anderen Ausgang genommen haben!

Wir hatten die Batterie besichtigt und waren gerade auf dem Punkte, sie zu verlassen, um auch die übrigen zu sehen, als unsere Ordonnanz gerannt kam und uns die Weisung brachte, sogleich im Hauptquartier zu erscheinen.

Wir gingen also dem Hauptquartier zu.

Auf dem Wege dahin sahen wir die Eigentümlichkeiten der Patriotenkrieger noch etwas näher, denn da, wie ich oben bemerkt, ein großer Teil des Belagerungsheeres teils in den Villen, teils in den Gärten lagerte und biwakierte, hatten wir die schönste Gelegenheit, sie auf unserm Spaziergange gewissermaßen im Neglige zu sehen. Und schönere, kriegerischer aussehende Truppen versichere ich nie gesehen zu haben als diese Patrioten. Es waren nicht mehr die Marodeurs, die sich zu Lima umhertrieben; im Gegenteile, ausgesucht, trefflich und selbst reich uniformiert, boten sie Gruppen dar, die kein Maler schöner, pittoresker wünschen konnte. Diese dunkelbronzierten Salvator-Rosa-Gesichter, mit ihren schwarzen Bärten, ihren schwärzeren, glühenden Augen, diese lässigen und doch wieder so dezidierten, gleichsam a-tempo-Bewegungen, dieses chevaleresk Auftreten haben keine anderen Truppen in dem Grade, selbst die Krieger der französischen Kaiserzeit nicht! Man muß sie biwakieren gesehen haben, es ist das Malerischste, was es geben kann! Der zerlumpteste Patriot, der kaum seine Blößen decken kann, wirft sich en héros zur Erde, wird wirklich pittoresk, wenn er sich lagert! Er hat eine so eigene Art, seine Lumpen zu drapieren! Nichts Gesuchtes, Künstliches, ein natürlich angeborener Takt! Ein Ruck, und der zerlumpte Mantel fällt mit einer Grazie um ihn, die einem anderen kein Königsmantel verleihen, kein Schauspieler bei uns erreichen könnte! Sie lieben aber auch das Liegen und verliegen wohl weit den größeren Teil ihres Lebens, als sie stehen oder sitzen. Könnten sie liegend arbeiten, ich glaube, sie würden auch etwas mehr arbeiten; aber da sie stehen oder sitzen müßten, taugen sie dazu nur wenig oder gar nicht. Das sahen wir in der Art und Weise, wie sie ihre Arbeiten trieben. Kaum einer putzte seine Waffen, aber mehrere mußten denn doch kochen, waschen; das taten sie, jedoch in einer Manier, die uns so queer erschien, daß wir, die Augen weit öffnend, stehenblieben. Während zum Beispiel die Hände kochten oder wuschen, schienen die übrigen Teile des Körpers, der Leib, die Füße, besonders aber der Kopf, weit erhaben über diese knechtischen Verrichtungen, nur widerspenstig gezwungen, sich zum Bleiben zu verstehen, mit einer Art Verachtung die Bewegungen der Hände zuzulassen. Sie waren wirklich drollig zu schauen, diese Patrioten, etwa wie ein britisch radikaler Lord Chamberlain, der seinem Souverän das Waschbecken oder Handtuch zu reichen bemüßigt, mit einer Art Hohn sich dazu versteht!

Sind kuriose Leute, diese Patrioten, aber ihr Wahlspruch lautet auch: Kriegen, Liegen und Lieben.

Wir kamen endlich vor einer noblen Villa an, die der davorstehende Wachtposten als Hauptquartier des Generals en chef des Belagerungsheeres bezeichnete, drängten uns durch Haufen von Ordonnanzen, Adjutanten, Stabs- und Oberoffizieren und wurden einer Art Mayordomo übergeben, der uns in ein Gemach zu ebener Erde führte, wo wir unsere Felleisen fanden, die uns allerdings sehr nötig waren; denn berußt, geschwärzt, blutig, zerrissen, sahen wir mehr Banditen als friedlich ruhigen Bürgern dieser unserer Vereinten Staaten ähnlich.

Der Hausoffizier mahnte uns, mit unserer Toilette zu eilen, da aufgetragen werden sollte, sobald Se. Exzellenz der Kommandierende aus den Batterien zurückkommen würden.

Wir eilten demnach und waren noch nicht ganz fertig, als der Hausmagnat abermals kam, uns vor Se. Exzellenz zu bringen.

Wir traten in einen Saal, in dem wir eine gedeckte Tafel und wohl an die sechzig Offiziere fanden, darunter auch diejenigen, mit denen wir bereits in der Batterie so stürmische Waffenbrüderschaft geschlossen. Ohne auch nur einen Augenblick auf unseren Empfang von Seite des Hausherrn – hier natürlich keine geringere Person als die Exzellenz – zu warten, sprangen sie mit einem ›buen venido, Capitanos‹, auf uns zu, umarmten uns abermals, warfen uns dann ihren Mitoffizieren zu, gerade als ob kein Hausherr oder General en chef vorhanden gewesen wäre. Das wäre nun bei uns als eine Unmanier erschienen, deren sich kein Bootsmann, viel weniger ein Korps Offiziere hätte zuschulden kommen lassen; hier fiel es jedoch nicht nur nicht auf, es erschien ganz in der Ordnung.

Diese Südamerikaner haben wieder eine Art und Weise, solche Dinge zu tun, die eben, weil sie, ohne berechnet zu sein, rein dem Sturme der Empfindungen entsprudelt, nicht nur nichts Unschickliches, Ungezogenes, im Gegenteile einen liebenswürdig feurig chevaleresken sans-façon-Anstrich hat und ihnen wieder sehr gut zu ihren Flammenaugen, ihren brünetten Olivengesichtern, ihren rabenschwarzen Bärten läßt. In der Regel jedoch ist der Südamerikaner nichts weniger als stürmisch oder mutwillig burschikos, im Gegenteile eher formell, solenn. Man sieht es ihrem Wesen, allen ihren Bewegungen ab, daß sie Abkömmlinge der gravitätisch stolzen Spanier, sich ihrer Abkunft von diesen Spaniern vollkommen bewußt sind; nicht der heutigen, von bigotten Pfaffen und Regenten debauchierten – nein der ritterlichen Spanier des fünfzehnten und sechzehnten Jahrhunderts, an deren Taten sie sich gerne spiegeln – und an die sie es lieben, ihre tatenreiche Epoche anzuknüpfen, wie alle jene Völker, die durch geistlichen oder weltlichen Despotismus oder beide zugleich aus einer geschichtlich hohen Vorzeit in eine traurig tiefe Gegenwart herabgesunken sind. Der Zeitpunkt aber, in den unsere Bekanntschaft mit ihnen fiel, war denn auch wohl geeignet, Gemüter, von Natur so empfänglich für das Große und Hohe, enthusiastisch zu stimmen!

Es war ein Zeitpunkt, wie er glücklichen Nationen in ihrem Leben nur einmal, unglücklichen nie erscheint, der Zeitpunkt der Befreiung von einem furchtbaren Körper und Geist gleich erdrückenden, gefangenhaltenden Joche! Dieser Zeitpunkt war aber dem ganzen spanischen Amerika wie ein Meteor gekommen. Der Kühnste hatte noch vier Monate vorher gezweifelt, der Tapferste verzweifelt. Wie durch ein Wunder war, wo Niederlage gewiß schien, ein glänzender Sieg erfochten worden, ein Sieg, der die Niederlage des Feindes auf allen Punkten so rasch, unaufhaltbar nach sich zog, daß buchstäblich das ganze spanische Südamerika in einem einzigen Siegesrausch aufjauchzte! Was für unser Land die Gefangennehmung Lord Cornwallis[1], das war für Südamerika die Schlacht von Ayacucho! Das ganze ungeheure Land von Panama bis an den Amazonenstrom erwachte durch diese zu neuem Leben, zu neuem Dasein! In der Tat, ein ganz neues Leben, Dasein, das man gesehen haben muß, um es zu begreifen! Öffentliche und Privatfeindschaften, Eifersucht und Streit waren wie in Lethes Strome begraben; brüderlich umfingen sich Millionen und abermals Millionen; reichten sich über die Anden, die Kordilleren die Hand, um den gemeinschaftlichen Feind vertreiben zu helfen; Kolumbia eilte Peru zu Hilfe, Buenos Aires den La-Plata-Staaten; überall die großartigsten Gesinnungen, die herrlichsten Taten! Wahrlich, ein großer Moment, ein herrlicher für den Menschenfreund, dem es vergönnt ist, eine solche Wiedergeburt und Auferstehung eines ganzen Volkes mitzufeiern! Es verschwindet in solchem Momente alles Niedrige, Gemeine so gänzlich, die edelsten, die hochherzigsten Gefühle treten so stark, gewaltig hervor, treiben, drängen alles Unwürdige so tief in den Hintergrund zurück! Der elendeste Sklave wird in solchen Momenten zum Helden!

Ich gestehe euch, mir erschienen die Patrioten an diesem Tage in einem Lichte, so glänzend, daß der Nimbus mich noch jetzt zu ihren Gunsten befangen hält.

Nie glaubte ich herrlichere Männer gesehen zu haben, und sie waren es auch in der Tat in diesen Tagen! Aus den ersten Familien des Landes – viele Sprossen geschichtlicher Häuser, hatten alle in blutigen Schlachten gefochten, sich Lorbeeren errungen, die ihnen um so schöner ließen, als das Bewußtsein, Großes geleistet zu haben, ihnen wieder eine unbeschreiblich zartsinnige Bescheidenheit verlieh.

Wohl zeigte sich damals der südamerikanische Charakter in seinem schönsten Lichte, und nie, weder früher noch später, hatte ich liebenswürdigere, ritterlichere und doch wieder bescheidenere, anmutigere Helden gesehen. Seit diesem Tage sind mir die Südamerikaner teuer, und ich verzweifle nicht an einer glänzenden Zukunft, so traurig auch die Gegenwart aussieht!

Die Tafel war, wie sie sich bei einem General en chef erwarten ließ, der eine Armee kommandierte, welche eine Hafenfestung belagerte. Die edelsten französischen und spanischen Weine flossen in Strömen, die ausgesuchtesten Gerichte waren im Überflusse vorhanden, aber obwohl wir den Champagner aus Biergläsern tranken, war doch nicht die geringste Spur von Trunkenheit zu bemerken.

In dieser Beziehung dürften wir von den Patrioten noch einiges zu lernen haben!

Der erste Toast, der ausgebracht wurde, galt: Bolivar!

Der zweite: Sucre!

Der dritte: der Schlacht von Ayacucho!

Der vierte: der Verbrüderung Kolumbias und Perus!

Der fünfte: Hualero!

Das war also unser Offizier von gestern, wie wir jetzt erst ausfanden, der General en chef des Belagerungsheeres.

Er stand auf, hob sein Glas und sprach nicht ohne heftige Bewegung:

›Señores! Amigos! Daß Sie Ihren Waffenbruder in Ihrer Mitte haben, daß er seine Dienste, sein Blut dem Vaterlande weihen darf, das verdanken Sie diesem unserm teuern alten Freunde und neuen Waffenbruder, den ich Ihrer Freundschaft und Bruderliebe als sehr würdig empfehle!‹

Wie er jetzt den Kapitän zu sich emporriß, ihm stürmisch um den Hals flog, wie dem eisernen, imperturbablen Seemanne die Tränen in die Augen traten, er mit zitternden Lippen bloß die zwei Worte zu stammeln vermochte: ›Amigo sempre!‹ – das mußte man gesehen haben.

Das ganze Offizierskorps umschlang die beiden.

Noch den folgenden Tag verblieben wir im Lager, am nächstfolgenden ritten wir nach Lima zurück, wo der Kapitän in die Wohnung seines Freundes, des Generals, ziehen mußte.

Von seiner Gattin, die ihrem Manne auch nach Lima gefolgt, sowie von dem General selbst vernahm ich denn den Ursprung der seltenen Freundschaft zwischen einem der ausgezeichnetsten Patriotenheerführer und meinem schweigsamen Brigg-Kapitän.

Es war der dunkle Fleck in seinem Seemanns-Charakter.

Ich wünschte, die Worte des edlen Ehepaares mit demselben Feuer, derselben edlen, glühend poetischen Sprache geben zu können, in der sie mir gegeben waren!«

Havanna 1816

»Tausendachthundertundsechzehn! – Tausendachthundertundsechzehn! Jawohl wird Südamerika deiner gedenken in heiteren und trüben Tagen, denn du lehrtest es zu Gott beten, indem du das Jammermaß der Verzweiflung bis an den Rand fülltest! Aber sollten je unheilvolle Tage wieder hereinbrechen, so wirst du auch als zwar düster leuchtender, aber tröstender Pharus vor ihm stehen, den Mutlosesten, den Verzweifelndsten aufrichtend! Denn der Gott, der Südamerika auf diese lange Nacht Tag werden ließ, wahrlich, er kann es nimmermehr verlassen!

Es war aber im Spätjahre, am neunzehnten November dieses für Südamerika so gräßlichen Jahres, mehrere Monate nach der unglückseligen Schlacht von Cachiri, die mit den vorhergegangenen gleich unglücklichen von Puerta, Araguita, Alto de Tanumba so entsetzliches Elend über einen halben Welttheil gebracht, daß ein junger, dürftig gekleideter Mann seine Wohnung in Calzada de Guadalupe zu Havanna verließ und sich eiligen Schrittes dem Hafen zustahl.

Es war noch dunkel, die Sonne noch nicht aus dem Atlantischen Ozean heraufgestiegen, aber, obwohl die Calzada mehrere Straßen von dem Hafen ablag, er auch fremd schien, schlüpfte er doch Gassen und Gäßchen mit jenem Instinkte hindurch, mit dem ein gejagtes Tier seinen Feinden zu entgehen sucht. Als er diesem endlich nahe gekommen, stahl sich ein zweiter gleich eilig hinter einem Lager von Kaffeesäcken und Rotholz hervor, fixierte ihn einen Augenblick scharf und dann, seine Hand ergreifend, zog er ihn dem soeben verlassenen Verstecke wieder zu.

Hier hielten die beiden in ängstlicher Erwartung leise einander zuflüsternd, mit den Augen in die trüben, dunklen Nebelschichten hineinbohrend, in denen Stadt und Hafen und die Tausende von Häusern und Schiffen gehüllt lagen.

Bei jedem Laute, der aus den Nebelschichten hervordrang, schraken sie zusammen – der erwachende Tag, wie er sich allmählich im lauter werdenden Leben verkündigte, schien sie mit Schrecken zu erfüllen, ihnen den Atem zu benehmen.

Etwa eine halbe Viertelstunde waren sie so gestanden, als regelmäßige Ruderschläge das Herannahen eines Bootes verkündeten, das auch wirklich bald darauf aus dem Nebelvorhange hervor und dem Hafendamme zuschoß. Noch ehe es an der steinernen Treppe hielt, deutete der eine der Männer auf den am Bootsruder Sitzenden, drückte dem anderen die Hand und verschwand hinter Kaffeesäcken und Rotholze.

Im Boote waren drei Männer, offenbar Seeleute, von denen zwei Matrosen, der dritte ihr Offizier schien. Er sprach, als das Boot an der Treppe des Hafendammes hielt, einige Worte zu den Bootsleuten und stieg dann die Treppe hinauf. Noch einen Blick warf er dem wieder unter der Nebelschicht verschwindenden Boote nach, und dann wandte er sich der Stadt zu.

Wenige Schritte brachten ihn dicht ans Rotholzlager, hinter welchem der Fremdling geborgen stand, der jetzt hastig hervor- und auf ihn zutrat. Die erste Bewegung des Seemannes war natürlich nach seiner Waffe, denn er war in Havanna und der Tag noch nicht angebrochen; ein zweiter Blick jedoch machte ihn den Dolch wieder ruhig in den Ärmel zurückschieben. Der junge Mensch schien nichts weniger als meuchelmörderisch gestimmt. Seine Kleidung war abgetragen, selbst geflickt, seine Miene verriet Trostlosigkeit, die Züge waren zwar jugendlich, selbst edel, aber gramerfüllt. Kummer und Entbehrungen sprachen aus seinem ganzen gebeugten Wesen, das aber ursprünglich sehr viel Stolzes gehabt haben mochte. Mit bebender Stimme fragte er, ob er der Kapitän des Schoners von Philadelphia sei, der nächstens abzusegeln im Begriffe stände.

Der Seemann schaute den jungen Menschen einen Augenblick forschend an und versetzte dann, er sei Kapitän eines Schoners, der auf dem Punkte stehe, die Anker zu lichten.

Des jungen Mannes Augen blitzten. Mit zwischen Furcht und Hoffnung schwankendem Tone fragte er wieder, ob er nicht Passage für sich, eine erwachsene Person und zwei Kinder finden könnte.

Abermals maß ihn der Seemann, und zwar schärfer. Der junge Mensch hatte ein Etwas, das Seekapitänen in der Regel nicht sehr zu gefallen pflegt, etwas abenteuerlich Zerstörtes, Zerrissenes, abgesehen von seiner Kleidung. Bescheiden, ja demütig, wie seine Worte klangen, hatten sie jenen gewissen, gebieterischen Nachhall, der seltsam, ja grell mit seiner ärmlichen Kleidung, seiner Ängstlichkeit kontrastierte. Während ihm die Lippen zitterten, blitzte wieder aus den Augen ein Mut, eine Unbändigkeit, die etwas Gewalttätiges verrieten.

Der Seemann schüttelte den Kopf.

Der junge Mann schnappte nach Atem, die Sprache schien ihm zu versagen; er zog einen ziemlich vollen Beutel aus seinem Busen.

Er wolle vorausbezahlen, alles vorausbezahlen.

Der Kapitän stutzte. Der Widerspruch zwischen dem vollen Beutel und dem kläglichen Äußeren war zu schreiend! Er schüttelte den Kopf stärker.

Jetzt starrte ihn der junge Mensch mit einem Ausdrucke so düsterer Verzweiflung an, die Lippen zuckten ihm so krampfhaft, der Atem stockte so gänzlich!

Der Kapitän wurde augenscheinlich betroffen.

›Junger Mann!‹ fragte er spanisch, ›was wollt Ihr eigentlich in Philadelphia, Ihr seid kein Handelsmann?‹

›Ich will nach Philadelphia‹, würgte dieser heraus, ›will für die Passage bezahlen. Hier ist Geld, hier ist mein Paß; Ihr seid Kapitän, was wollt Ihr mehr?‹

Die Worte waren so heftig gesprochen, die Züge des jungen Menschen hatten einen so verzweifelnden, schmerzhaften Ausdruck angenommen, daß der Kapitän immer mehr und mehr den Kopf schüttelte.

Er schaute ihn mit einem langen, durchbohrenden Blicke an und war im Begriffe zu gehen.

Der junge Mann schnappte nach Atem, hielt ihn mit krampfhaft zuckender Hand zurück.

›Nehmt mich um Gottes willen mit, und meine arme Frau und meine armen Kinder, Kapitän!‹

›Frau und Kinder?‹ sprach plötzlich mit weicherer Stimme der Kapitän, ›habt Ihr Weib und Kinder?‹

Weib und Kinder berühren die Eisenseele des Amerikaners immer an der tiefsten, zartesten Saite!

›Weib und Kinder!‹ stöhnte in Verzweiflung der junge Mensch.

›Ihr habt doch nichts verbrochen, wollt nicht etwa dem Gesetze entfliehen?‹ fragte wieder schärfer der Kapitän.

›So möge mir Gott helfen, ich habe nichts verbrochen!‹ versetzte die Hand erhebend der junge Mann.

Einen Augenblick stand der Kapitän sinnend, dann sprach er:

›In diesem Falle will ich Euch als Passagier mitnehmen. Behaltet Euer Geld, bis Ihr an Bord seid. In einer Stunde längstens gehe ich.‹

Der junge Mensch antwortete nicht, aber wie einer, der wieder Hoffnung schöpft, eine entsetzliche Angst überstanden hat, holte er tiefen Atem, schaute den Kapitän, dann den Himmel an und sprang davon.

Kapitän Ready, Meister des Schoners ›The speedy Tom‹, hatte seine Ladung gelöscht, seine Geschäfte abgetan und würde auch bereits die Havanna verlassen haben, wenn nicht ein stürmischer Nordwester ihn zurückgehalten hätte. Dieser jedoch hatte sich an demselben Morgen gelegt, und er wollte bloß noch einmal nach seinem Gasthofe sehen, um auch die etwas stark angelaufene Rechnung zu löschen, noch ein und das andere Vergessene nachzuholen und dann zurückzukehren. Sein Schoner lag ganz segelfertig. Es war ein in Baltimore gebauter Schoner, womit ich alles gesagt zu haben glaube – eines jener Fahrzeuge, um die uns die Welt mit Recht beneidet und um die wir auch wirklich zu beneiden wären, wenn es keine Squalls gäbe; aber diese Squalls qualifizieren wieder die Baltimore-Tugenden, denn sie schlagen euch beinahe ebenso leicht während eines solchen Windstoßes um, als irgendeine lockere weibliche Tugend nur umschlagen kann. Aber flüchtig sind sie, das muß man gestehen; auch bieten sie im geringstmöglichen Raume wohl die größtmögliche Bequemlichkeit sowie Leichtigkeit dar, vom Verdecke herab in die See zu kollern. Ich war einige Male nahe daran – und einmal auch darin; glücklicherweise war gerade Windstille, der Sturm vorüber. Doch zu unserem ›Speedy Tom‹ zurückzukehren, so konnten sich in seiner Nußschale von Kajüte vier bis fünf Personen so ziemlich behaglich einrichten, und daß sie gerade keine anderen Passagiere hatte, schien den jungen Kapitän willfährig gestimmt zu haben, obwohl er sich zu seiner verdächtigen Akquisition eben nicht Glück wünschen mochte. Unterdessen war die Aufnahme auf alle Fälle so ziemlich durch den Paß gerechtfertigt; zwar konnte dieser auch falsch sein, aber das ging nicht ihn, das ging die Hafenpolizei an. Wollte er nach dem Lebenslaufe jedes seiner Passagiere inquirieren, konnte er ebensowohl seine Kajüte vernageln. Dieses mochten allenfalls die Gründe sein, die den jungen Seemann bewogen, obwohl ihm die Heimlichkeit, die Angst des Fremden offenbar nicht gefielen, er auch leicht in eine Kollision mit den Hafenbehörden kommen konnte, für die ihm seine Schiffseigentümer nur wenig danken würden. Doch er war jung, entschlossen und, obwohl seiner Pflicht als Kapitän haarscharf getreu, doch auch wieder Mensch. Der blasse Fremdling schien eine Saite in ihm berührt zu haben, die stark vibrierte. Etwas sprach zu seinen Gunsten; was es war, wußte er nicht, aber sein tiefstes Gemüt fühlte sich von dieser Stimme bewegt.

Ohne sich übrigens den Kopf zu zerbrechen, nahm er sein Frühstück ein, tat noch ab, was abzutun, und kehrte dann zu seinem Schoner zurück.

Wie er sich die Strickleiter hinauf auf das Verdeck schwang, kam ihm bereits der Fremde entgegen. In die Kajüte eingetreten, führte er ihm eine junge Dame auf, deren blasse Schönheit, verbunden mit dem höchsten Adel in Blick, Wort und Bewegung, wohl den seltsamsten Kontrast gegenüber dem halb zerlumpten jungen Menschen darbot. Die Dame war mit ihren zwei seraphartigen Kindern zwar einfach, aber in sehr feine Stoffe gekleidet. Doch auch hier zeigten sich Widersprüche. Auf einem der Koffer lag ein dürftiger Oberrock, den sie soeben abgelegt haben mußte; die zwei Kinder hatten gleichfalls zwei solche ärmliche Hülsen abgelegt. Unser Kapitän schüttelte etwas finster den Kopf; die Grazie der Dame jedoch, der Flötenton, der so zitternd, so duldsam ergeben aus der Brust heraufkam, durch die Perlenzähne, die schönen Lippen so bittend klang, schien die Wolke, die sich auf der Stirn des jungen Seemannes niedergelassen, wieder zu verscheuchen.

Er lud sie artig ein, sich in der Kajüte zu Hause zu machen, und bestieg dann die Treppe zum Verdeck. Wenige Minuten darauf verriet das ›heave hoyeo‹ der Matrosen, daß der Anker aufgezogen, und darauf das stärkere Schwanken, daß dieser empor und der Schoner in Bewegung sei.

Die Sonne war aus dem Ozean heraufgestiegen, aus dem zerstiebenden Nebelschleier traten im Hintergrunde die Häusermassen von Havanna, im Vordergrunde die zahllosen Schiffe und dann der düstere Koloß des Molo hervor, dessen drohenden Kanonenluken sich der Schoner nun mehr und mehr näherte. In atemloser Spannung, die starren Blicke auf das Fort gerichtet, standen die beiden Eheleute an der Kajütentreppe, mit der einen Hand das Seil der Treppe, mit der anderen sich umschlungen haltend.

Auf den Nordwester war wie gewöhnlich eine kurze Windstille mit leichten Windstößen aus Südwest eingetreten, die die Ausfahrt des Schoners bisher begünstigt. Er stand jetzt dem Fort gegenüber.

Starr und atemlos, Totenblässe auf den Gesichtern, hielten sich noch immer die beiden Eheleute, in sprachloser Angst den Molo anstarrend. Es war da keine Bewegung zu verspüren. Die Wachen gingen ihren Automatenschritt auf und ab. Alles schien wie ausgestorben. Aber jetzt öffnete sich auf einmal ein Pförtchen, zunächst dem Damme, ein Offizier trat eilig heraus, sechs Soldaten mit blitzenden Gewehren folgten. Vier Männer, die in einem Boote am Fuße der Dammtreppe lagen, sprangen auf – die Soldaten ein; zugleich wurde dem Schoner ein Signal zu halten gegeben. Das Boot flog wie von Fittichen getragen auf diesen zu.

›Jesu Maria y José!‹ stöhnte die Dame. ›Madre de Dio!‹ der Mann.

Auf einen Wink des Kapitäns fiel das große Segel. Ruhig, unbewegt schaute er dem hereineilenden Boote entgegen, aus dem eine Minute darauf der Offizier samt den Soldaten an Bord stieg.

Der Offizier war jung, aber seine Miene charakteristisch spanisch, ernst und streng. Mit kurzen Worten befahl er dem Kapitän, seine Schiffspapiere vorzuweisen, seine Mannschaft sowie Passagiere vorzuführen.

Ehe der Kapitän ging, die ersten zu holen, befahl er seinem Leutnant, die anderen vorzurufen. Zurückgekehrt überreichte er, ohne ein Wort zu sagen, dem Offizier die Papiere.

Dieser überflog sie, musterte einen der Matrosen nach dem anderen, schaute dann erwartend in der Richtung hin, wo die Passagiere herkommen mußten. Sie kamen, der junge Mensch ein Kind im Arme, die Frau das andere.

Ob er wisse, donnerte der Offizier plötzlich den Kapitän an, daß er einen Staatsverbrecher an Bord seines Schoners habe; wie er sich so etwas unterfangen könne! ›Jesu Maria y José!‹ stöhnte abermals die Frau, und dann sank sie ohnmächtig zusammen.

Eine tiefe Stille, die nur durch das Gekreisch der Kinder unterbrochen wurde, trat ein. Soldaten und Matrosen schlugen erschüttert die Augen zu Boden. Der Offizier war vorgesprungen, um dem jungen Staatsverbrecher beizustehen, der, das eine Kind in seinem Arme, nur mit Mühe die sinkende Frau mit dem anderen aufzufangen und zu halten imstande war. Nicht ohne Delikatesse nahm er ihm die Kinder ab, es so dem Manne möglich machend, die Frau auf das Verdeck niederzulassen.

›Ich bedaure, Señor, aber Sie müssen zurück.‹

Die Worte waren in einem bewegten, ja ehrfurchtsvollen, aber bestimmten Tone gesprochen, der junge Mensch jedoch hörte sie nicht – wie ein Geistesabwesender kniete er neben der Frau, ihr die Schläfe reibend. Der Kapitän nahm unterdessen ein Stück Kautabak, schnitt davon ein Quid ab, steckte ihn in den Mund, und ebenso mechanisch den Paß entfaltend, hielt er ihn dem Offizier hin, der aber unwillig den unempfindlichen Amerikaner zurückwinkte, selbst empört, wie es schien. Es war aber auch etwas Empörendes in dieser Gefühlslosigkeit eines jungen, kaum fünfundzwanzigjährigen Mannes! Freilich war er Kapitän im Dienste eines Handelshauses, dem alles daran gelegen sein mußte, den Verdacht abzuwälzen, als stehe er im Einverständnisse mit dem Flüchtlinge; der Schoner lag keine fünfhundert Fuß von dem Fort, ein bloßer Wink des Offiziers, und er mußte zurück, um vielleicht einer scharfen Untersuchung, einer schweren Strafe zu verfallen. Aber diese eisige Ruhe bei einer so erschütternden Szene, sie verriet doch ein gar zu fühlloses Herz, die impassablen Züge ein für jedes edlere Gefühl erstorbenes Gemüt! Nicht doch! Wir täuschen uns. So haarscharf sich die gewöhnliche Seele in ihrem äußeren Spiegel, dem Gesichte, abzeichnet, die kräftige, starke hat der Rinden, die den edlen Kern bedecken, viele und rauhe! Ein leichtes, wie konvulsivisches Zucken begann jetzt in dem eisernen Gesicht des Kapitäns zu spielen, das keiner bemerkte als sein Leutnant, der an ihn herantrat und dem er einige Worte in die Ohren wisperte. Dann ging er abermals auf den Offizier zu und lud ihn ein, einige Erfrischungen in der Kajüte zu nehmen.

Es ist dies, wie ihr wisset, die gewöhnliche Courtoisie, die Kapitäne visitierenden Hafenoffizieren stets erweisen und die auch der Spanier annahm.

In der Kajüte schien unser Kapitän mit einem Male ein ganz veränderter Mann geworden zu sein. Mit einer Zuvorkommenheit, die niemand bei ihm gesucht hätte und die auch gewiß niemand so glücklich affichieren kann als der Yankee, wenn es ihm darum zu tun ist, einem guten Freunde sawder, wie er zu sagen pflegt, in die Augen zu streuen, war er auf einmal die Beweglichkeit, die Bonhommie selbst geworden. Während der Steward den Tisch mit Boston Crackers, Mandeln und Oliven besetzte, entkorkte er eine Madeirabouteille und war dabei zugleich so sehr beflissen, dem Offizier seine Unschuld an dem Vorfalle darzustellen, daß dieser, der den Madeira versucht, ihn tröstend versicherte, der Paß sei zwar falsch, für einen andern ausgestellt, aber er solle sich beruhigen, der Madeira sei echt, der Staatsgefangene aber ein Mann von größter Wichtigkeit, den noch erwischt zu haben er sich Glück wünschen dürfe.

Die Spanier lieben ein Glas Madeira, besonders wenn reinölichte Oliven die Grundlage bilden. Der Offizier schien sich ganz behaglich in der Kajüte zu fühlen. Unterdessen befahl er doch, das Gepäck des Staatsgefangenen, und zwar unverzüglich, in das Boot zu bringen.

Der Kapitän, nachdem er artig um Vergebung gebeten, ihn allein lassen zu müssen, eilte, dem Befehle Folge zu leisten.

Während er die Kajütentreppe hinaufstieg, schwankte ihm der unglückliche Staatsgefangene entgegen. Seine Gesichtsfarbe war blau geworden wie die eines Gehängten, die Züge ins Gräßliche verzerrt; das eine Kind hielt sich an seinem rechten Schenkel geklammert, die Frau, mehr tot als lebendig, hing an seinem Nacken; die Dienerin, eine junge Indianerin, trug das zweite noch saugende Kind. Unser Kapitän mochte bereits solcher Szenen mehrere in seinem bewegten Seeleben gesehen haben, aber diese hatte doch etwas Eigentümliches, Erschütterndes. Der stille Adel der Frau, die verzweifelnde Zerrissenheit des Mannes führten eine eigene Sprache, die wohl die stärksten Nerven erschüttern konnte. Wie er jetzt heranschwankte, loderte ein so gräßliches Feuer in seinen Augen, die

Gesichtsmuskeln, die Lippen zuckten so konvulsivisch! Die Zähne klapperten ihm, als wäre er vom Fieberfroste befallen; dazu haschte und tappte er wie wahnsinnig unter seinen Rockärmel nach dem Griffe eines Dolches!

Sie schien nicht mehr den Lebenden anzugehören, aber selbst in ihrer erstarrten Bewußtlosigkeit war sie unsäglich reizend!

Der Kapitän erfaßte die Hand des Unglücklichen und versuchte ihn zu trösten.

›Hättet Ihr mir doch nur einen Tag früher Eure Lage entdeckt, ich würde für Hilfe gesorgt haben, denn Tyrannei ist mir so wie jedem Amerikaner unter allen Umständen verhaßt; aber hier ist Hilfe beinahe unmöglich, die Order des Offiziers bestimmt; die Kanonen des Forts können uns in wenigen Sekunden in den Grund bohren. Ich bedaure Euch, aber Hilfe, wie gesagt –‹

Der Unglückliche ließ ihn nicht ausreden. Er faßte seine Hand, preßte sie wie ein Ertrinkender, stöhnte, versuchte zu reden, vermochte es aber nicht. Endlich brachte er schluchzend und gebrochen heraus:

›Hört, Kapitän, ich bin geborner Kolumbier, Offizier in der Patriotenarmee, wurde kriegsgefangen in der unglücklichen Schlacht von Cachiri, von da mit meinen Unglücksgefährten nach der Havanna abgeführt. Meiner Frau und Kindern wurde erlaubt, mir zu folgen, um – eine der ersten Familien Kolumbiens ganz in Gewalt zu haben. Vier Monate lag ich in einem der entsetzlichsten Kerker, Seekrebse und Ratten und giftiges Ungeziefer aller Art waren meine einzigen Gesellschafter. Bloß meiner starken Konstitution verdanke ich es, daß ich noch lebe. Von siebenhundert meiner Unglücksgefährten sind alle bis auf einige wenige Opfer der spanischen Grausamkeit geworden. Ein vollständiges Gerippe, holte man mich vor vierzehn Tagen aus meinem Kerker hervor, quartierte mich in die Stadt ein, um mich wieder zu einigen Kräften zu bringen und dann – abermals lebendig einzumauern. Bereits ist der Befehl gegeben, mich in die vorige grausame Haft zurückzubringen. Daß ich in dieser keine acht Tage mehr aushalten kann, davon bin ich so gewiß, als daß ein Gott im Himmel ist. Ein Freund, der ungeachtet der großen Gefahr sich unserer Lage erbarmte, hat uns einen Paß und Geld verschafft, mich an Euch angewiesen. Der Paß gehörte einem am Gelben Fieber verstorbenen Spanier; mit ihm und durch Euch hoffte ich Rettung. In Euch beruht meine, meiner armen Frau, meiner Kinder einzige Hoffnung, Leben oder Tod! Gebt Ihr mich auf, so ist mir dieser gewiß, aber ich schwöre es Euch: ehe ich mich zurückbringen und abermals einmauern lasse zu Leiden, deren Gräßlichkeit ich nicht beschreiben kann, bin ich fest entschlossen zu sterben. Nein, nun und nimmermehr lasse ich mich zurückliefern in die Hand des entsetzlichen Spaniers.

Armes Weib! Arme Kinder! Armes Vaterland!‹

Der Kapitän, ohne eine Miene zu verziehen, stand, an seinem Kautabak schneidend, fuhr dann mit der Hand über die Stirn und trat rasch auf das Verdeck. Den Matrosen befahl er, die Koffer und Portemanteaux der Familie auf das Verdeck – aber nicht in das Boot zu bringen; dann prüfte er Himmel und Wetter und wisperte angelegentlich mit dem Leutnant. Noch raunte er dem Steward zu, den Soldaten und Bootsleuten ein paar Bouteillen Rum zu reichen, und stieg dann die Kajütentreppe hinab. Wie er diese betrat, murmelte er, ohne den Patrioten anzusehen, die Worte: ›Vertraut auf ihn, der dann hilft, wenn die Not am größten ist!‹ Kaum hatte er diese Worte gemurmelt, als der Spanier aus der Kajüte heraussprang, und wie er den Staatsgefangenen erblickte, diesem finster rief, sogleich ins Boot hinabzusteigen. Aber der Kapitän trat vor und bat, doch zu erlauben, daß sein unglücklicher Passagier noch ein Glas – einen Valettrunk nähme. Er sei Soldat und er als Kapitän auch ein halber, und er sei überzeugt, daß der tapfere und großmütige Spanier, und jeder Spanier sei tapfer und großmütig, ihn nicht zwingen werde, einen Unglücklichen ungastlich von seinem Verdecke zu lassen.

Der junge Offizier war kein harter Mann, er nickte beifällig, trat selbst zur Treppe, und die Hand bietend, geleitete er den Kolumbier diese hinab in die Kajüte ein.

Die beiden nahmen am kleinen Kajütentische Platz. Der Kapitän brachte eine frische Bouteille, und zwar Xeres, der denn so vortrefflich war, daß des Spaniers Augen beim ersten Glase bereits funkelten. Die Unterhaltung wurde trotz der tödlichen Spannung des Kolumbiers immer lebhafter. Der Kapitän sprach das Spanische geläufig und überließ sich einer Suada, die niemand in dem trockenen, düsteren jungen Manne gesucht hätte. So verging eine Viertel-, vielleicht eine halbe Stunde.

Auf einmal erhielt der Schoner einen Stoß, der die Gläser zum Schwanken und Fallen brachte.

Der Spanier sprang zornig auf.

›Kapitän, der Schoner segelt!‹

›Ganz natürlich!‹ versetzte ruhig der Kapitän; ›Ihr werdet doch nicht erwarten, Señor, daß wir bei der herrlichsten Brise, die je einem Schoner blies, ruhig liegenbleiben werden?‹

Ohne ein Wort zu erwidern, sprang der Offizier der Kajütentür zu, die Treppe hinauf, warf einen Blick auf den Molo.

Das Fort lag gute zwei Meilen im Rücken.

Der Spanier wurde wütend.

›Soldaten!‹ schrie er sogleich, ›ergreift den Staatsgefangenen und Kapitän. Verrat ist hier im Spiele. Ihr, Steuermann, wendet um!‹

Und Verrat war wirklich im Spiele, denn so verräterisch waren die Segel angezogen worden, daß weder die ruhig forttrinkenden Soldaten noch Bootsleute es gemerkt hatten. Erst die Ankunft des Offiziers hatte sie aufmerksam gemacht.

Der Kapitän blieb jedoch ganz ruhig.

›Verrat!‹ versetzte er ernst. ›Gott sei Dank, wir sind Amerikaner und haben also nichts zu verraten, keine Treue zu brechen; was aber diesen Staatsgefangenen betrifft, so bleibt er hier.‹

›Hier!‹ schnaubte der Spanier. ›Wir wollen Euch zeigen, Ihr verräterischer –‹

›Hier!‹ versetzte ruhig der Kapitän. ›Gebt Euch keine unnötige Mühe, Señor! Die Musketen Eurer Soldaten sind, wie Ihr seht, in unseren Händen, meine sechs Matrosen mit Fängern und Pistolen wohlversehen. Wir acht nehmen es sehr gut mit euch zehn auf. Bei der ersten Bewegung schießen wir euch nieder.‹

Der Offizier ward sprachlos, wie er jetzt um sich schaute. Die Musketen seiner Soldaten lagen auf einem Haufen, von zwei bewaffneten Matrosen bewacht.

›Ihr würdet es wagen?‹ schrie er. Der Zorn ließ ihn nicht ausreden.

›Ich würde ohne weiteres, hoffe aber, Ihr werdet mich nicht dazu zwingen; auch ist es ganz und gar nicht vonnöten. Ihr bleibt noch für einige Stunden mein Gast, und dann fahrt Ihr in Eurem tüchtigen Boote zurück und habt gegen einen vielleicht monatlichen Arrest das Bewußtsein, einen edlen Feind von Tod und Verzweiflung gerettet zu haben.‹

Alles das war ruhig, ernst, aber zugleich auch so scharf und bestimmt gesprochen, als den Spanier zucken machte.

›Maestro! Maestro!‹ sprach er, ›ich hoffe, Ihr treibt Scherz!‹

›Sind keine sehr scherzhaften Leute, wir Amerikaner!‹ versetzte gelassen der Kapitän.

›Wißt Ihr, daß Ihr Euch eines todeswürdigen Verbrechens schuldig macht?‹ schrie wieder der Spanier.

›Wäre ich ein Spanier, ja, als Amerikaner nein‹, versetzte wieder ruhig der Kapitän, den Finger mit einem eigentümlich launigen Rucke in einen Kübel Seewassers tunkend, den der Steward soeben an der Schiffswand heraufgezogen.

›Wir sind auf der See, auf amerikanischer See, und Ihr wisset wohl, daß wir Amerikaner auch auf dieser die Herren – und zu stolz sind, uns von irgendeiner Nation, welche immer sie sei, Gesetze vorschreiben zu lassen. Nehmt Verstand an und seid menschlich!‹ fügte er freundlicher hinzu, ›dieser Patriot da hat nichts verbrochen, im Gegenteile seine Schuldigkeit getan, getan, was unsere Washingtons, Putnams, Greenes und Tausende unserer Revolutionshelden auch taten – für sein Vaterland, die Freiheit gefochten; und ihr, statt ihn – den unglücklichen Gefangenen – menschlich zu behandeln, habt ihn zur Leiche gemartert! Seht ihn Euch an und sagt, ob ich nicht härter als Stein sein müßte, wollte ich ihn abermals euren Klauen überliefern. Er soll nicht zurück!‹

Der Offizier knirschte mit den Zähnen, gab aber die Hoffnung offenbar noch nicht auf. Zwar war an Widerstand nicht zu denken, die Musketen seiner Leute waren in der Gewalt der Amerikaner, die, Pistolen in den Händen und Fänger in den Zähnen, davorstanden. Die Soldaten selbst schien der Rum nichts weniger als zum Fechten begeistert zu haben; die Bootsleute waren Neger, und also von Hause aus kampfunfähig; aber mehrere Regierungs- oder Revenue-Kutters waren in nicht sehr großer Entfernung zu sehen. Gelang es ihm, auch nur einem derselben ein Zeichen zu geben, so mußte der Schoner angehalten, aufgebracht werden. Er sah ängstlich in der Richtung hin, in der soeben eine bewaffnete Sloop dem Hafen zuschwankte.

Der Kapitän schien seine Gedanken zu erraten.

›Señor, wie gesagt, Ihr müßt uns schon die Ehre antun, noch ein leichtes Gabelfrühstück mit uns zu nehmen. Das Mittagsmahl dürftet Ihr wohl zur See zubringen, aber zum Souper mögt Ihr wieder zu Hause sein.‹

Und mit diesen Worten reichte er ihm artig die Hand, die der Spanier, gute Miene zum bösen Spiel machend, wohl annehmen mußte, denn die Züge des Amerikaners hatten nun einen Ernst angenommen, der verriet, daß er in der Tat nichts weniger als scherzhaft aufgelegt sei. Die beiden Gatten aber stießen einen unartikulierten Schrei aus, und dann sanken sie einander in die Arme. Zu reden, zu danken vermochten sie nicht, das Herz war ihnen zu voll. Schluchzend hingen sie einander am Halse, sich so krampfhaft umschlingend, als wollten sie sich nimmermehr trennen lassen, dann lachten sie wieder wie wahnsinnig auf – murmelten wieder, stierten auf das gräßliche Havanna, den entsetzlichen Molo zurück!

Allmählich traten die endlosen Massen der Hafenstadt, das verworrene Chaos der Segel, Taue und Schiffe, der Molo selbst in den Hintergrund, ein glänzend lichter Streifen begann zwischen ihnen und der Stadt sich aufzurollen, anfangs nicht größer als ein lichtblaues Silberband, rasch jedoch in die Länge und Breite wachsend; Gatte und Gattin verfolgten in namenlosem Entzücken sein schnelles Wachstum. Wie ihr trunken verklärter Blick an dem zum Seespiegel gewordenen Streifen hing, schien es ihnen, als wüchse er vom Himmel herab, als sende ihn dieser, begünstige ihre Rettung! Er begünstigte sie auch sichtbar. Immer mehr schwanden Stadt und Hafen, bereits waren die Masten der Schiffe nicht mehr sichtbar, nur die Wimpel flatterten noch wie Seevögel am entfernten Horizont. Der Schoner flog vor der stärker werdenden südwestlichen Brise seine zehn Knoten dahin.

O diese Empfindungen, diese Gefühle!

Im Rausche empfanden sie keines der irdischen Bedürfnisse, nicht Hunger, nicht Durst. Erst als die Stimme des Spaniers sich auf der Kajütentreppe hören ließ, kamen sie wieder zu sich.

Das Gabelfrühstück mochte ihm wohl sehr gut gemundet haben, denn er war ungemein redselig geworden. Noch auf der Treppe versicherte er lachend dem Kapitän, daß ihn der Ausflug freue und das Vergnügen, die Bekanntschaft eines Yankee-Amerikaners gemacht zu haben, ihm teuer bleiben werde, da er sie leicht mit ein paar Monat Arrest im Staatsgefängnisse, vielleicht noch schwerer büßen dürfte; dafür hoffe er jedoch, falls er einst im wechselnden Kriegsglück in eine ähnliche Lage geraten sollte, auch einen Yankee zu finden, ihm aus der Klemme zu helfen.

Frank und offen entgegnete ihm wieder der Kapitän. Wer ihn jetzt sah, diesen Kapitän, würde ihn nicht mehr erkannt haben. Die finster impassablen, ja feindseligen Züge waren heiter geworden, hatten eine zuversichtlich klare Fassung angenommen, das Bewußtsein, die Welt mit einer edlen Tat bereichert zu haben, hatte ihn offenbar in seinen eigenen Augen gehoben. Wie er jetzt Arm in Arm mit dem Spanier auf das Verdeck herauftrat, erschien er dem Ehepaar mehr denn schön – ein Held, ein Gott!

Der Schoner war gute zwanzig Meilen von Havanna, der Molo kaum mehr zu sehen. Es war Zeit zu scheiden, denn eingeholt zu werden durfte er nicht mehr befürchten; längeres Zurückhalten aber konnte dem Offizier und seinen Leuten gefahrbringend werden. Er eilte, ihn und die Soldaten ins Boot zu schaffen.

Ehe dieser den Schoner verließ, umarmte er nochmals den Kapitän. Eine Minute darauf flog das Boot dem Hafen zu.

Der Schoner aber eilte auf den Fittichen der Windsbraut der Heimat zu, in der er nach elf Tagen anlangte. Die Gatten stiegen im Hause des Kapitäns ab, dessen liebliche junge Gattin – er war seit sieben Jahren verheiratet – sie wie alte Freunde aufnahm.

Estoval – so hieß der Kolumbier nach seinem Passe – und seine Gattin nahmen die Einladung ihres Retters und Beschützers um so lieber an, als ihr Auftreten unter eigenem Namen für sie mit einiger Gefahr, für den Kapitän aber mit Unannehmlichkeiten verbunden sein konnte. Philadelphia, eine von ruhigen, ehrsamen Quäkern, Gelehrten und Handelsleuten bewohnte kreuzbrave, aber etwas enghertziger spießbürgerliche Stadt, von jeher Revolten und Revolutionen abhold, war begreiflicherweise auch auf die Patrioten nie sehr gut zu sprechen gewesen, denn sie hatte durch die häufigen Wechsel des Kriegsglücks bedeutende Einbußen, und zwar gerade durch sie, erlitten. Nun sie auf allen Seiten unterlagen, kam auch die Verachtung hinzu, nicht zu erwähnen, daß die spanische Ambassade in der aristokratischen Clique der Stadt einen sehr starken Anhang hatte, der allerdings gefährlich werden konnte. Die Flüchtlinge hielten es daher geraten, sich still und inkognito um so mehr zu verhalten, als auch ihre Geldressourcen sehr beschränkt waren, der volle Beutel aufgespart werden mußte, um die Heimkehr möglich zu machen.

Diese erfolgte drei Monate darauf, wo ein Freund des Kapitäns es übernahm, die Familie nach Marguerite zu bringen, damals dem Vereinigungspunkte der Patrioten, von wo aus sie bekanntlich unter Bolivar abermals ihre Operationen gegen die Spanier, und zwar mit glücklicherem Erfolge, begannen.

Erst auf der Heimreise fiel es den beiden Gatten bei, daß sie ja von ihrem Retter nicht einmal nach ihrem eigentlichen Namen befragt worden waren. In der Tat hatte dieser nie gefragt, und da sie sich immer nur bei ihrem Taufnamen genannt hatten, so waren sie wirklich inkognito geschieden.

Dem Kapitän hatte unterdessen die gute Saat keine guten Früchte gebracht. Ja, wäre der Gerettete ein sogenannter Loyaler, gleichviel ob Brite, Franzose oder Spanier, gewesen, die guten Philadelphier würden in Ekstase ausgebrochen sein über die edle, entschlossene, ritterliche Tat: aber einen Rebellen, einen Patrioten dem Gesetze, der wohlverdienten Strafe zu entziehen und zugleich Schiff, Kargo und, was mehr, die Respektabilität des Hauses, wie man es nannte, so bloßzugeben, das konnte nicht verziehen werden, verdiente Ahndung. Die Firma war zum Teile quäkerisch, und quäkerisch ahndete sie auch. Zwar unternahm sie nichts öffentlich, aber sie sorgte um so mehr dafür, es nachzutragen, da auch die Konsignees in Havanna einige Unannehmlichkeiten von der Geschichte hatten. Der Kapitän wurde mit einem sehr zweideutigen Wohlverhaltenszeugnisse entlassen und so ein Schatten auf seinen Charakter geworfen, der ihm wohl für immer geblieben sein dürfte, wenn ihn nicht, wie gesagt, der Wechsel des Kriegsglücks wieder begünstigt hätte. Aber doch hatte er lange zu kämpfen, ehe er den üblen Eindruck vermischte.

Jahre waren unterdessen verstrichen. Kolumbia hatte seine Unabhängigkeit errungen, Bolivar seinen berühmten forcierten Marsch, der die Vereinigung der spanischen Streitkräfte verhindern sollte, unternommen; Hualero war von Caracas aus mit einem zweiten Heere nach Peru abgegangen. Aber während er sich in Panama ein- und das Kap Hoorn auf seinem Wege nach Lima umschiffte, hatte Sucre die Spanier bei Ayacucho angegriffen, geschlagen und gefangengenommen, so die Unabhängigkeit Perus und mit dieser die des ganzen spanischen Amerikas sichernd. So war denn kein Feind mehr vorhanden als der in der Festung Callao eingeschlossene. Diese Festung, bekanntlich vier Jahre zuvor von Martin und Cochrane blockiert und erobert, war durch Verräterei in die Hände der Spanier zurückgefallen, und General Hualero, nun mit seiner Armee im Hafen vor Lima angekommen, wurde sie zu belagern beordert.

Eben hatte er sie zu Lande eingeschlossen, als der Kapitän erschien, um ihr Lebensmittel und die einem Spanier so unentbehrlichen Zigarren zuzuführen. So brachte das Schicksal Schützling und Beschützer in wahrhaft gegenfüßlerischer Laune abermals zusammen, den armseligen Flüchtling als General en chef einer für Südamerika sehr bedeutenden Armee, den Yankee als einen rat-, schifflosen Kapitän. Aber weder der eine noch der andere verleugnete seinen Charakter, beide bewiesen sich gleich ehrenhaft. Der Patriot hatte im Stolze des über Tausende Gebietenden – nicht den Wohltäter vergessen, der Kapitän im Unglück – nicht den Mann. Noch immer stand er als Mann dem berühmten Heerführer gegenüber, und auch kein Zug, keine Gebärde, keine Bewegung verriet, daß er aus seiner Rolle oder vielmehr aus seiner Natur gefallen. Für mich aber war es einer der erquicklichsten Momente, die beiden so verschieden temperierten und doch in der Hauptsache so gleichgestimmten Charaktere zu beobachten. Sie genossen sich drei volle Wochen, nach Verlauf welcher sie schieden.

Daß nun die Klemme, in der wir mit Kargo und Schiff staken, einen sehr brillanten Ausgang nahm, brauche ich wohl kaum mehr zu sagen. Noch waren wir nicht drei Tage in Lima, als der Kapitän Schiff und Kargo mit Ausnahme des spanischen Eigentums zurückerhielt. Dieses ward natürlich konfisziert und von der Regierung in Beschlag genommen, aber der General en chef ersteigerte es und präsentierte die sämtlichen Zigarrenkisten dem Kapitän, während er zugleich eine Art Auktion veranstaltete, in der, wie Sie wohl denken mögen, diese köstlichen Glimmstengel auf eine brillante Weise losgeschlagen wurden.

Der Kapitän erntete reine dreißigtausend Dollar, die er in Gold mit nach Hause brachte. Die Brigg selbst mit dem losgegebenen Kargo wurde von der Regierung für ihre Flotte angekauft. Wir verließen nach drei Wochen Lima in einer ganz anderen Stimmung, als wir es betraten. Nicht, daß mein guter Kapitän auch nur um ein Jota lauter oder fröhlicher geworden wäre, selbst die noch immer reizende Gattin des Generals vermochte ihm kaum ein Lächeln abzugewinnen, aber man achtete, liebte nun diese Finsternis, diese gerunzelte Stirn, diese trüben Wolken; sie waren bloß die Schleier, die den heiteren Tag, den reinen Äther, den lauteren, probehaltigen Geist verhüllten. Wir hatten den reichen, köstlichen Kern hinter der rauhen Schale gefunden.«

Der Präsident hatte geendet.

Eine lange Pause trat ein.

»Und dieser Kapitän Ready? Sagt an, Präsident, dieser Kapitän Ready?« brach endlich Oberst Oakley aus.

»Ist ein Yankee!« versetzte ruhig der Präsident.

»Duncan! Ihr seid auch so ein halber Kishogue vor den irisch richterlichen Lords. Es ist Kap'tän Murky, ist er's nicht?« fiel General Burnslow ein.

»Vielleicht ist er's, Burnslow!« warf Duncan hin.

»Dann, Gentlemen!« rief der General mit Emphase, »dann schlage ich vor, unserm wackeren Kapitän als Merkmal unserer Achtung und Anerkennung –«

»Und?« schaltete spöttisch der Präsident ein.

»Macht mich nicht irre!« rief ärgerlich der General, »als Merkmal unserer Achtung und Anerkennung und unserer Würdigung seines ritterlich seemännischen Benehmens – ein öffentliches Diner zu votieren.«

»Mit vierundzwanzig Toasten und Schüsseln und halb so vielen Dutzend Bouteillen, nicht wahr?« meinte trocken der Bankpräsident, »protestiere im Namen meines Freundes dagegen. Würde sich wahrlich nicht zweimal bei Euch bedanken, wenn Ihr ihm da mit Euren Madeiras und Schildkrötenpasteten und Eurer Würdigung und Anerkennung als Postskript kämet. Verdürbe ihm nur Euer Senf sein Diner. Weiß sich und seine Tat schon selbst zu würdigen, zu fêtieren, sowie denn solche Taten auch sich schon von selbst genießen, fêtieren, fêtend getoastet aber allen ihren Hautgoût verlieren, ungenießbar werden.«

»Seid ja auf einmal ein außerordentlicher Freund stiller, zarter Genüsse geworden«, spottete der General.

»Hat aber recht, General Burnslow, vollkommen recht!« nahm der Supreme Judge das Wort. »Glaube nicht, daß hier ein öffentliches Diner à propos wäre. Mir wenigstens, wenn mir das Schicksal eine so herrliche Blüte in meinen trocken juridisch kriminalistischen Lebenskranz gewunden hätte, könnte nichts Ärgeres begegnen als eine solche Popularisierung oder vielmehr Theatralisierung.«

»Seid denn doch über die Maßen zartfühlend, ihr Yankees!« spottete wieder der General.

»Wie Ihr es nehmen wollt, General Burnslow!« entgegnete halb im Scherz, halb im Ernste der Supreme Judge. »Unser Yankeetum ist zwar ein trockener Boden, bringt aber doch so duftende Blüten, so herrliche Früchte hervor wie irgendeiner. Es ist in unserem Yankeetum ein stiller, tiefer Sinn, den ihr Southrons ein Brüten, Grübeln nennt, ein ewiges Auf-Dollars-Spekulieren, weil unsere Stirn gerunzelt erscheint. Und doch, wenn es zum Ausschlage kommt – sag Euch – will der chevaleresken Tat unseres teuren Murky nicht zu nahe treten, aber das getraue ich mir doch zu verbergen, daß es unter unseren Yankee-Kapitänen noch Hunderte gibt, die sich keinen Augenblick bedenken würden, an seiner Stelle das gleiche zu tun.«

»Ohne Zweifel!« rief es von mehreren Seiten.

»Allen Respekt vor der Yankee-Ritterlichkeit« lachten wieder andere.

»Seid doch so gut, laßt uns Southrons auch noch ein bißchen übrig!« spotteten wieder dritte.

»Nicht nur das«, meinte lachend der Präsident, »sondern wir Yankees beugen uns auch alle, nicht wahr, Judge? in tiefster Demut, anerkennen unser Zurückstehen, euer Übergewicht in diesem Punkte, und zwar so vollkommen, daß ich moralisch überzeugt bin, ein Southron im Falle unseres Kap'tän Murky und vor dem Molo zu Havanna würde nicht nur den Spanier mit seinen Musquetaires, sondern auch den Molo mit seinen hundert Kanonen, wenn nicht die Havanna selbst zum Kampfe herausgefordert haben.«

»Geht zum Henker!« riefen lachend die Southrons.

Der Präsident lachte herzlich mit.

»Seid und bleibt heißblütige, heißköpfige Southrons!« fuhr er in seiner kaustisch trockenen Manier fort, »seid und bleibt Southrons, die, wenn ihrer vierundzwanzig zusammenkommen, auch richtig ihre sechs Erdbeben, zwölf Gewitter, vierundzwanzig Blitze und sechsunddreißig Donnerschläge mitbringen.«

»Geht zum Teufel!« lachten wieder alle. »Gute Nacht! Wollen gehen, sonst bekommen wir noch ein Dutzend Pillen mehr mit auf den Weg.«

»Gute Nacht!« riefen sie alle.

»Gute Nacht!« rief ihnen lachend der Präsident nach, »und vergeßt nicht, daß ihr heute über acht Tage meine Gäste seid!«

Sehr Seltsam!

»Da gehen sie, die Sprudelköpfe!« brummte er ihnen nach, »feurig wie kochende Vulkane, zündbar wie achtzehnjährige Cadixer Señoritas, großmütig wie Eure Ritter von der Tafelrunde und stolz wie Luzifers; aber überhaupt und insbesondere die gloriosesten, nobelsten Bursche, die es geben kann. Soll mir nun John Bull in seinem ganzen alten England zwei Jungens aufweisen wie dieser Oakley und Bentley! Herrliche Jungens! Nur noch alle Vierteljahrhunderte einen Krieg von zwei bis drei Jahren, wie der von Anno zwölf, ihr Mütchen an John Bull zu kühlen, und sie wären die ersten Gentlemen der Welt! So aber tritt ihr Übermut denn doch ein wenig zu ungeregelt lästig bei jeder Gelegenheit hervor – der lange Frieden tut ihnen und uns nicht gut. Ah, dieser Oakley! Bin ordentlich verliebt in ihn; wollte, Alexandrine wäre es, oder in Bentley! Weiß selbst nicht, welchen von beiden ich lieber habe. Wäre mir der kleine Finger von Oakley oder Bentley lieber als der ganze M-y. Gar ein süßes, geschniegeltes Fischbeinmännchen, dieser M-y. Tänzelt um sie herum, hängt an ihr wie eine Klette.«

»Er ist des Todes, wenn er es wagt!« unterbrach ihn hier eine heftige Stimme.

»Was, zum Henker, haben wir denn da schon wieder? Ist denn heute gar keine Ruhe mehr! Immer nur Mord und Totschlag und Kugeln und Pistolen? Wer, im Namen des gesunden Menschenverstandes! Ned, bist du es? Um Himmels willen! Was soll es nur wieder? Wer tat dir etwas, daß er gleich des Todes sein soll?«

»Wer immer es wagt!« versetzte zornig Ned.

»Wer immer es wagt?« meinte verwundert der Onkel, »was wagt?«

»Seine Augen zu ihr zu erheben!«

»Zu ihr? Zu welcher ihr?« fragte mit einer wahren Schafsmiene der Onkel.

»Bitt Euch, Onkel, bitte Euch recht sehr, nicht in diesem Tone von einer Dame zu reden, von einer Dame. Sag Euch, zerreißt mir ordentlich die Ohren, dieser Mißton!«

»Mißton? zerreißt dir die Ohren?« unterbrach ihn der Onkel. »Willst du wohl so gut sein, Ned«, meinte er gähnend, »deine Rede etwas weniger pythonisch, orakulär einzurichten? Wen meinst du denn eigentlich mit deiner Dame, deinem Mißton?«

»Wen ich meine?« rief heftig Ned, »wen ich meine?« seufzte er verzückt, »wen meine ich, als die Herrliche, die Göttliche! Ah, Alexandrine!«

»Alexandrine!« rief der Uncle, »Alexandrine? Was von ihr? Wie kamst du auf sie? Was weißt du von ihr? Hast sie ja in deinem Leben nicht gesehen, kennst sie nicht einmal?«

»Ich sie nicht kennen?« rief der sehr unwillige Ned, »ich sie nicht kennen, die unvergleichlich Herrliche, in der mir erst Licht und Leben –!« frohlockte er schwärmerisch.

»Und so weiter!« unterbrach ihn spöttisch der Onkel. »Würde Tropen und Figuren lassen, wenn ich du wäre, in schlichtem Englisch oder Amerikanisch reden, denn es ist spät oder vielmehr früh und Zeit zum Schlafengehen. Du kennst sie also? Ah, sie war es denn, sie war es, der die Seufzer galten, die uns bei einem Haare einander auch in die Haare gebracht hätten? Und woher kennst du sie, wenn ich zu fragen so frei sein darf?«

»Ich habe die Ehre, Miß Alexandrine von Paris her zu kennen!« versetzte ehrerbietig der Neffe.

»Von Paris?« rief kopfschüttelnd der Onkel, »von Paris? So warst du also in Paris? Aber ich dachte, du hättest dich die ganze Zeit in Texas umhergetrieben? Habe deshalb auch nach Texas geschrieben und durch deinen Vater schreiben lassen. Hast du unsere Briefe nicht erhalten?«

»Nein, ich war die letzten sechs Monate von Hause abwesend, drei Monate in Aufträgen meines Landes und unserer Regierung zu Paris.«

»Von Hause abwesend, drei Monate in Aufträgen deines Landes in Paris?« spottete der Uncle. »Und war unter den Aufträgen deines pretiösen Landes und deiner pretiöseren Regierung auch der – ich weiß in der Tat nicht, wie ich es nennen soll?«

»Nennt es, wie Ihr wollt, Onkel!« fiel ihm ernst, beinahe streng der Neffe ein. »Nennt es, wie Ihr wollt, nur nennt nichts, was dem Bevollmächtigten seiner Regierung zu hören nicht geziemt. Spottet, soviel Ihr wollt, nur spottet nicht über eine Regierung und Männer, deren hohen Geist Ihr nicht kennt, nicht zu ermessen imstande seid. Überlaßt das Euren gepriesenen Sprudelköpfen, wie Ihr sie nennt, die ich aber mit Eurer Erlaubnis etwa mit Ausnahme Oakleys, Bentleys und einiger weniger Hohl- und Schafsköpfe nenne. Überlaßt es ihnen, über Taten und Männer zu spotten, die Achsel zu zucken, die über sie weit zu erhaben sind, als daß sie diese mit Baumwollen und Sklaven angefüllten Gehirnschädel zu würdigen fähig wären. Überlaßt es uns, uns und unsere Taten vor der Welt zu rechtfertigen.«

Der junge Mann war, trotz der Mühe, die er sich gab, gelassen zu bleiben, nicht wenig heftig geworden, nicht so der Onkel, der ganz ruhig erwiderte:

»Oh, das tue ich ja! Behüte mich der Himmel, eurer Texaser Ehre nahezutreten! Allen Respekt vor deinen Texaser großen Geistern, Helden! Aber wollen für einstweilen diese Helden und Geister beiseite lassen und zu Dingen übergehen, die uns näherliegen. Du hast meine Frage nicht beantwortet.«

»Ich muß Euch ersuchen, mir die Beantwortung dieser Frage zu erlassen; denn sie ist unzart!« bedeutete ihm der Neffe.

»Auf alle Fälle ist sie es, aber das ist nicht meine Schuld, finde sicherlich keine sehr große Zartheit darin – sich in Liebesverhältnisse mit der Tochter ohne Vorwissen des Vaters einzulassen!«

»Da haben wir wieder verschiedene Ansichten, Onkel!« versetzte ebenso spöttisch der Neffe. »Ich wieder sehe nichts Unzartes in einer Neigung, ja, wenn Ihr nichts dagegen habt, Liebe, wenn diese Neigung Liebe – aber laßt uns schweigen, Onkel! Ich sehe, daß wir von ganz entgegengesetzten Ansichten ausgehen. Wir Texaser sind weder Geldmänner noch Onkels – bloße Naturmenschen, aber menschliche Menschen.«

»Freut mich, das zu hören«, spottete wieder der Onkel, »freut mich sehr, zweifle auch nicht, daß ihr menschliche Menschen seid, Naturmenschen, liberale Menschen, ganz und gar nicht so engherzig wie wir hierzulande. Habt es bereits bewiesen. Ist aber nur fatal, mein lieber Texaser General, daß du jetzt in unserm Lande bist, wo wir leider so borniert, unmenschliche Menschen, Geldmänner und Uncles – das heißt, ganz und gar nicht geneigt sind, unsere Töchter und Dollars so mir nichts, dir nichts wegkapern zu lassen. Sind so unmenschlich, auch ein Wörtchen dazu zu sagen.«

»Mister Duncan!« rief gereizt der Neffe.

»Laß uns, wenn's beliebt, weniger militärisch kategorisch imperativ in unserem Zweigespräche sein«, bedeutete ihm der Uncle, »denn du weißt, daß ich mich nicht schieße, hilft also dein tapferer Ton nichts. Und dann ist's spät, nahe an vier. Selbst der Mond will zu Bette, sieh nur.«

Er deutete bei diesen Worten auf den Mond, der sich stark den westlichen Wäldern Louisianas zuneigte.

»Ich habe«, hob er etwas ernster wieder an, »einige Ursache, zu fragen, einiges Recht und Interesse, verstehst du, da ich in Verhältnissen zu dem Vater der Erkiesten deines Herzens stehe, die ich nicht um zehn Söhne und zwanzig Neffen gestört wissen wollte. Es ist bei mir nicht bloß Delikatesse, es ist Pflicht, mußt du wissen, mein liebwerter General! Willst du daher so gefällig sein, mir zuerst zu sagen, wo und wann du Miß Alexandrine zuerst kennenlerntest?«

»Zu Paris im Salon unsers oder vielmehr eures Gesandten, des Generals C-ß, gerade vor acht Wochen drei Tagen.«

»Sehr pünktlich, in der Zeitrechnung wenigstens, das muß ich sagen!« spottete der Onkel. »Und saht ihr euch öfters?«

»Zweimal, das erstemal, als wir einander vom Minister-General aufgeführt wurden, und dann – dann – bei ihrem Abschiedsbesuche.«

»Und nicht öfter? Dann mußt du Zeit und Gelegenheit wahrlich als General wahrgenommen haben – als eine Art Cäsar: Veni, vidi, vici. Du siehst, habe mein Salem-Latein noch nicht ganz vergessen. Aber bei euch Soldaten ist ja love at first sight herkömmlich. Hoffe jedoch, die süßen Regungen werden nicht gegenseitig erwacht sein? Hoffe es um Alexandrinens willen; oder kamet ihr während dieses zweimaligen Zusammentreffens doch bereits auf das süße Thema? Wäre das ja schnell!«

»Euer herzloser Spott verdient eigentlich keine Antwort«, fiel ihm mit verrissenem Grimme der General ein, »aber ich will Euch antworten, weil, um es frei herauszusagen, ich mich viel zu sehr achte, als daß ich dem Schwestermanne meiner teuren Mutter seinen schnöden und gefühllosen Hohn zurückgeben könnte. Aber in der Tat, Mister Duncan, weiß ich nicht, was Euch berechtigt, in diesem Tone zu mir zu sprechen? Ich glaube, unsere Unterhaltung dürfte hier am besten abgebrochen werden.« Und so sagend, trat er kurz und stolz zurück; der Onkel hielt ihn jedoch.

»Will Euch sagen, General«, versetzte dieser schärfer, »will Euch sagen, was mich berechtigt, in diesem Tone zu Euch zu sprechen. Halte mich zu diesem Tone berechtigt, nicht deswegen, weil ich der Schwager Eures Vaters, sondern weil ich der Freund, der Partner, ja gleichsam der Bruder des Mannes bin, dessen Tochter in ihr väterliches Haus zu folgen, ich möchte sagen zu verfolgen, Ihr so kühn seid; weil ich diesem Mann, dem edelsten, dem treuesten, zartfühlendsten Freunde, den ich auf der weiten Welt besitze, um keinen Preis zu nahe treten ließe, nicht von meinem Vater, nicht von meinem Sohne zu nahe treten ließe, weil der bloße Schein einer Undelikatesse Undankbarkeit wäre. Undelikat aber würde es in hohem Grade sein, dein Liebesverhältnis zu seiner einzigen Tochter, mit der er wahrscheinlich ganz andere Absichten hat, zu begünstigen. Undelikat muß ich es nennen, General, sich in einem Hause betreten zu lassen, von dem Euch wahrer Zartsinn entfernt haben sollte. Undelikat nenne ich, so mit der Liebe gleichsam zur Türe, ins Haus hineinzufallen, diese Liebe durch Ausrufungen, Seufzer, Streit zu proklamieren. Das nenne ich undelikat, General, und es empört mich, einen Neffen zu finden, ihn in einem Hause installiert zu sehen, in dem er niemanden kennt; denn du kanntest niemanden, wußtest ja nicht einmal, daß ich in Natchez – mit dem Vater der Tochter in freundschaftlichen Beziehungen stehe!«

Des Generals Brust hob sich während der Vorwürfe des Uncles hörbar, die Zähne klapperten ihm.

»Uncle!« brach er endlich in dumpfer Verzweiflung aus. »Sag mir, wußtest du in der Tat nicht, daß ich mich in Natchez niedergelassen?«

»Ich hatte wohl gehört, daß Ihr Euch im Südwesten aufhaltet – aber wo, wußte ich nicht!« stammelte der Neffe.

»Und bist ihr doch gefolgt?«

»Ich würde ihr in die Hölle gefolgt sein.«

»Sehr schmeichelhaft für sie, nur nicht ganz so für uns. Sie hat dir also Hoffnung gegeben, denn sonst wäre ja dein Folgen Verfolgen?«

»Hoffnung!« murmelte der junge Mann, »Hoffnung!« seufzte er. »Ah, Uncle! Ihr habt nie geliebt; laßt uns schweigen!«

»Jawohl, Ned, hab ich geliebt«, versetzte hastig und plötzlich weich der Uncle, »jawohl hab ich geliebt, und eben weil ich geliebt habe, kommt mir dein Benehmen so gar unzart vor. Ließe sich viel über das Kapitel sagen, könnte dir dein Vater sagen. Weißt freilich nichts davon, bist seit zehn Jahren auf der Universität und Abenteuern gewesen – habe aber meine Judith treu, lange und zärtlich geliebt, schier um sie wie Jakob um seine Rahel dienen müssen. Wollte deine Familie, besonders dein Vater absolut nichts von der Mesalliance mit dem Yankee-Kommis, wie sie mich nannten, wissen. Mußten zuletzt noch nach Pennsylvanien hinüber, uns da trauen lassen, durfte sich dann volle sechs Jahre nicht im Hause ihrer Eltern blicken lassen, die arme Judith. Hat viel gelitten, der Tränen bittere vergossen. Erst als ich von Callao, wo mir und Murky der Glücksstern aufging, zurückkam, erst da sah man uns mit freundlicheren Augen an. Freilich wurden wir dann die besten Freunde, sind es noch, wünschen die Bande noch enger zu knüpfen, haben dir auch deshalb nach Texas nachgeschrieben, dachten, du würdest, des ewigen Herumziehens, Revolutionierens müde, dich nach einem ruhigen Herde umsehen wollen. Dachten, du und Eleanor – weißt ja, dein kleines Weibchen Eleanor – sollte es nicht sagen, ist meine Tochter, aber ein herziges Mädchen, die Eleanor!

Du hast also unsere Briefe mit ihrem Bilde nicht erhalten?«

»Bild? Ich verstehe Euch nicht!« rief wie träumend Ned.

»Wohl, wohl! Hoffe, werden uns noch verstehen!« meinte begütigend der Onkel. »Warst immer ein Brausewind, hoffe aber, wird dir Eleanor schon den Kopf zurechtsetzen!«

»Ich verstehe Euch in der Tat nicht, Onkel!« versetzte dringlicher der Neffe, »soviel ich aber verstehe, so muß ich – so schwer mir auch dieses fällt – nein, Onkel! Um keinen Preis wollte ich Euch auch nur einen Augenblick täuschen. Meinen herzlichen Dank für Eure gütigen Gesinnungen, aber –«

»Aber wenn du Alexandrine bloß zweimal sahst, wenn sie dir keine Hoffnung gab«, rief wieder ungeduldig der Onkel, »was willst du nur? Oder hat sie dir doch Hoffnung, Aufmunterung gegeben?«

»Er hat nicht geliebt!« murmelte Ned in sich hinein. »Was nennt er Aufmunterung, Hoffnung? Den seelenvollen Blick, der leuchtend, strahlend, zündend das himmlische Antlitz – Euch selbst verklärt – wechselseitig in den Himmel verzückt, mit namenloser Wonne durchzuckt – nennt er das Hoffnung, Aufmunterung? – Vielleicht ist's, vielleicht nicht! Seltsam, bis jetzt leuchtete es mir, glänzend, strahlend! Auf einmal aber ist mir's, als ob es schwände, das Ganze nichts als Täuschung wäre! Täuschung?« fragt' er sich, »Täuschung? Nein, es ist nicht Täuschung – ich habe sie empfunden, tief empfunden, die selige, köstliche Wonne! Nur hätte ich sie nicht aussprechen – durch Sprache nicht entheiligen sollen! Acht Wochen habe ich sie in mir getragen, diese Blüten, diese Frühlingsschauer, die meine Liebe befruchtet – aber aussprechen hätte ich sie nicht sollen!«

Und wie der Neffe so geistesabwesend in sich hineinmurmelte, lauschte der Uncle so ängstlich! Den Kopf vorgestreckt, hielt er das Ohr hin, um ja keines der Worte zu verlieren.

»Hoffnung!« murmelte wieder Ned, den Blick auf den Mond gerichtet, der jetzt die Spitzen der westlichen Wälder des jenseitigen Louisiana berührte, »Hoffnung! Vielleicht keine – aber – die Empfindung! Die sollen sie mir nicht rauben, ich will zehren daran, schwelgen – alle Tage meines Lebens – ich will, ich will! Ah, diese Empfindung! Trieb sie mich ihr nicht sechstausend Meilen nach, über Land und See nach? Fühlte ich, hörte ich, sah ich etwas anderes als sie? Wie harmlos war ich, ehe ich sie sah – wie ganz anders alles, seit ich sie sah! Frankreich, Paris, Texas selbst ist mir verhaßt, zum Ekel geworden! Wäre Texas – der Thron Frankreichs der Preis meines längeren Bleibens gewesen, ich hätte nicht bleiben können – ihr nach, nach Havre müssen!«

»Ned! Ned!« rief ängstlich der Onkel, »was soll das alles? Du sprichst wie ein Geistesabwesender – mit wem sprichst du! Was sagst du vom Throne Frankreichs? Havre?«

Ned fuhr wild auf. »Was ich sagte? Was ich sagte? Wer seid Ihr? – Bah, Uncle Dan, es läßt sich mit ihm nicht reden, er hat nie geliebt!«

»Und ich sage dir, ich habe«, fiel hitzig der Uncle ein, »aber vernünftiger und nicht wie ein Fieberkanker, Mondsüchtiger!«

»Oh, sehr vernünftig, sehr vernünftig!« lachte Ned bitter. »Verschont mich um Gottes willen mit Eurer vernünftigen Liebe!«

»Wohl, will dich verschonen; aber was sagtest du von Havre? Was ist's mit Havre? Etwas Neues von Havre? Baumwolle vielleicht aufgeschlagen?«

»Baumwolle aufgeschlagen?« rief Ned wild. »O Alexandrine! Und diese Baumwollseelen sind es, die über dein und mein Schicksal entscheiden sollen?«

»Du wirst mich noch böse machen, Ned!« grollte der Uncle, »laß die Baumwollseelen, kennst sie nicht, und sag, was es mit Havre ist!«

»Mit Havre? mit Havre? Mußte ich nicht nach Havre?« grollte wieder Ned.

»Und warum mußtest du nach Havre?«

»Warum ich nach Havre mußte?« fuhr ungeduldig Ned auf »Leuchtete mir nicht die Hoffnung, sie würde sich in einem New Yorker Packet einschiffen? Oh, sie ging in einem New Orleanser Segler, auf dem mir Passage verweigert wurde!« fügte er traurig hinzu.

»Natürlich!« meinte wieder der Onkel, »der ›Neptun‹ gehört ihrem Vater und mir, und der Kapitän war von uns angewiesen, keine Passagiere als sie, Señorita Theresia und ihr Gefolge aufzunehmen.«

»Und gehörte M-y auch zu ihrem Gefolge?« fragte bitter der Neffe. »Oh, hätte ich diesen M-y nur erwürgen können!«

»Danke schönstens!« spottete wieder der Uncle. »Steht sein Vater seit mehr als zehn Jahren mit uns in freundschaftlicher Verbindung, waren in Handelsverhältnissen, ehe er nach Paris übersiedelte. Doch weiter!«

»Weiter!« stockte der Neffe. »Weiter eilte ich auf den ›Poland‹, dessen Kapitän, dem wackeren Anthony, ich noch ein Plätzchen in seinem eigenen Staatszimmer abnötigte. War das ganze Schiff voll. Aber segelten noch an demselben Tage ab, wäre nicht zurückgeblieben, und wenn ich auf dem Verdecke hätte bleiben müssen. Ah, begünstigte der Himmel selbst unsere Fahrt, waren am zwanzigsten Tage in New York.«

»Sehr gute Fahrt das, aber weiter!« meinte der Onkel.

»Den Tag nach meiner Ankunft in New York segelte das New-Orleanser Packet ab, ich bestieg es – am achtzehnten darauf betrat ich die Levee von New Orleans.«

»Und da?« fragte der Uncle.

»Wie ich den Fuß auf das Land setze«, rief begeistert Ned, »war mir auf einmal so seltsam, so wohl und weh, ein so heiliger, frommer Schauer kam über mich!«

»Sehr begreiflich das in New Orleans. Ist ein so frommer heiliger Ort! Sehr begreiflich da die heiligen Schauer!«

»Ich fühlte ihre Nähe«, fuhr, den Spott überhörend, Ned fort, »es war mir, als ob ihr süßer Atem mir entgegenwehte. Und siehe da, wie ich berauscht um mich schaue, kommt sie mir entgegen, die Schönste im schönen Kranze!«

»Etwas weniger poetisch, wenn du so gut sein willst, Ned!« meinte wieder der Uncle.

»Sie kam auf den Fluß zu, in der Richtung, wo die Dampfschiffe liegen. Wohl fünfhundert Schritte von mir schwebte sie oberhalb vorbei, aber auf fünftausend hätte ich sie erkannt.«

»Gehören dazu gute Augen, zweifle, ob indianische das leisten würden.«

»Das Auge der Liebe sieht scharf« rief schwärmerisch Ned, »Ihr habt nie geliebt, Onkel! Genug, sie war es, sie ging mit mehreren Gentlemen und Damen auf eines der Dampfschiffe. Die Neger, die mit Koffern und Kisten vor- und nacheilten, ließen keinen Zweifel, sie reiste ab. Und es zog mich nun mit solcher unwiderstehlichen Gewalt ihr nach! Ich vergaß alles, Diener, Gepäck, Schiff – alles. Ich mußte ihr nach! Ich rannte die Levee hinan, der Stelle zu, wo sie verschwunden, über die Bretter, die zu den Dampfschiffen lagen.

Aber es lagen ihrer mehr denn vierzig da, eine ganze Flotte von Dampfern!« seufzte er wieder im trostlosen Tone. »Welches barg den köstlichen Schatz? Von vielen tönten die Glocken zur Abfahrt. Ich springe auf das erste, stürze die Treppe in die Kajüte hinab, sehe die Tür des Damensalons offen – o Schmerz! Sie war nicht da. Wieder renne ich hinaus, springe vom Schiffsgeländer weg auf das nächste.«

»Hättest da leicht einen Fehlsprung tun können« meinte mißbilligend der Uncle, »las erst gestern, wie ein Gentleman durch einen solchen Sprung in die Ewigkeit sprang; fiel in den Mississippi.«

»Wie ich in die Kajüte dieses Dampfers einstürze, läutet die Schiffsglocke zum zweiten und letzten Male – die Tür der Damenkajüte ist aber geschlossen. Das läßt mich vermuten, daß sie den köstlichen Schatz berge. Während ich, zu fragen, ungeduldig nach der Stewardeß renne, gerät der Dampfer in Bewegung, schwingt herum. Die Tür geht auf, ach! mein Himmel war nicht da.«

»Ja, den wirst du freilich nicht auf unsern Mississippidampfern finden!« bemerkte wieder trocken der Uncle.

»Er ward mir zur Hölle, zur wahren Hölle«, fuhr Ned auf, »aber eines tröstete mich, das Dampfschiff, das sie trug, ging so wie das meinige stromaufwärts. Wenn nur das meinige nicht hinten blieb, ich sie nicht verlor! Die Angst, die mich jetzt befiel, diese zu beschreiben! Ich fürchtete wahnsinnig zu werden. Endlich wettete ich hundert Dollar mit dem Kapitän, daß er hinter den sechs Dampfern, die mit uns abfuhren, zurückbleiben würde. Er nahm zwei aus, mit den übrigen vier ging er sie ein.«

»Sag mir doch, wie heißt dieser pretiöse Kapitän? Wollen ihm das Handwerk bald legen!« fiel hier der Uncle ein.

»Ah, er hielt sich wacker, sehr wacker, der Brave! Einzig zwei der sechs kamen uns vor, aber wir behielten sie doch im Auge, und sie fuhren am folgenden Tage keine halbe Stunde vor uns im Hafen von Natchez ein. Wie wir einfuhren, erscheint auch, wie ein Stern am heiteren Himmel, sie – sie, die mein alles ist und bleiben wird. Sie verließ soeben den Dampfer, schwebte Unter-Natchez zu. Unter-Natchez, dieser Ort der Greuel, erschien mir in dem Augenblicke ein Himmel. Oh, was hätte ich darum gegeben, da zu sein!«

»Ned! Ned!« schaltete der Onkel ein, »bist trotz deiner Generalschaft ein großer Narr!«

Ned fuhr, das Kompliment überhörend, fort:

»Aber eine lange, furchtbar lange Viertelstunde verging, ehe es mir gegönnt war, den Boden zu betreten. Endlich, endlich! Noch war sie zu sehen, aber bereits oben auf der Höhe des Bluffs.

Ich rannte, ich flog. Ehe ich die Windungen der Anhöhe hinanrenne, ist sie verschwunden. Alles, was ich sehe, ist ein Wagen, der um die Ecke herum durch die Stadt rollt.«

»Weiter, weiter, Ned!« gähnte der Uncle, »ist Zeit zum Schlafengehen, vier Uhr!«

»Ah, Uncle! Ihr habt nicht geliebt!« seufzte Ned.

»Laß mich zufrieden mit deinem ›nicht geliebt haben‹, verrückt war ich nicht so wie du! Man möchte aus der Haut fahren. Das gehört by Jove in den Kalender! Doch weiter, wie kamst du hieher?«

»Wie ich hieher kam? Wie ich hieher kam? Weiß selbst nicht recht, wie ich hieher kam!« versetzte der Neffe. »Ja, richtig, wie ich den Wagen fortrollen sehe, springe ich dem nächsten Gasthofe zu, rufe nach dem Wirte.«

»Paterson? War bei mir«, fiel der Uncle ein, »brachte mir die saubere Neuigkeit, schüttelte den Kopf. Und wohl mochte er; hält dich für einen Verrückten, Abenteurer oder gar Sporting-Gentleman, der Reißaus genommen.«

»Sporting-Gentleman! Was ist das?«

»Ein Spieler von Profession und Räuber und Mörder aus Liebhaberei oder bei Gelegenheit. Hatten vor ein paar Jahren in Walnuthill ein ganzes Nest dieser Gentry, bis wir ein halbes Dutzend hängten und so Kehraus machten. Doch weiter, weiter! Was hattest, wolltest du mit Paterson?«

»Ein Pferd, ein Pferd! Mein Königreich, meinen Himmel für ein Pferd!«

»Lästre nicht, junger Mann!« fiel streng der Onkel ein.

»Ein Pferd wollte ich!« wiederholte dieser, »und er schaut mich an, schüttelt den Kopf. Ich reiße meine Brieftasche heraus, halte ihm einige Hundertdollarnoten vor die Nase. Er schaut mich noch kopfschüttelnder an, frägt nach meinem Namen, ich nenne mich.«

»War, wie gesagt, bei mir, denn kennen uns von Baltimore her. Wunderte mich nicht wenig, wie er mir die Geschichte erzählt und daß der Verrückte oder sonst etwas – sich für Oberst Morse von Texas ausgebe. War das auch eigentlich die Ursache, warum ich herabkam. Dachte mir wohl, daß da etwas Apartes im Spiel sein müsse, beschrieb dich als so ungestüm, drohend!«

»Wer wird nicht ungestüm sein«, fiel heftig der Neffe ein, »wenn der Himmel auf dem Wurfe steht? Ich hätte den Publikaner erwürgen mögen, wie er kopfschüttelnd, grinsend vor mir stand, mich von allen Seiten beschaute. Ich frage, ob er nicht einen Wagen gesehen. Ja! sagt er, fährt soeben die Südstraße zum St. Catharine hinab.

Endlich ist das Pferd gesattelt, ich springe darauf, jage die Südstraße hinab. Eine halbe Meile vor mir sehe ich richtig den Wagen. Ich ihm auf Leben und Tod nach. Er fährt aber rasend schnell. Ein paar Meilen hatte ich zu jagen, ehe ich ihn erreiche. Wie ich ihn endlich erreiche, finde ich mich umringt von mehreren hundert Damen und Gentlemen zu Pferde und in Wagen. Ich war auf Eurer Rennbahn, inmitten Eures Wettrennens.«

»Der St.-Catharine-Rennbahn, wußtest du das nicht? Ist die erste Rennbahn am Mississippi, unsere Wettrennen die ersten im Süden.«

»Ich sah es, aber auch, daß der Wagen sie nicht enthielt. Die Damen, die ausgestiegen, waren mir fremd.«

»Und wie kamst du hieher in Kapitän Murkys Kajüte?«

»Weiß es selbst nicht recht, weiß nur, daß ich in der Eile – der Verwirrung, nach Kapitän Murky fragte, so erfuhr, daß seine Pflanzung in der Nähe – kaum drei Meilen von der Rennbahn abliege, daß mehrere Gentlemen sich da das Rendezvous gegeben, zum Diner geladen hatten. Wurde versichert, daß ich gleichfalls sehr willkommen sein würde, ja man drang in mich – den Unbekannten – mitzukommen. So kam ich denn, halb widerstrebend, halb verlangend.«

»Wohl, wohl!« sprach nun um vieles milder der Onkel, »das sieht denn doch wieder so arg nicht aus, als ich befürchtete; ist zwar mehr als Tollheit dabei, wahre Liebesraserei, aber ist Liebesraserei von Amors Zeiten her blind, hast folglich ein Privilegium. Das wollen wir dir auch gerne ins Haben schreiben, nur mußt du auch wieder das Sollen nicht vergessen.«

»Das Sollen?«

»Das Sollen, Ned! Das, was du, ich will nicht sagen dem texasischen General... denn der wiegt bei uns, wie du leicht begreifen magst, nicht sehr schwer, etwas anderes wäre es, wenn du amerikanischer oder englischer General wärest – aber was du dir als Gentleman schuldig bist. Auf das dürfen wir nicht vergessen, Ned!« mahnte der Onkel. »Dein Liebesrausch war heftig, sehr heftig, aber solche heftige Räusche vergehen auch in der Regel wieder um so bälder.«

»Nie, nie!« seufzte Ned.

»Wollen sehen, Ned!« versetzte der Onkel, »wollen jetzt schlafen gehen. Kannst hier schlafen, obwohl ich es unter den Umständen lieber gesehen hätte, wenn du im Gasthofe geblieben wärest.«

»Ich fühle das Unzarte meines Hierbleibens«, versetzte Ned, »und darum –«

»Ohne Zweifel liegt etwas Unzartes darin«, meinte wieder der Onkel, »da es jedoch auf die Art und Weise kam, hat es wieder etwas, ich möchte sagen, Zartes. Nur mußt du beizeiten hinauf nach Natchez. Hier darf dich niemand finden; es sähe aus wie abgekartetes Spiel.«

»Ich begreife!« murmelte Ned.

»Du kannst ein paar Stunden ausschlafen, aber dann mußt du, wie gesagt, hinauf nach Natchez. Paterson will ich ein paar Worte sagen lassen. Heute dürfte ich wohl wenig Zeit mehr haben, aber morgen wollen wir weiter von der Sache reden. Läßt sich noch alles recht gut ausgleichen. Wirst sehen, wenn du ausgeschlafen, werden dir die Dinge ganz anders erscheinen.«

Ned schüttelte den Kopf.

»Weiß nicht, Onkel, kam hierher mit so seltsam bewegtem, freudigem Herzen, so voll Hoffnung, aber nun –«

»Wohl, und nun?« fragte der Onkel.

»Aber nun fühle ich so trostlos, so verzagt!« murmelte Ned. »Nur eines wünschte ich von ihren Lippen zu hören, und dann –«

»Und dann?«

»Dann Himmel oder Hölle, Seligkeit oder Verdammnis!«

»Sachte, sachte, Mann! Laß vor allem die ›sie‹ aus dem Spiele!« mahnte wieder der Uncle. »Leben hier nicht in Texas, wo sich Liebschaften über Nacht abmachen und zu Heiraten werden. Lassen sich nicht übers Knie brechen, derlei Affären, denn haben andere Leute auch noch ein Wörtchen dareinzureden, verstehst du? Handelt sich hier um eine Affäre von drei- bis viermalhunderttausend Dollars!«

»Wie meint Ihr das, Onkel?«

»Wie ich das meine? Sehr natürlich meine ich es. Sie bekommt zum wenigsten dreimalhunderttausend Dollar mit, ist sein einziges Kind!«

»Aber Governor Caß sagte mir, sie sei die Tochter eines unserer Kauffahrerkapitäne!« entgegnete beklommen Ned.

»Wohl, und so ist sie. Er war Kapitän, hat noch immer Anteil an einigen Schiffen, ist aber seit mehr denn zehn Jahren auch Pflanzer.«

»O Schmerz!« seufzte Ned.

»War arm, so wie ich, steht aber jetzt, Gott sei Dank, in seinen eigenen Schuhen so wie ich.«

»Schmerz! Schmerz!« seufzte Ned.

»Kann ihr, ohne sich zu entblößen«, fuhr, das ›Schmerz, Schmerz‹ überhörend, der Onkel fort, »dreimalhunderttausend Dollars mitgeben. Ist in jeder Hinsicht eine der brillantesten Partien, einer der glänzendsten Preise, der manchem Herzklopfen verursachen, manchen magnetisch anziehen – abstoßen wird. Zieht bereits von Paris an, ist ihr M-y von Paris, von New Orleans B-s herauf gefolgt. Oakley und Bentley werden auch nicht säumen, sich in die Schranken zu stellen; sind beide jung, reich, aus den ersten Familien. Welche Hoffnung hast du solchen Prätendenten gegenüber?«

»Die Hoffnung«, versetzte mit Würde der Neffe, »daß Miß Alexandrine wenigstens – den armen Texaser General nicht nach dem schnöden Maßstabe von dreihundert Sklaven und fünfhundert Baumwollballen messen wird.«

Die letzten Worte waren wieder sehr bitter gesprochen.

»Sei vernünftig, Ned!« mahnte der Uncle, »und nimm nicht als Beleidigung, wo keine gemeint ist. Ich bin dein Onkel und halte es für Pflicht, dir die Augen zu öffnen; willst du sie aber mit Gewalt verschließen, je nun, meinethalben; leben in einem freien Lande!«

Ned stierte den in den Wäldern Louisianas versinkenden Mond an.

»Sie ist Kapitän Murkys einziges Kind, seine Freude, sein Trost. Er hat keine Kosten gespart, ihr die glänzendste Erziehung zu geben, sie für die höchsten Kreise der Gesellschaft zu bilden. Kannst du nun wohl mit etwas wie gesundem Menschenverstande erwarten, daß er sie dir da unter deine Texas-Freibeuter mitgeben werde?«

»Uncle!« rief aufprallend Ned.

»Nimm nur die Dinge, wie sie sind«, mahnte wieder der Onkel, »täusche dich nicht, sieh nicht bloß mit eigenen, sondern auch fremden Augen, setze dich in die Lage des Vaters. Was würdest du als Vater sagen, wenn einer mit solchen Zumutungen käme? Sie nach Texas senden hieße ja gerade, die Perlen vor die Schweine werfen; er gibt sie dir gewiß nicht nach Texas mit, hier aber hast du kein Vermögen, denn dein Vater lebt noch – und hat fünf Kinder; von deinem Weibe aber wirst du dich doch nicht ernähren lassen wollen, dazu, hoffe ich, hast du zuviel Selbstgefühl?«

»Ich habe mir in Texas so viel erworben, daß ich unabhängig, ja glänzend leben kann!« versetzte der General.

»Ja, aber wird sie dir dahin folgen? Sie, die für die glänzenden Zirkel Washingtons, New Yorks oder Paris' gebildet ist, sie, die einen Baron M-y, einen unserer reichsten Louisianasöhne, jede Stunde wählen kann?«

Der General stöhnte.

»Nimm mir's nicht übel, Ned!« fuhr dringlicher der Onkel fort, »aber ich finde in deiner Liebe und noch mehr dem Ungestüm, dem du dich überlassen, etwas wahrhaft unliebsam Undelikates. Weil du dir in Texas gefällst, soll ein zartes, im Luxus, in allen Bequemlichkeiten des Lebens auferzogenes Geschöpf, das du zweimal gesehen, dir ohne weiteres dahin in die Wildnis folgen!«

»Onkel!« stöhnte Ned, »um Gottes willen, Onkel! Ihr zerreißt mir das Herz!«

»Das will ich nicht, nur die Augen öffnen, dich zum Bewußtsein dessen bringen, was du dir, dem Gegenstande deiner Liebe schuldig bist.«

»Uncle!« würgte mit hohler Stimme Ned heraus, »Ihr habt recht, von diesem Gesichtspunkte aus sah ich nicht; jetzt sehe ich, Ihr habt recht!«

Und so sagend erfaßte er mit beiden Händen so krampfhaft die Säule der Galerie.

»Wohl, freut mich, wenn du zur Besinnung kommst, einsiehst, was du dir und ihr schuldig bist. Tröste dich aber, Liebe hat noch kein Herz, außer in Romanen, gebrochen. Gibt noch andere ebenso schöne, reiche Mädchen. Eleanor, sollte es nicht sagen, aber sie ist ein braves, wackeres Mädchen; und haben uns, dein Vater und ich, darauf versessen, ein Paar aus euch zu machen. Waret schon vor zehn Jahren einander bestimmt, war ja immer dein kleines Weib. Und sie hat dich, weiß es, gerne, würde dir nach Texas folgen, wenn du ja absolut wieder dahin willst.«

Der Neffe preßte die Säule der Galerie krampfhaft, gab aber keine Antwort.

»Wenn du aber, wie wir hoffen, des ewigen Fechtens und Revolutionierens müde und gesonnen bist, solid zu werden, bekommt sie ein paarmal hunderttausend Dollars, so daß du mit deiner Praxis als Jurist standesgemäß leben kannst. Wird hier zum Beispiel viel Geld von Juristen gewonnen, bringt es ein guter Jurist in fünf bis zehn Jahren zum Pflanzer. Hast darum lauter junge Juristen, selbst unsere obersten Richter, Kanzler sind lauter junge Leute, aber sobald sie ein fünfzig-, sechzigtausend Dollarchen gesammelt, werden sie Pflanzer, so unsere Mediziner, Prediger.«

Der junge Mann gab noch immer keine Antwort.

»Wollen das aber morgen oder übermorgen weiter besprechen«, fuhr der Onkel fort, »gehst jetzt auf ein vier, fünf Stunden zu Bette und dann hinauf nach Natchez. Darf dich Murky hier nicht treffen, Alexandrine schon gar nicht, sähe das, weißt du wohl, sehr queer aus. Will's ihm aber sagen, daß du hier warst.

Ziehen nächstens herab, die Alexandrine und Señorita Theresia«, hob er wieder an, »und sowie sie gezogen, ziehst du zu mir; morgen. – Nächste Woche erwarte ich Eleanor zurück.«

»Morgen«, versetzte plötzlich sich aufrichtend Ned, »bin ich in New Orleans, nächste Woche auf meinem Wege nach Frankreich.«

»Du wolltest?« rief erschrocken der Onkel.

»Ja, Onkel!« sprach mit hohler, aber fester Stimme Ned, »Ihr habt mir die Augen geöffnet, ich sehe, fernere Schritte wären hier undelikat; denn nach Texas kann sie mir nicht folgen, von Texas aber zu lassen, wäre Charakterlosigkeit. Mein Entschluß ist gefaßt. Das Herz wird mir bluten, blutet bereits, wird wahrscheinlich verbluten, aber Ihr habt recht. Rücksichtslos, unzart darf, will ich nicht sein, nicht einmal scheinen. Oh! es war«, seufzte er, »ein köstlicher – köstlicher Rausch, Traum; aber – ah, Uncle! Ihr könnt das nicht fühlen, denn Ihr habt nie geliebt; doch danke ich Euch, daß Ihr mir die Augen geöffnet.

Herzlichen Dank«, fuhr er mit brechender Stimme fort, »herzlichen Dank, auch für Eure gütige Gesinnung, was Eleanor betrifft – die gute, liebe Eleanor! Sie wird glücklich sein, ich zweifle nicht. Innigen Dank, Onkel, aber ich kann nicht! Liebe läßt sich nicht wie Wechsel übertragen. Ah, Uncle, der Kopf wird mir so schwindlig! Ist's das lange Nachtschwärmen?« Wie er so sprach, taumelte er besinnungslos an das Geländer der Galerie an.

»Ned, Ned!« rief in großer Angst der Uncle. »Ned, um Himmels willen, Ned? Fasse dich, sei doch ein Mann! Es kann alles noch gut werden. Komm, ich will dich zu Bett bringen lassen, selbst bringen.

Schlafe ein paar Stunden aus, und hast du ausgeschlafen, so glaube mir –«

»Keinen Augenblick länger hier!« fiel ihm Ned ein, »keinen Augenblick; mir ist bereits leichter. Lebt wohl, Uncle! Verzeiht, wenn ich Euch beleidigt. Wollt Ihr mir einen Gefallen tun, so laßt mein Pferd satteln.«

»Ned! Du wirst doch nicht?« rief der Onkel, »es wäre Wahnsinn!«

»Gott weiß, was es ist!« stöhnte Ned, »aber ich sage Euch, ich befürchte wahnsinnig zu werden; Gott behüte mich davor! Laßt mich aber – laßt mir mein Pferd satteln; wenn Ihr es nicht tut, gehe ich zu Fuße. Fare well, Onkel!«

»Ned!« schrie der Onkel außer sich.

Ned riß sich mit Gewalt vom Onkel los.

»Fare well, Onkel! Es muß geschieden sein!«

»Muß es?« fragte eine dritte Stimme, und zugleich trat ein Mann vor, der den jungen General scharf in die Augen faßte.

Dieser starrte ihn außer sich an.

»Ich bin Kapitän Murky«, sprach der Mann, »werdet Ihr auch meine Bitte zurückweisen? Ich bitte Euch, zu bleiben.«

»Kapitän Murky!« rief erschüttert der Neffe.

»Murky!« schrie der Onkel, »Murky! Ihr seid es? Um Himmels willen, was soll das? Wie kommt Ihr hieher?«

»Ah, Duncan! Es ist doch gut, daß mir in den Sinn kam, sogleich Vorbereitungen zu ihrem Empfange zu treffen!«

»Aber das alles ließe sich ja morgen tun! Murky, Murky! Was ficht Euch nur an?«

»Morgen wäre es zu spät, eine halbe Stunde später wäre es schon zu spät gewesen. Duncan – Duncan! seid Ihr denn immer noch so hart wie Eure Dollars?« Der Vorwurf schien dem Onkel schwer aufs Herz zu fallen; er sprang erschüttert auf Murky zu.

»Hart, sagt Ihr, Murky, hart? War ich's, Ned? Wohl, so will ich nun weicher sein, hörst du, Ned? Will weicher sein, denn Murky will es; aber bleibe, Ned, es wäre Wahnsinn!«

Ned stand, mit sich kämpfend. »Wahnsinn!« murmelte er, »Wahnsinn! Und ist's nicht Wahnsinn zu bleiben, wenn Bleiben –?«

»Der Wahnsinn, der zwei Monate währt«, versetzte mild der Kapitän, »gibt schöne Hoffnung fürs ganze Leben. Bleibt, General! Euer Wahnsinn ist ein edler!«

Der General gab keine Antwort, aber krampfhaft drückte er die Hand des Kapitäns.

Ein Morgen im Paradiese

Ein entzückender Morgen! Die Phantasie kann ihn nicht schöner träumen! Das lichtblaue Himmelsgezelt, den jungen Frühling verkündend, die Strahlen der blaßgoldenen Sonne, mild kosend die frischen Lüfte durchzitternd – die Atmosphäre wie erhebend unter dem Erguß dieser himmlischen Strahlen! Und dann die tiefen Schlagschatten, und daneben die herrlichen Lichtströme der tausend Blumen und Blüten – und die duftenden Orangegrotten und Zitronengebüsche – und im Hintergrunde die königliche, ewig grünende Magnolie und die zierliche Pride of China[16] – und weiter rechts hin die einzelnen Zinnen und Kuppeln des aristokratischen Natchez, und tiefer herab die zerrissenen grünen Wälle und Parapets des Forts Rosalie, und ringsherum eine Flora und Blüten und Düfte! Ein wahres Paradies, von einem der zartsinnigsten Gemüter gehegt und gepflegt – der Garten, als wäre er durch Regenbogenstrahlen gezogen, die wunderliebliche Cottage wie in einem Blumenkelche gebettet! Blumen und Blüten ranken die Galerie, die Mauer hinan, geleiten die Treppe, in den Saal, die Gemächer hinein!

Aus diesen rief die bekannte, aber nicht mehr kaustisch klingende Stimme des Onkels heraus: »Ich kann sie nirgends finden, sie müssen nach Natchez hineingegangen sein.«

Ein tiefer Seufzer antwortete von der Galerie zurück.

»Oh, sie werden wohl nicht verlorengegangen sein. Willst du nicht eintreten und ein Glas Rheinwein und Sodawasser nehmen?«

»Danke Euch, Onkel! Ich will lieber Euer Paradies besehen.«

»Dann will ich dein Wegweiser sein.«

Sie gingen – durch Anflüge von knospenden Chinabäumen und Lauben von Cape Jessamine und Laurea Mundi und Gehege der schottischen Rose und der nördlichen Flowerpotpflanze, und der zartblühenden Washitaweide und Teebäume und Gruppen von

---

[16] Pride of China: Pride of China, des Schattens und der Zierde wegen im Staate Mississippi gepflanzt, gedeiht so außerordentlich, daß eine einzige Beere, den Winter hindurch mit Erde bedeckt, im Sommer zu einem vier bis fünf Fuß hohen Baum aufschiebt, in vier bis fünf Jahren zum starken Baume wird, der seine Äste und Zweige über Häuser hinbreitet.

Lilacs und Papaws und Magnolien. Ein wunderliebliches Wäldchen von Orange- und Zitronenbäumchen schloß das reizende Labyrinth.

»Ein wahres Paradies, Onkel!« sprach der Neffe.

»Ist artig«, versetzte der Onkel, »Catharine hat Geschmack bewiesen; hättest es aber vor zwei Jahren sehen sollen!«

»Erst vor zwei Jahren habt Ihr es angelegt?«

»Angelegt ist es schon länger, nur in schlechtem Geschmack, auch war es vernachlässigt.«

Hier schlug, aus dem Orange- und Zitronenwäldchen springend, ein Windspiel an, worauf der Onkel rief: »Da sind sie!« Und jetzt hob sich plötzlich die Brust des jungen Mannes, und errötend und erblassend und zitternd und zagend begann es ihm um die Augen so trübe zu werden! Es schien sich alles um ihn herum zu drehen, er nicht zu sehen, nicht zu hören.

Zwei Personen waren aus dem Gebüsche getreten, ein ältlicher Mann und eine junge Dame. Der Mann mochte ein Fünfziger, vielleicht älter sein, denn die Haare waren stark ergraut, die Gesichtszüge noch stärker durchfurcht. Diese Gesichtszüge fielen peinlich auf. Die finster dunkeln, wie im Folterschmerze aufwärts und gegeneinander gezwängten Augen, die hufeisenartige tiefe Runzel über dem Nasenknorpel, die gekniffenen Lippen verliehen ihm etwas so fatal Zerrissenes, so daß man sich wirklich mit einem Gefühl von Pein von diesem wie gemarterten Gesichte abwandte. Ein grellerer und wieder lieblicherer Kontrast ließ sich wohl nicht denken als er und – sie! Als wäre sie soeben dem schönsten der Blumenkelche entstiegen, glänzte, blühte alles im höchsten Liebesreize an ihr, die Züge von regelmäßiger Schönheit, die Augen von tief reiner Bläue, die Gestalt von klassischem Ebenmaße. Ein wahrer Genuß war es, in dieses Gesicht zu schauen, denn beim ersten Blicke in diesen Spiegel sah man eine schöne, herrliche Seele. Es konnte nicht täuschen, dieses idealschöne Gesicht! Zwar schien es etwas kalt zu sein. Wirklich galt auch Alexandrine Murky für kalt; wenigen jungen Damen waren während ihrer kurzen Erscheinung in den Salons der Pariser beau monde so zahlreiche Huldigungen zuteil geworden – spurlos waren sie jedoch alle an ihr vorübergegangen; aber Kälte sprach doch nicht aus diesen tiefblauen, von langen seidenen Wimpern beschatteten Augen, eher inniges, tiefes, poetisches Gefühl. Ah, sie war eine jener seltenen Erscheinungen, die mit einem festen, ja energischen Sinne die zarteste Gemütlichkeit, mit einem heiteren, klaren Verstande jene zarte, schmiegsame Weiblichkeit paaren, die so unwiderstehlich anziehen, in Fesseln schlagen! Ein Blick, ein Lächeln, und ihr ganzes Wesen leuchtete im rosigsten Sonnenschein auf, eine Bewegung, und man hätte anbetend vor ihr niedersinken mögen!

Offenbar war sie aber jetzt überrascht; in dem ersten Momente zuckte, schrak sie beinahe zusammen, starrte ihn erbleichend wie einen vom Himmel Gefallenen an; allmählich aber erholte sie sich, ein zartes Rot trat an die Stelle der Scheu, wurde zur holdesten Überraschung. Sie sprach jedoch nicht, auch er nicht; denn auch er war erbleicht, seine Brust hob sich krampfhaft, die Lippen zuckten ihm; ihr Erblassen schien ihm in die Seele hineingeschnitten zu haben.

Der Onkel unterbrach endlich die einigermaßen peinliche Pause.

»Erlauben Sie, Miß Murky«, sprach er achtungsvoll, »Ihnen meinen Neffen, General Morse, aufzuführen!«

Jetzt schlug sie die Augen auf.

»Ich habe das Vergnügen, General Morse bereits –« und dann stockte sie so anmutig!

»Miß Murky war –«, stockte wieder der General.

Und jetzt wagte auch er, den Blick zu ihr zu erheben; abermals jedoch versagte ihm die Sprache, und statt zu reden, zupfte er an seiner Reitpeitsche.

Und so standen sie wohl zwei Minuten verblüfft, die Augen zur Erde geschlagen, wechselweise errötend, erblassend, bis der Kapitän und der Onkel seitwärts tretend sie allein ließen.

Da erst schienen sich die erstarrten Lippen zu lösen.

»Ich hatte nicht gehofft – erwartet«, verbesserte sie sich, »Sie hier am Mississippi zu sehen, General Morse!«

»Werden Sie meine Kühnheit verzeihen, teuerste Miß Murky, daß ich es wagte –«, stammelte er.

»Mister Duncan also ihr Onkel?« versetzte sie ausweichend, »nicht wahr, ein liebliches Plätzchen, ein wonniges, Sie sehen es zum ersten Male?«

»Es ist ein Paradies!« sprach er leise.

»Im Lande der Blüten und Blumen, wie Chateaubriand so schön sagt.«

»Ja, jetzt ist's das Land der Blüten und Blumen, jetzt, jetzt!« stammelte er.

»Ich habe der Gärten viele und schöne in Frankreich gesehen«, hob sie wieder nach einer kurzen Pause an, »aber keinen so wahrhaft genial – so heiter – so ganz im Einklange mit der Natur des Landes gleichsam hervorgezauberten.«

»Und doch sagt man, unsere Southrons haben keinen Sinn für Gartenkultur«, bemerkte er etwas kühner.

»Hier haben Sie aber den Gegenbeweis; wollen Sie ihn nicht näher sehen?«

»Aber Alexandrine!« mahnte der Vater herüber, »General Morse ist von der Kajüte heraufgekommen und also fünf Meilen geritten; vielleicht ist er ermüdet, zieht es vor, einige Erfrischungen zu nehmen.«

»Oh, was das betrifft, Kapitän Murky«, versetzte plötzlich lachend der General, »so sind wir in Texas gewohnt, größere Touren zu machen, ehe wir an Erfrischungen denken dürfen. Wenn Sie es erlauben, Kapitän Murky, wollen wir den Garten besehen.«

Und wie er so sprach, richtete er sich auch bereits zuversichtlicher auf. Die Einrede des Kapitäns war für ihn sehr à propos gekommen.

»Diese herrlichen Blumenparterres und Kränze«, hob sie wieder an, »und diese Orangenwäldchen, wieviel reizender, natürlicher als die künstlichen Alleen und Parterres selbst zu Versailles!«

»Hier erscheinen sie wie der Hand der Natur entsprossen«, fiel er ein; »in Versailles ist's Kunst, mühsam erzwungene Kunst, die überall hervortritt. Eine solche mühsame Kunst aber hat wieder etwas Peinliches. Mir kommen da die in Reihe und Glied aufgestellten Orangenpatriarchen wie eine Art vegetierender Grenadiere oder

Leibgardisten vor, hier aber! Wie lieblich, üppig hier diese Laurea Mundi und unsere Flowerpotpflanze; im Norden und Frankreich verkümmern sie in Fayencetöpfen, hier schießen sie über zehn Fuß in die Höhe!«

»Und die Cape Jessamine«, fiel sie wieder ein, »wie herrlich, und die Althea!«

»Und der dunkelgrüne Lebensbaum!«

»Und«, rief sie vorschwebend und sich graziös herabneigend, »diese Amaryllis und die Purpur-Magnolia!«

»Und die arabische Jessamine«, fiel er, ihr zur Seite, ein, »und hier das Verbenum und die hehre Aloe!«

»Und da der breitblättrige Yarrah!«

Und nach diesem botanischen Erguß sahen sie sich so traulich an!

»Hier der seltene Guavabaum, von dem es nur einen im Staate geben soll, der Früchte bringt!« hob sie wieder an. »Oh, berühren Sie ihn«, bat er, »auch dieser wird Früchte bringen!«

»Glauben Sie?« fragte sie lächelnd, »ich nicht, meine Hand ist keine Feenhand!«

»Jawohl ist sie es: ich fühle ihren Zauber, fühle ihn!« seufzte er.

»Ah, siehe da, General Morse kann auch schmeicheln. Haben Sie das in Texas oder in Paris gelernt?«

»Gelernt? Miß Murky!« sprach er im Tone des sanftesten Vorwurfes.

»Kommt, Kinder!« rief der Onkel herüber, »komm, Alexandrine!« der Vater. »Setze doch den Hut auf!«

»Den Hut, Papa!« lächelte mit unnachahmlicher Grazie, ein Tuch über das Köpfchen werfend, Alexandrine.

Der General schaute sie entzückt an.

»Du siehst wie unsere alte Josepha aus!« meinte der Papa.

»Und ich sage nichts«, flüsterte ihr der General zu, »sonst heiße ich abermals Schmeichler!«

»Dafür sollen Sie eine schottische Rose haben!« erwiderte sie mit holdem Lächeln. »Das haben wir in unserem Lande vor dem belle France voraus, Rosen zu Ende Februars!«

»Müssen sie nicht im Paradiese blühen, in der Nähe der Engel?«

»Ich nehme sie wieder zurück!« drohte sie.

Der General haschte aber nach ihr und barg sie im Busen.

Und jetzt waren sie einander schon um vieles nähergerückt; schon hatten, wie sie durch Blumenbeete und Orangengrotten, Lilacs und die Pride of China wandelten, ihre Blicke etwas Sicheres, Bewußtes, Heiteres, Seliges, zwar die seinigen weniger als die ihrigen. Er ging noch immer wie träumend, seinen eigenen Augen nicht trauend; denn nach dieser Stunde hatte er seit zwei Monaten gezittert, zwei Monate gehofft und gefürchtet, sie hatte ihn wechselweise mit seligen Vorahnungen und düsterer Verzweiflung erfüllt, denn fiel sie unglücklich aus, dann war sein Leben ohne Hoffnung, ohne Reiz, ein blankes graues Blatt, auf das sich nichts mehr schreiben ließ. Und ihr erster Blick, ihr Erbleichen drang ihm furchtbar in die Seele, machte ihm das Blut erstarren, in den Adern stocken; dann aber das Erröten, das Lächeln, und wie ihr Auge so seelenvoll auf ihm ruhte, gleichsam in dem seinigen ratend, lesend, was ihn wohl sechstausend Meilen hergebracht! Dieser Blick, oh, er hatte wieder selige Hoffnung gegeben, jawohl, selige Hoffnung! Er schwamm jetzt in Seligkeit, wußte nicht, ob er wache oder träume, ob er in Texas, Frankreich oder am Mississippi war. Die Nähe des kaustischen, spöttischen Onkels, des finsteren Vaters hielten ihn allein zurück, er wäre sonst anbetend vor ihr auf die Knie niedergefallen.

Die beiden waren jetzt herangetreten, ihn in die Cottage zum Luncheon einzuladen. Er verwünschte Cottage und Luncheon.

»Ich will aber kein Luncheon!« murmelte er trotzig.

»Oh, gehen Sie, gehen Sie, General!« lachte sie, »es wird Ihnen gut tun. Papa zudem liebt das Luncheon!«

»Aber ich wollte lieber bleiben!«

»Dann müssen Sie allein bleiben, denn auch ich will – gehen.« Jetzt sprang er freudig vor.

Selige Stunden

»Wir haben Geschäfte in der Stadt, lieber Ned!« sprach nach aufgehobenem Luncheon der Onkel, »und dürften wohl vor drei Uhr nicht zurück sein, hoffentlich aber wirst du dich nicht sehr langweilen?«

Der Neffe murmelte etwas zwischen den Zähnen, allein Alexandrine war eingetreten, und über ihrem Anblick war der ewig spottende Onkel vergessen. Sie hatte sich dem nachdenklich in der Fenstervertiefung stehenden Vater genähert und seine Hand ergriffen und geküßt. Wie er ihr das auf der Stirn gescheitelte Haar sanft streichelte, wurden die finsteren Züge doch in etwas heller, und wie sie so heller wurden, trat auch die Familienähnlichkeit, trotz der auffallenden Verschiedenheit der Gesichter, stark hervor. So finster, menschenfeindlich beinahe seine Züge, so hell sonnig und von Zärtlichkeit überströmend wieder die ihrigen, so hatten sie doch etwas gemeinschaftlich. Es war die Tiefe des Gemütes, die an beiden gleich stark hervortrat. Aber ihm schien diese Gemütstiefe – im Konflikte mit der bösen Welt in sich selbst zurückgedrängt und gepreßt – etwas zwiespältig Zerstörtes eingedrückt zu haben, während an ihr wieder die freundlicheren Berührungen derselben Welt, wie die Schauer der durch Sonnenstrahlen aufgehellten Aprilwolke, in lauter Regenbogenfarben widerschienen. Er mußte ihr soeben etwas Liebes gesagt haben, denn sie lächelte mit naiver Schalkhaftigkeit und lispelte:

»Wenn er sich unterhalten läßt, Vater! Weißt du, nicht gar zu langweilig ist!« sprach sie etwas lauter.

Hier schien der General aus seinen Träumen aufzuwachen. Er sah sie mit leuchtenden Augen an.

»Wo bist du, Ned, in Texas oder in Frankreich?« fragte wieder der spottende Onkel.

»Wahrscheinlich in beiden«, antwortete statt Neds die lachende Alexandrine, »im Paradiese ist er schwerlich, hat er es doch kaum eines Blickes gewürdigt!«

»Das kommt wahrscheinlich daher, Miß Alexandrine, weil er ein lieberes Paradies vor Augen hat.«

»Jetzt ist's Zeit, daß Sie gehen, Bankpräsidentchen! Wenn so personifizierte Hauptbücher wie Sie, lieber Geldmann, zärtlich werden, ist immer einige Gefahr. Kommen Sie, General, wir wollen Ihnen das Innere des Paradieses zeigen.«

Und graziös ihm zunickend, schwebte sie voran, und er, wie elektrisiert, schoß ihr nach.

Es war zwar nicht viel zu zeigen, denn die Cottage enthielt, nebst Drawing-room und Speisesaal, kaum ein Dutzend Zimmer und Kabinette, aber diese waren wirklich allerliebst.

Wie alle unsere Geldmänner, deren Handelsspekulationen über die vier oder gar fünf Weltteile reichen, hatte auch unser Bankpräsident dafür gesorgt, einige der Blüten und Früchte dieses Welthandels in seinem Paradiese sichtbar werden zu lassen. Es waren chinesische Spielereien und ostindische Tapeten, Dresdener und Sèvreslampen, englische Sessel und Sofas, türkische Ottomanen und österreichische Musikschränke da. So war der Salon, von dessen Decke eine Sèvreslampe herabhing, sehr reich an kostbaren englischen Sesseln und Sofas, Mosaiktischen und kunstreich ausgelegten Schränken, der Speisesaal wieder klassisch einfach nebst dem Wiener Musikschranke bloß mit Mittel- und Seitentischen möbliert, aber diese letzteren mit einem kostbar silbernen Tafelservice beladen. An den Speisesaal wieder stieß eine mit Jalousien geschlossene Galerie, die zum Konservatorium diente, in dem einige hundert sehr seltene Gewächse und Blumen im besten Geschmacke aufgestellt waren. Das Ganze endete in einem Kabinette, das selbst einen Geldmann zur Weltweisheit gestimmt haben könnte. Es war durch einen vorspringenden runden, turmartigen Erker gebildet und einfach, aber sehr niedlich mit einer Ottomane, einem Mosaiktischchen, einem sogenannten Sleepy-Hollow und einem Bücherschranke möbliert. Die Aussicht war entzückend, denn das Auge beherrschte die Ebene auf Meilen herum. Nordwärts hatte man das in Blumen und Blüten wie gebettete Natchez, westwärts hoben sich die grünen, zerrissenen Erdwälle und Parapets des Forts Rosalie in die Lüfte, weiter hinab sah man durch die zum Teil noch blätterlosen Bäume einen Teil des Mississippispiegels herüberglänzen.

Von diesem Fort lag eine halbvollendete Zeichnung auf dem Mosaiktischchen.

»Ist dieses Plätzchen nicht allerliebst?« fragte sie, eine der Gardinen aufziehend.

»Herrlich!« versetzte er.

»Gewiß lieblich! Sehen Sie nur, wie wunderlieblich Natchez von hier aus erscheint, und noch schöner das romantische Fort Rosalie! Es war ein sehr glücklicher Gedanke von Catharine, dieses Kabinett an ihrem Konservatorium anzubringen. Sie muß einen sehr reinen Geschmack besitzen. Wie sehne ich mich, sie wiederzusehen, sie soll sehr schön sein!«

Des Generals Blicke schweiften in die Ferne.

»Sie wird mit ihrer Mutter in einigen Tagen erwartet, und da Ihr Onkel darauf besteht, daß wir ihm unterdessen haushalten, so müssen wir uns wohl fügen«, setzte sie lächelnd hinzu, »obwohl ich mich sehr nach meiner lieben Kajüte sehne.«

»Sie ist ein Paradies!«

»Nein, das ist sie nicht«, lachte sie, »im Gegenteile; aber ich würde sie nicht so lieben, wenn sie anders wäre. Meine süßesten Kindesfreuden sind so innig mit allem da verwoben, um keinen Preis wollte ich sie anders haben.«

Jetzt hing sein Auge wieder in sprachlosem Entzücken auf ihr.

»Hier habe ich mir«, sprach sie wieder, »eine recht liebe Aufgabe gesetzt, das Fort Rosalie für meine Freundin Gabriele de Mont Brissac aufzunehmen; sie ist jedoch etwas schwer, diese Aufgabe.«

»Aber genial aufgefaßt«, rief er, das Blatt aufnehmend, »Standpunkt sowohl als Vor- und Hintergrund einzig. Eine herrliche Zeichnung – aber ein sehr melancholisches Sujet!«

»Sehr«, versetzte sie, »aber ich liebe das Melancholische.«

»Sie? Und sind doch immer heiter?«

»Immer heiter.«

»Und doch lieben Sie das Melancholische?«

»Ja, wenn es von einem Chateaubriand dargestellt wird. Sie wissen, Fort Rosalie ist der Schauplatz seiner ›Natchez‹.«

»Es ist viel Poetisches in diesem Romane, aber der Schauplatz ist es doch noch mehr und die einfache Geschichte noch weit mehr.«

»Kennen Sie sie?«

»Doktor Powell hat sie ausgemittelt, soviel sich nämlich aus den sparsamen Quellen ausmitteln ließ. Es ist das tragischste Schicksal, das je über ein Volk hereinbrach.«

»Oh, erzählen Sie doch, ich will sie als Text beilegen.«

»Tun Sie das nicht«, bat er sanft, »die Franzosen erscheinen in dieser Geschichtsskizze nichts weniger als vorteilhaft; der Zusammenstoß einer entmenschten Zivilisation mit unverdorbener Natur tritt in ihr schauderhaft hervor.«

»Dann darf ich freilich nicht, denn Gabriele glüht für die Ehre und den Ruhm ihrer Nation so wie ich für den der meinigen. Sind Sie ein guter Amerikaner?« fragte sie lebhaft.

»Ganz Amerikaner!« versetzte er feurig.

»Aber«, warf sie forschend ein, »ich höre, Sie wollen sich trennen von uns – der Union?«

»Kann sich trennen, was Natur und Blut und Erziehung vereinen?«

»Sie sagen recht. Ah, unsere Union – es ist doch nur eine Union!«

»Nur eine Union!«

Nach diesen Worten schauten sie sich voll Selbstgefühl an; sie hatten abermals eine Scheidewand niedergebrochen. Ihre Blicke hatten jetzt etwas heimisch vaterländisch Trauliches. Sie betrachteten einander, als wären sie seit Jahren vertraut.

»Jetzt«, sprach sie im anmutig geschäftigen Tone, »will ich nur ein kurzes Viertelstündchen meiner süßen Gabriele widmen, und Sie, nicht wahr, General, Sie lesen unterdessen oder studieren oder klassifizieren draußen Blumen?«

Ihre Worte klangen so lieblich, traulich, offen!

»Lieber lesen!« entgegnete er.

»Warum lieber?«

»Dann darf ich in Ihrer Nähe sein.«

»Schon wieder eine Schmeichelei!«

»Schmeichelei?« fragte er mit sanfter, vorwurfsvoller Stimme. »Schmeichelei nennen Sie das, was mich sechstausend Meilen herzog, nachzog? – Ah!« seufzte er, »nennen Sie es lieber Wahnsinn, denn meine Hoffnung – ist sie nicht Wahnsinn?«

Sie sann einen Augenblick nach.

»Wir wollen«, rief sie ausweichend, »jetzt fleißig sein. Meine süße Gabriele ahnt etwas von einer Überraschung, und Sie wissen, wenn eine Überraschung zu lange auf sich warten läßt, ist sie keine Überraschung mehr. Lesen Sie unterdessen Walter Scott oder Bulwer. Seine ›Alice‹ hat mich während der Überfahrt recht angesprochen.«

»Auch ich habe sie gelesen«, fiel er ein, »wie gefällt sie Ihnen?«

»Einige Charaktere sind sehr zart gedacht, aber andere scheinen mir wieder affektiert, englisch affektiert, was noch weniger gut läßt als französische Affektation. Dann prunkt er auch gar zuviel mit seinem gelehrten Wissen.«

»Nur sein ›Pelham‹ ist ganz gut, alle seine anderen Romane sind es nur halb«, fiel er wieder ein, »er prunkt, wie Sie sagen, gar zu sehr mit seinem Wissen, es übersehend, daß man bei einem Gentleman dieses Wissen voraussetzt. Er kommt mir beladen, bepackt mit lauter Gelehrsamkeit – erdrückt von ihr vor. Wie ganz anders Walter Scott, der unstreitig ebenso gelehrt, wenn nicht gelehrter war, der aber seine Gelehrsamkeit zu meistern verstand! Welcher seiner Romane gefällt Ihnen am besten?«

»Die Braut von Lammermoor.«

»Ja, das ist sein Meisterstück, darin hat er eine poetische Tiefe entwickelt, wie sie selbst in Shakespeare nicht stärker hervortritt. Jeder seiner Charaktere ist in diesem Romane ein Meisterstück, selbst die Leichenweiber. Welch eine schauderhafte Unterhaltung, die dieser Leichenweiber!«

»Schauderhaft!« rief sie.

Er nahm jetzt den Roman auf, während sie sich in den Sleepy-Hollow niederließ und die Reißfeder ergriff. Einige Minuten las er, aber dann schweiften seine Blicke wieder zu ihr hinüber, auch die ihrigen irrten vom Fort herüber auf die Ottomane. Zuletzt warf er den klassischen Roman ungestüm auf die Ottomane, trat auf den Zehenspitzen hinter ihren Sessel und schaute ihr über die Achsel in die Zeichnung. Jetzt war an kein Zeichnen mehr zu denken. Sie wandte graziös das Köpfchen, und dann begannen sie zu plaudern; sie von ihrer Kindheit, von ihrem teuren Vater, von dem erzählend ihr die Tränen in die Augen traten, und dann wurde sie wieder heiter und erzählte von Theresen, ihren Freundinnen in der Abtei. Und dann mußte er erzählen von seiner Kindheit, seinen Kriegsabenteuern. Und während er erzählte, horchte sie und horchte, und ihre Blicke ruhten bald ängstlich, wieder zärtlich, wieder hoffend, wieder vertrauend, ja stolz auf ihm.

Das Weib liebt es, dem kräftigen Manne zuzuhören, ihr zartes, schmiegsames Gemüt windet sich gern an seiner Kraft hinan, gleich der schwankenden Weinrebe, die sich am kräftigen Eichenstamme emporzieht. Sie horchte noch immer. Die Stunden waren ihnen wie Minuten verstrichen. Der Kapitän, der Onkel waren zurückgekehrt – eingetreten. Der General erzählte fort, denn sie hatten ihm gewinkt fortzufahren.

Endlich unterbrach ihn der Kapitän:

»Es ist dieser, Ihr Bob, ein gräßlicher Charakter, und es ist entsetzlich, wenn wir bedenken, daß unsere Zivilisation solche Charaktere erzeugen kann; aber doch ist es wieder wohltuend, die Ableitungskanäle zu sehen, die die Vorsehung unserem Volke eröffnet. Wirklich tröstet es mich wieder, wenn ich sehe, wie selbst ein so scheußliches Bruchstück unserer bürgerlichen Gesellschaft von der gütigen Vorsehung in eine noch unverkünstelte Natur und Zustände geleitet, geläutert und gebessert, segenbringend für die Menschheit werden kann.«

»Und ich finde, teurer Murky«, unterbrach ihn der Onkel, »daß unsere Gäste jeden Augenblick kommen können und daß wir alle zum Diner noch keine Toilette gemacht haben. Darum wollen wir nun Bob Bob sein lassen, was meinst du?«

Der Kapitän nickte stumm, und alle trennten sich, am Toilette zu machen.

Das Diner

Die Tafelgesellschaft bestand, nebst den vier Freund, bloß noch aus dem Bankdirektor, dem Besitzer einer benachbarten Pflanzung – der früher Korvettenkapitän gewesen, seit mehreren Jahren aber seine Kommission in die Hände des Staates zurückgegeben und dafür Pflanzer geworden, und seiner Frau. Die Wahl der Gäste war sonach eine recht glückliche, auch bewies sie nebstbei, daß Uncle Dan trotz kalter Spottsucht warm geliebt haben mußte, denn passender für Ned konnte er kaum gewählt haben: der Bankdirektor dachte an nichts als Madeiras und Lafittes, der Seekapitän war viel zu frank und frei, um second thoughts Raum zu geben, und so konnte er ungestört seines Glückes genießen, wenn ihn nur der Onkel in Ruhe ließ. Aber seit Kapitän Murky selbst so entschieden Partei für ihn genommen, war er auch ihm sichtlich ans Herz gewachsen, obwohl er sich auch jetzt nicht ganz überwinden konnte, dann und wann einen Seitenhieb auszuteilen: der Junge, wie er den Neffen nannte, benahm sich für einen General denn doch gar zu queer, die Nachwehen des Sturmes, der seit zwei Monaten in ihm gehaust, schlugen noch gar zu ungestüm über Bord heran, was einem vernünftigen Mädchen wie Alexandrine denn doch unmöglich gefallen konnte.

Vielleicht irrte er aber, der sonst so scharf sehende Onkel, denn die zartfühlende Jungfrau weiß sehr wohl zwischen angeborener – oder zur zweiten Natur gewordener Leidenschaftlichkeit und wieder der zarten Aufgeregtheit eines sonst gelassen männlichen Sinnes zu unterscheiden; und es war denn doch ein großer Unterschied zwischen dem wilden Ungestüm eines tollen Brausekopfes und der interessanten Verkehrtheit unseres jungen Generals, der über dem Glück, an ihrer Seite zu sitzen, so anmutig sich und andere vergaß, daß er zu seiner Suppe Gabel und Messer nahm, mit denen er wahrscheinlich eifrig zerlegt haben würde, wenn ihm nicht Alexandrine den Löffel unterschoben hätte. Sie geriet, die Wahrheit zu gestehen, in einige Verlegenheit über diese seine Zerstreuung, besonders als ihr Vater sein Glas hob, um mit ihm Madeira zu trinken, und er zum Senffläschchen griff, aber diese Verlegenheit hatte etwas so eigentümlich Süßes! Wie ihr seelenvoller Blick auf ihm haftete, ihn zu mahnen schien, ja doch keine Blöße mehr zu geben, wurde im holden Bewußtsein, selbst eine Blöße gegeben zu haben, dieser Blick so verwirrt, sie schlug so errötend die Augen auf den Teller! Er wußte offenbar nicht sogleich, was das Ganze zu bedeuten habe, aber allmählich begannen ihm doch die Augen zu leuchten, plötzlich wurde sein ganzes Wesen so verklärt! Er hätte vor ihr auf die Knie niedersinken mögen.

Der Korvettenkapitän erzählte unterdessen von einer Hirschjagd, der er den Tag zuvor beigewohnt und bei der ihm, dem abgehärteten Seemann und Jäger, etwas zugestoßen, das er kaum möglich gedacht hätte. Hinter einem Baume aufgestellt, habe er, sein Gewehr schußfertig im Arme, auf das Rotwild gelauert, das lange auf sich warten lassen, endlich aber durch das Gebell der Hunde angekündigt durch das Dickicht brach. Plötzlich sah er jedoch statt eines Hirsches deren zwei, und zwar den letzten in ungeheurem Satze an ihn heranspringen. So übermannend habe dieser Anblick auf ihn eingewirkt, daß er, zitternd an allen Gliedern, nicht abzudrücken vermocht.

Er wandte sich hierauf mit der Frage an den General, ob Rotwild auch in Texas häufig sei.

»Sehr häufig!« war die kurze Antwort.

Ob er ein Liebhaber von der Jagd sei?

»Nicht sehr!« versetzte noch kürzer der General.

»Schade!« meinte der Seemann, »wir haben hier eine noch ziemlich gute Jagd, besonders im nördlichen Teile des Staates, und ich würde es mir zum Vergnügen rechnen –«

»Wenn Sie doch gehen sollten«, flüsterte ihm mutwillig Alexandrine zu, »so bitte ich, ja Papa und Ihren Onkel daheim zu lassen. Auf alle Fälle ist es bei der Geistesabwesenheit gewisser Leute rätlich.«

»Ich fühle berauscht!« murmelte er ihr wie aus dem Schlafe erwachend zu.

»Der Onkel sieht herüber!« mahnte sie.

Die Drohung mit dem Onkel schien ihn wieder nüchtern zu stimmen, wenigstens versuchte er es, sich zusammenzunehmen, der Unterhaltung Geschmack abzugewinnen, was ihm unter anderen

Umständen nicht so leicht geworden sein dürfte, denn sie war einigermaßen trivial. Der Bankdirektor phantasierte über das Thema einer neu erfundenen Austernpastete, der die so weit und breit gerühmte Straßburger Gänseleberpastete nicht die Schuhriemen aufzulösen würdig sein sollte.

»Austern-, Gänseleberpasteten und Schuhriemen!« murmelte der General Alexandrinen zu, »welche interessante Zusammenstellung!«

»Ich bin wieder eine so ganz gewöhnliche Seele«, versetzte sie heiter, »daß ich diese Zusammenstellung nicht so ganz uninteressant finde, vorausgesetzt, daß sie jemanden glücklich macht.«

Sie sprach die Worte in nichts weniger als verweisendem, vielmehr einem gefälligen, anspruchslosen Tone, und in demselben Tone ging sie auch in die Unterhaltung ein, hörte die weitschweifige Aufzählung der Ingredienzien einer solchen Austernpastete mit einer so sichtlichen Teilnahme an, wußte mit so zarter Sympathie für die Schwachheit des alten Gourmands seine Blößen zu decken, daß die triviale Unterhaltung allmählich einen Reiz gewann, der sie zuletzt brillant darstellte. Es war ein so eigentümlicher Zauber, den sie allem zu erteilen wußte, die prosaischste Unterhaltung bekam, sowie sie nur mit einer Bemerkung daran teilnahm, etwas von jener Geistesfrische, Helle, in der sich ihr eigenes Wesen so lauter und rein spiegelte.

Sie schien in der Tat zum Repräsentieren wie geboren, und es lag in der Art und Weise, wie sie die Stuhlherrin repäsentierte, etwas so hinreißend Brillantes! Und wenn dann ihr Blick auf dem Vater weilte und ihm liebend in die Seele drang, trat auch wieder der ungeheure Reichtum dieses Gemütes so klar und deutlich hervor! Sie mußte ihn wohl über alles lieben, diesen Vater, er ihr alles sein, denn ihre Mutter war ihr bereits im achten Jahre gestorben und sie so ganz an den Vater angewiesen. Mit diesem hatte sie vier Jahre gelebt, ehe sie noch nach Frankreich überging. So hatten sich ihre Jugendverhältnisse sehr glücklich gestellt. Des Vaters herrliches Bild, sein hoher Lebensernst, sein für alles Edle glühender Eifer – in ihr jugendliches Gemüt versenkt, war der leichte Sinn der Töchter Frankreichs nicht imstande gewesen, die edle Amerikanerin zu sehr zu verflüchtigen; nur die Frische, die sprudelnden Lebensgeister, die sonnige Helle hauchte er ihr gleichsam an.

Sie war wirklich ein seltenes Mädchen, und wie sie sich jetzt mit der Gattin des Kapitäns von der Tafel erhob, um in das Drawingroom überzugehen, ward auf allen Gesichtern eine gewisse Leere, etwas wie Trostlosigkeit bemerkbar, die besonders an unserem General kläglich hervortrat. Er stand auf, schwankte hin und her – in seiner Geistesabwesenheit würde er wahrscheinlich zum Fenster hinausgesprungen sein, wenn nicht der Onkel endlich von der Tür gewichen wäre. Es trieb ihn hinaus ins Freie, er mußte sich sammeln, denn zu heftig war der Sturm seiner Empfindungen. Er fühlte wie berauscht, das Blut strömte ihm fieberisch durch die Adern!

Töne weckten ihn plötzlich aus seinen Phantasien. Er horchte. Nur sie vermochte solche Töne hervorzubringen. Er sprang auf das Landhaus zu; in wenigen Sekunden stand er an ihrer Seite.

Sie sang mit Begleitung des Pianoforte das Lied: Tell me not of hoarded gold.

»Wunderschön!« rief er.

»General Morse! Sie sind es?« rief sie überrascht.

»Ich bin es!«

»Ich glaubte Sie draußen in den Irrgängen herumschwärmend!«

»Ihre Stimme rief mich!«

»Lieben Sie Musik?«

»Über alles!«

»Singen Sie?«

»Ich brumme!«

Sie schlug Rossinis ›Mohr von Venedig‹ auf. Den gefangenen Mexikaner, der ihm Unterricht im Singen und der spanischen Gitarre gegeben, im Herzen segnend, sang er mit ihr. Seine ganze Seele lag in seinem Gesange. Alexandrine war verwirrt, die Frau des Kapitäns erhob sich, sah verlegen zum Fenster hinaus.

Jetzt bat sie ihn, etwas allein zu singen.

Er ergriff die Gitarre und sang:

Deep in my soul that tender secret dwells,
Lonely and lost to light for evermore –
Save when to thine my heart responsive swells,
Then trembles into silence as before,
Then trembles into silence as before.

There, in its centre, a sepulchral lamp,
Burns the slow flame, eternal – but unseen,
Which not the darkness of despair can damp,
Though vain its ray as it had never been.

Remember me – Oh! pass not thou my grave
Without one thought whose relics there recline:
The only pang my bosom dare not brave
Must be to find forgetfulness in thine.

My fondest – faintest – latest accents hear:
Grief for the dead not virtue can reprove;
Then give me all I ever asked – a tear,
The first – last – sole reward of so much love!

Sie erhob sich mit abgewandtem Gesicht. Eine Träne perlte ihr aus den schönen Augen.

Der Abend

Endlich waren die Gäste gegangen und er allein mit Alexandrinen. Allein mit Alexandrinen! Welch eine unaussprechliche Seligkeit lag nicht schon in dem bloßen Gedanken. Das höchste Ziel seiner sehnlichsten Wünsche, nach dem ihm Herz und Pulse seit Monaten geschlagen – eine Stunde, nein, keine Stunde, nur eine Minute, um sich ihr zu Füßen zu werfen, ihr seine unsägliche Liebe zu bekennen – war endlich erreicht; Vater und Onkel waren gleichfalls fort, die Freunde zur Gartenpforte, vielleicht weiter zu begleiten, sie beide ganz allein, der Augenblick so günstig! Der stille, üppig reiche, wie zur Liebe geschaffene Saal, die dunkelhelle magische Beleuchtung, in der die klassischen Formen des herrlichen Wesens so zauberhaft hervortraten! Nie war sie ihm so unsäglich reizend erschienen. Welche unaussprechliche Grazie in jeder ihrer Bewegungen, welche Musik der Sprache, als sie ihre Gäste verabschiedete, welche Würde und doch wieder Natürlichkeit, Anspruchslosigkeit! Es hatte ihn gedrängt, mehr als einmal getrieben, sich trotz Marinekapitän und spottendem Onkel zu ihren Füßen zu werfen, kaum daß er imstande gewesen, sich zurückzuhalten. Und jetzt! – Sein Herz pochte, sein Gehirn brannte, sein Blut kochte fieberisch in den Adern, aber die Zunge klebte ihm wie am Gaumen, die Glieder schienen ihm ihren Dienst zu versagen. Er versuchte es, zu reden, sich vor ihr auf die Knie niederzuwerfen, es war ihm nicht möglich, es hielt ihn wie mit unsichtbaren Banden gefangen. Jede seiner Bewegungen war so ungelenk, gezwungen, eine Beklemmung über ihn gekommen, wie er sie nie gefühlt, nicht im Getümmel der Schlacht, nicht im Gewirre der Pariser Salons! Er vermochte es kaum, den Blick zu ihr zu erheben.

Sie wieder schien seine seltsame Verwirrung nicht zu bemerken, war so unbefangen geschäftig! Doch horchte sie jetzt.

Durch die teilweise offenen Fenster rauschte das Gemurmel der Wellen des Mississippi herüber, vom Springbrunnen vor der Villa klatschten die niederfallenden Wasserstrahlen herein.

Sie trat zu einem der Fenster, sah wonnig hinaus und wandte sich dann zu ihm:

»Haben Sie auch so herrliche Abende in Texas?«

»Was ließe sich mit einem solchen Abende vergleichen!« rief er.

Und wie berauscht von ihrem Anblicke an ihre Seite eilend, taumelte er wieder zurück, warf sich auf eine Ottomane, stand wieder auf, näherte sich ihr wieder!

»Miß Alexandrine!« rief er endlich.

»General Morse!« antwortete sie.

»Ich bin – ich bin –!«

»Was sind Sie?«

»Oh, ich fühle – ich wollte, daß –«

»Sehen Sie nur, Papa kommt, er wirft Kußhändchen. Papa! wir kommen, Papa!«

»Nimm aber den Hut, Alexandrine!« rief dieser aus dem Garten herauf, »es ist kühl.«

Den Hut nahm sie nicht, aber dafür haschte sie ein Tuch von der Ottomane auf, das sie mit so naiver Grazie um das idealische Köpfchen wand, daß er wieder entzückt ausrief:

»O Alexandrine! Sie werden mich noch wahnsinnig machen!«

Sie hörte ihn aber nicht, sondern griff nach dem Schal und bat ihn zu kommen, um den Papa nicht warten zu lassen. – Ein wunderlieblicher Abend! Noch funkelte tief im Westen das Purpurrot der untergegangenen Sonne, das höher hinauf in das lichtere Karmoisin verschmelzend, zu beiden Seiten dunkelgrüne und goldgelbe und lichtblaue Delphine schwimmen ließ, während hoch oben die lichtgesprenkelten Wölkchen gleich zahllosen Mackerels sich in des Schöpfers unendlichem Luftmeere herumtrieben.

»Ein entzückender Abend!« rief Alexandrine dem Papa zu.

»Aber doch kühl, mein Kind!« meinte der kopfschüttelnde Papa, »ich fühle wirklich kühl!«

»Nur eine Viertelstunde!« bat sie.

»Wohl, eine Viertelstunde, aber nicht länger, denn die Nachtluft ist gefährlich. Ich will euch im Hause erwarten.«

»Papa!« rief sie, »wenn du gehst, dann gehen wir auch.«

Die Worte schienen dem General tief ins Herz zu schneiden; er zuckte zusammen.

»Wollt ihr mich mit Gewalt hier haben?« fragte mild der Papa.

»Papa!« rief sie vorwurfsvoll, beide Hände um seinen Hals schlingend.

Er küßte sie zärtlich auf Stirn und Wangen, während der arme General so beklommen zur Seite stand. Es war ihm wieder, als ob seine schönsten Hoffnungsstrahlen erbleichten; er fühlte so verlassen, überflüssig! Aber jetzt wandte sich der Vater zu ihm, und in demselben Augenblicke reichte ihm die Tochter so traulich den Arm, und diese stille Sprache tat seinem Herzen wieder so wohl!

»Vater!« flüsterte Alexandrine, »wie bist du so gut, so mild, Vater!«

»Gut können wir zu jeder Stunde unseres Lebens sein, sollten es wenigstens sein, mild aber können wir nicht immer sein, dürfen es auch nicht immer sein, liebes Kind! Zur milden Stimmung gehört die Abendstunde. Diese Abendstunde, General«, er wandte sich jetzt zugleich an diesen, »übte schon in meiner Kindheit einen ungemeinen Einfluß auf mich. Wenn ich den ganzen Tag hindurch hart war oder es sein mußte, zwang mich der Abend, weich zu werden. Schon als Matrosenjunge, umhergetost von Sturm und Wogen, wenn ich des Abends im Mastkorbe der untergehenden Sonne nachsah, kamen mir bessere Gefühle, meine Mutter, unser silbergrauer Prediger traten vor meine Phantasie.«

»Auch mir ging es so«, fiel andächtig der General ein, »es ist die Stunde, in der sich schützende Engel nähern, das sündige Getriebe der Welt ruht, die Stimme des Höheren tönt in uns wider, durchdringt uns im Gesäusel der Lüfte, im Gemurmel der Wogen.«

»Horch!« rief hier Alexandrine.

»Es ist das Tosen der Mississippiwogen«, sprach der Vater, »der Nebel senkt sich und mahnt uns, daß es Zeit ist, unter Dach zu gehen.«

Sie gingen – Arm in Arm. Im Saale angekommen, nahmen sie Platz auf zwei zusammengerückten Sofas. Der Kapitän war sehr gütig, seine Sprache mild väterlich. Diese Sprache hatte etwas eigentümlich Sanftes, der Ton seiner tiefen Baßstimme etwas weiblich Melodisches. Selten hatte er so viel wie an diesem Abende gesprochen. Der General gewann offenbar eine Zuversicht, die er zuvor nicht hatte. Vielleicht trug der Umstand dazu bei, daß das Halbdunkel des Saales die peinlichen Züge des Vaters der Geliebten weniger deutlich erscheinen ließ. Bisher wenigstens war dem jungen Manne, sooft er in dieses Gesicht gesehen, das Wort auf der Zunge kleben geblieben. Jetzt sprach er heiter, offen, ging vertraulich in seine Privatverhältnisse ein; der Kapitän hörte ihn mit Teilnahme an. Die letzte Scheidewand, die etwa die beiden noch trennte, brach sichtbar nieder; sie begannen sich zu schätzen. Alexandrine lauschte selig wie ein Kind. Offenbar erfüllte die Achtung, die die beiden Geliebten sich zollten, ihr Herz mit Wonne.

Eine Stunde war so nach der anderen verstrichen; im anstoßenden Speisesaal ward das leichte Nachtessen aufgetragen. Die Diener meldeten, daß die Pferde gesattelt ständen, aber der Bankpräsident war noch immer nicht zurück. Der Kapitän begann etwas unruhig über das lange Ausbleiben des Freundes zu werden.

»Es ist Zeit, daß ich gehe«, sprach er, sich vom Sofa erhebend, »aber allein dürfen wir dich doch auch nicht lassen, Alexandrine?«

Das Herz des Generals schlug wieder höher bei diesen Worten. Würde ihm das Glück so sehr lächeln, mit der Angebeteten die Nacht unter einem Dache zuzubringen? Er zitterte vor dem wonnevollen Gedanken.

»Oh, du kannst mich immer allein lassen, Vater, wenn du das allein nennst, in einer Cottage zu sein, in der fünfzehn dienstbare Geister mit uns sind. Ich kann ja bloß meine Betsy oder Margaret rufen.«

»Wie du willst, liebes Kind!« versetzte gleichmütig der Vater, »nur muß ich jetzt fort. Aber es könnte ja auch unser Freund, der General, einstweilen als dein Beschützer bei dir bleiben? Ich finde schon den Weg allein nach der Kajüte zurück.«

»Um keinen Preis, um keinen Preis darfst du allein hinab. Nicht wahr, General! Sie lassen Papa nicht allein zurück?«

Es war etwas ängstlich Heftiges, beinahe Wildes in ihrem Tone; dazu schaute sie den General so erschrocken, ängstlich an.

»Sie werden doch Papa nicht allein gehen lassen?« fragte sie wieder.

»Um keinen Preis!« rief er in schmerzlichem Tone, »um keinen Preis! Sie erlauben, Kapitän Murky!« setzte er erblassend hinzu, »daß ich Sie nach Ihrer Pflanzung zurückbegleite?«

Jetzt lohnte ihn wieder ein herzlich seelenvoller Blick. Er aber schlug die Augen nieder.

»Wir wollen«, sprach der Kapitän, »noch eine Viertelstunde warten, vielleicht kommt Duncan. Aber morgen, vergiß nicht, Alexandrine, mußt du zeitig in die Kajüte hinab, wenn du deine Zimmer eingerichtet haben willst, wie du willst, und nicht, wie andere Leute wollen.«

»Du kommst aber doch, mich abzuholen, Papa?«

»Ich kann nicht, Alexandrine! Aber General Morse wird so gut sein.«

»General Morse?« fragte überrascht und sanft errötend Alexandrine.

General Morse aber faßte, noch mehr überrascht, die Hand des Kapitäns und drückte sie an die Lippen.

»Wohl, wenn ein General sich so weit herablassen will, der Tochter eines armen Seekapitäns diese Ehre zu erweisen«, sprach sie schalkhaft, »müssen wir uns wohl fügen, nur sind wir dann doch so frei, uns vorläufig auszubitten, Se. Tapferkeit mögen auch ein bißchen amüsant sein; heute wenigstens, wo waren sie?«

»Im Paradies!« sprach der eintretende Onkel.

»O mein allerliebstes Gold- oder vielmehr Geldmännchen!« lachte sie, »wissen Sie, daß ich Ihnen ein kleines Kapitel über Ihr langes Ausbleiben lesen muß?«

»Wenn Sie mir ein recht schönes lesen«, lachte der Goldmann, »so verspreche ich Ihnen dafür etwas.«

Er hielt einen Brief empor.

»Ein Brief von Theresen?«

»So ist's, eine Epistel oder vielmehr ein dicht beschriebener Bogen. Señorita Hualero schreibt mir, daß sie erst in acht Tagen zurückkommen werde. Es muß ihr bei unseren Louisiana-Dons außerordentlich gut gefallen.«

»Nun gute Nacht, Papa! Und auch Ihnen, tapferer General!«

Er haschte nach ihrer Hand, sie zu küssen; sie aber hatte bereits beide um den Hals des Vaters geschlungen.

Die Fahrt und die Kajüte

Die Glocke hatte halb nach acht geschlagen, als der General die Galerie der Cottage betrat. Der Onkel war nicht mehr zu Hause, aber Miß Murky war es. Er ließ sich anmelden, wurde angenommen und trat ein. Wie er die eine Salontüre öffnete, schwebte sie ihm durch die andere entgegen, heiter wie der junge Maitag, blühend wie die soeben entfaltete Rose.

»Sie sind früh!« sprach sie, ihm mit holder Freundlichkeit die Hand zum Willkommen reichend.

Er ergriff sie und drückte sie entzückt an die Lippen.

»Es ist recht artig, daß Sie eilen, eine einsame Maid zu trösten. Ich bin ganz verlassen, auch Ihr Onkel ist bereits fort.«

Er stand in ihren Anblick wie verloren. So majestätisch und wieder kindlich graziös war sie Königin und Kind zugleich!

»Warum reden Sie nicht?« fragte sie mit einer Stimme, die wie Silberglöckchen tönte, »Sie sind blaß, hatten Sie eine böse Nacht?«

»Eine sehr glückliche!«

»Wieso?«

»Ich verbrachte sie in Ihrer Nähe.«

»Sie waren nicht in der Kajüte?« rief sie betroffen.

»Doch, doch. Ich begleitete nicht nur Kapitän Murky zur Kajüte, sondern ging auch in mein Schlafzimmer, versuchte es, zu schlafen. Wer hätte aber nach einem solchen Tage schlafen können! So warf ich mich denn aufs Pferd, um mein Paradies zu bewachen.«

»Ihren Onkel haben Sie sich auf alle Fälle verbunden; da wir denn aber doch nicht mehr in den gefährlichen Zeiten leben, wo häßliche Riesen arme Jungfrauen rauben, so hätten Sie schlafen sollen. Papa wird erschrocken sein, wenn er Sie nicht gefunden hat. Er hält viel auf Sie.«

»Worauf ich stolzer bin – stolzer! Die Achtung Kapitän Murkys ist mir teurer als die irgendeines Menschen.«

»Oh, er ist der beste, der zärtlichste Vater!«

»Der glücklichste!«

»Es soll auch meine einzige Aufgabe sein, so wie es gewiß meine heiligste Pflicht ist, ihn dazu zu machen!« versetzte sie mit tiefer Rührung.

»Aber wir dürfen«, fuhr sie nach einer kurzen Pause wieder in etwas lebhafterem Tone fort, »ihn nicht zu lange auf uns warten lassen. Ihr Verschwinden wird ihn gewiß ängstigen, denn die Nachtluft ist hierzulande sehr gefährlich. Sie haben doch gefrühstückt? Nicht? Bless me! Welche Unvorsichtigkeit! Geschwind müssen Sie noch zuvor etwas nehmen.«

»Nein, nein, wir wollen fort!« protestierte er.

Es half jedoch nichts, sie eilte zur Klingelschnur, zog diese.

»Eile, Betsy«, rief sie der eintretenden Kammerzofe entgegen, »und bringe heißes Wasser zu Tee! Oder ziehen Sie Kaffee vor?«

»Was Sie wollen.«

»Wir haben bereits gefrühstückt. Ihr Onkel mußte zeitig nach Natchez hinein, und ich wollte mich auch nicht unbereit finden lassen. Sie sehen, ich bin es nicht.«

»Betsy, bist du da?« rief sie geschäftig der eintretenden Kammerzofe entgegen. »Nun kommen Sie, der Tee wird Ihnen gewiß gut tun. Sie hätten nicht nachtschwärmen sollen. Tun Sie das ja nicht mehr, versprechen Sie es.«

»Ich verspreche es.«

»Wohl, dafür sollen Sie eine Tasse Tee haben, oder vielmehr zwei«, verhieß sie drollig. »Zwei müssen Sie mir nehmen.«

»Von Ihrer Hand nehme ich alles.«

»Auch das Böse?«

»Selbst Gift.«

»Oh, Sie sind gar zu gefügig. Zu gefügig aber müssen Sie wieder nicht sein. Sind Sie es?«

»Sind Sie es?«

»Nicht immer«, sprach sie schalkhaft das Köpfchen wiegend, »jetzt müssen Sie es aber sein und die Tasse austrinken, während ich auf einen Augenblick gehe, um meine Wagentoilette zu vollenden. Ich bin den Augenblick wieder da.

Vergessen Sie mir aber nicht, den Tee auszutrinken«, rief sie neckend noch in der Türe, »wollen Sie?«

»Ich muß ja.«

Sie verschwand, und er, ihr nachstarrend, vergaß richtig Tee und Versprechen.

»Haben Sie ausgetrunken?« fragte sie bei ihrem Eintritte lächelnd, mit dem Finger drohend.

»Die Tasse, die von Miß Murky eingeschenkt, ist noch immer halb voll«, plapperte die über sein Stillschweigen wahrscheinlich etwas pikierte Kammerzofe.

»O der ewigen Zerstreuung!« schmollte sie, »nun trinken Sie, und zur Strafe sollten Sie eigentlich eine dritte nehmen.«

»Wer würde sich diese Strafe nicht gefallen lassen!« lachte er, die Tasse leerend und ihr dann überreichend.

»Ruhig!« mahnte sie wieder matronlich, als er mit der Tasse zugleich ihre Hand zu erfassen strebte. »Ruhig, sonst verschütten wir, und es ist ein böses Vorzeichen, zu verschütten.«

»Sind Sie abergläubisch?«

»Wie Sie fragen!« versetzte sie lachend. »In der Abtei erzogen und nicht abergläubisch sein! Alle waren wir es, wahrsagten, ließen uns wahrsagen, Theresia, Gabriele; so mußte ich mich denn wohl fügen, obwohl mein protestantischer Sinn ein bißchen dagegen rebellierte.«

Sie war wieder so mutwillig! Betsy und Margaret, die noch an Hut und Mantel und Halskragen und Locken ordneten, hatten Mühe, sie ruhig zu erhalten. Mit trunkenen Blicken hing er an ihr.

»Nun wollen wir aber denn doch gehen, denn Papa wird warten, und wir dürfen ihn nicht warten lassen. Aber austrinken müssen Sie zuvor.«

»Muß ich?«

»Tun Sie es, der Tee heitert immer auf, und Sie bedürfen der Aufheiterung, denn einigermaßen kommen Sie mir vor, als ob –«

»Als ob?«

»Sie nicht ganz bei Troste wären!« spottete sie.

Der Spott war aber wieder mit einem so schalkhaft zärtlichen Blicke gewürzt, daß er aufsprang und ihr wahrscheinlich um den Hals gefallen sein würde, wenn er sich nicht noch zu rechter Zeit besonnen hätte.

»Sie werden mich noch um den Verstand bringen!« rief er wie außer sich.

»So?« fragte sie mit komischem Ernste. »So? Wirkt also meine Nähe so gefahrbringend, dann sollte ich ja billig anstehen, Ihnen im Wagen noch näher zu kommen. Und in der Tat, wenn Papa Sie mir nicht zum Beschützer auf dieser Fahrt gegeben hätte? Er hat Sie recht gerne, Papa.«

»Und seine Tochter?«

»Will sehen, inwieweit Sie sein Vertrauen rechtfertigen. Geben Sie aber acht, mein tapferer General! Die Pferde Ihres Onkels scheinen mir auch zur Schwärmerei geneigt, ein bißchen wild.«

Das waren sie nun in der Tat, aber es versprach auch, den Reiz der Fahrt zu erhöhen. Eine solche Fahrt aber ist überhaupt schon geeignet, Liebende in günstige Beziehungen zu bringen. Bereits das Erfassen der Zügel gibt dem Manne einen gewissen Halt, der, so schwankend er ist, ihn schon zum Bewußtsein dessen bringt, was er als Gentleman seiner Dame schuldig ist, während sie sich wieder im Gefühl des Schutzbedürfnisses näher an ihn anschmiegt. Der sechundzwanzigjährige General besaß aber auch den seltenen Takt, ihr seinen Schutz auf die möglichst zarte Weise angedeihen zu lassen. Er wußte nicht bloß wie jeder Gentleman gut – er verstand es auch, mit Gefühl, wenn wir so sagen dürfen, zu fahren, mit jener gewissen hinreißenden Kaprice, die gleichsam den Impulsen eines empfänglichen Gemütes nachgebend da rasch den Zügel schießen läßt, wo alltägliche Gegenstände das Auge beleidigen, wieder lässig weilt, wo interessante Punkte vortreten. Die Umgebung von

Natchez ist reich an Abwechselungen. Nun grandios, ja sublim durch ein Bruchstück des hehren Urwaldes oder den zeitweilig hervortretenden Wasserspiegel des majestätischen Vaters der Ströme, in der nächsten Wendung wieder idyllisch durch eine deliziöse Villa, die in Chinabäumen und Magnolien und Orangen und Zitronenbäumen Verstecken zu spielen scheint, wird sie plötzlich prosaisch, ja gemein durch eine Cottonpflanzung, deren meilenweite Baumwollenstauden mit den häßlichen Einfriedigungen wie spanische Reiter in die Augen starren. Sie flogen abwechselnd durch Gassen von Cottonfeldern, wieder weilten sie im Schatten eines Fragmentes der Urwälder, bewunderten hier die seltene Färbung einer Blüte, eines Blattes, dort die hundertvierzig Fuß hohe Krone eines Cottonbaumes; dann tranken ihre Blicke aus dem goldglänzenden Spiegel des Mississippi, wieder weilte ihre Phantasie bei den Bildern der edlen Natchez, deren einstmalige Sitze am Catharineflusse sie durchfuhren. Vor einer Villa hielten sie, weil sie Ähnlichkeit mit der ihrer Freundin Gabriele, vor einer anderen, weil sie ihn an seinen Landsitz in Texas, den er von einem edlen Spanier an sich gekauft, erinnerte. Während er ihr die Pracht der Baumgruppen, die milden Lüfte Texas', sie ihm die Herrlichkeiten der Schweiz, des südlichen Frankreichs schilderte, verriet sich in jedem Worte, jeder Bemerkung die edle männliche, die zart-weibliche Seele – der seltenste Einklang. Sie schienen sich die Gedanken von den Lippen zu nehmen. Nun scherzend, plaudernd, lachend, stand ihnen wieder im nächsten Augenblicke eine Träne im Auge. Wie Kinder trieben sie es. Spielend wie Kinder kamen sie an der langen Allee von Chinabäumen an, an der sie vorbeigefahren sein würden – so hatten sie in ihrem Glücke alles um sich her vergessen, wenn nicht der Diener, der sie zu Pferde begleitet, vor ihr gehalten hätte.

Da erst – als sie einfuhren, kamen sie zu sich. Anfangs ließ er rasch die Allee hineintraben, dann langsamer, denn sie war still geworden. Eine Träne perlte in den schönen Augen, wie das väterliche Haus vortrat. Sie hatte es zwar schon mehrere Male seit ihrer Zurückkunft gesehen, und zwar während der Abwesenheit des Gastes ihres Vaters, der wichtiger Geschäfte halber und um seinen Dienern und Gepäcke nachzusehen, in New Orleans gewesen; die Tränen konnten also nicht die der Überraschung sein. Vielleicht galten sie einer süßen Erinnerung, vielleicht einer sonstig wehmütigen Empfindung, die sie aber jedenfalls stark zu ergreifen schien, denn sie kamen zahlreicher; die Blicke, mit denen sie das Vaterhaus betrachtete, waren die einer Scheidenden. Doch ermannte sie sich, und den wunderlieblichen Kopf schüttelnd, lächelte sie in drolliger Wehmut:

»Bin ich doch eigen, mich durch den Anblick unsers alten Hauses, das ich doch erst kürzlich gesehen, zu Tränen hinreißen zu lassen!

Aber es ist ein liebes, liebes Haus!« sprach sie leise und weich.

»Ein liebes, liebes Haus!« fiel er zärtlich ein.

»Ich würde mit Schmerzen daraus scheiden!«

»Würden Sie?« fragte er beklommen.

»Gewiß! Es ist mir sehr teuer!«

»Es ist ein Paradies!«

Das war es nun freilich nicht, eher glich es der altestamentarischen Arche oder auch einem schwedischen oder holländischen Vierundsiebziger – denn wie ein solcher war es aus Balken und Brettern zusammengezimmert; auch die entsprechende Länge und Breite hatte es: hundertundsechzig bei sechzig, Schnabel spitz, Stirn rund, obwohl einige Divinationsgabe dazu gehörte, die Form oder vielmehr Unform auszumitteln; das Türmchen mit der Glocke ließ gar so queer, und mit den weitläufigen Galerien, die um das ganze Haus herumliefen und, durch das vorspringende Dach gebildet, statt der Außenwände Jalousien hatten, über und über mit seltenen Schlingpflanzen verwoben, glich es wieder mehr einem enormen vegetabilischen Auswuchse denn Arche, Vierundsiebziger oder Herrenhause. Aber lieblich mußte es sich trotz Bizarrerie in diesen Räumen wohnen, vorausgesetzt, daß ein wenig aufgeräumt wurde; in einigen Galerien – die westliche und südliche waren geschlossen – sah es ein bißchen bunt aus. Alles lag und hing und stand und lief hier durcheinander: Sattel und Zäume und Jagdtaschen und Jagdflinten und Sporen und Brogans und Mäntel und Kapotten, und Waschtische und Becken und Kannen und Hängematten. In einer dieser letzteren wiegte sich ein Trio von Katzen, während gleich darunter ein ci-devant Champagnerkorb stand, in dem ein halbes Dutzend junger Hunde winselten. Ein Paar nobler Rassepferde streckte die schlanken Hälse über das Geländer der Galerie einem Armsessel zu, auf dem sich eine gewaltige Zibetkatze philosophischen Betrachtungen überließ, während ein paar Schritte weiter – Jagdhunde und Hühnerhunde und Dachshunde und Neufundlandhunde an einer Brut schwarzer Wechselbalge herumzerrten, die nacheinander über einen Rasenplatz hergesprungen kamen, auf dem noch einige Dutzende wie Frösche auf allen vieren ausgespreitet – wahrscheinlich zum Trocknen in der Sonne lagen, nachdem sie zuvor ihren Reinigungsprozeß ausgestanden. Dieser Prozeß ging originell genug vor einer der größeren Hütten, die vermutlich zum Spital diente, vor sich. Vor der Hütte standen zwei bejahrte Negerinnen, von denen die erste mit Bürste bewaffnet einen der schwarzen Schreihälse nach dem anderen aus dem Fenster herausholte und in die ihr zur Seite stehende Badewanne ganz wie ein Ferkel eintauchte, und nachdem sie ihn tüchtig durchgerieben, an die zweite abtrat, die ihm denselben Liebesdienst mit einer Wolldecke antat, worauf sie ihn dann zum gänzlichen Abtrocknen in der Sonne auf den Rasen hinbreitete, von dem er schließlich in das Wollröckchen befördert wurde.

Weiter zurück lagen die Wirtschaftsgebäude, und an diese schloß sich das in einem Walde von Chinabäumen begrabene Negerdorf an, das so ruhig dalag, daß es sich bloß durch die bläulichen Rauchsäulen, die durch die blühenden Bäume emporkräuselten, verriet; aber ungemein lieblich ließ sich aus den dahinterliegenden Cottonfeldern ein fröhlicher Gesang hören, dessen munterer Schwung an die Matrosen mahnte, wenn sie wohlgemut die Anker lichten.

Das Ganze bot ein eigentümliches Gemälde dar, bei dem offenbar seemännische Disziplin, vielleicht auch Laune den Pinsel geführt haben mußte; aber neben den harten Strichen zogen sich wieder so weiche, milde Züge durch das Gemälde hin, der Grundton erschien so patriarchalisch väterlich, daß man um keinen Preis einen Pinselstrich daraus vermißt haben würde!

»Ja, es ist ein Paradies!« rief in stillem Entzücken der General, der nun mit der reizenden Gebieterin vor dem Rasenplatze angekommen. »Es ist weit mehr Paradies als das Uncle Duncans, es hat etwas so alttestamentarisch Patriarchalisches!«

»Es ist natürlich«, versetzte ruhig Miß Murky, »und das spricht das Gemüt an. Es ist wunderbar«, fuhr sie bewegter fort, »welch ein offenes, helles Auge Papa für das Natürliche, Wahre hat. Alles Unnatürliche, Unwahre widersteht ihm.«

»Das ist immer so bei wahrhaft edlen Menschen. Dieser Sinn unterscheidet sie von den herzlosen, die sich jeder Form anschmiegen.«

»Papa kann das nicht, und deshalb steht er auch so einsam.«

»Nennen Sie das einsam stehen, Miß Murky, geliebt zu sein wie er?«

»Er ist innig geliebt von so vielen, geachtet, ja verehrt von mehreren, aber doch steht er einsam«, versetzte sie sinnend.

»Wissen Sie, Miß Murky«, fiel er, der Unterhaltung zart eine andere Wendung gebend, ein, »was ich jetzt wünschte?«

»Was?«

»Daß einige unserer abolitionistischen französischen Freunde da wären, dieses herrliche, patriarchalische Gemälde zu sehen.«

»Warum?«

»Sie würden von ihren antisklavischen, ich möchte sagen, antisozialen Ideen zurückkommen. Wie oft wurde mir nicht die Sklaverei, die empörende Behandlung unserer Sklaven vorgeworfen!«

»Ich habe nie einen solchen Vorwurf gehört«, versetzte wieder ruhig sie, »aber wenn ich auch hätte, er würde mich kaum bewogen haben, mir über diesen Punkt den Kopf zu zerbrechen. Wir haben sie einmal, diese Sklaverei, und selbst wenn sie ein Übel wäre, würde ich eher zu versöhnen, zu vermitteln, als dagegen zu kämpfen suchen.«

Er schaute sie erwartend an.

»Uns Weibern steht das Ankämpfen gegen bürgerliche oder politische Verhältnisse nicht wohl an, unsere Rolle ist eine versöhnende.«

»Sie haben recht!« versetzte er. –

Der Wagen hielt nun. Der General sprang aus und half ihr absteigen. In dem Augenblicke gingen die Jalousien der südlichen Galerie auf, und Kapitän Murky trat heraus. Wie die beiden Liebenden ihm entgegeneilten, die dargebotene Hand erfaßten, weilten seine Blicke forschend auf ihr. Die Spuren der Tränen waren nicht ganz verwischt.

»Alexandrine!« sprach er in liebevollem, besorgtem Tone.

»Vater!« erwiderte sie etwas betroffen.

Der Vater schaute noch einen Augenblick sie, dann den General an. Die innige Harmonie, die zwischen beiden aufleuchtete, schien ihn wieder zu beruhigen.

»Meine teure Alexandrine! fühlst du ganz wohl – glücklich?«

»Ganz wohl und glücklich!« versetzte sie, und abermals perlte ihr eine Träne aus den Augen.

»Und Sie, General?«

Der General erfaßte die Hand des Kapitäns und drückte sie an die Lippen.

»Eigentlich, mein lieber General«, sprach nach einer kurzen Pause der Kapitän, »sollte ich Sie ein bißchen ausschelten wegen Ihrer gestrigen oder heutigen Desertion.«

»Ich habe es schon getan, Papa!«

Und sie lächelte, während die Träne noch perlte, entzückt den Vater, wieder den General an.

»Du hast recht getan, Alexandrine, und mir die Mühe erspart. Du weißt, ich tue es nicht gerne. Aber lassen Sie es sich gesagt sein, tun Sie es nicht ein zweites Mal, unsere Nachtluft läßt nicht mit sich scherzen.«

»Ich will es nicht mehr tun.«

Er nickte freundlich, und Arm in Arm gingen sie der Galerie zu, deren sämtliche Jalousien mittlerweile aufgerollt waren.

Diese bot freilich einen ganz anderen Anblick dar als die westliche und nördliche. Zwar war auch hierin noch nicht alles in Ordnung; Blumentöpfe und Ottomanen und Sessel standen noch nicht an ihrem rechten Platze, konnten aber leicht darauf gebracht werden.

»Ich habe die Anordnung dieser Galerie ganz dir überlassen wollen, sowie des Drawing-room«, hob wieder der Kapitän an. »Da hat dir Freund Duncan die Anfänge zu einem kleinen Konservatorium gesendet«, fuhr er fort, auf mehrere Reihen von seltenen Pflanzen und Blumen in zierlichen Fayencetöpfen deutend. »Bist du nicht froh?«

Sie hatte aber bereits die holden Kinder Floras begrüßt, war von Blume zu Blume geeilt.

»Er ist ein lieber, lieber Mann!« rief sie.

»Ein sehr guter Gedanke!« fiel der General ein.

»Das soll nun meine erste Unterhaltung sein«, rief wieder sie, »die Blumen und Pflanzen zu ordnen.«

»Darf ich helfen?« fragte eifrig der General.

»Wir wollen sie zusammen ordnen«, beruhigte sie ihn.

»Zuvor mußt du aber noch das Drawing-room sehen. Es sind Leute da, die auf deine Befehle harren.«

»Auf meine?« rief sie verwundert.

»Auf wessen sonst? Bist du nicht die Frau vom Hause, die Herrin, der wir uns alle fügen müssen?«

»Wie du nur so sagen kannst, Papa!«

»Ganz im Ernste, Alexandrine, sag ich's, ganz im Ernste!« versicherte der Papa. »Aber jetzt, liebes Kind! schau einen Augenblick hinüber; auch in deinem Schlafkabinette ist noch ein und das andere zu ordnen, und, wie gesagt, im Drawing-room warten die Leute auf dich.«

»Willst du nicht mitkommen, Papa, mich mit deinem Rate zu unterstützen?«

»General Morse wird so gut sein«, versetzte freundlich der Vater, »ich will unterdessen in die Apotheke, um für Josepha eine Arznei[17] zu bereiten. Sie ist krank.«

»Wie, die arme Josepha krank?«

»Seit vorgestern«, versetzte der Vater, »es geht ihr aber besser, ich war soeben bei ihr. Ich wollte dir gestern nichts davon sagen, sie war schlimm daran. Ich würde sie sehr ungerne verlieren.«

---

[17] eine Arznei zu bereiten: In der Regel haben Pflanzungen nicht nur Hausapotheken, sondern die größeren auch eigene Ärzte. Von den weniger bedeutenden vereinigen sich gewöhnlich mehrere, um einen Arzt ausschließlich für sich und ihre Sklaven zu unterhalten. Dasselbe ist der Fall mit Predigern. Auf jeder größeren Pflanzung befindet sich eine Hauskapelle, in der der Hausgottesdienst gehalten wird. Wenn kein Prediger da ist, verrichtet der Hausherr, im Fall er Mitglied der Episkopalkirche ist, den Gottesdienst. Auf den Pflanzungen, die sich in der Nähe einer Stadt befinden, erhalten die Neger an Sonntagen ihre Pässe, um den Gottesdienst in der Stadt zu besuchen. Häufig tritt der Fall ein, daß Prediger zehn und zwanzig Meilen herbeigeschafft werden, um die Leichenpredigt für einen abgeschiedenen Schwarzen zu halten.

»Darf ich mit dir, sie zu besuchen?«

»Wenn du willst.«

»Und ich auch?« fragte der General.

»Wenn Sie wollen.«

Und während nun der Kapitän in die Hausapotheke ging, eilten die beiden dem Drawing-room zu. Zuvor warf sie aber noch einen Blick in ihr Schlafkabinett, in das er jedoch, obwohl es an die Galerie anstieß, nicht zugelassen wurde. Dafür wies sie ihn ins Drawing-room, welches zwar ursprünglich ziemlich kajütenmäßig ausgesehen haben mußte, denn die Wände waren mit Louisiana-Kirschholz, die Dielen mit anderen einheimischen Holzarten parkettiert, was allerdings ein etwas schweres, nordisches Aussehen verlieh; aber ein paar in die Balkenwände neu eingeschnittene Flügeltüren, die in die Galerie hinausführten, versprachen, diesem Übelstande recht gefällig abzuhelfen. Sie waren von ihr angegeben worden, und sie war recht begierig zu sehen, wie sich die bereits eingesetzten Türpfosten ausnehmen würden. Aber während sie einen Blick in ihr Kabinett geworfen, hatten Phelim und die ganze Schar schwarzer und weißer Angehörigen ihre Anwesenheit ausgemittelt, und alle kamen gesprungen, um die teure Missus zu sehen. Phelim tanzte mit einem Rundsprunge auf sie zu, die anderen erfaßten, da er ihre beiden Hände bereits im Besitz hatte, sie am Kleide, um dieses wenigstens zu küssen. Es war ein Jubel, ein Frohlocken, dem man es wohl ansah, daß er aus dem Herzen kam. Sie wies keine der Huldigungen, so ungestüm sie auch waren, zurück, empfing alle mit hinreißender Güte; und doch war wieder etwas so wahrhaft Ladymäßiges in dieser Güte, daß Schwarze und Weiße allmählich wieder zu sich kamen, ja der rotnasige Phelim dem General bei Jasus und bei St. Patrick zuschwor, sie sei die erste Lady, und keine zweite gäbe es, weder in Irland noch anderswo, und wer es nicht glaube, der solle verdammt sein.

Und jetzt wandte sie sich wieder, um den Arbeitern nachzusehen, hier Winke zu geben, dort Zufriedenheit auszudrücken! Gerade hielt sie mit ihrem Begleiter vor dem Fenstergesimse, als der Kapitän eintrat.

»Papa!« rief sie lebhaft, »höre nur, du weißt, diese Arabesken hier wollte ich vergoldet haben, und siehe, wie jetzt der General einen Blick auf sie wirft, findet er, daß sie vergoldet sein müssen. Ist das nicht artig?«

»Sehr artig!« versetzte gemütlich der Kapitän. »Aber jetzt wollen wir zu Josephen, wenn ihr es zufrieden seid.«

»Gewiß!« fielen die beiden ein.

«Bei Jasus! einen Augenblick Geduld, Hinnies!« schrie hier Phelim. »Phöbe und Psyche haben Kinderwäsche, will nur zuvor sehen, ob sie fertig sind.«

»Sei so gut!« ermunterte sie ihn.

Er sprang fort, kam aber sogleich mit der Nachricht zurück, daß sie fertig und der Weg nun offen sei.

Das Negerdorf war ein anderer reizender Zug in diesem südlichen Gemälde, der Hintergrund gleichsam, der aber erst dem Vordergrunde seine eigentümliche patriarchalische Betonung verlieh. Es bestand aus zwei Reihen von Hütten; jede dieser Hütten hatte einen Chinabaum vor der Tür, in dessen Doppelgrün[18] das Häuschen wie begraben lag. Die meisten hatten so wie das Herrenhaus kleine Galerien, auf denen hie und da die Patriarchen des schwarzen Völkchens saßen, ihren 'bacca rauchend, während die Mütterchen, ihnen vorplappernd, Gemüse putzten oder sonstige leichte Arbeiten verrichteten. Sowie aber die drei, gefolgt von Phelim und sämtlichen Kindern, am Eingange des Dorfes anlangten, erhoben sich auch alle die Uncles und Aunties[19], warfen Pfeifen und Gemüse weg und brachen auf, um den lieben Massa und Missus zu begrüßen.

---

[18] Doppelgrün: Der Pride of China hat ein doppeltes Grün, ein lichtes und ein dunkles. Die Blätter, die sich in Gestalt winziger Parasole an den Zweigen ansetzen, wachsen nämlich den ganzen Sommer hindurch nach und geben so dem ohnedem herrlichen Baume eine eigentümliche Frische.

[19] Uncles und Aunties: Die Schwarzen beiderlei Geschlechts unter vierzig Jahren werden durchgängig in den Vereinigen Staaten Boys oder Girls, Buben, Mädchen, die Alten wieder Aunties, Uncles, Tantchen, Onkelchen angeredet, eine Anrede, die immer im zärtlich liebevollen Tone gegeben und angenommen wird.

Es war wirklich rührend zu schauen, mit welcher Hast, welchem liebenden Verlangen die achtzig- und neunzigjährigen Alten herbeitrippelten und mit welcher Güte, Zärtlichkeit sie alle empfing, diesen streichelte, jenen beschenkte, einen dritten tröstete, einer vierten abzuhelfen versprach. Der Kapitän schien ganz vergessen, keiner und keine beachtete ihn. Sie ließen ihn ungehindert der Hütte Josephens zugehen, in der er schon eine geraume Weile war, ehe Alexandrine ihn vermißte. Jetzt eilte sie ihm mit ihrem Schatten, dem General, nach.

Wie sie in die Tür eintrat, kreischte auch die Kranke vor Freude auf und wollte ihre teure Missus, nur die teure Missus, die sie als Kind gewiegt, auf den Armen getragen, nochmals in die Arme schließen.

Man hat im Norden keinen Begriff von der Liebe und Zärtlichkeit, mit der unsere Schwarzen an ihren Herren und Frauen, diese wieder an ihren Angehörigen hängen; es ist wohl das liebevollste Band, das Abhängige und Unabhängige heutzutage umschließt, denn es ist von Kindheit an in die Naturen eingewoben. Hier allein herrscht noch etwas von jenem alttestamentarischen Verhältnisse, das leider heutzutage verschwunden, nur in den Lettern der heiligen Bücher noch erscheint.

Der junge General fühlte so bewegt, daß er es nicht länger auszuhalten vermochte. Tränen kamen ihm in die Augen, er trat erschüttert zurück, eilte, Tränen und sich zu verbergen.

Hinter der Hütte erhob sich schützend eine Pride of China, ihr blütenreiches Gezweige über das Dach hinbreitend. Auf die Bank, die unter dem Baume angebracht war, warf er sich hin, um über die Szenen der letzten zwei Tage, sein unsägliches Glück, den unendlichen Reichtum ihrer Güte, Milde, und was wir milk of human kindness nennen, ungestört Freudentränen Lauf zu lassen. Er wußte sich nicht mehr zu fassen, er mußte seinem vor Freude und Wehmut gepreßten Herzen Luft machen. Er hielt sich beide Hände vor das Gesicht, um ungehindert ausweinen zu können.

Eine zarte dritte zog ihm diese weg. Sie, in ihrem schönsten Liebreize Engel und Grazie zugleich, stand vor ihm, sah ihn zärtlich an, sprach aber nicht; nur schlug ihr Busen bewegter.

Unwillkürlich glitt er von der Bank herab auf die Knie, die er umfaßte; aber eine Weile vermochte er kein Wort hervorzubringen.

»Alexandrine!« schluchzte er endlich; »Alexandrine! Herrliche! Engelgleiche! Ich kann es nicht länger verbergen, ich muß reden, es würde mich erwürgen. Seit ich Sie zum ersten Male in Paris sah, seit dieser Zeit öffneten sich mir die Tore des Paradieses.«

Sie sprach nicht.

»Ich liebte, ich liebte Sie beim ersten Anblick, jetzt, jetzt bete ich Sie an. Ich kann nicht ohne Sie leben. Ich bin Ihrer nicht würdig, ich weiß es; aber, so helfe mir Gott! ich kann nicht ohne Sie sein.«

Sie ließ sich auf der Bank ihm zur Seite nieder, sprach aber noch immer nicht, nur der Busen hob sich stärker.

»Sie reden nicht? Sie schweigen? Sie verstoßen mich?« schluchzte er. »Hat Sie mein kühnes Geständnis beleidigt?«

Er ergriff die Hand, preßte sie an die Lippen. Wie er sie so preßte, fühlte er den leisen Widerdruck.

»Alexandrine!« rief er plötzlich mit leuchtenden Augen. Sie schwieg noch immer: aber jetzt kam eine Träne, eine zweite – dritte; der Engelskopf senkte sich ihm auf Nacken und Brust.

Er umschlang sie, wagte es, einen Kuß auf die Korallenlippen zu drücken.

Sie hatte die Augen geschlossen, er fühlte aber den erwidernden Druck der Lippen.

Jetzt sprang er auf, an ihre Seite.

»Alexandrine!« flehte er, »Alexandrine!«

»Edward!« versetzte sie.

»Wollen Sie, wollen Sie«, flehte er, »mein sein?«

»Dein sein!« flüsterte sie.

Eine Weile saßen sie sprachlos, im Gefühle ihres Glückes schauten sie einander mit trunkenen, schwimmenden Blicken an, dann erhoben sie sich, um den Vater zu suchen.

Das Paradies der Liebe

Und wie sie sich nun so eilig, hastig um die Hütte herum der Tür zuzogen und vor dieser wieder wie zagend hielten und mit klopfenden Herzen die Klinke zugleich erfaßten und dann wieder fahren ließen und die Blicke scheu zur Erde senkten, dann abermals die Hände hoben und an den Drücker legten, wogte ihr der Busen, zitterten ihm alle Glieder so fieberisch! Sie waren zu schauen wie zwei Kinder, die soeben von einer verpönten Näscherei verscheucht der Strafe entgegenrennen.

Jetzt aber dem Impulse, der sie getrieben, nachgebend, legten sie nochmals die Finger an die Klinke, drückten diese und die Tür auf, schauten in die Stube hinein. Kein Vater, kein Kapitän Murky war mehr da, die alte Josepha schlummerte ruhig.

Wie erleichtert schöpften sie zugleich Atem, schauten einander an, ihre Hände verschlangen sich.

»Edward!« lispelte sie, »sieh nur, wie du jetzt wieder glühst und wie bleich du zuvor warst[20] .«

»Und geradeso war es mit dir, teure Alexandrine!«

»Weißt du?« lispelte Alexandrine, »ich fürchtete, in diesem Augenblick Papa zu sprechen.«

»Und so ich«, versetzte er.

»Aber warum?« fragte sie naiv, »Papa ist doch so gut, er liebt uns beide so sehr.«

---

[20] Sieh nur, wie du jetzt wieder glühst und wie bleich du zuvor warst: Es ist wohl kaum nötig zu bemerken, daß der Genius der englischen Sprache kein Sie oder Du zuläßt und daß der Verfasser, wenn er seine Personen mit Du oder Sie anreden läßt, bloß dem der deutschen Sprachweise huldigt. Übrigens weiß wieder jeder mit der englischen Sprache Vertraute, das heißt Gebildete, – und bloß Gebildeten sind diese Bücher verständlich, den Ungebildeten oder Halbgebildeten werden sie schwerlich befriedigen, – daß der Amerikaner sowie der Brite in seine Abbreviaturen sowohl als in seine Sprachweise wieder einen Ton zu legen versteht, der das Zutrauliche, Zärtliche und wieder Gemessene oder Derbe ebensogut auszudrücken vermag als das deutsche Du oder Sie. Hier ein Beispiel. So klingt es ganz anders, wenn man sagt: you shall not do that und ye s'hant do that oder you shall not – und ye s'hant. Aus dem ersteren klingt gemessener Befehl heraus, aus dem letzteren traulicher Scherz.

»Glaubst du, Alexandrine?«

»O gewiß!«

»Ich weiß mich nicht zu fassen, ich fühle wie im Traume. Zuweilen kommt es mir vor, als ob mein Glück noch immer nicht möglich, als ob das Ganze ein bloßer Traum wäre.«

»Und ganz so fühle ich. Sieh nur, ich zittere an allen Gliedern.«

»Und so tue ich.«

»Was ist das?« fragte sie naiv.

»Liebe, Süße!«

»Es muß wohl Liebe sein«, sprach sie leise und verschämt die Augen zu Boden schlagend, »denn ich fühlte so nie zuvor.«

»Ah, du liebtest aber auch nicht wie ich. Seit ich dich zuerst sah, war die Welt für mich keine Welt mehr, du warst mir die Welt. Sinne, Verstand, Herz – alles war hin. Blind verließ ich Paris; ich sah nichts, hörte nichts, dachte an nichts als dich.«

»Und so tat ich, ich dachte an nichts als –«

»Dich.«

»Dich.«

»Aber ich liebte doch mehr!« rief er zärtlich.

»Nein, *ich* liebte mehr!« wieder sie.

Und jetzt stritten sie, wer mehr liebte, und er und wieder sie wollte mehr geliebt haben, und er wies ihr nach, wie er mehr geliebt, und sie wieder hörte ihn so entzückt an.

»Mein Edward!« lispelte sie mit ihrer süßen Glockenstimme, die Augen verschämt zu ihm aufschlagend.

»Meine Alexandrine!«

»Ich fühle so glücklich! So glücklich! Ich kann es nicht aussprechen.«

»Und so kann ich nicht. Ich fühle, als ob das Herz mir zerspringen müßte. Es droht mir zu zerspringen.«

»Gerade so ist's mir«, lispelte sie wieder.

»Ah, weißt du noch, wie du im Salon General Caß' neben dem besternten Edelmanne standest?«

»Es war der Marquis Mont Brissac, der Vater Gabrielens; du fielst ihm auf. Er fragte mich nachher, wer der augezeichnete junge Mann wäre. Und weißt du, daß ich ihn recht lieb dafür hatte?«

»Ja, aber weißt du, daß ich sehr eifersüchtig auf ihn war?« versetzte er wieder, »er ließ dich so gar nicht aus den Augen.«

»Natürlich, er war mein Kavalier, denn Marigny konnte nicht kommen.«

»Ja, aber er folgte dir so ängstlich auf allen Schritten.«

»Tat er's?« lächelte sie, »ich bemerkte es nicht. Ich sah nur die Komtesse, die dich so gar nicht aus den Augen ließ.«

»Tat sie? Ich bemerkte es nicht, aber Marigny, der junge Marigny – oh, ich war doch so wütend auf ihn.«

»Warst du?« lachte sie wieder. »Der gute Marigny! Er ist so furchtsam, seinen eigenen Schatten fürchtet er. Jede Welle, die über Bord schlug, machte ihn erbleichen. Er ist doch gar zu furchtsam. Weißt du, ich liebe Mut am Manne.«

»Und ich Zartheit am Weibe. Wer gleicht aber dir an Zartheit, Schönheit, Seelengüte? Aber weißt du, ich habe sie recht gerne, diese altadeligen Franzosen.«

»Auch ich«, fiel sie ein, »und das ist doch seltsam, sie sind doch so streng royalistisch.«

»Und wir streng republikanisch; aber die Extreme berühren sich immer am liebsten.«

Und ohne es zu wissen, saßen sie nun wieder auf der heimlichen Holzbank hinter der Hütte unter dem Chinabaume. Redbirds und Mockingbirds jubelten oben in den Blüten, aber sie hörten sie nicht, sahen sie nicht. Sie hatten nur Augen, Ohren füreinander.

»Alexandrine!« hob er wieder an, »ich liebe dich, liebe dich so unendlich, so unsäglich.«

»Ah, du kannst nicht mehr lieben als ich«, versetzte sie zärtlich.

»Jawohl! Jawohl!«

»Ja nein! Ja nein!« bejahte und verneinte sie wieder. Und so stritten sie sich, wer mehr liebte, und sagten sich's zehnmal, zwanzigmal, fünfzigmal. Jedesmal hörten sie es mit neuem Entzücken. Sie wurden zuletzt so mutwillig, sie küßten sich die Hände, die Fingerspitzen. Er pries die Schönheit ihrer Hände, sie wollte die seinigen schöner finden. Er verglich ihre Augen mit dem tiefblauen Himmel, sie die seinigen mit dem zarten Dufte des indianischen Sommers.

Sie sprangen auf, um Papa zu suchen, vergaßen aber unter lauter Getändel den lieben Papa. Sie waren durch das Negerdorf gegangen, sie wußten es nicht, vor dem Quartiere, wie das Herrenhaus genannt wird, vorbeigekommen, auch das wußten sie nicht, in den Garten getreten, den sahen sie nicht, denn er war, die Wahrheit zu gestehen, mehr Wildnis als Garten; Phelim, unter dessen Aufsicht er stand, hatte in einige der schönsten Parterres seine geliebten irischen Kartoffeln gepflanzt. Doch gab es noch einige schöne Partien, ein Wäldchen von Orangen- und Zitronenbäumen, Grotten mit Rasenbänken und anderen Bänken. Auf eine derselben setzten sie sich, um sich abermals und abermals zu sagen, wie unendlich sie sich liebten, und dann tanzten sie wieder zugleich auf, um Blumen zu pflücken und sich zu beschenken, und als er die Rose, die sie ihm den Tag zuvor geschenkt, aus seinem Busen und dem grünen Seidenpapier zog, in dem er sie aufbewahrt, haschte sie darnach und bat ihn, die verwelkte doch wegzuwerfen; er aber versicherte sie, daß sie, solange er lebe, nicht von seinem Herzen kommen, in Gold gefaßt, zunächst diesem ihren Platz haben sollte. Und sie hüpfte nun wieder zu einem der Blumenbeete und pflückte ihm einen Strauß, und er ihr einen, und dann setzten sie sich, und sie bekränzte ihn und er sie. Und während sie sich so bekränzten, mußte er ihr wieder erzählen aus seinem Leben, sich ausfragen lassen – Liebe ist argwöhnisch – und darüber verging eine Stunde, und eine zweite – dritte; die Mittagsglocke läutete, sie hörten sie aber nicht, der Vater stand ihnen zur Seite, sie sahen ihn nicht. –

Auf einmal verfiel sie in ein tiefes Sinnen.

»Weißt du, Edward!« rief sie plötzlich lebhaft, »heute kann ich nicht ins Paradies hinauf, unmöglich. Ich weiß nicht, aber heute könnte ich deinem spottenden Onkel nicht unter das Auge treten.

Du mußt heute allein hinauf, teurer Edward! Ich kann nicht, ich muß mich fassen, das Glück ist zu groß!«

»Zu groß!« rief er wie berauscht, »aber warum muß ich«, seine Stimme zitterte, »warum muß ich dich verlassen?«

»Oh, du mußt, tu es, süßer Edward!« bat sie, ihn mit ihren schönsten Blumen bekränzend, »tu es. Ich will, ich muß mit Papa reden, mich ihm offenbaren, an seinem Busen meine Freudentränen weinen.«

»Aber wir wollten es ja zusammen tun, wir wollten es ja schon tun.«

»Ja, aber weißt du, ich war doch – ich fühlte so – so. Es war doch gut, daß er nicht in Josephens Hütte war; aber jetzt müssen wir gleich zu ihm.«

»Gleich wollen wir!« rief er etwas langsamer, aber wie er so rief, hielt er sie wieder mit beiden Armen umschlungen, ließ sie nicht vom Platze.

»Wir müssen, Edward! Zu Papa; sieh, der Papa ist so wohlwollend, gut!«

»Gott segne ihn!« sprach gerührt Edward.

»Gott segne ihn!« fiel sie ein.

»Gott segne ihn!« riefen sie beide, die Hände faltend.

»Gott segne auch euch, Kinder!« sprach hier mit einer Träne im Auge der Papa. »Gott segne euch und beschütze euch! Und liebt euch und bleibt euch getreu!«

»Vater!« riefen die beiden zugleich, sich vor dem Vater auf die Knie werfend.

»Kinder!« rief der Vater, die Hände auf sie legend, »Gott segne euch, und liebt euch, wie Er alle seine Kinder liebt, und bleibt solche Kinder!«

Die Kinder schluchzten, der Vater hob sie zu sich empor, drückte sie an seine Brust.

Weder heute noch den folgenden Tag gingen sie ins Paradies zurück; die Kajüte war ihnen zum Paradiese geworden.

Über tredition

Eigenes Buch veröffentlichen

tredition wurde 2006 in Hamburg gegründet und hat seither mehrere tausend Buchtitel veröffentlicht. Autoren veröffentlichen in wenigen leichten Schritten gedruckte Bücher, e-Books und audio-Books. tredition hat das Ziel, die beste und fairste Veröffentlichungsmöglichkeit für Autoren zu bieten.

tredition wurde mit der Erkenntnis gegründet, dass nur etwa jedes 200. bei Verlagen eingereichte Manuskript veröffentlicht wird. Dabei hat jedes Buch seinen Markt, also seine Leser. tredition sorgt dafür, dass für jedes Buch die Leserschaft auch erreicht wird.

Im einzigartigen Literatur-Netzwerk von tredition bieten zahlreiche Literatur-Partner (das sind Lektoren, Übersetzer, Hörbuchsprecher und Illustratoren) ihre Dienstleistung an, um Manuskripte zu verbessern oder die Vielfalt zu erhöhen. Autoren vereinbaren direkt mit den Literatur-Partnern die Konditionen ihrer Zusammenarbeit und partizipieren gemeinsam am Erfolg des Buches.

Das gesamte Verlagsprogramm von tredition ist bei allen stationären Buchhandlungen und Online-Buchhändlern wie z. B. Amazon erhältlich. e-Books stehen bei den führenden Online-Portalen (z. B. iBookstore von Apple oder Kindle von Amazon) zum Verkauf.

Einfach leicht ein Buch veröffentlichen: **www.tredition.de**

Eigene Buchreihe oder eigenen Verlag gründen

Seit 2009 bietet tredition sein Verlagskonzept auch als sogenanntes "White-Label" an. Das bedeutet, dass andere Unternehmen, Institutionen und Personen risikofrei und unkompliziert selbst zum Herausgeber von Büchern und Buchreihen unter eigener Marke werden können. tredition übernimmt dabei das komplette Herstellungs- und Distributionsrisiko.

Zahlreiche Zeitschriften-, Zeitungs- und Buchverlage, Universitäten, Forschungseinrichtungen u.v.m. nutzen diese Dienstleistung von tredition, um unter eigener Marke ohne Risiko Bücher zu verlegen.

Alle Informationen im Internet: **www.tredition.de/fuer-verlage**

tredition wurde mit mehreren Innovationspreisen ausgezeichnet, u. a. mit dem Webfuture Award und dem Innovationspreis der Buch Digitale.

tredition ist Mitglied im Börsenverein des Deutschen Buchhandels.

Dieses Werk elektronisch lesen

Dieses Werk ist Teil der Gutenberg-DE Edition DVD. Diese enthält das komplette Archiv des Projekt Gutenberg-DE. Die DVD ist im Internet erhältlich auf **http://gutenbergshop.abc.de**